# 작은 손
## Small Citizen

# 작은 손
Small Citizen

**1판 1쇄 발행** 2022년 12월 20일

**지은이** 지호식

**교정** 주현강   **편집** 유별리
**마케팅** 박가영   **총괄** 신선미

**펴낸곳** (주)하움출판사   **펴낸이** 문현광

**이메일** haum1000@naver.com   **홈페이지** haum.kr
**블로그** blog.naver.com/haum1007   **인스타** @haum1007

**ISBN** 979-11-6440-264-9 (03810)

# 작은 손

## Small Citizen

저자 지호식

# 목차

## I. 유소년        8

극도의 혼란과 배고픔 앞에서 독학이란 사치이며 오만이다.
잠과 싸워 얻은 검정고시 합격증, 이것으로 인간을 평가한다니 너무 허탈하다.

# II. 청년     122

최선이 아니면 차선책이다, 하늘이 무너져도 내 가정은 내가 지킨다.
사막 모래바람에 실려 오는 아리랑, 내 마음을 적시다.

# Ⅲ. 청장년      220

우리 겨레의 심장 동맥처럼 도도히 흐르는 북한강은 말이 없다.
도산서원, 고고한 선조들의 혼과 자취를 더듬으며.

# IV. 장년      302

실뿌리에서 상수리의 작은 잎새까지 이어 주는 생명수 그것이 노동조합이다.
천신만고 IMF 산을 넘어 모든 기업의 필수 과제는 구조조정이다.

# V. 정년      387

영업은 움직이는 생물이다, 잠시라도 멈추면 뒤처지고 도태될 수밖에 없다.
40여 년 길고 긴 밤샘 작업도 이제 와 돌아보니 스쳐 지나가는 바람결 같다.

# 이야기를 마치며      447

# Ⅰ. 유소년

어린 시절 50여 년이 지난 기억을 되살리기는 쉽지 않다. 아주 큰 충격을 받았거나 크게 놀란 기억이 아니면 더욱 그렇다. 비교적 생생하게 기억되는 나의 유년 시절이다. 1962~1963년 내가 10~11살 때라고 생각된다. 나는 충청북도 괴산군 청천면 부○리 작은 산골 마을에서 태어났다. 어릴 적 우리 집은 큰 부자는 아니었어도 그런대로 꽤 많은 농토를 가진 풍족하고 평범한 농촌 가정이었다. 일곱 남매 중 다섯째인 나는 위로 누나가 셋이고 열 살 위인 형 그리고 남동생이 둘이다. 여러 형제가 함께 있어도 비교적 넉넉하고 풍족하였다고 생각된다. 내가 3학년 겨울 방학 중이었다. 우리 집에 하늘이 무너지는 크나큰 사건이 발생하였다. 술 취한 이웃 마을 청년과 우리 형과의 다툼이 있었다. 마침 그곳을 지나시던 아버지는 싸움을 말리시다가 뒤엉키면서 길옆 꽤 높은 도랑에 그 청년과 함께 나뒹굴며 떨어지는 끔찍한 사고를 당하셨다. 아버지와 함께 도랑으로 넘어지면서 술에 취한 청년이 돌부리에 머리를 크게 다치는 사고였단다. 다친 청년을 급히 병원으로 옮겼으나 며칠 후 사망하는 엄청난 사고가 발생한 것이다. 그 시절엔 자동차도 없고 택시도 흔치 않았으며 요즘처럼 119도 없던 시절이다. 읍내 병원까지는 20여 km이니 한밤중에 위급한 환자가 병원까지 가는 시간이 상당하였으리라 생각된다.

나는 사건에 대한 상세한 내용은 알 수 없었다. 그렇게 우리 집은 대혼란에 휩싸이며 아버지와 형은 읍내 경찰서에 연행되면서 결국 우리는 집에서 8km 떨어진 외갓집(괴산군 청안면 부흥리 분○○)으로 이사하게 된다. 나는 그곳에서 4학년 새 학기를 맞이하였다. 다행히 집에서 다니던 그 학교였다(백봉초등학교). 이사 온 후 수시로 외삼촌 그리고 결혼한 큰누나와 매형이 오셔서 변호사 이야기 또는 농토를 처분한다는 이야기, 비용이 필요하다는 이야기 등을 했다. 아마도 그 당시에 부○리 우리 농토는 모두 처분되었을 것이다. 그렇게 내가 4학년이 되었을 때 아버지께서 집으로 오시고 형님은 수감 생활을 더 해야 한다고 했다. 아버지는 그사이에 몸이 완전히 쇠약해지셔서 누가 보아도 중증 환자 같았다. 그 뒤 1년 가까이 외갓집 사랑채에서 건강을 회복하시며 조금씩 몸을 추스르고 어느 정도 건강을 되찾으신 후, 내가 5학년 겨울 방학 무렵 우리 가족은 괴산군 소수면 아○○로 이사하게 된다. 그곳은 우리 종씨(일가)들이 모여 사는 집성촌이다. 내가 들었던 기억으론 윗대 선조들이 살던 곳이라고 했다.

이사와 함께 나는 소수국민학교 6학년으로 전학하였다. 학교 규모는 백봉국민학교와 비슷하다. 우리 집은 생활이 몹시 어려웠던 것으로 기억된다. 온 집안이 대혼란 속에서 뿔뿔이 흩어졌다가 이제 겨우 자리를 잡아 가는데 학교 친구도 없었고 옆집, 뒷집, 앞집 모두 낯선 사람들이었다. 그래도 나름대로 열심히 학교생활을 하며 집에 와서는 부모님을 도와드렸다. 아버지께서도 서서히 건강을 회복하시는 모습이다. 그 시절엔 모든 가정이 가난하고 어려웠지만, 특히 우리 집은 더했던 것 같다. 그렇다고 매일 굶지는 않았지만 멀건 시래기죽 그리고 야채가 많이 섞인 국수를 정말 많이 먹었다. 아침은 일찍 그리고 점심 겸 저녁은 3~4시쯤 그렇게 하루에 두 끼가 죽 아니면 국수였던 것으로 기억된다. 수십 년이 흐른 지금도 죽이라고 하면 쳐다보기도 생각하기도 싫다. 그렇게 국민학교를 졸업하고, 중학교 진학을 조심스레 말씀드렸으나 부모님은 아무런 말씀도 안 하셨다. 나 역시도 꿈도 꿀 수 없다는 걸 잘 알면서 그냥 물어봤을 뿐이다. 나는 저녁이 되면 잠들기 전 이불 속에서 소리 없이 울었던 것으로 기억된다.

그래, 어쩔 수 없지. 동생도 이제 4학년이고 그리고 막내도 이제 초등학교에 입학해야 했다. 이 기록은 차마 옮기고 싶지 않지만 빛바랜 일기장에 너무 생생하고 진하게 전해지는 당시의 내 마음을 지워 버릴 수 없어 짧게 옮겨 본다. 그 시절 유일하게 세상 소식을 들을 수 있는 것은 오직 라디오 방송(우리 동네 집집마다 연결하여 설치된 스피커)뿐이었다. 낮에는 아버지를 따라 공사장에 가서 일했다(장마로 유실된 하천 제방 공사였다. 하천의 돌과 자갈을 지게로 날라 큼직한 사각 나무틀을 가득 채우면 전표 한 장씩 받는 그런 일이다). 아버지와 나는 하루도 쉬지 않고 일했다. 등은 벗겨

지고 아팠지만, 그래도 그 일을 하면 밀가루를 받아 올 수 있다. 그해 겨울 내내 그렇게 일하였으며 일이 없는 날은 겨울 난방용 땔감을 해야 했다. 그러던 어느 날 『연합 강의록』이란 책자로 독학할 수 있으며 중학교 과정을 수료할 수 있다는 것을 알게 되었다. 바로 강의록 책자를 우편으로 받아 시작하였다. 그러나 책값이 꽤 비싼 편이다. 그리고 영어, 수학, 생물, 기타 기본 과목 이외에 영어 단어집 또는 각종 사전, 참고서, 노트 등 부수적으로 여러 가지가 필요했다.

나는 매번 어머니와 실랑이를 했다. 『연합 강의록』 한 가지만으로는 도저히 공부하기 어려웠다. 당장 영어 단어 하나라도 연습하고 손으로 쓰고 익혀야 했고 혼자서 공부하다가 모르면 사전이라도 찾아보면서 해야 했다. 이웃집 형들, 친구들에게 빌려서 보기도 하고 얻어 쓰기도 하면서 밤마다 씨름을 하였다. 낮에는 등짐을 지고 밤에는 눈이 천근만근이다. 그렇게 강의록으로 배워 가면서 소소하게 드는 비용은 수시로 어머니에게 보채기도 하고 조르기도 하던 어느 날, 어머니가 더 이상은 돈을 못 주겠단다. 아니, 줄 돈이 없단다. 나는 어머니에게 큰소리로 대들고 원망도 하였던 기억이 생생하다.

당시를 뒤돌아보면 자식을 진학시키지 못하는 부모님의 마음은 얼마나 아프셨을까? 작은 책값도 못 주시던 그 심정을, 나는 지금도 그때를 생각하면 가슴이 먹먹해진다. 아버지는 하루도 쉬지 않고 품삯을 벌려고 이 집, 저 집에 일을 가시고 나는 집안일을 하면서 어머니와 실랑이를 했다. "책값도 못 주려면! 자식을 왜 낳았냐고!" 어머니 앞에서 대들었다. 나와의 언쟁 중에 어머니는 방바닥을 치시면서,

"나를 죽여라. 나를 죽여서 내다 팔아라. 없는 돈을 어쩌란 말이냐." 라고 하시며 흐느끼며 통곡하셨다. 나는 문을 박차고 뛰쳐나와 혼자서 자주 가던 뒷동산에 올라 잔디 위에 주저앉아, 하루 내내 생각 또 생각, '차라리 이대로 이 세상에서 죽어 없어질까? 죽어서 없어지면 어떻게 될까? 무엇이 나아질까? 누구에게 도움이 될까? 그러면 문제가 해결될까?' 나는 생각 또 생각해 보았다. 몇 시간이 지났을까. 아무리 생각해 봐도 너무 억울하고 서러웠다. 그리고 무작정 도망치려는 나 자신이 못난이 같았다. 내 앞에 있는 높은 산을 넘지 않고 도망친다? 그러면 모든 문제가 해결될까? 저녁노을이 질 때까지 잔디를 쥐어뜯으며 생각 또 생각해 보았다. 나 자신이 너무 비겁한 것 같았다. 그래, 내게 독학이란 사치이며 거만이다. 부딪치자. 정면으로 부딪쳐 보자, 내 앞길이 산이면 넘고, 물이면 건너 보자. 이를 악물고 도전하자. 나는 그날 이후로는 더 이상 어머니를 조르거나 보채지 않았다. 그 뒤로는 이웃집 친구 또는 형들에게 여러 종류의 책을 무엇이든 그냥 무작정 얻어 읽었다. 소설 또는 세계 명작 역사 잡지 등 닥치는 대로 읽었다.

지금도 어머니와의 그날을 잊을 수가 없다. 그 불효, 그 죄악, 어찌해야 용서받을 수가 있을지…. 아무리 생각해도 그 어떤 방법으로도 깨끗이 치유해 드릴 수 없을 것이다. 내가 우리 어머니 가슴에 크나큰 대못을 박은 것만 같다. 아마 내가 이 세상을 다하는 날까지도 그 불효막심한 언행에 대한 죄책감은 지워지지 않을 것이다.

가끔 뒷동산에 올라 먼 산을 바라보며 실뱀처럼 늘어진 신작로를 내려다보았다. 저 멀리 뿌연 먼지가 피어오르면 자동차가 달려왔다. 그때 그 길은 아니 모든 길은 비포장도로였다. 훗날 그 길이 37번 국도란 것을 알았다. 산모퉁이를 돌고 냇물을 건너고 우리 마을 앞을 지나려면 한참을 기다려야 자동차가 털털거리는 소리를 내며 지나가곤 했다. 하루에 한두 번 볼 수 있는 모습이었지만 지나갈 때마다 우리 동네 길가에 있던 집들은 뽀얗게 먼지를 뒤집어쓴다.

우리 집은 날마다 끼니 걱정을 해야 하는 형편이었다. 3년이 지난 어느 날 내 바로 아래 동생도 국민학교를 졸업하였으나 중학교 진학이 불가능하였다. 밤에 이불 속에서 흐느끼는 동생을 안고 함께 울었다. 내가 어떻게 해서라도 도와줄 수 없다는 게 더 마음이 아팠다. 어찌해야 동생을 중학교에 보낼 수 있을지 생각해 봤지만 방법이 없었다. 지금 생각하면 그때 부모님의 마음은 어떠하셨을까? 참으로 불행한 시기에 태어나 상급 학교도 진학을 못 한 우리 형제였다.

누런 일기장을 뒤적이며 캄캄하던 그 시절을 더듬어 본다. 아무리 읽고 또 찾아보아도 즐거웠던 일이나 기뻤던 일, 아름답고 행복했던 기억은 찾아볼 수가 없다. 저녁이면 닥치는 대로 온갖 잡지를 빌려다 읽었다. 영어와 수학도 어렵다지만, 우리말 또한 어려운 한자 공부가 필수임을 알았다.(당시에 신문은 50% 이상이 한자였다) 나는 『명심보감』이란 책을 빌려서 옥편으로 한 자 한 자 찾으며 읽었다. 내용 하나하나 보면 볼수록 정말 신기했다. 수천 년 전에 만든 기록이란 것이 믿기지 않았다. 뜻을 이해하면 할수록 깊이가 있고 인간으로서 최소한의 기초 지식과 도리가 담겨 있는 책이라 생각했다.

남들은 고향에서의 어린 시절을 꽃 피고 새 울고 즐겁고 행복했던 시절이라고들 하는데 난 왜 그런 기억이, 아니 그런 기록이 한 줄도 없을까? 하루 세 끼 굶지 말아야 한다는 것, 먹고살아야 한다는 것, 그 절박한 시기에 행복이란 단어, 즐거움이란 말은 과한 욕심일 것이다. 그러던 1968년 1월 갑자기 온 세상이 떠들썩했다. 방송에서는 연일 무슨 무장 공비가 대통령이 살고 있는 청와대를 습격하였단다. 금세 무슨 일이 일어날 것만 같았다. 30여 명의 북한 특수 부대원이 청와대를 습격한 사건이었다. 참 이해가 안 된다. 백성들을 배부르게 하고 온 백성의 마음을 얻는 것이 군주의 첫 번째 해야 할 일이라고 역사책엔 기록되어 있다. 그래야만 만백성의 신임을 얻어 나라가 부강해진다는 것은 어린애들도 알 것 같다. 한밤중에 상대편 대통령을 암살한다? 만일 성공했다고 해도 그것으로 온 국민의 마음까지 얻을 수 있을까? 참으로 어처구니없고 한심스럽다.

1968년 봄, 이웃집 아저씨네 사위(매형) 회사에서 기술 배울 사람을 구한다고 하여 서울로 올라가기로 하였다. 어머니는 평소에도 잔소리처럼 늘 하시던 말씀을 내가 서울에 간다니까 날마다 나를 잡고 하소연처럼 말씀하셨다. 그때가 내 나이 만 15세였다. "얘야, 어린 네가 무슨 객지 생활을 할 수 있겠니?" "엄마 걱정 마세유. 다 할 수 있어유." 마치 내가 어린아이인 것처럼 어머니는 내 손을 잡고 날마다 반복하셨다. "절대로 남에게 해가 되는 일은 하지 말아라. 남의 눈에 눈물 나게 하면 네 눈엔 피눈물이 난단다. 절대로 도리에 어긋나는 일은 하지 말아라. 사람은 착한 끝은 있어도 악한 끝은 없단다." 어머니는 내가 출발하는 날 아침에도 내 손을 잡고 놓아 주시질 않았다. 아버지는 "아, 차 시간 다 됐어. 뭔 얘기가 그리 많어." 하셨다. 어머니는 "아니 철도 안 든 애를 객지에 보내는데 당신은 맘이 편하우?" 하시면서 한참을 잡은 손을 놓지 않으셨다.

"잘해야 한다. 몸조심하구. 정 힘들면 그냥 내려오너라. 농사지으며 살아도 밥이야 굶겠니?" 하시면서 끝내 눈이 붉어지셨다. 평소 같으면 저 멀리 신작로까지 따라 나오실 어머니는 우리 집 사립문까지 나오시더니 내가 "나오지 마세유. 잘 다녀오겠습니다." 하면서 뒤돌아보니 앞치마로 눈물을 훔치시고 쪼그려 앉으셔서 소리 없이 두 어깨만 흔들린다. 나는 그렇게 생전 처음 멀리 서울 나들이를 하였다. 매형 집에서 하루를 지내고 곧바로 일하는 현장으로 내려갔다. 그날이 1968년 4월 13일이다. 모든 것이 생소하고 걱정스럽고, 불안하기도 하고 조심스러웠다. 그렇게 떨리고 망설여질 때마다 '나는 할 수 있어. 나는 할 수 있어.'라고 마음속으로 수없이 되뇌면서 나 자신을 위로하고 다독였다.

**01** 1968년 4월 13일. 경기도 용인군 이동면 어비리. 내가 최초로 사회생활을 시작한 곳이다. 큰 저수지 공사 현장이다. 벌써 6년째 하고 있단다. 거의 반쯤 진행된 것 같았다. 매형 회사의 중장비가 여러 대 있었다. 시공사는 대○산업(훗날 10여 년 뒤 이 회사 정직원으로 30여 년을 근무하게 될 줄은 꿈에도 생각하지 못했다)이다. 매형 회사는 토지○○조합연합회라고 하는 국영 기업 농○부 산하 기관이다. 약자로 토련이

라 하였다. 먼저 와 있던 형들 이야기로는 우리나라의 중장비는 도로를 관리하는 건설부 장비와 우리가 속해 있는 농○부 소속 토지○○조합연합회 장비가 유일하다고 했다. 그렇게 하나하나 메모해 가면서 작업 중에 어떤 장비든 잠시만 멈추어 있어도 무조건 달려가서 심부름도 하고, 도와주기도, 물어보기도 하면서 일을 배웠다. 내겐 모든 게 신기하고 재미있고 또 궁금했다. 형들은 바쁜 와중에도 잘 가르쳐 주고 이끌어 주었다. 그 장비를 자세히 설명하긴 좀 무리이지만 짧게 소개해 본다. 장비명 모터스크레이퍼, 제너럴 모터스 웨스팅하우스 미국 회사에서 제작한 것이다. 투 사이클 4기통 GM 엔진을 장착, 자주식으로 시속 4~50km(정확하진 않지만)이며 300볼트 이상의 교류 발전기를 엔진 바로 뒤에 장착하여, 자체 발전된(교류 전류를 직류로 변환) 전기 모터를 이용하여 작동한다. 각 부위에 4개의 대형 모터를 장착, 스티어링 모터, 호이스트 모터, 에이프런 테일 게이트 등 모든 모터는 스위치 버튼으로 작동한다. 핸들 역시 스티어링 버튼이다. 토목 공사 현장용으로 5~6㎥의 토사를 자체 채취, 운반, 다짐까지 할 수 있는, 6.25 전쟁 후 국가 재건용으로 들여온 장비다. 도입된 지 4~5년밖에 안 되었다. 특히 저수지, 댐 또는 도로 공사 성토 작업용으로 최적화된 장비이다. 담당 운전사(매형)는 정비 및 부품 관리까지 모든 것을 운영해야 한다. 나는 이 모든 게 흥미롭고 너무 재미있다. 그렇게 한 달도 채 안 되어 직접 운전을 했다. 처음엔 30분, 다음엔 1시간씩, 일주일 후부터는 정식 교대로 주야간 맞교대를 했다. 정식 교대 운전을 한 후로는 꽤 많은 급여를 주셨다. 나는 받는 즉시 우체국에서 집으로 전액 송금하였다. 특별한 날이 아니면 무조건 밤샘 작업이다. 그렇게 3개월 정도 지나면서 큰 저수지 형태를 갖추어 갔다. 아직도 이설 도로가 남아 있었지만 저수지 기본 둑은 완성되었다. 저수지의 물은 오산 남서부, 평택 서북부 들판에 공급되는 농업용수라고 했다. 완공 후 즉시 다른 현장으로 이동하였다.

**02** 1968년 6월 30일. 경기도 화성군 동탄면 영천리 147번지. 경부고속도로 현○건설 현장이다. 도착하자마자 무조건 철야 작업이다. 우리 장비가 오기 전에 벌써 많은 장비가 배치되어 한참 작업 중이다. 금년 들어 여러 종류의 중장비가 우리나라에 도입되었다고 한다. 건설 회사들이 앞다투어 많은 중장비를 도입한 것을 훗날 알게 되었다. 주로 메이드 인 USA 캐터필러가 보이고 간혹 메이드 인 재팬, 코마스 미쓰비시도 보인다. 산이고 들이고 공사장엔 중장비가 달라붙어 있다. 그러던 2~3일 후 머리에 갓을 쓰고 두루마기를 입은 사람들이 어른, 아이 할 것 없이 현장에 몰려와서 중장비 앞을 가로막고 드러누워 중단하라고 아우성이다. 작업은 한나절 중단되었다. 엊그제 마을 뒷산에서 약 200여 년 전 미라가 출토되었다고 한다. 고속도로 현장에 포함된 곳은 아니지만 야산으로 이어진 산 위쪽 무덤이란다. 그 무덤은 이 마을(○씨 문중) 선대 산소인데 명당의 혈맥을 잘라 이 마을이 망한다면서 공사를 중단하라고 온 마을이 난리가 났다. 허허 참, 덕분에 몇 시간 잘 쉬었지만 곧바로 작업은 계속되었다. 연속되는 철야 작업은 하룻밤 자고 나면 산이 하나 없어지고 논과 밭이 산이 되고 산은 벌판이 된다. 빠르다기보다 무섭다고 하는 게 더 정확한 표

현이다. 그 현장 위치가 동탄면이다. 동탄면은 화성군과 용인군의 경계 지점으로 그 인근에 모 기업에서 엄청난 토지를 매입했다고 한다. 어느 골짜기 산 전체를 매입해서 무슨 대형 공사를 추진한다고 소문이 났다. 훗날 S사 반도체 공장과 한국 민속촌이 되었다.

**03** 1968년 8월 10일. 천안시 신부동 250번지. 현○건설 6공구. 오늘날 천안 인터체인지 부근이다. 날씨는 완전 여름으로 더위가 한창이다. 이 현장 역시 시공 형태는 동일하다. 특히, 현○건설의 시공 스타일은 그야말로 밀어붙이는 초전 박살 추진력이다. 나는 그런 작업 형태를 혹평이나 비평하려는 것은 아니다. 어느 회사나 나름 그 회사만의 기업 문화가 있다. 이곳에 오니 여러 동료 형이 이미 와 있었고. 지난번 용인 이동 저수지 현장에 있던 장비들도 왔다. 서울 관중 ○○○○. 초록색 번호판이다. 우리 장비는 모두 모터스크레이퍼(Motor Scraper)이다. 당시엔 최고 능률의 획기적인 장비로 알았는데 바로 그해에 경부고속도로가 시작되면서 현○, 대○, 동○, 삼○ 등 국내에 좀 크다는 건설 회사들은 최신형 장비들을 상당히 많이 도입하였다.

숙소 앞 꽤 큰 저수지 건너편엔 안성으로 가는 철길이 있다. 그 철길을 넘으면 야트막한 야산이 있다(훗날 단국대학교 천안 캠퍼스가 되었다). 이곳 역시 철야 작업은 당연한 것이다. 장비가 많으니 고장도 많고 정비 부위도 다양하다. 트랜스미션 또는 엔진, 기타 여러 종류의 부품 교환 등, 경력이 있는 선배님들은 정말 완전한 기술자다. 수많은 부품 및 공구를 다루는 솜씨가 놀랍고 존경스럽다. 하나하나 눈으로 익히고 메모했다. 그런데 우리나라 제품은 아무것도 없다. 하다못해 막 사용하는 볼트, 너트마저도 한번 사용하면 그냥 뭉개져 버린다. 뭐라 표현할까? 그냥 하늘과 땅 차이? 이건 쇠 자체가 너무 다르다. 다른 나라는 몇십 년 전부터 제철 공장이 있었단다. 우리는 이제 포○제철을 짓고 있다. 나는 배우면 배울수록 국가 발전에 꼭 필요한 쇠의 중요성을 알게 되었다. 국산은 너무나 한심스럽다. 지금이라도 몇십 년 늦었지만 포○제철이 잘 지어져 모든 기계의 기본인 쇠를 잘 만들 수 있기를 간절히 빌고 싶다. 그동안 내가 받은 급여와 용돈까지도 모두 집으로 송금하였다. 동생 편지에는 이제 형님도 형기를 마치고 출소하시고 내가 보내 준 자금으로 송아지도 기른단다. 왠지 힘이 솟는다.

**04** 1968년 10월 10일. 수원 비행장으로 이동하였다. 비행장 내부가 아니고 동쪽 담벼락 옆이다. 비행장의 보안과 안전 그리고 소음 방지를 위해서 가까이에 거주하는 민간인 주택들을 모두 철거하고 도로를 만든다고 한다. 길이가 약 3.5~4km 정도, 그러니까 비행장 길이와 비슷하다. 우리는 담벼락 옆 임시 숙소에서 약 한 달 작업 예정이다. 그런데 저녁이면 잠을 잘 수가 없다. 비행기 엔진 소음 때문이다. 밤에 이착륙을 하는 것은 아니고, 바로 담장 안이 비행기 정비소란다. 그러다 보니 제트 엔진 이륙 직전의 그 굉음이 날마다 밤만 되면 땅이 흔들리도록 진동한다. 엄청난 소음은 귀를 틀어막아도 소

용없다. 매일 밤 엔진 점검을 하는가 보다. 하기야 하늘을 나는 비행기이니 얼마나 완벽한 정비가 필요하겠는가? 그곳에서도 토목 공정은 일사천리로 진행되어 갔다. 동료 형들은 누구누구는 현○ 누구누구는 동○, 대○ 등 건설 회사가 갑자기 장비를 많이 도입하다 보니, 숙련된 조종원이 모자라서 회사마다 스카우트 열풍이란다. 그러나 반드시 만 18세 이상이어야 한다니 난 아예 생각도 못 한다. 10월 말이 다 되어서 수원 비행장 현장도 마무리되었다.

**05** 　1968년 11월 12일. 영등포구 당산동 토지○○조합연합회 중기 사업소. 정비를 위해 입고 후 잠시 집에 다녀왔다. 그사이에 우리 집 형편이 많이 좋아진 거 같다. '내가 조금 더 일찍 사회생활을 했더라면…' 하는 생각을 했다. 하지만 난 아직도 만 16세. 그러고 보니 지금도 학교에 다닐 나이이다. 형님은 출소하셔서 면사무소 부근으로 분가하셨다. 집안 분위기가 많이 밝아졌다. 특히 아버지 건강이 너무 좋아지셔서 다행이다. 이제는 송아지도 키우고 형님도 나오셨고 앞으론 건강하기만 하면 우리 집은 아무 걱정 없을 것이다. 며칠 쉬는 동안에 이웃 마을에 수소문해서 책이 좀 있다는 집을 찾아다니며 빌려 보았다. 각종 소설, 잡지, 중학교 교과서 등 기억이 가물거리지만 톨스토이의 『안나 카레니나』 또는 『죄와 벌』? 암튼 무슨 세계 명작이라 해서 읽기는 하였으나 내가 느끼기엔 무엇이 어떻게 명작인지 잘 모르겠다.

**06**　　1968년 11월 18일. 경북 문경군 산양면 평지리 저수지 현장. 무척이나 멀리 내려온 것 같다. 우선 헷갈리는 말소리, 강한 경상도 사투리가 더욱 낯설다. 나는 나도 모르게 '할 수 있어. 견딜 수 있어. 도와줄 거야. 하늘은 내 편이야.'라고 마음속으로 되뇐다. 이 현장엔 모두 처음 보는 친구들이다. 선배 중에 등산을 좋아하는 형이 있다. 우리는 말소리도 자란 환경도 취미도 각양각색이다. 며칠 후 산 이름은 모르지만 가까이에 있는 그리 높지 않은 산에 함께 갔다. 산 위에서 동서남북을 내려다볼 수 있고 풍경이 아름답다. 우리 현장은 문경 읍내에서 그리 멀지 않은 곳에 위치해 있다. 등산은 참 좋은 취미인 거 같다. 어느 현장에 가더라도 가까운 산을 꼭 오르리라. 적어도 내가 머물고 있는 주변을 한눈에 익히기엔 참 좋은 취미라 생각된다. 스크레이퍼 외에 불도저가 두 대다. 일제인 코마스, 미제인 캐터필러, 역시 USA Caterpillar가 최고다. 같은 크기인데 코마스는 고장이 잦고 힘도 약한 데 비해 미제는 정말 월등하다. 고장도 없다. 저런 장비들을 우리는 언제나 만들 수 있을까? 까마득한 이야기 같다.

　　매일 쉬지 않고 작업을 하면 주변엔 땅이 얼지만 우리 작업 구간은 얼지 않는다. 아니 얼 새가 없다. 계속 토사를 채취하면 그럴 수밖에 없다. 그러다 며칠 쉬게 되면 10~20cm 두께로 언 땅을 걷어 내야 한다. 다행히 아직 강추위는 오지 않았다. 우리는 1968년도를 지나고 1969년도 1월 중순이 다 되어서 마무리하였다. 며칠 전 경부고속도로가 서울~천안까지만 임시 개통하였단다. 그리고 토지○○조합연합회가 농업○○공사로 이름이 변경된단다. 무엇인가 빠르게 변하는 느낌이다.

**07**　　1969년 3월 20일. 충북 옥천군 동이면 평산리. 경부고속도로 옥천 현장이다. 기존에 있던 장비 4대와 합류하였다. 고속도로 공사가 막바지로 치닫는다. 그야말로 온 국가의 장비가 모두 여기에 투입된 것 같다. 작업이라기보다는 전쟁이라고 하는 편이 나을 것 같다. 전쟁을 직접 경험하지는 않았지만…. 어찌나 설쳐 대는지 몸이 조금 아파도, 또는 고향의 크고 작은 애경사에도 참여할 수 없게 몰아치고 닦달한다. 그런 반면 여러 가지 대우는 최상급이다. 통상 급여 외에도 상당한 보너스를 두둑하게 받았다. 대신 육체적 피로도는 한계에 다다른다.

**08**　　1969년 6월 30일. 경기도 고양군 벽제 ○○리. 군부대는 주소가 없다. 미군 부대 내 탄약고 조성 공사 현장이다. 민간인 통제 구역이라서 사람 구경을 할 수 없다. 간혹 몇 명씩 미군이 지나가면서 유심히 바라본다. 그렇게 7월도 다 지나갈 즈음 라디오 방송이 온통 난리다. 아폴로 우주선이 인류 최초로 달에 착륙하였단다. 미국인 우주 비행사들이 달에 착륙해서 성조기를 꽂았단다. 그야말로 세상을 놀라게 한 엄청난 뉴스다. 온 지구인이 환호하고 온 세상이 기뻐하고 있다. 인간이 달나라에 가다니 인간 승리가 아닐 수 없다. 세계적인 과학자가 모두 참여했단다. 거기엔 미국인도 있지만 소련인, 독일인, 영국인 등 뛰어난 과학자가 다 모였단다.

미국은 모두 이민자로 이루어진 나라라 해도 과언이 아니다. 불과 200여 년 전 불모지의 아메리카 대륙에 영국, 프랑스, 스페인, 이탈리아 등 유럽의 신기술을 가진 나라들이 배를 이용해서 너도나도 상륙하여 그 큰 대륙 여기저기 깃발을 꽂아, 모두 함께 이루어 낸 나라가 아닌가? 그러니 미국은 세계의 여러 나라에서 건너간 사람들로 만들어진 이민국이라 해도 틀리지 않을 것 같다. 이곳은 하루 8시간, 그것도 낮에만 작업한다. 우리가 생각하는 보통의 현장에 비하여 정확히 3배, 적어도 2배 이상의 시간이 더 필요하다.

**09** 1969년 8월 초. 경기도 인천시 북구 원창동 인천 화력발전소. 도착하자마자 또 몰아치기 시작한다. 역시 철야 작업이다. 하기야 시간이 돈이다. 하루만 늦어져도 몇 사람 월급이 달아난다. 그러다 보니 하루 작업 시간을 최대한 이용해야 한다. 우리는 간단한 부품이나 공구 볼트 등 필요한 물품은 영등포 시장 옆 「경원 극장」 뒤쪽의 중장비 부품상이 밀집해 있는 곳을 이용했다. 그곳엔 각종 엔진, 미션 등 다양한 부품이 있었다. 자주 들러 소모품, 예비(스페어) 부품을 구입했다.

**10** 1969년 9월 10일. 서울 영등포구 여의도동 비행장 내 국회의사당 신축 공사. 여의도 비행장 출입은 엄격히 통제되었다. 현재도 비행장으로 이용 중이며 남쪽 끝 부근에 야트막한 동산을 정리해

서 그곳에 국회의사당을 신축한단다. 숙소는 군용 텐트를 이용한다. 9월 초인데도 밤엔 제법 춥다. 필요 물품들을 미처 구입하지 못한 친구들이 저녁에 영등포 시장에 다녀오려다, 출입이 통제되어 되돌아오곤 했다. 특히, 저녁엔 출입 통제란다. 섬 전체가 철조망으로 둘러쳐져 있고 영등포 쪽으로 통하는 교량 하나뿐이다. 외부와 철저히 차단된 요새처럼 여의도는 외딴섬이다. 이곳 역시 작업은 주야로 눈코 뜰 새 없이 몰아붙인다. 주 건물 자리는 개펄과 흙을 모두 걷어 내고 단단한 암반이 나오도록 파내야 하며 넓은 광장 역시 모래, 개펄을 걷어 내고 철저한 기초 다짐이 필요하다. 걷어 낸 흙과 모래로 여의도 섬 외곽을 확장, 정리했다(그것이 훗날 여의도 외곽 도로가 되었다). 차가운 날씨에 텐트에서 지내는데 동복(내의) 등 필요한 생필품도 구입하지 못하고 급히 오느라 몸살감기가 온 거 같다.

  감기약을 복용해도 차도가 없다. 한 달이 다 되도록 정말 지독한 독감이다. 출입이 까다롭지 않으면 병원이라도 나간다지만 그냥 참고 견디려니 죽을 지경이다. 축축한 텐트에서 웅크리고 자는 둥 마는 둥 교대 시간만 기다리는데 라디오에서 음악 소리가 들린다. 한창 유행하던 「마포 종점」이란 노래가 흘러나온다. "밤 깊은 마포 종점~ 갈 곳 없는 밤 전차~ 비에 젖어 너도 섰고~ 갈 곳 없는 나도 섰다~ 저 멀리 당인리에~ 발전소도 잠든 밤~ 하나둘씩 불을 끄고~ 깊어 가는 마포 종점~ 여의도 비행장엔 불빛만 쓸쓸한데˜ 궂은비 내리는 종점 ~ 마포는 서글퍼라~" 나는 불덩이 같은 몸을 웅크리고 텐트에 누웠다. 눈물인지 콧물인지 뜨거운 무엇이 끝도 없이 볼을 타고 흐른다.

천막 사이로 비치는 저 멀리 가로등 불빛, 뜨거운 내 볼이 흠뻑 젖어 베갯속까지 흥건하다.

한밤중 언덕 위 작업장에 오르면 마포 쪽 높은 굴뚝에서 항상 하얀 연기가 피어오른다. 그곳이 마포에 있는 당인리 화력 발전소다. 밤이면 굴뚝 맨 위의 빨간 불빛이 유난히 반짝인다. 아마도 비행 안전을 위해서 높은 건물에 설치된 안전등일 것이다. 오랜 시간이 지났어도 정말 괴롭고 슬프고 무서웠던 몸살이었다. 요즘도 가끔 강변 북로를 따라 여의도 국회의사당과 당인리 발전소 굴뚝을 바라보면 그때의 끔찍했던 몸살감기가 생각나면서 나도 모르게 온몸에 전율을 느낀다.

1969년 10월 말. 여의도 현장을 마무리하고 전라남도 여수 지역으로 이동 일정이 잡혔다. 2박 3일 계획으로 시흥, 안양을 거쳐 오산시 외곽 길옆 넓은 광장(휴게소)에 주차하고 점심 식사를 한 후 다시 출발했다. 1번 국도라 해도 길은 좁고, 우리 장비의 속도는 느리고, 거기에 차체 쿠션은 하나도 없다. 쿠션이라고 해 봤자 타이어가 전부다. 보통 어른의 키보다 더 큰 타이어(1800/25in, 2100/25in)가 유일한 쿠션이다. 그러니 엉덩이가 남의 살 같다. 그렇게 평택, 천안, 조치원을 지나 대전 변두리에서 1박을 하였다.

어디를 가나 시내 도로를 벗어나는 지점엔 항상 넓은 공터와 주차장 그리고 정비업소나 타이어 수리점이 나타난다. 이튿날 논산을 거쳐 전주를 지난다. 대전부터는 1번 국도(서울~부산)가 아니므로 시내만 벗어나면 무조건 비포장도로다. 비포장에다가 차량이 빈번하게 다녀서 그런지 마치 거북이 등, 아니 빨래판 같다. 전주 시내를 벗어나니 야트막한 산길이 끝없이 이어진다. 산의 소나무들이 참 싱그럽다. 구례, 순천까지 가기엔 무리일 거 같아서, 남원에서 일찍 여장을 풀고 쉬어 가기로 하였다. 들리는 말소리(사투리)가 몹시 당황스럽다. 별로 멀리 온 거 같지도 않은데 이렇게 다를 수가? "웜메~ 뭔 차가 요로코롬 크다요~? 워디서 오시는 길인감유~~" "서울이요." "흐미 먼 디서 오시내유~~~" 이상하리만큼 말이 리듬을 탄다. ㅋㅋㅋ 웃을 수도 없다. 내일 또 하루 종일 가야 한다는데 벌써 말소리가 이렇게 희한하게 들려서야…. 아이구야, 구수한 충청도 사투리는 잊어버려야겠다. 아침 일찍 출발하여 구례구를 지나 큰 재를 넘어 순천을 지난다. 장비는 끝도 없이 털털거린다. 이젠 엉덩이에 불이 날 것 같다.

**11** 1969년 10월 30일. 전남 여천군 화양면 하동리. 참 멀리도 온 거 같다. 충청도 괴산 우리 집을 찾아갈 수나 있을까? 진한 전라도 사투리는 적지 않게 나를 당황시킨다. "그래이다. 저래이다." 여수 지역의 말이다. "그랫능교. 저랫능교." 이것은 경상도 북부 문경 점촌 지역의 말이다. 두 지방의 사투리는 너무나 차이가 크고 얼른 듣기엔 못 알아들을 정도로 머리를 갸우뚱하게 한다. 그나마 좀 큰 도시에는 전국에서 사람들의 왕래가 잦으니 다소 사투리가 정화되었다고 하지만, 우리가 생활하는 곳은 현장 특성상 완전 시골 깡촌이다. 사투리는 물론 풍습 그리고 음식까지, 정말 많은 차이가 있다. 이곳에 온 지 며칠 안 되었는데 또 배탈이 났다. 어느 현장에 가든 배탈약, 설사약을 미

리 준비한다. 선배들 말로는 3~4년 지나고 우리나라 전국을 돌아야 배탈이 없어진다고 한다. 이곳 저수지는 이제 막 터 파기를 시작했다. 계곡을 따라 양쪽 산줄기가 가장 가깝게 맞닿는 골짜기를 이용하여 양쪽 산의 끝부분을 연결하는 것이 보통 저수지들의 형태다. 이곳 역시 이제 막 가을걷이가 끝나고 온통 표토를 벗겨 내고 양쪽 산 아래 센터를 깊이 파 내려간다. 완전한 암반이 나올 때까지 지하 5~6m 또는 10여m 이상, 풍암이 아닌 완벽한 청암반이 나오면, 그곳부터 점토(심토)를 다져 올라온다. 저수량과 수압에 따라 다르겠지만, 보통 심토의 폭은 4~5m, 좀 큰 저수지는 10~20m 이상도 된다.

아무리 장비 투입이 가능하다 해도 최초의 심토는 사람의 손으로 박아 넣어야 한다. 가능한 많은 사람을 투입하여, 다짐을 해 가면서 점토를 다져 올라온다. 폭이 좁고 깊은 심토 구간을 5~6m 이상 올라오면 중장비가 본격 투입이 되면서 우리의 작업이 시작된다. 작업은 까다롭고 위험하다. 최대한 빠르게 좁은 지하를 벗어나 지표면 부분까지 올라오면 그야말로 넓은 광장이 된다. 거기까지 한 달이나 걸렸다. 지표면은 무척 넓다. 커다란 학교 운동장보다 더 넓은 것 같다. 흔히 사람들은 저수지 둑 높이를 보고 무척이나 높다고 생각하지만 높이보다 넓이가 더 넓다는 것은 잘 모른다. 우리가 볼 때 물속에 잠긴 부분을 볼 수 없으니 그럴 것이다. 나는 교대 시간 짬을 이용해서 가까운 산을 다녀왔다. 너무 아름다웠다. 환상적이란 표현이 맞을 것 같다. 골짜기에선 볼 수 없었던 바다가 너무 가까이에 있었고, 수많은 섬이 마치 그림 같았다. 그러고 보니 이곳은 여수 서쪽 바다와 섬들이 에워싸고 있는 지형이다. 내가 우리나라 남쪽 끝 바닷가에 와 있다고 생각하니 왠지 다른 나라에 온 것처럼 신기하고 놀랍다.

매월 집으로 송금도 하고 동생에게 편지도 보냈다. 부모님 건강과 형님 내외도 궁금하다. 작은 봉급이지만 우리 집에 보탬이 되기를 바랄 뿐이다. 한 달이 다 되어 소식이 왔다. 모두 잘 지내고 있단다. 그런데 형님이 갑자기 입대하게 되었단다. 그러고 보니 형님은 신체검사를 하고 그 이듬해에 그 사건이 발생하였다. 그러니 병역 의무를 마쳐야할 것은 당연하지만 서른이 다 되어서 입대를? 형수님은 어린 두 조카와 집으로 오셨단다. 우리 집은 너무 적은데 참 걱정스럽다. 나와 형님은 꼭 십 년 차이가 난다. 그 사이엔 누님이 두 분 계신다.

이 현장은 우리가 처음부터 끝까지 마무리할 예정이다. 작업은 일사천리로 잘 진행되고 있지만 날씨가 너무 변덕스럽다. 해안가 날씨라 그렇다고 하지만 겨울 날씨가 눈이 쏟아지다가, 갑자기 햇빛이 쨍쨍, 그러다 한두 시간 뒤엔 다시 눈비가 쏟아지곤 한다. 하루에도 몇 번씩 조화를 부린다. 어느 현장이든 시작부터 완성까지 한 번에 끝나는 현장이 흔치 않다고 한다. 아마도 여러 가지 자금 여건상 보통 1차, 2차 또는 3차까지 나누어서 한다. 그렇게 우리는 화양면 화동리의 커다란 저수지 하나를 10개월 만에 잘 마무리하였다.

**12** 1970년 8월 15일. 전라남도 화순군 한천면 고시리 저수지. 작은 저수지이다. 친구들은 다른 현장으로 가고 우리 2대만 이곳에

왔다. 규모가 작으니 길도 협소하고 작업 여건이 까다롭다. 마을에서 계곡을 따라서 3~4km 이상 한참을 들어가야 한다. 현장 가까이엔 민가가 없다. 우리는 어쩔 수 없이 현장 아래 개울가, 약간의 여유 공간에 군용 텐트를 치고 한 달 내에 마무리한다는 계획으로, 아랫마을에서 음식을 배달해 가며 바로 작업에 돌입하였다. 2~3일 정도 했을까? 비가 오기 시작한다. 여름철이라 조금 불안했어도 바로 그치겠지 했으나 점점 거세지는 장맛비다. 결국 나와 동료 한 명만 텐트에 남고 다른 사람들은 아랫마을 음식 배달을 하는 이장님 집으로 내려갔다.

오전에 시작된 비가 오후가 되니 더 세차게 내린다. 내리는 빗줄기가 심상치 않다. 우리는 비옷으로 갈아입고 물가에 있는 물건들을 최대한 안전한 곳으로 옮겼다. 텐트 말뚝도 단단히 박아 놓고 주변 배수로도 더 깊게 하여 완벽하게 대비했다. 산속은 해가 일찍 저무는지 벌써 어둑어둑해지는데 빗줄기는 점점 더 거세진다. 저녁을 해결하려니 비바람이 어찌나 거세게 몰아치는지 도저히 라면도 끓일 수 없다. 우리는 그냥 생라면을 먹고, 산 위쪽 바위틈에서 흐르는 맑은 물을 마시기로 했다. 정말 난생처음 겪어 보는 엄청난 빗줄기다. 함께 있는 형은 나보다 5~6년 위이며 파월 장병이다. 그야말로 산전수전, 전쟁까지 겪은 역전의 용사다. 자랑처럼 이야기하던 덥고 습한 월남 밀림 속에서도 쏟아지는 빗줄기는 무섭지 않았단다. 그러나 지금 이 폭우는 정말 위험함을 느낀다고 했다. 그렇게 퍼붓는 장대비는 밤이 되니 점점 더 심해졌다. 텐트가 위험해지고 있음을 직감으로 느낄 수 있었다. 손전등으로 물 쪽을 비춰 보고 기절할 뻔했다. 갑자기 코앞까지 물이 밀려와 무섭게 휘몰아치며 텐트 앞을 침범하고 있다. 안 되겠다. 비바람을 맞으며 비옷과 비닐 조각만 챙겨 산 쪽으로 대피했다. 산 쪽이라고 해 봤자 대피할 공간도 별로 없다. 조금만 더 비가 오면 바위산 돌 사이로 기어올라야 할 판이다. 그렇게 몰아치는 빗속에서도 쓰러진 나뭇가지에 비닐을 대충 걸치고 웅크리고 앉아서 고스란히 날밤을 지새우며 마음속으로 기도했다. '도와줄 거야. 분명 도와줄 거야. 신은 내 편이니까. 신은 분명 내 편이니까.' 언제부터인가 위급하고 불안할 때면 나도 모르게 혼잣말로 중얼거린다. 얼마나 시간이 지났을까? 쪼그린 다리엔 감각도 없고 꼼지락거리기도 힘들다. 새벽이 되면서 빗줄기는 점차 가늘어지고 훤하게 날이 밝아 온다. 겨우 몸을 움직여 개울을 바라보았다. 아이구야, 정말로 엄청난 대홍수다. 조그마한 도랑이 강이 되어 이 산, 저 산을 꽉 채워 바다처럼 흐른다. 무섭다. 엄청나다. 그렇게 높고 안전하다고 생각했던 곳까지, 우리 무릎 위까지 넘실거리며 잠겨 있다. 내 키보다 더 높은 스크레이퍼 타이어도 얼추 반 정도 시뻘건 물살에 잠겨 있다. 아랫마을로 내려갈 수도 없다. 산을 넘어서 가려 해도 온 산이 바위산이고 여기저기 폭포수처럼 물이 쏟아진다. 우리는 아침도 어제처럼, 생라면에 냉수만 마시는 것으로 해결했다. 점심때가 다 되니 서서히 물은 빠지기 시작하고 텐트며 온갖 자재, 각종 도구, 인력거 등 모든 물건은 깡그리 떠내려가고 없다. 텐트도 전부 없어지고, 하나만 한쪽 말뚝에 걸려서, 마치 커다란 우산처럼 바닥에 납작 쭈그러져 있다.

너무 황당하면 아무 말이 나오질 않는다. 우리는 어안이 벙벙하니 서로 말이 없다. "더는 안 오겠지!! 그치!!" 서로 얼굴만 바라보며 하는 말이다. 그렇게 저녁 무렵이 다 되어서 어떻게 왔는지 동료들과 마을 사람들이 허겁지겁 올라왔다. 가까스로 무너진 개울 옆을 타고 올라왔단다. 이것저것 피해는 고사하고 사람이 무사하니 다행이란다. 우리는 함께 도랑 옆의 길을 따라 내려오는데 길이 온통 다 파이고 쓸려 내려가고 없다. 약 3km 남짓 되는 마을로 오는 길엔, 개울 옆 논둑, 밭둑들이 무너지고 논바닥이 휩쓸려 가고 이제 막 자라기 시작한 벼들이 깡그리 쓰러지고 돌, 자갈에 뒤덮여 있다. 마을 앞 넓은 들도 다 잠겼었단다. 이튿날 아침, 현장으로 올라오는 길에 보니 여기저기 논둑, 밭둑은 평지가 되었고 현장에서 떠내려온 각종 연장이며 인력거 그리고 텐트는 그리 멀리 떠내려가지도 못하고 들판 논둑, 밭둑에 널브러져 있다. 일단 현장에서 장비와 중요 부속품 무더기부터 점검하고 현장을 둘러보았다. 지난 며칠 동안 성토해 놓은 토사들이 깨끗이 쓸려 내려갔다. 그 무섭던 황토물은 골짜기 물이라 그런지 맑게 변하고 하루가 지나서인지 수량도 놀랍도록 적어졌다. 대충 정리, 점검해 놓고 내려오는 길에 군수님, 면장님 등 이 지역 유지란 사람들이 다 오셨다. 그렇게 우리는 면에서 군에서 여러 가지 도구를 지원받으면서, 서둘러 작업을 진행했음에도 한 달이면 충분한 일을 바닥부터 다시 시작하여 겨우 10월 초순이 되어서야 마무리 지었다. 생라면과 냉수만으로 하룻밤과 하룻낮을 견딘 그곳, 화순군 한천면 고시리. 언제 어디를 가도 그 무서웠던 밤, 밤새 쏟아붓던 폭풍우는 영원히 잊히지 않을 것이다.

**13** 1970년 10월 10일. 여천군 돌산면 봉수리. 저수지 현장이다. 우리 장비는 여수항 부두에서 돌산 섬까지 바지선으로 운반하였다. 지척임에도 연륙교가 없다. 양쪽 부두의 접안 시설이 좋지 않아서 위험하기도 하고 저녁이 다 되어서야 힘겹게 현장에 도착했다. 농업용수 겸 상수도용 저수지란다. 벌써 그곳엔 토련 장비 2대가 와 있었다. 경상도 진주 지역에서 엊그제 이곳으로 왔단다. 가을걷이가 끝난 들판에 온통 새파랗게 새싹들이 돋아나고 있다. 논밭에는 시금치 그리고 갓이라고 하는 채소가 온통 파란 세상이다. 이곳에서는 겨울이 따듯해서 야채를 이모작으로 재배한단다. 이 가을에 새파랗게 자라나는 새싹들이 신기하기도 하다. 작은 섬이라고 하지만 육지처럼 펼쳐진 산과 들이 섬이라고 느껴지지 않는다. 이 현장도 철야 작업으로 한 달 예정으로 끝내야 한다. 모처럼 나는 집에 있는 동생과 편지를 주고받았다. 별로 크지는 않지만 농토를 새로 구입하였단다. 송아지도 늘어나고 비육우 축사도 우리 집 마당 옆 채마밭에 증축하였단다. 내 바로 아래 동생이 대견스럽다. 그래도 내가 보내 주는 월급이 큰 도움이 되는가 보다. 마음이 뿌듯하다. 열심히 일해서 우리 집이 옛날처럼 큰 부자는 아니어도 남부럽지 않게 되기를 간절하게 빌어 본다.

가까운 곳에 명승지가 있다고 하여 가 보기로 하였다. 향일암이라고 하는 암자다. 비가 많이 오는 것은 아니지만 이슬비가 제법 온다. 거리는 멀지 않지만 길이 너무 험하다. 버스가 중간까지만 겨우 가고 그 이후부터는 걸어서 가야 한다. 섬 끝머리 바위산에 위치한 암자였다. 맑은 날 조용한 새벽엔 일본 대마도의 닭 울음소리가 들린다고 했다. 향일암? 바라볼 것이 없어 일본을 바라볼까? 그렇게 가까우니 왜놈들이 남의 나라를 넘볼 수밖에 없었을 것이다. 암자는 검푸른 수평선, 섬 하나 없는 망망대해를 바라보며 깔끔하게 잘 정돈되어 있다. 경치도 너무 좋고 주변 산속엔 기이한 바위와 새파란 동백나무가 인상적이다. 잘 보존하고 관광지로 좀 더 가꾸어 놓으면 정말 좋은 관광명소가 될 것 같다. 아무리 그렇다 해도 이 섬 끝자락까지 많은 관광객이 온다는 것이 가능할까? 어느 시절에나? 몇십 년 후? 아무리 좋은 시절이 온다 해도 까마득할 것만 같다.

이 지역엔 가을이 되면 많이 잡히는 생선이 있다. 피라미보다는 조금 클까 말까 한 전어라는 생선이 매끼 넘쳐 나서 질려서 먹을 수가 없다. 회로, 아니면 구워서 밥상 위에 올라온다. 나름 맛있는 생선이라고 주시는 것을 안 먹을 수도 없고…. 그것도 통째로 굽는다. 머리나 내장도 그대로 먹는 바다 생선이다. 우리는 충청도, 경기도, 강원도 모두 내륙에서 온 친구들이라 익숙하지 않다. 더군다나 통째로 먹는다는 건 선뜻 내키질 않는다. 그래도 조금씩 하루 이틀 음식에 입맛을 적응시키다 보니 이제 겨우 한두 마리, 반강제로 입맛에 길들여 본다(훗날 전어회, 전어구이가 유명해졌다). 성토 작업이 얼추 완성 단계에 가까워진다. 또 어느 현장으로 가려는지 서로가 궁금하다. 3~4년 선배님들 이야기로는 식량 자급자족 차원에서 천수답 없애기 운동이 한창이란다. 특히 전국 골짜기마다 저수지를 만들어 가뭄으로 인한 농작물 피해를 완전히 해소한단다. 신속하게 저수지 또는 댐을 건설하라는 박○희 대통령의 특명으로 몇 년 전부터 시행해 온 이 사업은 경기, 충청, 경상도까지 얼추 다 완성되었지만 전라도 지역이 가장 미흡한 실정으로 강력하게 추진 중이다.

**14** 1970년 11월 25일. 전남 영광군 백수면 대신리. 아직 본격적인 겨울은 아니었지만, 날씨가 몹시 춥고 강한 바람과 함께 진눈깨비가 몰아친다. 여수, 순천을 지나 광주 시내까진 무사히 왔는데 광주에서 장비 한 대가 트랜스미션 고장으로 도저히 움직일 수가 없다. 큰일이다. 영광군 백수면까지 반드시 도착해야만 한단다. 전남 지방에 해마다 극심한 가뭄이 들어 군 단위마다 국가에서 긴급 예산을 지원받아 연말이 되기 전에 착공하려고 중장비 쟁탈전이 벌어지고 있단다. 따라서 선금을 받고 언제까지 반드시 도착한다는 선약을 하였다니 참 난감하다. 결국 고장 난 장비를 견인해 보기로 하였다. 와이어 한 마끼(100m), 절단기, 클립 등 단단히 준비했다. 그러나 불과 몇 분을 못 견디고 견인 와이어가 절단된다. 날씨는 진눈깨비, 눈보라가 치고 손은 장갑을 낀다 해도 차가운 쇠에 얼어붙을 것 같다. 나와 또 한 동료 둘이서 앞차 적재함에서 눈보라를 그대로 맞으며 견인 와이어를 점검하면서 가고 있다. 몰아치는 추위에 이가 아래위로 부딪친다. 마치 개 떨 듯이 한다는 말이 맞는 말이다. 도저히 견딜 수가 없다. 송정리도 못 가고 길가 가게에서 소주 한 박스를 적재함에 실었다. 적재함에서 눈비를 고스란히 맞은 두 사람은 컵으로 물을 마시듯이 한 컵씩 마셨다. 술기가 퍼지니 추운 것이 조금 나아지는 거 같

다. 30분도 채 못 버티고 견인 와이어를 수도 없이 교체해야 했다. 송정리를 지나 함평 영광군으로 가려면 큰 고갯길이 천 리 길처럼 멀다. 그런데 이상하게 술도 취하지 않는다. 그렇게 서너 시간이면 갈 길을 열네 시간이 넘도록 가다 서다 저녁 아홉 시가 넘어서 영광군 백수면에 기진맥진 도착하였다. 천신만고 지겨운 추위, 눈보라를 마치 전쟁하듯 견디면서 겪은 징그러운 개고생이었다.

　우리는 영광 읍내 목욕탕으로 직행하였고 읍내 여관에서 이튿날 점심때까지 잠을 잤다. 아니 잔 것이 아니라 마치 죽었다 살아난 것처럼, 정말 세상모르고 깊이 잠들었었다. 이튿날 몸살이라도 날 줄 알았으나 다행히 몸이 가볍다. 적재함에 어제 마신, 비어 있는 소주병을 보고 깜짝 놀랐다. 소주 한 박스를 얼추 다 마시고 겨우 몇 병 남았다. 그 형도 나도 평소엔 술을 거의 안 마시는 편인데 이렇게 마셨단 말인가? 둘이 서로 바라보며 신기해했다. 우와, 이게 사실이냐? 참, 안주도 없이 이게 가능한가? 어느 책에서인가 전쟁을 할 때 때로는 술이나 마약을 사용하기도 한다더니, 술의 힘 또한 엄청난 괴력? 술이 마치 마약과 같은 작용도 할 수 있다는 것을 직접 체감했었다. 아무리 생각해 봐도 그때는 불가능한 일을 해냈던 것 같다. 영광군에서 그리고 농업○○공사 등 관계 기관에서 우리가 힘겹게 온 것을 보고는 감사와 격려 인사를 했다. 인간이란 참 묘하다. 그렇게 죽을 고생을 하고 입에서 쌍욕을 내뱉으면서 왔지만, "정말 고생하셨지라잉~ 수고 많으셨어라~"라는 말을 들으니 언제 우리가 그렇게 고생을 했나 싶었다. 특히 높은 사람들에게 "작지만 저녁이라도 하시어라~"라는 진심 어린 말과 함께 하얀 봉투를 받으면서 언제 그렇게 죽을 고생을 하며 떨었나 싶었다. 참 인간의 마음은 묘하다. 그 또한 끔찍한 고생을 잊어버리게 하는 마약과도 같다.

영광군 관계자들은 날씨가 추워져서 땅이 두껍게 얼기 전에 마무리해 주기를 바라고 있는 눈치다. 바로 철야 작업에 돌입했다. 다행히 토질 역시 마사토로 성토 작업을 하기에 최적이다. 하루에 1m 이상 성토가 이루어지는 것 같다. 점점 올라갈수록 폭이 좁아지므로, 작업 진척은 더욱 빠르게 느껴진다. 관계 기관에서 놀라는 기색이다. 그들도 처음 보는 장비일 것이다. 기계라고 해 봐야 우마차가 전부였을 시골에서 사람의 힘과 비교할 수는 없지만 엄청난 저수지 둑이 자고 나면 쑥쑥 올라오니 그럴 수밖에 없다. 아마도 내년에는 웬만한 가뭄은 충분히 견딜 수 있을 것이다.

**15** 1970년 12월 20일. 영광군 군서면 학정리. 역시 상수도 겸용 저수지이다. 이곳도 지난해 극심한 가뭄으로 인근 농지가 온통 메말라서 큰 흉년이 들었단다. 날씨는 점점 추워지고 이곳은 예부터 눈도 많이 오는 지역이란다. 관계자들은 최선을 다해서 애로 사항을 들어주겠단다. 우리는 토취장에서 저수지 현장까지의 노면을 완벽하게 만드는 것이 최우선이며 관계되는 토지의 임시 사용과 임시 전용 도로만을 위한 불도저 한 대를 별도로 상주시켜서 작업 도로 상태를 항상 최상으로 유지할 수 있도록 협조 요청하고 작업에 임하였다. 역시 철야 작업으로 빡세게 몰아붙인다. 염려했던 눈이 며칠째 끝도 없

이 쏟아진다. 그러나 작업 구간에는 얼지 않는다. 아니 얼 시간을 주지 않고 작업이 연속되는 것이다. 눈은 오다 그치기를 반복한다. 마치 우리가 움직이는 범위만 맨땅인 세상처럼, 주변엔 온통 새하얀 눈 세상이지만 작업 구간만큼은 신기하게도 새빨간 황토색으로 얼지도 질척이지도 않고, 하늘에서 조화라도 부린 것처럼 뽀송뽀송하다. 우리는 그렇게 작지만 두 군데의 저수지를 무사히 마무리했다.

**16** 1971년 1월 15일. 강진군 성전면 안운리 저수지. 기존의 작은 저수지를 확장할 계획으로 일단 장비를 확보하였는데 예산이 아직 원활하지 않은가 보다. 며칠만 기다려 달라는 부탁이다. 모처럼 푸욱 쉬면서 가까운 산에 올랐다. 우와, 기가 막힌 암산이다. 그 산이 요즘 유명한 월출산이다. 우리 장비가 도착한 곳이 월출산 아랫마을이다. 경치가 너무 아름답다. 길은 좀 험했지만 조금만 다듬어 놓으면 금강산이라 해도 무방할 정도로 아름답다. 금강산에 가 보진 않았어도 그림으로는 여러 번 보았다. 이곳 월출산은 작은 바위들이 마치 꽃처럼 솟아 있다. 영암 쪽에서 올라와야 나름 등산로가 되어 있다고 한다. 여러 현장을 다녔지만 이곳은 특히 더 아름답다. 월출산에서 내려오는 맑고 깨끗한 도랑이 마을 한가운데로 흘러내리고 있다. 개울가에 울창한 동백나무는 한겨울임에도 너무 푸르고 싱그럽다. 도랑 옆에 있는 엄청나게 큰 바위에는 백운동(白雲洞)이란 글자가 깊이 새겨져 있다. 그 옆에 큰 고택이 있고 고택 주변을 크게 둘러싸고 있는 돌담이 예사롭지 않다(훗날 백운동 별서정원으로 복원되었다). 우리는 일

주일 이상 기다리다 결국 착공이 취소되면서 서울 영등포 토련 중기 사업소로 입고하였다.

중부 지방은 강력한 한파로 모든 공사가 중단이다. 오랜만에 구정 명절을 고향에서 맞이하게 되었다. 우리 마을이 몰라보게 변했다. 마을 길도 넓어지고 새마을 운동으로 농로도 곧게 펴지고 그야말로 엄청난 변화가 일어나고 있었다. 그 운동은 우리 모두에게 하면 된다는 단결심을 주었다. 우리도 잘살아 보자는 구호도 있었다. 아침이면 마을마다 「새마을 노래」가 대형 스피커로 울려 퍼진다. 새마을 운동이야말로 온 국민의 마음을 하나로 뭉치게 하는 활력소가 되었다.


1971년부터 토지○○조합연합회가 농업○○공사로 명칭이 변경되고 정부 기관에서 보유 중인 중장비들을 모두 불하한다고 했다. 나는 자격증이 없으니 건설 회사에 취업할 수도 없다. 아직도 만 18세가 되려면 금년 7월이 지나야 한다. 면허 시험도 그때 볼 자격이 된다. 면허 시험은 매년 1회이며 각 도청에서 일정을 공고한다. 특히 스크레이퍼 면허는 장비의 숫자가 매우 적어 시험이 없는 지방도 있다.

국가에서 운영하는 (관용) 중장비는 극소수만 보유하고, 개인 회사(건설 회사)가 운영하는 장비로 대체된단다. 구정을 지나면서 어느 기사는 몇 호 차를 불하했고 누구는 어디로 간다는 등 자리 이동이 많았다. 우리 매형은 불하를 하지 않으시고 계속 근무하신단다. 결국 나는 1971년 3월, 정○○ 사장님 장비로 옮기게 되었다. 지금까지 함께 하시던 매형은 다음에 불하를 하거나 장비 일이 있으면 연락 줄 테니 그쪽에 가서 열심히 근무하라 하셨다. "언제라도 연락 주시면 달려오겠습니다." 그동안 너무 감사하다는 인사를 드리고, 정 사장님 장비로 자리를 옮겼다. 나를 포함하여 4명이서 불하한 장비 2대를 수리하였다. 사장님 집에서 샛길로 조금 걸어가면 유한○행 뒷길 공터에서 며칠 동안 정비를 마치고 바로 현장에 투입되었다.

**17** 1971년 3월 20일. 서울시 성동구 논현동. 영동지구 신시가지 개발 공사 또는 강남 신시가지 개발 공사. 정 사장님 장비로 옮긴 후 첫 현장이다. 얼마 전에 제3한강교가 개통되었다. 제3한강교를 건너기 전 좌측은 강남 고속버스 터미널이며 우측 북동쪽으로 펼쳐진 벌판이 우리 현장이다. 갈대밭으로 방치되다시피 한 구릉지들이 끝없이 펼쳐진다. 온통 벌판은 표토만 벗겨 놓은 상태다. 사막처럼 허허벌판에 도로 및 배수로와 바둑판처럼 신도시를 만드는 작업이다. 주로 4차선 이상의 넓은 길을 우선으로 만들어 간다. 주변에 민간인이나 주택들은 모두 철거된 상태였고 그냥 황량한 벌판에 장비들만 개미처럼 움직이고 있다.

높은 언덕에 올라 주변을 보니 한강이 마치 거대한 뱀처럼 흐른다. 북서쪽은 한강이고 북동 그리고 남동쪽까지 온통 나무 한 그루 보이질 않는다. 이곳 역시 텐트 생활이다(현재 위치로는 영동고교 부근). 야전용 텐트로 임시 식당, 사무실 그리고 숙소를 만들었다. 자연 상태 그대로인 벌판에서 그나마 조금 평평한 지형을 골라 설치한 텐트 속엔 간이침대가 전부다. 작업 역시 늘 해 오던 장비 한 대에 2명씩 철야 작업이다. 피곤이 겹치고 일에 지치면 이것저것 따질 정신이 없다. 그것이 누적되면 정말 아무런 생각이 없다. 보통 중장비들은 움직임이 적다. 불도저, 크레인, 포클레인 등은 대체로 움직임이 둔하고 흔들림이 크지 않지만 우리 모터스크레이퍼는 운전석에 'X' 자형 안전벨트를 반드시 착용해야 한다. 성인 키 높이의 타이어가 쿠션의 전부다. 길도 아닌 논둑, 밭둑을 그대로 타고 넘는다. 그 진동과 흔들림 때문에 하루에도 몇 번씩 스티어링 버튼(스위치)을 놓치고 운전석에서 이탈하는 아찔한 일이 벌어진다. 그러다 보니 제아무리 팔팔하고 건장한 젊은 혈기라도 4시간 동안 시달리고 나면 두세 시간은 녹초가 되어 잠든다. 날씨는 쌀쌀하고 텐트 속에서 2~3시간 휴식이 끝나면 벌써 식사와 함께 교대 시간이다. 어느 현장이나 민가가 가까이 없을 때는 무조건 텐트에서 숙식을 해결한다. 특히나 건설 현장은 주야 작업과 텐트 생활이 당연시되었다.

세상에는 수많은 직업과 일감이 있다지만 우리만큼 많은 밤샘 작업을 한 사람들도 흔치 않을 것이다. 잘 갖추어진 실내 공간에서의 밤샘이 아니라 야생 상태의 산속 또는 벌판에서의 밤샘이다. 정말로 입에서 단내가 난다는 말이 떠오른다. 겪어 보지 않으면 잘 모르는 그 말을 우리는 절절하게 몸으로 느끼며 일했다. 현장이 너무 넓고 크다 보니 일이 많은 곳을 몇 군데 옮겨 다니면서 임시 텐트를 설치했다. 우리 텐트 앞에는 작은 산이 있었고 무슨 왕릉이라 했다. 그 입구엔 붉은 나무 기둥이 있는데 그것이 왕릉 입구에 설치한다는 홍살문이다(지금의 강남구 삼성동 선릉 정릉이다). 당시 왕릉은 그렇게 크거나 화려하지도 않았으며 홍살문을 따라 누구나 드나들 수 있었고 그저 조금 크고 잘 가꾸어 놓은 묘라고 느낄 정도였다. 그 뒤로 조금 더 가면 무슨 절(봉은사)이 있었다. 그때 내가 본 왕릉은 마치 사막의 오아시스처럼 유일하게 나뭇잎, 풀잎을 볼 수 있는 작은 동산의 노송 몇 그루가 전부였다. 홍살문 앞에 텐트를 치고 며칠 밤을 지새우던 어느 날, 널찍한 갈잎이 움트는 것을 보면서 "잉? 벌써 봄이 되었나?" 하고 놀랐다. 얼마나 정신없는 밤샘 작업이었는지 피로가 쌓이고 겹쳐, 날짜 가는 줄도 모르고 있었다. 그냥 날씨가 점점 포근함을 느낄 뿐, 계절 감각이 없었다. 우리는 그 왕릉 주변에 갈잎이 손바닥처럼 넓게 피어나는 것을 보고 지금이 봄이란 걸 알았다. 벌써 4월 중순이란다.

1971년 4월, 이곳에 온 지도 한 달이 가까워진다. 이제 제법 넓고 큰 도로들은 형태가 잡혀 간다. 사이사이 2차선 도로도 그 모습이 나타난다. 왕릉 앞에서 쭈욱 북동쪽으로 내려와 한강을 향해 서쪽으로 흐르는 꽤 큰 개천이 있다. 물은 거의 메말라 있고 해묵은 갈대만 무성하다. 시커먼 개펄과 모래 사이로 흐르는 물 양에 비하면 훨씬 넓은 개천이다. 여름 장마 땐 한강 물이 이곳까지 차오른단다. 그 개천(탄천) 너머 드넓은 습지도 개발 예정이란다(훗날 잠실 종합운동장이다).

개천(탄천)을 종점으로 큰 도로부터 사이사이 바둑판처럼 샛길을 만들어 갔다. 그 개천은 저 멀리 아득하게 보이는 남한산성에서부터 흘러 내려온다. 꽤 멀리 보이는 산이다. 그렇다면 상당히 큰 개천임이 틀림없다. 여름 장맛비가 온다면 수량이 엄청날 것 같다. 우리는 그렇게 마치 계단식 논밭을 만들듯이 언덕은 깎아 내리고 낮은 곳은 높이면서 밤낮을 가리지 않고 일에만 몰두했다. 지친 우리 눈에는 말뚝에 표시된 새빨간 표식(스덴 바 레벨)만 보인다.

교대 후 선릉 정릉 앞 텐트에 누워 동료들과 주고받던 이야기가 생각난다. "이렇게 넓은데 강 건너 서울 사람들 다 온다 해도 반도 안 차겠다." "그러게, 이곳에 집들이 언제나 다 들어찰 수 있을까?" "시간이 오래 걸리겠지?" "먼 훗날 우리가 환갑이 지나서 이곳에 오면 아마도 다 차겠지?" "글쎄." "그때쯤 이곳에 오면 누군가 수고하셨다고 막걸리 한 잔 줄까?" "막걸리는 못 줘도 냉수 한 잔은 주겠지?" 우리는 웃으면서 농담을 했다. 세상이 참 많이도 변하고 세월도 많이 지났다지만 내 마음속엔 바로 엊그제 같은 일이다. 그때는 얼마나 숨 쉴 틈 없이 몰아붙였던지, 누군가 나에게 소원 한 가지만 들어줄 테니 말하라 했다면 곧바로 망설임 없이 따뜻한 물에 목욕하고 포근한 이불 속에서 며칠이고 자고 또 자고 싶다고 이야기했을 것이다. 그만큼 견디기 힘든 철야 작업의 연속이었다. 생사를 넘나드는 포화 속 단 일 분 일 초라도 빠르게 고지를 점령해야만 살아남는 전쟁과 무엇이 다르겠는가. 그야말로 인간의 한계에 도전하는 철야 작업이다. 어느 누구라도 체력을 최고 한도까지 사용하고 피로감이 쌓이고 쌓여 극에 달하면, 밥도 싫고 돈도 싫고 어떤 부귀영화도 싫고 그저 며칠이고 푸 욱 쉬면서 잠만 자게 해 달라고, 바로 그것이 나의 소원이라고, 망설임 없이 말했을 것이다. 우리는 그렇게 꼬박 3개월이 넘도록 시내 한번 못 나가 보고 정신없는 밤샘 작업으로 강남 신시가지 개발 공사를 마무리하였다. 세월이 흐른 지금도 강남을 떠올리면 등에서

식은땀이 난다. 아무리 생각을 더듬어도 졸리고 고달프고 피로에 지쳐 극에 달했던 생각 외엔 별다른 기억이 떠오르지 않는다.

**18** 1971년 7월 10일. 충남 청양군 운곡면 신대리. 저수지 현장 특성상 초창기엔 작업이 부진하고 또 위험하다. 역시 산과 산을 이어 막는다. 처음엔 지표면 아래로 파고 내려가야 한다. 옆에서 단면으로 본다면 다이아몬드 형상처럼 지면 아래로 암반이 나오도록 파고 내려 가서 누수되지 않도록 심토를 다져 올리고 그 옆으로는 함께 성토를 해서 지면과 수평이 되면, 비로소 가장 힘들고 어려운 작업을 벗어나 본격적으로 성토 작업이 시작된다. 그 정도가 되면 서서히 저수지의 본 모습이 나타나기 시작하며 가장 어려운 고비는 넘겼다고 보아야 한다. 어느 공사 현장이든 초창기가 가장 힘들고 위험하다. 더군다나 한여름, 특히 장마를 앞둔 시기에는 애당초 피하는 것이 통상적이다.

이 지역은 특수 작물이라 하여 밭에 구기자나무가 많이 심겨 있다. 마치 찔레 덩굴처럼 흰 줄기에 가시가 있고 가을엔 붉은 열매가 열리며 한약재로 쓰인단다. 아무리 좋은 약재라 해도 귀한 밭에 곡식을 심어야지, 약재를 심는다는 것이 얼른 이해가 안 된다. 그렇게 8월 말쯤 세상을 또 한 번 놀라게 하는 사건이 발생했다. 서울 유한○행 앞에서 버스를 탈취한 괴한들이 경찰과 대치 중 모두가 자폭했다는 놀라운 기사다. 몇 달 전에 우리가 있었던 유한○행 앞이라니 더욱 놀랍다. 그 사건은 한참 뒤 실미도 사건이라 하여 영화로도 만들어졌다. 아까운 젊은이들의 세상을 향한 극단적 몸부림이었다고 생각된다. 결국 분단된 이 나라의 잘못된 지도자들의 헛된 망상이 아까운 젊은이들을 희생시킨 뼈아픈 상처로 역사에 기록될 것이다. 우리 현장은 여름 장마 철이어서 비교적 안전하고 지대가 높은 일부 산 끝에서 이설 도로와 점토 자리만 확보하고는 일차 공사가 마무리되었다.

**19** 1971년 9월 20일. 전남 목포시 목포 공업 단지 조성 공사 현장. 나주 방면에서 목포 시내로 진입하기 전에 야산을 정리하여 공업 단지를 조성한다. 대체로 대도시 주변에는 산업화 정책이라 하여 어느 도시든 커다란 공업 단지가 조성되고 있다. 전라남도 지역은 여수 지역을 제외하고는 아직 대규모 공업 단지가 없다. 이곳 역시 목포항을 기점으로 이제야 공단을 조성한다. 야산을 계단식으로 구획 정리하듯이 만들어 가는 작업이라서 단순하다. 규모는 작지만 영동지구(강남 신시가지) 공사와 흡사하다. 벌써 10월이다. 나는 전남 도청에 전화를 걸어 특수 중장비 면허 시험에 관하여 자세하게 알아보았다. 금년 7월 7일부로 내 나이 만 18세이니 11월 초에 시행한다면 충분하다. 직접 전남 도청에 방문해서 자세한 일정을 알아보고 관련 책자도 구입했다(제1종 특수 중장비 조종 면허 모터스크레이퍼 자격 만 18세 이상). 동료들에겐 자연스럽게 알렸지만 왠지 걱정스럽고 불안하다.

공단 조성 공사는 순조롭고 빠르게 진척되었다. 벌써 11월 초순이다 (8일 필기시험, 9일 실기시험, 15일 최종 발표). 난생처음 치르는 시험이며, 만 18세가 되기를 고대해왔던 나로서는, 누구보다도 더 절실했다. 필기와 실기시험을 마치고 바로 목포 현장에 내려왔다. 장비가 진도 현장으로 급히 이동하기 때문이었다. 해남 선착장에서 바지선을 이용해 진도 섬으로 입도하는 것이다. 벌써 내일이 시험 발표일이다. 나는 곧바로 시험 결과 확인차 광주로 올라왔다. 다행히 최종 합격이다. 정말 뛸 듯이 기쁘다. 누군가에게 이 기쁨을 전하고 감사함을 함께하고 싶다.

**20**  1971년 11월 17일. 전남 진도군 지산면 심동리 저수지. 바닷가 마을이다. 간척을 막은 지 꽤 오래된 것 같다. 간척지는 토양에서 자연스레 간수(염분)가 빠져야만 농작물 식재가 가능하다. 간척지는 그리 크진 않았지만 인근에 저수지가 꼭 필요한 지역이다. 산 아래 작은 도랑을 임의로 파내고 담수용 저수지를 만드는 공사다. 먼저 우회도로부터 신설한다. 바닷가라서 그런지 토질이 단단하고 작업 여건이 원만하지 못하다. 먼저 산 위쪽으로 도로를 신설하고 본 공사를 시작해야 한다. 비라도 내리면 토사가 마르지 않아 쉬는 날이 잦다. 비 온 다음 날, 바로 옆 산에 올랐다. 500~600m는 족히 될 거 같다. 산 정상에 오르니 역시 그림 같은 바다가 코앞에 펼쳐진다. 너무 아름답고 멋진 풍경이다. 산마루 양지바른 바위에 앉아 떠 있는 섬들과 저 멀리 수평선을 바라보니 그 풍경은 꿈속에서나 볼 수 있는 황홀경처럼 하루 종일 바라봐도 질리지 않는다.

흔히 시골 마을은 성씨별로 모여 사는 집성촌이 대부분이지만 여긴 그렇지 않다. 보통 시골 마을과 좀 다르다. 이곳은 옛날 이조 시대 귀양지였다고 한다. 양반들이 세도에 밀리면 목숨을 부지하는 것만 해도 천만다행이었던 시대에, 평생을 섬 속에서 살다가 죽거나 죽을 때가 다 되어서야 집으로 돌아가는 일이 비일비재했단다. 요즘이야 통신이 발달해서 모든 일이 세상에 알려지지만, 그 시절엔 크고 유명한 사건이 아니면 세상 누구도 알 수 없는 억울하고 기막힌 귀양살이가 더 많았다고 한다. 그 인연으로 지금까지도 마을마다 학식이 풍부한 사람들이 많으며, 나름 출중한 가풍을 이어받은 후손들은 대다수가 귀양 온 나리님들의 핏줄이었다고 한다. 그만큼 이 지역은 지체 높고 훌륭한 인재가 많은 지방으로 전해져 내려온다. 우리는 한 달 남짓 이설 도로만 만들어 놓고 예산 부족으로 본 공사는 시작도 하지 못하고 마무리하였다.

**21** 1971년 12월 20일. 전남 보성군 조성면 봉능리 저수지. 기초 공사만 조금 되어 있고 이제 막 시작이다. 저 멀리 아득하게 내려다보이는 들판이 모두 간척으로 생겨났단다. 우리가 만들어야 할 저수지 역시 규모가 상당히 크다. 산과 산을 이어 막는 것이 아니고 약간의 계단식 밭을 이용하여 'ㄷ' 자 형태의 저수지를 만든다. 가까운 곳에 적당한 토취장이 없는 것이 좀 특이하다. 저수지 안쪽 침수 지역을 깊이 파 내려가면서 그 토사로 성토를 하자니 작업 능률이 몹시 부진하고 까다롭다. 모터스크레이퍼 6대, 불도저 2대, 기타 장비를 포함하면 많은 인원과 숙소가 필요했다. 다행히 마을이 가까워서 규모가 큰 집 행랑채를 얻어 숙소로 이용했다. 이곳은 동절기가 되면 남자들이 몇 명씩 무리 지어 작은 종지를 이용하여 윷놀이를 한다.

윷놀이는 어른 손가락보다 굵직한 나무 가락을 던져서 하는 것만 보았는데 좀 생소하다.

토취장이 마땅치 않아 1972년 새해부터는 국도를 이용하여 2~3km를 왕복하며 토사를 운반한다. 국도를 이용하는 장거리 성토 작업은 처음이다. 동료들 역시 매우 비능률적이라고 설계 자체를 의아해했다. 우리가 이용하는 길이 2번 국도다. 목포에서 출발하여 강진, 장흥, 보성, 벌교를 지나 순천으로, 아마도 부산까지 이어질 것이다. 앙상한 비포장도로 운행은 몹시 피곤하다. 거기에다 여전히 철야 작업이다. 몇 개 마을 앞을 지나다니면서 작업하는데, 아무리 생각해도 비정상적인 작업이다.


이른 새벽 시간이면 어느 마을이든 제일 먼저 불이 켜지는 집이 반드시 있다. 지루하고 피로에 지친 캄캄한 새벽 시간에 처음 켜지는 불빛을 보면 머지않아 아침이 밝아 올 것이란 생각에 반가움이 앞선다. 몇 달을 지나다니며 보아도 한결같다. 점차 날이 밝아 오면 자연스레 그 집들을 바라보게 된다. 그들은 한결같이 마을에서 꽤 잘사는 부잣집이었다. 처음엔 '아마도 새벽에 누군가 일찍 출근이라도 하려고 불을 켜겠지.' 하고 생각했었다. 그러나 몇 달을 지켜보면서 그것이 아니란 걸 알 수 있었다. 일요일도 방학 기간도 비가 오나 눈이 오나 한결같다. "큰 부자는 하늘의 뜻이지만, 작은 부자는 부지런한 데서 온다."라는 옛말처럼, 분명 부지런한 자는 부자가 될 수 있는가 보다. 나는 너무 신기해서 몇 집을 자세히 알아보았다. 무엇을 하는 집이며, 어떤 일을 하며, 재산은 얼마인지 등. 그 결과 그냥 평범한 농가란다. 특별한 건 없고 다만 마을에서는 제법 부농이며 하나같이 아주 성실하고, 경위 바르고, 한마디로 주변 유지에 속한단다. 참, 옛날 사람들이 말한 것이 너무 정확하다는 것에 놀라지 않을 수가 없다.

동료 중 안양이 본가인 박○○ 친구가 내일 입대를 위하여 상경한다. 초저녁에 송별회 겸 가볍게 한 잔씩을 하고 밤 열두 시에 정식 교대하여 정상 작업을 하고 있었다. 많이 마신 건 아니고 크게 취한 것도 아닌데 새벽 2시를 지나면 몹시 졸린 시간이다. 토사 운반 구간 중에는 철길 건널목이 있다. 그 건널목에서 내 장비가 바로 옆 배수로에 빠지고 말았다. 장비 뒤의 프레임이 철길에 얹혀서 꼼짝을 하지 않는다. 큰일이다. 마침 뒤따라오던 내일 상경하는 친구가 후미로 밀어 주려다 그만 그 친구 역시 옆 도랑에 박혀서 꼼짝을 하지 않는다. 큰일이다!! 이 시간쯤 지나가는 열차가 있는 것으로 알고 있는데? 그러니까 스크레이퍼 두 대의 후미 프레임이 철길 양쪽 레일 위에 얹혀 있는 상태다. 이건!! 정말 큰일이다!! 그때 저만큼 떨어진 남쪽 철길에서 기적 소리와 함께 불빛이 보인다. 우리는, 아니 나는 철길을 따라 옷을 벗어 흔들면서 열차가 오는 방향으로 뛰고 그 친구는 멀리 토취장의 불도저를 향해 뛰었다. 열차는 금세 다가오고 있었다. 한 100m 이상 웃옷을 흔들며 뛰었을까? 열차를 피할 생각도 없던 거 같다. 어느 순간!! 쉭~!! 하는 소리뿐, 그땐 정말 제정신이 아니었다. 나는 철길 옆에 주저앉아 '아~ 이젠 죽었구나.' 하며 온몸을 움츠리고 있었다. 그때 "끼익!!~!! 끽 끽 끽!!~" 하는 소리와 함께 열차 바퀴에서 불꽃을 튀기면서 한참을 더 가더니 결국 멈춰 선다. 우리 장비가 기차

와 부딪쳐서 박살이 난 줄 알았다. 천천히 걸어서 장비 쪽으로 와 보니 불과 5m도 안 남겨 놓고 열차가 정지해 있다. 기관사들이 내려와 두리번거린다. 나를 보더니 깜짝 놀라며 다치지 않았는지 확인한다. 사람이 열차에 받힌 줄 알고 급정거했단다. 그제야 멀리서 불도저(캐터필러 D6)가 총알처럼 달려온다. "따라~라락!!~" 마치 탱크가 달려오듯이 가까스로 철길을 타고 스크레이퍼 후미를 밀어서 정상 복귀시켰다. 기관사들은 무슨 서류철을 내밀며 서명하란다. 조종원, 소속, 성명. 철길을 가로막은 사실을 인정한다는 서류이다.

이튿날 조성면 파출소에서 호출이다. 내 이름을 확인하더니 몇 번을 아래위로 훑어본다. 아마도 경찰들은 내가 무면허인 줄 알았나 보다. 이것저것 확인하고 사건 경위와 조서라는 것을 난생처음 써 보았다. 현장 소장이며 장비 담당 반장이며 조그만 파출소가 나로 인해서 소란하다. 아마도 현장에서는 당장 장비를 멈출 수 없다는 이야기 같다. 결국 현장 소장 책임 아래 임시 운행한다는 조건이다. 너무 어이가 없다. 면허 발급 후 6개월도 채 안 되어 최초로 제시한 곳이 파출소라니, 나 자신이 너무 한심스럽다. 파출소 담당자들도 한참 면허증을 보고 나를 보며 확인 또 확인한다. 우리는 점심때가 지나서야 현장으로 돌아왔다.

**22** 1972년 8월 20일. 진도군 지산면 심동리. 지난 1차 공사에 이어 2차 공사에 재투입되었다. 진도는 우리나라에서 세 번째로 큰 섬이다. 특히나 간척을 막아 놓으니 농사를 주업으로 하는 여느 시골

마을과 다를 바가 없다. 좀 색다른 것은 한여름인데도 육지 내륙보다 더 시원하다는 것이다. 한 가지 흠이라면 민물이 풍부하지 못하다는 것이다. 지형을 잘 이용하여 저수지 같은 수리 시설을 빨리 만들어서 수리 안전답과 더불어 식수까지 해결한다면, 정말 살기 좋은 환경으로 변모할 수 있을 것 같다. 진도라는 섬은 임진왜란 당시 이순신 장군의 최대 격전지이며 역사에 길이 남을 전적지 울돌목(물결이 몰아칠 때 여인들의 울음소리가 난다고 하여 울돌목이라 함)이 진도와 해남 사이 가장 가깝고 좁은 곳에 있다. 밀물, 썰물 때가 되면 무서울 정도로 휘몰아치는 소용돌이는 과연 이순신 장군이 대승을 거두기에 충분한 조건을 갖추고도 남을 만한 무서운 바다 소용돌이다. 우리는 이곳에 두 번이나 투입되면서 직접 보고 느낄 수 있었다. 운반선인 바지선을 이용하려면 만수위일 때를 기다려 육지와 가장 가까운 포구를 이용해야 한다. 물때를 맞추기 위해서는 선착장에서 미리 두어 시간씩 기다리면서, 울돌목 바로 옆 널찍한 바위 위에 걸터앉아 한참씩 그 무시무시한 소용돌이를 감상했었다. 그 옛날 명량해전 당시를 생각해 보면 그야말로 하늘이 도와준 기가 막힌 조건을 갖춘 장소이다. 어떻게 이런 장소를 찾아내서 정확한 물때에 맞추어 적을 유인할 수 있었을까? 참으로 하늘이 내려 준 천혜의 장소임이 틀림없다.

**23** 1972년 10월 27일. 전남 광주시 본촌동 양지 부락. 연초 제조창 부지 공사. 주소는 광주시이지만 완전 시골 들판이다. 우리 사장님은 지난해부터 전라남도 모든 지역 업무를 총괄할 수 있는 임

시 본거지를 마련하셨다(금남로5가 76번지 12호 「영남 여관」). 전화로 사장님께 장비 부품 구매 요청도 하고 아니면 직접 들리기도 한다. 이곳 연초 제조창 현장 작업은 별로 어렵지 않았으나 대형 구조물이 들어설 자리는 표토를 걷어 내고 다시 성토를 다져 올라와야 했다. 나는 시내를 오고 가면서 대형 벽보에 군 지원 입대 장병 모집 공고를 보았다. 평소에도 입대를 빨리하고 싶었으나 방법을 잘 몰랐었다. 벽보엔 만 18세 이상이면 가능하며 특히, 자격증 소지자 우대란다. 고심 끝에 광주 병무청에 문의 전화를 했다. 주소지가 충북으로 되어 있어도 이곳에서 지원이 가능한지 확인해 보았다. 결론은 전국 어느 병무청에서도 가능하단다. 직접 광주 병무청을 찾아가 지원 서류를 받고 지정된 병원에서 신체검사를 했다. 일주일 후 신검 결과지와 함께 지원서를 제출했다(육군 공병 주특기 번호 6080이다). 빠르면 금년 내에 입대 가능하단다. 사장님께 조심스레 말씀드렸다. 나를 천천히 바라보던 사장님은 "언젠가 군대는 가야 하지만 굳이 그렇게 지원 입대를 한다구? 허 참." 사장님은 난감한 표정을 지으시며 "요즘은 작업이 많지 않아 다행이지만, 그래도 자네 없이 김 군 혼자서는 힘들 텐데." 하시며 걱정스러운 표정이 역력하다.

한 달 후 드디어 12월 27일 11시까지 논산 훈련소에 개별 입소하라는 입영 영장이다. 사장님께선 "아, 남들은 안 가려고 돈도 쓰고 빽도 쓰고 난리를 치는데 뭐가 그리 급해서 지원까지…. 허허 참." 하시며 알다가도 모르겠단다. 이곳 현장도 이달 말이면 끝날 것 같은데 아직 연결되는 곳이 없는 실정이다. 나는 갑자기 마음이 조급해진다.

부모님께도 알려 드리러 잠시 다녀와야 할 것 같다. 요즈음 들리는 이야기로는 6.25 전쟁 후 50년대 이후에 태어난 젊은이들이 너무 많아서 군 입영 대상자의 숫자를 줄여야 하기 때문에 몸이 약간만 부실하거나 학벌이 고졸 이하인 젊은이들은 신체검사(징병 검사)에서 현역이 아닌 보충역으로 편입된다는 소문이 있다.

나는 만 20세가 되어 징병 검사를 거쳐 정상적으로 입대하면 바로 아래 동생과 세 살 차이니 함께 군 생활을 해야 하는 상황이 온다. 나는 형님의 늦은 입대를 보면서 나 역시 늦게 입대할 경우 우리 집 형편이 또다시 어려워질 수 있다고 판단하여, 가려면 빨리 다녀오려고 오래전부터 생각해서 내린 결정이다. 집에 들러 부모님께 군 지원입대 날짜를 말씀드렸다. 어머니는 "네가 보내 주는 월급으로 농자금이니 뭐니 걱정을 안 했는데 막냇동생도 곧 중학교에 가야 하고 걱정이구나." 하신다. 아버지는 쓸데없는 소리 하지 말라고 어머니를 나무라신다. 아버지는 "집은 걱정하지 말아라. 네 형도 이제 곧 자리 잡을 것이고. 이젠 아무 걱정 없으니 그저 네 몸만 건강하게 잘 다녀와라." 하신다. 우리 막냇동생이 벌써 중학생이 된단다. 나는 열심히 공부하라고 다독여 주었다. 그리고 바로 아래 동생이 항상 마음에 걸린다. 축사에 있는 한우도 잘 키우고 특수 작물도 조금씩 시도해 보고, 항상 여러 가지 도서를 읽으며, 요즘 젊은이들에게 뒤처지지 말라고 여러 차례 당부했다. 그렇게 12월 27일 논산 훈련소 수용 연대에 입소하였다. 10여 명의 지원자와 함께 정문으로 들어갔다.

입영 서류 확인 후 바로 점심시간이다. 나는 전국 이곳저곳 여러 가지 음식을 접해 보아서 어떠한 음식도 자신이 있었다. 하지만 밥이 마치 부스러기 쌀처럼 퍼석해서 익숙해지기 전엔 별로인 거 같다. 그렇게 점심 식사 후 함께 입소한 친구들과 대화를 나누며 오후 한 시쯤 되었을 때 안내하는 병사가 내 이름을 부른다. 어디론가 한참을 걸어갔다. 나이가 좀 들어 보이는 장교 한 사람이 저만큼 앉아 있다. 내 이름을 확인하고는 "608 티오가 없으니 돌아가시오."라고 한다. 나는 순간 당황스러웠다!! "병무청에 모든 서류 제출을 했는데요? 저는 돌아갈 수 없습니다." 날카롭게 나를 쏘아보던 장교는 "돌아가라면 가지 무슨 말이 많아!!" 하고 갑자기 소리를 높인다. 그러면서 "안내병!! 귀가 여비 지급해서 돌려보냇!!" 하면서 벌떡 일어나서 나가 버린다. 헐, 기가 막힌다. 아니, 무엇이 어떻게 잘못된 것인지 알려 주지도 않고 나는 너무 황당해서 말이 안 나왔다. 멍한 나에게 안내병은 따라오란다. 이게 무슨 × 같은 경우인가? 뻘쭘한 나에게 여비 몇천 원을 챙겨 준다. 허허, 나 참. 그때가 오후 한 시 반쯤 되었다. 머리는 박박 밀은 상태로 모자만 푸욱 눌러 쓰고 정문 앞을 혼자 걸어 나오며 어떻게 해야 할지를 몰랐다. 나는 근처 우체국에서 대전 현장 선배님에게 시외 전화를 신청했다. 마침 점심 교대 직후라서 통화가 가능했다. 이 형은 몇 년 전에 제대하고 대전 근교 현장에 근무 중이다. 나의 황당한 전후 사정을 이야기하니 한참을 껄껄 웃는다. "그래, 지금 정문에 나왔다고? 병무청에 가서 서류 고치거나 다시 입대할 생각 절대 하지 말아라!!" "왜요?" "야 너 미쳤냐!! 아니 3년을 왜 생고생을 하려구 하냐! 군대 갔다 오면 누가 벼슬이라도 준다던? 남들은 없는 병도 만들어서 빠지려고 안달인데. 아무튼 내 말 들어라. 일할 데 없음 이리 와. 여기도 사람 모자란다." "암튼 알았어요, 형. 다음에 연락할게요." "야, 야! 꼭 내 말대로 해. 나중에 후회한다." 허허, 나는 너무 난감하고 무엇인가 확인하고 싶어졌다. 곧바로 울산 현장에 전화를 다시 신청했다. 이○○ 형님이다. 그 형은 제대한 지 오래되었다. 한참 만에 연결이 되었다. "바쁜 시간에 전화해서 미안해요."라고 했더니 "아니다. 고장 수리 중이라 손에 묻은 기름 좀 닦고 오느라 늦었다."라고 한다. 군대 가려고 지원했다가 논산 훈련소에서 밥 한 끼 먹고 지원 병과에 티오가 없다고 집에 가래서, 지금 훈련소 앞에서 너무 황당해서 전화하는 것이라고 했더니, 한참을 키득거리더니 "그거 잘된 일이다. 무슨 사정이 있어서 지원했는지는 모르겠으나, 가 봤자 3년 동안 시간만 썩히다 온다."라는 것이다. "물론 국방의 의무라 하니 누구나 입대하라면 해야 하겠지만 지원했는데 티오가 없다면 하늘이 도와준 거다. 그 3년 동안 돈 벌면 그게 훨 낫다. 너는 자격증도 있고 기술도 모두 인정하자나. 너만 한 기술이면 어디를 가도 대환영이다. 너는 광주 정 사장님 심복이자나?" 그러면서 무조건 가지 말란다. 나참, 너무 황당하고 어이가 없어서 전화했다고 하며 서로 인사를 나누었다.

논산역에서 호남선 열차를 타고 늦은 시간에 광주 여관에 들렀더니 사장님이 깜짝 놀라신다. 사장님 역시 병무청에 가서 서류를 고친다거나 재입대할 생각 말고 바로 현장 마무리되면 구례 쪽으로 이동 준비를 하라고 하신다. 일찌감치 잠자리에 누우니 잠이 안 온다. 다시 가야 하나? 형들 말처럼 그냥 근무해야 하나? 왜 티오가 없을까? 왜 서류가 잘못되었을까? 무슨 서류가? 아무리 생각해도 학벌이? 내 딴엔 고졸 친구와 무엇을 한다 해도 뒤지지 않을 자신이 있는데 무엇인가 무시당한 느낌? 오기? 여러 가지 생각이 머릿속을 뱅뱅 돌기만 한다. 기술 또한 어떤 기술자와 무엇을 한다 해도…. 휴, 하기야 그들이 보기엔 실력 검증 시험을 치르는 것도 아니고 서류상의 간판(졸업장)만 볼 테니 그냥 인간쓰레기 취급을 하나? 그래도 병무청에서 나름대로 심사 후에 보낸 것일 텐데. 새벽까지 잠을 설치다가 '필요 없다는데 왜 내가 사정사정해야 할까?'라는 생각까지 하니 참 씁쓸하다. 그래, 이 세상 어디에서 무슨 일을 하더라도 꼭 필요한 사람이 되자. 필요하고 중요한 사람일수록 누군가에겐 귀하고 고마운 삶일 것이다. 그래, 내가 필요하다는 곳에서 살아가자. 굳이 필요 없다는 곳에 사정하며 가고 싶지 않다.

집으로 간단하게 소식을 전했다. 우리 집에서도 깜짝 놀랐을 것이다. 그 후 며칠 동안 오기? 열등감? 아무튼 자세한 내 마음을 잘 모르겠다. 하지만 분명 무엇인가를 하고야 말겠다는 생각이 머릿속을 떠나지 않는다. 평소에 늘 생각하던 검정고시에 관하여 광주 교육청에 상세하게 문의해 보았다. 전화상으로는 어딘가 답답하여 직접 찾아갔다. 상세한 안내 책자가 비치되어 있다. 중학교 졸업 검정고시, 고등학교 검정고시, 한 단계 건너뛰어 바로 고졸 검정고시는 불가하단다. "그래, 지금부터 시작이다! 시간을 쥐어짜서라도 집중하자!" 나도 모르게 어금니를 지그시 물어 본다.

**24** 1973년 1월 3일. 전남 구례군 토지면 구산리 2구 단산 저수
지. 이곳은 구례를 지나 하동 쪽으로 내려가다 지리산 쪽으로 조금 들
어온 마을이다. 계곡에 흐르는 맑은 물이 마을 주변을 휘감아 돌고
개울가 바위 사이로 펼쳐진 넓은 소나무 숲은 정말 아름답다. 그냥 아
름답다는 말보다는 고풍스럽다는 말이 더 어울릴 것 같다. 마을 옆 널
찍한 계곡은 큰 바위들이 마치 뭉게구름처럼 펼쳐져서 정말 웅장하
고 예스러움이 풍긴다. 수백 년 된 소나무들이 계곡 옆을 뒤덮고 있는
모습을 보면 두루마기에 갓을 쓴 선비들이 금세 나타날 것만 같다. 그
솔숲 옆으로 이어진 마을 한편에 커다란 기와집이 위엄 있게 서 있다.
천○○ 씨 댁이란다. 우리는 그 댁에 거처를 정했다. 고택은 마치 대궐
같다. 집이 아니라 궁궐이라 해야 맞을 것 같다. 몇백 년은 족히 된 듯
한 기와집이다. 기와지붕 위 여기저기에 이름 모를 풀, 무슨 선인장 같
은 것이 있다. 무척 오래된 고궁과 흡사하다. 그 모습이 너무 아름답
고 기억에 생생하여 그 집의 성씨도 잊히지 않는다. 기와지붕 위 용머
리엔 건국(建國)이라고 기와 자체에 뚜렷하게 새겨져 있다. 곱게 늙으신
60대로 보이는 할머니 한 분이 살고 계신다. 할머니 말씀으론 천씨 집
안에서 십 대조가 넘도록 이곳에 터를 잡고 살아오셨단다. 지금은 안
채만 남아서 옛날 집 크기에 반도 안 된다며 주변 채마밭이 옛날엔 모
두 행랑채 자리란다. 대충 보아도 규모가 엄청나다.

우리 현장은 조금 떨어진 들판 옆 작은 도랑의 조그마한 저수지이
다. 아름답고 큰 계곡은 너무 고풍스러워서 훼손하기엔 아깝다. 또한

그곳을 막으려면 아마도 커다란 댐으로 설계해야만 가능할 것이다. 우리는 작업에만 열중하느라 별로 신경을 쓰지 않았지만 훗날 그곳을 떠나고 나서도 오랫동안 내 기억 속에 잊히지 않는 아름다운 곳이었다. 또 하나 특이한 것은, 마을 옆 계곡물을 바위틈 사이로 끌어들여 마을 길 골목을 따라 흐르게 만들어 계곡물이 마을 전체를 관통하고 있었다. 사시사철 맑은 물이 돌담 아래로 집집마다 통과하는 것을 보면서 장비도 없던 옛 시절에 정말 대단한 공사였을 것이라 생각했다. 수로의 폭이 1m 이상은 족히 될 것 같다. 큰 바윗돌을 석축 쌓듯이 쌓아 놓은 것을 보면 누가 보아도 범상치 않은 공사의 흔적을 느낄 수 있는 아름다운 마을이었다.

**25** 1973년 3월 5일. 전남 화순군 도암면 행산리 저수지. 도암면 소재지에서 한참을 산속으로 계속 들어간다. 다른 면 또는 다른 군으로 가는 것처럼 너무 멀리 가는 느낌이다. 그리 높지 않은 산과 계곡을 따라 마을이 있을 법도 한데 길만 계속된다. 별로 높지도 않은 야산 계곡 옆으로 한참을 가다 여기저기 돌탑이 하나둘씩 보인다. 그렇게 한참을 더 가면서 보니 3~4층 어떤 것은 5~6층 석탑이다. 그냥 대충 만들어진 탑이 아니다. 여느 절간에 있음 직한 정교한 돌탑들이 야산 나무 사이에 그냥 방치되어 있다. 얼핏 지나치며 보아도 열 개 이상이다. 자세하게 찾아보면 한 20여 개 되지 않을까 싶다. 그런 돌탑들을 지나서도 한참을 더 산속으로 들어가니 집이 띄엄띄엄 서너 채 보인다. 그럴듯한 마을이 있을 만도 한데 참 이상한 골짜기다. 그렇게 크

고 긴 골짜기에 마을은 없고 외딴집 몇 채라니 그중에서 가장 크다는 집에 기거하면서 저수지 하나를 완성해야 한다. 알고 보니 그곳은 영암군, 나주군, 화순군 3개 군이 맞닿는 경계 지점이었다.

도착하자마자 본격적으로 작업이 시작되었다. 사장님이 전체를 도급 시공한다. 봄비가 내려 잠시 쉬는 날, 우리는 저수지 안쪽 산에 올랐다. 그리 높지는 않아도 현장 자체가 상당히 높은 위치이므로 조금만 올라도 지리적으로는 꽤 높다. 아마도 해발 4~500m는 충분히 될 것이다. 그런데 이렇게 한적하고 깊은 골짜기치고는 나무가 없다. 봄 새싹이 돋을 무렵이라서 산에는 더덕 냄새가 진하게 풍겨 온다. 가만히 마른 넝쿨을 찾아 더듬어 내려가면 어김없이 튼실한 더덕 새싹이 올라오고 있다. 향이 정말 기가 막히다. 우리는 산나물 전문가도 아닌 실력으로 꽤 많은 더덕을 채취해 왔다. 싱싱한 더덕 반찬은 우리만의 특별 만찬이다. 그러고 보니 왜 그렇게 많은 더덕을 사람들이 캐러 가지 않는지 궁금했다. 다른 산나물도 많을 텐데. 우리는 다른 산나물은 몰라서 채취할 수도 없었다. 다만 더덕은 향이 진해서 그나마 쉽게 찾을 수 있었다. 할머니에게 말씀드려도 그냥 힘들어서 못 가신단다. 건강하시고 부지런한 할머니가 산나물을 외면하시는 것이 이해가 안 된다.

젊은 부부는 할머니 막내아들이다. 할머니께서 도시엔 안 가시겠다 하여 할 수 없이 귀향했단다. 다행히 젊은 며느리의 음식 솜씨가 좋은 덕분에 우리의 식사를 맛있게 해 주시니 누이 좋고 매부 좋은 일이다. 며칠이 지나고 주인아저씨와 좀 친해졌을 때쯤 이 고을 이야기를 자세하게 들려주셨다. 저 아랫동네 길가의 석탑이 있는 곳에 옛날에 큰 절이 있었다고 자기도 어른들 이야기로 전해 들었단다. 그리고 이곳에 올라오면서 두세 개의 마을이 더 있었는데 자기가 어렸을 때, 7~8살부터 12살이 될 때까지 두 번이나 엄청난 사건이 있었단다. 그분 이야기로는 여수, 순천 반란 사건 당시에 이 마을 뒷산에서 최후의 토벌 작전이 있었으며, 그 사건이 끝나자마자 6.25 전쟁이 터졌단다. 전쟁 직후에는, 그러니까 그분이 12살 무렵에는, 양민 학살 사건이라고 현재 시공 중인 저수지 바로 위쪽 계곡에서 지역 사람 수십 명이 학살되었다고 했다. 그러니 마을은 쑥대밭이 되고 자기 아버지도 6.25 전쟁 때 공비들에게 밥 한 끼 해 주었다고 경찰서에서 모진 고문을 받고 그 후유증으로 고생하시다가 몇 년 전에 돌아가셨단다. 그런 사건을 겪으며 근처에 살던 사람들은 모두 타지로 떠났지만 반신불수가 되신 아버지는 대대로 살던 곳이라고 절대 떠나지 않으셔서 막내인 자기가 할 수 없이 귀농하게 되었단다. 이야기를 다 듣고 난 우리는 숙연한 마음으로 아무 말도 하지 못하고 저 건너 앞산만 바라보았다. 그때 여수, 순천 반란 사건 토벌 작전으로 온 산은 불태워졌으며 숲속엔 여기저기 시체가 나뒹굴어도 누구도 우리 가족이라고 찾는 사람이 없었단다. 아니 찾을 수가 없었단다. 그 시체를 찾다가는 또 빨갱이로 낙인이 찍혀 손가락질을 받으며 호적에 빨간 줄이 그어져 사람 노릇도 못 하던 시절이었다고 한다.

불과 이십여 년 전 사건들을 너무나 생생하게 보고 기억하는 이 지역 사람들이 그 흔한 산나물이 있어도 이쪽으로는 눈길도 주지 않는 것이 당연할 것이다. 들리는 소문에는 비가 오거나 바람이 부는 날이면 산이나 계곡에서 실제로 사람들의 울음소리가 들린다고 한다. 글쎄다. 끔찍한 영혼들의 원혼이 흐느끼는 울음소리, 즉 상상의 울음소리가 아닐까 싶다. 그 후로는 새싹들도 점점 짙어지기도 했지만 무섭다기보다는 혹여 산속을 헤매다 슬픈 역사 속에 스러져 간 고인들의 시신 일부분이라도 훼손할 수도 있겠다는 생각에 다시는 산에 오르지 않았으며 계곡을 지날 때도 조심 또 조심했다. 그 시절 우리 민족 모두의 가슴에 아픈 기억으로 남아 있는 사상과 갈등에 휘말려서 만고의 역적으로 고인이 되신 모든 분에게 삼가 명복을 빌고 싶다.

이곳에서 나는 어디서도 보지 못한 강아지를 보았다. 이 평범한 강아지는 할아버지가 살아 계실 때 키우기 시작한 누렁이란다. 사람 말을 잘 듣고 무슨 일을 시키면 예닐곱 살 된 아이들 정도의 일은 충분히 한단다. 훈련이나 기타 다른 교육 같은 것은 전혀 시키지 않았단다. 우리는 하나같이 "에이~ 개가 무슨 일을?" 하며 믿지 않았다. 그런데 이게 웬일? 바로 그날 할머니는 방앗간에 가시기 전에 햇볕에 말린다고 고추, 들깨, 그리고 눅눅하다고 보리쌀 약간을 커다란 멍석에 널어놓았다. 그 집에는 닭도 여러 마리 있다. 닭들이 멍석으로 바로 달려든다. 할머니가 "누렁이 닭 쪼까라잉~" 하고 소리치니까, 바로 으르렁대며 닭들을 몰아낸다. 잉~~??!! 아니 사람 말을 알아듣나?!! '에이, 잠깐 알아듣다가 말겠지.'라고 생각했으나, 이게 웬일인가. 아예 멍석 한쪽 끝에 자리 잡고 앉는다. "닭 잘 봐라잉~" 하고 할머니는 나가 버리신다. 할머니 왈, "하루 내 냅둬도 잘 지킨당깨~" 하신다. 설마?!! 따뜻한 마루에 한참을 앉아서 지켜봐도 정말 신기하다. ㅋㅋ 저거 귀신 아냐? 참 기가 막힌다. 멀리서 닭들이 슬금슬금 가까이 오면, 으르렁하다가 그래도 점점 다가오면 살며시 일어선다. 겁 없이 더 가까이 다가오면 쏜살같이 달려가서 바로 잡아먹을 기세다. 크게 놀란 닭은 죽는 소리를 내면서 담장 위까지 날아 올라간다. 한 번씩 놀랐던 닭들은 슬며시 일어나는 누렁이만 보아도 기겁을 한다. 세상에 정말 보리 한 알, 들깨 한 톨 흩트리지 않는다. 참 별 희한한 개가 다 있다.

골짜기는 유난히 고요하다. 나는 아무리 바쁜 날도 하루 4~5시간은 밤이건 낮이건 거르지 않고 검정고시 책자를 놓지 않았다. '나름 이 정도면 됐겠지.' 하는 마음으로 금년 시험에 응시하기로 하였다. 4월 8일 일요일, 광주 중흥 국민학교에서 검정고시 시험을 치렀다. 다른 것은 다 그럭저럭 괜찮은데 미술이 영 그랬다. 어렵다기보다 처음 접하다 보니 내가 봐도 그냥 흉내만 낸 것 같다. 좀 불안하지만 안 되면 될 때까지 할 것이다. 그냥 편하게 마음먹었다. 그 후 5월 14일 최종 합격을 확인한 후, 나는 중졸 검정고시 합격증을 직접 광주 교육청에 찾아가 수령했다. 그런데 뛸 듯이 기뻐해야 하는데 너무 초라하고 처량스럽다는 생각으로 온몸의 힘이 빠지는 느낌은 왜일까? '이까짓 게 무엇이길래.' 생각하면서 수료증을 힐끗 바라본다. 그래 수고했다. 이제 다음 단계가 남아 있다. 나는 바로 주변 책방을 몇 군데 들러서 고졸 검정고시 기출 문제와 정규 교과서 등 여러 권의 책을 구입하여 현장으로 돌아왔다. 이젠 본격적인 시간과의 싸움이며 집중이다.

**26** 1973년 6월 1일. 강원도 명주군 묵호읍 부곡1리. 동해시 택지 조성 사업. 묵호항에서 남서쪽 내륙 야산과 구릉지를 택지로 조성한다. 작업은 그냥 택지 조성과 시가지 확장 공사이므로 까다롭지 않고 수월하다. 겨울에 오징어 철이 되면 오징어 덕장으로 주변을 뒤덮는다고 한다. 묵호 일부를 동해로 편입시켜 동해시로 승격하기 위한 택지 조성 공사 현장이다.

인근엔 유명한 쌍○양회 동해 공장이 있다. 그 규모가 대단하다. 결국 양회 수출 및 운반을 위한 대형 항만 시설과 함께 작은 도시를 새로 조성하는 것이다. 묵호 사투리는 약간의 경상도 발음이 섞여 있고 강원도의 부드러운 여운이 말끝을 흐리는 듯한 느낌이다. "그랬드래~요. 저랫드래~요." 부드러운 정감과 함께 순박함이 느껴진다. 나는 시간 여유가 있는 날 인근 산에 올랐다. 그리 멀지 않은 계곡을 따라 조금 오르다가 동해를 뒤돌아보니 우와~! 역시 끝없이 펼쳐진 검푸른 바다, 그리고 계곡, 그 주변의 소나무 숲, 계곡을 흐르는 물과 바위, 전라남도에선 느껴 보지 못한 기암괴석들이 주변에 즐비하다. 끝없이 이어지는 바위들은 감탄사가 절로 나온다.

8월 장마와 함께 엄청난 태풍이다. 난생처음 그 무서운 태풍을 직접 목격하였다. 비바람이 몰아치던 날 우리는 비 오는 날이 공치는 날이라고 묵호항 부근으로 외출 겸 파도 구경도 할 겸 다녀오기로 했다. 우와, 우산은 펼 수도 없다. 몰아치는 바람에 사람도 날아갈 것 같다. 항구 옆 방파제에 파도가 부딪쳐서 물줄기가 수십 미터 솟구쳤다 떨어지면서 찢어지는 듯한 그 소리가 천둥소리보다 더 무시무시하다. 마치 가까이에서 번개와 함께 벼락 칠 때 나는 소리? 정말 어마어마하다. 와, 난생처음 보는 엄청난 광경에 우리는 비 맞는 줄도 모르고 넋을 놓고 한참을 보고 있노라니 무서움과 두려움이 밀려온다. 그 어떤 것으로도 인간의 힘으로는 도저히 감당할 수가 없다는 두려움이다. 저 멀리 바다에서부터 산처럼 밀려오는 시꺼먼 물기둥이 방파제에 닿는 순간!! "우르릉~ 빠바빠바바바박~!! 짜자자자작~!!" 마치 하늘이 무너져 내리는 듯한 소리가 나면서 물기둥이 수십 미터 치솟았다 떨어진다. 금세 방파제가 뻐그러져 날아갈 것 같은 느낌!! 막걸리 마시러 나갔다가 아이고 술이고 무엇이고 그냥 돌아오고 말았다.

요즘 우리나라 정세는 몹시 힘들고 어려운 것 같다. 특히나 경제 문제는 더하다. 9월에 들어서면서는 중동 지방이 심상치 않더니 기름값이 출렁이고 있다. 우리는 모든 에너지인 원유를 전량 수입에 의존하는 관계로 원윳값이 모든 경제를 움켜쥐고 있다시피 한다. 10월 초, 아니나 다를까 중동 지역 석유 전쟁으로 인하여 갑자기 원윳값이 폭등하는, 소위 말하는 원유 파동이 일어나고야 말았다. 모든 공사는 갑자기 올 스톱이다. 그도 그럴 것이 모든 장비에 사용하는 기름값이 하루아침에 폭등하니 시공 업체에서는 기름값을 도저히 감당하기 어려운 것이다. 우리 현장도 결국 공사가 중지되었다.

우리는 묵호에서 전라남도 고흥군 포두면으로 이동하게 되었다. 지도 한 장 가지고 물어물어 며칠씩 이동하는 일이 다반사다. 길도 좁고 장비도 크고 느리다 보니 이동 경비가 만만치 않다. 아마도 장거리 이동 중 가장 먼 거리일 것이다. 묵호를 출발하여 삼척, 울진, 영덕을 지나니 어두워진다. 영덕 주변 넓은 곳에 주차하고 일찍 쉬기로 하였다. 길도 좁고 아찔한 고갯길들이 어찌나 꼬불거리는지 어느 세월에 이런 도로들이 모두 포장도로가 될지 아득하다. 하지만 동해를 보면 섬 하나 없이 검푸르게 끝없이 펼쳐진 바다, 그 아름다움은 어디를 보아도 절경이다. 길은 너무 험하고 밀려오는 피로는 쌓여만 가는데, 귓전에 들려오는 강하고 억센 경상도 사투리가 정신을 맑게 한다. 오래전 문경 산양면, 그쪽 발음보다도 더 강하다. 강한 것인지 투박한 것인지 분간이 안 된다.

이튿날 대구를 지나 고령으로 들어서니 너무 피곤하고 힘들다. 결국 고령 주변에서 하루 더 묵기로 한다. 이틀을 털털거리면서 시달렸다. 엉덩이가 남의 살 같다. 그야말로 경상도 한복판에 와 있음을 실감한다. 언제 우리나라의 모든 길이 포장이 되고, 제대로 넓혀질지 까마득하다. 그리고 우리가 해야 할 일들이 엄청나게 많다는 것을 새삼 느낀다. 일찍 출발하려 해도 너무 힘든 여정이라 늦잠을 자기 십상이다. 무조건 안전하게 전라남도 고흥까지 가는 것이 목표이니 무리하지 않기로 했다. 거창, 함양을 지나 지리산 줄기로 접어든다. 참 험하고 좁고 멀기만 하다. 함양에서 한참을 오다가 삼거리에서 아주 머니에게 길을 물었다. 역시 강한 경상도 사투리다. "남원이라예~? 음봉 쪽으로 가이소 마." 강한 목소리가 퉁명스럽기도 하다.

산은 꽤 높지만 길은 그리 가파르지 않고 서서히 오르막이다. 점차 지리산 준령을 넘는 것 같다. 한 30분? 한 시간도 채 안 온 것 같은데 어느새 고갯마루 같다. 평지처럼 약간 내리막이 시작된다. 산마루를 조금 지나니 움푹 들어간 분지 비슷한 곳에 면사무소가 있다. 운봉면이다. 우리는 잠시 쉬기로 했다. 헐, 그런데 완전한 전라도 사투리이다. 참으로 신기하다. 불과 몇십 리 안 온 거 같은데 이렇게 말소리가 변하는 것은 왜일까? 정말 너무 신기하다. 산 하나 넘은 것뿐인데 이럴 수가. 너무 신기하고 희한하여 자꾸만 여기저기 말을 건네 본다. 늦은 점심을 간단히 해결하고 남원까지 내려오니 벌써 해가 뉘엿뉘엿 서산에 걸쳤다. 너무 무리하지 않기로 하고 그냥 쉬어 가기로 하였다. 차라리 아침 일찍 출발하면 내일 고흥까진 무난할 것 같다. 우리는 일찍이 잠자리에 들었다. 아무리 생각해 봐도 신기하다. 어찌 그리 가까운 거리임에도 말소리가 그렇게 완전히 바뀔 수 있을까? 그렇다면 사람들의 기질도 많이 다르지 않을까? 탐구해 볼 일이다. 물 때문일까? 공기 때문? 음식? 누가 좀 연구해 봤으면 좋겠다.

**27** 1973년 11월 7일. 전라남도 고흥군 포두면 봉림리 척치 부락 저수지. 그곳에 도착하니 화순에 있던 우리 장비도 있고 다른 장비들도 와 있다. 그곳 역시 오일 쇼크 사태로 공사가 중단된 상태란다. 현장이 정상화될 때까지 예방 정비도 하고 모처럼 푸욱 쉬면서 고흥 읍내도 나가고 여유 있는 시간을 보냈다. 아무래도 강원도, 경상도보다는 음식이 좀 더 나은 것 같다. 가까운 곳에 무슨 유명한 절이 있었다. 절 이름이 가물거린다. 절 주변엔 울창한 비자림 숲이 유명하다.

기름값 폭등으로 인한 장비 휴무 기간을 이용하여 너도나도 장비 수리를 하였다. 누구는 미션 올 바라시, 누구는 엔진 보링 등 서로 도와주고 네 장비, 내 장비를 떠나서 그야말로 1급 기술자만이 할 수 있는 정비를 직접 우리 손으로 했다. 장비는 주로 메이드 인 USA 또는 메이드 인 재팬이다. 엔진은 캐터필러 또는 지엠 엔진이다. 그리고 코마스 미시비시 등 미션이나 기타 모든 부품의 분해 조립이 한창이다. 신형 장비는 노오 클러치(오토매틱) 미션이다. 나는 이 장비, 저 장비를 옮겨 가면서, 고참 형들이 정비하는 것을 도와주고 함께 의논도 하고 기술도 익혔다. 보면 볼수록 너무나 섬세하고 정밀한 종합 기술이 합쳐진 한마디로 당시 최고의 첨단 장비들이다.

엔진 보링은 정말 섬세하고 미세한 오차로 엔진의 생명이 좌우되는 정밀 부품이다. 그냥 다찌 보링(피스톤 슬리브 링만 교환)은 간단하지만, 크랭크 메탈 포함 올 보링(전체 보링)은 대단한 감각과 정밀한 기술이 절대적이다. 아무리 정밀 공정을 거쳐서 제작되었다 해도 막상 엔진 블록을 거꾸로 세워 수평으로 놓고 메탈과 크랭크 샤프트를 가조립하여 테스트해 보면 한두 번으로 원활하게 조립할 수 있는 것이 없다. 미세한 오차를 찾아내기 위하여 붉은 인주를 칠하여 확인하면 어김없이 오차가 보인다. 섬세한 피스톤 링을 이용하여 오차를 줄이기도 하고 머리카락 정도의 실납을 이용하여 가조립 후 다시 분해하여 실납의 굵기를 마이크로 미터기로 확인, 크랭크 샤프트 메탈의 오차를 잡아서 최대한 줄여야 한다.

그 외에도 캐터필러(Caterpillar), 엔진의 힘을 보강해 주기 위하여 메니후월드 엔진 배기구에 설치된 터보차저, 그리고 디젤 분배 및 분사기인 인젝션 펌프, 지엠 엔진의 인젝터, 흡입을 도와 힘을 배가시키는 부로와 등, 정말 신기하다. 최첨단의 각종 엔진 부품은 가히 감탄하지 않을 수가 없다. 항상 느끼는 것이지만 그들은 이렇게도 정밀한 기기들을 대량 생산하여 세계 시장에 판매하는데 우리는 지금 그들이 만든 기기의 성능이나 부품 조립을 이제야 배우며 쫓아가고 있다는 것이다. 그리고 모든 용어가 일본 또는 미국 용어일 수밖에 없다는 것이다. 결국 그 기계를 만든 사람이 붙여 놓은 이름을 익히고 배워야 한다는 현실이다. 우리가 그들을 따라잡으려면 얼마나 더 부지런히 뛰어야 할까? 아마도 밤을 수천 번을 새운다 해도 따라잡기에 벅찰 것 같다. 그렇게 모든 정비를 마쳤는데도 유류 파동은 끝이 안 보인다.

1973년 11월 말, 집에서 연락이 왔다. 충청북도 병무청에서 신체검사 통지서가 왔단다. 1972년도 전남 병무청에 지원 입대할 당시에 해 보았던 신검이다. 논산 수용 연대에서 밥 한 끼 먹고 귀가한 어이없는 모습이 엊그제처럼 떠오른다. 모처럼 부모님을 뵙게 되었다. 우리 집은 이제 완전하게 안정을 되찾은 느낌이다. 병무청 신체검사는 그 자리에서 입대 여부를 알려 주고 바로 판정해 주었다. 나는 갑종 2급 입영 대기란다. "언제까지 대기하는 건가요?" 하고 문의했더니, 1~2년 안에 입대 여부가 통보될 것이란다. 헐, 지원할 때는 티오가 없다더니 뒤늦게 입대하는 건 아닌지 모르겠다. 요즘에는 입영 대기자가 점차 늘어나고 군 병력이 남는다는 소문이 들린다.

신검을 마치고 모처럼 온 가족이 느긋하게 시간을 보낼 수 있었다. 특히 아버지와 많은 대화를 했다. 이젠 농토도 그만하면 충분하고 별다른 걱정이 없다고 하셨다. 그동안 내가 많은 보탬이 되었다고 하셨다. 나는 "그래도 매월 제 용돈을 제외하고 보내 드릴 테니 더 필요하시면 언제라도 연락 주세요. 아주 큰돈이 아니라면 보내 드릴게요."라고 말씀드렸다. 그리고 "제 바로 아래 동생은 중·고등학교 진학이 이미 늦었지만 막내는 꼭 중·고등 그 이상도 보내셔야 해요. 제가 막내 학자금은 반드시 보내 드릴게요."라고 몇 번을 말씀드렸다. 아버지께서는 다른 일은 이제 별문제가 없을 것 같은데 한 가지 꼭 하고 싶은 일이 있다고 하셨다. 나는 무엇이냐고 재차 물었다. 한참을 말이 없으시다가, 실은 여기저기 흩어져 계시는 우리 조상님들 산소를 가까운 곳으로 모셔 오고 싶으시단다. 나는 흔쾌히 "그렇게 하세요. 우선 적당한 산이나 밭을 구하세요. 너무 큰 것은 어렵겠지만 적당한 것이 있다면 꼭 그렇게 하세요. 제가 힘닿는 데까지 도와드릴게요."라고 했다. 아버지는 무척 어려운 이야기를 하신 것처럼 한참을 말없이 듣기만 하신다.

　가을철이 되면 조상님 산소 벌초를 하신다고 해마다 아버지와 함께 다니던 곳이 있다. 아버지는 아무리 바쁜 일이 있어도, 너도 산소 위치를 알고 있어야 한다고 꼭 함께 가자고 하셨다. 고조부모님, 증조부모님 산소는 충남 연기군 연기면에 있다. 조치원에서 국도를 따라 대전 쪽으로 조금 내려가다 연남국민학교 앞쪽으로 학교 담을 따라 쭉 동쪽으로 들어가면 좌측에 당산이 있다. 당산 남쪽 아래 외딴집 한 채를 지나서, 한 분의 산소가 있었고 거기서 남쪽을 바라보면 건너편 과수원 안에 두 분의 산소가 있었다. 그 두 분이 내겐 증조부모님이고 외딴집을 지나서 있는 한 분은 고조모님이다. 그런데 왜 고조모님은 한 분만 계시냐고 아버지께 여쭈어보았다. "그러니까 옛날 네 고조부님은 봉암리에 사시다가 동학 농민 운동 당시에 행방불명이 되시고 할머니 혼자서 너의 증조부, 그러니까 아버지에겐 할아버지를 키우셨단다. 그 당시에는 동학 운동에 참여했던 자손들은 쉬쉬하면서 숨기고 더군다나 너의 증조부는 7대 독자라는 것을 알고 할머니는 글공부를 많이 하면 험한 세상에, 또 당신의 남편(고조부님)처럼 혼란스러운 세파에 휩쓸려서, 귀한 아들 하나마저 잃으실까 두려워서, 겨우 이름 석 자만 알 수 있을 정도만 가르치시고는, 절대로 먼 타지에는 보내지 않으시며, 그저 부지런히 농사일이나 하며 살라는 게 평생에 소원이셨단다." 증조부님의 그런 삶으로 고조모님의 마음이 어떠셨을지 짐작이 간다. 그러면 우리 할아버지는 어떻게 충남 연기군에서 괴산군 청천면 부○리로 오시게 된 거냐고 물었다. "아, 그러니까 너의 증조부님이 근근이 농사를 지으며 어려운 삶을 살아가시면서 그렇게 후손을 보았는데 결국 또 아들 하나, 8대 독자가 바로 아버지의 아버지, 나에겐 할아버지가 태어나셨단다. 그 후 어른들에게 교육받은 대로 많은 글공부를 시키지 않았으나, 나름대로 노력하셔서 할아버지는 상당한 학식을 갖추셨단다. 당시 사회는 서서히 물물교환이 성행하기 시작할 때라서 장사를 하셨단다."

연기군 연기리 마을은 우리 종씨 일가가 전무하고 8대 외아들이니 가까운 집안이 있을 리 없었단다. 할아버지는 선조들에게 얻어들은 대로 충청북도 괴산에 아주 먼 친척이 일가를 이루고 살아가고 있다는 걸 확인하시고 장사도 할 겸 그곳으로 가셨단다. 그리고 청주 장, 청천 장, 괴산 장을 오가며 장사를 하시면서, 당시엔 가장 현금 거래가 많고 확실하다는 소 장사를 하셨단다. 그때는 작은 상인들은 할 수 없는 제법 큰돈을 움직이는 장사였다고 한다. 그렇게 장사도 하면서 옛날 우리 선조들의 터전을 찾아 자리를 잡은 곳이 청천면 부○리라는 마을이다. 나는 "아니 그때 바로 이곳 괴산군 소수면으로 바로 오시지 않고 왜 청천면 부○리에 터를 잡았을까요?"라고 물었더니 일단 이곳 종씨 마을 가까운 곳으로 오는 것도 중요했지만 그보다 더 중요한 것은 고정된 장사의 길(루트)을 확보하는 것이 중요했으며 소 시장이 가장 크고 많이 거래되던 5일장이 청천 장, 괴산 장, 장호원 장이었단다. 그러니까 청천 장 2일과 7일, 괴산 장 3일과 8일, 장호원 장 4일과 9일, 그리고 다시 청천 장으로 되돌아오기 가장 쉽고 적당한 위치가 바로 '부○리'였단다. 그렇게 집으로 되돌아오셔서 이틀 쉬시고 다시 청천~괴산~장호원 장 이런 식으로 다니셨다고 한다. 할아버지는 주로 청천 장과 괴산 장을 보셨다고 한다. 다음 날이 장호원 장인데 거긴 경기도이니 가능하면 괴산에서 장호원 장사꾼에게 넘겼단다. 당시엔 오로지 걸어 다녀야 했으므로 우리 일가가 많이 사는 괴산 소수에서는 이틀 후 청천 장을 보기엔 거리상으로 적당하지 않았다고 한다. 나는 아버지에게 비교적 상세하게 우리 선조들의 이야기를 들을 수 있었다.

지금 생각해도 너무 현명하고 정확한 위치란 걸 알 수 있다. 현재는 19번 국도변으로 자로 잰 듯한 거리는 참으로 대단한 안목이시다. 여러 번 다녀 보지 않고는 쉽게 선정할 수 없는 위치이다. 내가 국민학교 졸업 당시, 괴산 장날 저녁 무렵이 되면 특이한 모습을 구경할 수 있었다. 신작로 갓길로 줄줄이 소들이 일렬로 여러 마리 줄지어 걸어 올라오는 것을 장날마다 볼 수 있었다. 어떤 이는 다섯 마리, 어떤 이는 열 마리 정도를 한 줄로 이어 묶어 걸어가는 모습은 장날마다 볼 수 있는 진풍경이다. 그렇게 무리 지어 몇 차례씩 지나간다. 바로 이웃 마을에 사는 우리보다 여남은 살 위인 형도, 소몰이꾼이다. 그 형은 장날이면 소몰이로 상당한 수입을 올린단다. 그렇게 괴산 장이 파하면 내일 장인 장호원으로 여럿이서 소와 함께 밤새워 걸어 올라간다.

당시 할아버지는 부○리 마을 인근에선 모두가 인정하는 남부럽지 않은 꽤 많은 농토를 가진 부농으로 우리 아버지와 두 분의 고모님 그렇게 3남매를 낳으셨단다. 결국엔 아버지도 아들로서는 9대 독자가 되어서 너무 귀하게 자라셨단다. 그렇게 부○리에서 아버지는 우리 7남매(아들 넷, 딸 셋)를 낳아 기르시니 할아버지께서는 이제 죽어도 조상님 뵐 면목이 있다고, 노년에는 매일같이 마을 잔치를 하다시피 하면서 기뻐하셨단다. 여기까지가 아버지께 전해 들은 우리 선조들의 100여 년 동안 살아온 발자취이다. 아버지께서 어린 시절에 할머니 할아버지에게 들으셨던 이야기를 차분하고 자상하게 내게 전해 주셨다.

아버지는 해마다 가을이면 아침 일찍 서둘러 늦은 밤에 돌아오는 그 먼 연기군 산소 벌초를 한 해도 거르지 않으셨다. 그러나 정작 가장 가까운 청천 부○리 할아버지, 할머니(당신의 부모님) 산소는 찾아뵙지 못하셨다(사건 후 안 가셨음). 차마 생각조차 하기 싫은 아픔을 겪은 그 마을엔 가실 수가 없었을 것이다. 얼마나 가슴에 사무치셨으면 어린 나에게 모든 산소를 가까이 모시고 싶다는 말씀을 하셨을까? 그쪽 산소는 외가댁 친척들이 해마다 벌초를 해 주셨단다. 나는 오랜만에 아버지와 귀하고 소중한 대화를 많이 나누었다. 아버지께서 하시고자 하는 일들을 가능하면 적극적으로 도와드리고 싶다. 언젠가는 막걸리를 거나하게 드시고 지나가는 말처럼 "너와 네 동생을 형편이 어려워 제대로 가르치지 못해서 늘 마음에 걸리는구나."라고 하시며 한숨 섞인 하소연을 하셨다.

**28** 1974년 2월 2일. 전남 곡성군 옥과면 설옥리 저수지. 이 현장은 화순 도암면처럼 우리가 도급으로 맡아서 하는 현장이다. 결국 모든 장비 관리까지 해야 한다. 낮에는 스크레이퍼 작업을 하고 밤에는 불도저 성토 작업을 지켜보면서 밤을 꼬박 새우는 작업이다. 불도저 성토 작업이란 가까운 거리(50m 이내)의 침수 구역 내 토량을 불도저로 그대로 밀어 올려서 성토하는 것이다. 그리고 50m 이상 거리는 스크레이퍼 운반 작업이 효율적이다. 사장님께서 관리자가 오기까지 2~3일만 내게 야간 관리를 맡아 달라고 특별히 부탁하신다. 모처럼 우리가 도급으로 하는 현장이고 가뜩이나 오일 파동으로 모든 직원이 각자 다른 직업을 찾아 떠난 뒤라서 사람이 풍족할 리 없다. 나는 철야 작업이야 항상 하는 일이지만 낮에 종일 스크레이퍼 일을 하고

잠시도 쉬지 않고 밤을 새운다는 것은 쉬운 일이 아니라고 생각했지만 며칠이라니 해 보기로 했다. 하루, 이틀, 삼 일이 지나도 사람은 오지 않고 일은 계속된다. 결국 나는 몸살이 나고야 말았다. 몸살도 그런 몸살은 난생처음이다. 멀쩡하던 입술 전체가 부르트고 물집이 솟아오르더니, 입술 전체가 시뻘게지며 통통 부어올랐다. 입맛도 없지만 입술이 부어 온전히 음식을 먹을 수가 없다. 쉬지 않고 24시간을 꼬박 3일 계속하니 몸이 견디지 못한다. 사장님이 너무 미안해하시며 구해 오신 몸살 약을 먹고는 나도 모르게 꼬박 하루(24시간)를 식사도 거른 채 마치 죽은 사람처럼 잤던 거 같다. 몸을 추스르고 작업을 계속했으나 입술이 빨리 가라앉질 않는다. 사람마다 좀 다르겠지만, 내몸은 72시간이 한계란 생각이 든다.

저수지는 지표면 아래쪽 점토(심토)를 다 채워 지표면과 같아지면 그때부터는 능률이 빠르게 진척된다. 날마다 하루가 다르게 쭉쭉 올라온다. 흔히 말하는 다이아몬드 형태의 옆 단면처럼 지하에서 지표면까지는 부채꼴 식으로 점점 넓어지지만, 일단 지표면까지 올라오면, 그 지점이 최고 넓은 저수지 폭이 된다. 지표면을 기점으로 지상으로 올라가면서는 보통 노리 각이 1:1.5 또는 1:1.7, 그런 식으로 점점 폭은 줄어든다.


겨우내 날씨가 좋았는데, 눈이 오기 시작하더니 폭설이 내렸다. 눈 온 다음 날, 불도저 동료에게 신기한 재주를 배웠다. 그 선배 이야기로는 눈밭의 모든 산짐승은 자기 손안에 있다면서 현장 주변을 대충 둘러보고는 산토끼 사냥을 하러 가잔다. 적어도 주변 동산에 10

여 마리 이상이 서식할 환경이란다. 헐, 사냥개도 못 따라가는 산토끼를 우리가 어찌 잡을 수 있나? 자기는 짐승들의 습성을 잘 알고 있어서 무조건 잡는단다. 그는 가느다란 철사를 약 50cm 길이로 몇 가닥 잘라 올가미를 만들어 함께 가자고 한다. 허 참, 우리는 반신반의하면서 셋이서 길을 나섰다. 주변 야산 밭둑길로 마을에서 불과 얼마 안 올라가서 바로 토끼 한 마리를 찾았다. 뛰어서 쫓아가 봤자 몇 미터 못 가고 눈에 빠지고 넘어지고 도저히 불가능하다. 그 친구는 빙긋이 웃으면서 어슬렁어슬렁 토끼 발자국만 조금 따라가다가, 적당한 길목에 올가미를 설치한다. 대략 눈 위 5cm 높이로, 작은 나무들이 주변을 에워싼 곳을 찾아 설치했다. 그리고 또 발자국을 조금 따라가다가, 적당한 곳에 설치하고, 서너 군데 그렇게 하고는 더 이상 발자국을 따라가지 말고, 천천히 토끼가 지나간 방향에서, 90도 방향의 산 위 능선으로 올라갔다. 그렇게 산 능선에서 조용조용 토끼가 달아난 방향으로 약 100여 m 이상 올라가다, 다시 산 아래쪽 토끼가 달아난 쪽으로 내려오면서, 발자국을 확인하니 토끼 발자국이 없다. 분명 거기까진 안 온 것 같다. 더 아래쪽은 논과 밭으로 허허벌판이다. 우리는 다시 우리가 올가미 놓은 방향으로 되돌아오면서 나뭇가지를 두드리며 부지런히 올가미 설치했던 곳으로 내려왔다. 우와, 토끼 발자국이 있다!! 헐, 그때부터는 뛰면서 올가미 쪽으로 달려간다. 그렇게 우리가 올가미 설치한 곳에 오니 헐, 아니 이럴 수가! 토끼가 올가미에 걸려서 허우적거린다. "캑!! 캑!!" 하는 토끼가 갑자기 무서워진다. 옆에 있던 동료가 지팡이 막대로 후려치니 바로 발발 떨면서 기절한다. 상당히 크고 토실토실한 놈이다. 요즘에는 산짐승도 보호하는 시대이지만 당시 시골에선 눈 쌓인 날이면 흔히 있던 일들이었다.

옥과면 소재지에서 광주 방면으로 조금 더 가다가 샛길로 약 2km 정도 작은 도로를 따라 들어오면 우리 현장이다. 길을 따라 더 가면 저만큼 커다란 바위가 산 위에 마치 소뿔처럼 삐죽하게 솟아 있다. 아주 높은 산은 아니지만 근방에서는 어디서든 바라보인다. 그 바위가 특이하기도 하고 예쁘게 보인다. 마을도 그리 크지도 않고 그저 농가 여남은 채 정도 여기저기 흩어져 있다. 이곳도 전형적인 천수답으로 해마다 가뭄에 시달리던 마을인 거 같다. 도랑은 그리 크지 않지만 저수지가 완공되면 아랫마을과 멀리 옥과면 소재지까지 모두 혜택이 갈 것이라 생각된다.

여기도 소위 말하는 건달들이 가끔 나타나서 별것도 아닌 것을 가지고 시비를 걸고 작업 방해를 하는 일이 심심찮게 발생한다. 주민들에게 물어보면 어느 마을에 소문난 건달이란다. 그냥 허구한 날 여기저기 남의 등이나 치고 돈이나 갈취하며 다니는 자들이다. 어디를 가나 한두 명씩 나타나서 말썽을 부린다. 우리 현장은 그렇게 아등바등 최선을 다한 끝에 어느덧 마무리되어 간다. 모처럼 최종 마무리까지 우리가 완공한 공사다. 이곳 옥과 현장을 떠나기 전에 금년도 고교 졸업 검정고시에 응시하기로 하였다. 그러나 너무 바쁜 일과 속에 쏟아지는 졸음을 견디며 집중하기란 정말 견디기 힘든 시간들이다. 자신은 없었지만 도전은 멈출 수 없다.

**29**     1974년 5월 20일. 전남 승주군 낙안면 상송리 저수지. 조그마한 저수지 공사 현장이다. 이제 막 시작되어 터 파기 작업을 마치고 점토 기초 작업이 시작되었다. 승주군이면 순천이 생활권이어야 하지만 이곳은 특이하게 벌교 읍내가 더 가깝다. 모든 생활권은 벌교읍으로 연결되어 있다. 행정 구역이 어떤 이유로 승주군인지는 모르지만 잘 이해가 안 된다(훗날 낙안 읍성이라고 옛 마을을 재구성한 관광 단지가 됨). 농가 몇 채 정도의 아주 자그마한 시골 마을이다. 우리는 제일 먼저 인근에 토취장으로 적당한 곳을 탐색하고 기존 계곡에 흐르는 물길을 완만하게 옆으로 돌려놓고 가장 중요한 토취장과 현장과의 운반 거리 및 토질의 상태를 먼저 확인했다. 군 농지○○조합 관계자들은 수시로 들러서 애로점을 적극적으로 협조해 준다. 문제는 여름 장마철 이전에 빨리 안전선까지 성토를 올려놓아야 하는 것이다.

다행인 것은 현장 자체에 우리 장비의 특성인 자가 작업이 아주 적합한 곳을 확인하였다. 산 위쪽으로 도로를 확보하는 것이 우선이다. 전체 성토량의 토사가 확보될 수 있을 정도의 위치에서부터 산 능선을 타고 길을 개설하여 작업이 시작되었다. 생각보다 작업 능률이 좋다. 자가 작업은 산의 경사가 약 20도에서 30도 사이가 가장 능률적이다. 작업이 계속될수록 능률은 향상된다. 관계자들이 놀라는 표정이다. 그냥 산 위에 올라가서 내려오는 것 같은데 산처럼 적재함 가득히 토사를 자동으로 싣고 내려오는 모습은 처음 보는 사람들은 놀라지 않을 수 없다. 채 10분도 안 걸리는 시간에 한 차씩 바로 성토장 위에 얇게 펴 놓는다. 더군다나 오고 가면서 자동 다짐이 되는 것을 보면서 너무 신기해한다. 이 모든 것은 조건과 토질, 날씨도 도와주어야 이루어진다. 불과 한 달 남짓 산처럼 멋진 저수지가 장마 전에 완공되었다. 마을 사람들 그리고 관계자분들도 너무 고마워한다. 7월 1일, 오늘은 고졸 검정고시 발표 날이다. 결과는 보란 듯이 불합격이다. 어느 정도 예상은 하였지만 기인 한숨이 나온다. 이곳저곳 떠돌지 않고 한곳에 고정되어 생활하는 사람들은 얼마나 좋을까? 나는 공연히 나의 직업이 원망스러워진다. 도전에 실패한 기억을 굳이 기록하고 싶지 않지만 하루하루 단 한 시간도 아껴가며 그 절실했던 마음을 이렇게라도 기록에 남기고 싶다. 분명 재도전할 것이다.

**30** 1974년 7월 3일. 전남 강진군 성전면 월송리 저수지. 이곳은 성전면에서 영암 방면으로 조금 오다가 좌측으로 한참을 들어가면 나오는 막다른 마을 옆 현장이다. 완공되면 상당히 큰 규모의 저수지가 될 것 같다. 계곡의 수량도 많은 편이고 아주 적절한 위치다. 다만, 주변 토질이 잔자갈이 섞여 있는 사질토로 여름철에 성토 작업을 하기엔 쉽지 않은 토질이다. 침수 지역 내에 작은 언덕을 토취장으로 정하였다. 야트막한 언덕인 줄 알았으나 옛날에 도자기를 굽던 자리다. 그러니까 가마터가 아닌가 싶다. 여기저기 깨진 도자기 부스러기가 엄청나다. 며칠 후 그 주변에서 무엇을 발굴한다며 작업

을 중단시키고 몇 사람이 잠시 머물더니 또 여기저기 줄만 쳐 놓고는 함흥차사다.

잠시 한가한 요즘 나는 단 몇 분이라도 검정고시 준비를 게을리하지 않았다. 좀 흥미롭고 재미를 느낀 과목은 세계사, 한국 근현대사, 그리고 고대 세계 문명이다. 중국의 황하 문명이야 익히 알고 있었지만 이집트 문명, 메소포타미아, 페르시아, 마야 문명 등, 로마 제국 그리고 그 이전에도 인류 문명은 끝없이 발전하고 변화하였던 것이다. 그렇게 훌륭한 문명들도 기록으로 남기고 이어져 온 것은 극히 일부뿐, 지구상에서 기록 자체가 없어진 문명도 있다니 더욱 안타깝다. 오늘날 우리의 작은 삶들도 기록, 보존한다는 것이 얼마나 중요한 것인지 알 수 있다.

공부가 신나고 즐겁고 좋다는 사람은 아마도 거의 없을 것이다. 시험 공부를 하면서 힘든 것도 많지만 그보다 더 절실한 것은 곁에 아무도 없다는 것이다. 단짝 친구도, 반 친구도, 선후배도, 그리고 존경스러운 선생님도… 가끔 그런 일상적인 모습들이 가슴 저리게 그리워진다. 가방 메고 매일같이 학교에 다니는 평범한 학생들에겐 아무것도 아닌 일상일 것이지만 그런 소중한 나날들이 내겐 꿈같은 이야기다.

오늘은 모처럼 장맛비가 그쳤다. 장대비가 쏟아진 다음 날이다. 동료들과 현장 옆 도랑에서 정말 귀한 물고기를 잡았다. 장마로 큰 흙탕물이 휩쓸고 지나가면 여기저기 좁은 고랑이 생긴다. 풀들이 물에 쓸려 누워서 물과 함께 마치 머리를 풀어 헤치고 흔드는 것 같기도 하고, 바람에 수양버들 춤추듯이 물길에 설렁거린다. 도랑이라 해 봤자 폭이 약 1~2m 정도다. 그런 곳에 무슨 고기가 있을까? 우리는 장난삼아 반두 뜰채로 풀잎 줄기 아래를 훑어보았다. 푸다다닥~! 으응~?? 시커멓고 기다란 놈이 걸렸다가 도망간다. "뱀! 뱀!" 그 귀한 민물 뱀장어다. 겨우 한 마리 잡고 몇 마리는 놓치고 말았다. 마을 주민들의 이야기로는 바다가 멀지 않아서 이곳에 민물 장어가 많다는 것이다. 우리는 오후에 장비의 배터리를 이용해 보기로 했다. 그 방면에 일가견이 있는 친구가 있다. 보기에는 뭘 잡을 수 있을까 싶어 의심스러웠다. 헐, 그런데 이게 웬일? 기계를 물에 대기만 하면 파다닥!! 파다닥~!! 시꺼먼 뱀장어가 튀어 오른다. 불과 한 시간도 안 되어 열 마리도 더 잡았다. 금세 오 갤런 통이 그득하다. "햐~!!" 어른 팔뚝만 한 뱀장어가 튼실하다. 백여 미터의 좁은 도랑에서 잡은 것이다. 정말 놀랍고 신나는 경험이었다.

토취장 내에 유물 발굴이란 것이 중요하다고는 하지만 참 어렵다. 하기야 개발과 보존? 이게 극과 극, 정반대 아닌가? 암튼 관계되는 사람들의 손익은 안중에도 없으니 버틸 수가 없다. 결국 관계자들과 협의하여 토취장을 변경하기로 하였다. 그 주변은 그대로 남겨 두고 더 먼 곳으로 옮겨 본격적인 작업이 시작되었다. 지금부턴 무조건 철야 작업이다. 그동안 지체된 시간을 보상받는다고는 하지만 그보다도 다음 현장으로 연결되는 문제까지 생각한다면 서둘러야 한다. 우리는 모든 인력을 총동원해서 최대한 공사 기간을 단축하기로 했다. 이곳에서 나는 사장님에게 조심스럽고 어려운 부탁 말씀을 드렸다. 내 동생을 보조원으로 교육시키고 싶다고 정말 진중하게 부탁드렸다.

다행히 사람도 모자라고 공사 기간도 단축해야 하는 상황이어서 사장님은 흔쾌히 허락하셨다. 참 어려운 요청이었는데 감사하게도 응해 주셨다. 나는 최대한 빨리 기술을 습득시켜 스스로 성장하기를 마음속으로 간절히 바라면서 동생을 가르치기 시작했다. 언제부터인가 부모님께서 여러 차례 말씀하시기도 하였지만 내가 직접 몇 년 동안 해 본 경험으론 그렇게 권장하고 싶지 않은 직업이다. 솔직히 너무 힘들고 고달프다. 물론 시골에서 농사일을 하는 것보단 수입 면에선 상당할진 몰라도 이곳저곳 현장 따라 전국을 헤매면서 몸과 마음을 적응하기란 정말 쉽지 않은 일이다. 특히 온몸이 까만 기름 범벅이 되고 손이 마치 기계 부속처럼 일그러져 가면서 부품을 조립하는 그 험난함은 말로 다 표현할 수 없다.

그나마 내가 처음 배울 때보다 동생은 어엿한 청년이 되었으니 잘 견디리라 믿고 싶다. 나는 그래도 마음이 놓이지 않아서 시간 나는 대로 항상 조심할 것과 단단히 마음먹고 견뎌 내야만 살아갈 수 있다고 신신당부를 했다. 평소에도 늘 내가 좀 더 일찍 태어났었더라면 분명 상급 학교도 보낼 수 있었을 것이란 생각에 마음 한편엔 애잔함이 남아 있다. 동생이 온 후로는 왠지 주변 동료들이 더 조심스럽고 내가 더 겸손해야 할 것 같은 생각이 들었다.

한여름이라서 숙소가 너무 무덥고 비좁다. 그러던 차에 마을에서 건너다보이는 산 아래 멋지게 지어진 제각이 있다. 파평 ○씨 조상님들 시제 모실 때만(매년 10월) 며칠 사용한단다. 그러니 생각이 있으면 사용하라는 것이다. 누구도 선뜻 나서질 않는다. 내가 몇 달 사용하겠다고 부탁했더니 제실 관리하시는 분이 흔쾌히 허락하신다. 여름이라 별걱정은 없지만 가끔 습한 날 제습용으로 아궁이에 불만 조금 넣어 주면 좋을 것이란다. 내 딴엔 볼수록 멋지고 예스럽고 대궐처럼 거창한 한옥이다. 상당히 고급 자재로 완벽하게 지어졌다. 요소요소에 전기 시설 또한 잘 갖추어져 있다. 방문을 활짝 열고 넓은 마루에 앉아서 내려다보면 발아래 펼쳐진 들판의 푸르름이 그림 같다. 언제 이렇게 멋진 집에 한번 살아 볼 수 있을까? 동료들이 무섭지 않으냐고 괜찮으냐고 너도나도 물어본다. ㅋㅋㅋ 세상 조용하고 공기 좋고 무엇보다 검정고시 준비하는 데는 최적이다. 아마 이 정도 좋은 호텔도 쉽사리 찾을 수 없을 것이다. 비 오는 날은 잔뜩 쌓여 있는 장작 몇 덩이 아궁이에 넣어 놓으면 캬~!! 보송보송하고 너무 좋다. 그렇게 그곳에서도 매월 받는 봉급은 빠짐없이 고향으로 보내 드렸다. 다행인 것은 연말에 아버지께서 원하시던 자그마한 산이 딸린 밭을 계약하셨단다. 약 1,600여 평이다. 구입하는 데 내가 조금이라도 보탬이 되어 마음이 뿌듯하다.

**31** 1975년 1월. 전남 광주시 중흥동 신역 뒤 부지 정리 공사. 현재 광주 역전을 뒤쪽으로 옮기려고 정리하는 작업이다. 그 뒤쪽에는 사례지오 여고가 있다. 요즘은 방학 기간이지만 가끔 무슨 행사라도 있는 날이면 골목이 미어지도록 여고생들이 붐빈다. 새로운 역전 부지는 현재보다 상당히 넓다. 역전 본 건물이 들어설 자리는 광장에서 십여 미터는 더 높은 것 같다.

우리 집은 이제 평범한 농촌 가정으로 확실하게 자리 잡았다. 형님도 지난가을에 면 소재지로 이사하여 조그마한 가게를 시작하셨다. 막냇동생을 상급 학교에 보낼 수 있는 여력도 충분하다고 생각된다. 나는 지난 가을 장래를 약속한 사람과 양가 부모님께 인사를 드렸다. 양쪽 집안 어른들께는 약 3년 후 결혼할 계획임을 말씀드리고 가끔 찾아뵙기로 하였다. 그 사람은 내가 근무했던 전남 보성군 조성면 봉○리 김씨 집안의 5남매 중 막내딸이다. 막내라서 고집이 좀 있지만 생활력이 강하다. 처가 어른들은 50대인 우리 부모님에 비하면 연세가 많으셔서 70대 초반이시다.

평소에도 우리 어머니는 감기, 몸살로 몸져누우시고 두통과 어지럼증으로 고생하셨다. 그러던 차에 그 사람이 우리 집에 들러 편찮으신 어머니를 대신하여 이것저것 여자들이 할 수 있는 일들을 도와주니 한 번씩 들릴 때마다 우리 집에선 대환영이다. 혼사라는 것이 당사자인 둘만의 생각과 계획도 중요하지만 양가 어른들의 의견도 무시할 수 없다. 어느 날 갑자기 금년 봄에 예식을 올려야 한단다. 조금 당황스럽다. 여러 가지 준비도 부족하여 차분히 내후년으로 계획하였으나 양가 어른들이 수차례 상의하셔서 내린 결정이니 따라야 한다는 것이다. 여러모로 준비가 안 된 나였지만 당사자인 우리의 생각은 뒷전이 된 상황이다. 몇 달을 곰곰이 생각해 보았다. 벌써 결혼? 물론 결혼을 전제로 약속은 하였지만 너무 준비가 안 된 상태다. 양가에서는 반드시 금년을 넘기면 안 된다는 것이다. 그렇게 몇 달을 고심 끝에 부모님 뜻을 따르기로 하였다. 남보다 조금 빠르면 어떠랴. 어차피 맨손으로 가야 할 길이라면 갈 것이다. 그 길이 가시밭길이든 돌밭 길이든 가

자. 매도 먼저 맞으라 했다. 초년고생은 사서라도 한다는 옛말처럼, 힘들어도 내 몫이고 고생길도 내 몫이라면 머뭇거리지 않을 것이다. 그러나 한 가지, 아내 될 사람과 약속을 했다. 우선 충청북도와 전라남도는 거리도 멀지만 여러 가지 풍습이나 생활 방식, 관습들이 다른 점이 있다. 적어도 1년 동안은 괴산 우리 집에서 부모님과 함께 생활하며 생소한 풍습들을 익혀야 한다고 약속했다.

우리가 결혼 후 곧바로 분가해서 생활한다면 가족끼리 이해와 소통이 안 될 소지가 분명히 존재한다고 판단했다. 집사람은 다소 힘들고 어려웠겠지만 세월이 흐른 뒤에는 너무나 잘한 일이었다고 두고두고 자랑삼아 이야기한다. 그렇게 우리는 결혼 후 충청도 풍습을 익히고 배운다는 생각으로 잠시 떨어져 생활하게 되었다.

**32** 1975년 4월. 전남 영광군 법성면 계마리 가마미 저수지. 옛날부터 있었던 조그마한 해수욕장이다. 그리 유명하지는 않아도 나름 이쪽 지방에서는 이름 있는 해수욕장이란다. 그러나 민물이 부족하여 여름 성수기에는 해수욕 후 샤워 시설이 시급한 실정으로 서둘러 조그마한 저수지 공사를 시작한단다. 주변 토질이 습한 점토질이어서 성토 작업이 만만치 않다. 그렇지만 관계 공무원들의 적극적인 협조로 어려움 속에서도 차근차근 진행되어 갔다. 이곳은 영광 굴비로 옛날부터 유명한 고장이다. 특히나 시골 바닷가, 보잘것없는 작은 항구에 커다란 냉동 창고가 우뚝 서 있는 것이 생뚱맞기도 하고 그 거대함에 놀라기도 했다. 주민들 이야기로는 일제 강점기에 일본인

들이 영광 굴비를 운송하기 위해서 주변에선 볼 수 없는 커다란 항만 시설을 만들었다고 한다. 정말 볼수록 거대한 시설이다. 과연 일본이 알차고 좋은 물건들은 모조리 가져갔다는 것을 확인할 수 있다. 마음 한구석엔 언제나 일제 수탈이란 단어가 머릿속에 맴돌면서 혐오와 배척만 떠오르지만, 한편으론 냉정한 판단으로 그 원인과 현상을 바라볼 필요가 있다. '역지사지'란 말처럼 내가 일본 사람이라면, 내가 어느 지역을 나의 영토로 지배했다면 어떠했을까? 아마도 그들과 같은 생각을 당연하게 하였을 것이다. 물론 어떠한 연유로 그들에게 지배당하게 되었는가? 왜? 그것이 더욱 중요하고 더 한심스럽다는 것이다. 내 집을 다 내주고서 왜 가져가느냐는 말이나 무엇이 다른가? 역사를 깊이 있게 배우지는 않았지만 우리의 잘못 또한 크다는 생각을 하지 않을 수가 없다. 분명 그들은 약탈자지만, 지키지 못한 우리의 뼈를 깎는 반성이 더 필요하다. 녹슨 옛 건물들을 바라보며 일제의 수탈과 치욕에 아픔을 잠시 되새기며 생각에 잠겨 보았다.

4월 봄이 무르익어 갈 무렵이다. 달이 아주 밝았던 어느 날, 야간 (12시) 교대 후 동료들과 바닷물이 많이 빠진 해수욕장 모래사장을 걸어서 숙소로 가는 중이다. 그런데 드넓고 깨끗한 모래사장에 어른 주먹만 한 돌들이 여기저기 흩어져 있다. 우리는 "이 백사장에는 돌이 없을 텐데?" 하면서 하나를 집어 들어 라이터 불로 확인해 보았다. "잉? 이게 뭐지?" 헐! 소라였다. 살아 있는 소라다. 우리는 여기저기 뛰어다니면서 소라를 주워 모았다. 금세 두어 대야는 실히 된다. 이튿날 주인아저씨가 깜짝 놀란다. 이렇게 맛있는 소라를 어디서 이리 많이 잡았냐고 요즘이 제일 맛있을 때란다. 살이 꽉 찬 소라가 큰 놈은 어른 주먹보다도 더 크고 튼실하다. 그날 그 싱싱한 소라의 깔끔한 맛, 입 안에 꽉 차면서 부드럽고 알찬 그 맛은 내 기억 속에 생생하게 남아 있다.

이곳은 그리 높은 산은 아니지만 야트막한 산들이 바닷가를 따라 부드럽게 펼쳐져 있다. 다만 한 가지 흠이 있다면 마치 띠를 두르듯이 끝없이 둘러쳐진 녹슨 철조망이 해변을 따라 이어진다. 무엇인가 좀 안타까운 생각이 앞선다. 서해안에는 해양 경찰, 동해안은 방어 사령부, 경비 사령부라 하여 온 나라 해안가를 철조망으로 둘러치고 육군 또는 해양 경찰들이 바다를 지키고 있다. 물론 큰 항구나 작은 어촌의 포구는 일부 개방하여 어민들이 조업할 수 있도록 하고 있지만 바닷가 어디를 가도 조금은 섬뜩할 정도로 엄폐, 은폐된 반공 초소가 일정한 거리마다 설치되어 있다. 그 흉한 철조망을 제쳐 두고 해안선을 따라 아롱아롱 저 멀리 오솔길은 바닷가로 아스라이 멀어진다. 산에는 봄기운이 완연하고 이름 모를 나뭇잎들이 희뿌연 색에서 연한 녹색으로 물들기 시작한다. 참 아름다운 서해안 풍경이지만 무엇인가 어스름하고 불안정한 느낌은 왜일까?


6월 8일 드디어 지난해부터 고대하던 고졸 검정고시 일자가 다가왔다. 나는 하루 전날 사장님이 정해 놓은 광주 금남로 「영남 여관」에서 일찍 잠을 청하였다. 이튿날 전남 여중 교정에 지정된 자리를 확인한 후 창밖을 보았다. 꽤 넓은 운동장에 시험 보는 사람들이 이렇게 많을 줄이야!! 모두 나처럼 어렵고 힘든 삶을 살아가면서 때 지난

공부를 하고 있는 사람들이란 말인가? 정말 이렇게 많았단 말인가? 나보다 연상인 사람이 대다수다. 어떤 사람은 거의 40대 중후반으로 보인다. 나는 오늘 모든 신경을 얼마나 집중하였던지 하루 종일 온통 등에서 진땀이 흐르며 아무런 생각 없이 시험을 마쳤다. 휴~ 그래 1년 이상 정말 최선을 다하였으니 후회는 없다. 늦은 오후 현장으로 돌아오며 잠시 생각에 잠겨 본다. 모든 삶은 때가 있듯이 시기를 넘기면 이렇게 몇 곱절, 아니 몇십 곱절 더 힘든 길이란 것을 가슴으로 되새겨 본다.

토목 공사는 날씨가 대단히 중요하다. 모든 공정이 성토 작업에 집중하면서 서서히 최종 목표의 뎀바 깃발이 가까워진다. 그렇게 6월 말이 다 될 무렵 무사히 저수지 하나를 완성하고 전남 장흥군으로 이동 준비 중이다. 그 현장을 떠난 지 7~8년이 지난 뒤 그쪽 지역에 영광 원자력 발전소가 건설된다는 소식을 들었다. 참으로 적합하고 탁월한 장소를 선택하였다고 생각했다. 특히나 민간인들이 많이 거주하지 않으면서도. 우리나라 서남해안 대도시로 송전하기에도 적지라는 생각이 들었기 때문이다. 그러고 보니 나는 영광군 내 저수지를 여러 개 만든 것 같다.

**33** 1975년 7월 5일. 전남 장흥군 관산면 성산리 저수지. 관산면 소재지에서 성산리란 골짜기를 따라 약 4~5km 정도 들어가면 거의 끝부분이다. 그 마을 위로는 더는 민가도 없다. 수량도 풍부하고 깨끗한 개천이 산속 계곡에서 흘러 내려온다. 저수지 위치로는 최

적지다. 대형 장비들이 6~7대 몰려오니 마을이 갑자기 소란스러워졌다. 항상 기초 공사가 가장 까다롭고 시간도 오래 걸린다. 여러 동료 중엔 나처럼 갓 결혼한 사람도 있고 아이가 하나둘 있는 형도 있었다.

7월 8일, 그렇게도 고대하던 고졸 검정고시 합격 통보를 받았다. 정말 가슴 벅차고 기쁘다. 이를 악물고 잠과 싸우며 씨름하던 기억이 머릿속을 맴돈다. 감사합니다. 고맙습니다. 우리 조상님 그리고 하느님, 부처님, 예수님 모든 신에게 엎드려 절하고 싶다. 기쁘고 감사한 마음을 여러 동료에게 알리고 막걸리 파티라도 하고 싶지만 생략하는 것이 나을 것 같다. 이미 내가 고졸이라고 다들 알고 있다. 그런데 이제야 검정고시로 고졸 자격시험에 합격하였으니 엄밀히 말하면 고졸이 아니라 고졸 자격시험에 합격한 것이다. 물론 부끄러운 것은 아니지만 자랑할 것도 없다. 우리 동료들에게 새삼스레 나의 과거를 해명하기가 더 부끄럽고 부자연스러울 것 같다.

이 현장은 시공부터 완공까지 도급 공사로 진행한다. 공사 기간이 꽤 길 것이라며 결혼한 동료들은 하나둘씩 부인들을 모셔 왔다. 내게도 갓 결혼했으니 집사람을 모셔 오라고 동료 형들이 권유한다. 그리고 보니 충청도 풍습과 생활 방식을 익히기로 약속한 일 년은 아직 안 되었다. 그러나 처갓집도 이곳에서는 그리 멀지 않으니 어찌할까 곰곰이 며칠 생각하다가 일단 부모님께 편지를 보냈다. 처갓집 가까운 현장으로 왔으니 집사람이 친정에 다녀갈 수 없겠냐는 안부 편지였다.

며칠 후 그렇게 현장 살림이란 걸 시작하게 되었다. 마을 농가들의 구조는 시골집 그대로다. 좋은 집도 넓은 집도 없다. 겨우 사람이 살 수 있을까 싶은 정도의 남의 집 헛간 비슷한 곳을 임시로 수리하여 사용하려니 정말 한심스러웠다. 좀 심한 표현으로 마치 아프리카 원주민들의 삶 정도라고나 할까? 요즘이야 물 맑고 공기 좋고 천혜의 자연 경관을 자랑하는 정말 살기 좋은 마을이 되었을 것이 분명하지만 당시 그 마을은 정말이지 낙후된 산속 마을이었다.

부모님께 간단하게 집사람과 함께 생활한다고 알려 드리면서 아무 것도 필요치 않으며 아무 걱정하지 마시라고 당부를 드렸다. 아마도 가까운 거리였다면 어머니가 몇 번이고 다녀가셨을 것이다. 충청북도 우리 집에서 이곳까지 크고 작은 살림살이를 화물로 보낸다는 것은 생각할 수조차 없다. 나는 집사람에게도 여러 차례 당부했다. 임시 그리고 불과 몇 달이니 여러 가지 살림이 필요하더라도 가능하면 구입하지 말라고 거듭 당부했다. 평소 동료들이 현장을 옮기면서 이삿짐이 온통 망가지는 모습을 수시로 목격하여 너무나 잘 알고 있었다. 이삿짐을 옮기는 것이 화물차도 아니고 순전히 우리 장비로 옮겨야 하는 형편이니 마치 그것은 나무 바퀴로 된 소달구지로 자갈길을 가는 것보다 더 극심한 충격이 온다. 나는 집사람에게 우리 장비를 자세하게 설명하며 부득이 필요하다면 깨지거나 망가져도 아깝지 않은, 아주 간편한 것만 최소한으로 구입하라고 했다.

성토 작업은 그런대로 무난하게 진척되면서 날씨는 가을로 접어든다. 나는 지난해에 현역 입대가 아닌 보충역으로 정식 편입된 후로 해마다 일정 시간 예비군 훈련을 받아야 한다. 현장 여건상 한곳에 오래 머무는 것도 아니고 수시로 옮겨 다니는 악조건이다. 다만 위탁 훈련이라 해서 타 지역에서 훈련을 마치면 본거지 예비군 중대로 통보되어 훈련에 참여한 것으로 기록된다. 이 현장에서도 관할 예비군 중대에서 위탁 교육을 받을 수 있어 그나마 다행이다.

어려운 여건 속에 살림을 시작하면서 여러 가지 책임감이 더 크게 느껴진다. 또한 주변 사람들에 대한 기본예절과 조심스러운 언행에 나도 모르게 어깨가 무거워진다. 그렇게 연말이 가까워지면서 집사람은 몸이 무거워지고 출산이 얼마 남지 않았다. 몹시 걱정스럽기도 하고 두렵기도 하다. 어떻게 해야 할까? 가까운 처가로 가야 할까? 아니면 충청도로? 우리는 몇 개월 동안 차분하게 생각해 보았다. 집사람과 나는 마음을 굳게 먹고 가까운 의료 시설을 찾아보았다. 가까운 면사무소엔 의원급 병원이 있었고 조금 먼 군청 소재지의 의료 시설도 있다. 미리 찾아가 진료도 받아 보고 상담도 해 보았다. 결국 출산 장소는 가까운 면 소재지 의원으로 정하고 의사 선생님과 사전에 출산 가능 여부를 협의한 뒤 마음의 준비를 하고 있었다.

1975년 12월 2일, 두렵고 무섭고 걱정이 앞서는 출산 예정일이 다가왔다. 나도 모르게 간절해진다. "신이시여, 조상님들이시여, 우리 집사람을 도와주십시오." 마치 주문처럼 중얼거리고 있다. 그렇게 마음 졸이고 애태우면서 마치 어린아이처럼 안절부절못하는 내 마음을 도저히 진정할 수가 없다. 어찌할 수도 다른 방법도 없다. 그렇게 장흥군 관산면 「관산 의원」에서 우리 큰아이를 순산했다. 모두가 어렵고 힘든 시절이지만 함께 생활하던 동료 형수님들이 많은 도움을 주셨다. 매우 열악했던 환경 속에서 아무런 경험도 대책도 전무한 우리는 고마운 이웃들의 축복을 받으면서 그렇게 첫 아이를 출산하고 양가 부모님께 소식을 전해 드렸다.

모두가 잠든 새벽, 많은 생각으로 잠을 설치는 날이 빈번하다. 모든 삶이 내 마음 하나만 단단히 먹는다고 다 이루어지는 것도 아닐 것이다. 잠들어 있는 어린 녀석의 숨소리를 들으면 점점 정신이 맑아지면서 잡다한 생각이 꼬리를 문다. 그럴 때마다, '잘되겠지. 잘될 거야.'라고 생각한다. 우리의 앞길을 그려 보아도 뚜렷한 답이 없다. 그러나 철저하게 준비된 삶이 어디 있겠는가? 사전에 준비하고 대비한 인생은 아마도 없을 것이다. 있다 해도 극히 일부 귀족이 아닌 이상 그렇게 준비하고 계획하고 차근차근 예상된 길로 살아가는 사람들은 분명히 없을 것이다.

'지금부터 나의 삶은 우리 가족을 위한 삶이 우선이다.'라고 스스로 다짐해 본다. 새 생명이 태어나 자라면서 하나의 사람으로 살아간다는 것은 그만큼 모든 생활이 변화해야 한다는 것을 그때야 절실하게 느낄 수 있었다. 흔히들 두 사람이 합치면 조금 넓은 마음의 공간과 여유로 충분하다고 하지만 한 생명이 더 태어나 셋이 된다면 그 삶의 형태와 변화에서 나타나는 현실적인 차이는 아마도 하늘과 땅 차이보다 더 크고 많을 것이다. 이제야 우리 부모님이 너무나 위대하시다는 생각을 했다. 왜 이제야 알았을까? 7남매 형제자매를 키워 내시느라 얼마나 힘드셨을까? 그냥 위대하시다고 말하기엔 부족하다. 거룩하시다는 말도 부족할 것 같다. 어느 날엔 새벽녘 잠에서 깨어 우리 부모님 생각에 베개가 촉촉하게 젖도록 울며 잠을 설치기도 했다. 그냥 평범한, 아무런 우여곡절이 없는 삶이라도 험난했을 텐데, 그렇게 큰 사건을 겪으면서도 한 치 흔들림 없이 일어나시는 부모님 모습을 보며 감사함과 고마움은 늘 내 마음속의 이정표가 되고 있다.

**34** 1976년 2월. 전남 나주군 봉황면 철천리 다도 댐 용수로. 겨울이 깊었다고는 하지만 남쪽 지역은 그리 심한 강추위가 없어서인지 웬만한 토목 공사는 그대로 진행한다. 본 댐인 다도 댐의 정확한 위치는 모르지만 이곳에서 그리 멀지 않은 것 같다. 용수로가 상당히 넓다. 마치 도로 공사를 연상케 한다. 이 지역엔 주로 야트막한 야산들이 줄지어 뻗어 있다. 그 야산의 7~8부 능선 위로 마치 도로를 만들듯 산허리를 타고 돌며 대형 수로를 만드는 것이다. 현장에서 가장 중요시하는 것이 다짐인 거 같다. 결국 누수 방지를 하면서 한마디로 강을 산 위로 흐르게 하는 것이다. 언제인가 우리 장비의 특성을 이야기했듯이 성토와 동시에 다짐하기엔 최적의 장비임을 잘 아는 사람들이다. 토질이 황토와 마사토가 섞여 있는 아주 좋은 토질이다. 우리 장비로 다져 놓으면 완벽한 누수 방지가 될 것 같다. 이러한 공사 현장을 옛 어른들이 보시면 이거야말로 천지개벽이라 했을 것 같다. 그야말로 산 위로 강물이 흐르는 것이 현실이 되는 것이다.

흔히 도로 공사는 곧게 만들지만 이것은 구불구불 산의 생김새 그대로 수평을 유지하며 골짜기를 따라간다. 오로지 하늘만 바라보던 천수답들을 진정한 옥토로 만들어 주는 수로 공사인 것이다. 드넓은 벌판들을 내려다보면서 야산 아래 골짜기의 논밭들이 모두 관계 수로를 완벽하게 갖추게 되는 것이다. 크고 작은 마을들을 지나면서 참 평화롭고 아름다운 마을들이 모퉁이마다 많기도 하다. 어느 마을에서는 기와집이 정말 고풍스럽고 웅장하여 고래 등 같다는 말이 절로 나온다.

**35** 1976년 4월. 나주군 공산면 다도 댐 용수로. 어린아이와 함께 이사를 한 번 하는 것도 어려운데 한두 달 사이로 몇 번씩을 한다는 것이 쉬운 일이 아니다. 어른들이 물을 갈아 먹을 때마다 배탈이 나듯이 꼬맹이도 같은 증상이 자주 발생한다. 또한 아무리 살림살이를 최소한으로 줄인다 해도, 이사할 때마다 점점 이삿짐은 늘어나게 마련인가 보다. 그렇게 당부를 해도 살림살이는 하나둘 많아진다. 더불어 식품이나 생활용품을 구입하기도 어려움이 따른다. 하지만 어디를 가도 사람 사는 세상은 매한가지다. 이웃 주민들의 풋풋한 인심은 감사함을 넘어 부모님 같은 사랑과 고마움을 느낄 수 있다. 나는 집사람에게 항상 이웃 어른들을 공경하고 겸손하라는 말과 작은 음식이나 도움을 받더라도 반드시 적당한 보답과 함께 감사 인사를 잊지 말라고 당부했다.

산속을 헤집으며 일하다 보면 어디를 가도 조상님들의 묘소를 지나치게 된다. 착공 전에 모두 이장을 했다고는 하지만, 어쩌다 보면 정말 크고 정성 들여 모셔진 훌륭한 산소가 그대로 노출되는 현상이 갑자기 발생하기도 한다. 그럴 때는 모든 작업을 멈추고 즉시 관계 기관에 연락하여 주변에 가림막을 치고, 사전 준비된 전문 일꾼들이 정성을 다해 예정된 장소로 이장해 드리곤 했다. 우리나라 어느 지방을 가더라도 철저한 유교 문화와 조상님을 모시는 예절은 저절로 머리를 조아리게 한다. 고인이 설사 천민이든 양반이든 그분의 흙 한 줌, 티끌 하나라도 소중하게 한 치의 소홀함 없이 모셔 드린다. 이처럼 유교 문화는 세상이 아무리 변하고 바뀐다 해도, 오래오래 보존하여 우리 후손들에게 물려주어야 할 문화유산이다. 그렇게 철저하게 사전 조사를 했음에도 전혀 생각지도 않은 장소에서 가끔 발생하는 현상이다. 그 모습을 바라보며 우리는 어느 땅 어디에 발을 딛고 서 있어도 그곳에 조상님의 숨결이 잠들어 있다는 것을 깊이 되새기게 된다.

두 개의 면을 거쳐 구불구불 산을 타고 흐르는 강물을 상상해 봐도 얼른 실감이 나질 않는다. 산 위로 강물이 흐른다고 생각하면서도 내가 서 있는 지금 현재는 분명 산마루인데 완공 후에 강물이 흐르는 모습을 눈으로 보기 전에는 쉽게 그려지지 않는다. 그렇게 점점 봄이 깊어 갈 즈음, 우리는 벌써 20여 km 이상 용수로를 시공해 온 것 같다. 중간중간 지선으로 뻗는 작은 수로는 별도 소형 장비로 진행할 것이다. 산 아래로 내려다보이는 나주평야와 얕은 구릉지 따라 아득히 펼쳐진 과수원들이 참 정겹고 아름답다. 유능한 화가가 그림으로 또는 사진작가가 대형 카메라로 이 모습 전체를 담아 놓으면 얼마나 아름다울까. 포근한 봄바람과 함께 멀리 과수원들의 하얀 배꽃 향기와 들녘의 싱그러운 풀 내음이 온 산천을 감싸는 5월이다. 정겹고 아름다운 계절의 여왕이란 말이 절로 나온다.

**36** 1976년도 7월. 전남 함평군 해보면 하모리. 장성 댐 용수로 공사. 이곳은 장성 댐 용수로 공사이다. 장성 댐 역시 지금 한창 공사 중이다. 이 지역은 광주에서 영광군으로 이어지는 길목이다. 몇 차례 이 길을 지나간 기억이 난다. 광주~영광 중간 지점쯤 될 것 같다. 장성 댐에서는 꽤 멀지만 여기까지 용수로를 만드는 것을 보면 댐의 수량이 엄청나리라 생각된다. 이곳 역시 얕은 구릉지마다 논이라고 해도 모두 천수답이다. 조금만 가뭄이 들어도 그 피해가 컸을 것 같다. 부디 관계 수로가 완공되어 웬만한 가뭄도 이겨 낼 수 있는 황금의 땅이 되기를 기대해 본다. 우리의 작업은 마치 특공 작전이라도 하듯이 한번 시작하면 밤을 지새우는 것은 일상이었다. 60대 정도 되시는 어른들은 밤샘 작업을 고마워하시면서 젊은이들의 그 부지런함에 더욱 놀라신다. 시골 마을치고는 꽤 부잣집들이 많다. 우리는 우천 관계로 쉬는 날이면 마을 앞 들녘이 내려다보이는 널찍한 정자에서 어른들과 어울려 대화를 나누었다. 마을마다 전설처럼 전해지는 이야기 그리고 할머니들의 애달픈 이야기 등. 그 삶 속에는 놀라운 사연들이 숨어 있었다. 아픈 상처이지만 마을 여기저기 좀 산다는 집에는 6.25 전쟁 직후 빨○산 관련자들이 많았다고 한다. 당시에 좀 배웠다는 젊은이들은 모두가 거기에 연루되어 전멸하다시피 하였단다. 영광 불갑산 쪽으로 스스로 도망가기도 하고, 강제로 끌려가기도 했으며 그 당시 어른, 아이 할 것 없이 마을 사람들이 많이 희생되었단다. 그때 혼자가 된 새댁들이 이젠 할머니가 되어 한스럽게 늙어 가고 있다.

우리는 그것도 모르고 웬 해변가도 아닌데 할머니들이 이리도 많은가 했다. 참 슬픈 역사다. 물론 당시에 당연히 벌을 받아야 할 사람들도 있었겠지만, 상당수는 무슨 영문인지도 모르고 희생을 당했다는 게 문제인 것이다. 하나의 민족이 오랜 세월을 함께 살다가 무슨 사상이 다르고, 뜻이 다르고, 생각하는 것이 다르다고…. 수많은 사람이 허무하게 희생된 아픈 역사다. 더 가슴 아픈 건 그들에게 음식이나 작은 도움을 주었다고, 또는 그냥 함께 있었다고, 무조건 같은 굴레를 씌워서 잡아갔단다. 우리는 그 시대를 살아오지 않은 것만 해도 행운이 아닌가 생각해 본다. 당시에 그럴듯한 기와집에서 밥술깨나 먹으면서 공부 좀 했다는 사람들은 하나같이 슬픈 이야기가 한 집 건너 한 집씩 연결되어 있다는 것을 알고부터는, 무엇인가 더 조심스럽고 더 죄송스러운 마음이 앞선다. 할머니들이 당신의 아들, 손자처럼 보듬어 주시던 모습이 많은 세월이 지났어도 마음속에 따스하고 아련하게 느껴져 온다. 아마도 그때 안타깝게 희생되어 당신들의 가슴에 묻고 살아온 이야기들을 삶에 끝자락에서 누군가에게 꼭 전해 주고 싶으셨을 것이다.

1976년 8월 판문점에서 또 한 번 엄청난 사건이 일어났다. 온 나라가 금세 전쟁이라도 날 것 같다. 판문점 도끼 만행 사건이라고 신문 방송이 온통 그 소리뿐이다. 청와대를 습격하지 않나, 완전히 세상을 마음대로 흔들고 가지고 노는 느낌? 허 참, 이러니 전쟁이란 것이 발생하는구나. 나는 잘 모르겠다. 나라를 다스리고 백성을 다스리는 일이 그렇게도 이해 불가한 엄청난 파렴치를 감수하면서까지, 무자비하게 해야 하는 것인지. 적어도 우리 상식으로는 이해할 수가 없다. 상대가 아무리 감내하기 어려운 행위를 저질렀다 해도, 최소한의 도리와 순리를 지키면서 처리해야 한다. 또한 백성들을 편안하게 하는 것이 올바른 군주가 해야 할 일이 아닌가? 대낮에 비무장 지대에서 도끼로 사람을 죽이다니 이게 무슨 구석기 시대에 산적들이나 하던 짓을…. 정말 해도 해도 도를 넘는 것 같다. 그로 인해 온 나라가 들썩이고 모든 예비군이 비상 대기 상태다. 불과 이십여 년 전에 6.25 전쟁으로 그렇게도 많은 피를 흘리고 쑥대밭으로 만들어 놓은 이 땅에, 이제 겨우 밤을 새워 복구하려고 안간힘을 쓰고 있는데 참으로 통탄하지 않을 수 없다.

**37** 1976년 9월. 전남 보성군 벌교읍 증광리 저수지. 벌교에서 화순 방면으로 약 4~5km 지나면 큰 고갯길로 접어들기 직전에 좌측으로 있는 증광리란 골짜기다. 산줄기를 따라 상당히 길고 깊은 것 같다. 작은 개울이지만 수량이 풍부하다. 마을 자체가 높은 곳에 위치하여 저수지가 완공된 뒤엔 수면의 높이가 마을과 비슷할 것 같다. 그 공사 역시 처음부터 끝까지 도급으로 시공할 예정이다.

나는 마을에 작은 방을 얻어 살림을 옮겼다. 본격적인 작업에 들어가기 전이므로 비교적 한가하다. 일찍 작업을 마친 날은 구멍가게에서 동료들과 소주도 한잔씩 했다. 그 구멍가게는 미혼인 동료들의 하숙집이기도 하다. 그런데 이곳에도 젊은 청년 두세 명이 이틀이 멀다

하고 찾아와 동료들에게 이유도 없이 시비를 걸고 소주도 몇 병씩 얻어 마시곤 한단다. 가게 주인은 그들을 미워하면서도 쉬쉬한다. 이웃 마을에 사는 건달들이라며 그들 부모는 벌교 읍내 유지급이란다. 가게 주인 말로는 "아그들이 솔찬이 야무요~ 금~매 부모들도 내놨당깨요~" 야물다니? 참 기가 막히고 어처구니가 없다. 며칠 전부터 그런 이야기를 듣고는 '이곳 역시 골치 아픈 ○○기들이 있구나.' 하고 생각했었다.

그날도 작업 종료 후 친구들 저녁 식사 자리에 소주나 한잔하려고 들렸다. 역시나 젊은 친구 두 명이 슬그머니 다가와, "합석 좀 합시다." 한다. 뒤이어 또 하나 모두 세 명이다. 우리는 대화를 멈추고 서로 얼굴만 바라보고 있었다. 잠시 침묵이 흐른 뒤 나는 나지막하게 "여보세요. 우리 지금 현장 작업 관계로 대화 중인 거 안 보이시나요? 나가 주시지요."라고 조용히 그리고 냉정하게 말했다. "워메~ 이 기사님은 오늘 처음 보는디 솔찬이 무섭네요이잉~" 세 놈이 슬그머니 내 주변에 걸터앉는다. 나는 소주도 몇 잔 마신 뒤라서 잠시 머리를 숙이고 있었다. 한 놈이 "왐마, 겁나 무섭소이잉~"라고 했다. 나는 순간 불이 확 올라왔다. "아니 이 개××들이 사람 말이 말 같지 않나!!" 나는 술상에 놓인 소주병을 들어 상머리에다 내리쳤고 "퍽!!" 하는 소리와 함께 소주병이 깨지며 남아 있던 술이 좌르르 바닥으로 쏟아진다. 이놈들이 움찔하며 일어서서 옆으로 비킨다. 벌떡 일어나서 "야 이 개××들아!! 너희 소주 사 주러 여기까지 온 줄 아냐앙~~!!" 하며 소리를 질렀다. 이것들은 후다닥!! 밖으로 튀어 나간다. 나도 밖으로 뛰어나와 "거기서~~ 야 이 쌍×× 새×들 면상을 긁어 버리고 말겠어!!" 하고 소리쳤다. 날은 어둑어둑하지만 그놈들은 분명 가까이 있는 것 같다. 동료들은 내 허리를 잡고 참으라고 아우성이다. "놔~!! 이거 놓으라고 ~~!! 저 새×들 오늘 끝장을 보고 말 거야!" 나는 치밀어 오르는 분을 참지 못하고 깨진 유리병으로 나의 왼쪽 팔뚝을 벅벅 그어 버렸다. 금세 붉은 피가 팔을 타고 줄줄 흐른다. 동료들도 겁이 나는지 내 허리를 놓았다. 나는 후다닥 뛰어 놈들을 찾아 나섰다. 저만큼에서 보고 있던 놈들은 내 팔뚝에 흐르는 피를 보고는 뛰어 달리기 시작했다. 나는 손에 들었던 유리병을 힘껏 집어 던졌더니 쨀그랑!! 하면서 길옆 돌담에 맞아 부서지는 소리가 난다. "야 이 쌍× 이××들 거기서~!! 안 서~~!! 내 앞에 나타나면 숨통을 잘라 버릴 거야. 이 개 같은 ×× 들~" 하면서 소리를 고래고래 질렀다. "너 이놈의 ××들 뉘 집 새끼들이라고 했지? 다시 한번 나타나면 너희 집구석을 모조리 쓸어 버리고 말 거야. 이 쓰레기 같은 ××들!!" 나는 골짜기가 쩌렁쩌렁 울릴 정도로 소리 지르며 길 한가운데 서 있었다. 쉽사리 흥분된 마음은 가라앉질 않았다. 맨발로 이삼십 미터 이상 뛰어온 것 같다. 피는 줄줄 흐르고 동료들은 다시 내 허리춤을 잡고 참으라고 난리다. 저녁 해질 녘이라서 들일을 하고 마을로 오던 동네 사람들이 금세 십여 명이 모인다. 나는 분을 참지 못하고 큰 소리로 "저런 개××들을 낳고도 미역국을 처먹은 인간들이 어떤 인간들인지 꼭 한번 보고 싶다. 정말~ 아유 쌍! 개만도 못한 쓰레기들 싹을 잘라 버리고 말 거야!!" 나는 혼자서 고래고래 소리치고 있었다. 차츰 흥분이 가라앉으니 팔이 쓰리고 쑤셔 온다. 가게 주인이랑 동료들이 이것저것 약을 발라 주고 천으로 팔뚝을 감아 준다. 작은 마을들이 옹기종기 모여 있던 그 골짜기에서 금세 소문이 퍼지고 아마도, 그들의 부모 귀에도 전달되었을 것이다. 나는 난생처음으로 차마 입에 담기 싫은 쌍소리를 골짜기가 떠나가도록 소리쳤다.

　지금 생각하면 부끄럽고 민망스럽다. 당시에는 그렇게 못되고, 껍죽대고, 허무맹랑한 젊은이들을 마치 잘나고 야무지고 멋진 젊은이로 착각하던 한심한 시절이었던 것 같다. 그 뒤로는 그들을 다시 볼수 없었고, 이유 없이 시비 거는 얼척없는(지역 사투리) 놈들도 보이지 않았다. 덕분에 나는 수십 년이 지난 지금도 왼쪽 팔뚝에 깊이 새겨진 그 훈장 자국이 선명하게 남아 있다. 아무리 생각해 봐도 왜 그렇게 위험한 행동을 했는지 쉽게 이해되질 않는다.

　한 달 준비 기간이 지나고 이제 본격적인 작업이 시작되려 할 때쯤, 우리 사장님은 우리를 모아 놓고 긴밀히 상의할 일이 있다고 하셨다. 장비 두 대를 처분할 계획이니 뜻이 있으면 인수하라는 것이다. 사장님은 연세도 있고 건강도 안 좋다면서, 장비 대금은 몇 개월 분할하여 갚으란다. 약 1년 정도만 꾸준히 일할 수 있다면 구입 대금을 회수할 수 있는 괜찮은 가격이다.

　며칠 고심 끝에 나는 김광○이란 친구와 한 대를 함께하기로 결정하였다. 부모님에게 자세한 편지를 보내면서 자금 융통이 가능하다면 약 1년 계획으로 넉넉히 1년 6개월을 잡고 자금을 갚아 드릴 수 있으니 부탁드린다는 편지였다. 둘이서 절반씩 부담하니 조금 가벼웠다. 장비 상태도 잘 알고 스페어 부품도 넉넉하고 우리는 둘이서 열심히 하기로 약속하고 바로 인수했다. 그렇게 3개월 정도 이어 가던 중 함께하던 친구가 빌려 온 자금을 급히 돌려주어야 할 형편이란다. 남의 돈이란 것이 주인이 급히 회수해 달라고 하면 어쩔 수가 없다. 그래도 갑자기? 작업도 이대로 하면 잘될 것 같으니 다른 곳에서 다시 융통해 보라고 친구에게 권해 보았으나 한숨만 쉬고 있다. 가까운 집안 친척 자금인데 급히 돌려주어야 한단다. 나는 어쩔 수 없이 그동안 모은 자금과 함께 다시 집으로 부탁하여 결국 나 혼자 인수하여 운영하게 되었다. 친구는 하는 수 없이 다른 장비로 옮겨 가고 다른 장비에서 일하던 동생을 불러왔다. 다행스럽게 현장 상황도 꾸준히 이어지고 나는 최대한 빨리 부모님에게 융통한 자금을 갚아 드리는 것을 목표로 삼았다. 구정도 가까워지고 눈비가 며칠 계속되는 날, 잠시 부모님을 찾아뵈었다. 꽤 많은 자금이 오고 가면서 너무 걱정을 끼쳐 드리는 것 같아서 직접 찾아뵙고 말씀드리고 싶어서다.

'부모님 마음은 얼마나 조마조마하셨을까?' 하는 생각에 왠지 죄송스러운 마음이 앞선다. 그보다 아버지는 나에게 자랑이라도 하듯이 새로 구입한 우리 밭둑에 있는 할머니 할아버지(내겐 증조부모님) 산소에 인사를 드리러 가자고 하신다. 나는 아버지와 가까운 우리 밭으로 함께 갔다. 우리 집에서 불과 20여 분 걸어가면 뒷동산을 넘어 우리 밭이다. 한쪽 경사진 곳에 두 분을 합장으로 모셨단다. 성묘를 하고는 "아버지 큰일 하셨네요. 제겐 알리지도 않으시고 언제 하셨어요?" 했더니 올해가 윤달(1976년)이 들은 해라서 형과 조치원 매형 그렇게 몇 명이 모셔 왔다고 하신다. 아버지가 그렇게 원하시던 일을 했다고 생각하니 왠지 마음이 뿌듯해진다.

"연기군 우리 고조할머니 산소는 안 모셨나요?" 하고 아버지께 여쭈어보았다. "그래, 고조할머니 산소는 좀 더 생각해 보기로 했다." "왜요?" "우선 너희 증조부모님은 남의 과수원 안에 계셔서 늘 불안하고 미안스러웠는데 고조할머니는 그 산이 국유림이라서 쉽게 훼손될 염려도 없고, 특히나 내 생각이지만, 할머니는 살아생전에 할아버지가 돌아오시기를 학수고대하며 기다리셨다고 전해 들었다. 그런데 여기까지 자손들 따라 당신이 이사 오시면 할아버지가 영혼으로라도 찾아오셨다가 '내가 여기 없으면 안 될 것 같다.'라고 말씀하실 것만 같아서 좀 더 생각해 보기로 했단다." "아~~~" 아버지의 말씀을 들으니 홀로 연기군에 남아 계신 할머니의 마음이 그대로 내게 전해지는 것 같다. 그렇게 생각하니 무뚝뚝한 아버지의 마음이 얼마나 따뜻하신지 가슴으로 느껴진다. 나는 "네, 잘하셨네요."라고 했다. 아버지는 "그보다도 다음 윤달 드는 해에는 너희 할아버지 할머니도 모셔 오려고 한다." 하셨다. 나는 바로 "아, 그러세요? 청천면은 그리 멀지 않으니까요."라고 했다. "그래, 그러려고 생각 중이란다." "그리고 우리 산소 앞에 상석도 하면 안 되나요? 왜 큰 산소 앞에 큼직한 상석 있잖아요. 제사 모실 때 음식도 올려놓고 그러는 거요." 아버지는 좀 머뭇거리시더니 "그런 건 돈이 많이 들어간다." 하신다. 나는 바로 "걱정 마세요. 우리 그것 꼭 해요." 했더니 "하면이야 좋지." 하신다. 아버지는 자식들에게 조금이라도 부담 주는 것을 몹시 꺼리시는 눈치다.

무난하게 작업은 계속된다. 남의 장비에서 일하며 봉급을 받을 때는 한 달이 그리도 길게 느껴졌었는데 내가 봉급을 주는 입장이 되니 왜 이리도 월말이 빨리도 오는지 금세 돌아서면 봉급날이다. 내 동생이지만 급여 계산은 정확해야 한다. 그렇게 열심히 장비 부품도 미리 준비하고 또한 공사 기성 자금의 흐름까지 확인하며 대비했다. 보통 기성금은 한 달에 한 번이지만 만일을 위해 자금 비축도 필요하다. 그동안 사업하시던 사장님들의 고충을 하나하나 실감하게 된다.

어느덧 1977년도 완연한 봄으로 접어들었다. 매월 열심히, 약간의 긴급 자금만 남기고는 모두 부모님께 송금하였다. 얼추 70~80퍼센트는 돌려드린 거 같다. 아버지께서는 이제 그만 보내고 너희들 사업 자금으로 활용하라 하신다. 나는 절대 안 된다고 말씀드렸다. 농촌에서는 아무리 큰 부농이라 해도 그저 양식 걱정 없이 생활하는 것 외에는 약간의 현금도 마련하기 쉽지 않다는 것을 너무 잘 안다. 나로서는 이자까지 계산해서 완납할 것이다. 그리고 함께 일하는 내 동생에게 빨리 장비 면허를 취득하여 요즘 한창 잘나가는 건설 회사에 취업하라 일러 주었다. 봉급은 네 스스로 모두 저축하여 장래를 대비해야 한다는 것과 장비 일이란 있을 때는 꾸준하게 연결되지만, 어느 땐 몇 달씩 대기할 때도 있으니 가능하면 빨리 대처하라고 여러 차례 당부했다.

**38** 1977년 7월 10일. 전남 광주시 내방동. 아세아 자동차 공장 부지 공사는 야간작업이 불가했다. 그러던 어느 날, 자주 소식을 주고받던 친구에게서 연락이 왔다. 천안 현장에 주야 작업으로 운전원이 없어 걱정이니 혹시 적당한 경력과 유능한 기사가 있으면 알려 달라고 한다. 나는 장비의 주인이 누구인가를 확인해 보았다. 옛날

토련 시절에 잘 아는 분이다. 성격도 무난하시고 매너 또한 좋으신 분으로 알고 있다. 그 친구에게 이 현장엔 일이 여의치 않아서 나 혼자서도 충분하니 내 동생을 사장님에게 잘 추천해 달라고 부탁했다. 그렇게 천안 현장으로 동생을 보내면서, 항상 조심하고 동료들과 잘 지내고, 장비 면허를 우선으로 취득하라고 당부했다. 어린아이를 물가에 보내는 심정이 이런 것일까? 걱정스러운 마음으로 동생을 천안 현장으로 보냈다.

**39** 1977년 8월 15일. 전남 함평군 해보면 쌍굴리 지방도 개설 공사. 토목 작업은 그리 많아 보이진 않는다. 관계 기관의 예산이 여의치 않아 모든 공사를 한 번에 할 수 없어서, 우선 급한 공사부터 한 다음에 이제야 2차로 예산이 확보되었단다. 한 번에 끝까지 추진하는 것보다 더 많은 자금이 투입된다. 그리고 장비를 일정 기간(3개월) 이내로 사용하게 되면 장비 사용 단가를 더 높게 받을 수밖에 없다. 우선 중장비의 이동 비용까지 청구할 수밖에 없는 것이다. 꽤 큰 저수지가 인근에 생기므로 생활 편의상 이설 도로가 필수이다. 인근 주민들의 원성이 높아지니 이제야 도로 공사를 하는 것이다. 다행히 작업은 순조롭게 진행되어 한 달이 조금 지날 무렵 무사히 마무리했다.

**40** 1977년 9월 25일. 전남 강진군 대구면 수인리 저수지. 영동 제방 공사. 이곳은 강진군 끝머리 바닷가 마을이다. 우리나라는 같은

이름으로 불리는 지역이 상당히 많다. 이곳만 해도 대구면이다. 대구, 안양 등 같은 지명을 보면 조금 헷갈릴 때가 있다. 그리고 주소지와 현 생활권이 다른 지역도 자주 볼 수 있다. 이곳 역시 주소는 대구면이지만 아주 근거리에 마량면 마량 포구가 있다. 걸어서 10여 분 거리인 그곳에서 여러 가지 생필품도 구입하곤 한다. 항구라고 하기엔 너무 보잘것없는, 조그만 목선 한두 척 정도 정박할 수 있는 그런 포구다. 바로 앞바다에는 작고 예쁜 섬이 손에 닿을 듯 가까이 있다.

이곳 역시 식수 겸 농업용수 저수지로 설계되었다. 농경지는 그리 넓지 않지만 저수지가 생기므로 별로 쓸모없던 땅들이 수리 안전답인 논이나 밭으로 탈바꿈할 수 있다. 좀 늦은 감이 있지만 지금이라도 착공한다니 다행이다. 저수량을 늘리기 위해서 댐 내부의 토량을 많이 퍼 올릴수록 더 많은 담수를 할 수 있다. 우리는 그렇게 또 하나의 작은 역사를 창조하기 시작했다. 규모는 적지만 지역의 지도를 바꾸기도 하고, 훗날 누군가 주변 환경의 변화를 줄 계획을 수립할 때는 반드시 이 저수지를 참고하면서 그 계획을 진행하지 않을 수 없을 것이다.

성토 작업에 박차를 가할 즈음 또 한 번 세상을 깜짝 놀라게 하는 큰 사고가 발생하였다. 이리역 대폭발 사건이다. 이리역 내에 멈춰져 있던 화물 열차에서 엄청난 양의 화약이 순간에 폭발하였단다. 상상하기 힘든 사건이다. 이리역 부근의 높은 건물이 모두 무너졌으며, 마치 커다란 웅덩이를 파 놓은 듯이 엄청난 구덩이와 함께 엿가락처럼 휘어져 흩어진 철로의 잔해가 그 참상과 규모를 짐작하게 한다. 수백 명이 사망하고 중경상자는 수천 명에 달한단다. 건물이 무너진 것만 해도 수백 채라 한다. 상황이 얼마나 심각했으면 온 나라가 초비상 사태가 되었다. 너무나 갑자기, 아무 영문도 모르면서 한순간에 당해야만 했던. 그 수많은 사람의 슬픔을 온 국민이 함께했다.

가을이 깊어지면서 둘째를 가진 집사람 몸이 점점 무거워진다. 집사람과 의논하여 가까운 산부인과에 예약하자고 하였으나, 큰아이 때도 의사는 아무 일도 하지 않고, 그저 지켜만 보고 병원비만 많이 요구했다고 그냥 출산한단다. 나는 절대 안 되니 미리 강진 읍내 병원을 알아보자고 했다. 집사람은 주인집 아주머니도 젊으시고, 출산 경험도 있으며 충분히 도움이 될 거라고 걱정하지 말라고 한다. 나는 출산 예정일이 연말쯤으로 알고 있었다. 작업이 본격적으로 시작되면서 동료와 함께 부품 구입차 광주에 들러 그다음 날 늦게 현장에 도착했다. 집사람이 오전부터 조금씩 산통이 오는 것 같다고 하였다. 바로 안집 아주머니에게 부탁을 드리고 마량면 소재지로 달려갔다. 미역은 사전에 준비하였지만 함께 넣어야 하는 육류를 구입하려고 정육점을 찾았으나 작고 영세한 시골이다 보니 육류가 모두 동이 났단다. 허 참. 하는 수 없이 여기저기 찾아보다 도축된 생닭을 구입하여 달려왔다. 막 집에 도착하니 조금 전 무사히 순산하였단다.

1977년도 11월 21일, 그렇게 우리 둘째가 태어났다. 무엇보다도 아기와 산모 모두 건강한 것이 너무 감사하고 또 감사하다. 약 일주일이 지난 뒤 어찌 된 일인지 모유가 영 시원치 않다. 산모에게 함부로 약을 먹게 할 수도 없고 참 난감하다. 주변 어른들의 이야기로는 출산 후에는 젖을 먹이는 포유류 고기와 함께 미역국을 끓여 주어야 모유가 잘 나온단다. 그럼 혹시 닭고기로 미역국을 끓여 준 것 때문일까? 내가 잘못한 것일까? 나는 그 뒤로는 철저하게 미역국에 포유류 고기를 넣어 주었지만 아무리 해 봐도 모유 수유는 시원치 않았다.

그동안 우리 집에서 장비 구입 비용으로 빌려 온 대금은 모두 완납하였다. 이제는 이자까지 충분하니 아무 걱정하지 말라고 하신다. 내가 생각해도 완납된 것으로 판단된다. 그러고 보니 나는 부모님과 오랜 기간 금전이 오고 간 것 같다. 부모, 형제간에는 가능하면 금전 거래는 하지 않아야 한다는 옛말이 떠오른다. 혹시나 부모님께 걱정을 끼쳐 드리진 않았는지 다시 한번 뒤돌아본다.

이 지역이 김(해태) 생산지라고 한다. 찬 바람이 불기 시작하면 집집마다 마치 옛날 싸리나무 담장처럼 볏짚을 이용하여 온 동네 돌담 위에 둘러치고는, 그곳에 젖은 김을 얇게 펴서 말리는 작업으로 밤낮없이 분주하다. 신기한 것은 흠뻑 젖은 비릿한 김이 불과 몇 시간만 지나면 반짝반짝 검붉은 빛을 내면서 멋진 김으로 탄생한다는 것이다. 날씨가 아주 춥지는 않지만 바닷바람과 함께 체감으로 느껴지는 추위는 충청도 지방의 엄동설한과 맞먹는다. 그 매서운 바람을 그대로 맞으며 김을 생산하는 그들의 노고를, 밤새워 일하는 우리는 누구보다 더 잘 알 수 있다. 하나부터 열까지 모두가 수작업인 생산 과정을 날마다 지켜본 나는 김 한 장을 수저에 올릴 때마다 그 수고로움이 그림처럼 떠오른다.

**41** 　1978년 2월 20일. 전남 여천군 쌍봉면 쌍봉역 앞 여천 산
업 단지 배후 도시. 구정 명절에 잠시 고향에 다녀왔다. 차례를 지내
고 산소에 성묘를 다녀오며 형제들과 선대 산소 이장에 대한 이야기
를 나누면서 우리 산소에도 상석을 설치하자는 제안을 했다. 반대하
는 형제들은 없었지만 조심해야 한다는 의견과 함께 각자 주관과 생
각이 조금씩 달랐다. 짧은 시간이었지만 사형제가 오랜만에 이야기
를 나눴다. 사람은 각기 다른 시각에서 생각하고 바라보기 때문에 그
일이 설사 좋은 일이라 할지라도 어떤 일을 추진하고 성사시킨다는
것은 상당히 어렵고 까다롭다. 형제가 많고 자손이 번성한 집안일수
록 선대 묘소에 관한 일을 처리함에 있어서 대단히 어렵고 힘들겠다
는 생각을 했다.

　쌍봉역 부근은 그냥 덩그러니 역전 건물 하나만 있었고 주변에 띄
엄띄엄 집 몇 채뿐이다. 열차가 여수 시내로 진입하기 직전 조그마한
역이다. 역전에서 북동쪽으로 4~5km 정도 바닷가로 들어가면 호○
정유(칼○스)라는 한미 합작 정유 공장이 있다. 말이 합작이지 미국의
전적인 기술 지원이 있었으리라 생각된다. 정유 공장이 신설되면 그
와 함께 발생하는 많은 산업이 우후죽순처럼 들어선다. 그러니 그 주
변에 갑자기 늘어나는 인구 증가에 대비하여 적당한 주거 단지가 있
어야 했다. 기존 여수 시내는 비좁고 낡은 옛 건물들만 즐비했으며
항구 앞에는 약간의 항만 시설과 상가 몇 개가 전부다. 산의 언덕을
따라 층층이 계단식으로 이루어진 기존 여수 시내는 주거지로는 너
무 협소하다. 한마디로 넓은 시가지로는 적합하지 않은 지형이다. 결

국 새로운 택지 개발이 절실한 상황에서 쌍봉역 부근을 중심으로 새로운 도시 기반을 만드는 것이다.

어느 날, 작업 중 퇴근 시간에 교통사고가 발생했다. 장애물을 피하려 약간 후진하였는데 뒤따라오던 동료가 급히 경적을 울린다. 무슨 일인가 하고 확인한 결과! 헐!! 멋진 외제 승용차 한 대가 내 장비 뒤 범퍼에 닿아 있다. 천만다행으로 망가진 곳은 없으나 앞 범퍼 페인트가 약간 벗겨진 것 같다. 승용차를 후진하고 차 안에서 흑인 아저씨가 나온다. 마을 길이다 보니 금세 사람들이 몰려온다. 현장 관리자가 외국인과 소통이 좀 되는가 보다. 차량 점검 후 수리 비용이 발생하면 연락하겠다는 것이다. 그 사람 이름이 톰슨이란 것만 알 수 있었다. 자동차 이름이 피아트라고 한다. 나는 놀란 가슴을 진정시키며 수리 비용이 몹시 걱정스러웠다.

이 동네에 오래 거주한 주민의 이야기로는 그 흑인은 정유회사 칼○스에 근무하는 기술자로 이 도로를 이용하여 몇 년째 출퇴근한단다. 그리고 우리 현장에서 2~3km 지나 바닷가 주변에 있는 칼○스 회사 전용 사택에 살고 있단다. 3일째 되는 날 오후, 그날이 마침 토요일이다. 퇴근 시간쯤 괜찮은 양주 한 병을 준비해서 직접 찾아가기로 했다. 비번인 동료와 함께 우리 현장에서 2km 정도 지나 바닷가에 아주 멋지게 지어 놓은 주택들이 보인다. 어느 집인 줄도 모르고 기웃거리는데 바로 그 피아트 자동차가 보인다. 주택마다 야트막한 담장으로 안마당이 훤히 보인다. 무턱대고 안으로 들어가 초인종을 눌렀다. 몇 번을 누르니 안에서 인기척이 들린다. 잠시 후 살며시 문이 열린다. 나는 정중하게 우리말로 "실례합니다. 여기가 톰슨 선생님 댁인 가요?" "네, 그렇습니다." 잉? 한국인 사모님이다. 나는 "아, 네. 어, 제가 며칠 전에 쌍봉역 부근 현장에서 교통사고를 낸 장비 운전기사입니다." "아 네, 이야기 들었어요." 정확한 서울 말씨이다. "어, 저~ 승용차 수리 견적이 나왔나 해서 들렀습니다." "네 저도 보았는데요. 견적은 아직인데 별거 아니니 너무 걱정하지 마세요." 나는 머뭇거리다가 "그럼 견적이 나오면 다음에 알려 주십시오." 하면서 들고 간 양주병을 건네려 하자 "아, 그냥 가져가세요." 하신다. "아~ 별거 아닙니다. 제 마음이니 그냥 받아 주십시오." 하면서 현관 앞에 놓으려는데 "그냥 가져가세요." 하시면서 "너무 걱정하지 마세요. 며칠 내로 연락이 안 가면 그냥 끝난 걸로 아세요." 하신다. 나는 "아, 저 그럼 여기 놓고 가겠습니다." 하면서 현관 옆에 양주병을 놓고 돌아섰다.

함께 간 동료 말로는 사모님이 남편에게 무어라 꾸짖는 듯한 소리가 들리는 거 같다고 한다. 그 친구 왈, 아마도 뭘 그런 걸 가지고 일하는 사람을 찾아오게 하느냐고 꾸짖는 것이 확실하단다. 글쎄다? 그 후 며칠, 몇 주가 지나도 아무런 연락이 없었다. 나는 그때 피아트란 차를 처음 보았다. 그리 멋지고 고급스럽게 생긴 것은 아닌 거 같지만, 암튼 바다를 건너온 차가 아닌가? 몇백 달러라도 달라고 하면 꼼짝없이 물어 주어야 할 판이다. 그때 그 사모님이 한국인이었으니 천만다행이다. 그 후로 감사하다는 인사조차 전할 수 없었다. 당시 40대 초중반쯤 되어 보였던 사모님께 지금이라도 감사하다는 인사를 전하고 싶다.

어느 현장에 가더라도 특별한 일이 없는 한 무조건 밤샘 작업이다. 작업 중 제일 힘든 시간은, 아마도 사람마다 다르겠지만, 나는 새벽 2~4시다. 특별히 무엇이 어떻게 힘들다고 표현하기가 어렵다. 다만 그 시간엔 등에서 땀이 흐르는 것을 느낀다. 그 땀이 무척 끈적하고 기분 나쁘다. 분명 더워서 흐르는 땀이 아니다. 아마 그것이 진땀이라고 하는 것인지도 모르겠다. 철야 작업 중 새벽 시간에만 느끼는 이 기분 나쁜 끈적임은 밤샘 작업을 많이 해 본 사람들은 바로 이해할 것이다. 현장은 두어 달 밤샘 작업으로 제법 그럴듯한 주거 단지 모습으로 변모하였다. 보는 이들은 참 빠르게 발전한다고 이야기한다. 그러나 내가 보기엔 그만큼 밤을 새워 가며 일했다는 표현이 맞을 것 같다.

**42** 　1978년도 4월 26일. 충북 보은군 수한면 병원리 보청 저수지. 우리 장비는 모처럼 충청도 현장으로 이동하였다. 그러고 보니 현장 생활 10여 년 동안 내 고향 충청북도는 이곳이 두 번째인 거 같다. 경부 고속도로 옥천 현장에 잠시 있었던 것 외엔 정말 오랜만이다. 이곳은 신설 저수지 현장이다. 보은 읍내에서 옥천 쪽으로 나오다가 서쪽 회인, 가덕으로 이어지는 길을 따라 들어온다. 보은에서 약 4~5km 정도 거리이다. 막 산길로 접어들기 직전 병원리 마을 끝자락의 저수지로는 아주 적당한 위치이다. 병원리에서 보은 읍내까지 꽤 넓은 들판이 있음에도 왜 저수지가 없었을까? 마을 주민들 이야기로는 이곳은 산이 높고 물이 많아서 아무리 가물어도 수량이 풍부하여 그다지 저수지의 필요성을 못 느끼고 살았단다. 하지만 보은 읍내 상수도와 더 멀리 농업용수를 확보하기 위해서 이제야 착공

하게 되었단다. 나를 비롯해서 두세 집이 어린 자녀들과 함께 살림을 했다. 현장에서 가까운 마을의 생활 환경은 너무 열악하고 초라하다. 방이라고 해 봐야 행랑채에 딸려 있는 조그마한 방 한 칸을 수리하여 사용하는 것이다.

가까운 충청도로 왔다는 소식을 듣고 부모님께서 어린 손자들도 보실 겸 찾아오셨다. 우리가 살림하는 모습을 직접 보고 싶으셨을 것이다. 갑자기 찾아오셔서 당황스럽기도 하였지만 부모님은 너무나 비좁고 허름한 문간방에 실망하셨을 것이다. 우리 장비도 처음 보신다. 어머니는 고생이 많다고 애써 웃고 계시지만 정말 한심하기 그지없는 우리의 모습이다. 아버지께서는 항상 그랬듯이 아무런 말이 없으시다. 반가운 이야기는 이제 막내도 국가에서 전액 지원해 주는 상급 학교에 잘 진학하였단다(육군 3사관학교). 정말 다행스러운 일이다. 나는 부모님께 이제부터는 농사일도 최소한으로 줄이시고 건강을 우선으로 챙기시라고 몇 번이고 당부를 드렸다. 이제는 완전한 노인이 되어 버린 부모님의 모습이 너무 안타깝다. 언젠가는 반드시 어엿한 우리 집에서 편안하게 며칠씩 쉬어 가실 수 있도록 하겠다고 마음속으로 다짐해 본다.

**43** 1978년 8월 25일. 경기도 평택군 진위면 칠원리 평택 농장. 하동환 자동차 공장. 훗날 쌍○자동차 공장이 되었다. 평택에서 북쪽으로 4~5km 지나면서 야트막한 야산 위에 마치 한 폭의 그림 같

은 젖소 목장이 있다. 드넓은 푸른 초원은 외국의 어느 목장을 연상케 한다. 멋진 캘린더나 사진 속 한 장면처럼 너무 아름답다. 나는 목장이란 단어도 쉽게 들어 보지 못했지만 끝이 가물거릴 정도의 넓은 평원 구릉지 언덕을 처음 보았다. 자연스레 다듬어 놓은 파아란 풀밭 그리고 얼룩무늬 젖소들이 여기저기 떼 지어 움직이는 모습은 누가 보아도 아름답고 멋진 풍경이다. 그런 곳에 자동차 공장을 짓는다고 하니 너무 아깝다는 생각이 든다.

착공 전 시행사에서 안전 기원제를 준비하였다. 깨끗한 교자상 위에 조촐하고 정성 들여 차려진 안전 기원제는 언제 보아도 참 좋은 우리만의 문화라는 것을 느낀다. 먼저 간단하게 축문을 읽는다. "오늘 여기 모인 우리는 이 자리에 훌륭하고 거대한 자동차 공장을 신축하려 하오니, 하늘과 땅과 바람과 주변의 모든 신은 부디 안전하고 튼튼하게 완공할 수 있도록 도와주시고 단 한 사람도 다치지 않도록 굽어살펴 주십시오." 간소한 축문을 읽고 제일 먼저 주최 측 시행사 대표, 그다음 시공사 대표, 그리고 시공 장비 대표, 이런 식으로 정성을 들여 큰절을 올린다. 참여한 사람 중에는 크리스천도 있고, 불교 신자도 있지만 각자 다른 종교를 가지고 있다고 해도 이 안전 기원제만큼은 어디를 가나 동일하다. 종교를 빌미로 안전 기원제를 회피하는 사람은 한 번도 보지 못했다. 세월이 흘러도 면면히 이어져 내려오며 철저하게 지켜지는 안전 기원제는 어느 회사, 어느 현장을 가도 동일하다.

안전 기원제를 비교적 상세하게 기록하여 남겨 두고 싶다. 나 역시도 처음에 접했을 땐 좀 어색하고 당황스럽기도 하였지만, 어느 현장이나 크든 작든 지위의 높고 낮음을 떠나서, 항상 위험에 완전히 노출되는 상황이 발생하지 않을 수 없는 것이, 건설 현장임을 너무나 잘 알고, 또한 걸핏하면 발생하는 수많은 안전사고를 직접 목격하기 때문에 그 일선에서 움직이는 모든 사람은 그것이 미신이거나 하찮고 불필요한 행사가 아니라고 생각한다. 일단 그 일터에 몸을 담는 순간부터는 항시 안전사고에 대한 긴장을 늦춰선 안 되며, 안전 기원제는 언제라도 안전에 만전을 기할 수 있도록 마음가짐을 고쳐시켜 주는 중요한 역할을 한다는 것을 너무나 잘 알고 있기 때문이다. 그렇게 현장 착공 전 길일을 선정하여 실행하고 또한 시공 중에도 일 년에 한 번씩은 연례행사처럼 시행하는 것이다.

자동차 공장의 첫 삽은 우리 장비로부터 시작된다. 그 아름답고 드넓은 초원은 드디어 속살을 드러내기 시작하고, 우선 표토를 벗기는 일부터 차근차근 진행한다. 매일같이 젖소들을 실어 나르는 트럭들이 분주하다. 안성 어느 목장으로 옮겨 간단다. 야트막한 언덕을 지나면 칠원리라는 마을이 있다. 나는 그 마을에 방을 얻어 생활하였다. 그래도 평택 시내가 가까워서 주택들이 그렇게 허름하거나 누추하진 않았다. 평택이란 지역 자체가 높은 산이 없고, 산이라 해도 야트막한 야산뿐이다.


요즘 들어서 국제 정세가 심상치 않다. 생각하기도 싫은 70년대 초 오일 쇼크를 떠올리게 한다. 중동 지역 산유국들이 서로 유가 문제로 전쟁도 불사한다는 불안한 뉴스가 매일 시끄럽다. 부디 조용하게 마무리되길 마음속으로 빌어 본다. 에너지가 세계 경제를 좌지우지하는 마당에 최강대국인 미국 역시 에너지를 가지고 장난치면 바로 전쟁이라도 할 기세로 시끄럽다. 참 거대한 국가나 작은 우리네 살림살이나 중요한 물건이 나에게만 있다면 누구라도 그 값을 뻥튀기하고 싶은 마음이야 간절하겠지만, '그래도 국제 관계에서 최소한 상호 규율은 지키겠지.' 하면서 원유 가격의 빠른 안정을 기다려 본다. 며칠 후 결국 원유 가격이 20% 오른단다. 우리 같은 에너지 수입국이자 개발 도상국은 치명타가 아닐 수 없다. 불안한 경제 흐름 속에 4개월 동안 가까스로 하동환 자동차 공장 일을 마치고, 현장을 수소문하여도 유류 파동으로 건설 경기가 매우 불안정하다. 우리는 전국을 찾아 헤매다 천신만고 끝에 울산 현○ 자동차 공장 증축 현장으로 이동하였다.

**44**   1979년 4월. 경남 울산시 율동 현○ 자동차 울산 제2공장 증축 현장. 꼬박 이틀을 달려왔다. 울산 동쪽 방어진항 조금 못 가서 넓은 바닷가, 갈대가 무성한 현장에 도착했다. 현장 소장이 난감한 표정으로 우리를 맞이한다. 어제 또 유가가 20% 이상 올랐다는 발표로 인하여 모든 현장이 올 스톱이 되었으니 며칠 대기하면서 천천히 협의하잔다. 헐, 갑자기 날벼락이다. 그럼 차라리 출발을 못 하게 하든지, 참 어떻게 해야 할지 갈피를 잡을 수 없다. 뉴스에 따르면 중동에는 전운이 감돌고 모든 원유 수출은 중단이란다. 일주일 이상 지나도 착공 소식이 없다. 우리는 다른 현장을 물색해 보았으나 있을 리 없다. 가까운 온산 산업 단지로, 부산으로 모든 연락망을 동원하여 현장을 찾아보았다. 결국 한 달이 지나면서 현○ 자동차 제2 공장 증축 공사는 중단되고 말았다.

**45** 1979년 5월 15일. 울주군 온산면 덕신리 택지 조성 공사 현장. 임시로 시행하는 긴급 현장이다. 부지 조성이 아닌 외곽 배수로 공사와 임시 도로 공사다. 가까운 곳이라서 경비는 많이 들지 않았지만 일 자체가 너무 적다. 들판에 모심기와 야채 심기가 한창이다. 이곳 역시 공사 현장을 그대로 방치하면 각종 작물을 파종하는 일이 발생함으로 그것을 방지하기 위해 임시로 외곽 도로를 만들어 일반인들의 출입을 차단하고자 긴급히 며칠 작업하는 것이다.

현장은 바다가 가까이 있는 회야강 근처다. 강폭은 그리 넓지 않지만 수심이 상당히 깊다. 어제부터 봄비가 여름 장마처럼 쏟아지더니 현장 내 들녘이 온통 물바다가 되었다. 늦은 봄이라서 자라나는 새싹들이 물속에서 넘실댄다. 바다가 가까워서 물고기들이 많이 올라온다. 붕어, 잉어, 장어 등. 우리는 쪽대를 가지고 마을 사람들과 강변으로 물고기를 잡으러 나섰다. 들판, 논바닥에 물이 가득 차 넘실거리는 곳에서 엄청나게 큰 물고기를 발견했다. 잉어라고 하는데 그 크기가 마치 어린애만 하다. 거의 1.5m 이상 된다. 큰 잉어가 논에 올라왔다가 물이 빠지면서 움직이질 못한다. 난생처음 그렇게 큰 잉어를 보았다. 길이도 길이지만 배가 어린애 몸뚱이만 하다. 마을 사람들 이야기로는 가끔 회야강에서 그런 거대한 잉어들이 나온다고 한다. 세상에!! 나는 정말 그런 잉어는 처음 본다. 주둥이가 사람 주먹이 들어가고도 남을 거 같다. 보름 남짓 현장 작업은 마무리되었지만 역시 건설 경기는 막막하다. 백방으로 전국 건설 현장을 찾아보아도 모두 멈춰 있다.

1979년 8월. 경남 창원시 경남 도청 이전 예정지 택지 공사 현장. 높은 산 위에 무적 해병이란 문구가 선명하다. 지난해까지만 해도 이곳이 해병대 훈련장이었단다. 높은 산 아래 엄청나게 넓은 부지 위에 해병 훈련소가 있었나 보다. 경남 도청이 부산에서 이곳으로 이전할 계획이란다. 유가 폭등이 없었으면 공사는 벌써 많이 진척되었을 것이다. 더 이상 폭등이 없으면 진행할 예정이다. 이곳에서는 마산 시내가 주 생활권이다. 우리는 우선 장비를 이동한 뒤, 본격적인 시공은 시공사와 상호 협의하면서 진행할 준비를 하며 대기 중이다.

마산은 우리나라의 유일한 수출 자유 지역이다. 외국 기업들이 자유롭고 쉽고 안전하게, 세금도 저렴하게, 물건을 제조할 수 있도록 국가에서 보장해 주는 곳이 바로 수출 자유 지역이다. 70년대 초부터 국가 차원에서 추진하는 곳으로 우리나라에서는 처음 시행한 것으로 알고 있다. 당시 우리나라 공장들은 열악한 여건 속에 부지 확보도 어려웠고 공장 신축 기술도, 여력도 없었으니 어떻게 해서라도 외화를 벌어 보려고 총력을 기울일 때다. 특히 일본 업체들이 많았으며 작은 라디오, 카메라 부품을 생산 또는 조립하는 공장들이었다. 일본 입장에선 손재주 좋고, 임금 싸고, 빠른 일 처리 때문에 우리 젊은 일손들이 엄청난 매력이었을 것이다.

이곳에 온 지 한 달이 지나고 있지만, 시공사에서는 여전히 검토 중이란다. 9월 말이 되면서 점점 초조해진다. 그러던 어느 날, 또 한 번 유가 폭등이라는 방송이 나오면서, 모든 경제 활동이 완전히 마비

상태로 변하고 말았다(1978~1979년도 제2차 오일 쇼크). 정말 난감하다. 시공사에서는 국가 기관에서 하는 모든 공사 역시 중단되었다고 한다. 참 하늘이 원망스럽다. 이제 겨우 장비 사업을 본격적으로 시작하려 했건만 어찌해야 할지 너무나 막막하다. 저축해 놓았던 자금도 점점 바닥이 보인다. 이제는 장비 사용처를 찾아볼 기력도 없다. 찾아봤자 없는 것이 뻔하다. 고민이 깊어진다. 장비 사업이란 평상시 잘 진행된다 해도 사용료만으로는 크게 발전하기엔 무리라고 생각했었다. 이 사업은 평소 운전기사 급여보단 조금 나은 정도? 그 이상은 생각할 수 없는 시대가 오는 것 같다. 기왕 장비 사업을 하려면 도급(하청) 공사를 해야 한다. 도급 공사 역시 위험도 따르고 자금도 많이 필요하다. 그리고 무엇보다 중요한 것은 인맥이다. 학연, 지연, 그 모든 것이 뒷받침되어야 도급 공사도 도전할 수 있다. 시행사 도급 업체 대부분이 건설 관련 기관 출신들, 또는 연관된 퇴직 공무원들이 차지하고 있다.

아무리 고민해 봐도 내가 비집고 들어갈 여력은 단 몇 퍼센트도 없는 것 같다. 경기 흐름을 읽고 전망할 때 내 앞에 아무리 큰 산이 있다 해도, 마음속에 자신을 가지고 도전 또 재도전해야만이 오를 수 있다고, 아무리 마음을 다잡고 고심해 보아도, 그것은 최소한의 기본 생활이 보장된 후에 생각해 볼 문제다. 당장 숨이 막히고 발등에 불이 떨어졌으니 어떻게 해야 할까? 아이들은 커 가고 어디엔가 자리를 잡아 집도 장만해야 한다. 나는 평소에 생각했던 계획들을 수정 또 수정해 본다. 다시 조정하고 다시 낮추어 생각해 볼 수밖에 없다. 아무리 생각해도 수입 없이 꼬박 1년여 동안 지출만 한다는 것이 정말 힘겹다. 아무래도 서울 지역으로 올라가야 할 거 같다. 그렇게 몇 달을 수소문하여 가까스로 돈사 신축 현장을 찾았다. 한국 농장이란 이름으로 경기도에서 운영하는 돈사 농장이다. 우리는 마치 구세주라도 만난 듯이 바로 이동하였다.

**47** 1979년 10월 15일. 경기도 이천군 장호원읍 한국 농장. 마을 길을 한참 지나서 개천 변 뚝방 길을 따라가면, 한적한 야산을 양돈농장으로 만드는 현장이다. 계획도를 보면 택지 조성을 하듯이 계단식으로 만들며 공사 기간은 약 3개월 정도 예상한다. 우리나라 양돈 농가의 사정이 너무 열악하고 재정적으로도 취약한 점을 감안하여, 국가에서 축산 정책을 장려하기 위해서 정부 차원에서 큰 규모의 축사 또는 돈사를 현대화한다는 계획으로 시작된 사업이다.

가까운 마을에 방을 얻어 살림을 옮겼다. 며칠 후 갑자기 어머니께서 찾아오셨다. 아무 연락도 없이 오셔서 혹시 우리 집에 무슨 일이라도 있나 걱정했으나 그냥 가까운 곳으로 왔다기에 아이들도 볼 겸 오셨단다. 나는 혹여 우리가 처한 어려운 사정을 부모님이 아실까 봐 집사람에게 절대로 부모님이 걱정하실 이야기는 하지 말라고 일러두었다. 부모님이 어린 손자들을 보고 싶어 한다는 것을 알면서도 사정상 자주 찾아뵙지 못했다. 그러나 세상 돌아가는 이야기를 모를 리 없으실 것이다.

가을비가 자주 온다. 오늘은 식당 겸 하숙집 주인과 냇가에 물고기를 잡으러 갔다. 깨끗한 냇물은 온통 모래뿐이다. 작은 뜰채(반두)와 쇠

갈퀴를 가지고 갔다. 갈퀴를 각자 하나씩 가지고 냇물로 들어섰다. 냇물 바닥엔 돌이라고는 찾아볼 수 없이 깨끗한 모래뿐이다. 그냥 물속 맑은 모래를 벅벅 긁으면, 툭 걸리는 느낌이 오면서 꽤 큰 놈이 휙 달아난다. 모래무지란 물고기다. 크고 실한 놈인데 깨끗한 물에서만 서식하는 일급수 물고기란다. 그런데 후다닥 달아나다 바로 모래 속으로 머리를 박고 들어간다. 우리는 즉시 반두를 대고 잡아 올린다. 1~2km 이상 쭈욱 뻗은 기다란 개울인데 전체 개울 바닥이 전부 모래다. 돌이나 수풀은 찾아보기 어렵다. 깨끗하고 투명한 물속에서 모래무지가 나타나기만 하면, 그놈은 잡은 거나 다름없다. 그냥 몇 미터 안 도망가고 바로 모래 속에 머리를 박으니 참 멍청하다. 제 딴엔 모래 속에 들어가면 아무도 못 찾을 거라 생각하나 보다. 우리는 냇물에서 이리 뛰고 저리 뛰면서 꽤 많은 고기를 잡았다. 정말 그동안 쌓여 있던 고민과 긴장을 확 풀어 주는 신나는 하루였다. 저녁엔 매운탕과 함께 막걸리 파티를 하고 내일부터는 본격적으로 시작해야 한다.

그 이튿날 1979년 10월 27일. 이른 아침부터 갑자기 모든 방송 뉴스가 난리다. '박 대통령 시해 사건'이 터진 것이다. 이게 무슨 일? 시해?? 누가? 또 북한에서? 긴가민가 아침 작업을 하고 점심 교대를 하려는데 작업 중단이란다. 우리는 어안이 벙벙했다. 정식으로 사건 개요 뉴스가 계속 흘러나온다. 내 마음은, 아니 대다수 국민은 무엇인가 엄청난 일이 일어나서 마치 내일은 아침 해가 뜨지 않을 것 같은 허망하고 넋이 나간 사람 같다고 해야 맞을 것이다. 김○○ 중앙정보부장이 차○○ 비서실장과 박○희 대통령을 총격하였단다. 무엇이 어떻게 된 것인지 이해할 수가 없다. 무슨 대통령이 차○○을 너무 총

애해서 벌어진 일이라고 하는데 참 이해가 안 간다. 차○○이 안하무인 격으로 너무 심하게 하였다면, 그 본인만 어찌하면 될 일 아닌가? 암튼 세상은 혼란 속으로 빠지는 것 같다. 본인이 권력을 차지하려 했다면 무슨 계획이 있었을 텐데 본인은 바로 잡혀서 감옥에 있다는 것이 아무리 생각해도 이해가 안 간다. 그렇게 갑자기 계엄이 선포되고 최○하 국무총리가 대통령 대행이란다.

참으로 하늘도 무심하다. 천신만고 끝에 시작한 이 현장도 중단이다. 여기저기 동료, 선배들 소식을 들어 보아도 뾰족한 방법이 없다. 그들의 근황 역시 우리와 다를 바 없다. 그나마 민간 기업에 취업한 형들은 조금 덜 불안하다고 한다. 나는 취업은 별로 생각이 없었다. 회사에 매인 것이 전망이 그리 밝다고 생각하지 않았다. 그러나 시간이 가면 갈수록 답답함은 초조함으로 바뀌고, 초조함은 나의 계획들을 차선책 차차선책으로 수정 또 수정하게 했다. 건설 회사로는 현○건설, 동○건설, 대○산업 등 그래도 좀 규모가 크다는 회사들이다. 큰 회사라 해도 현○는 요즘 자동차를 주력으로 하는 것 같다. 동○건설 역시 동○ 콘크리트와 화물 운송 회사인 대한통운을 주 사업으로 한다. 그중 순수하게 건설에만 전념하는 회사는 대○산업이다.

대통령 시해 사건 한 달 후, 1979년 12월 12일. 이름하여 12.12 사태가 발생하였다. 완전히 군인들 세상인가 보다. 며칠을 정신없는 혼란이 연속되었다. 누가, 왜, 어떻게, 등장인물이 서서히 나타난다. 전두○, 노태○ 신군부 등 완전히 쿠데타. 세상은 불안스럽고 나는 지칠 대로 지쳤다. 다시 한번 차분하게 마음을 진정시켜 본다. 과연 먼 훗날 오늘의 현실이 어떻게 기억될 것인가? 며칠을 고민해 보아도 답이 안 보인다. 휴~ 나도 모르겠다. 어찌 되었든 잠시 안정을 찾아야 한다. 나는 지금 두 아이를 거느린 가장이다. 우선 꽉 막힌 숨부터 쉬면서 생각하자. 당장 기본적인 생활이 중요하다. 그래, 찾아가자. 민간 회사고, 개인 회사고, 우선 내 가족, 내 아이들이라도 건사할 수만 있다면 그 길이 내가 잠시라도 숨 쉴 수 있는 곳일 것이다.

며칠 동안 밤잠을 이루지 못했다. 아니 잠을 잘 수가 없었다. 나도 모르게 스스로를 다독인다. 나는 할 수 있어. 신은 내 편이야. 수도 없이 되뇌면서 잠을 청한다. 그렇게 오늘도 직접 길을 찾아 나섰다. 동○, 현○, 대○, 이력서를 작성하여 여기저기 선배님들도 만나고 형들에게 회사의 주요 사업 내용도 들어 보았다. 그렇게 내가 임시로 취업하기로 결정한 곳이 대○산업이다. 대○산업에 취업이 결정된 뒤 곧바로 영등포 장비 관련 업자들과 토련 사장님들의 중재로 장비를 인수하실 분을 수소문해 보았다. 그렇게 보름 후 옛 토련 출신으로 퇴직 후 다른 사업을 하시던 분이 내 장비를 인수하겠단다. 수년을 함께한 장비를 넘겨주기엔 몹시 섭섭하고 아쉬웠지만 수개월 고민 끝에 내린 결정이다. 더 이상 미련을 두고 싶지 않았다. 나는 그렇게 1980년 봄 대○산업 주식회사에 입사하였다.

# Ⅱ. 청년

**48**　　　1980년 3월 15일. 경기도 평택시 죽백동 대○산업 주식회사 중기 사업소 입사. 이 회사는 나의 주 장비인 스크레이퍼(캐터필러 621) 장비를 8대 보유하고 있다. 현재 전국 여러 현장에 파견 중이며 차차 근무하다 보면 언젠가는 만날 수 있다는 총무팀의 설명이다. 매월 발행하는 회사 소식지(사보)에 나의 입사 소식이 금세 전 현장에 알려질 것이란다. 총무부에 근무 중인 선배 한 분은 지난 1월 중순쯤 나의 이력서를 보고 조금은 놀랐다고 한다. 장비 사업을 하다가 입사하는 사람들이 간혹 있기도 하지만 나일 줄 몰랐다며 반겨 준다. 그 선배는 옛날 이동 저수지와 경부 고속도로 현○건설 천안 인터체인지 현장에서 함께 근무했었다. 나는 퇴근 후에 가볍게 한잔하면서 선배에게 많은 경험담을 들었다. 지금처럼 혼란스러운 시국에는 건실한 기업에 근무하는 것이 비교적 안전하고 생활이 안정될 것이란 것과 당장은 만족하지 않을 수도 있

겠지만 근무해 보면 구형 장비 한두 대 가지고 사업하면서 고생하는 것보다 나을 수도 있다고 조언해 주었다. 내 딴엔 그저 임시로 소나기 피하듯이 잠시 머무를 생각이라고 차마 말할 순 없었다.

대〇 중기 사업소는 몇 년 전까지 노량진 삼거리에 위치해 있었으나 새로운 장비들이 대거 도입되면서 장소가 협소하여 이곳 평택으로 내려오게 되었단다. 아마도 내가 평택 농장 하동환 자동차 공장(쌍〇자동차) 신축 현장에 있을 때 이곳으로 옮겨 온 거 같다. 대표이신 이재〇 사장님은 맨손으로 일어선 자수성가형 기업인이며 가끔씩 내려오시면 가장 아랫사람들부터 모든 직원을 가족처럼 아껴 주신단다. 아무튼 우리나라 재계에서 존경받는 사람이라니 다행스럽다. 이곳은 야산을 정리하여 만든 대형 공장이다. 10만여 평 부지에 대형 창고와 각 부분 정비 공장으로 규모가 대단하다. 우선 모든 장비를 상부, 하부, 엔진, 기타, 도색까지 일체를 완벽하게 분해, 조립할 수 있는 시설이 놀랍다. 그 외에도 넓은 공터에는 각종 신형 중장비가 엄청나다. 나는 우선 마음부터 편안해지고, 무엇보다 선배님들이 있어 든든하기도 하다. 며칠 후 우리 가족은 평택시 죽백동 현촌 마을로 이사했다. 당시 작은 전문학교가 사업소 앞에 있었다. 훗날 평택대학교로 변경된 그 학교 옆 마을이 현촌이다. 현씨들이 모여 사는 집성촌이라 해서 현촌이란다.

**49** 1980년 4월 15일. 강원도 강릉시 강릉 비행장 확장 현장. 첫 번째 발령 현장이다. 기존에 공군 전투 비행장이 있었으나 공군

현대화 계획의 일환으로 확장한단다. 팬텀 전투기 이착륙을 하려면 기존의 활주로 길이를 최소 4km 이상으로 확장해야 한다는 것이다. 강릉에서 남쪽 정동진 방면으로 시내를 막 벗어나면서 바닷가 쪽으로 넓은 들판 한가운데가 현장이다. 기존 사용 중인 비행장을 확장하다 보니 비행장 내 한쪽 모퉁이에 가건물을 설치하여 사무실 겸 숙소로 사용한다. 바로 옆 야트막한 동산을 토취장으로 선정하였다. 드넓은 벌판의 꽤 많은 논이 활주로에 편입된다니 금싸라기 같은 농지가 너무 아깝다.

우리는 바로 24시간 철야 작업에 돌입하였다. 스크레이퍼(캐터필러 621) 적재량은 (18~20㎡) 이상으로 한 번에 엄청난 양의 토사를 운반한다. 하룻밤이면 그야말로 산이 하나 옮겨진다. 거기에다 빠르고 민첩한 움직임을 보고 있노라면 놀라지 않는 사람이 없다. 신형 장비라서 고장도 없다. 힘이 정말 대단하다. 캐터필러 엔진에 터보차저라고 하는, 엔진 힘을 대폭 향상시키는 기능이 메니 홀드 쪽에 장착되어 있다. 또한 미션은 오토매틱이며 운전석 시트엔 에어쿠션이 달려 있어서 조종원의 피로도를 최소화시켜 준다. 지난날, 모터 스크레이퍼와는 도저히 견줄 수가 없다. 일단 이곳은 군사 시설이므로 모든 것이 비공개를 원칙으로 한다. 동시에 최대한 공사 기간을 줄이는 것이 큰 관건이다. 우리는 현장 책임자와 몇 번씩 미팅을 거듭했다. 5개월 이상 예상하는 공사 기간을 대폭 단축하기 위해서 함께 노력해 달라는 현장 책임자의 간절한 바람을, 우리 팀은 몇 차례 검토 또 검토하며 최대한의 능률을 발휘할 수 있도록, 모든 장비 조종원이 모여 앉아 몇 번을 토론하며 계획을 세웠다.

정상 작업으로는 최대 시간당 6회 정도였지만 운반 도로가 완벽하고 최대한의 능률과 기능을 발휘한 결과 시간당 10회 이상 운반하는 기적을 만들어 냈다. 두 사람이 4시간씩 아마도 지구상 어느 나라 장비 조종원들이 온다 해도 우리를 능가할 수는 없을 것이다. 4시간을 마치 말을 타듯이 모든 기능을 총동원하여 작업을 마치고 교대하고 나면, 그 어떤 장사라도 그냥 곯아떨어지고 만다. 또한 중요한 문제는 날씨이다. 날씨만 도와준다면 1개월 이상 단축하는 것은 충분히 가능하다. 현장 책임자는 최선을 다해 협조를 약속했다. 만약 비가 오면 대형 포장으로 현장 전체를 덮어 주겠다는 농담을 할 정도였다. 먼발치에서 바라보면 무서울 정도로 모든 스텐 바에 타 장비나 인원은 절대 출입 금지시키고 부득이 요청이 있을 때만 최소 인원만 즉시 지원하기로 하였다. 다짐(롤링) 및 스텐 바 수평 정리까지 하나의 장비로 완벽하다. 다만 매일 점심시간에만 잠시 다짐 측정을 위하여 테스트하기로 하였다. 무지막지한 장비가 움직이면서 자연 다짐이 되는 현상은 예상 목표치를 훨씬 능가하는 것으로 확인된다.

그렇게 오월 중순이 지날 무렵, 전남 광주에서 무슨 폭동이 일어났단다. 뉴스를 접하고 며칠이 지나자 그 지역에 계엄이 선포되었단다. 헐, 금남로 일대가 전쟁터가 되었다니 이게 웬 난리인가!! 대통령 시해 사건 후 군부가 세상을 장악하더니 이젠 폭동이라니. 언제나 이 나라가 조용한 시절이 올까? 우리는 그저 신문 방송으로만 접할 수밖에 없다. 총탄이 오고 가고 버스를 탈취하고 전라남도 도청을 폭도들이 장악했다 느니, 특수 부대 투입 등. 나는 누구보다 광주 금남로 일대를 잘 안다. 그곳에 거처를 두고 수도 없이 드나들었기 때문에 골목골목을 눈을 감고도 찾아다닐 수 있다. 광주 시민들은 정말 순진하고 소박한 시민들이다. 불과 몇 년 전까지만 해도 그 지역을 오고 가던 기억이 너무 생생한데 완전 봉쇄라니 이게 무슨 일인가? 바로 몇 달 전 12.12 사태로 신군부가 들어선 것만 알고 우리는 더 이상 알지 못한다. 민주화라는 이름으로 신군부 세력의 폭거는 쉽게 정당화되지 않는 일이다. 도시 전체를 장악하고 모든 시민을 볼모로 삼아 무엇을 얻으려 하는 것 또한 좋은 방법이 아니라고 생각한다. 부디 이 힘든 시기에 이 나라 모든 지식인, 이 나라 사회 지도층이 함께 머리를 맞대고 난국을 헤쳐 나가기를 간절하게 빌고 싶다.

5월 말이 되어서야 진정되었다고는 하지만 너무나 무리한 진압이 아니었나 싶다. 희생자가 150여 명, 중경상자는 수천 명에 이른다는 뉴스다. 특히나 젊은 대학생들이 많이 희생되어 참으로 안타깝다. 아까운 청춘들의 죽음이 이 나라 역사에 어떻게 비추어질지, 부디 올바르게 기록되어 수많은 젊은이의 죽음이 헛되지 않기를 바랄 뿐이다. 그 희생자 중에는 사회 지도층 인사라고 하는 사람은 특별히 기록되지 않은 거 같다. 역시 젊은 학생들과 무고한 시민들이 많이 희생된 것 같아 너무 가슴 아프다. 제발 더 이상 사상자는 없기를 빌며 고인이 되신 선량한 시민들의 영령 앞에 삼가 명복을 빌어 드린다.

작업은 철야 작업으로 날씨까지 도와주니 능률 백 퍼센트다. 대형 공사를 신속하게 몰아붙이다 보니 강릉 주변 도로엔 대○산업 덤프 트럭들이 마치 줄을 선 것처럼 쉴 새 없이 지나다닌다. 강릉 시내를 통과하여 연곡천이란 하천에서 이곳까지 자갈과 크고 작은 돌들(기리꾸미)을 운반하는 25톤 스카니아 덤프트럭이 50여 대 이상 줄지어 운행하고 있다.

사업을 하던 버릇 때문인지 내 장비의 엔진에서부터 뒤 타이어 프레임까지 장단점과 약한 부분 그리고 예방 정비가 필요한 부분을 수시로 기록, 점검하는 버릇이 습관화되었다. 이제 정비는 정비사가, 운전은 조종원이, 모든 것이 부분별로 전문 정비사가 책임 정비를 하니 너무 편하고 좋다. 한마디로 일이 절반으로 줄었다. 나는 그냥 점검만 하여 기록, 전달만 하면 모든 수리 및 스페어 부품까지 정비팀이 책임을 진다.

스크레이퍼팀은 엄청난 작업 능률로 인하여 상당한 인센티브(실적 배당)를 받게 되었다. 월말 결산 결과, 거의 한 달 급여와 비슷할 정도의 금액이다. 나는 처음 경험하는 것이라 조금은 의아했지만 종종 준공 기간을 단축하기 위하여 시행되는 방법이란다. 어쨌든 생각지 않은 보너스를 받은 기분이다. 우리는 최대한 열심히 하였다. 하룻밤이 지나면 누가 보아도 엄청난 산이 줄어들고 스텐 바는 완전히 다른 모습으로 만들어진다. 6.25 전쟁 때 임시로 만들어진 시설들을 최신형 첨단 전투기들이 이착륙할 수 있도록 새로운 전투 비행장으로 만들고 있는 것이다. 나는 신입 사원이라고는 하지만 어느 고참 조종원에 견주어도 조금도 뒤지지 않는다. 거기에 토련 선배님들이 많은 도움도 주시고 격려도 해 주셨다.

회사 규정상 매월 3~4일은 본인이 희망하는 일정으로 공식 휴가 처리하여 가족에게 다녀올 수 있다. 요즘엔 영동 고속도로가 개통되어 강릉~서울 교통이 많이 좋아졌다고는 하지만 그래도 동서를 횡단하는 도로인 만큼 완벽하지는 못한 거 같다. 대관령 큰 고갯길의 강릉 쪽 급경사지는 아직도 2차선으로 되어 있다. 우리가 만든 경부 고속도로에 비하면 비교할 수 없이 험하고 구불거린다. 대관령 급커브 구간은 말이 고속도로지, 상당이 험하고 좁다. 정상 휴게소에서 잠시 쉬면서 부근에 마련된 전망대에 오르면 강릉 시내가 발아래 펼쳐진다. 시내에서 한참 아래쪽의 우리 현장인 비행장 활주로가 마치 벌판 위에 줄자를 올려놓은 것처럼 반듯하게 내려다보인다. 원주 쪽에서 진부~평창~횡계까지는 별로 높다고 생각되지 않을 정도의 고갯길이다. 그러나 대관령 정상을 넘어 강릉으로 내려갈 때는 급경사로 수많은 커브 길과 내리막길이 끝도 없이 이어진다. 귓속이 먹먹하고 굽이도는 커브 길은 아직도 혀를 내두를 지경이다. 세상에, 이것이 고속도로라니 옛날 국도 시절에는 어느 정도였을까? 상상이 안 된다. 내려가는 차량의 브레이크 라이닝이 과열되지 않을까 걱정스럽다.

**50** 1980년 8월 1일. 경북 울진군 북면 부구리. 울진 원전 9호기 택지 조성. 풍○산업 울진 원자력 9호기 배후 택지 개발이다. 풍○산업은 우리 회사에 소속되어 있는 계열사다. 울진 북면 사무소 북동쪽 야산 위에 택지를 조성한다. 그 규모가 상당히 크고 마치 작은 소도시를 만드는 것 같다. 강릉에서부터 7번 국도를 타고 이동하면서 옛날(1973년 11월) 토련 장비로 묵호에서 고흥까지 이동할 때를 떠

올려 본다. 길은 그때와 별반 변한 것은 없다. 좁은 곳, 그리고 급경사 또는 위험한 곳만 조금씩 넓히고 곧게 편 것 빼고는 그대로이다. 하지만 7번 국도는 언제 보아도 아름답다. 울진까지 거의 모든 길이 바다를 바로 내려다보면서 이어진다. 강릉을 지나면 묵호~삼척~임원을 거쳐 울진군으로 끝없이 이어지는 해안 도로이다. 주변에서 민가는 찾아보기 힘들다. 한마디로 외진 곳이라고 해야 맞을 것 같다. 그렇게 경상북도 이정표를 지나면서 울진을 약 15km 앞두고, 그러니까 경상북도와 강원도의 경계 지점이 울진 북면인 것 같다. 거리는 강릉에서 그리 멀지 않지만 장비가 크고 느린 관계로 우리는 간격을 두고 나누어 출발했다. 한꺼번에 다섯 대가 연달아 이동하면 주변 교통이 마비되는 현상이 발생하기 때문이다.

마을이 없는 해변으로는 끝도 없이 철조망이 둘러쳐 있다. 민가나 조그마한 포구라도 있으면 그 구간만 철조망이 없는 것이다. 저렇게도 아름답고 검푸른 수평선, 섬 하나 없이 끝없이 펼쳐진 동해, 이 멋진 해변에 꼭 철조망을 쳐 놓아야만 지켜 낼 수 있는 것인가? 한참을 바라보면 절로 한숨이 나온다. 아~ 저 가슴 시리도록 아름다운 풍광을, 내가 시인이었더라면, 짙푸른 수평선을 바라보며 숨 막힐 듯 아스라한 저 바다를 제대로 표현하여 기록할 수 있었을 텐데….

울진 북면 소재지는 작지만 오일장도 선다. 약 100여 호 조금 더 될까 말까. 물론 근방 계곡 속 여러 골짜기마다 마을들이 있을 것이다. 북면은 울진 북쪽에 있으니 이해하겠지만 부구리는 좀 생소하다. 조용하던 시골 마을이 온통 외지 사람들이다. 벌써 선발대가 표토

제거와 기초 작업을 한 상태다. 그곳에서 남쪽으로 2.5km 정도 되는 거리가 원자력 9호기 현장이다. 우리가 만드는 택지 규모가 기존 면사무소 부지보다 더 넓은 것 같다. 동해가 시원스레 내려다보이는 이곳에 택지가 완공되면 멋진 경관이 펼쳐질 것 같다. 작업이 본격적으로 시작되었다. 교대 후 휴식 시간에 바로 내려다보이는 포구로 내려가면 깨끗한 백사장이 한 100여 미터 펼쳐져 있다. 그곳에는 마을 어부들의 작은 배가 몇 척 있다. 항상 아침 일찍 바다로 나가 점심때가 조금 지나면 하나둘 포구로 돌아온다. 아주 작은 어선이라서 배가 들어와도 그저 고기 상자 몇 개 내리면 끝이다. 어떤 날은 소형 트럭이 미리 와서 기다리는 날도 있다. 포구 바로 앞에는 조그마한 구멍가게와 띄엄띄엄 집 몇 채가 있다. 바다 구경도 할 겸 우리는 시간 나면 동료들과 백사장을 걷기도 하고 포구로 들어오는 어선도 구경한다. 참 한적하고 아름다운 바닷가 풍경이다.

며칠 후 구멍가게 아저씨와 가까워졌다. 주변 바닷가는 주로 성게밭이란다. 밤송이처럼 앙상한 성게 종자를 바다에 뿌리고 매년 가을에 농사짓듯이 수확을 한단다. 그리고 가끔씩 한치가 많이 잡힌단다. 한치? 처음 들어 보는 이름이다. 술안주로는 최고란다. 동료 중 애주가들이 환호를 지른다. "아, 진작 가르쳐 주셔야죠." 하면서 "한치가 들어오면 꼭 알려 주세요." 하고는 마치 예약이라도 한 듯이 즐거워한다. "한치가 무엇? 누가 경험해 본 사람 있나?" 아무도 없단다. 허 참, 무슨 고기인지도 모르면서 뭘 그리 반기는지 모르겠다. 이튿날 오후에 마침내 구멍가게 아저씨가 한치가 잡혀서 구해 놓았단다. 생김새가 오징어 같다. "이거 오징어 아닌가요?" 작은 오징어 새끼 같기도 하고 낙지라고 하기에는 다리가 좀 짧다. 요리라고 해 봐야 그냥 오징어회처럼 잘게 썰어 초장에 비벼 준다. 힐, 그 맛이 담백하며 너무 부드럽고 제법 괜찮다!! 생선회를 별로 좋아하지 않는 사람도 특별한 뒷맛이 느껴진다. 오징어회는 좀 거칠고 뻣뻣하다면 한치는 너무 부드럽고 연하다. 이게 왜 이렇게 연하냐고 하니까 그것이 한치의 특징이란다. 마치 칼국수처럼 부드러우면서도 연하고 뒷맛이 깔끔하다. 애주가들도 환호하며 엄지를 치켜세운다. 매일 한치가 잡히면 꼭 받아 놓으시라고 당부를 했다. 훗날 언제부터인가 한치회가 널리 알려지면서 애주가들에게 큰 인기를 끌며 고급스럽고 비싼 어종으로 대접을 받는다.

1980년 9월로 접어들며 아침저녁으로 제법 선선해질 무렵 나는 며칠 전부터 처음 겪어 보는 피부병에 걸렸다. 온몸이 근지럽고 반점이 생긴다. 울진 읍내에 지정해 놓은 병원에 다녀오고 약을 먹어 봐도 영 호전되질 않는다. 타 병원으로 가 볼까 생각 중에 면 소재지 뒤 골짜기 산속에 온천을 다녀오란다. 이 지역에서 오래 살아온 구멍가게 주인의 말이다. 난 그 이야기를 듣고는 '무슨 온천수가 약이 될까?' 하는 생각으로 그냥 웃어넘겼다. 그런데 마을 어른들 이야기로는 분명 온천수가 약이 될 수 있으니 꼭 다녀오라고 한다. 정말 믿어지지 않았다. 그래도 한번 가 보자는 생각으로 비번을 이용하여 동료와 함께 면 소재지에 한 대뿐인 영업용 용달차를 타고 울진군 북면 덕구리 덕구 온천을 찾아 나섰다. 덕구리 마을까지는 골짜기로 한참 올라갔다 산 아래 덕구 마을부터는 걸어가야 한다. 온천을 물어물어 계곡을 타고 산으로 올라갔다. 이건 마치 등산하듯이 계곡을 따라 계속 올라간다. 길도 제대로 없다. 어린이나 노인은 오르기 힘들 정도로 바위틈 사이를 건너뛰면서 깊은 산 위로 계속 올라간다. 30~40분 정도 쉬지 않고 오르니 거의 7부 능선쯤, 해발 500~600m 될 듯하다. 도랑 옆에 꽤 널찍한 바위 가운데에서 신기하게도 뜨거운 온천수가 콸콸 솟아오른다!! 자세히 살펴보니 직경 10cm 정도의 물구멍에서 대략 40~50cm 높이로 끝없이 솟아오른다. "흐미야!! 세상에!" 온천수의 양이 엄청나다. 그렇게 솟아나는 물구멍이 5~6m 간격으로 두 개 있다. 그리고는 아무런 시설도 없다. 다만 두툼한 비닐 천막 같은 것이 어른 허리 정도 높게 원형으로 빙 둘러쳐 있다. 하늘은 뻥 뚫려 있고 옷을 벗고 일어서면 밖에서 상반신이 다 보인다. 하하, 우리는 그냥 웃었다. 아니, 여기서 어떻게 온천욕을 하란 말이지?!! 허 참, 함께 간 친구는 자기는 그냥 있을 테니 나만 여기까지 왔으니 샤워라도 하고 가란다. 헐, 한참을 망설이다가 그럼 나 혼자서 몸이나 적실 테니 아래에서 사람들이 오는지 좀 봐 달라고 하고는, 보는 사람도 없으니 완전 나체가 되었다. 아무리 사람이 없다고 해도 벌건 대낮에, 그것도 이 높은 산속에서 벌거벗고 씻는다는 게, 왠지 누군가 저 높은 산속에서 다 내려다보고 있는 기분이다. 플라스틱 바가지 하나가 전부인데 직접 나오는 물은 너무 뜨겁다. 바로 옆 조금 식은 물로 머리부터 대충 샤워만 했다. 불과 한 5분, 아마 10분도 채 안 되는 시간에 샤워를 마치고는 달랑 수건 하나 가져간 것으로 마무리하고 한참을 내려와야 했다. 우리는 오면서 "참 아무리 생각해도 별난 온천이다. 이렇게 높은 곳에서 그렇게 뜨거운 물이 솟아난다는 것이 믿기지 않는다."라고 중얼거렸다. 그나저나 길이라도 제대로 만들어 놓지, 이거야 원. 계곡을 따라 바위 사이로 이리저리 건너뛰면서 정말 길이 없다시피 한 산길을 내려왔다.

다음 날 나는 깜짝 놀랐다. 신기하리만큼 내 피부가 좋아진 거 같다. 아니, 이게 웬일!! 내 몸 여기저기 붉은 점들이 거뭇거뭇해졌다. 가려움도 없어졌다. 이럴 수가! 이거 정말 믿어도 되나? 허허, 믿지 않을 수 없다. 분명 피부병이 없어진 느낌이다. 아니, 분명히 없어졌다. 나는 이틀 후 다 나은 것 같았지만 도무지 믿기지 않아서 다시 한번 다녀오기로 했다. 함께 갔던 동료 역시 본인도 이번엔 꼭 목욕을 한단다. 나 역시도 마음먹고 깨끗한 속옷과 비누도 챙겨서 제대로 온천욕을 하리라 생각했다. 여전히 사람은 없고 며칠 전과 변함없는 깊은 산속이다. 조심스레 경건한 마음으로 그 솟구치는 온천수에 느긋하게 동료와 함께 거의 한 시간 남짓 머물다 내려왔다. 그 뒤로는 특별한 치료도 없이 피부병은 깨끗이 나았다. 두고두고 생각해 봐도 신기한 온천이다.

모처럼 금년 추석 명절은 온 가족과 함께하였다. 연휴가 주말까지 포함되어 일주일이나 된다. 사업할 땐 급여 걱정, 보너스 걱정으로 명절이 닥쳐올 때마다 마음에 부담으로 다가오더니 이젠 내가 연휴를 즐기는 입장이 되었다. 암튼 마음에 부담을 느끼지 않으니 홀가분하고 편하다. 막내는 육군 3사관 사관생도가 되었단다. 정말 축하한다. 재수라도 하여 큰 도시의 유명 대학에 가지 않고 사관생도가 된 것은, 우리 가정 형편을 생각하여 교육비 부담 없는 곳을 선택하였단 것을 말하지 않아도 알 수 있다. 나는 작은 어려움이 있더라도 잘 참고 견뎌 내야 한다고 격려해 주었다. 그리고 보니 이제야 우리 부모님이 학비 부담에서 벗어나 허리를 펴실 수 있게 되었다. 아버지께서는 올해 윤달이 들어서 청천면 부○리에 계시는 할아버지, 할머니의 산소를 우리 밭둑으로 모신단다. "잘 생각하셨네요, 아버지. 올가을에 이장하실 때는 저에게도 꼭 연락 주세요." 아버지는 "객지 생활하는 너까지 올 필요는 없다." 하신다. 나는 전국을 돌아다닌다는 핑계로 우리 집안 대소사에 거의 참여를 하지 못했다. 그동안 면 소재지 계시던 형님은 청주에 자리를 잡으셨단다.

부모님과 덕담을 나누면서 이제 회사 근무를 하니 생활이 좀 더 안정되어 내 걱정은 하지 마시라고 하였다. 어머니는 너희는 애들을 둘만 낳고 말 것이냐 하신다. 나는 "그러려고 합니다."라고 하였다. "으응?" 어머니께서 갑자기 목소리를 높이신다. "아니 무슨 소리냐? 요즘같이 좋은 세상에 그러면 안 된다. 일부러 애 안 생기게 병원에 가고 그런 짓은 절대 하지 말아야 한다." 어머니는 집사람을 바라보며 "다 낳으면 키울 때는 고생스러워도 제 복은 타고나는 거란다. 그리고 너희 집안이 어떤 집안이냐. 나는 젊어서 느덜 키울 때 날마다 조상님께 빌고 해마다 절에 가서 시주도 하고 삼천 배 기도를 수도 없이 했었다. 절대로 그런 짓은 하지 말아라." 헐!! 나는 아무 생각 없이 말했다가 아무 말도 못 하고 그저 듣고만 있었다. 허, 참. 혹 떼려다 붙인 격이 되고 말았다. 이제 아예 지켜보시겠단 말인가? 명절을 보내고 돌아오면서 집사람과 전혀 생각지 않은 걱정을 했다.

10월 초순, 현장에 이재○ 회장님이 다녀가셨단다. 내가 작업하는 시간에 들리셨나 보다. 그 시간에 비번인 사람들만 모아 놓고 잠깐이지만 식당에서 간단한 대화 겸 격려의 말씀이 있었다고 참석했던 동료가 전해 준다. 특별히 기억나는 이야기로는 "앞으로 적어도 30년 이상, 매월 우리 직원들의 급여를 하루도 늦추는 일이 없이 책임질 테니 열심히 일해 주세요."라는 말이다. 헐, 격려의 말치고는 마음에 드는 말인 거 같다. 며칠 전에는 창립 기념일이라고 괜찮은 선물을 주더니만, 회장님 다녀가신 선물로 이번에는 멋진 운동복을 준다. 회사에 입사한 지 이제 겨우 6개월 되었다. 지난 5월엔 무슨 달이라고, 언제는 무슨 기념일이라고 꼭 필요한 물품들을 지급받았다. 별거 아닌 것이라 생각되지만 우리가 생활하는 데 적지 않게 투입되는, 생활비 중 주된 물품들이다. 그중에 내가 입는 의류만큼은, 입사 후 사소한 속옷까지도 구입해 보지 않았다. 사람들은 누구나 크고 엄청난 황금 덩어리나 일확천금을 바라보며 기를 쓰고 달려간다. 그러나 꼭 그것만이 우리의 삶을 지탱해 주는 것이 아니란 것을 조금씩 느낄 수 있다.

요즘도 앞날을 생각하다 잠을 설치는 때가 자주 있다. 지금 현재 내 손안엔 아무것도 없다. 학벌도, 물려받을 재산도, 그 흔한 빽도, 정말 아무것도 없다. 있는 것은 두 아이와 우리 네 식구의 가장이란 것뿐이다. 기회만 주어진다면 어떤 일이든 도전할 것이다. 그 어떤 기회라도 결코 놓치지 않을 것이다. 또한 나의 앞길에 제아무리 어려운 일이 닥쳐도 우리 가족이 살아갈 집과 우리 아이들의 교육만큼은 어떠한 난관이 있다 해도 완성한다는 것이 최소한의 목표이자 책임이다. 적어도 거기까지가 내 삶의 작은 바람이자 마지노선이다. 한편으로 좀 아쉬움이 있다면 나 하나만을 위한 길은 그만 접어 두자. 이제 최우선이 우리 가족 우리 아이들이란 것이다. 그것만이 오롯이 나를 위한 길이라고 믿고 싶다.

올봄 광주 사태 이후 엄중한 계엄령 아래, 지난 8월부터 일명 사회 정화 운동이란 이름으로 시행하고 있는 삼청교육대란 것이 있다. 우리 현장에서도 사무실에 매일같이 찾아와 행패를 부리던 근방에 소문난 불청객이 있다. 장날이면 시장 골목 상인들에게 생떼를 쓰고, 한마디로 불한당 같은 인간들이 이곳뿐 아니고 전국 어느 지방, 어느 현장에 가도, 아무런 거리낌도 없이 치외법권에 사는 무법자들처럼 서민들의 삶 속에 기생하며, 무전취식과 불로소득을 일삼는다. 하지만 요 며칠 사이에 갑자기 모두가 사라졌단다. 무엇보다도 시장 상인들이 제일 좋아한다. 전국적으로 강력하게 시행하는 삼청교육대란 이름으로 모셔 갔단다. 참으로 듣던 중 반가운 소리이다. 군부 독재니 뭐니 해서 다소 혼란스럽지만, 그래도 그것만은 잘한 것 같다. 지난날 각 지방을 돌아다니며 겪어 본 경험으로 볼 때, 그들에겐 강력한 훈육과 강도 높은 교화를 통해서라도, 열심히 최선을 다하는 사람만이 이 사회에서 함께 살아갈 수 있다는 참교육으로, 거듭나게 해주길 바라고 싶다. 물론 선발 과정에서 보다 철저한 정밀 조사와 더불어 엄격하고 세밀한 검증과 확인을 통하여, 단 한 사람도 억울함이 없도록 하여야 할 것이다. 나는 큰 틀에서 바라볼 때 언젠가는 우리 시대에 반드시 바로잡아야 할 사회 질서라 생각했다.

**51** 1980년 11월 5일. 경남 창원시 경남 도청 이전 예정 신도시 택지 조성 공사(옛 해병 훈련소 부지) 꼭 1년 전, 1979년 여름, 나의 장비가 투입되었던 현장이다. 여름 내내 유류 파동으로 대기만 하다 돌아갔던, 그 야속하던 시절이 엊그제 같다. 이곳은 운명처럼 반드시 내 손으로 터를 닦아야만 하나 보다. 지난해 내가 방을 얻어 살던 집들은 모두 철거되고, 높은 산 위 크게 새겨진 무적 해병이란 글자가 그때 그 자리임을 말해 준다. 마산 시내 거리와 수출 자유 지역은 그대로다. 다만 현장 입구부터 큼직하게 경남 도청 예정지란 대형 간판이 만들어졌고, 주변 민가들은 모두 철거되었다. 숲속에 가리어졌던 부대시설들과 무성하던 잡목들이 없어지고, 외곽으로 배수로 정도만 정리된 상태다. 이제 이 넓은 자리에 바둑판처럼 구획 정리만 하면 된다. 보기보다는 상당히 넓은 것 같다. 적어도 몇십만 평은 될 것 같다. 회사에 취업한 후에 처음으로 경험하는 타 건설 회사에 대여된 임대 현장이다. 임대 현장이란 시공하는 회사에서 우리 회사 장비를 말 그대로 임대해 온 것이다. 계약 조건은 여러 가지가 있지만 흔히 월 단위로 임대하는 것이 대부분이다.

토목 공사의 특성을 잠시 설명하고 싶다. 모든 토목 공사의 기본은 기초 토목 공사가 그 현장의 손익에 가장 중요한 기준이 된다. 우선 모든 일은 공정에 따라 연결될 수밖에 없다. 그 공정의 첫 단초가 바로 기초 토목 공사다. 만약 열 가지의 모든 공정이 10개월이고 그중에 기초 토목 공정이 1개월이면 그 안에 마쳐야만 기타 제2 또는 제3

의 공정들이 순차적으로 연결되면서 이어진다. 만약 기초 토목 공정이 10일 앞당겨지면, 그만큼 여유가 생기고, 늦어진다면 모든 공정이 겹치고 뒤처지면서, 전체 공정이 미뤄지며 공사에 막대한 지장을 준다. 그러므로 기초 공사 단축은 그야말로 손익에 막중한 영향을 차지하게 된다. 그러니 현장 관리인은 당연히 기초 공사에 최선의 노력을 다할 수밖에 없다. 동절기가 코앞이니 혹한이 오기 전에 주 공사인 성토를 최대한 앞당길 수 있도록 협조 요청과 그에 따른 인센티브를 협의했다. 물론 그만큼 공정을 앞당겨야 한다는 조건이다. 그들의 계획대로 4월 말까지 끝마칠 예정이다.

벌써 1980년 연말이 가까워진다. 참으로 기구하고 험난한 한 해가 저물어 간다. 올해만큼 크고 작은 일들이 겹치고 혼란스럽던 해도 없을 것이다. 꼭 1년 전 10.26 사태로 박○희 대통령이 서거한 후, 바로 한 달 남짓 뒤이어 12.12 사태와 신군부라는 이름으로 전○환, 노○우 등 젊은 군인들이 정권을 장악하고, 금년 5월에는 5.18 광주 사태라는 엄청난 혼란도 있었다. 이어 8월에는 최○하 대통령이 하야하고 통일주체국민회의라는 이름으로 9월 1일 전○환 11대 대통령이 출범하였다. 참으로 많은 사람을 잡아 가두고 핍박하였지만 천신만고 끝에, 더 많은 피를 흘리지 않은 것만도 그나마 다행스럽다. 돌이켜 보면 마치 계획된 수순을 하나하나 밟아 가고 있다는 느낌을 지울 수 없다. 무지한 노동자나 서민들의 솔직한 심정은, "삶에 지친 애꿎은 사람들만 괴롭히지 말고 그냥 당신들 마음대로 하세요."라고 말하는 게 나을 것 같다. 복잡하게 무슨 법을 고치고 무슨 법을 개정하고 어렵고 힘들게 국민 혈세만 축내지 말고 어차피 갈 길은 정해진 것 아닌가? 허허, 이런 기록 일기장에 썼다가 잡혀가는 건 아닐까? 나도 모르게 흠칫해진다. ㅋㅋ 그저 밤새워 땅만 파는 근로자도 이럴진대, 좀 배웠다는 소위 사회 지도층이란 사람들은 어떠할까? 또한 젊은 대학생들은 오죽할까? 하루도 조용할 날이 없었던 1980년 한 해였다고 기록하고 싶다.

매월 단 하루도 늦지 않고 정확한 날짜에 지급되는 급여로 큰 어려움 없이 생활하지만 그래도 무엇인가 내 마음 한구석은 늘 부족함을 느꼈다. 신정 연휴 겸 중기 사업소에 들러 혹시 외국에 나갈 기회가 있으면 알려 달라고 부탁했다. 중동 지역 파견 근무가 요즘은 시들하다. 1970년대 후반 내가 한창 사업을 할 때 가장 인기가 있었다. 당시엔 환율도 높았으며 1년 다녀오면 작은 집 한 채는 살 수 있었다. 80년대 들어서면서는 환율과 물가는 해마다 널뛰기를 한다. 요즘은 1년 다녀와야 집 한 채 구입하기 힘들다고 한다.

아이들은 자라고 학교도 보내야 하고 어느 곳에 전셋집이라도 얻어 정착을 해야 한다. 현재의 수입보다 조금 나은 곳이 있다면 도전하려고 한다. 현재 회사 급여 수준은 그리 약한 것은 아니다, 알뜰하게 절약하면 충분히 장래의 희망이 없는 것은 아니지만 그래도 무엇인가 이대로는 너무 늦을 것 같고 뒤처질 것 같다. 또한 나날이 심해지는 물가 상승을 따라잡을 수가 없을 것 같다. 어떻게 하면 되도록 빨리 우리나라 경제 흐름에 올라탈 수 있을까? 그것만이 절실한 나의 생각이다. 내가 말하는 경제 흐름, 삶의 흐름이란 남들처럼 내 집을 갖고 내 직장을 다니면서 아이들 학교를 정상적으로 보내는 것이,

그것이 춤추는 경제 흐름에 올라타는 것이다. 그래야만 해마다 요동치는 물가 오르내림에 흔들리지 않고, 그 흐름대로 함께 갈 수 있다는 것이 나의 판단이다.

10여 년이 넘도록 나름 꽤 많은 돈을 만져 보고, 나름 알뜰하게 살았다. 아마도 그것을 모두 저축하였다면 작은 집 정도는 장만하였을 것이다. 그러나 나보다 우리 집, 우리 부모, 형제가 먼저인 것은 지극히 당연하다. 부모님의 어려운 형편을 위하여 상당 기간 모든 급여를 보내 드려 조금이라도 도움이 된 것이 너무 자랑스럽고 뿌듯하다. 힘겹고 어려운 아버지의 험난한 삶을 옆에서 지켜보며 함께한 나로서는 더 풍족하게 도와드리지 못한 것이 안타깝고 죄송스럽기만 하다. 이제는 안정된 가정을 이루어 내신 우리 부모님이 정말 자랑스럽다. 지난날을 뒤돌아보면 40대에 그렇게 험악한 사건에 휩쓸려 완전히 맨땅에 주저앉아 줄줄이 어린 아이들과 맨손으로 버티고 견디며 살아온 그 삶은 훌륭하다고 말하기엔 너무 부족하다.

**52** 1981년 3월 10일. 수원시 경수 산업도로 현장. 정확한 주소가 기록되어 있지 않다. 다만 이곳은 수원 시립 화장장 앞이다. 공터가 넓은 관계로 그곳에 사무실 겸 숙소 가건물을 지었다. 이제부터는 크고 작은 현장에 텐트는 찾아볼 수 없고 샌드위치 패널이라는 것이 처음 등장하였다. 요즘처럼 두꺼운 스티로폼이 아니고 함석 사이에 골판지 같은 것을 넣어서 만들었다. 특히 공사 현장 임시 숙소로

는 획기적인 건축 자재였다. 우리는 수원으로 이동 중 평택 중기 사업소에 들러 며칠 예방 정비도 하고 느긋하게 수원 현장에 도착했다. 우리나라의 도시 구조상 도심을 관통하는 도로가 주도로이면서 가장 크고 넓었으나, 점차 산업 구조가 발전하면서 수송 차량 등 많은 차량이 도심을 관통하는 것은 비효율적이며 교통 혼잡과 그에 따른 낭비를 해결해야 했다. 결국 외곽도로라고 하여 도심 외곽으로 우회하여 바로 지나갈 수 있게 하는 것이 도시마다 필수 사업 중에서도 우선 과제였다. 그 일환으로 수원과 서울을 잇는 경수 산업도로를 만드는 곳이 바로 우리 현장이다.

오랜만에 서울 경기 지역 현장으로 오면서 중기 사업소 역시 자주 들릴 수 있다. 회사의 상황도 신속하게 파악할 수 있어 다행이다. 우리 회사의 장기 계획 중에 모든 장비 오퍼레이터는 앞으로 적어도 두 가지 이상의 자격 면허를 취득할 것을 권장하고 본인의 주 장비가 쉬는 기간에는 다른 장비를 운용할 수 있도록 유도한단다. 결국엔 한 사람이 여러 장비의 운용 능력을 확보하도록 함으로써, 유휴 인력을 최소화한다는 것이다. 하기야 어떤 동료들은 몇 달씩 본인의 장비가 휴무인 관계로 휴가 중이란다. 회사에선 울며 겨자 먹는 격이다. 직원들을 강퇴(강제 퇴직)을 시켰다가는 갑자기 필요할 시 장비 운용을 할 수 없으니 회사 입장에서는 난감할 것이다. 결국 1인 2~3종 기능을 자연스럽게 유도한다는 것이다. 어떤 계획이든 회사가 이익을 남겨야 모두가 생존하는 것은 자명하다. 나 역시 면허를 더 취득하려고 여러 장비의 장단점을 알아보는 중이다.

**53** 1981년 5월 3일. 경기도 안성군 원곡면 도로 확·포장 공사. 사업소에서 직선거리로 4~5km도 채 안 되는 거리다. 모처럼 살림집이 있는 현촌 마을에서 자전거로 출퇴근한다. 그곳에서 집사람이 셋째 아이를 갖게 된 것을 알게 되었다. 한편으로는 걱정이 앞섰지만 집사람과 나는 지난번 부모님의 말씀도 있고, 하늘이 주신 선물이자 조상님의 뜻이라 생각하고 잘 낳아서 훌륭하게 키우기로 다짐하였다. 마음 한구석엔 한층 더 무거운 짐이 느껴진다. 한 생명이 태어나고 성장하여 성인이 되고 스스로 자급자족하려면…. 머릿속을 맴도는 무거운 현실은 실제로 녹록지 않은 것은 사실이다. 하지만 다시 한번 마음을 다잡아 본다. 우리 아이들은 적어도 대학까지는 어떠한 일이 있더라도 책임을 져야 한다. 내가 조금 힘들더라도 열심히 노력해 보자. 우리가 더 노력하면 되겠지. 그러면서도 자꾸만 어깨가 무거워지는 것을 숨길 수 없다. 하기야 우리 부모님은 일곱을 낳아서 키워주셨는데, 하나 더 못 키우겠냐고 집사람을 위로하면서 내 마음을 안정시켜 본다.

그보다도 우선 더 시급한 것은 이제 아이들도 다 자라서 큰아이는 초등학교 입학 준비도 해야 하고 어디에 자리를 잡을까 천천히 생각해 보자고 집사람과는 몇 년 전부터 수시로 상의했었다. 서울로 갈까? 아님 청주로? 아님 대전? 천천히 그러나 오랫동안 나름대로 생각하고 또 검토했었다. 그동안 저축한 자금과 전셋집 예상 금액 그리고 장래를 생각해야 한다. 서울을 심도 있게 검토했다. 전셋값이 좀 비싸지만 그래도 장래 발전은 서울이 아닐까? 그러나 연고가 없다. 그리고 가까운 형제들도 없다. 다만 집사람 오빠가 한 분 서울에 계셨지만, 생활 형편도 어려운 편이며 그 처남은 나와 나이 차이가 10여 년 이상 되다 보니, 친구나 형제처럼 무엇을 협의하고 상의하기엔 세대 차가 느껴졌다. 수차 집사람과 협의해도 결정이 쉽지 않다. 물론 형제자매가 가까운 곳에 살고 있다고 해서 어떤 도움이 있을 거라고는 생각하지 않는다. 그저 마음이 좀 더 편할 것이라는 막연한 생각뿐이다.

우리 현장은 평택에서 북동쪽으로 원곡면 사무소를 거쳐 원곡 저수지를 지나 만세고개를 넘어가는 길이다. 2차선 좁은 길을, 굽은 곳은 바로 펴고 직선으로 만들면서 포장까지 해야 하니 작업은 까다롭고 시간은 많이 소모된다. 특히나 만세고개는 큰 고개는 아니지만 길이 너무 굽어 있어서 거의 새로운 길을 만들다시피 해야 한다. 고갯마루에는 오산으로 넘어가는 길과 양성, 안성으로 가는 길로 삼거리이다. 고갯마루에서 삼거리 길이란 쉽게 보기 어려운 좀 특이한 고갯길이다. 현장 종점은 만세고개를 넘어 양성면 소재지까지다. 폭은 좁고 고갯길이니, 작업 조건으로는 몹시 까다로운 현장이다.

**54** 1981년 8월 30일. 중앙대학교 안성 캠퍼스 신축 현장. 안성에서 평택 쪽으로 3km 정도 안성~평택 간 도로변에 위치한다. 야트막한 산마루에서 남쪽으로 넓은 안성평야를 내려다보고, 바로 산 아래는 안성천이 평택 성환 입장 들녘을 따라 서쪽으로 흐른다. 그리 높지 않은 야산 위에서 시원하게 펼쳐진 들녘을 바라보는 전망이

너무 좋다. 이런 곳은 누가 보아도 명당이라고 생각할 것 같다. 그래서일까? 이곳이 옛 공동묘지였단다. 삼십만 평은 족히 되는 야산들이 온통 공동묘지 자리다. 지금도 오랜 세월의 흔적이 조금씩 남아 있다. 옛날에는 안성이 무척이나 크고 번성하였단다. 조선시대 한양으로 올라가는 호남, 충청도 사람들의 왕래가 잦았던 요충지로 상당히 큰 도시였다고 한다. 일제 강점기에 서울과 부산을 잇는 1번 국도와 경부 철길을 직선으로 만들다 보니, 큰 도로가 평택으로 지나가면서 안성이 내륙의 지방 도시로 변했다고 한다. 아마도 번성했던 그 시절에 안성 주변 서민들의 공동묘지였던 것 같다. 물론 수많은 묘지는 모두 이장하고 정리된 뒤에 착공했다. 이 현장 역시 우리 중기 사업소 본부에서 불과 10여 km 정도 거리밖에 안 된다. 사업소는 바로 안성 인터체인지 조금 지나 평택대학교 뒤편에 있으니 역시 코앞이다. 우리 장비는 대학 본 건물과 기타 부대시설의 기초 구획 정리 작업을 시작하였다.

마사토는 나름대로 상당히 메마르면서 단단하다. 그러나 가끔 갑자기 작업 중에 장비가 푸욱 빠지는 현상이 발생한다. 그럴 때마다 우리는 즉시 작업을 중단하고 감독에게 알려야 한다. 그 즉시 무연고 묘지 전문 팀들이 정밀 점검, 분석한다. 그럴 경우 십중팔구는 오래되거나 미확인된 묘소 자리다. 전문 팀들은 새하얀 한지를 펴 놓고는 세밀하게 정성을 다하여 작은 유골 조각 하나라도 놓치지 않고 조심스럽게 옮겨 미리 준비된 곳으로 이장하여 모셔 드린다. 흔히 하는 작업이지만 토취장에서의 토사 채취는 지면을 20~30cm 두께로 깎아서 채취하는 우리 장비 특유의 토사 채취 방법이다. 장비가 지나간 자리는 융단을 깔아 놓은 것처럼 그 자리에 바로 앉아도 흙이 옷에 묻지 않을 것처럼 정말 깨끗하다. 방금 싸리비로 깨끗이 쓸어 놓은 시골집 마당보다도 더 깔끔하고 정갈하다. 그런 모습을 항상 바라보는 우리의 눈에는 약간 색다른 느낌이 들거나 토질의 표면색만 다르게 보여도 즉시 점검을 요청한다. 어김없는 묘소 자리이거나, 오래전에 이장한 자리란 것을 확인할 수 있다. 특히나 어느 명당자리는 마치 영문 'Y' 자 형태가 흙의 무늬로 나타나고, 어느 곳은 'X' 자로, 어느 곳은 'K' 자로, 선명하게 나타나는 자국을 보면서 전문가에게 왜 이런 현상이 생기는 것이냐고 물어봤다. 그분은 "인간이 수천 년을 살아오면서 돌아가신 선조들이 얼마나 될까요?" 하고 나에게 다시 묻는다, 빙긋이 웃으면서 하는 이야기는 이렇다. "아마도 수만 년을 이 땅에 살아온 우리 조상님들은 모두가 이 땅 어딘가에 묻혀 있습니다. 선조들의 시신들이 흙으로 돌아가 쌓였다면 적어도 우리나라 표토의 몇 cm 두께는 족히 될 것입니다. 어차피 우리 모두는 흙으로 돌아가야 하니까요." 우리는 한참을 웃었다. 그렇다. 아마도 천 년 전에, 아니면 만 년 전에, 누군가가 묻혀 있는 명당자리에 함께 묻힐 수도 있겠다는 생각을 했다. 그러고 보니 나는 전국의 수많은 토목공사 현장을 직접 헤집고 다니면서 얼마나 많은 조상님을 보았던가? 결국 우리가 밟고 서 있는 이 땅은, 어느 작은 모퉁이라도, 소중한 우리 조상님들의 혼이 잠들어 있고, 얼이 숨 쉬고 있는, 숭고한 땅이란 것을 다시 한번 절감하며, 조심스럽게 머리를 조아려 본다.

서늘한 바람과 함께 저 멀리 내려다보이는 안성평야는 황금빛으로 물들어 가고 부드럽게 출렁이는 들녘은 파도처럼 아득하다. 입장, 천안으로 이어지는 시골길도 샛노란 물결로 변색되어 간다. 나는 9월 초, 청주 농고 앞 2층집을 전세로 얻어서 이사하였다. 집사람도 이젠 몸이 무거워지고 큰아이 초등학교 입학도 해야 하니 더는 늦출 수가 없다. 집사람 역시 이제 제발 이사 좀 안 다니고 살았으면 좋겠단다. 나 역시 그런 심정이다. 사람들은 보통 젊은 시절 내 집을 마련하기 전에 월셋집, 전셋집을 전 전하다가 알뜰하게 저축해서 가까스로 내 집을 마련하면 그때부터는 특별한 일이 없는 한 이사를 안 하게 된다. 그때까지는 수차례 이사를 다닌다고 너도나도 하소연하는 모습을 많이 보고 들었다. 그럴 때마다 빙긋이 웃음이 나온다. 나야말로 얼마나 자주 그리고 많이 이사를 다녔던가? 아마도 수십 차례? 1년이면 보통 아무리 적어도 5~6회 이상일 것이다. 그렇게 5~6년을 다녔으니, 최소한 20번, 아니면 30번은, 족히 다녔을 것이다. 오죽하였으면 아이들이 태어난 곳이 각각 다르다. 이번에 막내는 아마 청주에서 태어날 것 같다. 그러니 살림살이가 오죽하겠는가. 그 흔한 장롱은 아예 꿈도 못 꾸었고 가구는 이사를 하고 나면 모두 다 망가져서 내다 버려야 했다. 아마도 이사라 하면 우리보다 많이 해 본 사람은 이 나라에 아니 이 세상에 없을 것 같다.

　　청주 농고 앞 2층 주택이다. 작지만 방이 둘이고 그런대로 생활하기에는 불편함이 없다. 충청북도 도청 소재지라고 하지만 농고 부근엔 여기저기 공터가 많았고 지은 지 몇 년 안 되는 주택들이 띄엄띄엄 몇 채씩 몰려 있다. 얼마 전까지는 청주역이 근방에 있었으나 지금은 도시 확장으로 청주역은 저 멀리 옥산 방면 경부 고속도로가 바라보이는 벌판으로 옮겨 갔다. 복잡한 청주 시내를 거치지 않고 외곽으로 옮겨서 오근장역을 거쳐 미호 천변을 따라 증평, 음성, 충주로 바로 지나갈 수 있게 옮긴 것이다. 옛 청주역 자리에는 청주 MBC 문화방송국이 신축되었다. 내가 이사한 곳도 아주 변두리는 아니지만 조용하고 한적하다. 부디 이제부터는 이사를 자주 안 다니고 이곳에서 아이들을 학교 보내고 성장시키려 한다.

　이사를 마치고 안성 현장으로 올라오는 시외버스에서 나는 왠지 가슴이 답답하고 코가 시큰해짐을 느꼈다. 이제부터는 또다시 나 혼자 전국 어느 현장이든 가야 한다. 옛날 총각 시절에 홀로 생활하던 생각이 머릿속을 맴돈다. 옛날보다는 여러 가지 편의시설들이 비교할 수 없이 좋아졌다지만, 그래도 '이제부턴 또 혼자구나.' 하는 생각이 착잡한 마음으로 다가온다. 아, 나는 언제나 아침에 출근하고 저녁에 퇴근하는 그런 생활을 할 수 있을까? 언제나 현장 따라 전국을 돌아다니지 않고 한자리에서 출퇴근할까? 아마도 그것은 꿈같은 이야기일 것이다. 특히나 건설 회사 그리고 중장비를 조종하면서는 거의 불가능할 것이다. 그래, 초심을 잃지 말자. 나 자신을 냉정하게 돌아보며 현실을 직시하자. 해마다 연말이 되면 수많은 취업 희망자가 쟁쟁한 자격과 학력을 가지고 밀려오는데 나는 무엇을 갖추었나. 나는 무엇으로 그들과 경쟁할 수 있는가. 아무것도 없다.

　다만 남들보다 내가 조금 나은 것이 있다면 성실함? 참고 견디는 지구력? 그리고 내가 맡은 일만큼은, 어느 누구에게도 뒤지지 않을 자신감뿐이다. 하나 덧붙이자면 주변 사람들과의 인간관계와 그들과의 신뢰성, 그것만큼은 누구에게도 뒤처지지 않을 자신이 있다. 그러나 그런 평가나 자격을 인정받으려면 오랜 시간이 필요하며, 그 어떤 수치로 나타내 보일 수 있는 것이 아니다. 결국 나는 아무것도 없는 것이다. 그냥 맨몸으로 끈기를 가지고 최선을 다하는 것, 그것뿐이다. 그것이 나만의 무기이며 강점이다.

벌써 진입로를 포장하고 건축 공사 기초가 시작되고 있다. 서울에서는 비좁고 또 비싼 땅값으로 인하여 증축이 어려운 대학들이 되도록 가까운 수도권 내에 제2의 캠퍼스를 확보한다는 것은 현명한 판단인 것 같다. 학생들이 폭발적으로 늘어나는 추세에 비하면 좁은 서울에서는 견디기 어려울 것이다. 지난번 충청도에서 시행하는 중장비 운전면허 시험에 응시 원서를 제출했다. 11월 초순에 있는 지게차 면허 시험이다. 항상 나의 바람인 한곳에서 출퇴근할 수 있는 것이 무엇인가를 생각하다가 아무래도 생산 제조 공장에 많이 사용하는 대형 지게차인 것 같아 지게차 면허를 선택했다. 어차피 장비 면허를 낸다면 그것으로 준비하는 것이 유리할 것 같다. 물론 나의 기본 면허인 스크레이퍼보다는 여러 가지 기능 면에서 한마디로 장난감이다. 회사 방침에 따라 1981년 11월 중순 무사히 지게차 면허를 취득하였다 이젠 세 종류의 면허증을 확보한 셈이다.

어느새 집사람 출산일이 가까워진다. 나는 조금 멀기는 하지만 장모님을 모셔 오기로 했다. 연세가 많으셔서 힘드시겠지만, 우리가 살고 있는 모습도 보여 드릴 겸, 당신의 막내딸 출산을 한 번이라도 직접 챙기고 싶으셨을 것이다. 지금까지는 우리가 처했던 환경이 너무 열악하여 모셔 오지 못했으나, 이젠 청주 시내에 어엿한 전셋집이라도 있으니, 잠시라도 함께하기 위함이다. 출산일이 다가와도 장모님이 곁에 계시니 내 마음은 편안하다. 집사람도 같은 마음이었을 것이다. 1981년 11월 27일 건강하게 막내를 순산하였다는 소식을 접하고 바로 집으로 달려갔다. 모두가 건강한 모습에 너무 고맙고 감사하다. 장모님께도 수고하셨다는 인사를 드렸다. 연세가 많으심에도 불구하고 그 먼 전라남도 보성에서 청주까지 오셔서 당신의 막내딸 산후조리까지 하여 주시니 그 고마움은 무어라 표현할 수 없다. 장모님은 그저 별것 아니고 아무 일도 안 하셨다고 말씀하신다. 우리는 세상을 살아가면서, 너무 당연하고 자연스럽고 평범한 일상이지만, 그런 것들이 얼마나 소중하고 감사하고 크나큰 은혜인가를 모르고 지나치는 것 같다. 정신없이 산다는 핑계로 너무 가볍게 넘겼던 수많은 일상이다.

벌써 12월로 접어든다. 중앙대학교 안성 캠퍼스 현장도 마무리되어 간다. 요즘 들어 부쩍 더 서두르는 것 같다. 아마도 내년에는 학생들을 받을 모양이다. 야간작업에 일요일도 없다. 대학 본 건물 자리는 모두 끝내고 서쪽 산 아래 작은 택지를 조성한다. 기숙사나 기타 부속건물들이 들어설 것 같다. 그곳은 원주민들의 주택이 여기저기 몇 채 있다. 조용하던 시골 마을에 머지않아 젊은이들이 북적일 것 같다. 많은 주민이 살고 있는 곳은 아니지만 농사철이 다가오면 주변 논밭에는 인근 주민이 수없이 왕래할 것이다. 내년쯤엔 농민들의 민원 사항이 숱하게 발생할 것만 같다. 이곳 역시 몇 년 후에는 어느 대학가 주변 모습으로 변모해 있을 것이다.

총무팀에서 내년도 중동 지역 파견 희망자를 모집한다는 이야기를 듣고 며칠 곰곰이 생각해 보았다. 어차피 국내에 있으나 해외에 가나 집 떠나 있는 것은 매한가지인데 가 볼까? 일단 총무팀에 최우선으로 보내 달라고 신청을 하고, 집사람과 여러 차례 상의해 보았다. 어차피 국내나 해외나 집 떠나 있기는 매일반이니 해외에 한번 다녀오고 싶다고. 급여 조건은 국내의 약 2.5~3배 수준 정도라고 들었다. 나는 일단 도전해 보기로 하였다.

**55** 1982년 1월 5일. 경기도 안양시 석수동 안양 석산 수도권 건축 자재 골재 공급 현장. 토목 장비 대부분은 동절기 장기 휴무 기간에 들어가므로, 안양 석산 종합 장비인 플랜트(크락샤) 조종원으로 발령받았다. 베테랑 오퍼레이터는 한 명이지만, 평소에 여유 인력을 양성하여, 앞으로의 종합 장비 확대 계획에 따라 전국에 몇 군데 더 종합 장비(플랜트)를 설치할 예정이란다. 플랜트는 당시에는 나름 귀하고 인기 있는 장비였다. 한마디로 작은 공장을 이끌어 갈 능력을 갖춘 기술자만이 할 수 있는 작은 공장이다. 안양 석산에는 안양, 시흥 등 서울 남서부 지역에 본가가 있는 동료들이 주로 근무한다. 그들은 전국 현장을 돌아다니지 않으니 그나마 다행스럽단다. 그리고 회장님 본향이 이곳 안양이란 것도 알 수 있었다. 지금도 청계산 아래 이씨들이 모여 살던 집성촌이 있단다.

종합 장비를 제대로 배워 보고 싶지만 온통 내 머릿속엔 외국을 갈 것인가, 말 것인가, 그리고 가면 언제쯤 나가게 될 것인가, 또한 모든 준비는 어떻게 해야 하는 것인가, 그런 생각만 가득하다. 크락샤 장비는 기존 선배님들이 미안할 정도로 잘 가르쳐 주신다. 그리고 위험한 작업이나 각별히 신경 써야 하는 부분은 아직 내가 할 단계가 아니다. 그래도 첨단 컴퓨터로 작동되는 종합 장비다. 1차 원석 파쇄는 엄청난 크기의 원석을 투입하면 2차, 3차, 4차까지 컨베이어 벨트를 지나면서 크기별로 분리되는 원리이다. 원석이 단단하고 큰 것은 파쇄되면서 천둥소리가 난다. 인근 안양 석수동 골짜기가 진동하는데도 민원이 발생하지 않는 것이 신기하다.

어느 현장에서나 그랬듯이 한두 시간 짬을 내어 바로 뒷산 정상으로 등산 겸 올라가 보았다. 그리 멀지 않은 곳이 정상이다. 와, 경치가 정말 아름답다. 한마디로 끝내주게 아름다운 산이다. 우리 석산은 수원에서 서울 방면으로, 안양 시내를 지나 시흥으로 향하기 직전 우측 작은 골짜기로 1~2km 들어오면 현장이다. 야트막하게 펼쳐진 바위산 위에 파아란 소나무 사이로 희고 거대한 바위들이 마치 새하얀 목화솜처럼 산 정상까지 뒤덮여 있다. 어찌 보면 흰 뭉게구름이 소나무 사이에 내려앉아 올망졸망 모여 앉은 듯하다. 그 모습이 너무 아름다워 한참을 넋을 놓고 감상했다. 이 근방의 산들은 산 전체가 암반으로 이루어졌다. 볼록한 것, 부드럽고 동글동글한 것 등 그 사이사이의 작은 소나무들은 누군가 큼직한 화분에 담아 놓은 아름다운 분재를 연상케 한다.

1982년 1월 말 해외 출국 서류 준비를 하라는 연락이 왔다. 모든 서류는 나 혼자서 작성할 수 있으나 한 가지 혼자 할 수 없는 것이 있다. 재정 보증 서류이다. 해외 출국 경험자인 총무팀 선배에게 문의해 보았다. "그것 아직도 있구나. 참 골 아픈 것이다." 하면서 자세히 알려 준다. 연간 재산세 과세액이 얼마 이상 초과해야 가능(납세 증빙 첨부)하며 과세표준액을 상회하는 2인을 재정 보증인으로 등록하는 서류란다. 그것 때문에 자기도 애를 먹었다며, "그것 아주 몹쓸 서류인데 아직도 그걸 하란 다니?" 하면서 혀를 찬다. 그러면서 "아마 나도 가능할 거야. 지난해에 서울에 집 한 채 샀어. 세무서에 들러 납세 증명을 확인해 보고 가능하면 하나는 내가 해 줄게." 한다. 나는 고맙다고 몇 번이고 감사 인사를 드렸다. 그 서류는 시골에서는 웬만큼 재산이 많아서는 과세 표준을 상회하지 않는단다. 도시에서도 내 집을 가지고 있는 사람, 그것도 괜찮은 집이라야 과세 표준액을 넘을 수 있다니, 참 난감하다. 그러니까 재정 보증서에 서명 날인을 하고 또 세무서에서 발행하는 과세 증명서를 교부받아 함께 제출해야 하는 것이니 웬만큼 친한 사이가 아니면 불가능하다. 언젠가 방송에서 문제가 많은 서류라고 시끄러웠었다. 며칠 후 선배님은 서류를 내게 건네주시면서 그거 가까운 친척에게는 가능하면 의뢰하지 말고 차라리 모르는 사람들에게 부탁하는 게 좋을 것이란다. 그 서류 관계로 서로 오해하고 등지는 일들이 종종 발생한단다. 만약 출국하게 되면 건강 잘 챙기고 잘 다녀오라고 하신다. 아, 정말 어려울 때마다 너무나 좋은 분들을 만나게 된다. 어쩌면 피를 나눈 형제, 그보다 더 진한 감사를 느낄 때가 종종 있다.

재정 보증인 서류 문제로 며칠을 고민했다. 결국에는 영등포에서 내 장비를 구입하신 사장님에게 하나 더 받고서야 모두 끝낼 수 있었다. 모처럼 김 사장님과 점심 식사를 함께하면서 토련 장비들의 소식을 대충 들을 수 있었다. 요즘도 꾸준히 일은 하고 있으나 별 재미는 없다고 하신다. 사장님은 이제 그만하고 싶단다. 차라리 나처럼 해외나 가고 싶은데 나이가 많아서 안 되고 그냥 백수로 지내는 것도 그 것처럼 힘 드는 일도 없다고 하신다. 우리는 세상 사는 이야기들을 나누면서 간단하게 술도 한잔씩 마시며 즐거운 마음으로 점심을 대접해 드렸다. 훗날 그 서류는 재정 보증 보험 회사가 생기면서 불과 몇만 원이면 가능하게 되었다. 참 다행스러운 일이다. 진작 그런 제도를 만들었으면 얼마나 좋았을까. 이런 제도를 서둘러 만들어 주는 것이 나랏일을 하시는 분들의 책무가 아닐까 한다.

회사에서 근무하다가 같은 회사로 해외 출국을 하여도 사직을 하고 다시 대○산업 해외 사업소에 취업하는 식으로 되어 있다. 무엇인가 잘 이해가 되질 않는다. 아무튼 무슨 신원 조회가 떨어져야 다음 준비를 한단다. 참 어렵다. 신원 조회? 하기야 죄를 짓고 도망가는 사람도 있을 것이다. 또한 출국이 금지되는 몇 가지 이유가 있단다. 소문에는 6.25 전쟁 당시에 행방불명인 사람이 집안에 있다거나, 무슨 사상이 불건전하면, 신원 조회에서 탈락이란다. 허허, 그 더운 나라에 가서 갖은 고생을 하면서 돈을 벌어 온다는데 무슨 큰 벼슬을 하는 것도 아닐 테고 왜 그리도 까다로운지 모르겠다. 며칠 후 교육을 받았다. 출국 전 필수 교육이란다. 대○사업 해외 인력 관리부라고 제법 큰 사무실이다. 헐, 이런 곳이? 한 사람씩 무슨 입사 시험이라도 보는 느낌이다. 일대일 면담이다. 본인 확인과 중기 사업소 근무 확인 그리고 몇 년 근무를 했는지, 장비 오퍼레이터가 맞는지 등을 확인하는가 보다. "오늘 교육받으시고 끝나면 바로 다시 이곳에 들르세요." 한다. 바로 옆 큰 강당에 가서 나는 깜짝 놀랐다. 약 200여 명은 넘을 것 같다.

목수, 철근, 기타 처음 들어 보는 여러 가지 직종이 있다. 간혹 두 번째 출국한다는 사람도 있고 어떤 사람은 5번째란다. 나는 두 번째라는 사람과 한참 대화를 했다. 자기는 사우디 주베일 항구에서 항만 공사 1년을 하고 귀국했다가 다시 출국 준비를 한다고 했다. 얼마나 덥냐고 하니까 빙긋이 웃는다. "그냥 견딜 만해요. 너무 걱정하지 마세요." 한다. "이 회사에 계시다가 나가면 아마 괜찮으실 겁니다." 뭐가 괜찮다는 것인지 영 모르겠다. 모두가 1년 계약이 원칙이란다. 그리고 귀국하였다가, 본인이 원하고 특별한 귀책사유가 없다면 다시 나갈 수 있단다. 교육받는 사람 중에는 우리 회사 작업복을 입은 사람도 있었다. 그 사람은 본사 토목부에 근무 중에 자원했단다. 그 친구와 한참을 이야기했다. 그도 처음이란다. 나는 중기 사업소 근무 중에 나간다니까 반가워한다. 그나저나 이거 완전 잡탕들고 교육도 함께 받는다면서 우리는 서로 웃기도 했다. 1시간 교육 내용은 아마도 국가에서 의무적으로 하라는 교육인 것 같다. 나라 망신을 시키지 말라는 것이고 특히 여자들은 바라보지도 말라고 한다. 중동에서 여자들은 히잡이라는 검은 천을 뒤집어쓰고 다니는데 궁금해서 자꾸 쳐다보거나, 몸에 손을 대거나, 그 수건을 들쳐 보는 행위를 하다가는 바로 영창에 가고 많은 벌금을 내야 하며 영창에서 나오면 바로 귀국이란다. 허, 참나. 아무튼 그런 내용이다. 그리고 이슬람 문화권은 모든 술을 마약과 동일하게 취급한단다. ㅋㅋ 완전히 금주? 헐, 그건 괜찮은 것 같다. 술, 알코올, 그건 나 역시도 사람 몸에 이익보다는 손해가 더 많은 음식이라 생각했었다. 그 나라에서는 술 자체를 엄하게 금기시한다니 술로 인한 폐해는 없을 것 같다.

나는 부모님께 그리고 형제들에게도 미리 알렸다. 언제나 그랬듯이 부모님은 항상 나의 건강을 걱정하신다. 형제들은 내가 무슨 출세라도 하는 것처럼 부러운 눈치가 역력하다. 제일 걱정스러운 것은 집사람이다. 큰아이도 초등학교에 입학을 해야 하고 혼자서 아이들 뒷바라지하기 힘들 것이다. 나는 집사람을 믿는다. 어린 시절을 가난하고 힘들게 자라 온 집사람은 생활력 하나만큼은 너무나 완벽하다. 일 년 금방 지나가니까 한 살이라도 젊었을 때 다녀온다고 우리는 수차례 서로 다짐했다. 국내에 근무한다 해도 한 달에 한두 번 집에 들르는 것이 고작이다.


1982년 3월 15일, 드디어 김포 공항을 출발했다. 오후 3시쯤 일행은 모두 20여 명 정도 되었다. 난생처음이니 얼떨떨하다. 한참을 가다 보니 해가 서쪽으로 기우는 것 같은데, 비행기도 서쪽으로만 가는 기분이다. 그러니까 몇 시간이 지났는데도 해가 아직도 서쪽에 보인다. 우리는 6시간 이상 날아 온 것 같은데, 방콕 공항에 내려서 갈아타야 한단다. 방콕 공기는 완전한 여름이다. 공항 한쪽에 모여 앉아두어 시간 이상 기다린 것 같다. 밖은 완전히 캄캄한 밤이 되었다. 밤늦게 다시 날아간다. 참 멀기도 한가 보다. 모두 지쳐서 잠든 것인지나 역시 축 늘어진다. 얼마만큼 갔을까? 무슨 소리인지 귀에는 모깃소리만큼 들린다. 아침인 거 같은데 한참을 더 날아서 우리는 사우디아라비아 담맘 국제공항에 착륙하였다. 지친 몸으로 천천히 일행을 따라 인원을 점검하고 공항 터미널 밖으로 나오니까 확~!! 무슨 뜨거운 이불로 온몸을 덮어씌우는 느낌? 갑자기 숨이 턱 막히려 한다. 헐, 이게 뭐지?!! 아이구야! 분명 6~7월이 되어야 본격적으로 덥다고 했는데? 지금이 3월 중순인데, 이게 웬일? 분명 오전 같은데 확실히 태양이 더 가까이에서 내려 쏘는 기분이다. 나는 손으로 입을 틀어막으며 갑자기 내리쬐는 열감에 몹시 당황스러웠다.

**56** 1982년 3월 16일. 대기하던 회사 버스로 사우디 동부 주베일이란 곳으로 갔다. 그곳에는 우리 회사 파견 인력을 관리하는 동부지역 인력 관리 본부가 있었다. 그곳에서 여기저기 필요한 인력을 재배치한다. 가까이에 바다가 있는지 짠 바다 냄새가 풍긴다. 얼마 전까지 이곳은 주베일 항만 공사 현장이었단다. 아직도 공사 자재들이 쌓여 있다. 넓은 창고 같은 가건물을 임시 사무실로 사용하나 보다. 밖은 꽤 넓은 광장이다. 외곽으로 울타리가 처져 있고 마치 구획 정리를 해 놓은 공터 같다. 사각형으로 상당히 넓고 크다. 저 멀리 사막처럼 누런 황갈색 벌판이 눈에 들어온다. 그 옆으로는 넓은 도로가 있고 파아란 야자수 나무가 유일한 녹색이다. 아, 드디어 내가 사우디에 왔구나. 나는 짠내도 아니고 그 특유의 냄새를 처음 느꼈다. 난생처음 맡아 보는 그 냄새는 무어라 표현해야 할지 모르겠지만 암튼 그런 냄새다. 담당자는 도

착 인력을 일일이 확인한 후 나에게는 이틀 후쯤 제다라는 곳으로 가란다. 그날 밤, 잠자리에서 다시 한번 나 자신을 다독였다. 견뎌야 한다. 나는 할 수 있다. 나는 충분히 할 수 있다. 신은 내 편이다.

아침이면 누룽지와 빵을 주는데 누룽지만 조금 먹고는 빵은 영 입에 맞지 않아 먹지 않았다. 그나마 오래 묵은 김치가 나오니 다행이다. 우리나라에서 금방 담가 가져와도 이곳에 오면 더위에 곯아서인지 완전 흐물흐물 파김치 같다. 이틀 후 7~8명의 일행과 담맘 국제공항에서 다시 비행기를 탔다. 잉? 얼마나 더 멀리 가길래 또 비행기? 제다까지는 1시간 30분 정도 날아가야 한단다. 아마도 우리나라에서 대만쯤 되는 거리인가 보다. 이 나라 땅덩어리가 엄청나게 큰가 보다. 사우디아라비아에서 두 번째로 큰 도시 제다는 홍해와 접해 있는 항구 도시다.

**57** 1982년 3월 19일. 제다 공항에서 불과 30여 분 거리에 압둘 아지즈 유니버시티 스쿨 현장이 있다. 그러니까 대학 신축 현장이다. 압둘 아지즈란 사우디 왕자 이름이란다. 왕이 통치하는 나라이니 왕족이 이것저것 다 하는가 보다. 건축 공사가 상당히 진척되어 있다. 그 건물 한쪽에 임시로 숙소가 있고 그 숙소에서 서부 지역 인력 관리까지 겸하는 것 같다. 나는 그냥 모집 광고로 파견된 사람들보다는 그나마 회사 마크와 직원들의 작업복이 무엇인가 친근감? 안정감? 그런 것이 느껴졌다. 서류를 점검하는 사람마다 중기 사업소 몇 년 근무하셨느냐 물어보거나 국내 현장 이야기를 하며 대화를 했다. 함께 온 미장, 조적, 배관공들은 이튿날부터 바로 현장에 투입되

는가 보다. 나는 며칠 그곳에서 대기하란다. 약 일주일 정도 지나자 사우디 면허증이 갱신되었단다. 면허 갱신 문제로 며칠을 기다렸나 보다. 회사 직원과 함께 그곳에서 약 한 시간 정도 거리에 있는 현장으로 갔다.

**58** 1982년 3월 25일. 제다 도심에서 30여 분 이상 해변을 따라 내려가면 '킹스 필드'라는 현장이다. 그러니까 왕의 전용 비행장을 신설하는 현장이다. 짐을 풀고 느긋하게 사무실에 가서 내가 해야 할 업무 지시를 받았다. 차량을 운전해야 한단다. 우선 사무실에서 조금 떨어진 중기 숍에서 유류 탱크 차량 관리와 각종 장비의 유류 주입량을 확인하고 기록하는 일이다. 며칠 있으면 지금 그 일을 하는 친구는 귀국한단다. 곧바로 업무도 습득할 겸 함께 근무하였다. 이것저것 근무 형태 등 여러 가지 물어봤다. 그러나 무엇인가 속 시원하게 알려주지 않는다. 나 혼자만 답답하다. 이것이 초보자의 답답함이려니 했다. 아무튼 거의 매일같이 하루에 한 번씩 탱크로리 차량을 가지고 시내를 다녀온다. 5톤 복사 차량과 비슷한 탱크로리인데 유류 사용이 많지 않아서 그런지 작은 탱크로리만으로도 충분하다. 그러니까 이틀은 경유 그리고 하루는 휘발유 그런 식으로 토요일, 일요일을 제외하고는 매일 시내 주유소에 가서 유류를 실어 나른다. 나는 시내의 주유소 길도 익힐 겸 함께 다녀오고 싶은데 영 함께 가자는 말을 하지 않는다. 나는 남아서 장비들이 주유하면 기록만 하라고 한다. 그 선배는 대구가 집이라고 하였다.

모든 것이 생소하고 많이 배워야 하므로 중기 숍에서 정비사들과 함께 하루 내내 지내고 있다. 날씨도 못 견디게 덥지는 않다. 그분들 이야기로는 이곳 날씨는 습도가 없어서 그늘에만 있으면 선선함을 느낀단다. 아무리 40도 이상의 태양이 내리쬐어도 그늘에만 있으면 견딜 만하다니 다행이다. 물론 태양 아래 그대로 노출되면 정말 따갑고 아플 정도로 강한 직사광선에 화상을 입는다고 한다. 특히 7~9월이 되면 그늘에서도 힘들고 에어컨 신세를 져야 하지만 그런대로 견딜 수 있을 것 같다. 나는 그제야 그들이 왜 이 더운 날씨에 긴팔에 긴바지를 입어야 하는지 알 수 있었다. 그리고 빼놓지 않고 준비하고 다니는 압둘라 수건이란 것도 있다. 바람이 몰아치거나 할 때는 입술 그리고 얼굴을 가려야 한단다. 그 더운 날씨에도 현장에서는 최소한의 안전 복장을 갖추어야 하니 그럴 만도 하다. 요즘 같은 3~4월에도 한두 번씩 할라스 바람이 불어온다고 한다. 소위 말하는 모래 폭풍이란다. 나는 당장 큰 어려움은 없었지만 굳이 어렵다면 그곳 특유의 냄새와 익숙지 않은 음식이다. 여기서도 한국인 요리사들이 만들어 준다지만 영 쉽게 익숙해지지 않는다. 특히 아침 식사는 매일 누룽지 몇 술로 견디고 있다. 점심, 저녁은 그래도 메뉴가 다양하고 상당히 질 높은 식단이다. 주변 사람들과 자주 어울려 무엇 하나라도 배우고 익히려고 이것저것 물어본다. 대화하는 사람마다 첫 마디가 똑같다. "초탕인가요?" 초탕? 그것은 처음 나오셨냐는 것이다. 나는 그렇다고 잘 부탁한다는 말을 잊지 않았다. 다들 빙긋이 웃으며 몇 달 지나면 다 알게 된다고 한다. 그러고 보니 초탕은 거의 없다. 헐, 이럴 수가. 모두가 2탕, 3탕, 어떤 사람은 7~8년, 10

년이 넘는 이들도 있다. 아이구야, 참 대단하다는 생각이 든다.

현장 생활 10여 일 지나서 어느 금요일(휴일), 시내 쇼핑을 가자고 한다. 함께 근무하는 사수가 며칠 후 귀국하므로 이것저것 쇼핑한다니 겸사겸사 귀국 준비 구경도 할 겸 함께 나갔다. 시내를 한참씩 걷기도 하고 커다란 쇼핑센터도 들렀다. 우와, 주변의 모든 사람이 도저히 알아들을 수 없는 대화를 한다. 귀국 준비가 무엇인가 궁금했다. 무슨 일제, 전자제품들 그리고 영양제? 나는 도대체 이해가 안 가는 제품들이다. 알고 보니 그 물건들은 국내에 가면 이곳보다 높은 가격으로 되팔 수 있단다. 헐, 장사를 한단 말인가? 나는 좀 씁쓸했다. 당시 가전제품은 일제가 세계적으로 유명했다. 쏘니 그리고 독일제 그런 것들이 주를 이루는 쇼핑이었다. 그리고 또 놀란 것은 현지인 어린아이들이다. 우리 아이들 생각이 나서 아이들만 보면 자세히 다가가 바라보았다. 그런데 정말 예쁘다. 와, 그 커다란 눈, 짙은 눈썹, 새하얀 피부, 인형보다 더 예쁘다. 신기하기도 하고 아기들을 안고, 손을 잡고 다니는 여인들은 어떨까 하고 여인들의 얼굴을 보고 싶었지만 하나같이 히잡이란 걸 쓰고 있고, 또한 여자를 바라보면 잡혀간다는 출국 전 그 교육이 생각난다. 나라 망신을 시키지 말란 말이 뇌리에 스친다.

당시 제다 지역에도 외국인이 상당히 많이 보였다. 동양인, 흑인, 노랑머리, 붉은 머리 등등 사우디 토박이보다 많은 것 같다. 우선 토박이 남자들은 흰옷, 마치 두루마기 비슷한 것을 입고 다닌다. 여자들은 하나같이 검정 옷으로 두르고 다니니 멀리서 봐도 바로 알 수 있다. 동양인들은 중국인, 일본인, 한국인, 그리고 동양인 비슷한데 좀 검고 작은 체구는 필리핀, 태국 등 동남아 사람들이다. 선배님들 이야기로는 거의 모두가 우리처럼 파견 근로자란다. 참 귀가 있어도 무슨 말인지, 어떤 무리는 중국말 같고, 또한 무리는 필리피노 같기도 하고 통 감을 잡을 수가 없다. 참으로 세상은 넓다는 것을 다시 한번 느낄 수 있었다. 사우디란 나라는 별로 우리보다 잘사는 것 같지 않은데도 그들은 우리를 불러들여 마치 주인이 머슴 부리듯이 일을 시키고 있다는 것이 참 부럽기도 하다. 아마도 그 모든 것이 산유국이라는 그것 하나뿐인데 온 지구촌 사람이 너도나도 기를 쓰고 험한 일, 궂은일 닥치는 대로 오일 달러를 벌겠다고 아우성이다. 생각해 보면 참 서글프다. 시내 쇼핑을 마치고 숙소에 돌아오니 그 크고 맑게 빛나던 어린아이의 눈동자가 너무나 선명하게 떠오른다. 옛날 어느 책에서 페르시아 왕자, 페르시아 공주라 표현한 글들이 생각난다. 지구상에 여러 인종이 살고 있다고는 하지만 중동 지역의 크고 또렷한 코와 맑고 큰 눈동자 그리고 진한 눈썹은 세계 어느 나라 어린이들보다도 예쁘다는 생각을 했다.

함께 일하던 사수와 오늘 처음으로 시내 주유소를 다녀왔다. 사거리를 몇 개 지나고 좌회전, 우회전을 몇 번 한다. 약 30여 분 정도 거리였지만 상당히 찾기 까다로운 위치다. 나는 어디를 가나 한번 가 본 길은 정확하게 찾아갈 자신이 있었는데, 그 길은 아물아물하다. 그리고는 다음부터 혼자 다녀오란다. 헐! 아니 그래도 한 번 간 길인데 어

떻게 혼자? "찾아가기 어려운데요?" 했으나 내일모레 귀국이라 이제
부터 자기는 휴무란다. 참 나, 내일은 기름 탱크가 만땅이라 안 가도
되고 모래부터 하루에 한 번 정도 다니면 된다고 한다. 금세 하루가
지나고 다음 날 사수와 작별 인사를 하고는 오전에 일찍 유류 탱크
점검을 하였다. 디젤은 내일 운송하여도 될 것 같고 휘발유는 오늘
가져와야 할 거 같다. 나는 바짝 긴장하며 길을 나섰다. 잘 찾아갈지
정말 걱정스럽다. 나도 모르게 등에서는 진땀이 난다. 내가 외국에서
시내 운전을 하다니, 나는 이것저것 생각할 겨를이 없다. 엊그제 내가
지나간 그 길을 정확하게 찾아가야 한다. 온 신경이 곤두선다. 신호등
보랴 길 찾으랴 정신이 없다. 지나치는 건물과 감각으로 요기쯤에서
좌회전? 저기에서 우회전? 정신이 아물거릴 정도이다. 저만큼 주유소
다. 드디어 찾았다. 저절로 한숨이 나온다. 분명 엊그제 그 주유소다.
아이구야, 다리까지 후들거린다. 주유소 옆 공터에 파킹을 하고는 직
원처럼 보이는 친구에게 가솔린 가지러 왔다고 손짓, 발짓으로 이야
기했더니 그 친구는 한쪽 주유대를 가리킨다. 레덱 댈림 어쩌고저쩌
고하는데 우리 회사를 이야기하는 것은 알겠는데 무슨 말인지 모르
겠다. 탱크 위 캡을 열고 큰 호스를 박아 놓고 오케이를 했더니 가솔
린이 쏟아지며 금세 차체가 묵직해진다. 한참을 넣고 있는데 갑자기
주유기를 잠근다? 나에게 차량에서 내려오라는 것이다. 혼자서 무어
라 떠드는데 알아들을 수가 없다. 탱크 게이지를 확인해 보니 반 정
도 차 있다. 직원인 압둘라 녀석, 내게 손짓, 발짓으로 무어라 이야기
한다. 대충 들어 보니 반만 채우고 돈으로 얼마를 주겠단다. 힐, 무슨
소리? 나는 "노노오놋!" 하며 빨리 다 채우라고 했다. 그 녀석 무어라

고 자꾸만 돈을 내민다. 나는 그 녀석에게 이 주유소 주인을 오라고 했다. "유 매니저 캄 히어. 유 캡틴, 유 매니저 컴." 손짓, 발짓을 해도 돈뭉치만 내민다. "허, 나 참." 한참을 매니저 데려오라니까 그 녀석 할 수 없이 휘발유 탱크를 다 채워 준다. 그렇게 휘발유를 운송하여 우리 현장 탱크에 채우니 완전 만탱크가 된다. 나는 머릿속이 복잡해진다. 아니, 그 압둘라 녀석, 왜 돈다발을 내게 내밀었을까? 허, 참 나! 이걸 쉽게 누구에게 물어볼 수도 없다. 분명 돈에 관련된 것인데 함부로 이야기했다간 안 한 것만 못할 수도 있다.

다음 날은 경유다. 경유는 장비가 많아서 꽤 많이 소모하는 것 같다. 그날은 말없이 탱크에 경유를 가득 담아 준다. 곰곰이 생각해 보았다. 분명한 것은 탱크의 잔량과 내가 운반해 오는 유량이 맞아야만 되는 것이다. 나는 몇 달 전부터 기록된 장부를 면밀하게 확인해 보았다. "아, 이거였구나." 참 나, 어이구, 귀국한 사수 정말 당장이라도 본사에 수소문하면 금방 알 수 있을 것이지만, 나는 그 사수가 정말 얄미웠다. 그러고 보니 퍼즐이 맞춰진다. 내가 국내 회사에 근무하다가 나온 사람이니까 무척이나 조심스럽고 혹시나 겁도 났을 것이다. 그러니 내게는 길도 잘 안 가르쳐 주고 귀국 직전에 그것도 한 번 알려 주었구나. 얼마나 많이 벌었을까? 내가 볼 땐 그리 많이 벌지도 못했을 것이다. 분명 혼자는 아니었을 것이고, 거기까지 생각하니 너무 서글퍼진다. 아무리 돈이 조금 생긴다 해도 물건을 팔아서? 허, 참. 그것도 에너지를? 아마도 반값도 못 받았을 것이다. 휘발유 반탱크를 채우고 한 탱크 채웠다고 기록하고, 반탱크의 값으로 반값도 못 받는다? 아이구야, 참으로 한심하다. 아무리 돈에 눈이 멀었다 해도 나는 그럴 수는 없다. 그것도 외국에 와서 이것이야말로 정말 나라 망신이다. 나는 밤잠을 설치면서 생각했다. 내가 일을 하면서 다소의 인센티브를 챙기는 것이야 그럴 수 있다지만 물건을, 그것도 제값도 못 받고 팔아먹는다? 나는 이해 자체를 할 수 없었다. 그냥 다 까발리면 관련된 몇 사람 목이 날아가겠지? 그러면 무엇이 나아질 수 있을까? 밤새워 뒤척이다 결국에는 아니다 싶었다. 내가 이곳에 온 지 불과 한 달도 안 되는데 그런 일에 휘말리면 안 될 것 같았다. 그래 나만 잘하자. 내 비록 하찮은 장비 오퍼레이터지만 우리 회사의 급여를 받고 있는 한 나만이라도 잘하자. 그것을 까발려서 귀국한 사람이나 관련된 몇 사람 잡아서 무엇 하겠는가. 시간이 지나면 스스로 후회할 것이다.

그 후 며칠 유류 운송을 하면서 수급을 조절하였다. 가솔린 운송하는 날, 주유소 압둘라는 또 내게 무어라 말했다. 나는 그 사람에게 "쉿! 말하지 말아요. 당신 잡혀가요. 고 폴리스." 하며 손짓을 하였다. 갑자기 그 친구 눈이 휘둥그레지면서 놀라는 얼굴이다. 나는 다시는 내게 그런 말을 하지 말라고 하며 두 손에 수갑 찬 흉내를 내니 그 녀석 얼굴색이 변한다. 그리고 가솔린 반만 채우라고 하고는 하프 탱크 인수한 것으로 인수증에 서명하였다. 그러니까 반탱크만 가지고 와서 수입, 지출을 맞추어 보니 얼추 맞는다. 그 뒤로 사무실에 보고하면서는 "요즘엔 차량들이 주유를 많이 안 하는 것 같습니다." 하였다. 그러니까 아는지 모르는지 눈치 백 단인 담당자는 당황스러운 표정이 역력하다. 그 친구는 태연히 "아, 그런가요?" 한다. 분명 말끝이 떨리고 있다. 나는 "잘하시오. 여기까지 와서 나라 망신시키지 마시오."
라고 말하고 싶었지만 그냥 빙긋이 웃었다.

출국한 지 한 달이 지나면서 업무 자체가 능숙해질 무렵 4월 어느
금요일 휴일, 우리는 고참들과 함께 미니버스를 이용하여 제다 남쪽
의 메카라는 곳으로 여행을 갔다. 고속도로를 따라 2시간 정도 남쪽
으로 달려가니 무슨 성처럼 둘러쳐진 곳이 메카란다. 입구에 파킹하
고 정문에서 내부 방문을 요청하니 이슬람교도가 아니면 출입 불가란
다. 힐, 우리는 하는 수 없이 주변 높은 곳으로 올라가서 안쪽을 바라
볼 수 있었다. 가운데 검은 건물 같은 것이 보일 뿐 특별한 것은 안 보
인다. 돌산 주변에는 양들을 몰고 다니는 목동들이 평화로워 보인다.
그러나 내리쬐는 햇살은 그들이 뒤집어쓰고 있는 수건이 필수란 걸
알 수 있다. 주변을 거닐면서 태양열에 그을려 검게 보이는 돌부리들
을 발로 툭 차면 지면 아래 묻혀 있는 부분과 색이 완전히 다르다. 결
국 태양 빛에 검게 타서 검은색으로 보일 뿐이지, 흙 속은 순수한 돌
이다. 와!! 정말 태양열이 뜨거운가 보다. 거기에다 조금만 움직여도 쉽
게 숨이 찬다. 사막 기후라서 산소가 많이 부족하단다. 주변 전체가
모래사막은 아니지만 그리 높지 않은 거무스름한 돌산뿐이다.

이슬람 교인들의 평생소원이 메카를 순례하는 것이라고 들었다.
이곳 어느 돌산에서 무함마드가 득도를 하였단다. 우리는 근방을 둘
러보기로 하였다. 다행히 날씨는 맑고 바람도 잔잔해서 여행하기 좋
은 날이다. 그곳을 지나 남쪽으로 계속 내려가면 예멘이란다. 지도
상으로는 얼마 안 가면 국경이 나올 것 같다. 가까운 곳에 있는 작은

오아시스에 들러 잠시 쉬었다. 오아시스는 마을이 있는 곳이다. 결국 물이 있다는 것이다. 크고 작은 도시 또는 마을들도 모두 오아시스라고 한다. 당연히 그래야만 사람이 살 수 있으니 말이다. 참 동서남북 둘러보아도 풀 한 포기 없다. 다만 오아시스 주변만은 그나마 풀과 나무가 몇 그루씩 푸른빛을 보인다. 과연 이들은 옛날 석유가 나기 전에는 무엇을 먹고 살았을까? 추측건대 염소 또는 낙타, 그런 동물들에게서 나오는 우유나 고기로 연명했을 것이다. 아마도 그런 열악한 기후조건 속에서 살아가려면 누구라도 종교란 것을 갖지 않을 수가 없었을 것이다. 하루에 다섯 차례(지금 이 순간에도 "알라~~" 하는 소리가 들린다) 어떤 장소, 어떤 시간에도 그저 엎드려 기도한다. 이슬람이라는 종교를 비평하거나 어떤 평가를 하자는 것이 아니다. 다만 기도 시간엔 하나같이 때와 장소를 안 가리고 너무나 진지하고 일사불란한 행동으로 기도하는 신도들과 그 종교의 교리가 정말 대단하다고 말하고 싶다. 오늘은 그렇게 이 나라 속살을 아주 조금이나마 들여다볼 수 있었다.

5월 초, 오늘은 아침부터 바람이 심상치 않다. 점점 거세지더니 저 멀리서 검은 구름 같은 것이 몰려온다. 불과 몇 분 후 도저히 눈을 뜰 수조차 없다. 바로 이것이 할라스 바람이란다. 급기야 한 치 앞도 볼 수 없다. 마치 거대한 회오리바람 속에 들어온 느낌이다. 모든 작업은 중단이다. 그리고 입, 코, 눈, 귀, 모든 구멍을 틀어막고 꼼짝도 할 수 없다. 사무실이고 유리창이고 아무리 꽁꽁 단속해도 소용이 없다. 결국 숙소에 들어가 이불을 뒤집어쓰고 있었다. 나처럼 숙소로 대피한 사람들이 여럿이다. 그렇게 약 2시간 이상 계속되더니 조금 나아졌다고는 하지만 그래도 십여 미터 앞도 안 보인다. 오후 늦게야 조금 진정되는 거 같다. 무어라 표현할 수조차 없다. 나름 잘 지어졌다고 하는 숙소 내부에도 온통 모래가 쌓여 있다. 사람들은 너 나 할 거 없이 콧구멍, 귓구멍, 눈 등 온통 먼지를 뒤집어쓰고 온몸이 서걱서걱한다. 아, 이것이 그 유명한 할라스 바람이구나. 정말 무시무시하다. 식당이 엉망이니 저녁을 대충 때우고, 숙소 내 물건들을 이것저것 들고나와 털었다. 이불도 버석거리긴 마찬가지다. 억지로 그날 저녁을 보내고 이튿날 아침부터 또 몰아친다. 아예 전 현장 모든 인원이 숙소에 그대로 대기하란다. 정말 무서운 할라스 바람이다. 한마디로 공기가 있는 곳은 미세한 먼지로 꽉 채워진다. 아무것도 할 수 없다. 아마도 전쟁을 하다가도 멈출 수밖에 없을 것이다. 꼬박 이틀을 몰아치고 나니 사람들이 모두 압둘라(사막 원주민)가 된 것 같다. 웃음이 사라졌다. 서로 간에 대화도 없다. 수차례 겪어 본 고참들 이야기로는 할라스 바람이 서부 지역 홍해 부근으로는 그래도 자주 발생하지 않는단다. 중부 내륙 사막으로는 며칠씩 몰아칠 때도 있다면서, 이쪽 주변에는 어떤 해에는 한 번 정도 불고 말지만 내륙에는 봄이면 수십 차례씩 불어온다니 정말 "오, 하나님" 소리가 절로 나온다.

　이제는 이틀에 한 번 정도 유류 운송을 한다. 길도 이젠 눈에 익어서 놀면서 다녀온다. 그리고 보니 제다 시내 주변으로 여러 회사가 눈에 띈다. 유○건설이 있었고 남○토건이 있고, 동○건설도 있다. 들리는 소문에는 사우디 주변국인 리비아에 동○건설이 대단위 수로 공사를 하면서 국내 근로자들이 많이 파견된다고 한다. 그중에는 옛 토

련 친구들도 몇 명 그쪽으로 나왔다는 소식도 들린다. 동○건설 최
○○ 회장이 리비아에 엄청난 공사를 수주하기로 하였단다(훗날 세상
을 떠들썩하게 한 그 유명한 리비아 대수로 공사). 이런 삭막한 사막 한가운데로
강물을 흐르게 한다? 이거야말로 천지개벽이다. 리비아는 가다피라
는 최고 지도자가 마치 왕처럼 수십 년을 다스려 오는 이슬람 국가다.
항상 느끼는 것이지만 사막이라도 물만 흐르면 자연스레 풀과 나무
등 모든 생물이 자라날 것이다. 그런 대수로를 우리나라 건설 회사가
만든다니 반갑다. 아무쪼록 무사히 잘 완성하기를 빌고 싶다. 요즘엔
현○, 대○, 동○, 극○ 등 우리나라 1군 건설 업체들이 너도나도 중
동 지역에 진출해 있다. 어느덧 이곳 제다 킹스 필드 현장도 익숙해지
려 하니 벌써 마무리되어 간다.

**59** 1982년 6월. 인솔자와 얀부 현장으로 전출이다. 본격적으
로 더위가 기승을 부리기 시작한다. 한낮엔 직사광선에서 단 10분도
버티기 어려울 정도다. 얀부 현장은 지도상으로 제다에서 홍해를 따
라 북서쪽으로, 그러니까 요르단 쪽으로, 한참을 올라가야 한다. 고
참들 이야기로는 상당히 기후가 좋고, 특히 홍해 부두 현장이면 여
러모로 좋은 현장일 것이란다. 나는 인솔자와 다른 근로자 두 명과
함께 끝이 보이지 않는 고속도로를 타고 2시간 이상 달려온 것 같다.
무슨 놈의 땅이 이렇게도 사막뿐인지 보이는 것은 모래 언덕들뿐, 일
직선으로 뻗은 길 위에는 가물가물 마치 물결이 아른거리는 것 같
다. 저 멀리 아스팔트 위에 강물처럼 출렁이는 것이, 바로 신기루 현

상으로, 마치 오아시스가 있는 것처럼 보인다. 사막 위에 나타나서 길을 잃게 하는 것이 저런 현상 때문이란다. 지나가는 차들도 없다. 한참을 달리다 보면 어쩌다가 한 대씩 지나간다. 아련하게 검은 아스팔트가 있으니 망정이지, 그냥 모래사막이면 정말 길을 잃을 것만 같다. 섬뜩하고 무섭다는 생각이 든다. 이런 땅에서 석유가 나오지 않았다면 과연 이들은 꿈과 희망이 무엇이었을까? 그냥 사막을 떠도는 유목민의 한 사람으로 살다가 흔적도 없이 모래사막 속으로 사라졌을 것이다.

한참을 달리다가 잠시 쉬어 가기로 했다. 고속도로라지만 아무것도 없으니, 그냥 넓게 정리해 놓은 공터에서 쉬기로 했다. 마침 지나가다 하나둘 쉬는 차가 몇 대 있다. 잠시 후 현지인 비슷한 사람들이 차에서 내려 커다란 수건 같은 것을 바닥에 깔고는 물병에서 물을 흘려서 익숙한 행동으로 눈, 코, 입을 닦는다. 그리고는 두 손바닥을 바라보면서 중얼중얼하더니 엎드려 기도한다. 인솔하는 친구는 그 모습 바라보지 말라고 귓속말을 한다. 헐, 그리고 보니 이쪽 차도 저쪽 차도 같은 모습들이다. 그러니까 우리만 이방인이다. 인솔자 왈, 기도 시간이란다. 서성거리지 말고 조용히 차에서 기다리란다. 하나같이 남쪽 메카 쪽으로 머리를 조아리는 모습이 너무 경건하다. "아니 고속도로 달리다 가도 이 시간이면 이러나요?" 했더니 머리를 끄덕인다. 그럼 이슬람 교인이 이 나라 국민의 몇 퍼센트냐고 물었다. 허허 웃으면서 백 퍼센트란다. 다만 이 종교도 종파라는 것이 있어서 순리파니 시아파니 하면서 종파 간에 전쟁도 한단다.

북쪽으로 계속 올라가니 앙상한 돌산도 있지만 순전히 모래사막과 구불대는 모래 언덕이다. 멀리서 바라보면 정말 부드럽고 깨끗하게 보인다. 마치 갓 잡아 올린 싱싱한 은갈치의 물 흐르듯 살아 움직이는 등지느러미처럼, 날카롭고 선명하면서도 구불구불 넘실대는 그 능선은 아름답다기보다는 신비롭고 부드러워 보인다. 얼마나 달렸을까. 인간들이 사는 곳이 가까워지는가 보다. 여기저기 창고 비슷한 건물들이 하나둘 눈에 들어온다. 얀부 도심을 약 5~6km 정도 남겨 놓은 지점에 마치 커다란 학교 같은 가건물들이 줄지어 있다. 웬만한 학교 건물 수십 채를 한데 모아 놓은 것 같다. 현장은 이곳에서 좀 더 바닷가에 있단다. 우선 숙소를 먼저 배정받는다. 캠프 내부가 어마어마하게 크다. 입구를 들어와서도 한참을 건물 사이를 지나오며 놀라지 않을 수 없다. 나지막한 가로수들이 줄지어 서 있고 군데군데 축구장, 배구 네트, 심지어 수영장도 있다. 얼렐레? 눈이 휘둥그레진다. 이곳은 이 나라 왕자와 영국 회사가 공동 운영하는 숙소 대여 캠프란다. 얀부 지역 근로자들이 이용하는 공동 숙소라고 하는데 대충 보아도 엄청나다. 약 5~60m 길이의 건물들이 수십 동 지어져 있다. 한마디로 이 지역 외국인 근로자 공동 캠프인 셈이다.

저녁 식사를 마치고 숙소로 돌아와 동료들에게 신입 인사를 했다. 함께 생활할 룸메이트들이다. 대충 인사를 마치고 각자 자기만의 휴식을 취한다. 어떤 이는 편지를 쓰고, 어떤 이는 운동을 나가고 모두가 익숙하고 자연스러워 보인다. 보는 사람마다 내가 초탕인 것을 그냥 알아본다. 그만큼 내가 초보처럼 행동하는가 보다. 숙소는 4인 1실 또는 6인 1실이며 2층 침대로 되어 있다. 상당히 깔끔하게 잘 지어진 것 같다. 저녁이 되니 날씨는 조금 선선한 느낌이다. 확실히 제다보다는 북쪽이라서 그런지 더 시원하다. 내부는 나름 잘 정리되어 있고 한쪽 벽에 달력이 있다. 누군가 하루하루 펜으로 그려 놓았다. 자세히 보니 30일, 25일, 10일, 아마도 엊그제 귀국했나 보다.

　아침 식사는 별생각이 없다. 다들 빵 한 조각에 우유 한 잔으로 때운다. 나 역시 우유로 대신했다. 그런데 우유 맛이 무언가 좀 다르다. 상당히 진하다고 할까? 아무튼 무척 고소하고 찐한 맛? 두어 잔씩 마시면 한 끼로도 손색없을 것 같다. 식사 후 운동장에 대기하는 버스가 수십 대 아니 백여 대는 될 거 같다. 여러 회사 팻말이 보인다. 헐, 우리 현장 버스만 해도 열 대가 넘는다. 현장 범위가 너무 넓어서 어느 파트, 어느 부서마다 가는 곳이 다르단다. 중장비 정비 숍 인원도 상당하다. 그곳에서 국내 중기 사업소 근무하다 파견된 동료를 만나서 너무 반가웠다. 그 친구는 귀국이 한 달 남았단다. 저녁 시간에 만나기로 하고 장비 숍 관리과장을 만나 자세한 현장 내용을 듣고 벤츠 탱크로리 물차(이만 리터)를 배정받았다. 기존 운전자는 며칠 후 귀국한단다. 이번에 귀국하는 선배님은 참 자상하게 인수인계를 하신다. 너무 고맙다. 그리고 이곳의 여러 가지 장단점, 특히 조심할 점 등등을 알려 주신다. 매일 오전에는 식수를 운송해서 현장 요소요소에 설치된 물탱크에 물을 채우는 것, 그리고 오후에는 인근 현장(풍○산업) 자체 식당 및 사무실 물탱크에 물을 채워 주는 것이 주 업무다. 그런데 우리 현장의 범위가 장난이 아니다. 땅이 넓은 나라여서일까? 애초에 엄청난 부지를 확보하였나 보다. 현장 요소요소에 배치된 물탱크를 한 바퀴 돌리면 3~4시간이 걸린다. 소형 엔진을 이용하여 작은 물탱크마다 채워 넣어야 하므로 혼자서는 불가능하다. 오래전부터 삼국인을 한 사람 배정해 준다고 한다. 이 나라는 물이 기름보다 훨씬 비싸단다. 하기야 물 없으면 사람이 살 수가 없는 것이니 당연할 것이다.

함께 일하는 친구는 인도 친구다. 파트별로 한국인 1명에 삼국인이 7~8명 정도 되는 거 같다. 몇 년 전까지만 해도 한국인이 더 많았었단다. 그런데 점차 주요 업무를 제외한 단순 근로는 삼국인으로 대체하였단다. 아무래도 삼국인은 좀 느리고 능률 면에서 한국인보다는 뒤처지지만 임금이 워낙 싸니까 그들을 이용할 것이다. 하기야 기업이란 이익 집단이니 어쩔 수 없나 보다. 그렇게 인도 친구와 손짓, 발짓으로 의사소통을 하면서 시작했다. 그 친구는 왠지 자꾸 나의 눈치를 보는 것 같다. 며칠 함께 생활하다 보니 한국말도 곧잘 하고 내게 잘 보이려고 많이 노력하는 것이 보인다. 음료수도 수시로 가져온다. 나는 조용하게 그리고 정중하게 이런 것 가져오지 말라고 하였다. 내게 할 말이 있으면 하라고 했더니, 자기가 귀국할 때까지 계속 이곳에서 일하게 해 달라는 것이다. 나는 알았으니 내일부터는 절대로 이런 음료수나 다른 어떤 것도 가지고 오지 말라고 했다. 계속 이런 것을 가져오면 나와 일할 수 없다고 하였더니 감사하다는 인사를 몇 번 연거푸 한다. 내가 봐도 다른 일들은 땡볕에서 힘과 몸으로 때워야 하는데 그나마 식수 차량에서 물탱크만 채우는 일이니 그들에게는 편한 일감일 것이다.

일주일쯤 되는 날부터 제대로 업무를 지시했다. 우선 차량 내부 운전석 시트 아래 등 대청소를 함께했다. 먼지가 몇 년은 쌓인 것 같다. 너무 오래 방치해서인지 매일 조금씩 3일에 걸쳐 정말 깨끗하게 운전석 내부를 정리하였다. 모든 공구는 차체 아랫부분 공구 통으로 정리하고 운전석에는 먼지 하나 없게 만들었다. 나는 그 친구에게 이 모든 먼지가 너와 나의 코로 들어간다고 하였다. 그 친구는 사장님 넘버원이란다. 아무튼 이제부터는 수시로 운전석 내부를 청소하고 일주일에 한 번씩은 대청소를 하라고 지시했다. 그다음엔 우리가 매일 들르고 채우는 현장 내 모든 물탱크와 그 주변을 함께 청소하였다. 중동 지역은 너무 덥고 산소가 부족해서 조금만 움직여도 헉헉대면서 힘이 든다. 하루에 두 군데씩 물탱크 주변을 깨끗하게 정리하고 물이 흘러넘쳐도 고이지 않고 잘 흐르도록 작은 배수로도 만들고, 나름 새롭게 단장을 하였더니 보는 사람들마다 자기들이 해야 하는데 너무 감사하단다. 목수 숍, 토목 미장 숍, 철근 숍 등 현장 전체 에리어가 너무 크고 넓다. 파트별 물탱크는 한참 달려가야 하나씩 있다. 우리가 채워 놓은 식수 탱크에서 각자 20리터 보온 통으로 받아서 사용한다. 가는 곳마다 한국인 조장 또는 반장이 있으며 가끔 만나는 날도 있다. 나는 물탱크 주변 정리를 하면서 한 가지 중요한 것을 알 수 있었다. 습기가 있는 곳에는 하나같이 어디에서 씨앗이 날아왔는지 풀들이 파랗게 자라난다. 어느 곳엔 제법 크게 자랐다. 나는 직감으로 혹시 이곳에 무엇을 심으면 잘 자라지 않을까 생각했다.

오후에는 풍○ 현장 기숙사와 구내식당에 식수 탱크를 채워 준다. 우리처럼 인원이 많고 대형 공사가 아닌 소규모 공사 현장은 자체적으로 숙소와 식당을 직영으로 운영한다. 그것이 회사 입장에서는 지출이 적을 것이다. 얀부 부근에도 소규모 현장들이 여기저기 보인다. 한참을 달리다 보면 길옆에 사무실들이 눈에 띈다. 오후 한가한 시간에 풍○식당 물탱크를 채워 주면 너무 반갑게 맞이해 준다. 물론 우리 회사 계열사이기도 하지만 소중한 물을 공급해 준다는 것이 그들은 커다란 혜택일 것이다. 우리가 없다면 그들은 별도로 물차를 운영해야 할 판이니 그럴 만도 하다. 아무튼 갈 때마다 맛난 음식이나 과일 등의 대접을 받으면서 일할 수 있었다. 하루는 풍○에서 수박 한 통을 얻어 왔다. 우리 현장 물탱크 주변에서 정말 달고 맛있는 수박을 인도 친구와 함께 먹으면서 씨앗을 자연스럽게 주변에 버렸다. 그리고는 수박 씨앗을 발로 슬슬 덮어서 혹시나 싹이 날까 시험 삼아 기다려 보기로 하였다.

숙소 룸메이트는 나름대로 여러 부류의 사람이 있다. 개인 사업을 하다가 온 사람, 학교 선생님을 하다가 온 사람 등 저마다 사연이 각양각색이다. 모두 초탕이 아니란 것이 새삼 놀랍다. 결국 나만 초탕이다. 나이도 모두 사십 대 중후반으로, 나보다 위인 것 같다. 얀부 포트 현장은 토목 현장이니 주로 조적, 미장, 목수 등 국내의 토목 공사 현장과 다를 게 없다. 내 옆 침대의 고참은 얌전하고 별말이 없다. 가끔 몇 마디 하는 것을 보아서는 분명 전라남도 동남쪽 부근인 것 같다. 어느 날 대화 도중에 "혹시 댁이 순천 아님 여수인가요?" 했더니, 깜짝 놀란다. 여수인데 서울에서 꽤 오래 살았단다. 그런데 어떻게 아느냐고 한다. 나는 빙긋이 웃으면서 우리나라 여기저기 여러 곳을 다니면서 생활해서 대충 어느 지역 말소리인지 알 수 있다고 했다. 그분은 갑자기 다정하게 "아, 그라요이~" 하면서 여수 어디서 일했느냐고 묻는다. 나는 화양면 화동리 돌산도, 쌍봉역 주변 공사를 몇 년에 한 번씩 내려가서 했다고 말했다. "그럼 나보다 더 잘 알겠어라이~" 자기는 쌍봉 부근이 고향이란다. 나는 충청도인데 60년대 말부터 많이 돌아다녔다고 했다. 우리는 그때부터 마치 고향 친구처럼 가까워졌다. 그는 자기가 덩치는 좀 작지만 운동을 좋아해서 10여 년 이상 운동(헬스)을 하였고, 헬스장을 운영하다가 망하고 이곳에 왔단다. 혹시 운동 좋아하면 함께하잔다. 숙소 옆에 자기가 만들어 놓은 운동 기구가 몇 개 있는데 하루 한 시간 정도만 땀 흘리면 좋을 거란다.

운동도 아무렇게나 하면 안 한 것만 못하다며, 시작하게 되면 꾸준히 계속해서 해야지 하다 말다 하면 아무 의미 없단다. 그렇게 퇴근 후 잠을 자기 전에 헬스 운동을 시작하게 되었다. 그분이 가르쳐 주는 대로, 가장 가벼운 것, 가지고 놀 정도로, 무게 부담이 없는 것으로 시작하란다. 그렇게 가벼운 것으로 최소한 15일 이상 매일 한 시간씩 하다 보면, 너무 가볍다고 느껴질 때 그다음 단계로 가는데, 절대로 가볍다고 두 단계씩 뛰어넘는 것은 금물이란다. 그런 규칙을 지켜야만 제대로 된 운동이 되고, 몸이 거부를 하지 않는단다. 그는 옷을 입었을 때와 벗었을 때의 모습이 완전히 다른 사람 같다. 정말 멋지다. 과거 헬스 대회에서 입상도 하였단다. 햐!! 내가 보아도 그러고도 남을 몸이다. 그렇게 매일 운동으로 땀을 흘리고 샤워 후 잠자리에 들고부터는 정말로 꿀잠을 잘 수 있었다.

날씨는 점점 극심하게 더워진다. 차에는 에어컨이 있으나 마나다. 운전석이 온통 숭숭 뚫린 구멍들이니 코맹맹이처럼 나오는 에어컨으로는 감당할 수조차 없다. 어떻게 하면 이 열기를 견딜 수 있을까? 아무리 생각해도 답이 없다. 우리 근로자들 모두가 함께 견뎌야 하는 고통이다. 그래도 그늘에만 있으면 바람이 시원하니 천만다행이다. 오늘도 오전에 식수를 받는 곳으로 갔다. 인도 친구는 차량 위에 올라가서 물탱크 캡을 열고 대형 호스를 탱크에 집어넣고는 급수하는 사람에게 신호를 한다. 순식간에 차량이 묵직하게 내려앉는다. 나는 저 멀리 약 100여 미터 떨어진 곳에서 식용 얼음을 받아 가는 미니 트럭들을 주시하고 있었다. 각자 20리터 혹은 40리터 플라스틱 보온통에 식용 얼음을 받고 있다. 여러 차량이 쏟아지는 얼음덩어리를 받으면서 흘리기도 하고 넘치기도 하고 버려지는 얼음 조각들이 여기저기 나뒹군다. 아침마다 버리는 얼음의 양이 엄청나서 한쪽 옆에 수북이 쌓여 있다. 아마 한두 시간 후면 모두 녹아 없어질 것 같다. 헐, 바로 저것이다! 나는 식수를 급수하는 사람에게 그쪽을 가리키며 저 얼음 조각은 버리는 것이냐고 물었다. 그는 머리를 끄덕이며 흙과 먼지가 묻어서 먹을 수 없으니 버릴 수밖에 없단다. 그리고 금세 녹아 없어진단다. 저 버리는 얼음을 내가 조금 가져가도 되느냐고 물었더니, 어차피 버리는 것이니 바닥에 떨어진 것은 얼마든지 가져가란다. "땡큐!" 나는 그 친구에게 우리가 잘 정리 정돈하면서 필요한 만큼 가져가겠다고 했다. 얼음 배급이 모두 끝나는 것을 확인한 후, 가까이 차를 대고 인도 친구에게 쌓여 있는 얼음을 오삽(넓은 삽)으로 퍼 올리라고 했다. 인도 녀석이 머리를 갸웃거린다. 운전대 시트를 앞으로 제

치고는 잔뜩 채웠다. 버려진 얼음이지만 콘크리트 바닥이라 아주 깨끗하다. 운전석과 조수석 시트 뒤쪽에 최대한 가득 채웠다. 바닥에 버려진 얼음도 얼추 정리되었다. 흩어져 남아 있는 얼음들은 잘 정리하여 깔끔하게 정돈해 놓고 운전석에 오르니, "햐~!! 이것이 신선놀음이다!! 너무 시원하고 습도까지 있으니 기가 막히다!!" 인도 친구도 "베리 굿! 베리 굿!" 하면서 나를 보고 "사장님 넘버원! 캡틴 넘버원! 굿 아이디어!!" 한다. 허허, 이 녀석 난리가 났다. 뛸 듯이 좋아한다. "오 캡틴! 베리 굿 아이디어!"라고 연발한다. 나는 "쉿, 조용히!"라고 하면서 그 친구에게 아무에게도 이야기하지 말라고 하였다. 혹시나 소문이 나면 그나마 우리 차지가 안 올 수도 있다고 생각했다. 나는 혹시라도 운전대 아래 물이 스며들어 문제가 생길 것은 없는지 조심스럽게 확인해 보았다. 내 판단으로는 전혀 지장이 없을 것 같다. 오후 퇴근 전에 중기 숍에 파킹하면서 정비사에게 우리 물차 운전석 안에 물청소를 해도 괜찮으냐고 확인해 보았으나 그쪽에는 전혀 전기 누전이나 배선이 없다고 확인했다. 오, 하느님! 무함마드 알라! 예수님! 석가모니 부처님! 감사합니다. 이 무서운 더위를 견딜 수 있게 도와주셔서 감사합니다.

식수 탱크를 채우는 시간과 얼음 공급이 끝나는 시간을 감안하여 정확한 시간에 매일같이 시원한 얼음 시트 위에서 비교적 어렵지 않게 더위를 견딜 수가 있었다. 이제는 점점 지혜가 생겨 적당한 나무 박스를 만들어서 시트 부근 옆이며 뒤에 빈 공간을 얼음으로 채워 운전대 안을 시원한 아방궁처럼 만들었다. 다행히 저녁 퇴근 무렵이 되면 그 많은 얼음은 완전히 녹아서 깨끗한 운전석으로 변하는 것이다. 인도 친구는 사장님 덕분에 정말 시원하게 여름을 날 수 있다고 침이 마르도록 감사 인사와 함께 두 손을 합장한다.

인도 친구가 귀국한 후 새로운 방글라데시 친구가 왔다. 이 친구도 상당히 부지런하고 착하고 시키는 것은 정말 열심히 한다. 나는 그 친구에게 며칠 정도 너의 일하는 것을 보고, 열심히 하지 않으면 체인지할 것이라고 정중하고 조용하게 이야기했다. 인도나 방글라데시 친구들은 정말 일을 잘한다. 그쪽 지역 사람들의 기질이 특히나 더 온순하고 순종한다는 것을 느낄 수 있다. 아마도 그들만의 민족성이 아닐까 생각된다. 무슨 일이든 한번 정확하게 지시하면 무서우리만큼 그 일에 절대복종을 한다는 것이 좀 의아스러울 때도 있으나 그것은 몸속 깊은 곳에서 배어 나오는 그들만의 습성이란 것을 느낄 수 있다.

언제나 점심시간에는 모두 통근 버스로 캠프 식당으로 돌아와서 식사 후, 30분 휴식을 하고, 오후에 다시 현장에 투입된다. 그런데 간혹 몇 사람은 점심을 간단하게 준비하여 그냥 현장 숍에 남아서 좀 더 긴 휴식 시간을 보낸다. 그날은 나도 그냥 점심 생각도 별로 없고, 간단하게 라면으로 때우고는, 중기 숍에서 혼자만의 휴식을 보내고 싶었다. 시원한 그늘에 비스듬히 누워 솔솔 부는 바람결에 사르르 잠이 들었다. 잠결인지 아니면 꿈결인지 어디에서 아련하게 음악소리가 들릴 듯 말 듯, 그 소리는 귓속으로 마음속으로 스며들고 나도 모르게 눈가에서 주르르 무엇인가 흘러내린다. 잠결에 얼굴을 닦으니 눈물이다. 나는 눈은 뜨지 않았지만 정신이 맑아지면서 아련한 음악 소리에 귀를 기울여 보았다. 분명 우리나라 「아리랑」이다. 「아리랑」이 선명하게 들린다. 오잉? 여기는 분명 사우디아라비아 사막 홍해 바닷가인데 어디서 「아리랑」이? 약간만 바람 소리가 방해를 하여도 그 소리는 들리다 말다 끊어질 듯 이어진다. 헐, 한참을 듣고 있으니 정말 눈물이 저절로 흐른다. 참 희한하다. 나는 정신을 가다듬고 내가 환청을 듣고 있지는 않나 생각했다. 어떻게든 저 음악 소리가 나는 곳을 알아보리라. 분명 나는 꿈을 꾸고 있는 것은 아니다. 혹시 바람 소리를 잘못 듣고 있지는 않은 것일까? 그 소리는 약간만 다른 생각을 해도 주변 소음에 어우러져 전혀 들을 수가 없다. 그런데 눈물은 왜 날까? 아마 그 누구라도 이와 같은 상황에서는 눈물이 날 것 같은 이 느낌은 나만의 생각일까? 나름 정신력(멘탈)은 누구보다 강하다고 생각하였는데…. 허허, 나 역시도 무척이나 나약한 보통 사람이었나 보다.

굴러다니는 국내 일간지 몇 장을 집어 들었다. 「조○일보」 머리기사가 요란스러운 내용으로 펼쳐진다. 대한민국 민주화 운동, 전○○ 대통령, 88 올림픽, 최선을 다해 반드시 성공, 기업인들과 함께 온 국민이 힘을 합쳐 준비 중…. 내 나라는 이렇고 나 자신은 아이들을 남부럽지 않게 키워 내는 것이 나의 최대 목표다. 현재 내 모습은 어떠한가. 사업이라고 하다가 유류 파동이라는 폭탄을 맞으면서 대통령 시해 사건과 더불어 사회 혼란을 견디지 못하고 결국 여기 요 모양으로 누워 있다. 세상이 나를 여기까지 밀어 낸 것만 같다. 나의 지난 시절이 한 편의 영화처럼 머릿속을 스쳐 지나간다. 가난이라는 엄청난 시련을 내 코앞에 펼쳐 주고 한창 학업에 열중해야 할 때, 나는 등짐을 지면서 멀건 국수 한 그릇에 최고의 만족을 느꼈고, 겨우 16~17세부터 새까만 기름 묻은 손으로 최고의 기술자가 되겠다고 손이 닳아 없어지도록 배우고 익혔다. 그래서 사업에 도전하였지만, 세상을 뒤흔드는 유류 파동을 견디지 못하고, 아니 견딜 능력이 없다는 것이 바른 표현이다. 아무리 생각 또 생각해 봐도 지금의 나 자신이 너무 한심스럽다.

죽었다가 깨어나도 세상은 뒤바뀌지 않는다. 아무리 원망해도 나의 삶이 하루아침에 변할 수는 없다. 끝없는 한숨, 한탄, 아픈 과거, 못난 어린 시절, 가난과 무식, 그 모든 것이 누구를 원망만 한다고 변할 수 있는 것은 아니다. 그래, 다시 한번 작은 것부터 시작하자. 뒤를 보지 말고 앞을 보자. 내가 나를 위하고 우리 가족을 위하고, 작은 발걸음 하나부터 무엇인가 하나씩 점검하고 개선해 보자. 그것만이 내가 갈 수 있는 유일한 길이다.

그날 밤 평소에 생각했던 금연을 시작하기로 하였다. 이것은 나와의 싸움이다. 이것을 이기지 못한다면 나 자신은 아무것도 할 수 없을 것이다. 나를 이기기 위해서 나는 나 자신을 극도로 자극해 보고 싶었다. 그래, 오늘 이 시간부터 담배 한 갑을 뜯어서 침대 모서리에 한 개비를 살짝 빼놓고, 그것을 바라보면서 이를 악물고 나와 싸워 보자. 그래, 네가 이기나 내가 이기나 어디 한번 견뎌 보자. 특히 담배가 생각나는 저녁 시간에는 침대 옆 조그마한 거울에 내 얼굴을 비치며 나 자신과 마음속으로 대화를 한다. 인간의 몸을 움직이는 것은 머리에서 무엇을 하라는 명령이 있어야만 움직이는 것이다. 머리에서는 안 된다고 하는데, 손과 입이 움직인다면 그것은 무엇인가 크게 고장 난 것이다. 마치 마약에 찌든 환자가 제정신이 아니어서, 몸 따로 마음 따로 움직이듯이, 마치 정신병자처럼 마음이 몸을 다스리지 못한다면, 그것이 정신병자와 무엇이 다르단 말인가. 그 잘난 담배 하나 나의 의지로 끊을 수 없다면, 험한 세상 어떻게 살아갈 수 있단 말인가. 정신 차려라. 다시 한번 정신을 가다듬어라. 그리고 네 몸에 명령하여라….

방글라데시 친구도 내가 금연에 도전한다니까 두 손 엄지를 치켜세우면서 캡틴 넘버원이란다. 금연이란 정말 힘든 일이다. 담배가 생각나면 이를 악물고 다짐했던 그 순간을 다시 떠올리며, 냉정하고 차분하게 마음을 다잡는다. 그 작은 일도 성공하지 못한다면 이 험한 세상을 감히 어떻게 넘으려 한단 말이냐. 크고 작은 스트레스가 밀려올 때면 정말 견디기 힘들 때도 있다. 그럴 때마다 극적인 해결 방법은 룸메이트와의 헬스 운동이다. 정말 엄청난 도움이 되었다. 약 3개월 정도 단 하루도 안 거르고 이를 지그시 물고 운동을 하니 이젠 70~80kg 무게의 운동 기구는 가지고 놀 정도다. 내 몸은 서서히 역삼각형이 되어 간다. 이제는 하루도 운동으로 땀을 흘리지 않으면 잠이 안 올 정도가 되었다.

지난번 중기 숍에서의 그 아련한 음악 소리를 잊을 수가 없어서 다시 들어 보려고 아무리 노력해도 그 뒤로는 들을 수가 없었다. 그곳에서 주로 생활하는 중기 과장님이 있다. 포항에서 오신 분인데 대○으로 다섯 번째 출국했단다. 그분은 나를 국내 중기 사업소 출신이라고 나름 많이 도와주시고 장비에 조금만 이상이 있어도 식수차라고 최우선으로 수리해 주시는 항상 고마운 분이다. 조용한 시간에 음악 이야기를 했더니, "아, 음악 소리! 나두 가끔 듣는데, 날씨가 좋고 조용한 날 어쩌다 들려. 여기서 아마 4km 정도 되려나? 한국전력이라고 우리나라 전기 회사." 하신다. 그곳 현장에서 나는 소리란다. "아 우리나라 한전인가요?" 그렇단다. 이곳 홍해에서 바닷물을 민물로 바꾸는 바닷물 담수화 플랜트 공사 현장에서 점심시간에 민요도 틀고 우리 가요도 틀어 준단다. 그리고 "타국에서 우리나라 애국가를 들으면 코끝이 더 찡해지지. 자네는 처음 나왔지? 귀국해 보게나. 좁은 땅덩어리에서 서로 아등바등하는 게 참 불쌍하기까지 하다네. 우리나라 국민 모두가 왜 그리 안쓰러운지. 뭐, 애국자가 따로 있나. 나라 생각하는 것이 애국자지." 하면서 웃는다. 나 역시도 그 말에 전적으로 동의한다.

우리는 그런 민족이다. 가난하다는 이유로 태양이 이글거리는 뜨거운 모래벌판에서 오일 달러를 벌겠다고 먼 나라까지 달려와 궂은 일, 험한 일 다 하는 우리 국민이다. 뜨겁고 외롭고 힘들지만 그것마저도 감지덕지가 아니던가. 우리는, 우리 민족은 어느 세월에 이런 나라보다 더 훌륭한 부자 나라가 될 수 있을까? 과연 그런 날이 올 수는 있을까? 나는 그날 중기 과장님과 한참을 이야기했다. 과장님 말씀이, 매일 우리가 캠프로 출퇴근하는 길옆에 홍해 담수화 플랜트 현장 간판이 있단다. 현재 일부 플랜트는 식수를 생산 중이며 우리가 쓰는 식수, 내가 운송하는 식수 역시 그곳에서 생산한 것이란다.

우리가 잘 모르는 이 나라 구석구석 별별 공사까지 우리 근로자들이 참여하고 있다는 것을 알고는 정말 깜짝 놀랐다. 퇴근길에 유심히 살펴보니 우리 현장을 한참 벗어나서 북쪽 방향으로 조그맣게 KEC 그 아래 작은 글씨로 Korea Electric Company라고 잘 보이지도 않게 작은 글씨로 쓰여 있다. 헐, 나 원 참, 한국전력 주식회사라고 큼직하게 쓰고 그 아래 조그맣게 영문으로 쓰면 벌금이라도 내나? 끙, 존심도 없나 보다. 하기야 우리 회사도 그러니 누굴 탓하랴. 그러고 보면 이 지구상에 보리알만 하게 세계 지도에서 눈에도 잘 띄지 않는 아주 작은 나라, 그 흔한 자동차도 이제야 겨우 만들어 걸음마를 하는 나라, 무엇 하나 떳떳한 것이 없다. 그나마도 반으로 나뉘어서 서로 죽이겠다고 서로 잘났다고, 참 하나하나가 너무 한심하고 보잘것없다. 그러니 다른 나라 사람들이 우리를 바라본다면 어떻게 생각할까? 아마도 안중에도 없을 것이다. 그런 나라가 이곳에 한글 간판을 세워 놓는다? 아마도 지나가던 낙타가 웃을 것이다. 그래, 우리가 죽을 각오로 발가벗고 뛴다면 언젠가는 따라잡을 것이다. 너무 비관만 하지 말자. 전쟁으로 쑥대밭이 된 지 겨우 30여 년이다. 남들 잠잘 때 우리는 뛰어야 한다. 남들 하루 일할 때 3~4일 일한 것처럼 죽어라 뛰어야 한다. 우리는 오늘도 그렇게 무자비한 더위와 길고 긴 여름을 견뎌 내고 있다. 그 더위를 어떤 말로 표현해야 할지 도무지 생각이 안 난다. 그냥 정말 혀를 내두를 지경이라는 말밖에는 더 이상 어떤 문장 실력으로도 표현할 수 없다.

방글라데시 친구도 이제는 손짓, 발짓으로 모든 의사소통이 가능할 정도다. 나보다 두 살 아래인데 아이가 넷이란다. 그 나라의 괜찮은 대학 출신으로 상당한 경쟁률을 뚫고 이곳에 왔단다. 그들은 우리의 약 1/5 정도의 임금이지만, 1년 근무하고 귀국하면 괜찮게 살 수 있다고 자랑삼아 이야기한다. 엊그제부터는 라마단이라고 한다. 그는 너무 성실한 이슬람교 신자다. 그런데 라마단 기간에는 낮 동안은 아무것도 먹을 수가 없단다. "이런 ○○○, 아니 너 죽으려고 환장했냐? 이 뜨거운 더위에 안 먹고 어떻게 일을 한다구? 안 된다. 차라리 쉬어라."라고 했더니 두 손을 휘저으며 절대 그럴 수 없단다. 그렇지 않아도 요즘 한낮이면 어디 아픈 사람처럼 영 움직임이 시원치 않더니, 아예 낮엔 아무것도 안 먹는다구? 이 무슨 놈의 종교가 원 참, 아니 근로자가 안 먹고 어떻게 일을 한단 말인가? 그 친구 하는 말, "걱정 마세요. 아이 엠 노 프로브럼. 스트롱." 하면서 눈을 크게 뜬다. 웃기는 소리 하지 말라며 너무 안쓰러워 조금씩이라도 먹으라고 했더니, "오 노 알라흐 아크바르." 하면서 놀라는 눈치이다. 참 희한한 종교도 다 있다. 제대로 먹어도 견디기 어려운 이 무더운 날씨에 어찌 하루 종일 버틴단 말인가. 아무튼 일할 때는 평소보다 더 안전에 특히 조심하라고 단단히 주의를 주고 조금이라도 어렵고 힘든 일은 절대로 위험하게 하지 않기로 약속하라고 단단히 일러 주었다. "예스! 예스! 땡큐, 마이 캡틴." 하면서 감사를 표한다. 그럼 그 기간은 언제까지냐고 했더니 한 달이란다. 오잉!! 한 달씩이나? 그럼 해가 진 뒤에는 마음대로 먹을 수 있냐니까 그렇다고 한다. 저녁엔 왕창 짭짭. ㅋㅋㅋ 과식해서 배탈 나지 말고 조심해야 한다고 신신당부했다. 허허 참, 앞으로 그 친구와 조용한 시간에 이슬람 종교에 대해서 자세히 이야기해 보고 싶다.

나는 언제부턴가 출퇴근 시 주변의 작은 팻말도 눈여겨보게 된다. 가끔 지나다니는 차량들도 어느 나라 무슨 차인가를 저절로 바라보게 된다. 얀부 포트 부근은 우리나라로 치면 공업 단지와 같다. 우리나라 공업 단지라면 그저 좀 넓은 벌판, 한눈에 보일 정도의 크기이지만 이곳은 땅도 넓은 나라지만 그 스케일이 장난이 아니다. 한마디로 끝이 보이지 않는다. 한참을 자동차로 달려도, 그냥 큼직한 바둑판처럼 큰 사거리를 몇 개씩 지나가도 끝이 없다. 모든 길은 왕복 4차선으로 잘 포장되어 있다. 길 양쪽 옆으로는 갓길을 만들고 1m 이상의 배수로가 잘 정돈되어 있다. 이건 분명 우리나라 기술진이 한 것이 아닐까? 비가 거의 내리지 않는 이 지역에서 배수로를 명확하게 만든 것은 도로와 단지의 경계를 분명하게 확보하고 또한 도로를 보호하면서 혹시나 자동차 사고로 도로를 이탈하여도 더 큰 사고를 예방하는 효과가 있다. 확실히 눈에 익은 코리안 스타일이다.

방글라데시 친구와 물탱크 주변에 심어 놓았던 수박을 확인해 보고는 깜짝 놀랐다. 한 달 남짓 되었는데 벌써 수박이 달려서 제법 크다. 나는 주변 풀들로 사람들 눈에 잘 보이지 않게 은폐해 두었다. 얼마 지나면 먹을 수 있을 것 같다. 내킨 김에 오늘은 풍○ 캠프 식당 주방장에게 얀부 시내에 나가실 때 수박 씨앗을 구입해 줄 수 있느냐고 물어보았더니, 야채 씨앗 무엇이든 살 수 있으며 가격도 저렴하단다. 나는 물탱크 이야기를 하고 적당량을 구해 달라고 하였다. 며칠 후 물탱크마다 풀이 무성하고 외진 뒷부분에 촉촉하고 부드러운 흙을 다듬어 수박씨를 파종했다. 다만 파종 일자를 하루에 탱크 두 군데씩 며칠 간격으로 돌아가면서 심었다. 지난번 시험 삼아 심은 수박은 정말 잘 익었다. 햐!! 그 맛 또한 너무 달다. 완전 꿀맛!! 그도 그럴 것이 이곳 태양이 얼마나 뜨거운지 과일이 달지 않을 수가 없다. 차량 운전석 시트 주변 얼음이 그득한 곳에 잠시 두었다가 먹으면 얼마나 시원하고 맛있는지 방글라데시 녀석은 너무 좋아서 입이 귀에 걸린다.

우리가 심은 수박 농사는 반복되는 일상 속에서 타는 듯한 태양과 씨름하는 나날들을 작은 기쁨으로 잠시 잊어버리게 한다. 이 작은 기쁨도 누군가에게 감사드리고 싶다. 방글라데시 녀석이 내 말을 알아들었는지 나를 바라보며 "알라 후 아크 바르."라고 한다. 헐, 그것도 알라의 뜻이라고? "이런, 이 녀석아! 내가 생각한 나의 아이디어야." 하니까 "오케 오케이! 넘버원 마이 캡틴!" 한다. 참 남자가 너무 간신처럼 구는 꼴이 우습기도 하다. 아무튼 언제부터인가 그 녀석이 기분 좋을 때는 내가 슈퍼바이저가 되기도 하고 캡틴이 되기도 한다.

현장 입구 바로 옆에는 얼마 전부터 대형 타워 공사가 시작되었다. 바닥을 보니 직경이 상당히 크다. 기초 바닥만 보아도 엄청난 타워 공사다. 아마도 이 지역 전체를 내려다보고 컨트롤하는 무슨 관제탑인 것 같다. 우리가 해도 충분할 텐데? 나는 중기 과장에게 자세하게 들어 보았다. 수주 경쟁에서 독일 업체에 밀렸단다. 아직까지 우리나라는 여러 가지 공사에서 밀린단다. 특히 시공 경력이나 실적, 무엇보다 사우디 왕족들은 언제 어디서 무슨 공사를 하였는가, 완공 실적이 확실하게 인정되어야만 공사를 맡긴단다. 물론 첨탑 공사는 좀 까다로운 공사다. 정확한 콘크리트 강도를 유지하여 일정한 간격으로 24시간 쉬지 않고 한 시간에 몇 cm씩 아주 세밀하고 정확하고 빈틈없이 양생과 함께 폼을 상승시키며 진행하는 것이 고공 첨탑 공사다.

첨탑 현장 주변엔 7~8명의 근로자가 웃옷을 다 벗어 버리고 꾸준히 움직인다. 분명 백인들인데 피부가 완전 검둥이보다 더 검다. 정말 대단하다. 가까이 가서 볼 수는 없지만 참 존경스럽다. 독일인이란다. 세계 최고의 기술력과 두뇌를 자랑하는 독일이라지만 노동자들은 우리와 별반 큰 차이는 없을 것이다. 어느 나라든 그 나라의 기술 수준에 따라서 나름대로 돈이 되는 일감만 골라서 하는 것이다. 제아무리 기름이 쏟아져 나와도 기술이 없으면 아무 쓸모가 없다. 결국에는 선진 기술을 가진 나라에서 사막 속 기름도 퍼 올리고, 또한 정유 플랜트를 만들어서 가공을 해 줘야 제대로 된 항공유, 휘발유, 경유 등 여러 가지 에너지로 활용할 수 있다. 기술 확보가 제일인 것이다. 들리는 소문으로는 그 기술력의 대가로 미국은 엄청나게 큰 배로 원유를 실어 나르고, 기타 독일, 영국은 탱크로리로 실어 나르고, 일본은 드럼통으로, 우리나라는 그들이 흘린 것을 됫박으로 긁어 담아 간단다. 결국 기술력 확보가 핵심이다. 한마디로 국가 차원에서 기술 입국을 목표로 하여, 기초부터 착실한 교육과 노력으로 그들보다 월등한 기술력을 확보하지 않으면, 언제까지나 약소국으로 그들의 하청 업체 노릇을 면할 수 없을 것이다. 십 년, 이십 년 앞을 바라보고 죽기 살기로 배워서 그들을 능가할 때 비로소 우리가 이 지구상에서 선진국으로 살아갈 수 있을 것이다. 우리 세대엔 이 뜨거운 태양 아래서 삽 들고, 망치 들고 오직 근면, 성실 그것 하나로 신의를 확보하는 것 외엔 더 할 수가 없는 것 같다. 우리 민족의 근면, 성실을 세계에 심어놓는 것은 우리의 몫이니, 우리의 아들딸들은 어떻게 해서라도 선진 기술을 습득하여 메이드 인 코리아가 제일이란 소리를 들을 수 있는 날이 오기를 간절하게 소망해 본다.

옛 속담에 우물 안 개구리란 말이 있다. 그 좁은 땅 안에서 서로 잘 났다고 아웅다웅 싸우다 보면 남들은 지구촌을 넘어 하늘을 향하고 더 좋은 첨단 세상을 향하여 우주 기술을 연마하는데, 우리는 언제 그들을 능가할 수 있단 말인가. 나는 이곳에 와서 우리나라를 바라보니 내가 수없이 밤새웠던 일들을, 몇십 년 더 지속해야 하고, 하루를 24시간이 아니라 48시간으로 쪼개어 일해야만 할 것 같다는 생각을 해 본다. 우리 부모 또는 할아버지 세대로 잠시 거슬러 올라가서, 그분들이 이곳에 와서 세상을 바라보았다면 어떻게 생각했을까? 그때도 "에헴!" 하고 "나는 양반이요." 하면서 뒷짐만 짓고 호령만 했을까? 저들은 비행기 타고 승용차 타고 다니는데, 바로 곁에 일본은 하늘을 날아다니는데, 적어도 100여 년 전에라도 지구촌 상황을 올바르게 바라보고 대비하였더라면, 1900년대 초 경술국치란 치욕스러운 한일 합병이 불을 보듯 뻔하게 다가오고 있음을 알 수 있었을 것이다. 우리가 이렇게 살다가는 그들에게 앉아서 나라를 넘겨주지 않으면 다 죽는다고, 바보가 아닌 이상 어느 누가 봐도 알 수 있었을 것이다.

나는 우리 선조들을 원망하고 싶지 않다. 다만 나라를 이끌어 가는 사회 지도층, 소위 사대부라는 고관대작 나리들, 그들이 그 모양으로 만든 것은 분명하다. 개중에는 훌륭한 사람들도 있었다지만, 다수의 사회 지도층들과 왕과 그 세력들에게 전적인 책임이 있었다는 것은 부인할 수 없을 것이다. 그러니 지금부터라도 무엇인가 원인을 알았다면 작은 것부터 준비하고 실행하고 교육해야 할 것이다. 부디 우리나라 지도자들 한 사람, 한 사람이 우리의 앞날을 직시하기를 소망해 본다.

9월 중순이다. 이곳 날씨 이야기는 가능하면 자세히 기록하고 싶다. 얼마나 덥냐고 훗날 누군가 물어본다면 죽기 직전까지 덥다고 바로 말하고 싶다. 9월 중순인 지금 너무 뜨겁다는 말로는 부족하다. 보통 기온이 섭씨 45도를 유지하며 한낮에는 50도 이상 치솟는다. 최대한 머리부터 발끝까지 싸맨다고 해도, 그 뜨거운 열기에 숨이 막힐 정도이다. 거기에다가 일주일이 멀다 하고 할라스 바람이 몰아친다. 할라스란 말이 무슨 뜻인지는 잘 모르겠다. 아무튼 짧게 불면 10분~30분, 길게 부는 날은 두 시간 이상 몰아친다. 아무리 깊숙한 곳에 숨는다 해도 그 할라스 바람은 누구도 피할 수 없다. 오히려 막혀 있는 공간에서는 그 뜨거운 열기에 숨을 쉴 수조차 없다. 마치 불이 확확 몰아치는 것 같다. 현장에는 파트별로 스피커가 설치되어 그나마 할라스 바람이 불기 직전에 미리 대피하라는 방송을 해 주지만, 나 같은 경우 차량 이동 중에 외곽으로 움직이다 보면, 저 멀리서 검은 구름이 몰려오듯이 시꺼먼 먼지 폭풍이 몰려오는 것이 보인다. 대충 몇 분 후면 몰아친다는 것을 알 수 있다. 가까운 건물이나 엄폐, 은폐 장소를 잡아서 무조건 꼼짝 말고 기다려야 한다. 차 안에 있으면 시동을 꺼야 한다. 할라스 바람이 엔진까지 망가뜨린단다. 다행히 짧은 시간에 지나가는 날은 나도 모르게 "오, 하느님!"이라는 소리가 절로 나온다. 방글라데시 녀석도 "오 알라흐 아크바르."라고 중얼거린다. 그러나 1시간 이상 계속되는 날엔, 아무리 점잖은 사람이라 해도 입에서는 별별 소리가 다 나온다. 얼마나 뜨거우면 이곳 사막에서 살아가는 원주민들은 40세만 되어도 수염이 새하얗고 완전 할아버지가 된단다. 나는 그 말이 충분히 이해가 간다. 이렇게 열악한 환경 속에 그대로 노출되어 있는 우리 근로자들은 외국이라는 정신적인 피로까지 합쳐지니 더욱 견디기 어려워진다.

근로자들에게 즐거움이란 무엇이 있을까? 아무리 생각하고 찾아봐도 국내에 있는 가족에게서 오는 편지 한 장이 유일한 낙이라면 낙일 것이다. 그것마저도 어떤 이유로 열흘, 보름, 한 달이 되어도 소식이 없다는 사람들도 흔히 볼 수 있다. 뜨거운 더위와 모래바람, 지친 몸과 마음은 날로 힘겨워지고 가족에 대한 정신적 스트레스까지 그야말로 이중 삼중의 고통이라고 말하고 싶다. 문제는 그 모든 고통을 해소할 수가 없다는 것이다. 어쩌다 동료들이 쇼핑이라도 다녀오자고 할 때는, 그렇게 시달리고 지친 한 주의 피로를 풀고 싶어서 휴일만큼은 캠프 에어컨 아래서 꼼짝하기가 싫다. 이슬람 국가는 매주 금요일이 휴일이다. 『코란』이라는 이슬람 교리를 기록한 책에 매주 금요일은 쉬라고 기록되어 있단다. 집사람에게서 온 편지를 읽어 보고 답장도 써 본다. 평소 국내에서는 가끔 쓰던 편지인데 이곳에 와서는 평균 일주일에 한 번 이상 쓰는 것 같다. 그것은 나뿐만 아니라 모든 근로자가 다 그렇다. 국내 가족들은 바쁜 일상을 살아가다 보면 이곳 근로자들이 얼마나 가족들의 편지를 기다리는지 모를 것이다. 가족들의 편지 한 장이 얼마나 많은 정신적 피로를 풀어 주는지 아마도 경험해 보지 않은 사람들은 생각하지 못할 것이다.

어렵고 힘든 이야기를 있는 그대로 기록하기란 쉽지 않다. 그리고 기록하기도 싫어진다. 어차피 뜨거운 불모래 폭풍을 각오한 것이 아닌가. 그나마 대충이라도 기록할 수 있다는 것만으로도 감사하자. 아무리 뜨거워도 세월은 가고 있다. 어느덧 10월로 접어들었다. 그리고 보니 큰 명절인 추석이 다가온다. 아이들과 괴산 부모님 댁에 잘 다녀오란 편지를 보냈다. 10월이 되니 모래바람이 점점 잦아들고 아침저녁엔 약간씩 시원함을 느낄 수 있다. 역시 지구는 돌고 있나 보다. 나는 가끔 세계지도를 펼쳐 놓고 이곳은 왜 이렇게 더울까 생각한다. 분명 위도상으로는 별로 더울 것 같지 않은데 왜일까? 비가 1년에 몇 차례만 와도 이렇게 메마르지 않을 것인데 인간의 힘으로는 비를 오게 하지 못할까? 물탱크 아래 습기에 젖은 땅을 보면 분명 이곳은 토질이 무척 비옥한 것이 확실하다. 언젠가 확인했듯이 드넓은 사막 약 30~40cm 아래에는 아주 질 좋은 황토로 뒤덮여 있다. 물탱크 주변에 물이 고여 있다는 것, 분명 모래사막인데 더 이상 스며들지 않는다는 것, 그것이 바로 모래 아래 점토질 흙이 있다는 증거일 것이다.

해마다 한 번씩 홍해로 야영을 하러 간다고 한다. 얀부 포트 자체가 홍해이지만 나름 유원지란 곳으로 약 한 시간 정도 남쪽 제다 쪽으로 내려가다가 바닷가로 접어들었다. 한참을 가니 진초록 홍해가 나타난다. 해안가에서 100여 미터는 수심이 아주 얕다. 그런데 발에 밟히는 감각이 모래가 아니다. 무엇인가 자세히 보니 작은 산호초 가루다. 이곳은 온통 산호초밭이란다. 바다로 계속 들어가도 수심은 그대로다. 살아 있는 산호초는 나무처럼 흔들린다. 짙푸른 바닷속이 가까워질수록 산호초가 바람에 흔들리듯 물결 따라 움직인다. 준비해간 수경으로 물속을 보니 우와, 정말 환상적이다!! 산호초 색이 이렇게 화려할 줄이야! 바다색이 짙어질수록 낭떠러지다. 그 부근이 산호초 군락이다. 산호초의 아름다운 색과 형형색색의 물고기 떼, 그 화려한 색상은 그야말로 천국!! 난생처음 보는 최고의 황홀경이다.

사람들은 옅은 바닷가 흰 모래 위에서 수영도 하면서 육손이라고 하는 대형 조개들을 잡는다. 얼마나 많은지 나도 서너 마리 잡았다. 육손이란 이름은 우리나라 사람들이 지었단다. 어른 손바닥을 펼친 것 같다. 햐!! 그 크기에도 놀라고 그 아름다움에 놀란다. 바닷가 즉석에서 바로 삶아 먹는다. 여기저기에서 큼직한 버너로 냄비에 바닷물을 바로 떠서 끓인다. 참 희한하다. 바닷물을 바로 끓이면 별도로 소금을 치지 않아도 간이 딱 맞는다. 맛이 기똥차다. 한참을 끓이면 큰 육손이가 동동 떠오르는데 다 익었다는 신호란다. 햐!! 단맛이 나면서 기가 막히다!! 웬만한 사람은 육손이 하나면 배부르다. 한 마리에서 어른 주먹만 한 싱싱한 속살이 나온다. 몇 번을 잘라 먹어야 한다. 낚시를 하는 사람들도 있다. 그런데 낚싯줄이 나일론 빨랫줄 정도 되는 밧줄이다. 고래도 낚을 것처럼, 거기다가 미끼는 통닭이란다.

육손이 한 마리로 점심을 간단하게 때우고 버스 옆 그늘에서 잠시 쉬고 있었다. 저 멀리 검푸른 바다 한가운데로 가물가물 커다란 화물선이 지나간다. 아른아른 보이는 것이 거리는 꽤 멀어 보인다. 이곳에서 얼마 안 가면 수에즈 운하로 이어지며 유럽 쪽으로 가는 배들이 아프리카대륙을 돌아가지 않고 이곳으로 지나간다. 조개가 왜 이리 많은지 고참에게 물어보았다. 이곳 원주민들은 완전 고기의 '고' 자도 모르는 미개인들이란다. ㅋㅋ 그들은 조개류, 낙지, 문어, 오징어 등 연체동물들은 아예 먹지를 않는단다. 그들은 무엇이든 잘 먹는 우리를 보고 미개인이라 한다니 누가 맞는 말인지 모르겠다.

갑자기 바닷가에서 사람들의 환호성이 들린다. 잉? 무슨 사고라도? 바로 뛰어갔다. 헐 이게 무슨 일? 나일론 빨랫줄을 잡고 사람들이 난리가 났다. 두 시간 이상 씨름을 하다가 결국 뭍으로 끌어 올리는 중이란다. 우와, 엄청난 가오리이다. 너무 크니까 겁이 난다. 가까스로 십여 명이 픽업트럭에 실었다. 1.5톤 픽업트럭 적재함을 덮고도 남는다. 우와, 정말 엄청난 가오리다!! 겨우 밧줄로 묶어서 바로 현장으로 돌아갔다.

야유회를 다녀온 후로 나는 현장 바닷가 선착장에 자주 머문다. 분명 홍해에 무엇인가 흥미로운 것이 있을 것만 같다. 내륙 쪽으로는 외곽으로 펜스가 쳐져 있지만 이쪽 바닷가로는 아무것도 없다. 끝부분까지 콘크리트로 대형 선박이 접안할 수 있도록 바로 바다로 연결된다. 물론 차량들은 가까이 접근하지 못하도록 안전 턱이 있을 뿐이다. 나는 바다 가까이 차를 대고는 매일같이 검푸른 홍해를 구경하면서 시간을 보냈다. 좀 더운 날은 운전대 아래 얼음에 수건을 적셔 어깨에 두르면 아주 시원하다. 현장 전체를 돌면서 파트별 물탱크를 모두 채우고는 바닷가 한편에 자리를 잡고 멍하니 앉아 있노라면 여러 가지 생각이 떠오른다.

해변가로 띄엄띄엄 야간용 가로등이 높게 설치되어 있다. 바닷가 쪽엔 독수리 비슷한 거무스름한 대형 새가 가로등 갓 위에 높이 앉아 있다. 저 녀석도 분명 무슨 일인가 하려고 저기 앉아 있을 것이다. 그런데 꼼짝을 안 한다. 우리가 그곳에서 휴식을 취하는 시간이 보통 짧으면 10여 분, 길면 30여 분 정도인데 그동안 한 번도 움직임을 보지 못했다. 신경을 안 써서 못 볼 수도 있겠다는 생각으로 오늘은 방글라데시 친구에게 "너는 여기서 쉬는 동안에 저 가로등 위의 독수리가 움직이는지 그쪽만 바라보고 있어."라고 했다. 한참 후 "캡틴, 캡틴!!" 하면서 내 무릎을 친다. 저 멀리 독수리가 바다 쪽으로 내리꽂힌다!! 헐, 바닷속으로 그대로 머리를 박고 들어간다?? 그리고는 발갈퀴에 무엇인가 분명 퍼덕이는 것 같다. 우와 이게 웬일!! 꽁치 새끼만 한 물고기를 한 마리 달고 힘겹게 날아오른다. 그리고는 안전한 가로등 위 둥근 갓 위에 앉아서 부리로 몇 번 쪼아서 금세 먹어 치운다. 그리고는 또 한참 바다를 뚫어지게 바라보더니 또다시 내리꽂힌다. 햐, 이번에도 성공이다. 방글라데시 친구와 나는 킬킬거리며 웃었다. 그러면 그렇지. 오늘에야 비로소 저 독수리의 멋진 야외 식당을 알았다. 이 세상 그 어떤 것이라도 그 자리에 머무는 이유와 사연이 있다는 것이 새삼 신비롭다.

오늘도 최대한 바다 가까이 차를 대고는 바닷속을 내려다본다. 상당히 깊다. 너무 맑고 깨끗해서 바닥까지 훤히 들여다보이지만, 너무 맑아서 깊이를 알 수 없다. 한참을 주시하다 깜짝 놀랐다!! 아니! 이런 곳에 저게 뭐지? 헐, 바닷물 색깔이 새까맣게 변하면서 수많은 고기 떼가 몰려온다. 우와, 대단하다!! 갑자기 방글라데시 녀석 오두방정을 떤다. 나는 손가락을 입에 대고는 "쉿, 조용!" 하면서 "노 노 스텐 바이! 스톱." 하고는 그 녀석을 그 자리에 멈춰 세웠다. 실로 엄청난 고기 떼가, 아마도 반경 10여 미터 이상, 길이는 30~40미터의 새까만 타원형을 이루며 떼 지어 움직이고 있다. 오호, 바로 저것을 독수리가 노리고 있었구나. 자세히 보니 꽤 큰 꽁치만 한 것도 있고, 또 주둥이가 삐죽하게 나온 학꽁치 같은 것도 있다. 내가 보기에는 분명 멸치 떼 같은데 멸치보다는 조금 크다. 저것을 어떻게 잡을 수 없을까? 햐, 저것 몇 마리 잡으면 싱싱한 횟감으론 최고일 텐데. 나는 갑자기 소주 생각이 났다.

다음 날 중기 숍 모퉁이에서 물에 젖어 피복이 떨어져 사용이 어려운 전기 용접봉을 한 줌 얻었다. 누더기 같은 흑연만 대충 털어 내고, 그 끝을 그라인더에 하나하나 갈아서 마치 작은 작살처럼 만들었다. 그리고 적당한 길이의 파이프에 빼곡히 꽂아서 벌려 놓으니, 마치 무슨 꽃송이가 피어난 것처럼 둥근 부챗살 모양으로 날카롭다. 나만의 멋진 작살이 완성된 것이다. 그리고는 파이프 손잡이에 구멍을 내 나일론 줄을 길게 묶으니 기가 막힌 나만의 특화된 작살이다. 중기 숍에선 무엇에 쓰는 것이냐고 궁금해한다. 하하, 줄의 길이를 넉넉히 하고 시험 삼아 모래 위로 던져 보았다. 햐, 기가 막히게 날아가 꽂힌다. ㅋㅋ 방글라데시 녀석 "오 마이 갓! 베리 베리 굿 아이디어." 하면서 낄낄댄다. 5갤런짜리 둥그런 플라스틱 통에 담아서 운전석에 실어 놓았다.

오늘도 부지런히 파트별 탱크에 식수를 채우고는 바로 바닷가에 파킹 후 작살 밧줄을 한편에 고정시키고 멸치 떼가 오기만 기다렸다. 한참을 기다리니 넘 답답하다. 방글라데시 녀석이 빵 조각을 여기저기 던져 본다. 잠시 후 드디어 구름처럼 몰려온다. 바로 우리 앞 3~4m 앞에 왔을 때 그대로 던졌다. 우와 몇 마리가 한꺼번에 찍혀 올라온다. 와우, 바로 이거야. 그런데 이 고기들 그냥 도망갈 줄 알았는데 점점 더 몰려온다. 찬스를 봐서 다시 던진다. 와, 이번에도 몇 마리가 한꺼번에 찍혀 올라온다. 몇 차례 안 했는데 플라스틱 통 안이 후드득거린다. 오늘은 모처럼 중기 숍에서 싱싱한 회와 생선구이 파티를 했다.

11월이다. 무섭던 모래바람도 언제 그랬냐는 듯, 할라스 바람 구경한 지도 오래된 거 같다. 요즘 국내 소식 중에는 슬프고 안타까운 이야기가 있다. 김득구라는 권투선수가 미국에 가서 세계 챔피언에 도전하는 경기 도중 쓰러져서 끝내 일어나지 못하고 사망하는 사고가 발생했단다. 그 먼 나라까지 원정 경기에 가서 경기 도중 숨진다는 것은 극히 드문 일이며 너무 어이없는 일이다. 모든 운동이 다 힘들고 어렵다지만 특히 권투는 몸무게를 감량해 가면서 하는 운동이다. 그러니 춥고 배고픈 사람들의 전용 운동이란 생각이 든다. 배부르고 넉넉한 사람들은 다가가기 힘든 운동인 것이 분명하다. 너무 어이없는 젊은이의 죽음이 가슴 아프다. 삼가 고인의 명복을 빌고 싶다.

방글라데시 친구와 제법 긴 시간 이야기를 나누었다. 우선 종교 이야기다. 왜 라마단이란 기간에는 낮에 밥을, 아니 음식을 먹지 않는지 네가 아는 대로 자세하게 알려 주라고 했다. 그 친구 왈, 라마단 은 해마다 그 기간이 조금씩 변경된단다. 그러니까 우리 음력과 양력 이 다르듯이, 그들 달력도 해마다 조금씩 날짜의 변동이 있단다. 가 장 더울 때, 우리 삼복더위 같은 시기가 이슬람교 창시자인 무함마드 가 금식 기도를 하였던 기간이란다. 그래서 그 기간에는 어느 누구를 막론하고 이슬람 교인이라면, 부자와 가난한 자, 많이 배운 자, 못 배 운 자, 권력이 있는 자, 없는 자 모두가 똑같이 배고픔을 견디면서 누 구나 평등한 가운데 교리를 터득하라는 것이란다. 그래야만 모든 사 람이 배고픔과 감사함을 알고, 겸손함과 평등함을 알며 모두 함께 나 눔을 실천할 수 있다는 뜻이 담겼단다. 그보다 『코란』을 더 깊이 공 부하면 누구나 득도를 할 수 있단다. 무함마드가 그렇게 기도하여 도 를 깨우친 곳이 바로 메카라고 한다. 이슬람 교인이면 누구나 그곳을 성지 순례하듯이 가 보는 것이 평생의 꿈이라는 것이다.

　나와 대화하는 중에도 연신 "알라 흐 아크바르."라고 중얼거린다. 지금 네가 하는 그 말은 정확히 무슨 뜻이냐고 물었더니, '알라'는 하 느님이란 뜻이고 '흐 아크 바르'는 '그분의 뜻이라면'이라고 해석하는 것이 가장 적당하단다. 그러니까 긍정도 부정도 아니고 부처님의 뜻 이라면, 예수님의 뜻이라면, 뭐 그런 말이란다. 참 알쏭달쏭하다. 서 로가 무슨 중요한 약속을 하여도 알라의 뜻이라면 약속을 지킬 수도 안 지킬 수도 있다? 내 말이 맞느냐고 하니까 빙그레 웃으며 그렇단 다. 참 애매한 뜻이 담긴 말인 거 같다. 그렇다면 라마단 기간에는 이 나라 왕들도 안 먹느냐고 했더니 당연하단다. 어떠한 사람도 이슬람 교도는 절대 낮에는 금식이란다. 암튼 큰 뜻은 이해하겠는데, 시간이 돈이며 단 한 시간이라도 일찍 그리고 빨리 앞당기는 습성이 몸에 밴 우리로서는 쉽게 이해되지 않는다.

또한 일반인들이 모두 알고 있는 교리 중 도둑질을 한 번 하면, 오른쪽 팔을 자르고, 두 번 하면 왼쪽 팔을 자르고, 세 번 하면 목을 자른단다. 헐, 그리고 남녀 누구나 결혼한 자가 바람을 피우면, 광장에 묶어 놓고 지나가는 사람들에게 돌을 던지게 하여 결국은 죽게 하는 형벌도 있단다. 그거 좀 잔인하지 않냐고 하니까, 암튼 이슬람 교리에는 그렇다고 일러 준다. 허허, 아니 제일 늦게 이 세상에 번성한 이슬람 교리가 다른 종교에 비하여 더 오래된 것 같다. 너무 잔인하고 용서라는 것은 없냐고 물었다. 그러니까 이 친구가 기독교는 상대가 왼쪽 뺨을 때리면 오른쪽 뺨도 내밀라고 하지만 이슬람 교리는 상대가 왼쪽 뺨을 때리면 너도 상대의 왼쪽 뺨을 때리라고 한단다. 그러면서 다른 종교들은 인간이 죄를 지어도 용서하고 사랑하라는 것이고 이슬람 교리는 모든 범죄는 그대로 대갚음하는 것이 원칙이며, 그러므로 모든 인간이 사전에 죄를 짓지 않게 예방하기 위함이라고 한다. 아무튼 그 친구와의 대화가 모든 이슬람 교리와 정확하게 동일하다고는 생각지 않는다. 다만 상당히 현실적인 면이 많이 담겨 있음을 느낀다. 그리고 라마단이란 기간이 그렇게 깊은 뜻이 있는 것인지 처음 알았다. 물론 힘든 일을 하는 근로자들에게는 분명 문제가 될 수 있지만 너무 호의호식만 하면서 부귀와 권력을 마음껏 휘두르는 일종의 특권층에게는 어렵고 힘든 삶을 직접 몸으로 체험하게 한다는 것이 너무나 현실적이며 일 년에 한 번씩 반드시 하여야 한다는 것이 마음에 와닿는다.

이 세상의 모든 종교는 그 나름대로 인류 역사에 깊이 새겨져서 하나의 문화도 되고 하나의 법률도 되고, 삶 자체의 뿌리가 되어 좋은 영향과 역할을 해 왔다고 믿는다. 수많은 종교 신자 중 믿음이 너무 지나쳐서 오히려 역효과를 낼 때도 있지만, 내 나름대로 짧게 종교에 대한 평가를 한다면, 모든 종교는 인간의 마음을 착하고 선하게 그리고 인간으로서 최소한의 윤리와 도덕을 마음속에 심어 주고, 수시로 인간의 마음을 정화시키고, 교육시키는, 일종의 거대한 인류의 마음을 다스리는 대사업이라고 말 하고 싶다. 종교의 심오한 뜻도 잘 모르는 나의 이 평가가 잘못된 것일 수도 있지만 내 눈에 비친 종교는 '인류의 심성을 다스리는 대사업'이라고 말하고 싶다.

12월 들어서는 날씨가 정말 좋다. 날씨가 좋다는 것은 기온이 35~36도 된다는 것이 최고 좋은 날씨다. 거기다가 할라스 바람도 없고, 그늘에만 가면 아주 선선함을 느낀다는 것이다. 나는 가끔 휴일에 귀국 준비 겸 얀부 시내 쇼핑도 다녀오곤 한다. 그러나 왠지 무슨 전자제품이니 그런 것보다는 작은 돌 조각 하나라도 이 나라에 왔었다는 기념으로 몇 개 가져가고 싶다. 나처럼 3월에 귀국하는 동료들이 몇 명 된다. 우리는 귀국 이야기를 하면서 이것저것 무엇이 기념으로 좋을 것인지 이야기를 나누었다. 몇 번째 나온 사람도 있고, 두 번째인 사람도 있다. 나처럼 초탕인 사람은 없다. 무슨 이야기 끝에 다시 나올 생각 있냐는 이야기가 나왔다. 갑자기 모두 한참 동안 조용하다. 나부터도 한마디로 질리는 질문이다. 침묵을 깬 사람은 여러 번 나온 사람이다. "그런 건 묻지 말기로 합시다. 분명 다시 나올 사람도 있을 겁니다. 누구인들 이곳에 다시 오고 싶은 사람이 있겠습니까?" 하면서 이야기를 다른 쪽으로 돌린다.

이런저런 대화 중 역사 이야기로 옮겨 갔다. 일본은 100여 년 전에 우리나라를 집어삼켰고, 서구 유럽의 영국은 동남아시아 대부분을 식민지화했었다. 독일, 프랑스, 그보다 더 옛날에는 로마제국 칭기즈 칸 등등 좀 잘 살고 좀 더 일찍 좋은 기술과 무기를 가진 나라들이 남의 나라를 통치하고 식민지화한 것은 분명하다. 그리고 아메리카 대륙에 일찍이 건너간 영국인, 독일인, 프랑스인, 스페인인, 이탈리아인 등 그들도 아메리카 합중국이란 이름으로 완전한 자기들 나라로 만들지 않았던가? 물론 그들도 하나가 되기 위해 남북 전쟁을 치르면서 엄청난 피를 흘렸었다. 그러나 분명한 것은 아메리카 대륙에도 수천 년 동안 거기서 뿌리내리고 살아온 원주민이 있었다는 것이다. 그리고 보면 한 걸음 앞선 선진 기술과 발전으로 무장하여 월등한 기술력을 갖추었다면 시대가 아무리 변한다 해도, 남의 나라를 내 나라로 흡수 합병해 왔다는 것이 오늘날까지의 인류 역사가 아닌가 싶다. 분명한 것은 힘없고 약한 나라는 시대가 아무리 변한다 해도, 정신을 똑바로 차리지 않으면 바로 먹히고 짓밟혀 그 흔적도 찾기 힘들다는 것이다.

여러 해 해외 근무를 한 고참이 귀국 2~3개월 남기고는 시간이 무척이나 빨리 간다더니, 나는 반대로 잠을 설치는 날이 잦아진다. 귀국 후 국내 생활에 대한 꿈과 계획을 그리는 시간이 많아서 그럴 것이다. 다행히도 날씨가 좋은 관계로 야간작업을 자주 한다. 몸은 좀 피곤해도 나 스스로 마음 교육을 하는 기분이다. 야간이라야 불과 2~3시간이다. 과거 10여 년 이상 철야 작업을 했던 기억을 되살려 본다면 아무것도 아니다. 그렇게 힘들고 어렵던 시절, 새벽이 밝아 오면 유난히도 쏟아지던 잠, 누군가에게 나의 소원은 잠이라고 외치고 싶던 그 시절, 새벽이 밝아 오고 어슴푸레 동녘 하늘에 동이 트는 모습은 아마도 태곳적부터 오늘까지도 그 신비로움은 변함이 없을 것이다. 그렇게 수많은 밤을 지새워 보지 않은 사람들은 진정한 야간작업의 수고로움을 모를 것이다.

어느새 1년이 가까워 온다. 과연 나는 무엇을 얻었는가? 이제 얼마 후 귀국하면 나는 무엇을 할 것인가? 가장 힘하고 어려운 일이 내게 닥쳐오면 견딜 수 있을까? 하다못해 길거리에서 엿장수라도 할 수 있을까? 곰곰이 생각해 본다. 그나마 아주 작은 것, 담배는 이제 완전히 끊은 거 같다. 벌써 5~6개월 지났는데 전혀 생각이 없다. 며칠 전 동료가 웃으면서 "잘했어요. 지 형은 여기서 번 돈보다 더 큰 것을 벌었네요." 하며 껄껄 웃었다. 글쎄다. 놀리는 건지 칭찬인지 모르겠다. 금연은 그리 어렵지 않았던 거 같은데, 어떤 사람들은 완전히 마약처럼, 무슨 금단 현상이니 하며 난리를 친다. 그래, 지금 이 정신으로 귀국 후 무엇이든 해 보는 거다. 어떠한 어려움도 험난한 바위산도 넘어 보자. 무슨 일이든 내 앞을 가로막지는 못할 것이다.

**60** 1983년 3월 14일. 드디어 귀국이다. 제다에서 출발해 리아드 공항에서 합류한 우리 근로자들이 여러 명이다. 아마도 한 10여 명 이상 될 것 같다. 먼발치에서 봐도 새까만 얼굴, 초췌한 모습은 바로 알 수 있다. 올 때처럼 태국 방콕 공항에서 갈아타야 한다. 방콕

공항으로 기체가 하강하면서 끝없는 평야 지대가 펼쳐진다. 태국이라는 나라도 참 복 받은 나라인 거 같다. 어찌 그리도 넓은 평야를 가지고 있는지 비행기로 한참을 날아와도 끝없는 지평선이 계속된다. 우리는 방콕 공항에 내려 몇 시간을 기다린 후 밤늦게 출발했다. 캐세이퍼시픽이란 비행기다. 너무 피곤해서 한참을 자고 나니 비행기가 하강하는 느낌이다. 대한민국 땅이 가까워지나 보다. 계속 고도를 낮춘다. 멀리 비치는 햇살이 오전인 거 같다. 거의 30여 분 이상 고도를 낮추는지 아무 소리도 들리지 않는다. 구름 아래로 조금씩 산, 들 그리고 바다가 보인다. 점점 내려앉을수록 마치 신문지를 꽉 쥐어 뭉쳐서 구겼다가 펼쳐 놓은 듯, 꼬불꼬불 오목조목 오밀조밀 산등성이가 보인다. 조금 희끗희끗한 것은, 인간이 살고 있는 골짜기이고, 희뿌옇게 좀 넓은 곳은 도시인 것 같다. 아~ 바로 어제 태국의 끝없는 평야 지대와는 너무나 대조적이다. 실처럼 늘어진 것이 고속도로인가 보다. 햐, 참 산도 많고 그 많은 골짜기마다 인간이 없는 곳이 없다. 갑자기 답답해진다. 우와, 저 속에서 내가 악착같이 살아남아야 한다. 어쩌면 저리도 빼곡히 틈도 없이 산 그리고 마을, 그리고 또 산, 마을…. 분명 삼천리금수강산이라 했는데, 왜 이리 왜소하고 복잡하고 볼품이 없는 걸까? 아마도 안양쯤 되는가 보다. 점점 선명하게 보인다. 우리는 하나같이 초췌하고 착잡한 모습들이다.

저만큼 집사람이 보인다. 등에는 막내가 업혀 있다. 너무 어려서 떨어졌으니 나를 알아보지도 못한다. 하기야 아빠라고 무슨 정이 있겠는가. 알지도 못하는 새까만 사람이 아빠라고 나타났으니, 내 곁에 오려고 하지도 않는다. 그냥 피하고 엄마 옆으로 돌아서고 만다. 이제 세 살, 겨우 걸어 다닐 나이이다. 청주 집에 도착하니 큰 녀석은 벌써 초등학생이다. 둘째도 많이 커서 곧 학교 갈 때가 되었다. 아빠 왔다고 너무 좋아한다. 어리고 예민한 나이에 아버지라고 곁에서 함께하지 못해서 마음속으로 너무 미안하다. 그래도 티 없이 잘 자라 줘서 한편으론 고맙기도 하다.

어머니는 건강하게 잘 다녀온 나를 잡고 한참을 그냥 눈물만 흘리신다. 혼잣말처럼 "어이구, 내 새끼들 공부도 제대로 시키지 못해서 이런 고생을 하는구나." 하신다. 나는 어머니의 그런 말을 들을 때마다 어릴 때 생각이 떠오른다. 나는 지나가는 말처럼 "엄마, 우리 형제 모두 다 잘되어 가고 있어요. 아무 걱정 마세요." 하면서 얼른 다른 이야기로 돌린다. 하지만 어머니는 혼잣말처럼, 하소연처럼, 한탄하듯이 중얼거리신다. "이 세상 살기가 그리 쉽다더냐. 그래, 몸은 괜찮은 거여?" 하시면서 마치 어린아이 만지듯이 내 얼굴을 쓰다듬는다. 나는 "네, 아주 건강합니다. 걱정하지 마세요."라고 하면서 가까이에서 어머니의 얼굴을 한참을 바라보았다. 60대 초반이지만 너무 초췌하고 주름만 가득하시다. 다른 형제들은 그래도 부모님께 수시로 들리고 때마다 찾아뵙기도 하는데, 나는 전국을 돌아다니다 이젠 해외까지 나가면서 형제 중 가장 자주 찾아뵙지 못하는 자식이 되었다.

요즈음 부동산 가격은 해마다 고공행진을 한다. 여기저기 청주 시내에 우리가 살 만한 집도 알아보았다. 와, 이건 정말 내가 가지고 있는 자금으로는 어림도 없다. 은행 대출로 보충한다 해도 어느 정도이다. 최소한 반 이상은 가지고 있어야 대출도 생각해 볼 수 있다. 난감하다. 아무것도 할 수 없다. 곰곰이 생각하다가 서울에 취업할까? 이곳저곳 친구들에게 알아보았다. 내가 근무하던 대○은, 요즘 특히 나의 주 장비인 스크레이퍼 동료들은, 다른 장비를 하는 형편이란다. 재입사가 불가능하다. 참 난감하다. 나는 단 한 달이라도 쉬면 안 되는 입장이다. 당장 아이들 교육비 그리고 생활비는 단 한 푼도 달리 생기는 곳이 없다. 며칠 후 서울에 올라가 여기저기 수소문하면서 일할 곳을 알아보았다.

함께 귀국한 친구들을 여러 명 만나기로 하였으나 다들 바쁜지 세 명만 만날 수 있었다. 차를 마시면서 우리는 서로의 이야기를 들어 보았다. 앞으로의 생활과 국내 취업이 문제인 것은 그들도 나와 같은 처지이다. 나는 회사 입사 이야기를 했다. 그들의 이야기로는 어차피 현장 생활을 하려면, 국내나 외국이나 무엇이 다르냐는 것이다. 나 역시도 그런 생각이 안 드는 건 아니다. 최소한 집이라도 한 채 살 수만 있다면 어차피 배운 직업이니, 현장 생활을 할 수 있다지만, 여전히 전셋집을 면치 못하는 상황에서 국내 현장 생활은 선뜻 내키지 않는 것이 사실이다. 오늘 만난 친구들 역시 하나같이 다시 나가는 것이 죽기보다 싫지만 그 길이 가장 현실적이란 이야기가 주를 이룬다. 시외버스를 이용하여 청주로 내려오는 동안 차창 밖을 내다보며 많은 생각을 했다. 창밖의 풍경은 4월 중순이라 그런지 너무 맑고 깨끗하다. 이제 막 산천은 연녹색으로 물들어 가고 늦은 철쭉이 만발한 참 아름다운 계절이다. 그러나 왜 이리도 답답하고 서글픈 생각이 드는 걸까?

귀국 며칠 전엔 아주 힘들고 천한 일도, 하찮고 부끄러운 일도 자신 있게 할 수 있다고 마음속으로 다짐했지만 왜 이렇게 어려운 것인가? 재출국? 허허, 집사람과 아이들 그리고 나 자신이 너무 부끄럽다. 집으로 내려오는 버스에서 차창을 내다보며 생각 또 생각해 봐도 답이 없다. 집에 오니 대○ 해외 인력 관리 본부에서 우편물이 와 있다. 지난 1년 동안 수고하셨다는 인사와 재출국을 원하시면 언제까지 무슨 서류를 준비하시라는 정중한 재출국 요청이다. 나는 그날 저녁 잠을 이룰 수 없었다. 밤새워 뒤척이다 막상 아침이면 어디 출근할 곳도 없다. 며칠을 두고 재출국 우편을 반복해서 읽어 보고 또 생각한다. 집사람 역시 다 알면서도 무슨 고민을 그렇게 하냐고 한다.

　일주일 이상 잡다한 일만 하면서 시간을 보내고 있다. 어느덧 4월 중순이 지날 무렵 다시 한번 대○ 해외 인력부에서 연락이 왔다. 우편물을 받아 들고 몇 차례 다 아는 내용을 읽고 또 읽었다. 나는 그날 집사람과 약속을 했다. 다시 한번 다녀오겠다고, 아이들과 1년만 더 고생해 달라고. 집사람은 망설임 없이 걱정하지 말라는 말만 반복한다. 결국 재출국을 결정하였다. 나는 그때 내린 결론 중 나 자신을 강하게 설득하였던 것은, 나를 필요로 하는 곳으로 가자, 나를 원하는 곳으로 가자는 것이었다. '수많은 인재가 넘쳐 나는 이 시대에 별다른 특별한 기술도 아닌 것을 그래도 인정해 주고 나를 찾아 주며 내가 필요하다는 그곳이 바로 내가 갈 길이다.'라고 나 자신을 다독였다. 며칠 후 대○ 해외 인력부에 들러 간단한 신체검사와 서류를 제출했다. 출국 일정은 추후 연락을 드리겠단다. 아마도 5월 초쯤 잡힐 것 같다는 이야기와 준비물과 서류 몇 가지를 일러 준다. 그렇게 힘들었던 곳으로 다시 간다는 결정을 내린 나 자신이 원망스럽기도 하고 그 길만이 가장 현명한 길이란 것이 한심스럽기도 하다.

어머니는 내 손을 잡으시고는 "꼭 다시 나가야 하는 거니? 그렇게 뜨겁다면서 어떻게 견디려고 그러니. 아이구, 그놈의 돈이 원수구나. 그놈의 돈이란 게 아무리 많아도 건강이 제일이다." 하시면서 꼬옥 잡은 내 손을 놓지 않으신다. "어머니 너무 걱정 마세요. 그리고 나 건강해요."라는 말을 수차례 하는데도 "그 먼 데를 한 번이면 족하지 또 간다니 내 속이 다 타는 거 같구나." 하신다. 옆에 있던 아버지께서는 "또 쓸데없는 소리! 아, 멀리 가는 애를 두고 무슨 소리여." 하시면서 어머니를 나무라신다. 나 역시도 자식을 키워 보니 항상 눈에 밟히고 혹시나 하는 마음에 다시 한번 확인해 보는 것이 버릇처럼 되어 가는데, 연로하신 부모님이야 오죽하시겠는가. 부모님의 근심을 덜어 드리고 싶다. "어머니, 그곳 생활도 견딜 만하니 내 걱정은 하지 마세요. 1년만 더 다녀오겠습니다." 어머니는 그날도 내가 탄 버스가 마을 모퉁이를 돌아설 때까지 그 자리에 서 계셨다.

**61** 1983년 5월 9일. 재출국. 애들과 집에 있으라고 해도 집사람은 굳이 공항까지 따라온단다. 공항에 도착하니 한편엔 벌써 열댓명 함께 출국할 사람들이 나와 있다. 등에 업혀 있는 막내를 한번 안아 보자고 했다. 그 녀석 잠시 안겨 있더니 바로 제 엄마 등으로 간단다. "애들 학교도 자주 가 보고, 잘 부탁해요. 당신만 믿을게요." 집사람은 "여기는 걱정 말아요. 당신 건강이나 잘 챙기세요." 하면서 말끝

이 떨린다. 나를 바로 바라보지 못하고 고개를 돌린다. 나 역시 집사람의 그 모습을 바라볼 수가 없다. 눈가가 촉촉해지면서 가슴이 먹먹하다. "잘 내려가요. 나 나갈게." 하면서 애써 바쁜 듯이 짐을 챙겨 함께 출국하는 동료들 사이로 들어갔다.

　출국 동료들 역시 너무 숙연하고 조용하다. 거의 모두가 재출국하는 사람들이다. 우리는 그렇게 태국을 거쳐 밤새 날아서 사우디아라비아 담맘 국제공항에 도착했다. 예상했던 대로 벌써 더위가 기승을 부린다. 5월 중순이 되어 가니 40도를 훌쩍 넘는가 보다. 주베일 인력 관리 본부에서 하루를 지내고 바로 이튿날 제다행 국내선 비행기에 나 혼자 타란다. 함께 출국한 사람들은 주베일 현장으로 배치된단다. 헐, 나 혼자? 제다 공항에 도착하면 우리 직원이 나오기로 했단다. 오전 11시쯤 비행기에 탑승했다. 앞뒤를 두리번거려 봐도 모두 압둘라들(아랍인)이고 동양인은 나 혼자다. 오후쯤 도착하겠지 싶어 한참을 자는 둥 마는 둥 얼추 내릴 시간이 되었는데 비행기가 몇 번을 선회하는 기분이다. 기내 방송이 무어라 하는데 도대체 알아들을 수가 없다. 다시 한번 선회하는 것 같다. 밖을 내다보니 뿌연 하늘뿐, 지면을 볼 수 없이 캄캄하다. 헐, 할라스 바람이구나. 비행기는 어디론가 30여 분 이상 더 날아가더니 착륙하는가 보다. 유심히 밖을 내다보니 리아드 에어포트란 영문 글자가 확실하다. 나는 걱정스럽고 답답하고 참 묘한 기분이다. 이거 이러다 국제 고아가 되는 것 아닌가? 줄줄이 내리는 행렬을 따라 함께 움직였다. 한쪽에 줄지어 앉아서 기다린다. 참 난감하다. 일본인이든 중국인이든 동양인만 보이면 좀 대화를 시도해 보겠는데 압둘라들은 같은 영어를 해도 발음 자체가 다르게 느껴져서 영어 좀 한다는 사람들도 알아들을 수가 없다. 눈치껏 일행 주변에 앉아서 기다리는 수밖에 없다. 한 시간, 두 시간, 해는 뉘엿뉘엿 넘어가는데 참 답답하다. 어둑어둑해질 무렵 드디어 무어라 압둘라의 말이 나온다. 하나둘 일어서 탑승구로 다가간다. 결국 어둠이 깔릴 무렵, 리아드에서 출발하여 한참을 날아 착륙하는가 보다. 불빛에 인터내셔널 제다 에어포트란 글자가 선명하다. 정말 반갑다. 짐을 찾고 한참 만에 한산한 게이트를 나오면서 여권을 검사하던 압둘라가 나를 바라보며 "아쌀라므 알라이꿈." 한다. 나는 곧바로 "마리 꿈 아쌀라." 하였다. 그는 내가 한 달 전에 귀국한 후 다시 온 것을, 여권을 보며 알았는지 "안녕하십니까?" 하고 인사하는 것 같다. 그는 고개를 한쪽으로 갸우뚱하면서 미소 짓는다. 나 역시 미소로 답하면서 공항 밖으로 나왔다. 그동안 굳어 있던 긴장과 피로가 조금이나마 풀리는 느낌이다. 공항 검사대의 그 가벼운 인사 한마디가 이렇게 사람의 마음을 위로 할 수도 있구나. 여기저기 공항 밖을 서성여도 마중 나온 사람이 보이질 않는다. 한참 후 헐레벌떡 달려오는 우리 직원이 보인다. 오후 내내 기다리다가 할라스 바람으로 회항한다는 안내를 받았단다. 압둘아지즈대학교 현장은 얼추 마무리 단계라고 한다. 서부 지역 인력 관리 사무실에 도착했다. 제다에서 하룻밤을 보내고 이튿날 얌부 현장으로 들어갔다. 허허, 헛기침이 나온다. 다시는 안 나온다고 다짐을 하고 귀국했던 사람이 다시 그 자리에 서 있다. 그날 밤, 숙소를 배정받고 바로 지난번 내가 머물던 숙소를 찾아갔다. 몇 사람이 반갑게 맞아 준다.

**62**     1983년 5월 13일. 두 번째 해외 현장의 첫 출근이다. 우리 현장은 그동안 많이 진척된 것 같다. 중기 숍에서 모두 반가워한다. 여전히 건강한 모습이 너무 반갑고 고맙다. 물차 보조원 방글라데시 친구가 뛸 듯이 반가워한다. "사장님, 국내 가족 모두 건강하시죠?" 하면서 제법 우리말을 한다. "응, 그래. 너도 귀국 얼마 안 남았지?" 했더니 한 달 반 남았단다. 나는 그렇게 그 자리에 복귀되어 정상을 되찾아 가고 있다. 그동안 먼지가 쌓여 있는 차량 내부, 외부와 파트별 물탱크 주변을 깨끗하게 정리 정돈하였다. 방글라데시 녀석은 며칠을 힘들게 일하면서도 즐거운 표정이다. 나는 물탱크 주변을 대청소하고 풀밭에 수박, 참외 농사도 다시 지으려고 씨앗을 뿌렸다. 벌써 6월 말이 다가온다. 그 엄청난 태양열과의 전쟁을 다시 준비하고 맞이해야 한다.

    지난해도 이 정도였을까 싶을 정도로 견디기 너무 힘들다. 7월도 막바지이다. 어느 날 출근길에 대형 교통사고 흔적을 목격하였다. 대형 덤프트럭과 탱크로리 물차가 많이 낯익다. 운전석 쪽이 상당히 파손되었다. 아마도 사람이 많이 다쳤을 것 같다. 오늘도 여전히 출근과 동시에 바로 외곽의 식수를 받는 곳으로 나왔다. 여러 현장의 물차 탱크로리들이 모이는 장소다. 모두 반갑게 인사도 하고 서로의 소식을 듣고 전한다. 오늘 아침 교통사고 운전자는 한국인이며 사망하셨단다. 잉? 나는 가슴이 덜컹하는 것 같다. 그는 이곳에 매일같이 오던 사람이란다. 가슴 한편이 답답해진다. 대화를 나누던 우리는 아무런 말이 없이 한참을 그냥 허공만 바라보았다. 이렇게 먼 곳에서 태양과 싸우는 우리를 제발 안전하게 무사히 고국으로 돌아가게 해 달라고 모든 신에게, 우리 조상님들에게 간절하게 빌고 싶다. 아울러 삼가 고인의 명복을 빈다.

방글라데시 친구가 귀국한단다. 참 일도 열심히 하고 고마웠던 친구다. 나는 무슨 선물이라도 주고 싶지만 마땅히 생각나는 것이 없다. 나는 우리나라 가장 고액 지폐인 오천 원권 한 장을 그 친구에게 주었다. "우리 대한민국을 잊지 말아라." 하며 가볍게 어깨를 두드려 주었다. 그 친구는 너무 좋아한다. "캡틴 땡큐 땡큐! 오래오래 보관하면서 캡틴 생각할게요." 하면서 어린아이처럼 눈시울을 붉힌다. "그래, 건강하게 행복하게 살아라." 하면서 작별 인사를 나누었다.

9월 2일, 국제 뉴스를 접한 동료들이 수군거린다. 소련 캄차카반도 부근에서 우리나라 대한항공기가 미국에서 한국으로 오는 중에 미사일 공격을 받아 바다에 추락했단다. 탑승객 470여 명이 전원 사망이란다. 이게 또 웬일인가? 그렇지 않아도 군부 독재니 뭐니 해서, 온 나라가 시끄러운 이 시기에 민간 항공기가 왜 공격을 받았을까? 아무리 소련이라 해도 이유 없이 추락시킬 리는 없을 것이다. 아무튼 나라가 가난하고 힘도 없으니 이 또한 분통이 터진다. 무슨 블랙박스를 수거해서 원인을 찾아야 한다며 그 넓은 바다를 수색 중이란다. 소련의 이야기로는 군사 시설이 있는 지역 상공으로 진입하여 미사일을 발사했다는 이야기이다. 아무리 위험 지역에 들어왔다 해도 비무장인 항공기이니 강제로 착륙시켜 이유를 확인하면 될 것을, 그냥 격추시킨다는 것이 도저히 이해할 수가 없다. 무슨 힘이 있어야 전쟁을 하든 보복을 하든 할 텐데 힘도 없고 그나마 두 동강이가 되어 서로 잘 났다고 아웅다웅 싸우기만 하는 못난 나라, 그것이 내가 알고 있는 우리나라의 현실이다.

특히 요즘은 무슨 불순분자 소행이다 간첩이다 하여 남과 북이 첨예하게 대치하는 상황이니 우선 먼저 남북이 서로가 상대를 의심하지 않을 수가 없다. 그나마 소련이 자기들이 한 짓이라고 바로 밝혔으니 의심할 여지는 없다. 사건 내용을 자세히 알지는 못하지만 나라가 부강하고 경제가 월등하면 어떻게 감히 남의 나라 민간 항공기를 격추시킨단 말인가. 너무나 어이가 없다. 가난하고 빈약한 우리나라를 생각하면서, 잠시 세계 여러 나라의 현 상황을 유추해 보았다. 민주주의도 좋고, 시장 경제도 좋지만, 어느 나라도 넘볼 수 없는 강한 나라가 하루속히 되어야 할 것이다. 그것만이 약자의 설움에서 벗어나는 유일한 길이다.

새로운 보조원은 태국 친구다. 덩치는 왜소한데 성격이 좀 까칠할 것 같다. 그래도 눈치가 빠르고, 나름 열심히 한다. 인도 또는 방글라데시보다는 태국 친구가 상당히 예민하다. 차츰 대화를 해 가면서 그 나라의 역사 이야기도 하고 아침마다 들고나오는 그들의 잡지를 보면서, 자연스레 이야기를 나눈다. 잡지의 내용은 주로 원한 관계에 대한 복수극 같은 것들이 주를 이루고 있다. 좀 특이한 잡지인 것 같다. 그러고 보니 태국이란 나라는 수천 년 동안 다른 나라의 지배를 받지 않은 유일한 국가란다. 나름 타국에 정복당하지 않았다는 상당한 자부심을 가지고 있는 친구 같다.

10월로 접어들며 불같은 태양은 조금 누그러진 것 같지만 아직도 한 낮에는 견디기 힘들다. 우리 현장도 얼추 80~90% 이상 진척되고 있다. 그러던 어느 날, 또 한 번 청천벽력 같은 소식으로 온 캠프가 소란스럽다. 1983년 10월 9일 우리나라 전○환 대통령이 동남아 순방 중에 버마 아웅 산 묘소 참배 도중 원인 모를 폭발물이 터져 수십 명이 그 자리에서 숨지는 사고가 발생했단다. 이게 무슨 말도 안 되는 사건인가? 국빈 방문 중에, 그것도 그 나라 국민들의 국부가 묻혀 있다는 묘소에서 폭탄이 터지다니? 세상에 이게 무슨 일인가? 아니 우리 경호팀은 무엇을? 또한 현장 사전 안전 점검을 어떻게 했길래? 정말 어처구니가 없어도 어느 정도이지, 이럴 수가 있단 말인가? 그런데 천만다행으로 대통령은 무사하단다. 그러나 함께 수행하였던 주요 인사들이 모두 참변을 당했단다. 우리 수행원 17명 그리고 버마인을 포함하여 모두 20여 명이 그 자리에서 사망하였다는 긴급 뉴스다. 전○환 대통령, 참 말도 많고 탈도 많은 기구한 운명이다. 그렇게 동행한 측근들을 한순간에 잃었는데 어떻게 국정을 운영할 것인가? 보통 사람으로서는 상상하기 어렵다. 당장이라도 범인이 확정되면 전쟁이라도 불사하지 않을까? 너무나 어이없고 기가 막히다. 그 나라에서도 적극적으로 범인을 색출하여 그 배후 세력을 반드시 찾아야 할 것이다. 참으로 세계사에 길이 남을 참담하고 아연실색할 사건이다.

영국 BBC 라디오 방송에 의하면 버마 아웅 산 폭파 사건의 범인들은 북한 공작원들로 판명되었단다. 그리고 버마 당국에서는 즉시 북한 외교관들을 모두 추방하고, 북한과의 외교 관계를 단절한다는 발표를 하였으며, 아울러 버마는 북한이란 나라 자체를 국가로 인정하지 않는다는 극단적인 발표를 하였단다. 세상에 아무리 극단적 발표 아니라 세상없는 발표를 한들 죽었던 사람들이 살아 돌아오진 않을 것이다. 분명 군 장성 출신인 전○환 대통령이 가만히 있을 리가 없을 것 같다. 아마도 곧 무슨 중대한 일이라도 벌어지지는 않을는지, 우리 젊은 예비군들을 비롯한 온 나라가 초긴장 상태일 것이다. 국가 발전도 중요하지만 정말 하는 짓을 보면 당장 그들에게도 그 이상의 보복을 반드시 해 줘야만 하지 않을까 생각해 본다. 해외에 파견된 우리 젊은 예비군들도 갑작스러운 전쟁 발발 시 즉시 귀국도 각오하면서 뉴스에 귀를 기울였다.

언젠가 이곳 홍해를 방문할 기회가 생긴다면 한겨울인 1~2월에 오면 아주 견디기 좋은 여행이 될 것이다. 그럴 날이 있을 것 같지는 않지만 일 년 중에 그나마 견디기 좋은 계절이 다가오고 있다. 세월은 누가 뭐라 해도 쉬지 않고 가고 있다. 우리 현장 입구에 높이 솟은 첨탑 공사도 얼추 마무리되는가 보다. 어느 날부터는 더 이상 올라가지 않는다. 높은 상부에 작은 물체가 하나씩 조립되어 간다. 아마도 상부 구조물인가 보다. 참 그러고 보니 독일 근로자들도 안부가 궁금해진다. 매일같이 한 번씩 바라보던 근로자들 모습이 이제는 볼 수 없다. 새까만 모습의 그 친구들도 무사히 고국의 가족들 품으로 돌아가길 마음속으로 빌어 본다.

11월 12일, 미국 레이건 대통령이 한국을 방문한단다. 우방국 간의 상호 방문은 수시로 있는 것이지만 버마 사건이 북한의 소행이란 것이 확실해진 직후에 방문하는 것이라 무엇인가 깊은 의미가 있는 것 같다. 특히나 현재 휴전 상태인 우리나라는 엄연히 군사 작전권은 유엔군 산하에 있는 것이니, 혹시나 군사를 동원하여 보복에 나선다 해도 분명 무슨 협의가 필요할 것이다. 아니면 또 다른 중요한 문제가 있어 방문하는 것은 아닌지, 우리 일반 근로자들도 미국 대통령의 방한에 귀 기울여진다. 글쎄다. 중요 사항은 항상 비밀일 것이다. 매스컴에선 그저 국빈 방문 그리고 온 국민이 환대했다는 이야기뿐이다. 왠지 무엇인가 울분이 끓어오르는 이 기분은 뭐라 표현하기 어렵다. 그렇게 1983년도가 저물어 갈 때 우리 현장도 마무리되면서 나는 얀부 포트 부근의 정유 플랜트 현장으로 전출되었다.

**63** 1983년 11월 20일. 원유 가공 시설인 플랜트 현장은 내륙 쪽으로 조금 치우쳐 있다. 숙소는 그대로 이용하면서 현장만 옮긴 것이다. 그런데 우리 대○ 현장이 아니고 일본 치오다란 건설 회사가 수주한 현장에 우리 회사에서 맨파워 형식으로 참여한단다. 맨파워가 무엇인지는 잘 몰라도 아무튼 우리 회사가 하청 업체 형식으로 참여하는 것 같다. 정유 플랜트 공사는 국내에서도 수년간 시공한 경험이 있으니, 우리 회사도 능력은 충분할 텐데 무슨 이유인지 모르겠다. 아무튼 사업을 하다 보면 일본이고 미국이고 가릴 것은 없다지만 왠지 일본 회사라니 기분이 썩 좋지 않다. 신생 현장이라서 어수선하다. 정유 플랜트 특성상 처음에는 기초 터 파기부터 지하에 설치되는 각종 배관 그리고 촘촘히 세워지는 지하 설비들의 기초 구조물이 마치 소형 지하 도시를 만드는 것처럼 복잡하고 조밀하다. 나는 이

곳에서도 역시 오전엔 식수 운반, 오후엔 별도의 일반 공업용수 차량
을 겸한다. 일거리가 더 늘어난 것 같다. 우선 내가 관리하고 이용하
는 차량 자체가 두 대이다. 식수 차량은 아침에 한 차례 운송, 분배하
면 끝이다. 오후엔 공업용수를 운반하여 여기저기 기초 콘크리트 양
생용으로 쓰기 때문에 몹시 바쁘다. 물론 보조원이 함께하지만 나 역
시 신경이 많이 쓰인다.

　벌써 1984년 1월이다, 날씨도 많이 선선해졌다. 우리나라 신문에
미국 가수인 마이클 잭슨이 온다고 지면이 요란하다. 젊은이들이 선
망하는 흐늘거리고 요상한 춤을 추는 가수란다. 조그마한 친구가 별
로 볼 것도 없건만 젊은이들의 우상이란다. 평소에도 생각하는 것이
지만 무슨 예술이니 문화니 도통 그런 말은 내 안중에는 없다. 지금
당장 죽느냐 사느냐 하는 판에 한가한 소리 같다. 물론 예술이나 문
화가 중요치 않다는 것이 아니다. 일단 나라의 기틀부터 공고히 한
다음 추진해도 늦지 않을 것이다. 어찌 보면 참 배부른 사람들 이야
기 같다. 정신을 집중하여 이를 악물고 밤을 새워 일을 해도 후진국
이란 딱지를 뗄까 말까다. 이 무슨 한가한 놀음판인가 싶다. 왠지 그
런 이야기를 들으면 슬며시 화가 난다. 대통령이 남의 나라 손님으로
갔다가 폭탄 맞는 나라, 민간 항공기가 남의 나라 미사일 맞고 떨어
지는 나라, 지금 제정신이냐고 묻고 싶다.

　그런 와중에도 88 올림픽 준비위원회 활동이 어떻고, 모든 역량
을 전 국가적 차원에서 적극적으로 추진한다고 신문 지면이 화려하

다. 불안한 우리나라에 세계의 모든 나라가 참여할 수 있을까? 우선 먹기는 곶감이 달다고 올림픽 유치 자금 이용에만 욕심이 있는 것은 아닐까? 할 수만 있다면 하면 좋은데, 나의 좁은 생각으로는 영 불안하고 미심쩍은 점이 많다. 하기야 그것만이라도 반드시 성공시킨다는 신념으로 온 국민의 마음을 하나로 똘똘 뭉치게 한다면 더없이 좋은 대국민 대동단결이 될 것이다. 매일 데모나 하고, 여당 야당 싸움이나 하고, 북에서는 호시탐탐 뒤집어엎으려고 하는 마당에, 국민 모두가 하나가 된다는 것은, 우리의 장래를 위해서 참으로 좋은 기회일 것이다. 숱한 욕을 먹어 가면서 많은 참모를 희생해 가면서, 그렇게 버텨 낸 전○환 대통령의 마지막 기회인 것 같다. 부디 올림픽을 잘 치러서 우리나라가 그래도 괜찮은 나라라는 것을 전 세계에 보여 주었으면 한다. 가장 하층의 우리 같은 근로자들의 피와 땀 그리고 셀 수 없이 많은 밤을 새워 가면서 죽어도 일어서려는 우리의 이 신념을 88 올림픽을 통해서라도 조금이나마 세상에 널리 알릴 기회라는 것을 나랏일을 하는 사회 지도층 사람들이 꼭 알았으면 좋겠다.

벌써 4월이다. 귀국 날짜도 한 달 남짓 남았다. 요즘 국내 소식으로는 삼○에서 반도체 생산이 본격화되어 무슨 메모리 반도체 세계 유일이라고 한다. 지난해부터 경기도 수원 남동쪽 기흥 공장에서 반도체 생산을 시작한다고 떠들썩했었다. 자세히 보니 그곳이 바로 68년도에 우리가 시공한 곳이다. 경부 고속도로 현○건설 부근에 어느 골짜기 전체를 구매하여 무슨 대규모 공장을 신설한다던 그 골짜기인 것 같다. 그 반도체란 것이 조그마한 칩 속에 신문 수만 장이 들어가는 기억 장치란다. 자세히 알 수 없으나 이병○ 회장님의 세상을 멀리 내다보는 통찰력이 성공하기를 빌고 싶다. 지금 이 순간에도 석유 몇 드럼 얻으려고 이 먼 곳에 와서 헐떡이는 우리가 바라보는 우리나라는 가진 것은 아무것도 없고, 그저 성실한 우리 국민들뿐이다. 부디 훌륭한 기업가들이 앞장서서 미련하리만큼 우직한 우리 국민들의 욕구를 충족시켜 줄 수 있기를 간절히 바라고 싶다.

귀국 준비를 위해서 무엇을 구입할까? 주로 전자제품이 대부분이다. 물건들이 좀 쓸 만하게 보이면 메이드 인 재팬이다. 가끔 메이드 인 제르마니, 유에스에이 이런 식이다. 지나다니는 차량들도 거의 70~80%가 도요타, 닛산 등 일본이 휩쓸고 있다. 허 참, 메이드 인 코리아는 이 세상에는 없는 물건인가 보다. 있다 해도 한마디로 어떤 물건이든 잽이 안 된다. 가끔, 아주 가끔씩 현○ 포니가 유일한 메이드 인 코리아다. '포니', 아마도 그저 싼 맛에 구입할 것 같다. 포니는 힘센 사람이 주먹을 쥐고 보닛을 꽝!! 치면 정말로 퍽!! 하고 들어갈 것 같은, 약하다기보다 애처롭다는 느낌의 자동차다. 먼 훗날 언제인가 우리나라 제품들을 흔하게 볼 수 있는 날이 올 수 있을까? 메이드 인 코리아가 첫 번째는 못 되더라도 적어도 두세 번째 손가락 안에 들어가는 유명 제품들이 만들어질 날은 과연 있을까? 그러려면 천지가 개벽하는 날? 그런 날을 볼 수나 있을까? 부디 나랏일을 하는 사람들 그리고 기업을 운영하는 사람들이 이런 시장을 꼭 한 번씩 둘러보고 느껴 보았으면 좋겠다.

**64**  1984년 5월 10일. 드디어 두 번째 귀국길에 올랐다. 아마도 대전 하늘쯤에서부터 기체가 내려가는 느낌이다. 서해를 따라 어디쯤일까. 거기부터는 골짜기마다 희뿌연 모습으로 사람이 사는 부분과 연푸른색인 산이 구별된다. 참 골짜기마다 작은 틈 하나 없이 빼곡하다. 나도 모르게 기인 한숨이 나온다. 저 복작거리는 골짜기 속에서 나의 가족과 함께 살아가야 한다. 다시 시작하는 마음으로 반드시 해내야 할 내 몫이다. 이번에는 정말 재출국은 없다. 이 땅에서 어떻게든 뿌리를 내려야 한다. 비행기 기체가 하강하는 동안 나는 다시 한번 마음을 다잡아 본다.

집사람한테 공항까지 나오지 말라고 신신당부를 했다. 나 혼자서 그다지 늦지 않은 저녁 시간에 청주 집에 도착했다. 아이들이 이젠 많이 자랐다. 큰 녀석은 어른 같다. 긴장이 풀린 탓인지 그대로 곯아떨어져 하루 밤낮을 늘어지게 잤다. 다음 날 아이들과 부모님을 찾아뵈었다. 일 년 사이에 부모님 얼굴엔 너무 많은 주름이 보인다. 이제 농사일도 가능하면 줄이시라고 하였다. 부모님은 "아, 농사꾼이 농사일 안 하면 없던 병도 생긴단다. 일 철 다가오면 안 할 수 있니." 하신다. 그래도 힘든 일은 좀 줄이시라고 당부 말씀을 드렸다. 어머니는 늘 몸이 약하신 편이지만 완전히 할머니처럼 되셨다. 평소에도 수시로 머리를 동여매시고 두통을 호소하신다.

아버지는 한 번도 부엌에서 음식 관련 일을 하시는 모습을 본 기억이 없다. 요즈음 흔한 라면 끓이는 방법도 모르실 것 같다. 내 생각엔 옛 어른들은 거의 모두가 그럴 것이라고 생각한다. 이제 시대가 변하고 여성 상위 시대니 남녀평등이니 하는 말은 우리 부모님에겐 마치 다른 나라 이야기일 것이다. 모처럼 산소에 인사도 드리고 넓은 들판을 내려다보면서 여유로운 하루를 보냈다. 우리 밭은 언덕지고 볼품없는 농토지만 정말 깨끗하게 잘 정돈되어 있다. 이것저것 정갈하게 다듬어진 작물들이며 잡초 하나 없는 밭고랑을 보면 부모님의 발길이 참 많이 오고 갔음을 말해 준다. 언제 보아도 주변 농작물보다 우리 밭과 논의 곡식들은 항상 깔끔하고 풍성하다.

# Ⅲ. 청장년

**65**　1984년 5월 25일. 내 집 마련. 우선 주택 구입부터 해야 한 다. 건설 회사 경력이 십수 년이 지났지만 건축 상식은 거의 전무하 다. 물론 구조상 어떻게 이루어지고 어떤 형태로 실수요자들에게 판 매된다는 것은 알고 있다. 나는 직접 시내를 돌아다니면서 복덕방 몇 군데 들르고, 주택가, 주변 신축 주택들이 많이 보이는 곳 등 며칠을 집사람과 또는 친구들과 함께 찾아보았다. 청주 문화 방송국 주변 신 축 주택 몇 채가 몰려 있는 곳에서 신축 중인 2층 주택을 구입하기로 하였다. 큰길에서 약간 들어와 소방 도로를 접하고 남향이며 나름대 로 위치가 괜찮은 것 같다. 건축주를 만나 보니 요즘 말하는 집 장사 다. 내부 구조와 가격 그리고 건평, 대지 면적 등 몇 가지를 확인하고 판매 의사를 물었다. 아직 내부가 좀 덜 되었는데 완결 짓는 조건으 로 판매 의사가 있단다.

며칠 말미를 달라고 하고는 친구들을 통하여 업자의 신용도와 경력 등 자세한 신뢰도를 파악해 보았다. 그리고 인근 부동산에서 그 주택에 대해서 이것저것 알아보았다. 부동산 중개인 이야기로는 그 업자가 요 주변에서 몇 채 신축하여 판매를 하였단다. 친구들에게도 신용도를 확인하니 청주에서는 그래도 괜찮은 몇몇 업자 중 하나란다. 그러다 보니 며칠이 지나갔다. 업자에게서 몇 번 연락이 왔다. 나는 다음 날 만나서 나의 솔직한 이야기를 하였다. 만약 구매 계약을 하면 업자들 생리상 형편없는 내부 자재를 사용하는 것은 아니냐고 물었다. 업자는 웃는다. "허허, 그러면 이 장사 못 해요." 한다. 알아보면 자재 단가가 바로 나온다며 최고급은 아니더라도 중상 이상으로 하니 걱정 마시란다. 나 역시 건설 회사 근무 중이라고 하였다. "아, 그러세요. 보시면 알잖아요." 하면서 사실 이 사업은 잘 아시겠지만 자금이 잘 돌아가야 하는데 지어 놓고 몇 년씩 안 팔리면 계속 사업을 못 한다. 나는 알았으니 자금 사정을 알아본다는 이유로 다시 연락하겠다고 했다. 그 뒤 며칠 후 인근 복덕방에서 만나 구매 계약을 체결했다. 무엇보다 부모님께서 제일 좋아하신다. 주변에는 공터도 있고 소방 도로를 접해 있다. 곧 포장을 하려는지 측량 표식들이 보인다. 한 달 후 이층은 전세로 주고 드디어 입주하였다. 지인들을 초대하여 집들이를 하고 처음으로 부모님께서 내 집에서 하루를 주무셨다. 아침 일찍 대문 밖에서 사그락거리는 소리가 난다. 나가 보니 아버지께서 삽을 들고 우리 집 담장 아래로 도로 쪽 흙을 모으신다. 힘드시니 들어오시라 해도 굳이 앞과 옆을 다 하시고 들어오신다. 혹시 비가 많이 오면 집 쪽으로 물길이 생길 염려가 있단다. 나는 오랜 시간이 지났어도 그날 굽은 허리로 삽질하시던 아버지의 뒷모습이 기억 속에 남아 있다.

　이제부터는 무슨 일이든 일자리를 알아보아야 한다. 청주 시내에서 찾아보기에는 너무 좁고 일 자체가 많지 않은 것 같다. 직업에 귀천이 없다지만 망설여지기도 한다. 참 사람의 마음이란 묘한 것 같다. 어떤 일이든 닥치는 대로 하겠다던 마음이 이것저것 망설여지고 더 나은 일을 찾게 된다. 벌써 귀국한 지 두 달이 넘었다. 열심히 일감을 찾아 움직였다. 청원군 옥산 쪽 청주 신역전 부근에 있는 연탄 공장에서 장비 기사를 모집한다 하여 바로 찾아갔다. 규모가 상당히 크다. 장비로는 페이로다와 지게차가 전부였다. 공장 주변 및 작업 환경은 정말 열악하다. 겨울 난방용으로 연탄을 주로 사용하다 보니 어느 도시건 변두리에 한두 개의 연탄 공장이 존재했다. 작업하는 사람들이 온통 검둥이 같다. 작업 환경이 썩 내키지는 않았지만 사장님을 만나 보았다. 이력서를 검토하시더니 가능하면 다음 주부터 출근하란다. "알겠습니다." 하고는 또 다른 업체를 방문했다. 시내 가축병원과 가축 약품 취급점이란다. 수의사 겸 사장님이 가축 사료 대리점을 운영하는데 사료 배달 차량 운전원이 필요하단다. 사료 사업은 얼마 전에 시작했다면서 거래처는 이미 확보되어 있단다. 청주시 외곽 변두리 축사들이 주 거래처라고 한다. 2.5톤 타이탄으로 운반하며 보조자 1인과 함께 배달하므로 힘든 일은 주로 보조자가 할 것이란다. 현재 한 대가 운행 중이며 며칠 후에 차량 한 대를 더 구입하여 두 대로 운반해야 하므로 한 사람 더 채용하는 것 같다. 사장님은 잠시 면담 후 이력서를 검토하여 바로 연락을 주시겠단다.

**66** 　　1984년 8월 중순. 시흥 기○자동차 공장으로 타이탄 트럭 신차를 인수하러 갔다. 자동차 공장 부지가 상당히 넓다. 파란색 타이탄이다. 판매 담당자와 함께 작은 운동장 한 바퀴를 돌고는 바로 인수증에 서명하란다. 헐, 너무 간단하고 단출하다. 고액의 자동차를 판매하면서 너무나 간단하고 짧은 설명만으로 이제 출고하란다. 생각보다 고자세지만 그래도 기분이 나쁘진 않았다. 나는 그렇게 사료 운송 일을 시작하였다. 청주 산업 단지 내 공장에서 식품 가공 후의 잔여 부산물을 사료용으로 판매하는 것이다. 배출 라인 끝에서, 드럼통보단 좀 작은 플라스틱 용기에 포장된 부산물을 가득 싣고, 청원군 주변, 충남 연기군 주변 등 대형 목장을 주로 다니면서 가축 사료를 판매, 운송한다. 한 번 순회하면 3~4일 후에 다시 방문하여 부족분을 보충하는 것이다. 청주를 기점으로 북부와 서부는 내가, 그리고 또 한 대는 동부와 남부에 판매한다. 한 달, 두 달 지나면서 나름대로 요령이 생긴다. 함께하는 보조원은 이제 열아홉 살이다. 그 친구도 가정 형편이 몹시 어렵단다. 요즘 아이들치고는 너무 성실하다. 나는 항상 어디를 가도 좋은 사람을 만나고, 함께 일하는 친구들이 참 성실해서 일이 훨씬 수월하다.

　　그동안 거래처도 많이 확보하였다. 생각지 않은 보너스도 받았다. 사실 조그마한 개인 업체나 마찬가지인 현재의 이 일이 내 마음에 썩 만족스럽진 않다. 아무리 생각하지 않으려 해도 내 머릿속을 스쳐 지나가는 지난날들, 내가 직접 사업할 때 그리고 국내 굴지의 대기업에서 대형 장비 오퍼레이터로 일하던 시절, 중동 생활을 하면서 받았던 급여 등을 생각하면 정말 한숨이 나온다. 그럴 때마다 마음을 다잡는다. 직업엔 귀천이 없다. 아침저녁 온 가족이 함께 생활하며 출퇴근하는 것이 얼마나 큰 행복인지 알고나 하는 생각이냐고, 나 자신에게 되묻곤 한다. 요즘에는 아이들이 제일 좋아한다. 가끔 아빠로서 따끔하게 혼내 줄 때도 있지만, 언제나 활발하고 건강한 모습을 보면서 평소 생각하던 일상이 이런 것이란 걸 몸으로 느끼며, 온 가족이 함께 아이들의 해맑은 모습을 보며 하루의 피로를 풀어 본다(파란 타이탄 트럭을 배경으로 아이들과 몇 장의 사진을 남겼다).

요즘에는 괴산 집에 기제사가 있을 때마다 객지로 돌아다니며 참여하지 못한 죄스러운 마음을 나 스스로 달래듯이 철저하게 참여한다. 엊그제도 형제들이 모인 자리에서 남자 형제들만이라도 매월 조금씩 자금을 모으기로 하였다. 작은 소액이지만 훗날 공동으로 사용할 자금을 마련하기로 한 것이다. 모두 대찬성이다. 훗날 언젠가는 우리 가족이 함께 사용할 목돈이 꼭 필요할 것이다. 특히나 대대로 독신으로 살아오신 아버지가 제일 좋아하신다.

날마다 신문이며 TV 방송에서 온통 올림픽 이야기로 떠들썩하다. 미국 LA 올림픽 이야기다. 특히 금메달을 목에 거는 모습은 수차례 보여 준다. 운동 경기로는 좀 생소했던 양궁, 서양○ 선수의 실력은 정말 세계를 놀라게 하였다. 아직 고등학생이란다. 운동을 하든 또 다른 무엇을 하든 최선을 다한다면 그리고 절실하다면, 누구라도 최고의 자리에 오를 수 있는가 보다. 거기까지의 과정이 얼마나 힘들었을까? 그것이 더 궁금하다. 우리나라도 4년 후 1988년 올림픽 개최를 위해 온 국민이 함께하자는 문구가 여기저기 붙어 있고 뉴스 매체마다 구호처럼 들려온다. 한편에서는 언론의 자유다, 노동삼권이다, 노동조합이 결성된다 해서 시끄럽지만 유독 올림픽 유치를 위하는 것만큼은, 모든 국민이 하나가 되었다. 며칠 후 잠실 올림픽 주 경기장이 준공된단다. 그곳은 내가 언제인가 날짜가 가는 줄도 모르고 수많은 밤을 지새웠던 그 왕릉 옆 봉은사 건너편 탄천 건너 갈대숲이다. 그곳 역시 지금쯤 어떤 노동자들이 분명 밤을 새우고 있으리라. 우리는 흔히 기적이라고도 하고 또는 행운이라고 한다. 나는 절대로 기적은 없는 것이며, 행운 역시 피와 땀으로 노력하지 않으면 절대로 그냥 찾아오는 것이 아니란 걸 너무나 잘 안다. 어디 어디에 무슨 경기장이다, 무슨 무슨 운동장이다 하며 올림픽을 위해 만들어지는 시설 하나하나가 누군가의 진한 땀과 노력이 쌓여서 만들어진다는 것을 누구보다 잘 알고 있다.

모처럼 집에서 출퇴근하면서 일하는 것이 이런 재미라는 것을 알았다. 보통 사람들은 그저 당연히 출퇴근하며 일하는 것이라 생각한다지만, 나는 60년대 말부터 20여 년 가까이 사회생활을 하면서도 내 집에서 출퇴근하기는 이번이 처음이다. 그동안을 뒤돌아보면 여기서 몇 달, 저기서 몇 달, 남의 집 문간방에서 몇 달, 전국을 떠돌아다녔다. 참 오늘의 현실이 여러 가지로 좋기는 하다만 돈벌이가 안 되는 것이 문제다. 애들은 점점 커 가고 이렇게 벌어서는 해마다 늘어나는 교육비며 생활비, 그리고 빠르게 변화하는 사회 흐름을 따라가기 어려울 것만 같다. 그나마 가까스로 내 집 마련 걱정은 해결된 것 같다. 요즘도 자고 나면 치솟는 물가에 덩달아 뛰는 부동산 가격은 정말 감당이 안 된다. 금세 또 한 해가 지나면서 주택 가격은 몇십 퍼센트씩 뛴다. 어지러울 정도로 출렁이는 오늘의 이 경제 흐름에 가볍게 올라타고 생활할 수는 없을까? 한숨만 나온다. 이제 겨우 한 가지, 완전한 내 집을 마련하였으니 뛰려면 뛰어 보라고 말하고 싶다. 남의 집값이 뛰면 내 집값도 자연스레 따라갈 것이다. 마치 달리는 열차에 올라앉은 기분이다. 그 물가 열차에 올라타기 위해서 젊은 가장들은 오늘도 발버둥을 치고 있다.

　나는 요즘 신문을 구독한다. 여러 가지 사소한 사건과 세상 돌아가는 것을 알 수 있다. 전라남도 여수에 돌산도를 연결하는 연륙교가 완공되었단다. 헐, 돌산도? 그 섬 어딘가 둔전 저수지를 내가 만들었었지. 어디에는 향일암이란 암자가 있고. 내가 머물던 지방이나 아니면 잠시 스쳐 지나갔던 곳이 신문이나 TV 뉴스를 타고 나오면 당시의 그 지방 사투리가 생각나고 음식, 풍습 등 아련하게 그 시절이 그려진다. 올해가 다 지나갈 무렵 내 바로 아래 동생도 결혼을 하였다. 시골에서 성실하게 축사를 운영하여 나름대로 수입도 괜찮은 것 같다. 부디 행복한 미래가 펼쳐지기를 기원한다.


**67** 1986년 3월 말. 대○에 근무 중인 동료에게 오랜만에 연락이 왔다. 대○에 재입사할 기회이니 뜻이 있으면 준비하란다. 4월 초부터 중부 고속도로가 착공하는데 대○ 구간이 청주~오창 간이며 모두가 스크레이퍼 작업 구간이므로 갑자기 오퍼레이터가 모자라 걱정이란다. 며칠 후 청주역 방면 그러니까 청주 공단을 막 지나서 부

모산 자락 아래 사무실을 짓고 펜스를 치고 요란스럽다. 친구 말처럼 인사팀에서 연락이 왔다. 좋은 곳에 근무 중이면 어쩔 수 없지만, 그렇지 않으면 간단한 이력서 준비해서 한번 들르란다. 이력서는 형식일 뿐이고 국내에 계속 근무 중인 동료들과 급여 수준도 맞추어 보겠단다. 잉? 이건 뭐, 특채나 다름없다. 하기야 스크레이퍼란 장비가 아무나 짧은 기간에 할 수 있는 장비가 아니다. 상당한 경력이 필요하며 팀을 이루어 움직이는 장비이다 보니 한 사람만 능률이 뒤처져도 모두가 함께 능률이 저하되는 현상이 발생한다. 나는 며칠을 망설이면서 집사람과 상의해 보았다. 이젠 우리 가정도 한곳에 정착하여 안정을 찾았으니, 현장을 다니는 당신이 힘들어서 걱정이지 애들과 가정은 걱정하지 말란다. 아무래도 대기업의 안정된 직장이 우리 가정을 위해서는 꼭 필요한 것은 분명하다.

1년 남짓 근무했던 가축병원의 사료 운반을 정리하고, 1986년 5월 1일부로. 다시 대○산업 중기 사업소 정식 직원으로 재입사하게 되었다. 나에게 부여된 두 번째 사번은 018198이다. 아마도 중부 고속도로가 없었다면, 그 도로가 청주 시내를 관통하지 않았다면, 나는 재입사하지 않았을 것이다. 먼 훗날 우리 아이들에게 이야기해 주고 싶다. 아빠도 이 공사에 참여했었다고. 회사는 그동안 많이 성장한 것 같다. 연 400%의 보너스 또한 고정되어 있다. 급여 수준도 상당히 높은 편이다. 요 몇 년 사이에 해외 공사 수익으로 인하여 많이 발전한 거 같다. 하기야 그 해외 공사에는 나도 2년이나 참여했었다.

5월 5일. 중부 고속도로 청주 현장에서 스크레이퍼 장비가 본격적으로 가동되었다. 오퍼레이터 중에는 옛 토련 동료들과 선배님들이 주를 이룬다. 우리 팀이야말로 이 현장의 주력 장비이다. 정확한 공사 구간은 청주 남쪽 남이면 신탄진 쪽으로 내려가다 경부 고속도로 남청주 IC부터 연결되어, 청원군 강내면 부근에서 경부 고속도로와 분리되며 서청주, 조치원으로 나가는 가로수 길을 지나 부모산 동쪽 자락을 타고 옥산, 청주역으로 나가는 길을 가로질러 들녘을 통과하여 미호천 대교를 신설하고 오창 쪽 들녘까지이다. 거기서부터는 여러 건설 회사가 이어받아 진천, 안성, 호법을 지나 이천, 광주, 하남을 거쳐 서울 동쪽 강동구 상일동으로 이어지는 것이 중부 고속도로의 주 노선이다. 우리나라 수도 서울에서 동남쪽으로 내려와, 청원군에서 경부 고속도로와 만나 대전으로 이어지는 대역사 중 하나인 것이다.

　우리 구간의 특징은 미호천부터 부모산까지 거의 절반 이상이 비상 활주로를 겸한 고속도로다. 유사시엔 바로 전투기 이착륙이 가능한 활주로 역할을 겸한다. 그러니 더욱 토목 공정이 까다롭다. 활주로 공사의 주 생명은 성토 다짐이 철저해야 한다. 절대로 스펀지 현상이 발생해선 안 된다. 그러니 더더욱 스크레이퍼 장비가 최적이다. 토질도 완벽하고 우리 팀의 작업 조건은 최상이다. 거기에 숙련된 팀워크로 민첩하게 움직이는 작업 광경은 바라보는 사람마다 혀를 내두른다. 그 엄청난 장비들이 토사 운반을 마치 시루떡처럼 켜켜이 완벽하게 운반 타설하며, 육중하면서도 자유자재로 마치 연체동물처럼 빠르게 움직인다. 그 모습을 처음 보는 사람들은 놀라지 않을 수 없다. 지나는 사람마다 한참씩 걸음을 멈춘다. 요즘 흔한 덤프트럭이나 다른 장비는 상상할 수 없는 거대하고 날렵한 동작들이다.

　비상 활주로에 대하여 짧게 기록하고 싶다. 한마디로 도로 겸 비행기 이착륙이 가능하게 만드는 것이다. 왕복 4차선 또는 6차선을 완벽한 성토 작업으로 수평을 마친 뒤 철근으로 촘촘히 배근하여 두께 50~60cm 이상 콘크리트 포장으로 마무리한다. 비상시 교통을 차단 또는 우회시키고 수십 톤이 넘는 육중한 팬텀기가 이착륙할 수 있도록 만드는 것이다. 대형 콘크리트 플랜트 2기를 바로 현장 옆에 임시로 설치하였다. 가까운 곳에 레미콘 공장이 있다 해도 우리 현장만의 전용 플랜트를 설치하여 항시 어떠한 상황에서도 정확한 배차 간격(인터벌)과 완벽한 콘크리트 강도를 유지해야 하며 일단 콘크리트 작업이 시작되면 멈출 수가 없다. 그러므로 필히 전용 플랜트를 설치해야 한다.

　4차선 이상을 한 번에 포설할 수 있는 콘크리트 피니셔를 국내 최초로 우리 기술진이 직접 설계, 제작하여 콘크리트 피니셔의 원조가 되기도 하였다. 최초 시범 제작이다 보니, 실수와 시행착오도 여러 번 했다. 우리 기술진이 총동원되어 도로 포장용으로 획기적인 콘크리트 피니셔 장비를 만든 것이다. 훗날 콘크리트 포장 도로가 많이 생기는 계기가 되었으며, 당시로서는 특별한 포장 장비였다. 우리나라 고속도로에는 이처럼 여러 곳에 비상 활주로가 있다. 내가 직접 참여한 이 현장과 경부 고속도로 천안 입장 부근이다. 그곳은 바로 옆으로 우회 도로를 만들어 아주 쉽고 편하게 언제라도 활주로를 이용할 수 있게 하였다. 물론 청주도 도심으로 차량을 우회하면 바로 이용이 가능하다.

　장비 오퍼레이터로는 처음으로 우리 집에서 꿈같은 출퇴근을 하며 현장 생활을 한다. 언제나 현장 숙소에서 공동생활만 하다가 내 집에서의 출퇴근은 무어라 표현해야 좋을지, 평범한 직장인들이 생각하기엔 그것이 그렇게도 특별하냐고 하겠지만, 나에게는 최고로 만족스러운 생활이라고 기록하고 싶다. 어느덧 미호천 들녘의 벼 이삭이 누런 황금빛으로 익어 간다. 요즘 매스컴에서는 소련, 우크라이나 지방의 체르노빌 원전 사고로 시끄럽다. 올봄 4월 초에 사고가 발생하였지만 그 피해가 점점 확대되고 소련 정부는 정확한 피해를 발표하지 않아 그저 조그마한 사고이려니 하였으나, 이건 그 지방은 물론 인근 국가까지 그 피해가 광범위하게 계속되고 있다는 것이다. 꿈의 에너지라고 하는 원자력 발전소가 그렇게 엄청난 위험이 있다는 것이 점점 확실해지고 있다. 나는 건설인의 한 사람으로서 더욱 당황스럽고 걱정스럽다. 언젠가 울진 원전에도 참여했던 나는 그렇게 위험할 것이라고는 정말 몰랐었다. 물론 안전을 위해서 최대한 위험 요소를 줄이고 안전장치를 한다지만, 만에 하나라도 이 좁은 우리나라에서 그런 일이 발생한다고 생각하면 온몸에 소름이 돋는다.

　오는 9월에 서울에서 86 아시안 게임이 열린다. 88 올림픽을 대비한 실질적인 예행연습이다. 잠실 주 경기장도 완전히 마무리되어 아시안 게임 경기장으로 이용하게 되었다. 무엇보다 우리 국민 모두가 열심히 준비하는 모습이 눈에 보이는 것 같다. 나 역시도 한쪽 모퉁이에서 이 나라 백년대계를 위한 건설에 함께 참여하고 있다는 것에 작은 긍지를 느낀다.

넓은 미호천 교량도 온전한 모습이 드러났다. 미호천 주변의 드넓은 들녘은 상당 부분 고속도로에 편입되어 그만큼 농지가 축소되어 아깝기도 하지만 한편으론 서해안, 남해안에 간척 공사로 인하여, 더 큰 농지가 생성되기도 한다. 지난 휴일, 아이들과 바람도 쐴 겸 무심천 둑길을 따라 산책을 다녀왔다. 우리 집에서 20~30분만 천천히 걷다 보면 미호천이다. 드넓은 벌판 구경도 하고 아빠가 시공하고 있는 고속도로도 알려 주고 겸사겸사 미호천 대교 아래까지 다녀왔다. 아이들이 너무 좋아한다. 먼 훗날 아이들이 기억할 수 있을지는 모르겠지만 그냥 아빠가 일하는 곳을 보여 주고 싶었다.

어느덧 아시안 게임도 성공리에 마치고 가을도 깊어져 연말이 다가오면서, 매스컴에서는 88 올림픽 준비 이야기로 연일 화제다. 세계적인 대행사를 위하여 온 나라가 힘을 합치고 있다지만, 북한은 호시탐탐 방해하려고 무슨 짓이든 한다는 이야기와 요즘 북한에서 금강산 댐을 만들고 있어 서울에 수공 작전을 펼치려 한다는 이야기가 들려온다. 만약 북한이 금강산 댐에서 엄청난 양의 물을 한꺼번에 방류하게 되면 북한강을 따라 줄줄이 이어진 여러 댐이 밀려오는 수억 톤의 수량을 감당할 수 없어 그대로 서울이 물바다가 된다는 것이다. 일반 국민들은 쉽게 이해할 수 없지만, 홍수 전문가들은 우리나라 국가 대전략의 하나로 미리 대비하여야 한다는 것이다. 그야말로 전쟁은 최후의 최후 수단이어야 하듯이 사전에 대비하는 것이 최고의 전략일 것이다. 결국 싸우지 않고 이기는 장수가 진정한 명장이다. 한 달이 넘도록 신문 방송에서 토론과 검토를 거듭하더니 결국 평화의 댐 추진위원회가 만들어진다는 소식이다.

요즘엔 부모님을 자주 찾아뵐 수 있다는 것이 너무 좋다. 아이들과 함께 다녀오기도 하고, 나 혼자서 다녀올 때도 있다. 어머니는 갈 때마다 이것저것 내 손에 들려 주신다. 가을 찬 바람이 불기 시작하면 어머니는 늘 머리가 아프시단다. 두통약을 겨우내 달고 사신다. 오늘도 머리띠를 묶고 누워 계시다 나를 맞이하신다. 청주에 아들들이 살고 있어도 자주 나오시질 않는다. 한가하실 때 자주 들리시라는 말을 몇 번이고 하였으나 그냥 집이 편하시단다. 아직은 우리 부모님이 그렇게 극노인이라고 생각하진 않는다. 다만 몸이 허약하신 어머니가 늘 걱정스럽다. 한번 큰 병원에 가서 검진을 해 보자고 누차 말씀드려 보지만 어머니는 나는 젊을 때부터 체질이 그러니 걱정하지 말라는 말씀만 하신다.

12월 중순이 지나면서 주요 대형 공사는 중지 명령이 내려진다. 다음 해 3월 초까지(약 3개월) 동절기 사고 위험과 부실시공을 예방하기 위한 조치이다. 우리는 본부로 복귀하여 각자 본인의 장비를 정비하기도 하고, 특별한 일이 없는 사람은 동절기 휴가를 가기도 한다. 나는 본부에 대기하면서 대형 면허시험을 보았다. 대형 면허는 무조건 대형 버스로 실기 시험을 본다. 이제는 거의 모든 차량과 장비를 익숙하게 다룰 수 있어서인지 그리 어렵지 않게 취득하였다.

1987년 올해는 구정이 1월에 들어 있다. 그리고 윤달이 든 해이기도 하다. 이번 명절 모임에서 아버지는 올해 윤달이 들었으니 산소에

석물(상석)을 설치하자고 하셨다. 다들 대찬성이다. 몇 년 전부터 우리 형제들이 모아 온 자금도 충분하다. 2월 말 따뜻한 날을 잡아 산소에 상석을 설치하였다. 미리 제작해 놓았던 석물이다. 맨 위쪽 증조부모님, 그리고 조금 아래쪽에 조부모님이 합장된 산소에 각각 넓적하고 깨끗한 상석을 완공하였다. 준비는 오랜 시간이 걸렸지만 불과 몇 시간 만에 깨끗하게 설치하였다. 온 동네 아주머니들까지 많이들 오셨다. 무엇보다 아버지가 너무 좋아하신다. 조상님들을 한곳에 모시고, 번듯한 상석을 설치하니 아버지 소원 중 하나를 이루신 것처럼 기뻐하신다. 증조부모님은 충남 연기군에서 모셔 왔고 조부모님은 괴산군 청천면에서 모셔 왔다. 먼 객지에 흩어져 계시다가 이곳 괴산군 소수면 아성리 662-2번지로 모셔 왔으니 얼마나 큰일을 하신 것인가. 그렇게 기뻐하시는 모습은 처음이다. 아직도 고조모님 산소는 연기군에 홀로 계신다. 언젠가 기록하였지만 아버지께서 이장을 미루신 이유를 이야기했었다. 행방불명이신 고조부님을 기다리시던 그곳을 차마 떠나오게 하실 수 없었던 것이다. 이제 선대 조상님들이 이곳에 계시니 오랜 세월이 흘러도 때가 되면 후손들이 찾아올 수 있는 마음의 고향이 될 것이다.

새해 정초부터 대학 교수님들까지 시국선언이니 뭐니 하며 시끄럽다. 그러던 차에 서울대학교 학생인 박○○ 군이 무슨 혐의로 구속되어 고문을 받다가 숨지는 사고가 발생하였다. 그렇지 않아도 시끄러운 세상이 이젠 민심까지 들끓는다. 고문이란 것이 어떤 형태로 이루어지길래 젊은 학생이 죽을 수 있다는 것인가? 대부분의 국민이 군부 독재가 장기적으로 이어지고 있다고 느끼고 있다. 지난날 12.12 사태로 군부 세력이 나라의 안정을 찾는다는 이름으로 집권하였으나 현재까지 십여 년이 다 되어도 변화의 조짐이 없다는 것이다. 어느 나라, 어느 지도자라도 집권 기간이 길어지다 보면 아무리 국가와 국민을 위해 훌륭한 일을 한다 해도 그 반대 세력들이 생겨나게 마련이다. 물이 고여 있으면 썩는다는 옛 속담처럼, 전○환 대통령이 분명 잘한 일도 있지만 그 뒤편에 가려져 있는 잘못 또한 있을 것이다. 하루빨리 국민이 직접 선출하는 방법으로 현명한 지도자에게 자리를 넘겨주고 이 나라 역사 앞에 자랑스러운 대통령으로 남기를 바라는 마음이다.

몇 달 전 매스컴에서 요란했던 평화의 댐 1단계 착공식에 우리도 참여한다는 소식이다. 삼○, 대○ 등 3개 회사가 공동으로 참여하여 시공할 계획이다. 1단계, 2단계, 3단계까지 순차적으로 이루어진다. 적어도 금년 내에 1단계를 완성해야만 서울이 침수되는 위급한 상황을 막을 수 있단다. 3월이 되니 날씨는 하루가 다르게 포근해지면서 중부 고속도로 청주 현장은 다시 공사가 시작되었다. 요즘은 시점 부근인 경부 고속도로 남 청주 IC 부근에서 작업 중이다. 1968~1969년 당시 처음 경부 고속도로가 개통될 때보다는 그동안 이용하는 차량이 엄청나게 늘어났다. 하기야 20여 년 전이니 요즘과는 비교할 수가 없다. 아마도 이용하는 차량 대수가 몇 배는 더 될 것 같다. 앞으로 몇 년만 지나면 저 넓은 경부 고속도로가 비좁아서 정체가 일어날 수도 있다는 것이다. 그 정도로 차량이 엄청나게 늘어날 리는 없겠지만, 혹시라도 그것을 대비해서 지금 우리는 중부 고속도로를 만들고 있는 것이다. 두 고속도로의 연결 부위는 한마디로 경부고속도로만한 넓이의 도로를 양옆으로 덧붙이는 것이다. 처음 경부 고속도로 시공 당시에는 자로 잰 듯이 반듯하기만 하던 도로인데 이제 와서 바라보니 여기저기 굽은 곳이 눈에 들어온다.

우리 회사에서 평화의 댐으로 서서히 장비와 인원이 투입된다는 소식이다. 몇 개 회사가 공동 참여라고는 하지만, 그중 오리지널 토목 전문 회사는 우리 회사다. 참여 지분 역시 가장 많다. 공동 참여 형식의 공사는 결국 지분이 많은 회사가 주관사가 되고 그 외의 회사는 적당한 시기에 그 지분을 주관사에 위임하는 형식으로 종료되는 것이 대부분이다. 들리는 소문으로는 아직 진입로 정도만 만들고 별다른 진척이 없단다. 그 이유는 너무 가파른 계곡이며 산세가 높고 험한 데다 오랫동안 민간인 통제 구역이다 보니, 쉽게 접근하기 힘들다는 것이다. 선발대로 투입된 동료들이 전해 오는 소식을 접하고는 서로가 그곳에 투입되는 것을 꺼린다니 얼마나 오지인가를 짐작하게 한다.


1987년 4월 13일. 갑자기 온 국민이 매스컴에 귀를 기울인다. 전○환 대통령의 담화가 있단다. 이름하여 4.13 특별 담화라고 한다. 무슨 말인지 자세히는 모르겠으나 정상적으로 선거를 하여 정권을 이양하겠다는 내용인 것 같다. 세계적인 대잔치인 올림픽을 1년 남겨 놓고, 들끓는 민심을 안정시키려는 것인지, 이제 그만할 테니 우리 국민들이 직접 선출해서 대통령을 만들어 달라는 것인지, 나는 잘 모르겠다. 아무튼 요즘에는 호헌 조치란 말로 요란스럽다. 우리 현장도 이제는 제법 고속도로 노선의 윤곽이 드러나면서 시점부터 종점까지 본 도로를 이용하여 움직일 수 있다. 앞으로 이 길이 개통되면 청주 북부 지역이나 경기 동남부 그리고 강원 서남부 지역의 물동량이 상당량 늘어나면서 시간 절약과 함께 주변 지역 발전에 크게 기여할 것이다.

현장 일부 구간은 벌써 포장이 완료된 곳도 있다. 특히 비상 활주로 구간은 정말 포탄이 떨어져도 끄떡없을 것 같다. 엄청난 콘크리트의 두께는 요즘 말하는 팬텀기가 뜨고 내리는 데 무난하리라 생각된다. 현장 숙소 부근이 서청주 IC 바로 앞이다. 진입로와 유턴 도로 등 상행선, 하행선의 진출입이 가능하여야 하므로 둥글고 넓은 대지가 확보되어야 한다. 토목의 마지막 공정이다. 이때쯤이면 토목팀들은 하나둘 전국 현장으로 필요 인원에 따라 전출되기 시작한다. 누구는 경상도, 누구누구는 강원도 등 서로가 흩어지면 어느 현장 어디에서 다시 만날지 아무도 모른다. 물론 가까운 친구끼리는 서로 연락을 주고받지만 직종도 다르고 연배도 차이가 있는 동료들은 자주 만나지 못한다. 심지어 어느 두 선배님은 입사 동기로 30대 중반에 같은 날 입사 후 서로 다른 현장을 전전하다가 20여 년이 흐른 뒤 정년 퇴임식에서 입사 후 두 번째로 만났다는 웃지 못할 이야기도 있다.

나 역시 다른 현장으로 갈 때가 되었나 보다. 모처럼, 정말 모처럼 내 집에서 출퇴근하는 현장이 이제 끝나는 것 같다. 너무 아쉽고 받아들이기 싫다. 그렇다고 회사를 그만둘 수는 없다. 이제야 우리 가정이 겨우 안정적으로 정착하여 자리를 잡았는데 퇴사를 한다는 것은 생각할 수 없다. 이것은 우리나라 건설 근로자들 모두가 겪는 일인데 나만 예외가 될 수는 없다. 1년여 동안 중부 고속도로 청주 현장에서 너무 잘 근무하였다. 아이들은 학교생활에 잘 적응하고 학업 성적 또한 나름 괜찮은 거 같다. 최고 등급은 아니더라도 조금 더 노력한다면 중학교, 고등학교, 대학교까지 큰 어려움이 없을 것이라 생각된다. 아이들이 너무 대견스럽고 자랑스럽다.

**68** 1987년 7월 초. 평화의 댐 현장으로 발령을 받았다. 강원도 양구군 방산면 오미리. 1차 선발대는 3월에 투입되었고 우리는 2차 투입 인원이다. 장비 및 대형 덤프 오퍼레이터 5명이 함께 상봉 터미널을 출발, 춘천을 거쳐 화천군 소재지를 지나 풍산리 골짜기를 따라 올라가다 보면 오른쪽으로 파로호 댐이 있다. 그 댐 아래는 구만리 발전소다. 파로호 물을 이용하는 수력 발전소란다. 원래는 화천댐으로 불렸는데 6.25 전쟁 당시에 중공군과 엄청난 전투가 있었던 곳이란다. 그 후로는 물리친다는 뜻이 담겨 있다 하여 파로호로 이름이 바뀌었으며, 이 댐은 일제 강점기 말 1944년에 준공되었단다. 일본이 항복하기 1년 전이다. 그 뒤 6.25 전쟁 당시 중공군 주력 부대가 남하하던 길목이었다고 한다. 우리는 그 파로호 상류에 새로운 댐을 막을 예정이다.

구만리 발전소를 지나 한참을 더 올라가니 도로 끝부분이 풍산리 마을이다. 여기저기 주변의 군부대가 제법 크다. 마을이라고 해 봐야 몇 가구 안 된다. 함께 가는 동료들도 놀란다. 이건 완전 군대 생활을 다시 하는 기분이란다. 풍산리 마을의 가정집을 빌려 상주하는 우리 직원이 있었다. 신규 투입되는 인원들을 군부대와 동시에 점검, 기록하며 한 사람 한 사람 신원 확인 후 검문소를 통과한다. 힐, 무슨 간첩 잡나? 아무튼 그곳부터는 민간인 출입 통제 구역이니 어쩔 수 없단다. 무엇을 그리 세밀하게 점검하는지 두어 시간 이상 지체하였다. 검문소를 통과하니 인원을 수송할 미니버스가 있다. 아직도 갈 길이 먼가 보다. 비포장 길이 상당히 좁고 오래된 꼬부랑 도로다. 옛날 금강산으로 가는 길이란다. 꽤 높은 고갯길을 넘어가니 정상부터 급경사로 무척 위험하고 꼬불꼬불하다 그 비좁은 길을 30여 분 이상 내려가니 강이 흐른다. 그 강을 따라 한참을 더 털털거리며 내려가 임시로 만든 가교를 건넌다. 비가 조금만 와도 바로 넘칠 것 같다. 얼마나 더 덜컹거리며 갔을까? 숙소 겸 사무실에 도착했다. 아마 풍산리에서도 한 시간 이상 달려온 것 같다. 이리저리 둘러보아도 앞뒤로는 꽉 막힌 산뿐이다. 산도 그냥 산이 아니고 깎아지른 듯한 암산들이다. 도대체 여기다가 어떻게 길을 만들고 댐을 만들 수 있을까? 아무리 생각해도 난감하다. 저 아래쪽으로 흐르는 강변으로는 정말 엄청난 절벽들로 이루어진 악산들이 둘러쳐 있다. 숙소는 산을 계단식으로 겨우겨우 만들어 가건물로 지었는데 숙소를 오르내리는 것도 마치 등산하는 기분이다. 참, 기가 막혀 뭐라 말로 표현할 수가 없다. 어떻게 생활할지 엄두가 안 난다. 거기에 웬 골짜기는 그리 많은가. 골짜기마다 도랑물이 장난이 아니다. 그 물이 모여서 북한강을 따라 파로호 댐으로 흘러 내려가나 보다.

숙소 바로 윗동네가 양구군 방산면 오미리, 천미리다. 지명은 있지만, 민간인들은 전혀 없다. 아마도 골짜기마다 마을이 있었으리라 짐작만 할 뿐 그 형태를 찾아볼 수 없다. 이곳에서 조금만 더 올라가면 바로 GOP 철책이란다. 가끔 군부대 막사들만 여기저기 은폐, 엄폐되어 있다. 우리가 건너온 강을 경계로 남서쪽은 화천군, 북동쪽은 양구군이다. 현재 사무실과 숙소의 주소는 양구군에 속한다. 우편도 자주 오고 가기 어렵고 하루 한 번 부식 배달용 봉고차가 몇 부씩 가져오는 신문을 보는 것이 유일한 외부 소식을 듣는 것이다. 초창기에 투입된 동료들 이야기로는 그래도 많이 좋아진 것이란다.

동료들은 다들 재입대한 기분이라고 투덜거린다. 거기에다 우리가 움직이는 작은 도로 외에는 모두 철조망이고 여기저기 지뢰 위험, 절대 접근 금지라는 팻말들이다. 그나저나 어떻게 어디에서 무슨 흙을 가지고 댐을 막는다는 것인지, 아무리 보아도 난감하기만 하다. 골짜기마다 양쪽 벼랑에 어떻게 해서라도 자리를 잡아 길을 내는 것이 요즘 불도저가 하는 일이다. 내로라하는 베테랑 기사들도 한참 길을 닦아 올라가다 보면 정신이 혼미해진단다. 모두 10여 년 이상 되는 최고 수준의 베테랑임에도 혀를 내두른다. 사람도 못 갈 암벽을 길을 만들어 가면서 골짜기마다 빠끔한 자리만 있으면 달라붙어 있다. 어떻게라도 자리가 나면 포클레인이 붙어서, 바윗돌 같은 암석을 덤프로 운반하는데 덤프가 맥을 못 춘다. 그야말로 역부족이다. 한마디로 택도 없다. 덤프들이 여기저기 부러지고 찌그러져 주저앉는다.

결국엔 중동에서 사용하던 벤츠 덤프 10여 대를 긴급 도입하기로 하였다. 평화의 댐 전용으로 임시 허가되었단다. 다른 현장에는 사용할 수 없고 오직 이 현장에서만 사용하는 조건이란다. 중동에서 사용 중인 중고 장비다. 벤츠 덤프는 겉보기에는 참 볼품없고 멋대가리 없다. 이건 좀 괜찮을까? 우리는 반신반의하면서 벤츠 덤프로 작업을 시작했다. 오잉!! 햐!! 역시나 벤츠다. 짐을 잔뜩 싣고 어떠한 언덕을 올라가도 끄떡없다. 정말 벤츠는 벤츠다. 회사에서 중동 지역에 있는 벤츠 덤프 50여 대를 긴급 수배하여 한 달 후쯤 우리 현장으로 모두 들여오기로 하였다. 우선 선발대로 들여온 열 대로 시작했다. 국산 덤프는 벤츠에 도저히 비교가 안 된다. 와, 정말 이렇게 현격한 차이가 나리라고는 누구도 생각하지 못했다. 승용차만 한 큰 바위들을 댐으로 운반하기 시작했다. 소장님은 입이 귀에 걸린다. 7월 중순 한여름인데도 아침저녁엔 선선하다 못해 춥다. 강원도 산속이 춥다더니 여름에도 긴팔을 입을 정도다. 이제 본격적으로 능률을 올려야 한다. 현장 소장님은 모두를 모아 놓고 일장 연설이다. 내년 올림픽 기간까지 우리는 서울의 안전을 위해서 반드시 해내야 한다는 내용이다. 수차례 장비팀과의 미팅 겸 협의를 하며, 현장 수당 겸 야간 수당을 이 현장에서만 특별히 상향 조정하기로 하였다. 또한 덤프 운반 횟수당 별도의 인센티브를 추가 지급하기로 하였다. 대충 예상을 해도 그 수당 제도는 괜찮은 거 같다. 우리는 한 달 예정으로 시행해 보고 불만족하다면 다시 협의하기로 하고 작업에 돌입하였다.

그런데 이게 웬일? 날이 갈수록 그 험한 길을 평지처럼 내달린다. 밤새워 일을 하여도 기사들 두 눈이 반짝거린다. 누구 하나 불평하지도 않는다. 햐!! 정말 대단하다. 마치 벌 떼가 윙윙거리듯 한다. 너무 조급하게 하다가는 위험하기 짝이 없다. 모든 길이 가파른 낭떠러지에 좁고 급커브로 이어진다. 오죽하면 사무실에서는 제발 조심하라고 매일같이 신신당부를 한다. 헐, 참으로 놀랍다. 정말 엄청난 능률과 위력을 발휘한다. 나는 사람도 대단하지만 그 메이드 인 제르마니, 정말 그 덤프트럭은 물건 중 물건이다. 정비사들 이야기로는 장비의 프레임 자체가 너무나 다르단다. 한마디로 산소로 절단을 하여도 잘 잘리지 않을 정도로 단단한 재질이란다. 같은 쇠인데 무엇이 어떻게 다르기에 그 정도인지 모르겠다. 우선 엔진의 힘을 보면 알 수 있다. 엄청난 짐을 싣고 높은 언덕을 오르면 다른 차량 엔진은 힘이 약해 그대로 시동이 꺼져 버리는 일이 자주 발생한다. 그런데 이 벤츠 엔진은 금세 꺼질 것처럼 껄끄덕 껄끄덕 소리를 내면서도 절대로 엔진이 꺼지지 않고 끝까지 올라간다. 정말 모두가 혀를 내두른다. 거기에다가 인센티브라는 마약(?)까지 준다니까 너도나도 죽기 살기로 날아다닌다. 나 혼자 천천히 조심 또 조심한다 해도 앞뒤의 차가 빠르면 자연스레 빨라지게 마련이다. 한 달이 지나면서 급여 외에 특별 수당으로 지급되는 것을 확인하니 모두가 기본 급여 이상이다. 거기에다 상여금이 나오는 달은 완전 따따불이다. 돈의 위력이 그렇게 대단하다는 것을 보며 나는 다시 한번 놀랐다.

벌써 댐 기초 바닥이 잡혀 간다. 좁은 산과 산을 가로막으니 댐의 길이보다 폭이 두 배는 되는 거 같다. 기초 공사를 하기 전에 지난해부터 댐 안쪽 산 옆으로 대형 터널이 개통된 상태이다. 댐이 완공되면 설사 수억 톤의 물이 한꺼번에 몰려와도, 그 터널을 통과하면서 지체되는 시간 동안, 북한강의 모든 댐의 수문을 사전에 열어, 홍수에 대비할 시간을 마련하는 것이 이 댐의 기본 목적이다. 벌써 댐의 기초 바닥은 양쪽 산을 연결하여 이제부터 모든 물은 터널을 통과한다. 엄청나게 큰 배수로 터널이다. 9월 초 늦은 장마가 닥쳐왔다. 이틀 동안 아마도 2~300mm는 족히 왔다. 댐이 넘치기 직전이라고 난리다. 힐, 넘치면 그동안 쌓아 올린 본 댐이 모두 유실될 것이다. 저 아래 여수로 터널에서는 굉음을 내면서 벼락 치는 소리와 함께 붉은 물줄기가 수십 미터 이상 치솟으며 물안개로 희뿌옇다. 다행히 비는 잦아들고 하늘이 도왔나 보다. 댐은 넘치지 않았다 그 무섭던 수량도 순식간에 줄어든다.

상류를 점검하던 사람들이 웅성거린다. 북한 쪽에 그동안 공사하던 댐이 붕괴되었다는 소문이 나돌았다. 그리고 북한 군인으로 보이는 시체가 발견되었다. 우리는 가까이 접근도 못 하게 한다. 군부대 장병들이 둘러싸고 있어서 볼 수도 없다. 굳이 가까이 가 보고 싶지도 않지만, 그래도 사망한 북한 군인의 명복을 빌고 싶다. 다음 날 자세한 소식이 들려온다. 북쪽에서 공사 중인 댐이 붕괴된 것이 사실이란다. 우리처럼 이제 막 댐이 축조되는 중에 터졌으니 망정이지, 다 준공한 뒤 만수위 상태에서 터졌다면 상상할 수 없을 정도의 엄청난 홍수였을 것이 분명하다. 그것을 우리가 대비하는 것이다. 아무튼 1차 공사의 뎀바(기준점)는 양쪽 산 위에 커다랗게 흰 페인트로 표시해 놓았다. 2차, 3차 뎀바는 저 아득한 산꼭대기이다. 정말 아득한 높이다. 대충 보아도 1차 공사의 두 배 높이는 되는 거 같다.

특별 수당의 효력인진 몰라도 하루가 다르게 진척되어 간다. 골짜기마다 그 험한 암벽 옆으로 자그마하게 엉덩이라도 붙일 만한 공간이 생기면, 장비들이 자리를 잡고 암석들을 상차한다. 수십 미터 이상 줄줄이 산골짜기를 타고 빼곡히 쌓여 있는 너덜바위 물결이다. 이처럼 골짜기마다 돌 서드렁이 있는 계곡엔 어김없이 덤프 행렬이 끝도 없이 이어지면서 크고 작은 암석들을 본 댐으로 실어 나른다. 엊그제 장마가 지난 뒤 온통 여기저기 새로운 도랑이고 물길이다. 차갑고 깨끗한 천연 약수가 온 산천에 넘쳐흐른다. 마치 밀림처럼 우거진 울창한 숲속에는 별의별 나무와 이름 모를 넝쿨들이 그 특유의 진한 산 내음을 뿜어낸다. 그것이 향기인지 낙엽 썩는 냄새인지 그리 싫지 않은 냄새다. 처음엔 아무것도 없었는데, 시간이 지날수록 낮은 계곡 아래, 시골 장독대 주변에서 흔히 볼 수 있었던, 목단꽃도 보이고, 꽈리나무도 보인다. 자세히 살펴보면 살구나무, 복숭아나무도 어지러운 잡목 속에 아무렇게나 숨어 있다. 분명 그 언제인가 이곳은 사람이 살던 곳이고 누군가의 집이 있었던 자리라는 걸 나처럼 깡촌에서 나고 자란 사람이라면 미루어 짐작할 수 있다. 아마도 이곳은 경기도 동북부 그리고 강원도 서북 지역 사람들이 이용하던, 옛날 어느 시절엔 금강산으로, 원산으로, 그리고 함흥 청진으로, 이어지는 길목이었을 것이다. 그때는 정겹고 살기 좋은 누군가의 고향이었을 것이고 행복한 보금자리였을 것이다. 강변에는 작은 논과 밭들도 있었을 테고 흐르는 강물에는 물고기들이 떼 지어 노닐며 산에는 산나물이 지천인 살기 좋은 마을이었을 것이다. 그리고 요즘 최고 인기라는 진귀한 버섯들이 널려 있는 그야말로 산 좋고 물 맑고 인심 좋은 조상 대대로 살아온 누군가의 삶의 터전이었을 것이다.

초창기엔 그렇게도 어렵던 공사가 제법 안정된 기반을 잡아 가는 것 같다. 9월이 되면서 아침저녁으로 서늘한 바람이 불어와서 가을이 다가옴을 몸이 먼저 느끼고 있다. 이젠 이곳 생활이 익숙해지는 것 같다. 언제 어디를 가나 그렇듯이 주변에는 부지런하고 약삭빠른 친구들이 있게 마련이다. 절대 입산 금지라는 팻말이 무색하게도 앞산, 뒷산, 옆 산 안 가 본 곳이 없다는 친구들이 있다. 위험하다고 만류를 하면 왕년에 이 근방에서 군 생활을 하였다느니, 안전은 내가 더 잘 안다느니 하면서 잘도 돌아다닌다. 다녀오면 오미자, 또는 팔뚝만 한 더덕, 그리고 나는 이름도 모르는 약초며 머루, 다래 등 참 다양하기도 하다. 그중 매일 차를 끓여 마시는 오미자는 바로 숙소 주변에도 널려 있단다. 신기한 것은 그 오미자 한 줌을 주전자에 넣어 끓이면 은은한 한약 냄새가 난다. 그 맛은 구수하고 상큼하면서 향긋한 오미자 특유의 맛과 향이 난다. 덕분에 숙소의 고리타분한 남자들만의 냄새가 고상한 한방차 향기로 가득 채워진다.

나도 가끔 소위 전문가라는 동료들을 따라 가까운 산속을 함께 다녀왔다. 숙소에서 불과 백여 미터 정도만 들어가도 빽빽한 밀림이다. 숲속은 사람이 쉽게 움직일 수조차 없다. 조심조심 발 아래쪽을 보면 그래도 사람이 다녔을 법한 돌길들이 어렴풋이 나타나기도 한다. 조심스레 그런 곳만을 찾아 더듬더듬 걸어가란다. 그렇지 않고 전혀 생소한, 사람이 한 번도 가지 않았을 길은 절대로 발을 디디지 말라는 것이다. 그것이 최고의 안전을 확보하는 것이란다. 그리 멀리 가지도 않았는데 가끔 크지 않은 돌무더기가 눈에 띈다. 그것은 분명 사람의 힘으로 모아 놓은 것이 분명하다. 이끼가 무성하고 잡목에 뒤덮여 있기도 하다. 이 깊은 산속에 누군가 왜 저렇게 돌들을 모아 놓았을까? 잠시 길을 멈추고 생각에 잠긴다. 전해져 오는 이야기로는 이 주변은 중공군과의 치열한 전투로 인하여 아군 적군 할 거 없이 수많은 시체로 뒤엉켜 있었다고 한다. 그러니 저런 돌무더기는 필시 돌무덤일 것이라 추측한단다. 그 이야기를 듣고 나니 마음이 숙연해지고 발걸음은 무거워지면서 자꾸 머뭇거려진다. 그날 저녁 잠들기 전에 나의 일기장에 무엇인가 오늘 이 감정을 기록하고 싶어진다. 내가 글을 쓰는 사람이라면, 아니 시인이라면 그 푸른 이끼로 뒤덮인 돌무더기를 바라보며 오묘한 나의 심정을 제대로 표현할 수 있을 텐데…. 어떻게 해야 온전한 표현이 될지 머뭇거려진다.

## 돌무덤

누구도 오지 않는 깊은 산모퉁이 말없이 슬어 누운 돌무덤 하나
포성이 뒤엉키던 처절한 그날 젊음의 피를 뿌려 이 땅에 준다.
비목은 썩으려져 흔적도 없고 검푸른 이끼 아래 무심한 세월
그대가 살은 찢던 아픈 그 설움, 가을 햇살 보듬어 감싸 주려오.
역사가 제아무리 진실타 한들 가신 님 그대 심정 어찌 다 알고
행여나 세상인심 서글픈 인연 너그러운 마음으로 살펴 주소서.

1987년 10월 평화의 댐에서

철야 작업은 통상 1인 12시간씩 근무한다. 나는 오늘 0시부터 06시까지, 그리고 정오 12시부터 18시까지, 6시간씩 두 타임이 나의 근무 시간이다. 주 작업은 벤츠 덤프로 암석 운반을 하는 것이다. 교대 후 6시간 동안 수면을 취하여도 시원치 않지만, 두어 시간 수면 후 힘겨워도 일어나서 조금씩 지친 몸을 움직여 줘야만, 그나마 밥맛이 조금 생겨난다. 그렇지 않고 4~5시간 푸욱 자고 나면 입 안이 텁텁하고 밥맛이 없다. 그런 상태로 장비와 씨름하다 보면, 몸은 더욱 피로에 지치게 된다. 그러니 억지로라도 두어 시간 자고는 몸을 움직여 주어야 한다. 그것이 유일한 우리의 휴식 시간이다. 그런데 그 시간에 적당히 몸을 움직여 줄 장소가 없다. 온통 산비탈뿐, 오늘도 천 근 같은 몸을 억지로 움직여 가까운 댐(2~3차 예정지)의 잡목을 정리한 산 위에 올라갔다. 동남쪽으로 북한강이 파로호를 향해 구불거리며 흐른다. 바로 아래는 본 댐으로 움직이는 덤프들이 마치 커다란 개미들이 굴 앞을 드나들며 먹이를 옮겨 나르는 것처럼 꼬물거린다. 햇살은 아직 조금 따갑지만 그래도 가을 햇살이 역력하다. 나는 작은 바위에 걸터앉아 아름다운 북한강의 모습과 가을로 접어드는 산줄기를 내려다본다. 아!! 정말 내 눈에 비친 산과 굽이도는 강은 꿈속에서나 볼 수 있는 환상 그 이상이다. 저 멀리 산 정상부터 물들기 시작하는 가을빛, 코끝을 스치는 가을 냄새, 마치 이 풍경은 천상의 그림 같다. 내가 앉아 있는 자리는 댐 축조를 위하여 잡목들을 잘 정리하여 발아래 아스라이 펼쳐지는 태곳적 자연을 그대로 내려다볼 수 있다. 바로 위쪽에 꽤 큰 소나무 한 그루가 있다. 그 소나무 몸통에는 오래전에 파여 나간 흔적이 상처로 남아 껍질이 움푹움푹 들어가 있다. 자세히 보니 잉?!! 이건 분명 총탄 자국이다!! 그 옆의 작은 바위에도 강제로 파여 있는 분명한 총탄 자국들이다. 헐!! 아~ 이곳에 엄청난 총알들이 빗발치듯 퍼부었구나. 내가 앉아 있는 발아래 그리고 주변을 더듬듯이 두리번거리면서, 한참을 전쟁 당시의 생각에 잠겨 있었다. "휴우~" 저절로 기~인 한숨이 나온다. 이렇게 아름다운 곳에 이게 웬 처참하고 슬프고 원통한 흔적이란 말인가. 나는 지금 이 나라의 피로 얼룩진 한스러운 동족상잔, 그 현장에 앉아 있구나. 내 나라 우리 땅의 역사가, 내 가슴 저 깊은 곳에서, 너무나 진하게 마음속으로 그려지면서 온몸에 작은 전율이 느껴진다. 이 슬프고 한스러운 현장을 생각나는 대로 적어 본다.

## 북한강

태고의 신비를 가슴에 안은 그대의 황홀한 옥빛 자태여
천사의 모습이 여기에 있네.
금실처럼 굽이도는 그대 허리는 꿈속의 선녀가 살아 왔느뇨
우리나라 무릉도원 여기일지니 한민족의 평화로운 젖줄이어라.

겨레의 영혼을 가슴에 안고 고요하고 한가로이 흐르련마는
반만년 굽이도는 그대 허리엔
어이하여 가시덤불이 겹을 이뤘나 오호라 벗님 내여 우리 형제여
단군 자손 우리 님네 모두 모이세 사랑으로 가시덤불 거두어 보세.

1987년 가을 평화의 댐에서

이렇게도 아름다운 우리의 삶의 터전이, 이토록 생각하기조차 싫은 아픈 역사가, 내 눈앞에 선명한 흔적으로 남아 있고, 이렇게 평화로운 산길, 물길이 철조망으로 겹겹이 둘러쳐, 두 동강이로 나누어져 있다는 이 현실을 어떻게 표현해야 좋을까, 불과 40여 년도 채 되지 않은 그 아픈 시간 위에 내가 앉아 있다. 나는 시인도 아니고 문학작가도 아니다. 그저 밤새워 일만 하는 그런 근로자인 내가, 이 산, 이 흔적 위에 앉아 가슴으로 느낀 진하고 처절한 그 슬픈 심정을 어찌다 온전하게 옮길 수 있겠는가. 그 아픈 역사를 만분지일도 표현하지 못한다 해도 분명 무엇인가 기록하고 싶다.

　철야 작업이지만 인원을 충분하게 배치하니 피로도가 훨씬 적다. 올해는 추석이 10월 7일이다. 현장 사정으로 특별히 추석 당일만 쉬기로 하였단다. 인원을 분산하여 미리 추석 연휴를 보내고, 추석날 현장 복귀하는 팀과 추석 바로 전날 출발하는 팀으로 나누어, 결국에는 추석 당일 하루만 멈추게 하는 것으로 최대한 작업 일정을 극대화한다는 것이다. 추석 특별 보너스도 제법 두둑하다. 나는 추석 전날 출발하여 9일에 도착하는 팀이다. 명절 바로 전날이라서 몹시 붐빌 줄 알았는데 그런대로 어렵지 않게 집에 내려왔다. 오랜만에 온 집안 식구가 다 모였다. 모처럼 부모님 얼굴에 웃음이 가득하시다. 이제 우리는 뒷전이다. 어린 손자, 손녀가 온통 집안을 휘젓는다. 어머니는 엊그제까지도 누워 계셨다고 한다. 그래도 재롱떠는 손자, 손녀들을 보며 환하고 행복한 얼굴이시다. 항상 가을바람만 불기 시작하면 그렇게 머리가 아프다고 하신다. 두통약만 드시고 별다른 진료는 안 받아 보셨다. 젊은 시절부터 그렇게 머리가 아프시고 허약하셔서 그렇다고만 알고 있을 뿐이다. 이번 명절에도 자주 자리에 누워 계신다. 나는 어머니가 몸져누워 계시는 모습을 보면서 이웃집 어른들의 건강하신 모습을 늘 부러워했었다. 우리 어머니도 아프지 않고 건강하셨으면 얼마나 좋을까? 괴산 집에서 하루를 보내고 바로 현장에 복귀해야 한다. 어머니는 굳이 한참을 걸어 큰길까지 나오셔서 버스가 애재 마을 산모퉁이를 돌아설 때까지, 그 자리에 서서 손을 흔드신다. 아이들은 정신없이 뛰고 할머니에게 인사도 하는 둥 마는 둥 한다. 나는 해마다 변해 가는 어머니의 모습을 보았다. 손을 흔들며 바라보는 어머니의 눈 속이 촉촉해지는 그 모습을 볼 때마다 가슴으로 아리게 전해져 온다. 차마 어머니의 눈을 바로 볼 수가 없다. 나는 그저 "들어가세요."라는 말만 던지고 마음속으로 "건강하세요, 어머니." 하면서 돌아선다.

본격적인 가을이다. 온 산천엔 머루, 다래가 지천이다. 점점 주변 산들은 가을 단풍으로 짙게 물들어 가고, 파로호 상류에서 잡았다는 처음 보는 물고기들이 마치 바다 생선처럼 튼실하다. 동료 중에는 나름 물고기 전문가, 약초 전문가들이 있어 자랑이 요란하다. 특히나 산천어 그리고 그 유명한 황쏘가리가 어른 팔뚝만큼 크다. 정말 큰 고등어만 하다. 기껏 커 봐야 손바닥 정도가 보통인데 이렇게 크다는 것이 놀랍다. 그것도 한두 마리가 아닌 꽤 많은 양을 잡았다. 하기야 여러 사람이 모이는 현장에는 별별 전문가가 다 모인다. 물고기 전문가, 산짐승 전문가, 약초 전문가, 그야말로 다재다능한 기술자들이다. 실제로 그들은 말뿐이 아니라 우리 앞에 보여 준다. 중기 숍 한쪽 계곡에 깨끗한 물이 흐른다. 그 계곡물 옆에 널찍하게 웅덩이를 만들어 놓았다. 밖으로는 철망을 둘러서 물고기가 뛰어 나가지 못하게 잘 만들어 놓고는 팔뚝만 한 누런 황쏘가리며 빠가사리 등 희귀한 산천어들을 잔뜩 가둬 놓았다. 추석이 지난 지도 한 달이 지나간다. 동절기 작업 중단을 하기 전에 어느 정도의 안전선까지 축조하기 위해서 모든 근로자, 사무실 할 것 없이 최선을 다하는 모습들이다.

11월 4일 평소처럼 오전 작업 중에 갑자기 나를 찾는다. 잠시 사무실에 들른 나는 가슴이 철렁 내려앉는 전보를 받았다. 어머니가 위독하시니 급히 귀가 바란다는 내용이다. 나는 사무실 전화로 급히 집사람과 통화했다. 어머니가 쓰러지셔서 혼수상태이니 바로 오라는 것이다. 집사람의 작고 떨리는 목소리가 그 위중함을 말해 주는 것 같다. 바로 사무실 차량을 지원받아 화천까지 나와서, 점심때가 지난 시간에 춘천으로 출발했다. 춘천에서 서울로 가면 돌아가는 것 같아서 원주로 가는 버스로 연결하였다. 마음은 급한데 버스 시간은 한참을 기다려야 연결된다. 원주에서 충주로 가는 버스는 벌써 해가 지는 시간이다. 충주에 도착하니 막차들이 모두 끊긴 상태다. 곧바로 택시로 음성까지 갔다. 음성에서 괴산 소수 우리 집은 그리 멀지 않으니, 택시로 이동하면 된다. 사무실에서 급전을 가불하였기에 가능하다. 밤 10시가 조금 지난 시간에 집에 도착하였다. 어머니는 혼수상태이시다. 나는 어머니의 두 손을 꼬옥 쥐면서 어머니를 불러보아도 아무런 대답이 없으시다. 얼굴 가까이에 "어머니!! 저 왔어요!!" 하면서 몇 번을 불렀을 때 겨우 작은 소리인지, 신음 소리인지를 내신다. 더 큰 소리로 "저 왔어요!!" 해도 대답이 없으시다. 한참을 쏟아지는 눈물을

참을 수가 없다. 나는 어머니가 내가 온 것을 알고 있음을 직감으로 느낄 수 있었다. 온 가족이 다들 먼저 와 있었다. 그중 내가 가장 멀리 있었던 것이다. 어머니는 어제 새벽에 쓰러지셔서 괴산 병원으로 급히 모셨고, 그곳에서 바로 청주 큰 병원으로 황급히 옮겼으나 청주 병원에서 진찰 결과 조용히 집으로 모시라고 하였단다. 우리 어머니는 그렇게 그날 밤 우리가 지켜보는 가운데 저세상으로 가셨다.

금년 69세이시다. 남들 부모님은 아직도 정정하신데 우리 어머니는 돌아가셨다. 끝도 없이 쏟아지는 눈물은 이튿날이 되어도 주체할 수 없이 쏟아진다. 내 나이 36세에 어머니를 잃었다. 세상에 태어나서 그렇게 많은 눈물을 흘려 본 적이 없다. 말없이 누워 계신 어머니를, 자식이라는 나 자신이 어떻게 아무것도 할 수 없다는 것이 나를 더 가슴 저리게 한다. 그날부터 정신도 없이 가슴이 타는 듯한 시간들이 흘러갔다. 세상에서 다시 볼 수 없는 어머니를 향한 애끓는 그 애절한 슬픔, 멈추지 않는 눈물은 하염없이 흘러내린다. 불과 한 달 전 추석 때 큰길에서 내가 안 보일 때까지, 손을 흔드시던 그 모습이 나와 마지막이었단 말인가. 미어지는 후회와 슬픔, 그냥 아무 데나 주저앉아 쏟아지는 눈물을 주체할 수 없다. 겨우겨우 정신을 가다듬고 흔들리는 몸을 추스르면서 그렇게 삼일장으로 우리 어머니를 우리 밭 한편의 차디찬 흙 속으로 보내 드려야 했다. 하늘 아래 둘도 없는 나의 어머니, 그동안 정신없이 슬픔 속에 치러진, 장례식에 직접 찾아 주시고 슬픔을 함께하며 위로하여 주신 모든 분의 감사함과 고마움도 기록하고 기억하고 싶다(1920년 9월 26일~음력 1987년 9월 14일 金粉○). 30여 년 전 기록을 정리하며 목이 메어 몇 번을 멈추었다.

세상은 아무 일도 없었다는 것처럼 평범한 가을 속으로 깊어 간다. 평화의 댐 현장도 철야 작업이 계속되어 완전한 댐의 형태가 서서히 나타난다. 일주일 전 그렇게도 하늘이 무너지는 슬픔을 겪고 가슴속에 흐르는 눈물이 아직도 가슴 저리고 그 슬픔은 산에도 하늘에도 가득 차 있는데 세상은 이렇게 아무렇지 않은 듯 '어제' 그리고 '오늘' 또 '내일'이 오고 있구나. 그렇게 일주일이 지난 어느 날, 온통 세상이 떠들썩하다. 신문 방송들이 하루 종일 아니 며칠 동안 시끌시끌하다. 나는 무슨 일인가 하고 신문을 펼쳤다. 삼○그룹의 창업주 이병○ 회장님이 별세하셨단다. 허 참, 신문 머리글만 한참을 바라보다 더 이상 읽을 수가 없다. 물론 훌륭하신 회장님의 명복을 빌고 싶다. 하지만 모두가 귀하고 귀한 삶인데, 우리 어머니가 세상을 떠나신 것은 그저 나의 가까운 이웃만이 알 뿐이고, 이 회장님은 세상이 다 알고, 온 지구촌이 다 알도록 며칠씩, 신문 방송이 요란스러울 정도로 애도의 물결이 끊이질 않는다는 것이, 마음 한구석을 더 착잡하고 슬프게 하는 것 같다. 그분은 엄청난 재력가이면서 연세는 그리 많지 않았다. 하늘이 정해 준 운명은 아무리 큰 부자라 해도 어쩔 수 없는가 보다.

1987년도 연말이 다가온다. 우리 현장은 하루가 다르게 댐의 모습이 제대로 갖추어져 간다. 1차 공정의 60퍼센트 이상이다. 내년 올림픽 전에 안전선까지는 무난할 것으로 보인다. 그러던 어느 날, 또다시 세상이 요란스럽다. 참으로 하늘도 무심한 사건이 터졌다. 우리 비행기 칼858기가 중동에서 우리나라로 오는 도중, 미얀마 안다만 해역에서 공중 폭파되어 사라졌단다. 국제 수사팀이 그 비행기의 전 기착

지에서 수상한 사람을 긴급 체포하였단다. 김현이란 여성이다. 또 한 사람의 남성도 있었지만 그 사람은 음독자살을 하였단다. 김현이란 여성도 음독자살을 시도하였으나 겨우 살아나 회복 중이란다. 세상에, 이게 무슨 날벼락인가? 중동으로 파견되는 우리 노동자들이 주로 오고 가는 비행 노선이다. 탑승자 115명이 전원 사망한 것으로 추정한단다. 대다수가 중동 지역에서 귀국 중인 근로자들이라니, 하늘도 무심하다. 몇 년 전, 나 역시 그 비행 노선으로 두 번이나 다녀왔다. 세상이 발칵 뒤집혔다. 정확한 수사 결과는 시간이 더 필요하지만 일단 북한의 소행으로 보고 있다. 범인이 생존해 있으니 머지않아 자세한 결과가 밝혀지겠지만, 하늘이 무섭지도 않은 인간들이다. 가난을 벗어나려고, 그 뜨거운 사막에서 오일 달러를 벌겠다고 발버둥을 치던 춥고 배고픈 근로자들이다. 얼마나 침통할까. 참으로 원통한 일이다. 삼가 고인들의 명복을 통곡하며 빌고 싶다. 올 한 해는 영원히 잊을 수 없는 1987년이라고 기록하고 싶다.

연말이 다가오면서 화천 양구 날씨는 본격적인 겨울로 접어든다. 한번 얼었던 땅은 녹을 줄을 모른다. 길은 미끄럽고 위험하다. 결국 동절기 휴무로 최소 비상 인력만 남기고 본부로 복귀하였다. 내년 봄 재투입될 것이다. 모처럼 집에서 약 2주 동안 동절기 휴가를 얻었다. 바로 아래 동생도 우리 집 근처 청주 시내에서 작은 식당을 개업하였다. 나름 괜찮은 거 같아 다행이다. 문제는 어머니 없이 홀로 계시는 아버지가 너무 걱정스럽다. 아무리 말씀드려도 절대 청주에 안 나오시겠다는 것이다. 무엇보다도 우리 아버지는 여성들이 하는 일은 하나도 하지 못하신다. 평생 동안 부엌이란 곳 근처에도 가시는 것을 본 기억이 없다. 아버지를 찾아뵙고 사정사정하여도 한마디로 거절하신다. 평소에도 말씀이 없으셨던 아버지는 몇 번을 말씀드리면 "아, 그쓸데없는 소리나 할라믄 어여들 가거라." 하시면서 밖으로 나가신다. 이 겨울에 빨래는 어떻게 하실 것이며 각종 부엌일은? 결국 몇 차례토의 끝에 며느리들이 일주일씩 돌아가면서 찾아뵙고 돌보아 드리기로 하고는 돌아왔다.

1988년 새해가 밝은 지도 한 달이 다 되어 간다. 동절기에는 본인 담당 장비에 대한 종합 정비 또는 예방 정비를 하며 봄이 되면 새롭게 투입될 준비로 바쁘다. 따라서 평택 사업소 공동 숙소에서 생활하는 시간이 많아진다. 전국 현장을 떠돌다 오랜만에 동료들을 만날 수 있는 기회이기도 하다. 오늘은 중부 고속도로가 개통하였다고 TV며 방송 매체들이 하루 종일 요란하다. 관련 기관 사람들에게 표창을 수여한단다. 무슨 무슨 감독관, 무슨 무슨 사장 등 참 많기도 하다. 그동안 수많은 밤을 새워 가며 열심히 일한 우리 근로자들은 단 한 사람도 없다. 참 듣고 있기가 껄끄럽다. 옆에 있던 동료가 "저×× 들 현장에서 밤새 고스톱 친 ×들이구먼." 한다. 모두가 껄껄 웃는다. 또 한 친구는 나를 돌아보며 "아, 지 박사 안 그러우?" 한다. "글쎄요. 표창이란 게 별거 아닌 종이 쪼가리라지만 듣기가 좀 그렇네요." "좀 그런 게 뭐야. 우리 밤샐 때 뻔하자나. 감○○이랍시고 밤새 소장들 주머니나 털어먹는 거 다 알자나." "하하하!" 나는 그저 웃기만 하였으나 무엇인가 씁쓸한 것은 사실이다. 그리고 보니 언제부터 인가 동료들이 나를 부르는 별명이 '박사'다. 헐, 가방끈도 짧은 사람이라고 그리 부르지 말라고 하지만 듣질 않는다. 그 친구는 "아, 박사가 별 거야? 애비 잘 만나 남의 작품 이것저것 표절해서 논문 하나 잘 쓰면 그게 박사 아녀? 그런 사이비 박사보다야 사려 깊고 올바르게 상황 판단 잘하는 우리 지 박사가 진짜 박사님이지." 하면서 웃는다. 참 하나같이 멋지고 훌륭한 가장들이 전국을 돌아다니면서 현장 생활을 한다는 것이 왠지 안쓰럽기도 하다. 오늘도 그런저런 이야기들로 본부 숙소의 밤이 깊어 간다.

1988년 새해에는 커다란 국가 행사도 있지만 여러 가지 많은 제도가 신설되기도 하고, 변경되기도 한다. 그중 우리 근로자들에게 특별한 것이 있다. 바로 국민연금이라는 것이다. 몇 년 전부터 시행하려고 몇 번 시도하였으나, 무슨 이유인지 미루어져 왔다. 선진국에서는 수십 년 전부터 시행했단다. 그래야만 노후에 연금으로 생활할 수 있다는데 우리나라는 예부터 자식들이 늙은 부모를 모시는 풍습으로 좀 생소한 분위기였지만 어찌 보면 우리도 빨리 받아들여야 할 제도 중 하나인 것 같다. 들리는 소문으로는 올림픽을 앞두고 국제 사회가 우리나라를 바라보는 따가운 시선 중 대국민 복지 제도가 전혀 없는 나라라는 것도 이 제도를 시행하는 데 한몫을 하였다는 소문이다. 특히 우리 근로자들은 대환영이다. 급여에서 매월 조금씩 적립하여 60세가 넘어서 월 얼마씩이라도 받을 수만 있다면 두 손 들고 환영이다. 왜 진작 그런 제도를 안 했는지 그것이 원망스럽다. 시행 초기에는 근로자들의 부담을 덜어 주기 위하여 근로자 50, 사용자 50으로 적립하고 순차적으로는 100% 근로자 부담이란다. 어차피 근로자가 받을 연금인데 도와주는 것도 좋지만, 그보다 하루빨리 시행되는 것이 우선이다. 그러고 보면 국가가 참 원망스럽다. 1968년도 용인 이동 저수지 또는 경부 고속도로 시절부터 시작하였다면 얼마나 좋았을까? 그렇다면 벌써 20년이 됐을 것이다. 무엇인가 억울한 느낌이다. 생활이 좀 어렵더라도 20년의 세월 동안 나는 단 몇 달도 쉬어 본 기억이 없으니, 분명 꼬박꼬박 착실하게 연금을 쌓았을 것이다. 지금부터라도 네 편 내 편 싸움질 좀 그만하고 이 나라 노년층을 위하여 제발 머리를 맞대고 적극적으로 완벽한 연금 제도를 만들어 잘 정착시켜 주기를 간절히 기원한다.

**69**    1988년 3월 1일. 임하 댐 현장. 경북 안동군 임하면 임하리. 낙동강 수계 다목적 댐 건설 현장이다. 지난해 연말부터 착공하였으나 진입로 정도 진척된 상태이다. 토목 현장 특히나 댐, 저수지 같은 현장은 기초가 무엇보다 중요하고 까다롭다. 임하 댐은 설계 자체가 엄청난 규모이다. 본 댐의 넓은 지표면 아래를 암반이 나올 때까지 표토를 제거한 후에 점토를 박아 올리면서, 동시에 양옆으로 쌓아 올려야 하는 것이다. 시작부터 철야 작업이다. 우리 회사는 메이드 인 스웨덴 덤프트럭(스카니아 25톤)을 50여 대 도입하였다. 벤츠 덤프면 더 좋았을 걸 무슨 이유인진 모르지만 좀 아쉽다. 그 장비 역시 성능이 대단하다. 좀 특이한 점이라면 굳이 철판이 아니어도 되는 부분은 유리 섬유(화이버 글라스)라고 하는 아주 가볍고도 탄탄한 획기적인 재질로 되어 있다. 간혹 정비나 점검을 위해 이용해 보면 커다란 보닛 덮개도 가볍게 들어 올릴 수 있다. 오래전부터 서유럽에서는 군용 철

모와 같은 물건들을 이것으로 대체하였다고 한다. 확실히 총알도 막을 수 있을 정도로 단단하다. 요즘 들어 우리 회사도 유행처럼 번지는 노동조합을 결성한다고 요란하다. 나는 별 관심도 없다. 노동자가 충분한 대가를 받고 일만 하면 되는 것이지, 무슨 조합이니 뭐니 해서 웅성거리는 자체가 썩 마음에 들지 않는다.

연속되는 밤샘 작업으로 찌뿌둥한 몸은 조금씩 움직여 주어야 피로가 쉽게 풀린다. 오늘은 동료와 함께 댐 내부 침수 예정지 계곡으로 산책 겸 운동을 나갔다. 임하 댐은 크게 두 줄기의 물길을 막아 만드는 것이다. 하나는 북동쪽 임동면 진보 쪽에서 오는 물길이고, 또 하나는 동남쪽 산과 계곡에서 내려오는 물길이다. 우리는 동남쪽 계곡으로 올라가 보았다. 계곡과 산줄기가 참 아름답고 범상치 않다. 댐에서 내부를 바라보면 우측 골짜기이다. 약산이라고 하는 예쁘게 생긴 산이 있고, 그 뒤로는 와룡산이 있다. 산을 따라 용계리 쪽으로 계곡을 타고 천천히 올라갔다. 계곡이 기가 막히다. 아름답기도 하거니와 넓고 큰 개울 바닥을 뒤덮고 있는 부드러운 암반들은 마치 정갈하게 깔아 놓은 양탄자처럼 탄성이 절로 나온다. 계곡이라기보다는 큰 개울이다. 그 넓은 개울 바닥이 계곡을 따라 평평한 황갈색 암반으로 이루어졌다. 물은 그리 많지 않았지만 장마라도 진다면 수량이 상당히 많을 것 같다. 한참을 매끄러운 암반을 따라 올라가는데, 어느 지점에서 큼직큼직한 쇠말뚝이 약 30~40cm 간격으로 촘촘히 박혀 있다. 폭은 3m 정도로 이쪽 계곡에서 저 건너편까지 그 길이가 30여 m 이상 될 듯싶다. 아니, 웬 쇠말뚝? 녹이 벌겋다. 아마도 박아 놓은 지 무척이나 오래된 것 같다. 물이 흐르는 쪽은 거의 삭아서 형태만 보인다. 굵기가 삽자루 정도로 엄청난 쇠말뚝이다. 어느 것은 돌 표면에 녹슨 말뚝 자리만 붉게 보인다. 물이 항시 흐르지 않는 곳에는 아직도 삐죽삐죽 휘어지기도 하고 반쯤 삭아 있다. "이게 뭐지? 이게 그 명당의 맥을 자르기 위해 박아 놓았다는 그 쇠말뚝인가?" 아무리 둘러보며 생각해 봐도 이런 곳에 그렇게 해 놓을 이유가 전혀 없다. 돌을 깨려고 한 것도 아니요, 무엇을 설치하려 한 것도 아니다. 주변을 살펴보니 정말 아름답고 기묘한 산줄기다. 그 산줄기를 이어 주는 것이 바로 바닥을 덮고 있는 암반이다. 아마도 하늘에서 내려다보면 더 아름다울 것이다. 아~ 왜 이 주변이 와룡산이고 용계리라고 이름을 지었는지 어렴풋이 짐작이 간다. 그나저나 이 아름다운 계곡이 앞으로 수몰될 예정이라니 아깝기도 하다. 그래도 나는 운이 좋아 마지막으로 볼 수 있는 사람이라니 더 아름답다. 고이고이 내 눈 속에 담아 두고 싶다.

내려오는 길에 임하리 마을을 지나다가 연세 지긋한 어르신에게 여쭈어보았다. "어르신, 와룡산 가는 계곡 냇물 바닥에 쇠말뚝이 왜 박혀 있는지 아시나요?" 그 어르신은 잠시 머뭇거림도 없이, "아, 그 왜정 때 왜놈들이 안 박았나. 그기가 와룡산 줄기 명당이라 안 카나. 그래, 그 암반에다가 무지씨리 안 박아 낫나. 거 해방되고 그뿐 아이고 여러 군데 마이 뽑았다. 그래도 마 그리 안 남아 있나. 그 왜놈들 천벌을 받을 끼다!!" 하신다. 우리는 이야기를 들으면서 할아버지의 흥분되고 떨리는 목소리를 가슴으로 느낄 수 있었다. 아~ 혹시나 했더니 역시나. 나도 모르게 한숨이 나왔다. 그날 그 계곡에 벌겋게 박혀 있던 쇠말뚝의 모습은 오랜 세월이 지나도 잊히지 않을 것 같다.

그들은 자칭 선진국이라 하여 극동 지역과 동남아 여러 국가를 미개인 취급하지 않았던가? 그러면서 어떻게 그런 야만인도 하지 않을 짓을 하였단 말인가? 참, 기가 막히고 저절로 혀를 내두르게 한다. 소위 명당의 혈 자리를 자르고 막아서 이 나라 전체를 말살하려 했단 말인가? 그러고 보니 괴산 우리 마을 뒤편에 대장군이라는 산이 있다. 마을로 야트막하게 뻗어 내린 산줄기가 있어 마을 이름이 아성리이다. 그런데 그곳에도 마을로 내려오던 산줄기가 마치 도로 공사를 하다가 그만둔 것처럼, 약 20여 미터 폭으로 싹둑 잘려져 있는 곳이 있다. 그곳 역시 잘라야 할 아무런 이유가 없는 외딴 산줄기이다. 그것 역시 왜놈들이 잘랐다는 소리를 어른들에게 들은 기억이 난다. 그 당시엔 긴가민가하면서 혹시나 다른 이유라도 있겠지 하고 잊어버렸었는데, 오늘에야 그곳 역시 명당의 혈을 자른 것이 확실하다는 생각이 든다. 아, 참 해도 해도 너무 괘씸하고 야비하다. 그들에게 이 나라 산과 들에 박아 놓은 쇠말뚝과 산맥을 파헤치고 잘라 놓은 이유를 꼭 묻고 싶다. 그리고 옛날 그대로 원상 복구를 해 놓으라고 말하고 싶다. 아마도 그들 중에는 이 사실을 직접 지시하고 시행했던 사람들이 분명 어딘가에 살아 있을 것이다. 당신들도 신을 믿고 있다면, 조상들에게 제사를 모시고 있다면, 저 하늘이 두렵지 않으냐고, 하늘과 땅과 이 나라 선조들이 두렵지 않으냐고, 꼭 한 번 묻고 싶다. 명당을 믿는 자들이라면, 신 또한 당신들이 한 짓을, 분명하게 기억하고 있을 것이다.

우리 회사도 노동조합을 만들었단다. 노동조합은 크게 두 종류가 있다. 하나는 유니언 숍 제도이며 또 하나는 오픈 숍 제도란다. 우리는 유니언 제도란다. 국제노동기구 ILO에 따르면 유니언 숍 제도는 전 근로자의 2/3 이상이 찬성하여 만들어지는 조합으로 일정 직급 이상을 제외한 전 직원이 조합원이 된다는 것이다. 신입 사원 역시 입사와 동시에 당연 가입이 원칙이란다. 그리고 오픈 숍 제도란, 모두가 자유롭게 가입, 탈퇴할 수 있는 제도란다. 두 제도 모두 장단점이 있을 것이다. 그렇게 우리도 대다수의 근로자가 조합원이 되었다.

매월 현장에선 전 인원이 참여하는 간담회를 개최한다. 작업 중인 근로자는 참여할 수 없지만 그 시간에 휴무인 근로자들은 회사의 새로운 소식도 들을 겸 모두가 참여한다. 소장님 이하 부소장, 감독관 등 넓은 식당이 가득 찬다. 우선 소장님의 일장 연설이 시작된다. 새로운 수주 소식 그리고 나아갈 방향과 회장님, 사장님 말씀의 전달, 그런 내용들이다. 그다음으로 근로자들의 애로 사항 또는 건의 사항으로, 한두 사람이 손을 들어 식당 부식 좀 더 맛있게 해 달라는 둥 휴게실 에어컨이 부실하다는 둥 몇 가지를 건의하였다. "또 의견 있으신 분 없으신가요?" 잠깐 뜸을 들여도 손을 드는 사람이 없다. 나는 그때 "제가 한 말씀을 드리겠습니다." 하며 손을 들었다. "장비팀 지호식입니다. 저는 두 가지 건의 말씀을 드릴까 합니다. 첫 번째는, 덤프트럭들이 토사 운반을 하기 위해 본 댐으로 들어가는 길목이 모두가 아시다시피 가파른 언덕을 내려가야 하는데, 그 길이 한쪽으로는 거의 10여 미터 이상 낭떠러지입니다. 그곳 낭떠러지 쪽으로 안전을 위하여 방지 턱을 높이 쌓아 주시기 바랍니다. 매일 철야 작업을 하다 보면 나도 모르게 아찔한 순간들을, 우리 덤프 기사들이라면 누구나 한 번씩 겪었을 것입니다. 안전사고 방지를 위하여 가능하면 높이 쌓아 주시기 바랍니다. 그리고 또 한 가지는 우리 모두가 하루도 빠짐없이 철야 작업을 합니다. 그런데 낮 시간에는 본 댐 성토 현장에 사람들이 너무 많이 나오십니다. 감독관님, 토질 점검하시는 분, 그냥 바라보시는 분 등 정신없이 운행하는 장비들은 안전에 위험을 느낄 정도로 사람들이 많이 나오십니다. 물론 나름대로 맡은 일을 하시려고 나오실 줄 믿습니다. 그런데 해가 지고 라이트를 켜면 그렇게 많던 사람이 한 사람도 없습니다. 밤 10~12시가 넘어가면 검수하시는 분 외에는 개미 한 마리 찾아볼 수 없습니다. 낮에 바삐 일하시고 밤에 쉬시는 것은 당연하겠죠. 하지만 아무리 그렇더라도 일주일에 한 번, 아니 열흘에 한 번이라도 우리 모두는 하나가 되어, 함께 밤새워 일하고 있다는 것이 전혀 느껴지지 않는답니다. 우리 현장 사무실 관계자 여러분, 먼발치에서라도 밤늦은 시간, 본 댐 현장에 한 번이라도 나와 보신 분 있으신가요? 우리가 3월 초부터 약 3개월이 넘도록 하루도 빠짐없이 철야 작업을 하여도 내 기억으론 한 번도 뵌 적이 없습니다. 우리 모두가 함께 밤을 새우며 이 댐을 축조하고 있다는 것을 느낄 수 있게 하여 주시기 바랍니다. 이상입니다." 잠시 후 누가 시키지도 않았는데 박수가 터져 나온다. 한편에서는 웅성웅성하더니 "아, 밤에 마작해야지. 현장 나올 시간 있나?" 한다. "아, 조용! 조용! 이상으로 간담회를 마칩니다."라는 말소리가 무섭게 사무실 직원들이 쏜살같이 사라진다. 동료들은 나를 보며 "잘했어. 잘했어." 한다. 매일같이 밤을 새워 운행하다 보면 숙소 휴게실 옆의 길을 지나간다. 철야 작업 중에는 누구나 휴게실 불빛을 볼 수 있다 그 휴게실엔 밤새도록 단 하루도 불이 꺼지는 것을 못 보았다. 날마다 마작, 고스톱, 삼봉이란 게임으로 밤을 새운다는 것을 모두가 알고 있다. 누구도 차마 말을 하지 못하고 있던 터라 속이 다 시원하단다. 다들 한마디씩 한다. "아니 밤 시간에 불 끄고 잠이나 자면 밉지나 않지." 매일 마작을 하느라 밤새우고 아침엔 눈이 벌거면서도 그 시간에 현장엔 한 번도 안 나오는 소장님 이하 간부들 그리고 수○○ 공사 직원들을 향해 말 한번 잘했다고 동료 직원들의 칭찬이 끊이질 않는다. 아무튼 그 쓴소리가 최고의 효과로 이어졌다. 엎드려 절받기라지만 관계자님들께 감사드리고 싶다.

며칠 후 본 댐 진입로 옆 위험한 곳에는 약 1.5미터 이상 안전 방지턱이 흙으로 두텁게 쌓아져 정말 일부러 넘어가려고 들이받아도 쉽게 넘을 수 없을 정도로 확보되었다. 그리고 그 후로는 밤늦은 시간엔 두세 명씩 번갈아 가면서 커피며 인삼차며 따뜻한 음료수를 챙겨 주며 본 댐 축조 현장에서 소장님 또는 부장님의 얼굴을 자주 뵐 수 있었다. 우리가 꼭 무엇을 먹어서가 아니고 위부터 아래까지 모든 일꾼이 하나가 되어 열심히 일하고 있다는 것을 서로가 느낄 수 있을 때, 작은 불만들은 자연스레 사라지고, 능률은 배가 될 것이다. 간담회에서는 듣기가 좀 거북하셨을지는 몰라도 근로자들의 작은 불만에도 귀를 기울여 주신 분들에게 감사드리고 싶다. 더불어 우리 현장은 무사히 그리고 안전하게 완공될 수 있을 것이라 믿는다.

매월 『대○사보』라는 월간 잡지가 현장마다 내려왔다. 그 잡지 말미에는 "시나 수필 등 어떤 글이라도 사보 편집실로 보내 주세요, 검토 후 올려 드립니다."라는 글이 쓰여 있다. 나는 일기장을 뒤적이다가 평화의 댐에서 적어 둔 「북한강」이란 몇 줄의 글을 편집실로 보냈다.

어느덧 9월 초 그렇게 공을 들인 88 올림픽이 개최되는 달이다. 추석도 이달에 들어 있다. 이달에도 어김없이 사보가 왔나 보다. 나는 아직 보지 않았는데 동료들이 웅성거린다. "어이, 지 형이 쓴 글이 사보에 올랐어요." 하면서 동료들이 먼저 알려 준다. "잉, 정말?" 『대○사보』에서 활자로 내 글을 볼 수 있다는 것이 신기하고 기분이 묘하다. 정확하게 기록하자면 제22권 통권 156호, 1988년 9월호 사보 대○, 발행인 이준○ 회장님이다. 그리고 대표이사 겸 사장 이원○ 님. 그 전 창업자인 이재○ 왕회장님은 은퇴하셨지만 정말 맨주먹으로 모든 것을 이루어 놓으신 훌륭하신 회장님이셨다.

우리 시대에 진정한 기업인이라면 삼○ 이병○, 현○ 정주○, 대○ 이재○ 회장이 있다. 모두가 동시대에 전쟁으로 폐허가 된 이 땅에서 이 나라 경제 부흥을 이루어 낸 정말 훌륭하신 분들이다. 그 외에도 대○, 동○, 삼○, 금○, 선○ 등 이 나라 경제를 기초부터 일으켜 세운 분들임이 틀림없다고 기록하고 싶다. 아울러 모든 기업에는 오너의 경영 철학과 기업 정신이 깃들어 있으며 그 속의 임직원 한 사람 한 사람의 마음가짐에 따라 그 회사가 발전하느냐 또는 쇠퇴하느냐가 결정되는 것이다.

요 며칠 째 많은 비가 왔다. 작업하려면 2~3일 건조되어야 가능할 듯하다. 나는 동료 몇 명과 함께 회사 봉고차로 안동 댐 구경을 갔다. 댐 안쪽에 도산서원이란 곳이 참 아름답단다. 전에 다녀왔다는 친구의 안내로 출발하였다. 댐을 끼고 가는 게 아니라 안동 시내를 지나 완전히 다른 길로 한참을 가니 그곳도 와룡면이다. 바로 면사무소 위가 와룡산이다. 아니, 임하 댐 안쪽에 있는 산도 와룡산인데? 허허, '와룡'은 용이 누워 있다는 뜻이니 참 이곳엔 용도 많은가 보다. 옛사람들은 신성시하고 하늘처럼 모시던 용이란 동물이 많을수록 좋다고 생각했나 보다. 가까운 곳에 같은 이름의 산이 존재하다니 얼마나 훌륭한 산세인지 짐작이 간다. 와룡면에서 한참을 더 가니 드디어 도산서원이다. 비포장도로를 한 20여 km 정도 달려온 거 같다. 서원은 아름답기도 하지만 그보다도 너무 조용하다. 아니 고요하다 못해 모든 세상이 멈추어 있는 듯하다. 바로 댐이 내려다보이는 야트막한 언덕에 너무도 정갈하고 적막한 모습이다. 저만큼 댐 수면 위에 작은 섬이 보인다. 원래의 자리는 그 섬 아래에 있었단다. 수몰되면서 이곳으로 목재 그 모습 그대로, 사진을 옮기듯이 완벽하게 재현했단다. 이곳이 고향이고 안동 권씨 후손인 선배님의 자세한 설명이다. 너무 정갈하여 숨이 멎을 듯한 그 모습은 고귀하면서도 기품이 있고 화려하지 않으면서 온화함이 가슴속에 살포시 내려앉는 느낌이다. 한참을 둘러보면서 조용한 정자에 걸터앉았다. 가슴 시리도록 고즈넉한 그 느낌을 몇 자 적어 본다.

# 도산서원

낙동강 맑은 물 발아래 굽어 실어
깊은 산 모여 앉아 솔 내음 머금읍고
선열의 높은 향취 점점이 더듬을제
흙과 백 치달리는 우리 내 젊은 마음
강물에 잠재우듯 고요로이 누르시네
고매로운 그 교훈 강산에 그윽한데
삭풍 타고 몰아치는 어지런 서역 바람
진귀한 그 정기 뿌리 깊은 그 향기를
혹여나 실어 갈까 근심 어려 하노라.

1988년 여름 도산서원에서

옛 선조들의 발자취 속엔 좋은 일, 훌륭한 일도 많지만 잘못하신 일도 많다. 우리가 어느 시대를 살더라도 현실을 직시하고 앞날을 대비해야 한다. 안이한 마음으로 남을 해치지 않는 한 남 또한 나를 해하지 않을 것이란 안일하고 태평한 생각으로 세상을 멀리 보지 못한다면 역사는 반복된다고 하였다. 생각하기도 싫지만 우리의 역사 속에는 왜적이 몰려오고 오랑캐들이 얕잡아 보며, 뼈아픈 수모를 반복한 아픈 역사가 커다란 오점으로 남아 있다. 그 속에서도 이 나라 백년대계를 위하여 젊은 인재를 키워 내던 이곳 도산서원을 지키며 머무르셨던 퇴계 이황 선생님의 높고 깊은 뜻을 어렴풋이나마 더듬어 보았다. 서구의 좋은 문명은 밤새워 배우면서도 한편으로는 우리 선조들의 고귀한 정신을 잘 보존하고 발전시켜야 한다. 부디 오늘을 살아가는 우리의 삶도 먼 훗날 후손들의 마음속에 깊이 새겨질 수 있기를 바라면서 도산서원 여행을 기록에 남긴다.

1988. 9. 17.~10. 2. 드디어 올림픽 개막식이 시작되었다. 빠르게 변화하는 기술 발전 덕분에 웬만한 가정에는 모두 TV가 보급되었다. 아쉽지만 우리도 현장 휴게실에서 대형 텔레비전으로 개막식을 지켜보았다. 며칠 전부터 지난번 개최하였던 국가들의 모습을 자주 보여 준다. 우리도 과연 저런 대형 운동장에서 개막식 잔치를 할 수 있을까? 걱정스러운 눈으로 바라보았다. 그러나 막상 시작되니 참 훌륭하게 잘 준비하였다는 걸 바로 알 수 있었다. 그 어느 개막식에 비교하여도 뒤지지 않고 완벽하다. 다른 나라 사람들이 보기엔 어떨는지 모르겠지만 훗날 역사가 평가할 것이다. IOC 국제 올림픽 위원회라는 단체 이름으로 가입된 모든 지구촌 국가는 총 167개국이란다. 그중 160개국이 참여하여 대회 사상 최고로 많은 국가가 참여하였단다. 오늘부터 10월 2일까지 16일간 모두가 안전하고 건강한 모습으로 잘 마무리할 수 있기를 빌고 싶다. 공교롭게도 올림픽 기간 안에 추석이 끼어 있다. 특히나 명절에는 온 국민의 귀향 행렬이 펼쳐지고, 우리 고유의 한복을 입은 모습들, 그리고 서울 한복판 고궁이나 시골에서의 추석 명절 나들이 모습을 볼 수 있을 것이다.

정신없이 지나간 이번 명절에는 아버지께서 특별한 결정을 내리셨다. 괴산 집에서 혼자 사시겠다는 생각을 접으시고, 결국 청주로 나오시겠단다. 청주 형님 집으로 나오시고 또한 모든 농토는 아버지께서 형제들 앞으로 나누어 놓으셨단다. 큰형님은 당연히 큰 논을 주시고, 나는 밭을, 그리고 바로 아래 동생 또한 나머지 논을, 그리고 막냇동생은 시골집과 집에 딸려 있는 밭을, 각자 앞으로 이전하신단다. 우리 형제들은 말없이 아버지가 결정하신 대로 따르기로 하였다. 많지도 않은 농토이지만 아버지께서 미리미리 정리하시면서, 오랜 시간 생각하시고 검토하신 후 결정하셨을 것이다. 농사일밖에 모르시던 분이 어머니가 안 계시니, 이제는 농사일도 힘들다는 핑계로 아버지 마음에서 멀어지는 느낌이다. 올가을 추수까지만 하시겠단다. 마음 한구석이 텅 비워지는 듯한 이 허전함은 무엇일까. 물론 연로하셔서 옛날 같진 않으시겠지만, 평생을 지어 오신 농사일을 막상 안 하신다니 왠지 커다란 불효를 저지르는 듯한 죄스러운 마음이 드는 것은 왜일까? 조금이라도 아버지의 마음을 위로해 드리고 싶다.

　아버지는 내게 조용히 그리고 나직하게 "조상님들이 밭둑에 모셔졌으니 농사지을 사람이나 잘 알아봐라." 하신다. "예, 예." 별로 길지 않은 대화 시간이었지만 오늘따라 아버지의 말씀이 힘이 없고 작게 들린다. 차분한 그 말씀이 마음 한편에 오랫동안 애잔하게 남는다. 아마도 당신의 손으로 더 오래오래 손때 묻은 그 농토에서 함께하고 싶으셨을 것이다. 그러나 주말마다 마치 큰일이라도 하듯이 교대로 찾아와서 부엌 수발을 드는 며느리들을 보며 아버지는 더는 자식들에게 번거로운 짐이 되기 싫으셨으리라 생각된다. 나는 효도가 무엇인지 어떻게 하는 것인지 잘 모른다. 다만 일찍이 어린 나이에 아버지와 직접 농사일을 여러 해 함께했었다. 당시에는 우리 가정이 무척이나 어렵던 시절이었지만 점차 온전하게 자리 잡아 이제는 여느 농가처럼, 아무런 아쉬움 없이 지내고 있다. 그 험한 경쟁 사회 속에서 허덕이는 것보다는, 하늘과 땅에서 내어 주는 것만으로 살아가는 농부들이야말로, 세상에서 제일 마음 편한 사람이란 것도 어렴풋이 알 수 있다. 오죽하면 '농자천하지대본'이라고 하지 않았던가. 다시 한번 아버지의 힘든 결정에 감사를 드리면서도 마음 한편에서는 "아버지 죄송합니다."라는 말이 입가에 맴돌기만 한다.

본 댐은 이제 웬만한 홍수도 견딜 수 있는 높이까지 올라왔다. 주변 들녘은 올해도 풍년이며 가을 추수로 한창이다. 우리 현장은 인원이 많아서인지 노동조합에서도 자주 내려오고 본사 사장님 그리고 회장님께서도 가끔 소리 소문도 없이 다녀가신다. 어느 날은 노조위원장과 간부들이 내려와 간담회도 하고 애로 사항도 듣고 간다. 며칠 전에는 핵심 간부 중 한 사람이 나에게 노조에 참여해 달라고 했다. 이번 겨울 대의원 선거에 나오셔서 도와 달라는 부탁이다. 나는 부족함이 많다면서 정중하게 사양하였다. 노동조합에 관한 지식도 없거니와 전혀 관심이 없으니 하시는 분들이 계속하시라고, 그냥 조합원으로 만족한다면서 거절하였다. 한편으로 생각하면 노동조합은 우리 근로자들을 위하여 많은 일을 하고 있다고 생각한다. 내가 쓴 글이 사보에 실리고부터는 어느 현장에 가나, 바른말과 행동을 하는 사람이라고 소문이 났다고 한다. 헐. 나에 대해 너무 과대평가된 듯하다. 나처럼 무지하고 단순한 사원도 없을 것이다. 과분한 평가인 것이 분명하다. 내 몸, 내 가정 하나도 제대로 건사하기 어려운 지금 어떤 주체의 선봉에 선다는 것은 나 자신이 쉽게 받아들일 수 없다.

올림픽을 무사히 마친 후 매스컴에선 대성공이란다. 메이드 인 코리아 홍보 효과가 수백조 원에 달할 것이라고 돈으로 환산까지 하면서 시끄럽다. 허허, 남이 알아줘야지 나 혼자서 자화자찬하는 건 아닌지 냉정할 필요가 있다고 생각한다. 하기야 수없이 많은 방해 공작과 국내 정치의 혼란 속에서도 나름 무사히 성대하게 치른 것이 대견스럽기도 하다. 대다수의 외신은 전쟁을 치른 지 30여 년 만에 과연 제대로 할 수나 있을지 걱정스럽게 바라보았다고 한다. 그리고 다수의 지구촌 젊은이는 코리아라는 나라가 어디에 붙어 있는지도 몰랐다고 한다. 어떤 사람들은 한강의 기적이라고도 말하고 있다. 죽을 둥 살 둥 밤새우며 코피를 쏟는 일꾼들에게 그런 말은 가당치 않다. 분명한 것은 기적이 아니라 뼈를 깎는 아픔을 참아 가면서 일했다고 말하고 싶다. 절대로 기적이 아니라고 외치고 싶다. 우리는 지금 이 순간에도 밤을 새우고 있다고 보여 주고 싶다.

초저녁 비번 시간엔 무료함을 달랠 겸 생필품도 구입할 겸 안동 시내에 가끔 나간다. 유명한 음식점이나 특이한 맛집 같은 곳도 찾아보기 어렵다. 그냥 선술집이나 들르고 각자 필요한 생활용품을 구입하여 안동역 앞 넓은 광장에서 마지막 버스로 들어오는 것이 전부다. 혹시 막차를 못 타는 사람들은 현장까지 얼마 안 되는 거리이니 택시를 이용하기도 한다. 나 역시 시장 한 바퀴를 돌고 막차 시간이 남으면 역 앞 포장마차에서 막걸리 한잔을 하면서 막차를 기다린다. 내가 자주 들르는 포장마차는 맨 끝 쪽 가장 허름한 곳으로 유일하게 젊은 남자가 운영한다. 그 집엔 손님이 항상 없다시피 하다. 오늘도 한쪽 발이 좀 불편한 주인장이 혼자 있다. 나는 막차가 올 때까지 자연스럽게 주인장 과거 이야기를 들었다. 나보단 몇 살 아래인 거 같다. 회사 생활을 하다가 기계 오작동으로, 큰 사고를 당하여 1년 남짓 병원 생활을 하고 한쪽 발이 이렇게 되어서 병원을 나오니, 어린 아들과 노모만이 남아 있고 부인은 없어졌단다. 하도 괴롭고 희망이 없어서 몇 번이고 이 세상을 하직하려 하였으나, 노모와 아들이 눈에 밟혀 도저히 혼자 세상을 등질 수 없었단다. 그리고 이 포장마차는 노모가 하셨던 것이란다. 본인은 음식 솜씨가 서툴러서 낮에 집에서 노모가 만들어 주시면, 겨우 저녁에 나와서 장사하고 있단다. 장사를 한 지는 채 1년도 안 된다고 이야기를 하면서도 너무 부끄러워하는 모습이 왠지 내 마음을 서글프게 한다. 어린 아들은 이제 초등학교에 들어갔단다. 나는 주인장을 바라보며 "저기요, 사장님! 제가 아무것도 도와드리진 못하지만 그냥 힘내시라고 말씀만 드리고 싶네요." 하면서 위로의 말을 하였지만, 무엇인가 부족한 거 같아서 한편으로 미안하고 안타까웠다.

며칠 후 포장마차에서 동료들을 기다리면서 막걸리를 마시며 목로에 걸터앉아 느껴지는 대로 메모지 위에 몇 자 적어 본다. 그 포장마차 이곳저곳에는 누가 언제 써 놓았는지 낙서 비슷한 글자들이 어지럽다. 그중 굵직하게 한자로 거지(巨知)라고 쓴 글자가 나를 웃게 한다.

나 역시도 무엇인가 남겨 주고 싶다. 어떻게 하면 조금이나마 주인장의 마음을 위로해 주고, 바로잡아 줄 수 있을까? 내겐 물질적으로는 능력이 없으니 세상을 좀 더 따뜻하게 바라볼 수 있기를 바라는 마음으로 낙서 비슷한 몇 자의 글을 적어 보았다.

# 믿음

세상이 제아무리 어지러워도
나를 믿음으로 흔들리지 아니하고
상대를 믿음으로 외롭지 아니하며
대중을 믿음으로 괴롭지 아니하니
믿음에 있어 가장 고귀함은
세상 모든 것이 나를 믿고 있음에
그 믿음에 어긋나지 아니함이라.

1988년 10월 안동역에서

백지를 반으로 접어서 몇 자 끄적인다. 잘못된 것은 펜으로 긋고 다시 고치며 적다 보니 벌써 막차 시간이다. 나는 "사장님, 이거 사장님 힘내시라고 몇 자 적었어요. 한번 보시고 괜찮으시면 포장마차 모퉁이 낙서처럼 보면서 일하세요." 하면서 종이를 건네주었다. 그리고 10여 일이 지난 어느 날, 저녁 시간에 무심코 들린 포장마차에서 주인장은 나를 보자마자 몇 번을 굽실거리며 "사장님, 감사합니다. 고맙습니다. 정말 감사합니다."라는 말을 연거푸 한다. 나는 무슨 영문인지도 모르고 묻는다. "예? 무슨 일이라도 있나요?" 그는 "저기, 사장님이 제게 주신 글을 이렇게 만들어도 될까요?" 하면서 내가 적어 준 글을 보여준다. "아아, 그럼요. 잘 만드셨네요." 난 좀 당황스럽다. "네, 제가 문방구 프린터기로 뽑아서 이렇게 코팅을 해 달라고 했습니다." 큼직한 글자로 비닐 코팅을 하여 물에 젖지 않게 잘 만들어 놓았다. 나는 "아 참, 별것 아닌 글을…. 괜찮아요. 사장님 마음대로 하세요." 했더니 "감사합니다."라고 연거푸 인사하면서 한쪽 잘 보이는 천막에 걸어 놓는다. "사실 이것저것 다 때려치우고 모든 것을 끝내고 싶었었는데, 사장님이 주신 이 글을 집에 가서 잠들기 전에 몇 번을 읽어 보았어요, 특히 맨 마지막 구절을 수십 번 되풀이해서 읽다가 옆에서 잠든 아들을 바라보면서 많이 울었답니다.

이 어린 것이 나 하나만 믿고 있을 텐데 내가 무슨 생각을 하는가 하면서 말입니다." 삼십 대 초반의 남자답지 않게 마치 소년이 된 것처럼 계면쩍게 웃는다. "아, 그러셨어요? 마음에 드신다니 내가 더 감사하네요." 나는 막걸리 한 잔을 쭈욱 마시고는 다시 한번 나의 짧은 글귀를 바라보면서 혼잣말처럼 주인장에게 말했다. "세상은 누구나 스스로의 생각에 의해서 변화할 수 있답니다. 아주 작은 것부터, 아주 가까운 곳부터, 밉다는 생각보다는 주변을 한번 믿어 보세요. 주변의 모든 환경이 분명 사장님을 믿고 있을 것입니다. 그냥 그렇게 믿어 보세요. 상대가 나를 어떻게 생각하든지, 그건 상대의 몫이고 나 혼자만이라도 세상을 믿으면 마음이 편안해지고 차분해진답니다." 주인장은 넋두리 같은 나의 설명에 머리를 끄덕이며 "맞아요. 맞아요. 꼭 그렇게 하려고 노력할 겁니다. 선생님, 감사합니다."
한다. 허허 참 나 원, 갑자기 내가 사장님이 되었다 선생님이 되었다
한다. 나는 막걸리 한 잔을 쭈~욱 마시면서 '아~ 몇 줄의 글도 사람
의 마음을 변화시킬 수 있구나.' 하는 생각에 괜스레 어깨가 으쓱해
진다. 캬! 아~ 시원하다. 오늘 막걸리 맛은 정말 꿀맛이다.

　벌써 10월 말이다. 꽤 많이 온 가을비가 그친 날, 작업도 불가능
한 때를 기회 삼아 현장 전체 인원이 단풍 여행을 가는 날이다. 아침
일찍 대형 버스로 출발했다. 안동에서 그리 멀지 않았다. 한 시간 남
짓 진보면 월전리에서 청송군 동남쪽으로 내려가다 주왕산에 도착
했다. 산행 시간도 천천히 두어 시간이면 충분하단다. 그리 큰 산은
아니지만 참 기묘하면서 운치 있는 산이다. 등산이라기보다는 계곡
을 따라 산책 겸 가볍게 올라갈 수 있다. 너무 아름답다. 아직 산책
로가 더 다듬어져야 할 거 같지만 그런대로 많은 사람이 찾아올 만
한 가치가 충분하다. 군데군데 명소마다 해설서가 있다. 좀 황당한
해설이긴 하다. 용이 나온 석굴이고, 주나라 왕이 피난을 와서 살던
곳이고, 하늘에서 용이 떨어진 곳이란다. 상당히 아름다운 명산이
고 계곡이다. 모처럼 직원들과 좋은 산행을 하고 푸짐한 점심을 먹
었다. 많은 양의 점심을 직접 만들어 왔다. 추진하신 분들이 많이 수
고하신 것 같다. 한참을 먹고 있을 때, 중기 사업소 노동조합 핵심
멤버 몇 명이 찾아왔다. 우리 조합원들에게 전달할 작은 선물도 가
져왔다. 노조위원장이 내게 다가와 막걸리 한잔을 권한다. 친밀하진
않았지만 평소에도 잘 아는 우리 동료다. 위원장은 내게 "사보 잘 보

앉어요. 글솜씨가 대단하십니다." 하면서 알은체를 한다. 한참을 자리가 무르익어 가고 거나하게 한잔씩 하면서 군데군데 무리를 지어서 모여 앉았다. 노조 간부가 내게로 다가와서는 잠시 이야기 좀 하잔다. 연말 대의원 선거에 꼭 좀 나와서 도와 달라는 말이다. 나는 "허허 참, 김 형, 난 그냥 조합원이 좋아요. 다들 잘하고 계시잖아요? 난 아무것도 모르고 또한 그냥 조용하게 일만 하고 싶답니다." 했다. "지 형, 우리 모두가 모르는 건 마찬가지랍니다. 다만 같은 말이나 글이라도 조리 있고 정확하게 표현할 수 있는 사람이 꼭 필요하답니다." "허허, 김 형, 나 그냥 이렇게 일만 하게 해 주세요." 하면서 오히려 내가 부탁을 했다. 이 친구 내게 막걸리 한 잔을 권하며 몹시 아쉬운 눈빛이 역력하다.

모처럼 즐겁고 알찬 단풍 여행을 다녀왔다. 오래오래 기억에 남을 주왕산 여행이다. 그날 밤, 나를 자꾸 뒤척이게 하는 것은 그냥 조용하게 살고 싶다는 나의 마음이다. 저들의 고마운 성의를 그냥 묵살하기만 하는 내 마음이 왠지 편치 않다. 내가 무엇이 그리 훌륭한가? 내가 무엇을 그리 잘하는가? 나 자신을 냉철하게 바라본다. 초등학교도 겨우 졸업하고 혼란과 가난 속에서 합격한 검정고시 고등학교 졸업 자격증, 그것이 전부인 내가 알면 얼마나 알 것이며, 잘하면 얼마나 잘할 수 있단 말인가. 고맙고 감사한 마음만 받아들이고 정중하게 사양하는 것이 마땅한 것이다. 나는 쉽게 잠들지 못하고 내 마음을 몇 자 적어 보았다.

# 학이 될까 합니다

황홀한 금빛 날개 봉황보다는
찬란한 꿈의 몸짓 공작보다는
푸르고 오염 안 된 산천 누비며
창공을 유영하는 학이 될까 합니다.

천하를 주름잡는 수리보다는
노송에 홀로 앉아 마음 닦으며
홀연히 돌아앉아 청산을 보며
만고의 희고 고운 학이 될까 합니다.

1988년 11월 임하 댐에서

　한 치의 오차도 없는 계절의 변화와 하늘이 신기하고 존경스럽다.
참으로 오묘하고 위대한 자연의 힘이다. 벌써 연말이 가까워져 온다.
지난번 가을 단풍 여행 때 찾아온 노조 간부 김 형이 대의원 선거 출
마자들을 독려하려고 내려왔다. 그는 몇 사람의 출마 의사 준비물을
수집하면서 나의 눈치를 본다. 나는 그에게 슬며시 작은 봉투를 전했
다. 그리고 "김 형, 그냥 낙서처럼 내 마음을 몇 자 적어 보았어요. 순
수한 내 마음이니 그냥 읽어 보세요. 미안합니다." 하며 웃었다. 그
는 차분하게 내 곁으로 다가와 조심스레 읽어 본다. 그러면서 정중하
게 내게 말했다. "허 참, 지 형, 정말 아쉽네요. 언제라도 천천히 생각

해 보시기 바랍니다. 위원장에게 꼭 전해 드릴게요."

　오랜만에 형제들끼리 함께 괴산 산소에 다녀왔다. 모처럼 하나가 된 느낌이다. 참 기분 좋은 날이다. 그러나 한편으로는 좀 섭섭한 일도 있다. 즐겁게 다녀오는 길에 동생의 이야기를 듣고 나는 깜짝 놀랐다. 바로 아래 동생이 흘리는 듯한 말로 나에게 물어본다. "형은 밭을 누구에게 빌려주었나요?" "어, 그 동네 아저씨에게 부탁했는데 잘하시겠지?" 했더니 동생이 "나는 논 팔았어요." 한다. "잉? 그래?" 나는 놀랐다. 동생은 "큰형도 다 팔았어요." 한다. 헐, 그랬구나. 나는 너무 황당하고 당황스럽다. 물려받은 지 채 일 년도 안 되어서 팔았다고? 나는 동생 앞에선 무슨 말을 할 수 없었다. 청주 집에 도착하기 직전이라서 더 이상 대화를 이어 갈 수 없었다. 나는 집으로 오면서 생각했다. 아니, 아무리 급해도 물려받고 바로 팔았다구? 참, 아버지는 아실까? 하기야 물려받았으니 자기들 마음대로 한들 누가 뭐라 할까? 괜스레 마음만 착잡하다. 아버지는 요즘 며칠 우리 집에 와 계신다. 아버지와 저녁을 함께하면서 나는 자연스럽게 우리 밭은 길○이 작은 아버지가 붙이기로 한 것도 알려 드렸다. "어, 그려? 그 사람이 진○이 동상이지?" "예, 예. 영○이 친구 길○이 작은아버지 맞아요." 하였더니 "어, 그 사람 부지런하지. 그래두 산소두 있고 하니 자주 들러 봐야 혀." 하신다. 나는 형제들이 논을 팔았다는 이야기는 바로 말씀을 드릴 수가 없었다. 그냥 "올해도 벼농사가 풍년인가 봐요." 했더니 "끙, 풍년이면 뭐하냐. 갸털은 논 다 팔았단다." 하시면서 돌아앉으시며 혼잣말처럼 말씀하신다. "아무리 농사꾼이 천덕꾸러기인 세상이지만 휴~ 즈덜이 알아서 잘하것지, 뭐." 아버지의 그 말씀이 내 가슴에 깊숙이 와닿는 것 같다. "아버지, 저는 안 팔아요. 걱정하지 마세요. 우리 조상님들 산소가 다 우리 밭에 있잖아요? 저를 믿으세요." 하면서 못내 서운해하시는 아버지의 마음을 위로한다고 말씀은 드렸어도 왠지 나 역시도 섭섭한 마음은 가시지를 않는다. 내 마음이 이런데 아버지 마음은 오죽하시랴, 물론 꼭 필요해서 팔았겠지만 아무리 그렇더라도 나로서는 쉽게 이해가 안 되는 일이다.

**70** 　1989년 3월 1일. 평화의 댐 현장. 강원도 양구군 방산면 오미리. 2차 공사가 시작되었다. 지난 1987년도 그 험악하던 곳이 완전히 도시화가 다 된 기분이다. 길도 넓고 화천 풍산리 쪽에서 신설 도로도 개설 중이다. 훗날 이곳을 관광지로 개발한단다. 여기야말로 영원히 잊을 수가 없는 곳이다. 벌써 3년이 지나고 있다. 그해 어머니를 하늘나라로 보내 드리고 얼마나 많은 눈물을 삼키면서 일했던 곳인가. 그리고 그렇게도 수많은 밤을 지새웠던 그곳이다. 정말 힘들었던 이 자리에 내가 또 서 있다. 1차 공사 때와는 확연히 수월해지고 길도 넓어졌다. 무엇보다 통신망이며 시내 출입이 수월해진 것이 가장 큰 변화 중 하나다. 1차 공사가 워낙 시급한 위험으로부터 임시 보호를 우선으로 하였다면, 2~3차 공사는 느긋하고 차분하게 쌓아 올리는 것이다. 그러니까 댐 안쪽은 항상 어느 정도의 수량이 담겨 있으면서 터널을 통하여 하류로 흐르고 있다. 2~3차는 댐의 뒷면에 1차 때보다 더 넓은 폭으로 1차 댐에 덧붙여서 쌓아 올린다. 그야말로 임시

용이 아닌 완전한 안전장치를 완성하는 것이다. 얼핏 보면 댐이라기보다는 큰 산을 하나 만드는 것이다. 장비의 숫자도 엄청나게 많아졌다. 길도 온통 사방으로 뚫려 있어 이 골짜기, 저 골짜기가 중장비 소리로 진동을 한다.

철야 작업의 위력은 정말 무서울 정도다. 하룻밤이면 그 넓은 댐 바닥이 쑥쑥 올라온다. 밤을 새운 다음 날은 피로도 풀 겸, 바람도 쐴 겸 조용한 골짜기로 올라가 본다. 온 산천엔 봄기운이 완연하다. 남쪽 지방에는 봄이 한창이지만 양구 골짜기에는 아직도 군데군데 언 땅이 있고 깊은 산 응달에는 지난해 잔설들이 희끗희끗 남아 있다. 그러나 오는 봄은 어쩔 수가 없나 보다. 특히나 양지바른 골짜기의 햇살은 어느 지역에서도 느껴 볼 수 없는 고요와 평화가 느껴진다. 정말 바람 한 점 없이 숨소리도 멎은 듯한 나른한 봄기운이다. 내륙의 산골짜기라서인지 풀잎 하나, 떨어진 낙엽 하나도 움직이지 않는 따스한 봄 햇살이다. 저만치에서 맑은 도랑물이 올망졸망 고였다가 흐르는 초록빛 작은 웅덩이 위에, 무엇인가 꼬물대며 움직임이 보인다. 무엇일까? 자세히 내려다보니 오잉? 마치 두 개의 물방개가 돌 듯 천천히 빙글빙글 도는 두 마리의 원앙이다. 하!! 너무 아름답다. 특히 수놈은 목과 깃털이 진초록? 진노랑? 정말 신비로운 색이다. 깃털은 햇살이 비추어 더욱 화려하다. 혼자 보기엔 너무 아까운 장면이다. 좋은 카메라가 있다면 담아 두고 싶다. 어쩌면 저렇게도 다정해 보이는 것일까? 항상 떨어져 생활하는 우리네 인간보다 저들의 삶이 더 행복한 건 아닐까? 어쩌면 저리도 불과 1m 이상은 절대로 떨어지지 않는 것인지 참 신비하고 아름다운 한 폭의 그림 같다.

# 원앙새

만물이 피어나는 나른한 봄날

휴전선 깊은 계곡 인적은 없고

골짝을 굽이도는 푸르른 옥수

어디서 날아왔나 원앙이 한 쌍

어제도 노닐더니 오늘도 있네

그 모습 너무 진해 눈을 멈춘다

하도야 간절하고 앙증스러워

참사랑 정갈함이 부러웁구나.

1989년 4월 평화의 댐 오미리 계곡에서

새벽 근무를 한 날은 왠지 온몸이 추욱 처진다. 내처 잠들면 무엇인가 활발하지 못하고, 마치 무슨 환자처럼 흐느적거린다. 특히나 이곳에선 어디 나다니기도 불편하고 무거운 몸을 움직이기도 쉽지 않다. 나는 그리 멀지 않은 계곡이나 골짜기로 산책 겸 다녀오곤 한다. 원앙새는 야생 오리보다는 좀 작은 것 같다. 얼마나 금슬이 좋았으면 옛날부터 인륜지대사인 혼례식 제례상 위에 반드시 올라가나 싶다. 한참을 넋을 놓고 내려다본다. 상큼한 봄 향기와 따사로운 햇살은 지친 몸을 보약처럼 정화시켜 주는 것 같다.

오늘도 딱히 휴식을 취할 방법이 없어 뒷산 돌너덜길을 따라 천천히 올라간다. 간혹 사람들이 많이 다닌 듯한 산길로 접어드니 진달

래꽃이 만발해 있다. 진달래나무는 아이들 키 높이 정도인 줄만 알
았는데 이렇게 클 수도 있나? 5~6m는 족히 될 듯싶다. 나무 밑동 굵
기가 한옥 서까래만큼이나 굵다. 무슨 향인지는 몰라도 짙은 향기
도 풍긴다. 최소한 몇십 년 동안은 사람의 발길이 없던 길이다. 천천
히 향기가 풍겨 오는 곳으로 발길을 옮겨 보았다. 주변 산천은 그 옛
날 살을 찢는 동족상잔의 전장이었다는 생각을 떨쳐 버릴 수가 없다.
한 달 후면 현충일이다. 어찌 그 전장에서 쓰러진 사람들의 마음을
다 헤아릴 수 있을까? 나는 그 아픈 기억을 더듬으며 휴식과 마음을
정화한다는 핑계로 사색을 즐기고 있다. 수천 년 인류 역사에 그렇게
영험하고 신이라 일컬었던 성현 군자들도 전쟁은 막지 못하였다. 참
으로 전쟁이란 인류가 풀어야 할 난제임이 분명하다.

**71** 1989년 5월 23일. 충남 천원군 동면 동산리 모산. 천안~진
천 국도 현장이다. 평화의 댐에서 갑자기 이곳 진천 국도 현장으로 발
령을 받았다. 80년대 초 독립기념관 신축 당시부터 추진 중이던 도
로 확장, 포장 공사다. 천안에서 병천까지는 독립기념관과 함께 이미
완공되었지만, 병천에서부터는 여러 가지 문제로 착공이 늦어졌단
다. 정확한 구간은 병천면 소재지부터 진천군 문백면 사석리까지다.
사석리는 청주에서 진천으로 이어지는 17번 국도와 천안에서 진천
으로 이어지는 21번 국도가 만나는 지점이다. 옛날부터 사석 삼거리
라 하면 주변에선 유명한 곳이다. 또한 천안 병천면은 독립기념관과
유관순 열사의 생가가 있는 곳이기도 하다. 공사 구간의 총길이는 약

14km로 비포장도로이며 비좁고 꼬불거리는 시골길을 통행을 차단하지 않고 시공하자니 까다롭고 더디다.

사석 삼거리에서 병천 쪽으로 약 1.5km 정도 오다가 오른쪽으로 보탑사란 절이 있는 골짜기로 조금 들어가면 옛날 김유신 장군의 태생지란다. 아무런 건물도 없고 그저 잔디밭 옆에 태생지란 작은 표지 하나 있을 뿐이다. 그 옛날 천오백여 년 전이니 흔적이 있을 리가 없겠지만, 아무런 건물이나 표지석도 없으니 너무 휑한 느낌이다. 이곳이 그 당시엔 신라 땅이었나? 역사도 너무 오래되면 흐려지는 것이라지만 적당하게 무엇인가 만들어 놓아야 할 것 같다. 나는 청주 집이 가까운 덕분에 자주 들를 수 있다. 벌써 큰 녀석은 중학생이다. 막내까지 입학하였으니 학생이 셋이다. 다행히 학교생활도 잘 적응하고 공부도 그리 뒤처지지 않아서 정말 고맙고 대견스럽다. 아이들만큼은 어떠한 일이 있어도 꼭 가르칠 것이라고 항상 마음속으로 다짐한다. 치열하고 험난한 삶 속에서 늘 가슴 한편에 사무치도록 맺혀 있는 학업에 대한 욕구를 우리 아이들에게는 절대로 물려주지 않을 것이다. 특히 나의 국민학교 시절을 떠올리면 꿈속에서도 벌떡 일어난다. 그 시절은 다시 생각하고 싶지도 않지만 가끔 나도 모르게 떠오르는 것은, 뼛속까지 사무치게 박혀 있어서 그럴 것이다. 나는 아이들을 볼 때마다 그 나이의 내 모습을 뒤돌아보면서, 나 자신을 더 강하게, 더 악바리로 재무장하게 된다.

**72**    1989년 9월. 전남 여천군 삼일면 적량동. 호〇정유(칼〇스) 증설 공사 현장이다. 호〇정유는 박〇희 대통령 시절부터 민간 기업으로 한미 합작 정유 공장을 설립한 회사다. 모체는 미국 칼〇스 회사의 기술력을 기반으로 럭키 금〇그룹의 일부 지분이 있었으며 우리 회사도 상당한 지분이 있다고 한다. 각종 석유 제품과 윤활유 그리고 석유 화학 제품을 생산하는, 여수 지역의 거대한 공업 단지의 기반이 되는 정유 공장이다. 우리 회사 지분이 있어서인지 각종 개·보수 공사 등 끊이지 않고 장비와 인력이 투입되면서 대〇 중기 사업소 직원이면 여수 호〇정유 현장을 모르는 사람이 없다. 아마도 우리 회사 직원이라면 안 가 본 사람이 없을 것이다. 정유 공장에서 약 3km 거리에 호〇에틸렌 공장이 있다.

**73**    1989년 11월. 호〇에틸렌 파견 근무. 호〇에틸렌 공장은 석유 화학 제품인 폴리에틸렌 등 비닐 원료로 쓰이는 각종 화학 제품을 생산하는 공장이다. 내가 해외 근무를 하던 시절인 80년대 초부터 우리 회사가 매년 엄청난 자금을 투자한다고 들었던 기억이 난다. 결국 몇 년 전 대〇 본사로 인수 합병되어 이제는 본사의 석유 화학 사업부로 편입되었다. 지난 1987년도쯤에 본사에 흡수 합병된 것으로 알고 있다. 요즘도 호〇에틸렌 현장에는 기술진이 수시로 투입되며 각종 장비나 인원을 교차 사용하기도 한다. 그러고 보니 나는 이곳 여수를 참 여러 차례 다녀간 것 같다. 대충 생각해 봐도 60년대 말

부터 네 번째다. 한 번에 적어도 몇 개월씩 일했으니 참 끈질긴 인연이다. 여천 공단에서 가까운 쌍봉역 앞에서 구획 정리를 하던 때가 엊그제 같은데 벌써 십여 년도 더 지났다.

정유 공장이나 화학 공장에는 철저한 금연(화기 엄금)이 필수이다. 다행히 나는 외국 생활을 하면서 금연에 성공한 것이 많은 도움이 된다. 흡연하는 친구들은 식사 후 그리고 저녁 시간에 무슨 죄인처럼 숨어 다니면서 해결하느라 애를 먹는다. 그뿐 아니고 석유 화학 플랜트 현장에서는, 신축 시에는 상관없지만, 특히 가동 중에는, 여러 가지 안전사고에 철저히 대비해야 한다. 아무리 작은 사고라도 일단 발생하면 엄청난 피해로 이어지기 때문이다.

**74** 1989년 12월 10일. 여천 사업소 파견 근무. 여천군 소라면 봉두리 봉두석산. 석유 화학 단지에서 쌍봉역을 지나 순천 방면으로 조금 더 가면 덕양역이 있다. 덕양역을 지나 계곡을 타고 한참 들어가면 봉두리란 마을을 지나서 한적한 산속에 석산이 나온다. 우리 회사에서 몇 년 전부터 개발해 온 석산이다. 레미콘 플랜트와 아스콘 플랜트도 함께 설치하였다. 여천 공단 주변엔 갯벌뿐이며, 각종 토목 공사와 플랜트 공사 현장에 반드시 필요한 골재 및 레미콘, 아스콘 공장이 근처엔 없었다. 우리는 직접 석산도 개발하고 공장도 설치하여 여천 공단 내 여러 현장에 공급한다. 외부 시판 역시 대성공이다. 한마디로 제품을 구매하려고 줄을 선다. 크고 작은 기업들이 몰려 있는 공단에서 우리 제품을 이용하지 않을 수 없는 것이다. 여천

사업소에도 몇 년 전부터 우리 기술진 10여 명이 파견되어 있다. 나는 한 달 정도 긴급 파견 형식으로 호○에틸렌 현장에 필요한 레미콘을 운반한다. 산속이라서 저녁 시간이면 정말 조용하고 한적하다. 그리 큰 산은 아니지만 몇 년 후 석산 개발이 모두 마무리된 뒤에는 상당한 대지가 저절로 마련될 것이다.

시간이 여유롭거나 조금 한가한 날엔 여수 시내로 쇼핑도 할 겸 외출하는 날도 있다. 여수 시내는 옛날 그 모습에서 크게 변한 것이 없다. 여천 공단에서 시내에 가려면 둔덕재라는 고갯길을 넘어서, 골짜기처럼 쭈욱 시내로 들어가는 길뿐이었는데, 언제부터인가 바로 둔덕재 넘어서 내려가다가 좌측으로 산 중턱을 가로질러서 새로운 길이 뚫린 것 외엔 별로 변한 것이 없다. 그 길은 외곽 도로라고 하여 산 중턱으로 넘어가면 여수 중앙여고 앞을 지나 쭈욱 내려가 여수 신역전이 있고, 그 옆이 신항이라 하여 주로 화물선이 정박해 있으며 오동도를 바라보고 있는 여수 동쪽 해안이다. 반면에 일반 어선들이 드나드는 곳은 구항으로 여수 한가운데 돌산도를 바라보고 자리 잡은 아늑한 내항이다. 내항은 어판장과 어선들이 있어 제법 항구의 모습을 갖추었지만, 외항은 여기저기 공터도 많고 썰렁하다. 무엇인가 좀 더 멋지게 개발하였으면 좋을 것 같다.

여천 공단이 활성화되면서 시내엔 외지인들이 많이 다니고 또한 장사하는 사람들이 호황을 누린다고 한다. 우리는 진남관을 둘러보고 쭈욱 걸어서 자산공원에 올라 보았다. 언제 봐도 아름답지만 변화된 것이 없어서 좀 아쉽다. 그냥 이대로라도 잘 관리하고 보존한다면 아름다움은 변치 않을 것이다. 훗날 좀 더 투자하고 개발한다면 더욱 번성할 수 있지 않을까 하는 아쉬움이 있다. 자산공원에서 바라보는 동백섬은 바다 위에 떠 있는 한 폭의 그림 같다. 고개를 돌려 뒤쪽을 내려다보면 진남관이 보인다. 임진왜란 당시 전라 좌수영 수군 중심 기지로 이순신 장군의 얼이 새겨진 곳이다. 이제 올림픽도 잘 치러 냈고 조금 더 여유가 생긴다면 이런 역사적인 사적지와 선열들의 얼이 숨 쉬는 곳을 개발하고 다듬어 주었으면 하는 바람이다.

지난 11월 4일에 동독, 그러니까 북한처럼 사회주의인 동독에서 백만 명이 넘는 시민이 시위를 하여, 온통 난리라고 하더니 결국 오늘 11월 9일, 동독과 서독을 막아 놓은 엄청난 장벽이 무너졌다고 한다. 세상에 그럴 수도 있단 말인가? 그들도 우리처럼 나라가 두 동강이가 되어 서독은 우리처럼 자유민주주의 시장 경제 체제이고, 동독은 공산주의 체제였다. 그런데 막아 놓은 철책선을 시민들이 무너뜨렸다니 이게 어떻게 된 것인가? 온 지구촌의 톱뉴스가 아닐 수 없다. 한편으로는 그들이 너무 부럽다. 왜 우리는 저들처럼 하지 못하는 것일까? 훗날 역사가 어떻게 기록할지, 특히나 두 나라의 기득권층이자 사회 지도자들이 어떻게 하였는지 우리도 보고 배우고 실천하기를 간절하게 소망해 본다. 급작스러운 통일은 여러 가지 혼란과 어려움이 있을 것이다. 그것을 어떻게 잘 준비하고 정리하여 서로 무리 없이 통합하느냐 하는 것은, 온 국민과 그 나라 지도층이 얼마나 서로 양보하고 서로 노력하느냐에 달려 있을 것이다. 꼭 성공하여 우리에게 좋은 본보기가 되기를 간절히 빌고 싶다.

**75** 1990년 2월 1일. 경기도 평택시 죽백동 619-1. 평택 레미콘, 아스콘 공장. 보령 화력 파견 근무. 레미콘, 아스콘 공장은 1~2월에는 동절기 종합 정비를 한다. 한겨울에 영하 5도로 이하로 내려가면 콘크리트 양생이 불가하여 부실 공사의 원인이 된다. 따라서 레미콘 공장들은 동절기 종합 정비라 하여 플랜트 자체를 전체적으로 보수도 하고 부품 교체 작업을 한다. 그런 관계로 나는 평택 공장에 적을 두고 있지만, 실제로는 충남 대천에 있는 보령 화력 발전소 현장에 인력 지원 출장을 갔다. 80년대 초부터 연차 공사로 보령 화력 5~8호기까지 우리 회사의 각종 장비는 물론 직원도 상당수 근무 중이다.

오랜만에 만나는 동료들도 있고, 처음 보는 친구들도 있다. 그러나 생각 외로 나를 알아보는 동료가 많다는 것을 보고 놀랐다. "아, 그 우리 사보 시인이시군요. 오랜만입니다." 하면서 먼저들 알아본다. 참, 소문은 정말 발 없는 말이 천 리 간다는 것을 증명해 준다. 내가 언제 시인이 되었나? 어떤 친구는 "어이, 지 박사!" 하고 반가워한다. 참, 세상은 어느 하늘 아래 있더라도 함부로 행동하여서는 안 되는구나. 다시 한번 나의 지난날들을 조심스럽게 뒤돌아보게 한다. 어느 선배님은 휴식 시간에 "지 선생, 나 그 시 지금도 가지고 있다오." 하면서 임하 댐에서 저녁 시간에 몇 자 적어 보았던 「이박 삼」이라는 글을 달달 외우신다. 헐, 깜짝 놀랐다. 아니, 나도 잊어버린 것을! 그냥 아무렇게 몇 자 적은 것을 기억하신다니 참 놀랍다. 그 선배님은 인천이 댁이며 나보다 거의 십여 년 연상이다. 임하 댐 숙소에서 잠들기 전에 막걸리 몇 잔을 하고 거나한 기분으로 한 달에 한 번 겨우 다녀올 수밖에 없는 우리의 휴가 제도를, 그냥 신세 한탄하듯이 몇 자 적은 것을, 많은 사람 앞에서 그걸 외우시다니? 나는 갑자기 얼굴이 화끈거린다. "아니 선배님 그걸 어떻게…." 나는 그냥 체념해 버렸다. 보령 화력 동료들 앞에서 내가 온전한 시인이 되어 버리는 순간이다.

# 이박 삼

이박 삼 시간이 몇 개이던고 꿈보다 더 짧은 그날을 위해
서른 날 긴긴밤 그리 새웠나
해지면 찾아드는 보금자리를 우리는 서른 밤 중 이박 삼일세
우매한 장부의 푸른 꿈 위해
오늘도 그 길을 돌고 또 돌아 죽도록 돌아쳐도 꿈은 이박 삼
만고의 장한 역사 이루어 갈제 우리 님네 진한 노고 그 누가 알고.

1989년 9월 임하 댐에서

잊어버렸던 그 「이박 삼」이란 글이다. 밤샘 작업에 지친 몸이지만 쉽게 잠들지 못하고 가족들 생각하며 뒤척이다 겨우 한 달에 한 번 정규 휴가(이박 삼일)를 기다리는 서글픈 심정을 적었던 것이다. 그 시절 모든 건설 현장 근로자의 마음을 그대로 표현한 것이다.

보령에서 여러 동료와 많은 대화를 나누면서 알찬 시간을 보낸 것 같다. 특히나 대 선배님이신 옛 토련 동료와의 깊이 있는 대화는 내게

많은 생각을 하게 하였다. 나에게 노동조합의 일원이 되어 우리 근로자들의 눈과 귀 그리고 입이 되어 달라는 말은, 나에 귓가를 조용하게 맴돈다. 나는 그런 일들은 선배님들이 하시라고 사양했었다. 선배님 말씀은 자기는 정년도 얼마 남지 않았으니 "아우 같은 젊은이들이 우리의 근로 조건이나 열악한 노동 환경을 조금씩이라도 개선하는 것이 얼마나 훌륭한 일인가. 요즘 매스컴에서는 마치 노동조합은 몹쓸 사람들이 하는 것으로만 비추어지지만 세상의 흐름은 그렇지 않다네. 기득권층들은 뻔히 알면서도 목소리를 높이지 않으면 절대로 그냥 내주지 않는다네. 자네같이 청렴하고 냉철하게 세상을 바라보는 사람들이 반듯이 해 줘야만 한다고 생각하네. 한번 깊이 생각해 보게나." 하셨다. 그 형님은 평소 술, 담배도 전혀 안 하시며 항상 우리의 모범이 되는 분이다. 내가 일을 마치고 올라오는 날 다시 한번 내게 말씀하신다. "꼭 한번 생각해 봐요. 요즘 매스컴에서는 노조 간부들은 사용자들과 결탁하여 어영 노조라고 한다네." 그렇다. 들리는 소문에는 본분을 망각하고 자기 배만 불리는 못된 조합 간부들이 판을 치고 있단다. "어차피 같은 일을 하면서 우리 모두에게 의미 있는 일을 하는 것도 괜찮은 삶이 아니겠는가?" "허허, 선배님 좋은 말씀 감사합니다. 좀 더 생각해 볼게요." 하면서 나는 평택 공장으로 복귀하였다.

평택 공장은 중기 사업소 본부 바로 옆에 위치한다. 아침저녁 수시로 왕래하면서 동료들도 만나고 현장 소식도 듣는다. 현재 우리 중기 사업소 전체 인원은 900여 명이 조금 넘는다. 장비 역시 국내 최고의 신형 장비들과 유능한 기술진들이 포진하여 어떠한 돌발 현장이 발생하여도, 완벽한 팀워크로 즉시 수행이 가능하다. 국내만 하여도 항시 250~300여 개의 현장이 수시로 착공되고 준공된다. 저녁 시간이면 숙소에서 여러 동료와 이야기도 하고 소주도 한잔씩 하면서, 현장마다의 소식을 들을 수 있다. 나는 언제부터인가 전체 동료들의 출신 지별 분포도를 주의 깊게 살펴보게 되었다. 약 900여 명의 동료가 나고 자란 출생지 현황을 보면서 재미있는 사실을 알 수 있었다. 총인원 중 충청도가 약 45% 이상이다. 그리고 경상도와 전라도가 각각 15%씩, 나머지는 경기, 강원, 서울 출신이다. 서울 출신이 가장 적은 것에 놀라고, 충청도가 이렇게 많다는 것에 놀랐다. 헐, 순진하고 느긋하며 시키는 일에 순응하는 것이 충청도 사람의 특징 중 하나라는 것은 알고 있었으나, 이렇게 많다는 것은 무엇인가 회사에 필요한 사람이 많다는 것이기도 하다. 물론 개별적으로 성격이 다를 수도 있으나, 대다수의 기질이 지역마다 다르다는 것은 쉽게 이해할 수 있다. 옛날 언젠가 지역마다 현격하게 다른 언어와 습성에, 그 특별한 이유를 알고 싶었던 때가 기억난다. 그래서일까? 회사 내에서도 자연스러운 현상으로 근무하는 사원들의 출생과 성장 지역에 따라서 이러한 분포로 나타나는 것 같다.

벌써 봄이다. 3월 말경에는 노동조합 대의원 선출이 있다. 나는 몇 번을 망설이고 또 생각하다가 결국 출마하기로 하였다. 3월 중순부터 전국 현장에서 15일 전에 동시에 입후보 등록을 하여 직접 선거로 선출된다. 현장마다 관리위원이 배정되고 철저한 직접, 비밀, 자유 투표 방식이다. 나와 친근한 동료들은 소식을 듣고 잘했다고 응원한다며 격려해 준다. 조금은 걱정되지만 편안한 마음으로 기다려 보기로 했다. 한편으로는 차라리 안 되면 더 마음이 편할 것만 같다.

**76** 1990년 4월 2일. 경북 안동군 임동면 갈전리 임하 도로 현장. 임하 댐은 80~90% 진척되어 간다. 안동에서 진보 방면으로 가는 34번 국도를 다시 산 위쪽으로 우회 신설한다. 임하 댐이 완공된 후 담수를 시작하기 전에 만수위 이상 높은 곳으로 다시 신설하는 것이다. 그 길이도 약 10여 km 이상 된다. 웬만한 도로 공사보다 규모가 더 크고 난공사다. 안동에서 임동면을 거쳐 진보, 영덕으로 이어지는 국도이므로 차량 통행량도 상당하다. 특히나 산 위로 6~7부 능선을 타고, 산과 산을 이어 주는 대형 교량이 몇 개나 되는 대규모 공사다. 우리는 도로 중간 지점 침수 예정지인 임동면 갈전리라는 마을에 현장 사무실을 설치하고 본격 착공했다. 빨리 완공하여야 본 댐에 담수를 시작할 수 있다. 임하 댐 현장과는 완전히 별개의 현장이다.

4월 초 침수 예정지 마을에 빈집들만 덩그러니 남아 있고 정겨운 골목에는 강아지 또는 고양이가 먼발치에서 낯선 우리의 눈치를 살핀다. 주민들은 대대로 이어져 온 삶의 터전을 버리고 모두 떠났다. 앞마당엔 쓰다 버린 가재도구뿐이고 담장 안에 흐드러지게 피어난 살구 꽃잎이 왜 그리 처량해 보이는지…. 여기저기 장독이며 쟁기며 어느 할아버지가 사용하던 지게가 주인을 기다리는 듯하다. 마당 한편 채마밭에는 일찍 핀 냉이꽃이 온 밭을 하얗게 덮고 있다. 아, 저 냉이로 맛있는 냉잇국을 끓여 주시던 어머니 생각이 난다. 해마다 봄이면 냉이며 달래며 앞산의 나물들을 뜯어 우리 어머니가 해 주시던 꿀맛 같던 나물무침, 그 손맛이 갑자기 생각난다. 정말 기가 막힌 봄나물 맛이었다. 불현듯 그 옛날을 생각하니 왠지 가슴이 먹먹해진다. 여기도 그런 사람들이 살던 곳이다. 우리는 포클레인 장비를 대동하여 텅 빈 마을을 다니면서 위험한 건물들은 정리하고, 썩지 않는 비닐과 플라스틱 제품들을 작업 인부들과 함께 이 마을, 저 마을 돌아다니며 수거하였다.

점심시간에 직원들이 웅성거린다. 대의원 선거 결과가 게시판에 붙어 있다. 헐, 제일 위에 내 이름이다. 가나다순이 아니고 득표순이란다. 지호식 최다 득표 당선. 다들 나를 보고는 축하한다고 한마디씩 한다. 나는 처음 겪는 일이라서 좀 쑥스럽고 멋쩍은 기분이다. 간단하게 그 자리에 모여 있는 사람들에게 "감사합니다. 모두 여러분 덕분입니다. 많이 도와주십시오."라고 얼버무렸다. 1990년 4월 11일부터 그렇게 노동조합 대의원 생활이 시작되었다. 아무것도 모르고 부족함이 많은 내가 잘해 나갈지 걱정도 되면서 어깨가 무겁다는 말이 실감 난다. 무엇보다 주변의 시선이나 나를 대하는 태도, 자세가 많이 다르단 것을 느꼈다. 나는 그것이 좋은 것이 아니라, 상당히 당황스럽고 부담스러웠다. 아! 이게 무엇이라고 이렇게 변하는 것일까? 참, 이상하리만큼 신기하기도 하다. 한낱 기업체의 노동조합 대의원도 이러한데 국회의원이나 장관, 기타 소위 말하는 감투를 쓰면 어떨까? 감히 상상이 가질 않는다. 허허, 행동 하나 몸가짐 하나가 주변 모든 이의 시선 안에 있다는 것이 나를 한층 더 바르고 성숙한 인간으로 만들어 주는 것 같다. 한참 후에 알게 된 사실은 내가 역대 대의원 선거 득표자 중 가장 많은 득표로 당선되었단다. 왠지 나도 모르게 몸가짐이 조심스럽다.

　직접 투표로 선출되는 선거는 작든 크든 본질이 같다는 것을 이번 선거를 겪으면서 배울 수 있었다. 그리고 평소에 항상 마음속에만 담아 두고 있던 것을 실천하려고 한다. 그것은 동향인 동료들의 작은 모임이다. 회사 생활을 하면서 전국 현장을 돌아다니다가 고향이 어디냐고 물었을 때 고향이 같으면 서로가 깜짝 놀란다. 옛말에 고향 무엇도 만나면 반갑다는 말이 있듯이, 고향이 같은 이들과 작은 모임을 만드는 것이다. 회사에는 그런 모임이 이미 여러 개 있었다. 경상도 모임, 전라도 모임, 경기도 모임 등. 충청도 모임도 있었으나 충청남도 모임뿐이다. 언제인가 내가 확인했듯이 우리 회사 동료 중에 충청도가 제일 많았으나 유독 충청북도 모임은 없었다. 왜 아직도 없을까? 내가 만들어 보자. 서로의 정보도 교환하고 훗날 끈끈한 우정으로 오랫동안 정을 나누고 싶었다. 우선 토련 시절부터 함께한 선배님께 조심스레 의사를 타진해 보았다. 바로 흔쾌히 받아 주신다. 그분은 진천이 고향이시다. 선배님 역시 평소에 생각하고 있었다며 "자네가 꼭 추진해 주게. 나도 적극적으로 참여하겠네."라고 하신다. 나는 "그럼 선배님께선 동년배 되시는 고참님들의 의견을 모아 주세요. 저는 젊은 층을 연결하겠습니다." 하였다. 선배님은 "그러지. 고맙네. 남들은 다 고향 모임이 있는데 나는 이대로 얼마 남지 않은 정년이 다가오면 너무 허전할 것 같았는데." 하면서 오히려 내게 추진해 줘서 고맙다고 하신다.

**명칭: 청림회**

**목적:** 우리는 같은 시대의 동향인으로 전국 건설 현장에서 고락을
함께함을 상기시켜 상호 신뢰와 우정의 뜻을 모아 '청림회'
란 이름으로 알찬 모임을 조성하여 신의와 친목을 도모하고
자 합니다.

1990년 5월 16일    (발기인) 방○○, 이○○, 지호식

이런 명분으로 뜻있는 충청북도 동향인들의 서명을 받아 추진하였
다. 전국 현장에 분포하여 있는 동료들이지만 한 달도 채 안 되어 충
북 출신 동료들 거의 전원이 참여하는 모임이 결성되었다. 당시에 30
여 명이나 되었다.

노동조합은 새롭게 출범하는 대의원 총회를 열었다. 13명의 대의원
이 한자리에 모였다. 우리 노동조합을 이끌어 갈 첫 번째 모임이다. 평
소 마음속에 담아 두었던 각자의 생각들과 각 현장에서 발생하는 근로
조건 개선 등 여러 가지 안건을 집약하여 앞으로 노사 협의 또는 단체
교섭에 반영하고 더 나아가 회사의 발전과 번영을 이루고, 새로운 변화
와 열악한 근로 조건 개선을 함께 도모할 중요한 안건들이 상정되는 회
의였다. 참신하고 신선한 안건이 다수 상정되었으며, 앞으로 좋은 방향
으로 나아갈 수 있기를 서로 다짐하는 의미 있는 자리였다.

**77** 　1990년 7월 2일. 평택 공장 레미콘 사업소. 평택시 죽백동 619-1. 레미콘, 아스콘 공장이다. 본부에서 가까우니 각종 회의 참석이 용이한 것이 참 다행스럽다. 연초부터 용인에 연수원을 신축하는 중이다. 가끔 우리 공장에서 용인까지 직접 콘크리트를 운반한다. 좀 먼 길이지만 최대한 비용을 절약하려는 차원일 것이다. 원곡면을 지나 양성에서 다시 북쪽으로, 45번 국도를 따라 용인 이동면으로 올라간다. 이동 저수지 옆을 지나갈 때면 어린 나이에 낯선 객지 생활을 하던 때가 떠오른다. 참 세월이 빠른 것 같다. 이동면을 지나 용인을 거처 동쪽으로 양지면에서 다시 남쪽으로 그러니까 백암 죽산 방면으로 17번 국도를 따라 남쪽으로 1km 정도 내려가면, 우측에 산을 깎아 만들고 있는 용인 연수원이 있다. 언덕 위 탁 트인 멋진 곳에 터를 잡았다(회장님의 호를 따서 그 이름을 수암원이라 함). 그리 높은 곳은 아니지만 발아래 펼쳐진 산줄기들이 마치 그림같이 겹겹이 흐른다. 모두 완공되면 아주 멋진 연수원이 될 것 같다. 우리는 하루가 멀다 하고 여남은 대씩 줄지어 다녀오곤 한다.

**78** 　1990년 9월 10일. 늦은 장마가 기승을 부리더니 엄청난 국지성 폭우가 쏟아졌다. 결국 서울, 경기 지역 홍수로 인하여 한강 하구 둑이 파손되어 엄청난 피해가 발생하였다. 회사에선 고양 일산 지구 침수 피해 복구를 위하여 긴급 복구팀, 일명 별동대가 파견된단다. 무려 600mm가 넘는 폭우가 쏟아져 한강 하구 일산 쪽 둑이 무

너졌다. 갑자기 밀어닥친 홍수로 인하여 많은 인명 피해와 각종 축사, 돈사가 물에 잠기고 엄청난 피해가 속출하였다. 기록에 의하면 고양군 전체 면적의 70% 이상이 물에 잠겼고 인명 피해도 사망이 백육십여 명이고 이재민이 이십만여 명이라니 참 기가 막힌다. 대략 계산한 피해액이 약 오천억 원이라니 상상하기 어려운 금액이다. 한강 하구 둑은 특히, 서해 만조 시간과 겹칠 때 한강 물이 역류하여 엄청난 피해를 볼 수 있다. 우리 회사는 국가 비상사태 시 우선 동원 회사란다. 9월 17일. 갑자기 중기 사업소에서 호출이 왔다. 긴급 별동대에 나도 차출되었다. 헐, 일산 홍수 긴급 보수팀이다. 정신없이 토목 장비와 대형 덤프가 투입되었다. 일산 행주 대교 남쪽 작은 산 아래 도착하여 곧바로 토사 채취 운반 작업에 투입되었다. 행주 대교 통행을 차단하고 대교 남단 도로 위에 임시 텐트를 설치하였다. 대○, 현○ 등 3~4개 회사가 긴급 투입되었다. 한강 물 수위는 얼추 내려갔지만 엉망진창이다. 우리는 임시 텐트에서 김포 쪽 식당에서 배달하는 음식으로 끼니를 해결하면서 바로 철야 작업에 돌입하였다. 우리 장비는 덤프가 15대, 상차 장비 3대, 인원은 20여 명이다. 얼마나 볶아치는지 정신이 없다. 그나마 행주 대교가 살아 있으니 망정이지, 그렇지 않았으면 임시 복구도 불가능했을 것이다. 아무튼 행주 대교 북단은 아직도 물바다다. 한번 침수가 되고 나면 수많은 오물과 펄을 쉽게 정상화하기 어렵다. 우리는 평소 하던 대로 익숙한 철야 작업을 했다. 임시로 긴급 지원된 플라스틱 대형 물통에서 양치 겸 세수 정도만 겨우 하면서 10여 명씩 두 개의 대형 텐트에 나누어 주야간 맞교대를 했다. 몇 개 회사의 대형 덤프가 100여 대는 족히 된다. 행주 대교 북단 하류 둑이 200여 미터 이상 유실된 상태다.

　밤이면 텐트 속은 축축하고 꿉꿉해서 잠을 자기는커녕 그냥 버틴 다고 해야 맞을 것이다. 이른 새벽 소변도 볼 겸 텐트를 빨리 벗어나 고 싶다. 새벽 5시가 좀 지난 시간일 것이다. 대충 옷을 걸치고 밖으 로 나왔다. 날씨는 새벽안개가 자욱하다. 10여 미터 이상은 희뿌옇게 잘 보이지 않는다. 상차하는 쪽으로 적당한 장소를 찾아 걸어가는데 저만큼에서 이쪽으로 두 사람이 다가오면서 나를 보고는 "어이, 수고 많소." 한다. 나는 엉겁결에 "예, 안녕하세요." 하였다. 그분은 내 앞 을 가로질러 가면서 "어느 회사 직원이요?" 한다. "대○입니다." 그리 고 "수고하쇼." 하면서 저만큼 지나간다. 나는 "네."라고 대답은 하면 서도 '누구지?' 하면서 그쪽을 바라보았다. 허름한 옷차림의 60대 노 인과 40~50대 정도 되는 풍채가 좀 있는 두 사람이다. 나는 한편에 서 볼일을 보면서 그쪽을 바라보니 행주 대교 남단에서 흐릿하게 고 급 승용차로 보이는 붉은 불빛이 서서히 사라진다. 그때 상차장에서 밤새 검수하던 반장이 내려온다. "지금 그쪽에서 내려온 두 사람 누 군가요?" "아, 현○ 정 회장님이여. 상차장 한 바퀴 돌고 가시네요. 참 대단한 분이셔." 잉 정○영 회장? 헐, 그리고 보니 그 특유의 가늘고 좀 색다른 말소리가 맞다. 그분이구나. 그리고 승용차 기사였구나. 참 부지런도 하시다. 아니, 지금 시간이 5시? 집에서는 몇 시에 나온 걸 까? 나는 그렇게 일산 행주 대교 별동대로 15일 동안 근무를 마치고 내려왔다. 그 홍수로 인하여 한강 주변의 크고 작은 둑을 비롯한 한 강 수계 전체의 홍수 대비 태세와 홍수 통제 기능을 빠른 시일 내에 재정립하도록 하였으며, 더 큰 홍수에도 안전하게 대비할 수 있도록 하였다.

세상은 그 어느 때보다 빠르게 변화하는 느낌이다. 소비에트 연방 공화국에 속하였던 이름도 생소한 북부 유럽의 여러 나라가 각자 독립을 선언하고, 사회주의 독재 체제에서, 자유민주주의 시장 경제 체제로 변화하고 있다. 우크라이나, 크로아티아 등 나는 일찍이 들어 보지도 못한 나라들이다. 사회주의니 공산주의니 그런 어려운 단어는 잘 모른다. 다만 분명하게 말할 수 있는 것은 공동 생산, 공동 분배란 이름으로 선전하는 공산 체제는 말은 그럴듯하지만, 각자가 스스로 노력하고 더 빠르게 발전하는 것은 자유 민주주의 체제란 것을 쉽게 알 수 있다. 처음엔 공동 분배란 것이 가난하고 배고픈 이들에게는 좋은 것만 같지만, 조금만 시간이 지나면 공동이란 아무도 주인이 없다는 것이나 다를 바 없다. 네 것도 아니고 내 것도 아니니 누가 갈고닦고 더 노력하고 더 좋은 길로 발전시키겠는가? 흔히 하루 일감을 각자 분담하여 할당량(야리끼리)을 주고 오늘 일과는 그것을 완성하면 끝이라 하면 죽을 둥 살 둥 모르고 일하는 것을 우리 눈으로 쉽게 볼 수 있다. 한마디로 더 좋고 많은 능률을 개인의 노력으로 만들어 거기에서 나오는 모든 수익은 개인의 것이라면 인간은 평소의 몇 배 이상 더 노력하고 몇 배 더 일한다는 것은 간단한 상식이다. 이 지구상의 현인들이 만들어 놓았다는 이 두 가지의 국가 통치 체제를 한두 마디로 평가할 순 없다. 하지만 현실로 나타나고 있는, 밀물처럼 무너지는 사회주의 체제를 바라보면서 나의 생각을 몇 자 적어 보았다.

**79** 1990년 10월 20일. 가을이 깊어 갈 무렵 또 한 번 긴급 파견을 가야 했다. 강동 대교 건설 현장이다. 서울 외곽 순환 고속도로 동쪽 끝 강동구에서 구리 토평동을 연결하는 공사다. 정확한 공사 구간은, 강동 대교 신설과 더불어, 서울 외곽 순환 고속도로 일부분을 건설하는 것이다. 강동 대교를 시점으로 구리 동쪽을 통과하여 동구릉 앞까지가 우리 구간이다. 여건이 상당히 열악하다. 강동 대교 교량 설치용 콘크리트 플랜트를 한강 남쪽 고수부지에 설치하였다. 강변에는 각종 쓰레기와 갯벌, 시궁창 같은 진흙이 엄청나게 쌓여 있어 장비 운행이 몹시 어려웠다. 강북 쪽에도 워커힐 산 아래서부터 이어지는 한강 둑은 언제든지 홍수가 나면 위험한 지역이다. 그 강둑 주변에도 또 하나의 콘크리트 플랜트를 설치한다. 구리 쪽 강변 역시 진흙투성이로 조금 높은 지대는 비닐하우스 등 도시 변두리의 정리되지 않은 펄과 잡초가 있어 농지라 하기엔 몹시 너저분한 구리 토평동 지역이었다. 숙소는 동구릉 앞 공터로 사무실 겸 공사 구간 종점이기도 하다. 우리는 대형 덤프로 고속도로 성토도 하고, 또한 토평동 한강 둑 주변에 레미콘 플랜트를 설치하였다. 비좁고 허름한 한강 둑을 비로소 제대로 보강, 확장하는 동시에 작업 도로로 이용하였다. 워커힐을 지나 아차산 끝자락부터 강동 대교까지의 제법 튼실한 강둑이 그제야 제대로 형성되었다. 강동 대교는 우리가 일괄 설계, 시공(턴키 방식), 운영까지 하면서 완공 후 몇 년 이상 교통량에 따라 요금을 징수하여 공사 비용을 충당하는 조건이다. 결국 국가에서 모든 자금을 충당하기엔 무리가 있는 공사는 그런 식으로 민간 자본을 선

투입 후 그 시설을 이용하는 차량에 적정 요금을 징수하여 공사 대금을 회수하는 방식으로 추진된다. 아마도 그때부터 턴키 방식과 유료 도로 또는 교량이 생겨나기 시작한 것 같다.

**80** 1991년 7월 10일. 인천시 북구 원창동 경인 에너지 현장. 정유 관련 시설 공사이다. 저장 탱크도 있고 여러 가지 복합적인 현장이다. 1969년 8월 모터스크레이퍼로 율도 연륙 공사를 하였었다. 밤섬이라고 하는 갯벌 가운데 섬을 연결하는 공사였다. 그곳이 여기 어디쯤일 것이다. 아무리 기억을 더듬어 보아도 도무지 찾을 수가 없다. 분명 그 당시에도 북구 원창동이었다. 여기저기 개발이라는 이름으로 모두가 건물들로 뒤덮였다. 거기다 매연과 함께 한여름 찌는 날씨는 도저히 참기 힘들다. 내가 20여 년 전에 이곳에서 일했다고 누군가 알아줄 사람도 없다. 설사 알아본다 해도 수고했단 말 한마디 듣기 어려운 것이 요즘 세상이다. 해마다 물가(인플레이션)는 고공 행진으로, 금년에도 10여 % 이상 오를 전망이다. 집값 또한 하늘 높은 줄 모르니, 그나마 내 집이라고 장만하였으니 천만다행이다.

어느덧 8월 9일이다. 오늘은 아침부터 매스컴이 요란스럽다. 우리나라가 북한과 동시에 유엔이란 국제기구에 가입하였다고 자축한다는 방송이 요란하다. 유엔 가입? 무엇이 그리 자랑거리인지 잘 모르겠다. 지구상에 있는 크고 작은 아프리카 국가들도 이미 오래전에 가입한 국제기구를 이제야 가입한다는 것을 나는 부끄럽게 생각하는데 무엇이 그리 자랑스러운지? 불과 몇십 년 전에 유엔이란 단체에서 공산 국가의 침략으로 다 쓰러져 가던 이 나라를 겨우 일으켜 세워 주었고 여러 가지 많은 지원을 받고서 천신만고 끝에 가까스로 일어났다. 이제부터는 우리도 그 기구에 참여하여 누군가를 도와줄 수 있을지 아득한 이야기다. 아마도 거기까지는 먼 훗날 꿈같은 이야기일 것이다. 이제라도 유엔에 가입하였다니 늦었지만 반갑다. 부디 훌륭한 지도자들과 부지런한 우리 국민이 하나가 되어 세계 속의 선진국으로 하루빨리 올라설 수 있기를 간절히 빌어 본다.

**81**    1991년 10월 1일. 평택시 죽백동 619-1 평택 공장. 또 한 번 파견 근무가 시작되었다. 우리 회사 안양 레미콘 공장으로 파견 근무를 나갔다. 안양에는 비산동 일대 창고 부지와 대○기술전문학교 주변에 레미콘 공장이 있다. 그곳은 수도권 남서부 지역 건설 자재 공급원이다. 안양 석산이 가까우니 우리 석산의 석재료를 이용하여 충분한 경쟁력을 갖추고 있다. 가끔 납품 물량이 넘치면 평택 공장에서 한두 대씩 지원을 나가곤 하였지만, 이번에는 대규모로 약 1개월 이상 지원 계획이란다. 10여 대의 레미콘 트럭이 지원에 나섰다. 서울 대방동 옛 공군사관학교 부지 주변 아파트 단지 신축 공사에 콘크리트 납품을 하는 것이 주 업무이다. 공군사관학교가 1985년 충북 청주 남쪽 청원군 남일면으로 이전해 가면서, 옛 공군사관학교 부지 일부는 보라매공원으로 공원화하고, 그 주변의 각종 창고 등 기타 부지는 일반 아파트 단지로 건설한단다.

연말이 가까워지면 노동조합 회의도 자주 참석하게 되고, 내년도 전망과 우리 회사가 나아가야 할 방향을 토의하기도 한다. 내년 봄에는 대의원 선거와 함께 새로운 위원장 선거가 있다. 3년마다 새롭게 탄생하는 노동조합 집행부다. 지금까지는 간접 선거라 하여 위원장을 대의원들이 선출하는 방식이었으나, 조합원들의 원성이 높고 사회의 흐름 역시 바뀌었기에 모든 조합원이 직접, 비밀 투표로 위원장을 선출하는 방식으로 변경한다. 우리는 대의원 대회에서 조합 선거 관리 규정을 개정하였다. 1992년부터는 대의원 선거와 동시에 위원장 선거도 함께 직선제로 선출한다. 결국 1992년부터 명실상부한 제대로 된 노동조합의 원년을 만드는 것이다. 모호하던 각종 규정을 수정, 보완하고 전체 조합원의 동의를 얻은 후 공표하였다. 명년부터는 대의원 선거 및 위원장 선거를 전체 조합원이 직접, 비밀 투표로 선출하는 일정이 확정, 발표된 것이다.

# IV. 장년

82 1992년 5월 1일. 평택시 죽백동 650-1. 중기 사업소 노동조합 사무장으로 보직 발령(조합 전임 근무). 나는 지난 대의원 선거에서 또한 번 최다 득표로 대의원에 이름을 올렸다. 아울러 동시에 치러진 위원장 선거에서 위원장으로 당선된 이○○ 선배님과 함께 조합 사무국장 총괄 책임자로 중책을 맡게 되었다. 조합 전임자로서 본부 사무실에 상시 근무한다. 위원장은 우리보다 10여 년 이상 선배님이시고, 옛 건설부 출신으로 중기 사업소의 초창기 멤버 중 한 사람이기도 하다. 나는 선거 이전부터 현 위원장에 당선된 선배님으로부터 산적한 우리 근로자들의 낙후된 근로 복지를 위하여 함께 힘써 달라는 부탁을 수차례 받았었다. 그럴 때마다 정중하게 거절했었다. 그러던 중 선배님은 위원장 출마 전에 나를 미리 러닝메이트로 지명하여 전 현장에 먼저 발표해 버리고 말았다. 나는 결국 자의 반 타의 반으로 끝내 더 이

상 거절할 수가 없었다. 사실 내가 거절한 것은 하기 싫은 것보다도 전혀 생소한 업무를 완벽하게 수행할 능력과 자신이 없었기에 그랬던 것이다. 결국 나는 사무국장직을 승낙하면서 제일 먼저 동시 선거를 앞두고 선거 운동 기간에 사용할 위원장 입후보자의 담화문을 작성하였다. 나름대로 그 선배님에 대한 경력과 앞으로 위원장이 되면 반드시 만들어 놓을 큰 이슈 두세 가지와 최초로 우리 조합원들이 직선제로 선출한 위원장으로서, 조합원 여러분들의 기대에 어긋나지 않겠다는 다짐과 정년이 얼마 남지 않은 기간 동안 혼신을 다하여 우리 조합을 반석 위에 올려놓겠다는 자신감 넘치는 글을 대자보로 작성하여 뜻을 같이하는 동료들과 함께 협의, 검토 후 전국 현장에 배포하였다. 위원장 선거 결과 우리는 완승을 거두었다. 약 2주 동안 나는 새로운 집행부를 맡아 갈 사무장으로서 업무 인수인계를 마치고 새 집행부의 임기를 시작하였다. 사무국장은 대의원들의 추천으로 위원장이 승인하는 형식이다. 대의원으로 선출된 사람 중에 조합원들에게 남달리 인정을 받는 사람, 특히 최고 득표자라면 더욱 우선 선정 대상이다. 나는 그렇게 앞으로 약 3년여 기간 동안 특별한 일이 없는 한 모든 업무를 위원장과 함께 이끌어 가야 한다.

　매년 발행되는 노동조합의 업무 보고 책자를 통하여 상식적인 수준으로만 알고 있던 실무를 직접 집행해야 한다. 제일 먼저 연간 예산을 잡아야 하고, 부서별 예산 집행 계획과 관리를 사전에 기획하고 시행해야 한다. 통상 위원장은 대외적인 업무를 관장하고 모든 내부 업무 집행은 사무장인 내가 총괄한다. 예산부터 수지 계획을 비롯하여 관리 업무를 전담하고 각종 대내외 서류의 접수, 발송 등 크고 작은 일이 산적해 있다. 익숙하지 않은 사무직 업무가 상당한 스트레스로 다가온다. 매일 밤늦도록 업무 집행과 사전 검토로 바쁜 나날을 보냈다. 특히나 갑자기 발생하는 전국 현장에서의 돌발 상황 등 전혀 예상치 못한 일이 수시로 발생하여 업무를 증가시키기도 한다. 잡다한 업무를 도와주는 여직원 역시 경험이 전혀 없는 신입 사원이다. 작은 문건 하나라도 내가 직접 해야 하니 더욱 힘들다. 더군다나 전체 조합원의 경조 회비까지 별도 회계로 관리, 집행한다. 그렇게 대략 1~2개월이 지난 뒤에야 겨우 조금씩 정리되어 간다. 통상적인 업무처리 중에도 수시로 각종 고충 처리까지 해야 하니 항상 긴장의 연속이다. 그리고 회사의 최고 경영자, 사용자와의 운영 체계 개선과 발전 계획까지, 각종 노사 협의 또는 협상을 추진하고 총괄, 운영하면서 정신없이 바쁜 일과의 연속이다.

어느 때는 차라리 현장에서 밤새워 장비 운전을 하는 것이 머릿속은 훨씬 더 평화로울 것 같다. 모든 업무가 그렇듯이 자기가 직접 해 보면 어느 것 하나 쉬운 일이 없듯이, 이 업무 역시 하면 할수록 더 깊고 더 크게 현실과 맞부딪친다. 우선 「근로기준법」 책자를 몇 차례 통독하다시피 하였다. 그 방면으로 전문가인 노무사 또는 「근로기준법」 전문 도서 관리인 등을 통하여 수시로 많은 것을 배우고 익혀야 한다. 그리고 야간을 이용하여 평택 시내의 컴퓨터 학원에 다녔다. 엑셀과 파워포인트 등 이제 막 보급되기 시작한 덩치 큰 컴퓨터를 익숙하게 다루어야 한다. 차츰 시간이 지나면서 근로자들에게 불합리한 제도들이 눈에 보이고, 하루빨리 시정해야 할 문제들이 손에 잡힌다.

과거의 노사 협의 회의록과 그 결과들을 보면서 우리가 당면한 우선 과제를 하나하나 준비하였다. 지나온 선임 집행부에서 여러 가지 개선된 것들도 있었으나, 근본적으로 개선해야 할 문제들이 쌓여 있음을 확인하고, 앞으로의 해결책을 차분하게 찾아가야 할 것 같다. 기회 있을 때마다 우리 회사와 비슷한 동종 업체들의 노사 협의 결과와 해결 방법을 공유하기도 하였다. 나름 검토해 본 결과 그나마 우리 회사의 제도 개선 내용이 상당히 앞서 있다는 것을 느꼈다. 어느 회사는 우리 조합을 벤치마킹하려고 찾아오기도 한다.

수시로 만나는 동종 업체 전임자들끼리 주고받던 농담 섞인 이야기가 있다. 노동조합 일이란 잘하면 감옥에 가고, 잘못하면 동료들에게 뒤통수 맞고 쫓겨난다는 말이다. 나는 그 말이 농담이 아니라 사실일 수 있다는 생각을 하였다. 우리는 매년 한 번씩 대의원 총회라 하여 5월 말경에 동종 업계 조합 간부들을 초청하여 행사를 갖는다. 특히 새로운 집행부가 결성된 해에는, 더욱 성대하게 준비한다. 경기 지역 건설 연맹 관련 조합 간부들, 그리고 서울에 있는 전국 건설 연맹 간부들을 초대하여 우리 조합의 새로운 집행부를 소개하고, 상호 연대하여 협조할 것을 서로 다짐하는 총회다. 아울러 평택 시장 및 지역 사회 관계자, 그리고 본사의 대표이사 사장님도 초대한다. 금년에도 대내외 많은 손님을 초대하여 커다란 행사를 정말 정신없이 치러 냈다.

요즘엔 회사 간부는 물론 소장님까지도, 일찍이 내가 느껴 보지 못한 깍듯한 예의를 갖추는 모습을 보면서, 참 어쩌면 저리도 사람이 하루아침에 변할 수가 있을까 생각한다. 어떨 땐 당황스럽기까지 하다. 한편으로는 '나 역시도 누구를 대할 때 저런 모습으로 대하지는 않았을까?' 하면서 나를 뒤돌아본다. 내 신상에 어떠한 변화가 온다 해도 초심을 잃지 말자고 나 스스로 확인하고 다짐해 본다. 하물며 우리 동료들도 함께 밤새워 일할 때 나를 대하던 모습이 아니란 걸 느낄 때가 있다. 그럴 때마다 나는 짧은 시간이라도 잠시 동료와 대화를 나누며 부디 어렵게 생각하지 말고 작은 이야기라도 좋으니 장단점 그리고 개선할 점 등을 꼭 이야기해 달라고 부탁을 하곤 한다. 사람의 마음이란 왜 이리도 변화무쌍한 것인지, 항시 긴장하고 조심하고, 경계해야 한다고 마음속으로 되새겨 본다.

수시로 찾아오는 우리 조합원들의 크고 작은 민원도 원만하게 처리될 수 있도록, 회사 측과의 면담 역시 최선을 다해야 한다. 그리고 전국 현장에서 수시로 발생하는 돌발 사건, 사고의 처리 과정 또한 끝까지 살펴보아야 한다. 혹시라도 잘못된 처리로 인하여 근로자 측에 불이익이 발생할 수도 있으니 당연한 일이다. 더불어 전 조합원의 크고 작은 애경사에도 가능하면 참석을 원칙으로 한다. 그러다 보니 휴일에 제대로 우리 가족과 함께할 시간이 없다. 그나마 경사는 즐거운 일이며 예정된 일이지만, 애사는 예고 없이 발생하는 것이어서 난감할 때가 종종 있다.

전체 조합원이 900여 명이 넘다 보니 조용한 날이 없다. 더군다나 한곳에 모여 있는 것도 아니고, 전국에 흩어져 있으면서 현장별로 서로 다른 특성과 전혀 다른 문제가 발생하기도 하고, 그야말로 각양각색이다. 참, 어떤 날은 울다 웃다 별의별 일이 다 발생한다. 한여름이 지나고 나면 가을부터는 한 해를 돌아보면서 예산 결산도 해야 하고, 연말이면 어김없이 찾아오는 내년도 임금 협상 자료 준비와 단체 협약도 갱신해야 한다. 특히나 금년도에 계획하였던 단체 협약 안건은 꼭 합의하여 공표해야 하는 중요한 사항 중 하나다. 우리 집행부가 약속하였던 중요 쟁점들을 분기별 노사 협의에서 최대한 관철하고 단체 협약에 명시하여야 비로소 명실상부 상호 법적 효력이 담보되는 것이다. 나는 상벌위원회 개최 시 노사 동수가 참여할 것을 수년 동안 의제에 올렸었다. 그리고 퇴직금 누진제와 장기근속자 처우 개선 문제 등 주요 안건들이 산재해 있다.

벌써 1993년이다. 가능하면 토요일, 일요일엔 가족과 함께하려고 노력을 하지만 전국에 흩어져 있는 애경사에 빠짐없이 참석한다는 것이 생각처럼 쉽지 않다. 휴일에 가까스로 짬이 나면 아버지를 모시고 청원군 내수 초정 약수탕에 다녀온다. 흔한 목욕탕이지만 탄산수가 함유되어 있어서 찬물에 들어가면 마치 사이다 속에 들어간 것처럼 온몸이 간지럽기도 하고 약간 따끔거리기도 한다. 옛날 세종대왕이 안질 치료를 위하여 다녀가셨다는 전설이 있어서인지, 청주 시민들이 자주 이용하는 곳이기도 하다. 아버지와 가끔씩 함께 목욕도 하면서 씻어 드린다. 해가 갈수록 아버지의 넓은 어깨는 점점 작아지는 느낌이다. 올해 들어서 더욱 작고 굽어진 모습이 왠지 마음 한편을 서글프게 한다. 갈 때마다 아버지는 "집에서 하면 되지. 게까지 뭐하러 가냐?" 하신다. 나는 "그냥 바람 쏘이러 가세요." 하면서 억지로 모시고 나온다. 목욕을 마치고는 구녀 산성 쪽 계곡으로 조금만 올라가면 여기저기 숲속에 요릿집들이 있다. 주로 오리백숙 또는 오골계

탕 등을 하는데 요즘 말하는 맛집들이다. 그곳에서 외식을 할 때면 그래도 생각보다 잘 드신다. 오래오래 건강하시길 마음속으로 빌면서 나는 천천히 요즘 시국에 대한 이야기, 세상을 시끄럽게 하는 이야기 등 사람들의 입에 오르내리는 상식들로 대화를 이어 간다. 시국에 대한 의견을 들어 보면 아주 평범하면서 현명하게 판단하신다.

어떤 날은 큰 녀석을 앞세워 형님 집에 계신 아버지를 찾아뵈면서, 봉투에 작은 용돈을 넣어 네가 할아버지께 공손하게 드리라고 일러 주곤 했다. 그럴 때마다 마음속으로 너도 먼 훗날 네 아들에게 할아버지 용돈을 드리는 것을 알려 주라고 말하고 싶다. 제 손으로 직접 할아버지께 드려 보았으니 세월이 많이 지나도 기억할 수 있을 것이다. 초등학생, 중학생일 때는 말도 잘 듣고 잘 따라다니더니 이젠 고등학생이라고 휴일에도 요리조리 핑계를 대는 거 같다.

날마다 업무를 집행하는 과정에서 내가 느끼는 것은 작은 기업의 운영 체계와 별로 다를 것이 없다는 것이다. 예산 편성에서 최종 결산까지 해마다 반복하니 이젠 한눈에 감이 오는 거 같다. 지난해의 예산과 수지 내역을 보면서 금년도의 계획에 많은 참고가 된다. 조합비의 조달 과정은 상여금을 제외한 월 급여에서만 1%를 조합비로 갹출한다. 철저하게 짜인 예산 내에서 운용하지 않을 수 없다. 이처럼 어떤 단체나 기업을 직접 운영한다는 것은 참으로 어려움이 많다는 것을 체감할 수 있다. 요즘 우리 회사는 청주에서 진천 방면으로 시내를 막 벗어나면서 오근장역 부근에 기존 공군 비행장을 민간 공항과 군 겸용 비행장으로 확장하는 공사를 수주하였다. 곧바로 스크레이퍼팀들이 투입된다고 한다. 아마도 내가 노조 전임자가 아니었으면, 나도 그 현장에 참여하여 또 한 번 청주 우리 집에서 출퇴근하는 즐거움을 느낄 수 있었을 것이다.

올해부터는 단체 협약에서 모든 사원의 두 자녀에게 중·고등학교는 물론 대학 학자금을 100% 지급하기로 합의하였다. 또한 상벌위원회 및 징계위원회 역시 노사 동수 참여하기로 결정되었다. 이제는 조금이라도 억울하게 퇴사를 당하는 근로자들이 없을 것 같아 다행스럽다. 어느 협상이나 상호 합의를 도출하여야 한다는 것은 쉽지 않다. 특히나 임금 협상은 사전에 철저한 준비와 더불어 협상위원들의 사전 트레이닝이 필요하다. 나는 실제처럼 사전 모의 협상을 처음으로 시도하였다. 팀을 반으로 나누어 사용자 측의 예상되는 반대 의견을 가정하여 몇 번씩 되풀이하다 보면, 문제의 해결 방법을 찾을 수 있는 돌파구가 보이기도 한다. 우리는 그렇게 사용자 측의 장단점을 파악하고 마라톤협상에 임하였다. 다만, 반드시 지켜야 할 것은 우리 근로자들의 권익 보호와 근로 조건 개선을 우선으로 하지만, 회사에 손해를 끼친다거나 경영상의 위험이 뒤따를 수 있는 안건들은 우선 협상 대상에서 제외하였다. 결국은 더 높은 능률 향상과 더 나은 근로 조건을 목표로 노사 공익을 최우선으로 한다면, 굳이 사용자 측이 반대할 이유가 없을 것이다.

우리 회사의 사명이 건설 기계 사업소로 변경되었다. 1993년 8월 1일부로 대○산업 중기 사업소에서 대○산업 건설 기계 사업소로 변경된 것이다. 무슨 이유인지는 모르겠으나, 요즘 사명을 변경하는 회사가 많은 것 같다. 그리고 회사의 상징 마크(로고) 역시 주기적으로 교체하는 것이 유행처럼 번지고 있다. 삼○이나 엘○ 역시 최근에 변경하였다. 아무튼 그런 맥락으로 이해하려 한다. 십여 년 이상 사용하다 보면 무엇인가 촌스럽고 뒤처짐을 느끼는 거 같다. 하지만 상호나 심벌마크를 변경한다는 것은, 대내외적인 인지도에도 크고 작은 영향이 미치는 것이며, 각종 서류와 심지어 모든 임직원의 명함까지도 교체해야 하니 상상외로 많은 자금이 소요된다.

여러 현장에서 크고 작은 돌발 사고가 끊이질 않는다. 특히나 건설 현장은 고정되어 있는 일반 회사들과 달리 시시각각 변하기 때문에 안전사고는 더 많이 발생한다. 일단 발생이 되면 최대한 근로자들을 위하여 도움을 주고 당사자에게 불이익이나 큰 손실이 없도록 최선의 노력을 다한다. 본인의 과실이 현저하게 클 경우 참으로 안타까울 때가 종종 있다. 설사 보상과 배상을 충분히 받는다 해도, 노동자로서 본인의 몸을 다칠 경우는 참으로 난감하다. 최선을 다해서 산재처리와 치료비 부담을 줄여 준다 한들, 근로자로서 더 이상 근로할 수 없는 상황이 발생하면 정말 한계에 봉착한다. 참으로 안타까운 우리 근로자들의 현실이기도 하다.

연말이면 진급(승급)에 대한 민원이 끊이질 않는다. 물론 회사의 고유 권한이라지만 발생하는 민원을 외면할 수는 없다. 올해만큼은 모든 조합원에게 승급에 대한 민원이 발생할 경우 조합에서 적극적으로 가담하여 만약 부당한 처우가 의심되면 끝까지 추적하여 담당자에게 책임을 물을 것이라고, 지난번 노사 협의에서 사측에 공표한 바

있다. 올해도 12월 중순쯤 되니 어김없이 왜 나는 승급이 누락되었는지, 왜 나는 아무런 잘못도 없었는데 승급이 제자리인지, 하소연이 쏟아진다. 그중 몇몇 불만이 크다는 조합원과 사전 미팅을 하였다. 아무리 생각해도 이건 아니라고 판단되는 몇 건을 추려서 본인들에게 끝까지 추적한다는 사전 동의를 얻어 보았으나, 서로 눈치만 보고 있다. 무엇인가 켕기는 것이 있다면 솔직하게 알아야 시정을 요구한다고 협조를 구하였다. 결국엔 모두 포기하고 싶단다. 한마디로 시끄럽게 하여 본인에게 좋을 것이 없다는 눈치다. 나는 우리가 오늘날까지 사측에 무대응으로 대하니 저들이 마음대로 휘두르는 것이니, 훗날을 위하여 올해엔 반드시 시정하자고 하였다. 나는 총무팀 책임자와 면담 요청을 하여, 공개 협의를 할 것인지 아니면 비공개 토의를 할 것인지, 승급 관계자들의 반응을 보았다. 결국 사측의 요청으로 핵심 조합 간부와 최소한의 승급 책임자만 비공개 심의를 하기로 하였다. 하루에 몇 시간씩, 약 3일에 걸쳐 긴 해명을 들었다. 결론은 누가 보아도 억울하다고 생각되는 2명은 내년 승급에서 반드시 시정하는 조건으로, 승급에 대한 민원을 마무리하였다. 나는 오랜 세월 직장 생활을 하였으나, 처음 접하는 이야기들로 마음 한편에 허탈함을 느꼈다. 노와 사라는 용어가 말하듯이 아무리 크고 힘들고 중요한 일을 하더라도 결국엔 근로자는 근로자의 범위를 벗어날 수 없으며, 아무리 큰 타협을 한다 해도 사용자의 선을 넘어설 수 없다는 것을 알 수 있었다. 결국에는 승급에 관해서는 사용자와의 원만한 타협만이 가장 현명하고 무난한 해결책이란 것이다. 올해도 임금 협상과 단체 협약 갱신 기간이 다가온다. 해마다 변화하는 노사 갈등과 새로운 제도를 신설 또는 개정하면서, 크고 작은 갈등을 해결하다 보면, 그냥 덮고 묻어 버리려는 불편한 타협점을 제시하는 사용자 측의 손길도 있다. 물론 거기엔 작은 이익을 제시하기도 한다. 나는 그럴 때마다 조용하고 명확하게 "○○ 님, 작은 손으로 하늘을 가릴 수 없답니다."라고 한다. 겸연쩍어 눈치만 보는 사측 임원에게 나는 분명하게 말한다. "○○ 님, 우리가 함께 노사 문제를 논의하면서 ○○ 님이나 저나 작은 오점이라도 남겨 불미스러운 일이 발생해선 안 될 것입니다. 오늘 이 대화는 안 들은 것으로 할 것이며 추후 누구에게도 발설하지 않을 것이니 그 점 염려하지 마시기 바랍니다." 나는 붉게 상기된 사측 임원의 마음이 손상되지 않도록 확실하게 거절한다. 그렇게 집행부 간부로서 오늘 하루도 봉사와 희생까지는 하지 못할망정, 내가 정도를 이탈하지는 않았는지 확인 또 확인해 본다.

큰 녀석이 올해 고 3이다. 벌써 다 큰 것 같아 대견스럽기도 하다. 무엇보다 흔한 과외 수업이나 학원 한번 다니지 않았어도 학교 성적이 뒤처지지 않고, 대학 진학이 가능하다니 다행스럽고 고맙다. 반평생을 살아오면서 나의 소원이기도 한 대학이다. 옛날 그 시절 대학은 나에겐 저 밤하늘의 별만큼이나 먼 나라 이야기였다. 그때 그 험난하고 고통스러운 시절은 꿈에서도 다시 가고 싶지 않다. 큰 녀석 나이쯤 나는 홀로 객지 생활을 했었다. 그렇게 춥고 배고픈 시절, 학교에 다닌다는 것 자체가 엄청난 사치이고 언감생심 바라볼 수조차 없던 시절, 그때가 바로 그 정도 나이였을 것이다. 중학교 진학을 하지 못하고 강의록 책도 구입하기 어려워 어머니께 험한 말을 하고 어머니 가슴에 못을 박던 철없던 시절이 엊그제 같다.

1994년 봄, 큰 녀석이 서울 정릉에 있는 국○대학교에 합격하였다. 참 기분이 오묘하다. 가슴이 벅차다고 해야 맞을 것 같다. 대학 입학식에 함께 올라가니 전국에서 많은 사람이 구름같이 몰려왔다. 강당이 엄청나게 크지만 사람이 너무 많아 떠밀려 다니다가 어떻게 하루가 갔는지 정신이 혼미하다. 아들 녀석 뒷모습을 한참을 바라보면서 어린 시절에 밥상머리에서 매일같이 열심히 공부하라고 하루도 복습을 하지 않으면 안 된다고 귀에 못이 박히도록 잔소리하던 생각이 엊그제 같다. 나도 모르게 기~인 한숨이 나온다. 그 잔소리가 모두 너를 위한 것이지 나를 위한 것이 아니란 걸 다시 한번 이야기해 주고 싶다.


올해도 어김없이 여러 행사와 노사 간 첨예한 몇 가지 안건을 관철하려 한다. 크고 작은 노사 관련 문제가 관철되고 재정립되었지만, 아직도 많은 문제가 산적해 있다. 우리 집행부가 최선을 다했어도 못다 이룬 문제가 있다면, 차기 집행부가 다시 도전할 것이다. 그렇게 노사 관계란 시대 흐름에 따라 수많은 문제가 발생하고 소멸한다. 우리 집행부는 끝없는 협상과 대화로 주 54시간 기본을 주 48시간으로 축소하였고, 상벌위원회 노사 동수 참여를 정례화하였으며, 그 외에도 크고 작은 문제를 개정 또는 재정립하여 근로자들의 권익 보호와 근로 조건 개선을 이루었다. 요즘에는 수송동 대○ 본사에서도 조합을 결성한다고, 수차례 내려와서 우리 조합의 모든 노사 협의 매뉴얼을 벤치마킹하기도 한다. 화이트칼라들도 이제는 너도나도 조합 결성을 한다고 아우성이다. 하물며 교육계 선생님들도 조합을 결성한다니 참 세상이 많이 변한 것 같다.

매년 임금 협상 기간이 되면 평택 경찰서 사복 경찰이 가끔 우리 회사를 들러 기웃거리다 가곤 한다. 어느 날 휴게실 겸 외부 손님들을 위한 공간에서 그 친구와 잠시 대화를 하였다. 먼저 그 친구에게 정중한 인사를 하고 명함을 주고받았다. 나는 "아 경찰서 지역정보과시네요." 하면서 우리 회사에 무슨 문제라도 있어서 들르시냐고 물었다. 전혀 아니란다. "그러시면 우리 회사가 귀하의 담당 구역이니 가끔 들르시는 것은 업무상 당연하겠지만, 주변에서 사람들이 혹시나 하는 눈으로 바라본다는 것은 느끼시나요?" 하면서 이야기를 시작했다. 그 친구 "혹시 제가 방문함으로써 불쾌하셨다면 죄송합니다." 하면서 업무가 그렇다 보니 안 들를 수가 없으니 양해 바란다고 했다. 나는 조합 전임자로서 부탁 한 가지를 드린다고 이야기를 꺼냈다. 업무차 오시는 날은 무슨 무슨 일이 궁금해서 들렀다고 분명하게 알려 주시면 좋을 것 같다고 하였다. 그는 무슨 말씀인지 충분히 이해한단다. 그리고 나는 그에게 한 가지 물어보겠다고 하며, 요즘 모든 사업장마다 노동조합이 생겨나고 또한 노사 분규도 많이 발생하는데, 일반 국민들은 노동조합 하면 우선 선입견부터 데모나 하고 싸움질이나 하고 한마디로 싫어하는 감정이 먼저 든다고 하는데, 경사님은 노동조합을 어떻게 생각하시느냐고 물었다. "아, 당연히 있어야 하고 시대 흐름에 따라 생성되는 거 아닌가요?" 하면서 얼버무린다. 나는 "저기요. 짧은 시간에 다 말씀드릴 수는 없지만 특히나 노사 분규 관련 또는 지역 사업장의 평화와 안정을 담당하시는 분들이 반드시 아셔야 할 것이 있습니다. 우선 먼저 모든 회사란 이익 집단이랍니다. 자, 우리 회사가 이익이 많이 났다고 칩시다. 누구도 부정할 수 없는 이익이 났어요. 그러면 근로자들이 가만히 앉아 있어도 다 알아서 '올해는 이익이 많이 났으니 보너스를 100% 또는 200% 더 드릴게요.' 하면서 말없이 그냥 주는 사업주들이 얼마나 될까요? 열 개 사업장이면 하나? 아니면 둘? 아마도 없다고 보는 것이 맞을 것입니다." 그 친구 고개를 끄덕인다. "그다음 올해는 큰 손해가 발생하였다고 칩시다. 회사의 핵심 간부들이 시장 상황을 잘못 판단했다거나 또는 중대한 경영상 잘못으로 손해가 발생한 경우 그들은 한 사람도 책임지지 않고 그저 밑바닥의 근로자들만 무더기로 잘라 버리는 일들이 오늘의 현실입니다. 내가 알기 쉽게 극단적인 이야기만 했는데요. 노동조합이 좋은 점 한 가지만 이야기해 볼게요. 근로자가 최소한 200~300명 이상이 되면 오너는 저 뒤에 보이지 않는 곳의 근로자들을 한눈에 다 볼 수가 없답니다. 그럴 때 오너는 핵심 이사나 부장 등 간부 몇 명의 말을 듣고 판단할 수밖에 없죠. 결국에는 간부들이 저지른 커다란 실수가 있어도 그들의 말만 믿는다면 그 실수는 가려지고 애꿎은 근로자들만 피해를 보죠. 한마디로 회사가 커지고 업무의 폭이 넓고 많아지면 중간쯤에서 어떠한 이상이 생겨도 그 잘못의 핵심을 찾기 힘들다는 것입니다. 그럴 때 바로 노동조합이 바닥에서 곧바로 직선을 연결해 보면 빠르게 단락되거나 문제가 되는 약한 부분과 그 원인을 바로 알 수 있다는 것입니다. 마치 큰 나무의 땅속 실뿌리에서 맨 위 상수리 잎까지 직선을 연결하는 것이죠. 그것이 노동조합이 필요한 결정적인 이유라고 해도 과언이 아닐 것입니다. 한마디로 회사의 올바른 길을 함께 가자는 것이 노동조합의 기본 정신이랍니다. 어느 회사건 노사가 하나가 된다면 문제가 아무리 심각해도 절대로 넘지 못할 난관이 없다고 나는 장담한답니다. 그러니 노동조합을 너무 이상한 눈으로만 바라보지 말아 주세요." 그 친구는 좋은 말씀 감사하다고 하면서 몇 번을 굽실거리며 돌아갔다. 그 후로도 가끔 들르지만 나를 바라보는 눈빛이 달라 보인다. 경찰서 정보과 직원 외에도 모든 사회 구성원이 노동조합을 바라보는 시선이 달라지기를 진심으로 소망한다. 오늘도 신문이나 TV 매체에서는 사업장에서 집단행동으로 기물이 부서지고 폭력이 난무하는 장면이 눈과 귀를 어지럽게 한다. 언제나 오늘의 이 사회 현상을 올바르고 진실한 모습 그대로 보여주는 확실하고 믿을 만한 공정한 언론들을 만나 볼 수 있을는지, 그날은 올 것인지 참 어렵고 먼 이야기 같다.

1994년 10월 20일 온 세상이 떠들썩하다. 오늘 아침 7시 반경에 서울 한강 성수대교가 무너져 내렸단다. 그것도 아침 출근 시간, 어린 학생들의 등교 시간에 갑자기 교량 중간 지점 한 칸이 통째로 무너져 내려 30여 명이 사망하였단다. 이게 웬일인가!! 엄청난 속도로 한강의 기적을 이룬다고 밤을 낮 삼아 일한다는 것이 이렇게 큰 참사로 나타나다니, 부끄럽고 통탄할 일이 아닐 수 없다. 희생자는 대부분 어린 학생들이라고 한다. 어떤 구조물이든 만들어 놓으면 다 끝나는 것이 아닐 것이다. 꾸준한 점검과 유지 보수가 필수이거늘 어정쩡한 관리 감독으로 설마설마하다가 이렇게 큰 재앙을 맞이한 것이 뻔하다. 이제라도 늦었지만 수십 개의 한강 다리를 재점검하고 안전 대책을 철저하게 마련해야 할 것이다. 차디찬 강물 속에서 목숨을 잃은 저 어린 학생들의 희생이 부디 헛되지 않고, 우리 사회의 모든 안전 불감증이 개선되어 안전 대비책이 완벽하게 만들어지기를 바라면서 삼가 고인이 된 어린 영령들의 명복을 빈다.

어느 날부터인가 아버지께서 우리 집을 찾기가 힘들다고 하신다. 예? 나는 깜짝 놀랐다. 올해 76세이시다. "아버지 정말 우리 집을 못 찾으시겠어요?" 하면서 다시 물었다. 그렇단다. 자꾸 생각이 가물거린단다. 형님 집에서 우리 집까지는 불과 600~700m 정도 된다. 나는 갑자기 멍해지는 기분이다. 우리 아버지가 너무 늙으셨구나. 그렇다면 아버지는 지금 무엇을 하고 싶으실까? 그날 이후로는 아버지가 가고 싶어 하실 만한 곳을 나 스스로 판단해서 모시고 다녔다. 기껏 간다고 해 봐야 가까운 온천 그리고 유원지 정도가 고작이다. 단체 관광이나 여행을 다니시라고 권장하였으나 그럴 때마다 아버지는 "거 모르는 사람들하고 무슨 재미로 며칠씩 나댕긴다니." 하시면서 일축하신다.

그 뒤로는 괴산 산소에 갈 때마다 특별한 일이 없는 한 꼭 아버지를 모시고 갔다. 명절 때, 벌초할 때, 그냥 가고 싶을 때, 늘 아버지께서는 "느덜만 다녀와라." 하셨었다. 하지만 몇 번이고 말씀을 드려서 꼭 함께 다녀왔다. 엊그제도 괴산 산소를 다녀오면서 나에게 그냥 지나가는 소리같이 "고맙구나." 하신다. 아버지의 목소리가 그렇게 낮고 잔잔하게 가슴에 와닿는 느낌이 들었던 적이 없던 거 같다. 그날 아버지를 형님 집에 모셔 드리고 돌아오면서 마음 한편이 왠지 모르게 아련하게 시려 온다.

1994년을 마무리하면서 차분하게 한 해를 되짚어 본다. 조합 집행부 임기는 95년 5월까지이다. 나름대로 최선을 다했다 해도, 다시 한 번 되짚어 본다. 여러 가지 노사 관계를 확고하게 재정립하였다고 자신 있게 말하고 싶다. 그리고 어디에서 누구에게도 어떠한 이해관계로 쓴 막걸리 한잔 얻어 마신 적이 없다. 역대 어느 집행부에 비추어 본다 해도 정말 떳떳한 3년이었다. 그러나 현 집행부가 아무리 잘했다고 자평해도 평가는 우리 조합원들이 하는 것이다. 시간이 흐른 뒤, 먼 훗날 자연스레 그 공과의 모습이 나타날 것이다. 그 모든 업무 내용은 일목요연하게 사업 보고 책자에 정리하여 놓았다. 나는 이것저것 모든 조합 관련 문건을 다시 한번 점검하고 확인하였다. 가까운 나의 동료들은 위원장에 도전하라고 지난 가을부터 권장을 한다. 역대 집행부의 과거를 보아도 흔히 있는 것이 사무장의 위원장 도전이란다. 나는 그럴 때마다 그런 말을 하지 말아 달라고 오히려 부탁을 하였다. 위원장과 나는 한마음으로 3년이란 기간 동안 크고 작은 일들을 이루어 놓았으니, 이제 다음에는 새로운 사람들이 하는 것이 너무 당연한 것이고, 그래야만 우리 조합이 더 건전해진다는 것이 나의 평소 지론이며 그래야만 우리 노동조합이 선순환된다고 이야기했다. 위원장은 내년 연말이 정년이니 어차피 퇴임하셔야 한다. 여전히 우리를 적극적으로 밀어주고 함께 노력해 준 조합원들이 나의 눈치를 자연스럽게 보면서 조합을 계속 이끌어 주기를 바라고 있다. 나는 노조 집행부 3년 동안 최선을 다하였으니 그것으로 충분하다. 옛말처럼 물은 오래 고여 있으면 썩는다는 것이 너무나 자명하다. 부디 나에게 그 짐을 지워 주지 말아 달라고 한사코 거부하였다. 내가 아무리 일을 잘

하고 청렴하고 완벽하게 하였다고 해도, 작든 크든 그것도 일종의 권력임엔 틀림없다. 그러니 크게 나타나진 않아도 반대 세력이 없을 수가 없다. 누군가 박수 칠 때 떠나라고 했다. 내 본연의 자리에서 조용하게 회사 생활을 하는 것이 올바른 판단이라 믿고 싶다.

요즈음엔 대학 1학년을 마치고 군에 입대하는 것이 유행처럼 번지고 있다. 젊은이들의 시대 흐름이 그렇다며 큰 녀석도 입대한단다. 집 사람은 무슨 큰일이 날 것처럼 마치 어린아이 물가에 보내듯이 혼자서 난리를 친다. 다 커서 호랑이도 잡을 나이인데 무슨 걱정을 그렇게 하는지 참 알 수가 없다. 다행히 훈련소가 전방이 아닌 충남 공주 부근의 예비 사단 훈련소다. 아마도 전방 부대 배치는 아닐 듯싶다. 아무튼 젊어서 고생은 사서도 한다는데 나라에서 숙식 제공도 해 주고 여러 가지 일반 사회에서 배울 수 없는 조직 생활을 배울 것이니, 이 또한 철없는 젊은이들에게 얼마나 많은 삶의 교훈이 되겠는가. 잠시 그 옛날 논산 훈련소에 자진 입소하여 집으로 돌아가지 않겠다고 버티던 생각이 스쳐 지나간다. 참, 저절로 웃음이 나온다. 당시 나는 정말 세상 무서운 줄 모르고 무엇이든 내가 하면 하는 것이고, 무엇이든 된다면 될 것이란 자신감과 뱃심이 두둑했었다. 아무것도 알지도 못하고 가진 것도 없었지만 무서운 것이 없던 시절이었다. 어디서 그런 뱃심과 용기가 솟아났는지 지금 생각하면 참 당돌하고 대담했던 것 같다. 아마도 당시에 내가 가진 것은 내 몸뿐이니 밑져 봐야 본전이었을 것이다. 어린 나이에 내게 닥쳐온 세상이 나를 그렇게 만들었을 것이다.

큰 녀석 입대하는 날, 승용차로 훈련소 입소장까지 함께 갔다. 집

사람은 울고불고 난리다. 허 참나, 아니 무슨 전쟁터에 나가는 것도 아니고 어린애 취급을 하는 게 이해가 안 간다. 그런데 이게 웬일? 나만 온 게 아니다. 이건 뭐 입소 장병보다 가족들이 더 많다. 나 원 참, '이러니 아이들이 더 철이 늦게 들 수밖에 없겠구나.' 하는 생각을 했다. 집으로 돌아오는 길에 부디 군 생활 잘 마치고 많은 교훈을 쌓고 배워 새사람이 되어 돌아오길 마음속으로 기원했다.

벌써 5월이다. 나는 노동조합 대의원에 출마하지 않았다. 이제 조용하게 본업으로 돌아가 회사 생활만 열심히 하는 것이, 그동안 나를 믿고 지원해 준 우리 조합원들에 대한 최소한의 도리처럼 생각되었다. 좀 더 남아서 그동안 쌓아 온 경험을 우리 모두를 위해 발휘해 달라는 동료들이 많았으나 3년이면 충분하다고 판단했다. 집행부 3년 동안 공휴일을 가족과 편안하게 보냈던 적이 거의 없었다. 왜 그리도 애경사들은 휴일에 발생하는 것인지 야속할 때도 있었다. 그럴 때마다 다른 일을 핑계 삼아 쉬는 시간을 보낼 수도 있었지만 내 마음은 그것을 허락하지 않았다. 나를 믿고 밀어주는 모든 조합원에게 조금이라도 봉사한다는 생각으로 단 한 건의 애경사도 소홀하게 넘길 수가 없었다. 이제 임기를 마무리하면서 나름대로 최선을 다하여 만들어 놓은 결과들을 몇 가지만 기록해 둔다. 일단 퇴직금 누진제를 확립하여 노사 합의 문항으로 명시하였으며, 초·중·고·대학 학자금을 두 자녀까지 확대 지급하는 것과 징계위원회는 노사 동수 참여하기로 명시하였다. 또한 우리 회사로 해외 파견 근무 시 사직서를 제출하지 않는다고 합의 명시하였으며, 특수 여건 근로자(지하, 고공, 수중)의 일평균 근로 시간을 6시간 이내로 합의하였다. 장기근속자 표창 제도도 10년, 15년, 20년으로 확대하였으며, 그동안 해마다 연평균 임금 인상 5% 이상을 실현하였다. 그 외에도 크고 작은 성과들이 사업 보고서에 잘 정리되어 있다. 아울러 현재 우리 회사 단체 협약이나 근로 조건 수준은 동종 건설업계에 비하여 최상위 수준이라고 단언할 수 있다. 어느 조합이든 전체 근로자의 업무 만족도가 100%일 수는 없다. 반대의 목소리도 있게 마련이며, 불만과 비평도 있는 것은 당연하다. 나는 3년여 동안 노동조합 총괄 업무를 집행하면서, 그리고 크고 작은 협의와 토론을 통해 합의를 이끌어 내면서 그때마다 느꼈던 나의 마음을 간추려서 몇 줄의 글로 남기고 싶다.

* 비평은 얼마든지 좋으나 대안이 없는 비평은 받아들일 수 없다. 그것은 불만과 불평이지 비평이 아니기 때문이다. **대안 없는 비평은 불평이다.**

* 토론은 백 번 하면 백 번 이익이고 언쟁은 백 번 하면 백 번 손해다. 토론은 양보와 타협과 결과물이 생기지만, 언쟁은 승자와 패자가 생겨나며, 그 승자는 언젠가 그 패자에게 언쟁으로 인하여 반드시 패하고 만다. **토론은 결과물이 생겨나지만 언쟁은 승자와 패자가 생긴다.**

* 나의 의견에 반대하는 상대를 설득하려면 반드시 먼저, 상대의 의견을 존중한 다음, 나의 의견을 정중하게 제시하여야 한다. 높고 격한 발언으로는 어떠한 의견도 상대를 이길 수 없고, 설득할 수 없다. **최고의 설득은 상대 의견을 존중해야 완벽하게 얻을 수 있다.**

* 옳고 그름을 판별할 때 반드시 양쪽 모두의 해명을 충분히 들어 보아야 한다. 잘잘못의 결과물이 눈앞에 보인다 해도, 잘못된 쪽의 의견을

충분하고 정중하게 들어 주면서, 스스로 자인하여 인정하게 하는 것이 가장 현명한 판별이다. **'현명한 판별'이란 절대 먼저 결정하지 말라. '갑'과 '을'의 의견을 듣고 또 들어라.**

## 대중의 심리와 언행

용의 꼬리보다 뱀의 머리를 선호함은
머리를 시기하는 것이요
이것이 정당하고 저것이 부당하다 함은
이것을 정당화하기 위함이다.
내가 옳다고 소리 높임은 상대가 옳을 수도 있음이며
시기와 언쟁 정당화 놀음으로 세상을 살아가면
언젠가 그 언쟁 놀음으로 패망에 이른다.

1995년 6월 노동조합 사무장 업무를 마치며

수많은 지난 일을 짧은 글솜씨로 어찌 다 표현할 수 있으랴. 그냥 생각나는 대로 몇 자 기록하고 싶다. 이제 현명한 후배들에게 바통을 넘겨, 우리 조합을 훌륭하게 이끌어 주길 바란다. 지난 기간 큰 무리 없이, 잘 마무리할 수 있게 도와준 우리 조합원들에게 다시 한번 감사드린다. 이제 본연의 업무로 돌아가 조합원으로 동료들과 함께 일하는 것이 나의 소신이며, 이것이 어떠한 야망이나 사심 없이 업무에 집중했던 순수한 나의 마음임을, 조합원 동료들에게 보여 주고 싶다.

1995년 6월 29일 또 한 번 엄청난 사고가 발생하여 세상을 놀라게 하였다. 서울 서초구에 있는 유명한 삼풍백화점이 순식간에 무너져 내려 엄청난 사상자가 발생하여 온 나라가 인명 구조 작업에 정신이 없다. 며칠째 무너진 건물 잔해에 깔린 인명을 구조한다는 것이다. 공식 집계로는 사망 502명, 부상 937명이란다. 참으로 어처구니없는 사고였다. 지상 5층, 지하 3층 건물이 그렇게 맥없이 순간에 무너진다는 것은 상상할 수조차 없다. 사고 수습과 함께 원인 분석과 재발 방지를 위한 근원적 대비책도 도입한다는 것이다. 한마디로 총체적 부실이라 해도 과언이 아니다. 앞으로는 어떤 사고가 발생할 경우 그 원인 분석을 철저히 하여, 그 구조물에 투입된 주요 자재에 하자가 있을 경우 그 건설 자재 납품 업체까지, 모두 사고 공여 업체로 지정하여 공동 책임으로 일벌백계하겠단다. 특히나 건물이나 구조물의 주요 자재인 콘크리트를 생산하는 공장들이 초긴장하는 상태로 전국의 모든 건설 자재 생산 업체들에 비상이 걸린 것이다.

 금년 들어 국내 건설 경기는 침체기이다. 사무장직에서 물러나 10여 일쯤 지나서 인사 담당자의 면담 요청이 있었다. 평택 사업소 레미콘, 아스콘 공장의 영업과장으로 나의 주 업종을 기능직에서 사무직으로 변경하는 것을 권유한다. 나는 어떤 일이든 나를 필요로 하는 곳이라면, 경험은 없지만 수용하겠다고 하였다. 다만 내가 그 직책으로 옮김으로 인해서 누군가에게 피해를 준다거나 누군가를 밀어내는 자리라면 사양하겠다는 말도 덧붙였다. 담당자는 전혀 그런 일은 없고 인원 보충 요청에 의한 것이란다. 호칭(직급)에 관해서도 어떠시냐고 묻는다. 나는 호칭이야 과장이든 차장이든 대리든 호봉에 따른 급여 제도이므로, 별다른 상관이 없으며 비슷한 업무를 하는 동료들과 동등하면 그것으로 충분하다고 했다.

기능직에서 사무직 영업팀으로 보직을 변경하는 것은 드문 일이다. 훗날 알게 되었지만 나의 영업팀 발령 관계로 수차례 사전 미팅이 있었단다. 지난 3년 동안 사무장으로서 보여 준 업무 처리 능력과 업무 추진 과정이 많은 참고가 되었다고 한다. 특히, 관행처럼 내려오던 소위 귀족 노조 간부라 하여 조합에 잔류하는 관습을 마다하고 스스로 평소 직책으로 물러나는 좋은 본보기가 되었단다. 그때부터 나는 너무 생소한 영업이란 업무를 시작하게 되었다. 지난날에도 긴급 별동대라면 언제 어디서든 최우선 순위였던 나였다. 영업이란 업무가 조금 낯설지만 특별한 사람들이 하는 일은 아닐 것이다.

**83**　　1995년 7월 1일. 평택 사업소 영업과장 발령. 기존에 영업 담당이 한 명이 있었으나 한 명으로는 레미콘, 아스콘 판매 인원으론 부족한 상태다. 현재 평택 사업소는 작은 공장이 아니다. 인근 안성, 송탄, 평택, 오산 부근에서는 가장 규모가 큰 중소기업 이상의 공장이다. 더군다나 레미콘, 아스콘 공장을 함께 운영하는 공장은 부근에 없었으므로, 중견 기업 이상의 연평균 매출액 80억~100억을 넘나들 정도의 매출 비중을 차지하는 건축 자재 생산 공장이다. 기존 영업사원 1명으로는 내방하는 고객을 상담하기에도 부족한 상태다. 한마디로 별도의 영업을 한다기보다 그냥 오는 손님만 받는다는 것이 맞을

것이다. 그럴 수밖에 없던 것은 평택 사업소는 시중에 판매하여 수익을 내는 것이 주목적이 아니었다. 지난날 중기 사업소를 노량진에서 옮겨 오면서 함께 구입한 야산을 정리하면서, 그곳에 레미콘, 아스콘 공장을 설립하여 경기 남서부 지역 및 충남 북부 지역에 시공 중인 우리 회사 현장에 주요 자재 공급을 책임지는 것이 목적이었다.

실례로 용인 연수원(수암원) 시공 당시 레미콘을 공급하였고, 천안~진천 국도 등 인근에서 시공하는 우리 현장에 공급하는 것이 우선이다. 내가 입사하기 전 경부 고속도로 안성 IC 시공사가 우리 회사였으며 그때부터 경기 남부의 발전 가능성을 보고 한편으로는 지가 상승과 또 한편으로는 중서부권 현장에 자재 공급원을 확보하는 차원에서 사전 계획된 공장이다. 또한 안성 쪽으로 중앙대학교 조금 못 간 지점에, 약 30여만 평 이상 되는 야산도 구입하여, 반듯하게 구획 정리를 한 후 대○동산이라 하여 깔끔하게 정리된 아름다운 동산도 있다. 그렇게 탄생한 중기 사업소와 레미콘, 아스콘 사업소는 반경 20~30여 km 이내 현장은 모두 공급할 수 있는 기반을 갖추고 있다. 물론 일반 시판도 가능하다. 그것이 사업소라는 별도 지점으로 평택 공장이 생겨난 동기였으며, 아울러 전국의 주요 거점별로 경주 사업소, 여천 사업소 등 요소요소에 터를 잡고 현재까지 가동 중이다.

판매 범위는 동쪽으로는 안성, 서쪽으로는 서해 대교, 남으로 천안, 북으로는 용인, 오산, 화성까지 운반 차량이 약 30분 이내 도착 가능하면 충분한 시판 거리다. 나는 먼저 기본 매뉴얼이 없는 것을 보고 좀 당황스러웠다. 사업소 소장님은 우리 회사가 건설 회사이다 보니, 제품 품질에 대한 매뉴얼이면 충분하다고 생각하여, 시판용 매뉴얼은 없단다. 나는 지금부터라도 작은 노트에 기본적으로 지켜야 할 사항들을, 하나둘 기록하고 만들어 갔다. 그리고 가격을 결정할 수 있는 기본이 관급 단가였다. 그 관급 단가를 기준으로 우리가 일반 시판하는 단가를 더 높게 또는 낮게 잡을 수도 있다. 그것은 각종 원자재 단가에 의해서 해마다 변동된다. 여기서 관급 납품 단가란 각 지방 관청(경기도 조달청)에서, 결정 고시된 단가로 국가에서 시행하는 공공 현장에 납품하는 것을 말한다. 결국 본사에서 시공하는 우리 현장과 공공 기관(도청, 시청, 각 동사무소)에서 요청하는 관급 자재만을 납품하여도 상당한 매출이 보장되어 있다.

연간 거래되는 공장의 판매 관리 시스템을 어느 정도 파악하는 데 약 15일 이상 소요되었다. 개선할 점, 또는 비능률적인 점 등 개선책 몇 가지와 앞으로 내가 할 일들을, 작은 것부터 하나하나 정립하였다. 우선 레미콘 운반 차량들의 위치 파악 및 운반 시간을 파악을 할 수 있는, 운행 관리 체계가 필요하다. 주 업무인 영업과 함께 이와 같은 크고 작은 미비점과 개선책 등을 파악, 정리하면서 가장 신경 썼던 것은 이런 문제들을 해결하고 개선하면서 반대로 피해 또는 손해를 보는 반대급부를 철저하게 검토하는 것이었다. 결국엔 반대급부를 더 비중 있게 검토하여 피해를 최소화하는 것이 제일 중요하다고 생각했기 때문이다. 그다음 중요한 것은 우리 회사에 어떠한 이익과 도움을 줄 수 있으며 근로 조건 개선이 얼마나 될 수 있는가 하는 것이었다. 여기까지 검토가 되면 바로 주간 미팅 또는 수시 미팅으로 소장님께 최대한 세밀하게 검토하여 건의한다. 그럴 때마다 채택되어 실행에 옮기는 것은 쉽지 않았다. 그러나 시간이 흐르면서 어떠한 문제점이 발생하면 그제야 부랴부랴 내가 건의했던 안건들이 채택되어 실행되는 것도 있었다.

1995년 8월 15일 우리나라 국민이라면 누구나 잘 알고 있는 일제 치하인 1926년 지어진 조선총독부(중앙청 건물)가 드디어 철거되었다. 몇 년 전부터 일제 치하의 치욕적인 건물을 철거하자고 정치인들이 토론도 하고 싸움도 수차례 거치면서 결국 이제야 철거하게 되었다. 나 역시 철거는 당연하다고 믿고 싶다. 오늘날 우리 국민 모두는 아직도 어렵고 힘든 여건이지만, 이제는 자존심을 되찾을 때가 되었다. 건물 폭파 장면이 온 세상에 생중계되면서, 이제야 광화문, 경복궁 그리고 북한산이 옛 한양의 본모습으로 되돌아온 느낌이다. 모처럼 속이 시원하다.

오래전부터 집사람이 허리 통증을 자주 호소한다. 서울에서 제일 유명한 의료진이 포진해 있다고 하는 서울대학병원을 예약하여 집사람의 통증을 완치하고 싶다. 허리 통증이 얼마나 심하면 도보로 두 정거장을 쉬지 않고 걸을 수 없는 상황이다. 이제 40대에 접어든 젊은 사람이 도저히 감당하기 어려운 증상이다. 청주에 크고 작은 척추 관련 신경외과를 안 가 본 곳이 없다. 이참에 훌륭한 의료 기관에서 정밀 진단을 받기로 하였다. 서울대학병원 척추 전문의로 손꼽히는 석세○ 박사님을 지정하여 진료를 받았다. 통증과 사진을 면밀히 검토하시고는, 결국 수술하기로 결정되면서 20여 일 입원하여 여러 가지 정밀 검사를 거쳐 드디어 수술 날짜가 잡혔다.

정확한 병명은 척추관 협착증으로 4시간 수술 예정이란다. 아이들과 지인들에게는 간단한 수술이라 하고는 나 혼자서 대기실에 서성인다. 분명 4시간 수술한다고 하였는데 5시간, 6시간, 휴~ 나는 그렇게 기~인 시간은 처음 느껴 본다. 그냥 늘어지는 시간이 아니라 피를 말리는 시간이다. 하지만 기다리는 것 말고는 어떻게 할 수가 없다. 아~ 아이들이라도 오라고 할걸. 엄마를 따라나서겠다고 고집부리지 않던 녀석들이 왠지 미워진다. 마음이 착잡하다 못해 안절부절 견디기 힘들다. 누군가 함께해 주지 않는 것이 원망스럽다는 생각이 든다. 6시간 반이 지나서야 드디어 수술실 문이 열리고 회복실로 올라간다. 흔들리는 마음을 억지로 참으면서 전혀 사람도 못 알아보는 집사람의 침대를 잡고 입원실로 향한다. 의사들의 설명도 그냥 정신없이 고개만 끄덕였다.

3~4일이 지나자 점차 회복되어 간다. 아침에 평택으로 출근하고, 저녁엔 서울대학병원으로 퇴근하는 일을 반복하였다. 담당 의사는 되도록 많이 움직여야 회복이 빠르단다. 수술 후 약 일주일이 지나자 빨리 퇴원하란다. 수술한 지 십여 일 후 청주 집으로 내려왔다. 아직도 수술 자리에 통증이 남았단다. 다행히도 빠른 회복과 함께 허리통증은 점점 좋아지면서 3개월이 지나자 거의 정상인처럼 활동할 수 있어서 정말 다행스럽다. 요 몇 달 동안 참 많은 것을 배웠다. 세상을 살아간다는 것이 나 하나만 잘하고 건강하다고 모든 것이 이루어지지 않는다는 것과 내 주변, 내 이웃, 내 회사, 그리고 내 나라까지, 다 함께 어우러져야만 드디어 우리의 꿈과 행복이 이루어진다는 것을 이제야 조금 알 수 있을 거 같다. 1995년 올 한 해도 내겐 많은 도전

과 변화의 바람이 몰아쳤다.

   이웃 나라인 중국과 지난 92년 정식으로 수교를 맺음으로 인해서, 서해안 시대가 열린다는 희망을 가지고, 수십억 인구가 밀집된 시장을 상대로 수출입을 대폭 활성화한다는 국가 장기 계획에 따라, 90년대 초부터 서해안 고속도로를 건설 중이다. 서울 남서쪽을 출발점으로 하여 김포, 부천, 인천 지역 물동량이 원활해질 것이며, 화성, 서평택을 지나 거대한 서해대교를 통과하여 당진, 서산, 홍성, 대천, 군산, 목포까지 이어지는 장대한 국가 대동맥 사업이다. 이 공사 중에 우리 회사가 시공 중인 서해대교는, 가장 길고 까다로운 초대형 사업(프로젝트)이다. 서평택에서 바다 건너 당진, 송학면을 연결한다. 서해 한가운데 주탑을 세우고 사장교 형식으로 시공 중인 우리나라에선 가장 긴 대형 교량 공사다. 나는 노동조합 전임자 시절에 몇 번 현장을 다녀왔었다. 우리 동료들이 항상 몇십 명씩 근무하는 대형 현장이므로 당연히 자주 방문하게 되었다. 시공 중인 서해대교 콘크리트 구조물은 전량 현장에서 직접 생산하여 공급한다. 물론 우리 건설 기계 사업소 기술진이 레미콘 플랜트 2기를 현장에 설치하여 해수면에 직접 투입한다. 해수 전용 시멘트여서 시멘트 자체가 일반 시멘트와 전혀 다른 제품이다.

   노○우 대통령 임기 중에 착공하여 연차적으로 시공 중이다. 금년(1996년) 말까지는 서울에서 서평택까지 개통할 예정이다. 우리 구간에서 서울 방면으로 이어지는 구간은 현○건설이 한다. 나는 그 현장을 영업차 방문하였다. 서평택~화성 구간은 갯벌이 많으면서 연약한 지반이므로 전 구간을 아스콘 포장으로 설계했다는 것을 사전에 입수하였다. 현장 자재 담당을 만났다. 담당 부장은 "대〇산업이 아스콘을 제조한다고요?" 하면서 의아해했다. 나는 옛 경부 고속도로 평택 구간을 우리가 시공하면서 직영 공장으로 아스콘, 레미콘 공장을 설립하였다가, 현장이 끝나면서 사업소를 신설하여 일반 시판도 하게 되었다고 소개하면서 같은 값이면 중소기업 제품보다는, 건설을 주업으로 하는 우리 제품을 사용해 달라고 정중하게 인사하였다. 그 친구는 내 명함을 몇 번 바라보면서 대〇산업이 맞느냐고 되묻는다. 나는 웃으면서 "당연합니다." 하면서 현〇와 조인트가 되는 서해대교가 우리 구간이라 소개하고, 국내외 커다란 프로젝트 몇 가지와 내가 근무한 현장 이야기를 하였다. 이야기 도중 그는 사우디 주베일에서 근무하였단다. "아, 주베일에서 근무하셨군요." 나는 제다와 얀부 현장에서 1982~1983년도에 근무했다는 이야기를 하면서 우리는 오랜만에 만나는 친구처럼 대화가 이어졌다. 자재부장인 그는 본사에서 지정해 주는 업체의 물품을 사용하니 본사 자재부를 방문하여 납품 승인을 받아야 한다고 한다.

현〇 본사 자재부를 방문하여 각종 증빙과 납품 단가를 협의하며, 우리 공장과 현장과의 거리 및 공장 시설과 납품 관련하여 궁금한 점을 이야기했다. 견적서 검토 후 연락을 주겠단다. 그들 역시 아무리 본사에서 납품 업체를 결정한다고 해도, 현장 근무자의 의견을 적극적으로 반영하지 않을 수 없다. 그렇게 나는 대량 물량 납품 계약에 성공하였다. 우리 공장 올 하반기 아스콘 판매 목표량을 거의 확보한 셈이다. 대형 공사의 중요 물량과 납품 계약이 성사되면 사전에 실험실 기술진이 현장을 방문하고 또한 현장의 기술진이 공장을 방문하여 상호 기술적인(발주처의 배합 설계) 기준들이 정립되어야 비로소 완벽한 제품 생산 배합 설계가 완료된다.

건설 현장의 특성을 너무 잘 알고 직접 경험한 나의 이력이 수주 영업에 상당한 도움이 된다. 일반 중소기업 영업 사원들과는 대화 자체가 다르다. 나는 각종 현장 경험과 특성 그리고 전체적인 시공 관련 업무를 한눈에 볼 수 있으며, 그에 따른 대화 또한 다를 수밖에 없다. 방문하는 현장의 문제점, 애로점 등을 실무자처럼 이야기하다 보면, 저절로 대화가 통하게 된다. 자연스레 과거 어느 현장, 고속도로 어느 구간, 또는 어느 댐 등, 몇 년 전만 거슬러 올라가면 우리나라 건설인들의 움직임 범위는 그리 넓지 않음을 알 수 있다. 그리고 같은 현장에서 근무한 사람들을 만나면 마치 오랜 동지를 만난 기분이 들면서 자연스럽게 구매 계약으로 이루어진다. 나의 오랜 현장 경력이 잠재된 영업 노하우가 아닐까 생각된다.

1996년 9월 18일 새벽, 강원도 삼척과 경북 울진 사이 동해에 북한 잠수함이 침투하여 전군이 비상이란다. 조그만 잠수함이 파도에 좌초되어 꼼짝 못 하고 암초에 걸렸단다. 헐, 동해안 주변 전 지역이 긴급 비상령이다. 산으로 도주한 괴한들을 겹겹이 에워싸며 체포 작전이 펼쳐지면서, 몇 시간 후 산속에서 여러 발의 총성과 함께, 10여 명의 북한군으로 보이는 젊은이의 시신이 발견되었다. 그들 스스로 자결하면서 들려온 총성이었다고 한다. 이게 웬일인가? 가까스로 한

명은 생포하면서 상륙한 총인원이 25명이란다. 그중 11명은 스스로 목숨을 끊었으며 나머지 10여 명은 계속 추적 중이라니, 세상에 이 무슨 기막힐 노릇인가. 한민족 한 핏줄이 언제부터 서로가 적이 되어 아까운 젊은이들을 저렇게 허무하게 희생시켜야 하는가. 대형 스피커로 투항하면 살려 줄 것이라고 헬기까지 동원하여 그리도 외쳤지만, 자결이라니 하늘을 우러러 외치고 싶다. 물론 그들은 적군이다. 적군과의 싸움에서는 상대를 죽이지 않으면 내가 죽는다. 그러나 그들을 서로 적군으로 만들어 놓은 그 이념, 그 사상이란 굴레를 씌워 목숨까지 버릴 수 있게 만들어 놓은 통치자들이 참으로 원망스럽다. 당신의 아들딸들이 저렇게 쓰러져 가는데도 그놈의 이념, 체제, 그것이 무엇이길래 저렇게 아까운 젊은 생명들을 무참히 죽여야 하는가 묻고 싶다. 어느 시대, 어느 군주라도 단 한 사람의 목숨이라도 제 나라 백성을 아끼고 살려 내지 않는 통치자의 나라는 망하지 않은 곳이 없다고 역사는 말하고 있다. 훗날 세월이 흐른 뒤 오늘의 사건 경위와 실체가 상세하게 밝혀질 날이 올 것이다. 부디 우리의 젊은 아들들이 더 이상 희생되지 않기를 하늘에 빌고 싶다.

벌써 연말이 가까워져 온다. 그동안 서해안 고속도로 현○ 구간도 아스콘 납품이 순조롭게 이루어졌다. 특히나 아스콘은 섭씨 200도에 가까운 고열로 생산되면서 지상에 포설될 때까지 일정한 온도를 유지하여야 아스팔트로서의 품질을 보장할 수 있기 때문에, 여러 가지 공정과 까다로운 조건을 지켜 주어야 한다. 더욱 반가운 일은 평택 사업소가 생긴 이래 금년 매출액이 가장 많단다. 정말 다행스럽다.

지난해 7월부터 근무하기 시작하여 이것저것 업무 파악에 여념이 없었으나. 올해부터는 무엇인가 영업사원으로서 더 많은 매출 신장을 보여 주고 싶었다. 물론 대내외 여건과 우리 공장 모든 근로자가 힘을 합친 결과라고 믿고 싶다. 아무튼 전년 대비 그리고 공장 가동 이래 최고의 매출이란다. 바쁘게 움직였던 올 한 해가 뿌듯하고 으쓱한 성취감으로 다가오면서 한 해 동안 쌓였던 모든 스트레스가 가볍게 풀리는 기분이다.

1997년도 정초부터 한○철강이란 굴지의 제철 공장의 부실 경영으로 인하여 온 나라가 뒤숭숭하다. 지난 연말부터 매일 매스컴이 시끄럽다. 자세한 내용은 잘 모르지만, 한○철강 정○수 회장님이 5조 몇천억이라는 천문학적인 자금을, 부정 대출한 사건이란다. 이 사건이 소문처럼 명백하다면 우리나라가 국가적 부도 위험에 직면할 수 있다니 이게 무슨 날벼락인가? 우리는 감히 상상도 할 수 없는 몇조 원? 이렇게 되기까지 무엇이 어떻게 잘못된 것인지 사건이 엄청난 파장을 몰고 올 것 같아서 온 나라가 초긴장 상태다. 충남 당진에 있는 제철소이다. 우리가 건설 중인 서해 대교를 건너면 우측 당진 화력 발전소 방면으로 한○철강이란 제철소가 있다(훗날 현○제철로 재탄생). 국가 차원에서 중요 기간 산업으로 지원, 육성하는 것이지만 엄연한 개인 기업이다. 이런 기업이 부도가 난다면 그에 따른 수많은 협력사와 거래처가 그야말로 줄초상이 나는 것이다. 부디 잘 해결되기만을 기원해 본다.

1997년 1월 30일에 조마조마하던 한○철강이 최종 부도 처리되었다. 온 나라가 줄줄이 부도 위기에 몰리고, 연일 한○ 정○수란 이름과 모습이 TV 화면을 장식한다. 대그룹을 운영한다는 것은 이 나라, 이 사회에서 막중한 책임감으로 가지고 살아가야 하는 것인데, 정○수 회장은 처음부터 잘못된 경영관을 가지고 살아오지 않았나 하는 생각이 든다. 마치 쓰나미처럼 대재벌들이 넘어진다. 삼○그룹, 진○그룹, 대○그룹, 기○그룹, 그 외에도 크고 작은 회사가 쓰러지고 있다. 거기에 애꿎은 근로자들만 무더기로 해고되는 사태가 벌어지니 더 가슴 아프다.

천만다행인 것은 우리 회사는 기존의 대형 프로젝트가 대다수 국가 기간 산업이라 매월 공사 기성 실적에 따라 공공 기관으로부터 기성 대금을 수령하는 실정으로 그 엄청난 파도를 비켜 갈 거 같다. 더불어 건설 경기마저 나빠져 민간 공사는 줄줄이 중단 또는 취소되었다. 우리 공장 역시 지난해의 최고 실적이 무색할 정도로 올봄에는 너무 한산하다. 영업 담당인 나는 가장 먼저 피부로 느끼게 된다. 고심 끝에 나는 소형 관급 공사로 눈을 돌렸다. 관급 자재 물량 중에서 일정 규모 이내의 작은 물량은 각 지자체에서 수의 계약으로 진행한다는 것을 알고 있다. 평택 지역 외곽 동사무소, 면사무소 관급 자재 담당 부서를 하루에 몇 군데씩 찾아다녔다. 평소에는 가끔 담당 직원의 전화를 받고 마지못해 찾아가서 수의 계약을 하곤 했었다. 평소엔 대량 물량에 초점을 맞출 수밖에 없기 때문이다. 그러나 올해는 직접 찾아다니면서 관급 수의 계약 예정 물량을 미리 확보하는 것을 우선하였다. 결국 내 생각이 적중하였다. 특히 평택 안성 주변 변두리 시골길 포장, 농로 포장 등 레미콘, 아스콘 두 종목을 병행 생산하고 있는 우리 공장이 수의 계약 여건상 훨씬 유리하고 간편했다. 시간이 지나면서 관급 수의 계약 요청이 몰려오기 시작한다. 사전에 조달청에서 받아 놓은 기존 대형 관급 자재 플러스 소형 수의 계약 덕분에 상반기 레미콘, 아스콘 계획 물량을 채울 수 있었다. 계약과 납품이 좀 까다롭긴 하지만 무엇보다 좋은 점은 안전하고 신속하며 100% 수금이 완벽하다는 것이다. 일반 업체들은 몇 개월씩 늦어지고 기껏 수금해야 약속 어음이거나 악성으로 변질되는 일들이 비일비재한 것에 비하면 깔끔하고 안전하다. 새삼 "하늘이 무너져도 솟아날 구멍이 있다."라는 옛 속담을 이렇게 내 몸으로 느껴 보기는 처음이다.

1997년 상반기 사회는 온통 혼란스럽고 경제는 바닥을 치고 있다. 나는 20여 년 전 1977년도, 1978년도 유류 파동을 직접 몸으로 부딪쳐 보았다. 그 고통, 그 절망은 말로 표현할 수 없다. 그때 1년여 동안을 버티고 버티다 결국엔 당분간 도피한다고 찾아온 대○산업이었는데 엊그제 15년 장기근속 표창과 기념품을 전달받으면서 부부 해외여행 준비를 위해 간단한 서류와 여권을 준비하란다. 그리고 보니 언젠가 조합 집행부에서 노사 협의로 만들어 놓은 그 장기근속 부부 여행을 내가 가게 되다니, 참 세월이 빠르기도 하다. 그 옛날 어린 나이에 맨몸뚱이와 맨주먹으로 그 흔한 간판(스펙)이라고는 하나도 없는 내가 무작정 믿는 것은 용기와 끈기 그리고 신용뿐이었다. 나의 꿈과 목표는 내 집 마련과 아이들 대학 교육까지이다. 과연 그 목표 어디쯤 와 있는 것일까? 나 자신을 점검해 본다. 오늘도 크고 작은 기업들의 부도, 파산이 끊이질 않고, 우리 주변엔 실직한 가장들이 길거리를 헤매고 심지어는 세상을 하직한다는 뉴스를 접할 때마다 지난날 나의 힘들었던 시절이 마치 영화의 한 장면처럼 스쳐 지나간다. 부디 이 힘든 시간이 빨리 지나가기를 바라며 이 시대의 힘겨운 가장들에게 힘과 용기를 잃지 말라고 간절히 당부하고 싶다.

안정리 미군 부대 출입증을 만들었다. 머지않은 시기에 용산 미군 기지가 평택으로 이전 예정으로 각종 부대시설과 부속 건물들이 속속 들어설 예정이란다. 부대 내 출입증이 상당히 까다로운 절차를 거쳐서 발급된다. 그전에도 가끔 군부대 관련 자재 납품 업무는 경험하였다. 그때마다 좀 특이한 것이 FED(극동 아시아 지역 표준 배합 설계) 배합이라 하여, 그들만의 고유 배합 설계가 존재한다. 그러나 너무 오래된 6.25 전쟁 시기 임시로 만들어진 긴급 배합 설계이다. 지금도 사용한다는 것이 이해가 안 된다. 나는 한국인 감독 책임자에게 자세하게 설명을 하였으나 군 지휘 체계상 수정이 복잡하니 요구하는 대로 생산해 주라고 한다.

콘크리트 배합 설계에 대한 간단한 기록을 남기고 싶다. 우선 콘크리트란 시멘트와 자갈, 모래, 물 그리고 소량의 첨가제를 일정 비율로 혼합(믹싱)하여 어떤 형태의 형틀로 고정하여 일정 시간이 지나면 다시 성석(돌)이 되게 하는 세계적인 건축 자재다. 이런 콘크리트는 그 종류가 대략 100여 종에 이른다. 일반인들은 그냥 "레미콘 한 차에 얼마입니까?" 한다. 그러면 한마디로 바로 답을 드릴 수 없다. 마치 자동차 공장에 가서 "차 한 대에 얼마죠?" 하는 것과 같다. 아무리 간단하게 설명한다 해도 어렵다. 100여 종의 규격(아이템) 속에 고층 건물용이 따로 있고, 일반 주택용 또는 무거운 하중을 감당하는 교량용 등 수없이 많은 종류의 콘크리트가 있는데 어떻게 한마디로 답하겠는가. 우선 어디에 사용할 것인가 그 용도와 구축물의 특징에 따라서 적어도 10여 가지 아이템에서 선정하여야 한다. 그리고 날로 발전하는 첨단 기술은 그 제품을 생산하는 골재의 강도와 질 그리고 모래의 크기와 질, 거기에다 생산하는 계절과 기온, 습도까지 제품의 미세한 영향을 받아 그 품질이 변화한다는 것이다. 이렇게 A 석산과 B 석산의 돌의 질과 강도가 다르고 또한 모래의 종류(강모래, 바닷모래 등)에 따라 다르고 평균 기온의 변화와 습도가 다르니 이 모든 것이 정확하게 배합 설계에 반영되어야만, 비로소 완벽한 콘크리트가 생산된다는 것이다. 그러므로 경상도 지방 다르고 강원도 다르고, 같은 지역이라도 원자재의 질에 따라 많은 차이가 나는 것을, 극동 지역 표준 배합 설계? 너무 어이가 없다. 비록 우리가 원천 기술은 서양에서 배워 왔다고 하지만 우리 나름대로 첨단 과학을 접목하여, 오늘날 지구촌에 건설 기술을 수출할 수 있는, 세계 어느 나라에도 뒤지지 않는, 우리만의 최고 제품을 만든다고 자신 있게 말할 수 있다. 대략 이 정도로 콘크리트 제품 설명을 생략한다.

연말에 15대 대통령 선거가 있을 예정이다. 여러 후보의 선거 운동으로 인해서 온통 세상이 떠들썩하다. 오늘날 이 나라 경제는 기업들이 쓰나미처럼 무너지는 이 와중에 대통령 선거까지 겹치니 더 혼란스럽다. 한〇 사태로 불거진 금융 위기 사건은 결국 현 대통령의 무능으로 귀결되는 거 같다. 국가의 최고 책임자로서 나라의 경제를 이 지경으로 만든 책임을 덮고 갈 수는 없을 것 같다. 온 나라 국민이 아우성이니 여당 측 후보가 아무리 훌륭하여도 그 영향이 미치지 않을 수가 없다. 결국 12월 초 IMF 국제통화기금이라는 곳에서 수백억 달러를 빌려 온단다. 그런데 빌려 오는 조건이 상당히 까다롭다. 모든 기업의 살림살이(회계 기준)를 맞추는 조건이란다. 한마디로 허접한 기업들의 살림살이 자체를 엄격한 기준으로 교체하라는 것이다. 참 부끄러운 현실이지만 어쩔 수가 없단다. 그러자면 수만 명의 근로자를 감원해야 하며, 시원찮은 기업들은 싸잡아서 통폐합한다는 것이다. 정말 아프고 자존심 상할 일이지만 한편으로는, 이참에 호된 채찍으로 참교육을 받는다는 생각으로 냉철하게 받아들여야 할 것 같다. 매스컴에선 매일같이 환율이 어떻고 기업 체질이 어떻고, 국가 주권을 넘기느니 하면서 온통 혼란스럽다. 이런 시기에 드디어 12월 18일, 대통령 선거 결과 제15대 대통령으로 김○○ 대통령이 선출되었다. 참, 대통령으로 당선되어 기뻐해야 하겠지만 오늘의 이 나라 현실을 바라보면서, 당선인도 정말 난감하였을 것이다. 우리 같은 근로자들의 마음이 이럴진대 대통령 당선인의 마음이야 오죽할까 하는 생각이 든다.

IMF 구제 금융 신청을 선포하면서 1998년 새해가 밝았다. 희망찬 새해이건만 온 세상은 경제 난국으로 인하여 초상집이 따로 없다. 1월 초 어느 방송국에서 생방송으로 추진한 온 국민 금 모으기 운동이 시작되었다. 처음에는 조용하게 며칠만 하고 지나가겠지 싶었으나 이게 웬일인가? 각 지방 방송을 비롯해서 해외 동포들까지, 온 나라 국민이 참여하는 모습이 매일 매스컴을 뜨겁게 달군다. 약 한 달 이상 계속된 운동으로 상상 이상의 성과를 나타냈다. IMF 외채가 총 304억 달러란다. 이번에 모은 금은 모두 227톤으로 엄청난 양이며, 총 351만 명이 참여하였단다. 달러로는 18억 달러라고 한다. 온 세상이 깜짝 놀랐다. 과연 우리나라 국민성의 대단함을 보여 주는 운동이었다. 당시에 수집된 금은, 정부에서 적정 금액으로 원화로 환산하여 지급하였다. 하지만 그 단합된 국민성은 세상을 놀라게 하기에 충분하였다. 수많은 사람이 실직과 가난으로 내몰리면서도, 이렇게 단결할 수 있는 우리 국민들이다. 부디 이 어지러운 난세에 이 나라의 기업가 그리고 정치가 지식인, 사회 지도층이라는 사람들이 우리 국민과 국가를 위하여 무엇을 해야 할 것인가 가슴으로 느꼈기를 진심으로 소망해 본다. 또한 국민 한 사람 한 사람은 내가 서 있는 그 위치에서 혼연일체가 되어 열심히 최선을 다해 노력하는 것만이 이 위기에서 하루빨리 벗어날 수 있다는 것을 명심해야 할 것이다.

나는 시간이 날 때마다 아버지를 모시고 외곽으로 목욕탕도 다니고 가벼운 외식도 하였다. 식사를 잘하시는 것은 변함이 없지만, 그 양이 많이 준 것 같다. 요즘도 흔한 감기 한 번 안 걸리시고 참 건강하시다. 아버지와 이런저런 이야기를 하며 주로 아버지가 말씀하실 수 있게 알면서도 물어보고 조상님들 이야기도 들어 보고, 아버지의 인지 기능 확인도 할 겸 여러 가지 말씀을 하시도록 유도하기도 한다. 가끔 아버지를 뵐 때마다 내가 아버지 시대에 살았더라면 어떻게 하였을지 힘겹던 그 시절을 어렴풋이 생각해 본다.

그 옛날 남부럽지 않은 농가에서 9대 독자로 귀하게 자라시고 조상님들의 뜻을 받들어 자녀를 많이 낳아, 천신만고 외톨이 신세를 벗어나는 것이 우리 집안을 융성하게 하는 것이라 믿고 슬하에 7남매를 낳아 기르셨으니, 당시에는 집안의 소원을 이루셨다고 생각하시며 살아오셨는데 호사다마란 말처럼 당신이 40대에 아직도 어린것들이 줄줄이 커 가던 그때, 청천벽력 같은 사건에 휩쓸려 온 집안이 풍비박산이 나는 아픔을 겪으며, 완전한 빈털터리로 어린 우리를 비록 남들처럼 가르치지는 못했지만, 무탈하게 이만큼 성장시켜 주셨으니, 얼마나 어렵고 힘드셨겠는가. 당시 내 나이 10대 초반에 그와 같은 아버지의 모습을 너무나 생생하게 지켜보면서 꿋꿋하게 버텨 내시던 아버지는 비바람을 막아 주는 거목과 같으셨다고 우리 후손들에게 전해 주고 싶다.

해마다 1~2월에 우리 공장은 동계 정비를 한다. 영하 5도 이하로 내려가면 통상 콘크리트 또는 아스콘 포설이 불가능하다. 물론 특수한 경우에는 현장에 보온 시설을 설치하여 시공을 강행하는 현장도 있다. 그러나 어지간히 시급한 현장이 아니면, 보온 시설에 투입되는 비용을 감당하기 어렵다. 해마다 이맘때면 1년 동안 사용한 기계를 분해하여, 마모된 곳을 보강도 하고 교체도 한다. 사무실에서는 금년도 판매 계획과 지난해 악성 미수금 회수 및 정리 작업을 한다. 특히나 지난해는 IMF 사태로 인하여 크고 작은 미수금이 다수 발생하였다. 영업 담당 부서에서는 세밀하게 검토하여, 부도 처리가 확정된 어음과 일반 악성 미수금, 그리고 무엇인가 의심스러운 그야말로 악덕 업자를 추적하여 징수할 대상을 선별한다. 연간 80~90억 이상 매출액 중 기업 회계 규정상 0.3% 이내의 악성(Loss)은 인정하는 것이 통상이라지만, 회사 입장에서는 모든 원자재 구입 비용부터 인건비를 생각하지 않을 수가 없다. 레미콘 한 차를 판매한다는 것은 모든 원자재를 구입하여 정성껏 만들어 운반까지 다 제공하였건만 한 푼도 안 내고 대금을 잘라먹는 것은, 내 기준으로는 단 0.01%도 절대 용납되지 않는다. 총 악성 대금이 불과 2~3천만 원이지만 하나하나 끝까지 추적하기로 하였다. 번듯한 사무실은 문이 잠긴 지 오래되었고, 각종 공과금 영수증만 문 앞에 흩어져 있다. 그렇게 추적하여 찾아가다 보면, 어느 지방 교도소 앞에 내가 서 있을 때도 있다. 나는 차마 그 업자를 면회까지 할 수는 없어서, 그냥 사식만 넣어 주고 돌아설 때도 있다. 나의 솔직한 마음은 그 가족들까지 도와주고 싶은 심정이기도 하다. 그들은 대금을 계획적으로 안 준 것이 아니기 때문이다. 부디 힘든 시간 잘 보내고 건강한 몸으로 출소하여 더 열심히 살아가길 바랄 뿐이다. 그렇게 마음 한편에 동정이 가는 업자가 있는가하면, 그 반대로 완전히 계획적으로 IMF 사태를 빌미 삼아 먹튀하는 악덕 업자도 있다.

법무사 사무실 주 업무가 그런 것인지 처음 알게 되었다. 흔히 부동산 구매 관계로 최종 법적 서류 정리를 하는 곳이 법무사 사무실인 줄 알았다. 악성 채권 추심 등 모든 법조인이 하는 업무를 도맡아 하는 곳인 줄은 이번에야 알았다. 한두 건의 악성 업자를 추적하여 채권을 회수하려고 법무사의 도움을 받았다. 그 업무를 지켜보면서 법률 용어가 참 어처구니없을 정도로 까다롭고 어려웠다. 한마디로 말하면 조선시대, 고려시대 언어임이 틀림없다. 보다 쉬운 우리말로 고쳐도 충분할 것을, 왜 그리 어려운 고어를 그대로 사용하는 것일까? 아무리 생각해도 이해가 안 된다. 채권 추심, 채권 변제 등 내가 직접 하던 채권 관련 소송 중에 사해 행위 취소 소송이란 소송이 있다. 일반인들은 좀처럼 알아들을 수가 없다. 그 사건은 우리 물건을 구매한 업자가 상당한 재력과 부동산을 소지하고 안정된 생활을 하면서도, 합의 이혼 후 모든 재산을 부인 소유로 돌려놓고 본인 앞으로는 아무 재산도 없는 상태로 물품을 구매한 뒤 대금을 주지 않고 행방불명 상태로 연락이 안 되는 사건이었다. 법무사 사무실에서 이해관계 증명을 첨부하여 최종 주소지 관계 실무자에 제출하면, 그 사람의 퇴거 일자와 행적을 추적할 수 있다. 끈질긴 추적 끝에 그의 부인이 어느 중학교 선생님이란 것을 알게 되었다. 나는 여선생님을 만났다. 그리고 그 여선생님 아파트가 이혼 전에 채무자와 함께 살던 아파트란 걸 알 수 있었다. 함께 살고 있으면서 서류상으로 엉뚱한 곳으로 퇴거해 놓은 것이다. 나는 아주 정중한 인사와 함께 그 여선생님과 잠시 대화를 나눌 수 있었다. 하지만 여선생님은 너무 냉철하게 "저희 별거 중입니다. 그 사람 채무 관계라면 드릴 말씀 없습니다." 하고 잘라 버린다. 나는 "저 선생님, 저는 혹시나 선생님의 명예에 누가 될까 봐 소송 전에 이 말씀을 드리고 싶어서 찾아왔습니다. 정 그러시다면 사해 행위 취소 소송을 진행할 수밖에 없으니 양해하여 주시기 바랍니다."라고 말씀을 드리고 일어났다. 나는 법무사에 자세한 내용과 함께, 소송 서류를 아파트 주소와 그 중학교 여선생님께 동시에 발송하라고 당부하였다. 아마도 그것이 무슨 소송인지 지식인이라면, 한 번쯤 알아보았을 것이다. 그 후 약 보름이 지난 뒤, 우리 회사 법인 계좌를 알려 달라고 법무사에서 연락이 왔다. 바로 알려 주었더니 그날로 완불 입금하였다. 헐, 꽤 큰 천만 원이 넘는 금액을 여 선생님이 입금하셨다. 참 이렇게 어처구니없는 일들이 버젓이 일어나기도 한다. 분명 그 아파트에 함께 생활하면서 이혼 서류만 만들어 놓고 못된 짓을 하는 사람들이 있다는 것이 너무 한심스럽다. 이것은 내가 겪은 여러 가지 채권 채무 관련 사례 중 하나일 뿐이다.

무엇보다도 법적 업무를 경험하면서 우리나라 법률 용어가 왜 그리도 어렵고 난해한지 아무리 생각해도 이해가 안 된다. 그들(법조인)만이 알고 그들만이 사용하는 전문 용어가 있어야만 그들의 설 자리가 확보되어서 그런 것일까? 바야흐로 지구촌(글로벌) 시대이다. 부디 훌륭하신 법조계 관계자님들께 국민의 세금으로 국가의 녹을 먹으면서 다수의 국민은 알지도 못하는 그 어려운 용어를 우리 모두가 알아듣고 볼 수 있도록 개선하여 주실 것을 간절하게 부탁드리고 싶다.

지난해부터 둘째 아이가 학교 공부를 마다하고 말썽을 부린다. 그렇다고 성적이 아주 나쁜 것도 아닌데, 나는 어떠한 어려움이 있더라도 학업을 계속할 수 있도록, 꾸중도 해 보고 달래도 보고, 아무리 애를 써 봐도 듣지 않는다. 기인 한숨만 나온다. 세상에, 당장 배가 고파 허덕이면서도 상급 학교 진학을 눈물로 포기했던 나의 어린 시절이 저절로 떠오른다. 정말 내 마음속에서는 어떠한 환경, 어떠한 어려움이 있을지라도 이해할 수가 없다. 집사람과 나는 아무리 애를 태워 본들 해결책이 나오지 않는다. 옛말에 자식 이기는 부모 없다고 결국 그 녀석이 원하는 길로 가도록 할 수밖에 없다. 가슴 한편이 쓰리고 저려 와도 내가 지는 수밖에 없다. 부디부디 먼 훗날, 오늘 네가 결정한 그 길이 후회와 가시밭길이 되지 않기를 빌고 또 빌고 싶다. 이 모든 것은 어린 자식을 탓하기보다는 부모인 나에게 잘못이 있을 것이다. 그 어떠한 잘못이 있다면 내가 모두 짊어질 것이다. 이 모든 것이 나의 부덕에서 왔을 것이다. 그러면서도 아려 오는 가슴은 쉬이 진정되지 않는다, 오늘 밤도 그 녀석 생각에 잠이 오지 않는다.

1998년 올해도 벌써 절반이 지나고 있다. 6월 8일 현○그룹 정○영 회장님이 소 떼를 가득 싣고 판문점을 통과하여 평양을 방문하였단다. 한두 마리도 아니고 트럭 50대에 500마리라니, 헐, 우리나라 대기업 회장님답다. 그분의 고향이 강원도 금강산 부근이란다. 어린 시절 맨주먹으로 혼자서 도망치듯이 서울에 와서, 작은 구멍가게로 시작하여 현○그룹이라는 신화를 만들어 놓은 장본인이다. 북한의 최고 책임자를 만나고 가을에는 또다시 500마리의 소를 전달한단다. 그리고 고향 강원도 금강산을 여행할 수 있게 추진할 계획이란다. 북한의 문을 두드리는 데 그렇게 많은 자금을 쏟아부어야 가능한 것인지, 그렇게도 어려운 시대에 아껴 모은 그 엄청난 재산을 당신의 고향인 금강산의 문을 여는 데, 올인한다는 것이 우리 마음으론 쉽게 이해되진 않지만, 아무튼 잘 진행되어서 서로 원수처럼 죽이고 죽는 대치 상태를 평화와 공존으로 만들면 얼마나 좋을까. 어찌 보면 우리의 문제는 우리 스스로 풀어 가는 것이 너무나 당연하지만, 서로가 작은 이익과 권력에 눈이 어두워 우리 민족 전체 이익을 등한시하지는 않는 것인지, 다시 한번 점검하고 고찰해 봐야 할 것이다. 아무리 강력하고 철저한 동맹 관계가 형성되어 있다 한들 역사가 말하듯이 국가 간의 동맹은 우리 민족, 우리 핏줄을 뛰어넘을 수는 없을 것이다. 먼 훗날 오늘날 현○ 회장님의 판단이 통일의 주춧돌이 될 수 있기를 간절하게 빌고 싶다.

유난히도 더운 여름이다. 더군다나 IMF 충격으로 크고 작은 기업체는 물론이고 기존에 추진되는 작은 사업들도, 나라에서 직접 시행하는 국책 사업이 아니면 거의 멈추어 있다. 무엇보다 올 한 해 매출 계획이 턱없이 부족하다. 물론 IMF라는 큰 어려움을 감안한다고는 하지만, 영업 담당인 나로서는 참 난감하다. 허구한 날 레미콘 트럭이며 각종 장비 운전원들이 잡담만 하고 앉아 나만을 바라보고 있는 것 같다. 그 시선들이 왠지 더 따갑게 느껴진다. 아무리 영업 활동을 열심히 한다 해도 온 나라가 경기 침체로 숨을 죽이고 있는 상태이니, 이거야말로 용빼는 재주가 없다. 근방에 우리 회사에서 시공하는 현장은 서해 대교밖에 없다. 그러나 그 현장은 직접 플랜트를 설치, 운영한다. 제품 역시 일반 건설 현장용 제품이 아니다. 해상용 시멘트라 해서 짠 바닷물 속에서 성석이 되는 특수 제품이다.

이 상태로는 금년도 매출 계획의 50퍼센트 정도? 그 이상은 어려울 것만 같다. 일감이 없으니 시간은 더 길고 여름은 더 뜨겁게 느껴진다. 온 세상이 모두 어려우니 할 말은 있다지만 그래도 나의 무능인 것만 같다. 가을도 점점 깊어져 11월 말이 다가오고 있다. '아~ 올해는 이렇게 적자를 기록하나 보다.' 하면서 고민에 빠져 있을 때, 주식회사 한○건설에서 연락이 왔다. 영업 담당자를 만나고 싶단다. 나는 즉시 달려갔다. 우리 공장에서 약 23km 거리에 위치한 주식회사 한○ 가스 터미널 신축 공사 현장이다. 평소에도 몇 번 들러 자재 담당자와 명함만 주고받았었다.

자재 구매는 보통 실무 담당 과장이나 부장과 하는 것이 통상인데? 소장님이 직접 면담을 요청하여 좀 의아했지만 금세 이해할 수 있었다. 간단한 경력과 과거 거쳐 온 크고 작은 현장을 이야기하면서 내가 대○에서 15년 이상 근무한 것을 알고는 이렇게 영업을 하니 의외라는 눈치다. 나는 웃으면서 "노동조합 사무장 몇 년 하니 이런 벼슬을 받았네요." 하면서 웃어넘겼다. 소장님은 갑자기 정색을 한다. "아, 그러세요?" 나는 "한○ 건설 노조위원장 박○○, 사무장 김○○과 당시 함께하였었는데 요즘 잘 지내시나요?" 했더니 바로 알아차린다. 소장님은 "아, 우리 근로자들을 위해서 과장님도 수고 많이 하셨습니다." 하면서 그분들도 잘 지내고 있단다. 그렇게 간단한 인사를 마치고 바로 본론으로 들어갔다.

소장님 표정이 너무 진지하다. 우리 현장 대형 가스탱크 3개 동의 바닥 기초, 매트 콘크리트를 금년 안에 모두 타설해야 한단다. 나는 깜짝 놀랐다. 표정으로 내색은 하지 않았지만 정말 놀라지 않을 수가 없었다. 금년이 한 달 남짓 남았는데 어떻게 그 많은 양을 다 타설할 수 있냐고 되물었다. 현장에서 일어날 모든 문제는 알아서 해결할 테니, 과장님은 콘크리트 생산 공급만 부탁한단다. 힐, 우리 공장의 몇 달 치 물량이다. 난감해하는 나를 보고는 다시 한번 부탁한다. 선뜻 대답을 하지 못하는 나를 보면서 소장님은 말을 이어 간다. 어쩌다 보니 이렇게 늦어졌는데 만일 금년에 레미콘 타설을 못 하게 되면, ○○ 공사에 배정된 금년도 예산이 내년으로 이월되면서 좀 난처한 현상이 발생한단다. 오늘이 12월 1일인데 물량이 언제부터 투입 가능한지 확인하였다. 지금 최종 작업 중인데 늦어도 12월 14일부터는 투입 가능하단다. 헐, 하루 최대 생산 운반 물량을 계산해 보았다. 우리 공장에서 생산, 운반해서는 23~24km 거리에선 연말까지는 도저히 불가능한 물량이다. 나는 한참을 망설이다가, 난감한 표정으로 한 가지 방법이 있다고 말을 꺼냈다. 갑자기 소장님 눈빛이 변한다. "방법이 있나요?" "가능할진 모르겠습니다만 가까운 서해 대교 현장에 우리 레미콘 플랜트가 두 대 설치되어 있는데 그 장비가 12월 중순부터 동계 휴무에 들어갑니다(서해 대교~한○ 현장까지는 7~8km). 그 장비가 사용 가능한지 한번 알아본 뒤에 답변을 드리겠습니다." 소장님은 "아, 참 그렇지요!! ○○ 공사는 겨울엔 작업이 중지되지요!!" 하면서 반색을 한다. 나는 암튼 서해 대교 발주처인 ○○ 공사에 사용 승인이 되는지 알아보고 연락을 드린다고 하였다. 소장님은 꼭 부탁한다고 당부를 한다. 그러면서 부소장, 자재 담당 등 두세 사람을 불러들인다. "과장님, 우리 직원들입니다." 하면서 나오려는 나를 잡고 인사를 시키면서 상세한 레미콘 물량과 금년 안에 타설할 탱크 매트의 사전 작업을 철야를 해서라도 12월 14일 이전에 준비하라고 바로 지시한다.

나는 즉시 한○건설 문제를 우리 소장님께 자세히 설명을 드리고, 금년 안에 꼭 납품을 하고 싶다고 말씀을 드렸다. 소장님은 한참을 말없이 계시더니 "내가 서해 대교 소장을 만나 보고 금년도 ○○ 공사 동계 휴무가 언제부터인지 한번 알아볼게." 하신다. 나는 "감사합니다. 휴무 기간 동안 플랜트 사용 가능 여부도 꼭 부탁드립니다." 하면서 결정이 되면 바로 계약하겠다고 말씀을 드렸다. 그리고는 대략적인 운반 거리와 레미콘 트럭 총 대수를 검토하였다. 적어도 대량 물량을 7~8km 거리에서 끊임없이 연결하려면 트럭 대수가 20~25대는 있어야 한다. 그리고 모든 기술진이 서해 대교 플랜트에 달라붙어서, 철야 생산을 하여야 할 것이다. 이건 쉬운 일이 아닌 것 같다. 며칠 후 한○건설 자재 담당자에게 전화가 왔다. 가능하냐는 확인 전화다. 좀 더 검토 중이라니까 통화 중에 바로 소장님 목소리가 들린다. 나는 일단 ○○ 공사에 서해 대교 플랜트 사용 승인 요청 중이라 하였다. 벌써 12월 7일이다. 한○에서 어지간히 속이 타는가 보다. 12월 10일 드디어 ○○ 공사로부터 12월 15일부터 서해 대교 플랜트 휴무 기간 중 사용 승인을 얻었다. 즉시 한○에 연락하니 한○ 소장님과 자재 담당이 우리 공장으로 달려왔다. 워낙 큰 물량이라서 조심스럽던 차에 즉시 우리 소장님께 한○ 팀을 소개했다. 잠깐이지만 건설인들은 금세 통하는 것이 있다. 나는 납품 계약과 함께 가장 중요한 대금 지급 방법을 논의하였다. 그들은 바로 ○○ 공사 지급 보증까지 약속하였다. 이제 더 이상 걸림돌은 없다.

전 공장 기술진과 몇 차례 미팅을 마치고 현장 기술진과 배합 설계까지, 일사천리로 진행하였다. 12월 15일경부터 25대의 레미콘 트럭으로, 금년 연말까지 주야로 서해 대교 플랜트에서 주식회사 한○ 가스탱크 현장까지, 생산 운반 예정임을 모두가 알 수 있도록 자세하게 설명하고, 모든 근로자에게 차질 없이 준비해 줄 것을 요청하였다. 부족한 레미콘 트럭은 겨울 동안 휴무 중인 건기 사업소 장비 10대를 긴급 지원 요청하였다. 플랜트 오퍼레이터는 24시간 약 10~15일 작업 계획으로 사전에 서해 대교 기존 장비 운전원들을 직접 찾아가 미팅과 함께 장비의 장단점 및 특이점들을 함께 점검하게 하였다. 아무리 완벽하게 준비한다 해도 혹여 미스가 생겨선 절대 안 된다. 우리는 사전에 각종 장비를 비상용으로 대기시키고, 나는 모든 운전원이 쉽게 이용할 수 있는 임시 식당으로 현장과 서해 대교 중간 지점에 있는 도로변 기사 식당을 예약했다. 그 도로가 국도 77번이다. 서해 대교 아래 만호리 마을에서부터 평택 쪽으로 나오다가 북쪽으로 약 7km 지점의 남양 방조제를 건너기 직전에 있는 바닷가 해군 부대 옆이 한국 ○○ 공사 플랜트 현장이다. 우리는 만반의 준비와 함께 12월 16일부터 레미콘 납품이 시작되었다. 끝날 때까지 무조건 24시간 작업이다. 이건 정말 하루아침에 우리 공장 전체가 서해 대교로 옮겨 온 거 같다. 한산하던 77번 국도에 우리 레미콘이 줄지어 움직인다. 가뜩이나 불경기로 손님이 없어 허덕이던 기사 식당 사장님은 나만 보면 극진하게 머리를 조아린다. 그런가 하면 주식회사 한○에서 저녁 식사를 초대받았다. 허허 참, 영업 활동을 하면서 고객에게 그렇게 환대를 받으며 납품한 것은 처음이다. 그들은 마치 구세주라도 만난 것처럼 고마워한다. 하루, 이틀, 날짜가 지날수록 긴장감은 더해 가고, 짬을 내어 잠깐씩 졸기도 하고 잠도 청해 보지만, 처음 해 보는 대물량이니 야간에도 쉽게 잠들 수 없다. 정말 대단한 공사였다.

바닥 직경이 약 100여 미터 이상 되는 엄청난 원형 탱크 바닥(매트) 세 개를 연달아 쏟아부어야 한다. 만에 하나 어떤 문제가 생겨 잠시라도 납품이 중단되면, 콘크리트 접합 불량으로 전체 공사가 재시공될 수도 있으니 초긴장 상태로 계속 작업 중이다. 투입하는 콘크리트 물량은 약 30,000㎥ 이상 되는 대물량이다. 눈도 오고 진눈깨비도 쏟아진다. 그러나 잠시도 멈출 수 없는 비상 상태로 우리는 14일 동안 빈틈없는 철야 작업으로 완벽하게 납품 완료하였다. 나는 무엇보다 그 납품에 참여한 우리 기술진들에게 정말 감사드리고 싶다. 10여 일이 넘는 철야 작업에도 누구 하나 투덜거리는 사람은 없었다. 다시 한번 동료들의 노고에 감사드린다. 그렇게 12월 29일부로 완벽하게 납품 완료 후 철수하였다. 그 기간 동안 입술이 부르트고 몰골이 말이 아니다. 마치 특수 부대 상륙 작전을 방불케 하는 번개 작전으로 엄청난 물량을 깔끔하게 마무리했다. 우리 공장은 그렇게 1998년도 계획 물량을 평택 가스 터미널 공사 덕분에 가까스로 달성할 수 있었다. 우리 기술진들도 가을 내내 놀기만 하다가 연말에 갑자기 십여 일 동안 철야 작업을 해서 회사에 대한 미안함을 털어 버릴 수 있었다며 오히려 나에게 수고하셨단다. 덕분에 우리 사업소는 IMF와 건설 경기 부진으로 인한 적자의 수렁을 가까스로 모면할 수 있었다.

1999년도 새해가 밝았다. 정신없이 앞만 보고 뛰어왔다. 온 나라가 IMF라는 큰 산을 만나 그대로 넘어져 일어나지도 못하는 것은 아닌가 싶었다. 하지만 우리가 누구인가. 아무리 높은 산도, 아무리 깊은 강도 우리는 할 수 있다. 반드시 하고야 만다는 신념과 자신감은,

우리 국민 모두의 커다란 장점이다. 지난해까지는 성장률이 마이너 스였으나 올해는 기필코 플러스로 돌아설 것이라는 경제인들의 전망 이다. 국민 모두가 하나가 된다면 못 할 것 없다. 올해부터 우리나라 전 지역에 인터넷이 연결되었단다. 바로 무선 인터넷 전국망이 완전 히 개통된 것이다. 기존에 각 지방 곳곳에 설치되었던 통신망을 이용 하여 전국을 연결하는 것이 빠르게 진행되었다. 가까운 일본이나 미 국도 아직은 전국망이 온전하게 이루어지지 않았다고 하니 바야흐로 인터넷 시대 선두 주자가 될 것이라고 요란하다. 그러니까 서울과 부 산 그 밖의 어느 지방에서도 바로바로 연결되고 확인할 수 있고, 머 지않아 종이 시대가 끝날 것이란다. 사무실 컴퓨터에서 각종 서류나 문서를 주고받으며, 모든 기업이나 관공서에도 서류 자체를 화면으 로 전달, 확인할 수 있다니 이건 작은 혁명이다. IT 강국을 바라보며 국가에서 적극 지원, 육성한 덕분일 것이다. 인터넷 전산망에 대하여 잘 모르는 사람들은 아직 현실감을 못 느끼겠지만 머지않아 모든 국 민이 서서히 실감할 것이다. 세계 각국에서 그렇게 빨리 완성할 줄은 몰랐다고 쉽게 믿어지지 않는다는 뉴스가 흘러나온다. 실제 웬만한 기업체의 직원들도 실감하기 어려운 것이 사실이다. 부디 한발 앞선 기술력으로 지구촌에서 최고가 될 수 있기를 기대해 본다.

경기가 조금씩 살아나는 것을 느낄 수는 있지만 아직도 그 엄청난 충격을 쉽게 벗어나지 못하는 것 같다. 다행히도 안정리 미군 부대 내 에서 이른 봄부터 꽤 많은 물량 요청이 온다. 나는 출입증 덕분에 하 루에도 몇 차례씩 드나들고 있다. 영내에 들어가면 마치 사람이 빨리 걷는 정도의 속도로 기어가야 한다. 엄청나게 넓고 좋은 땅을 차지하고 있지만 그래도 코리아라는 작은 이 나라를 지켜 준다는 것이 감사하다. 요즘엔 이곳에 투입되는 물량과 더불어 군, 면, 동 단위의 작은 수의 계약으로 이루어지는 관급도 이른 봄부터 쏠쏠하다. 계약과 납품이 좀 까다롭기는 하지만 납품 완료 후 즉시 완벽한 100% 현금 수금이 최고의 매력이다.

IMF, 세계은행에 짊어진 빚을 상환하는 데 온 나라가 정신이 없다. 수십만 근로자가 직장을 잃고 노숙자가 되고, 가정이 파탄 나는 사례가 속출하고 있다. 나라 전체를 이 지경으로 만든 장본인은 과연 누구인가? 누군가는 벌을 받아야 정당한 것 아닌가? 결국 화살은 우리나라 대기업 집단으로 향하는가 보다. 한○그룹에 이어 대○그룹 그리고 그 유명한 동○그룹까지 온통 커다란 그룹의 경영자들이 도마에 오르내린다. 이 나라 경제 발전의 주춧돌이 되었던 훌륭한 경제인들이라고 알고 있었다. 우리 근로자들이야 자세히 알 수 없으나 세상은 혼란스럽다. 그룹이 파산되고 해체되고 통합, 흡수되는 일들이 하루가 다르게 발표된다. 자세한 내용이야 훗날 더 상세하게 세상에 알려지겠지만, 가장 문제라는 것이 분식회계란다. 쉬운 이야기로 가짜 서류 조작이라고 해야 맞을 듯싶다. 적자의 기업을 흑자로 만들고 아무튼 그런 가짜 서류로 수십억, 수천억씩 대출을 받아 그것이 결국에는 IMF 사태를 만든 주범이란 것이다. 참으로 한숨만 나온다. 그렇다면 그동안 감시, 감독한 사람들 그리고 그 가짜 서류를 믿고 대출해 준 은행 간부들까지 이건 뭐 줄줄이 딸려 가야 한다. 거기다가 정치인들까지 그들의 뇌물을 받아 사용하였으니 온 나라가 만신창이가 되는 기분이다. 그 와중에는 억울하게 휩싸여 함께 도산하는 안타까운 기업도 있을 것이다. 이제부터는 우리나라 회계 장부도 세계화, 표준화 기준으로 재정립하게 된단다. 소위 말하는 ISO 2000, ISO 2001 등 세계은행 또는 세계 공통 기업 관리 시스템이라 하여, 쉬운 이야기로 기업 관리 규정, 기업 관리 회계 장부 등이 그런 것이다. 한마디로 돈 빌려주는 사람이 원하는 회계 장부를 만들라는 것이 더 알기 쉬운 이야기 같다. 일반인들이 흔히 알고 있는 KS 제품이란 것도 맥락이 같을 것이다. 옛날 이조시대에 됫박이나 손으로 한 홉 두 홉 하던 거래 셈법을 첨단 저울로 계량하고 전산으로 기록, 보존하는 기법이나 다를 바 없을 것이다. 안타까운 기업 그리고 그 기업을 키워 온 경영자와 말없이 밤새워 일만 한 수많은 근로자는 무슨 죄가 있단 말인가? 바라건대 최소한의 죄와 벌로 완결되기를 간절하게 기원하고 싶다.

올해 팔순이신 아버지는 요즘엔 우리 집을 찾아오기 어려우시단다. 불과 두세 정거장 거리인 우리 집이다. 이런저런 이야기로 인지 기능을 살펴보지만 평소와 같은데 왜 그러실까? 가끔은 큰 녀석 이름을 부르면서 "학교 잘 다니지?" 하신다. "네, 벌써 군대 갔다 와서 복학했어요." 하면 "벌써 군대를 갔다 왔나?" 하신다. 아버지는 큰 녀석을 지금도 초등학생 어린 꼬맹이로 기억하시는 것 같다. 한참을 이야기하면 그제야 "아, 그렇지. 다 컸구나." 하신다. 나는 가까운 노인정도 가시고 자꾸 운동하시라고 당부를 하지만 "난 괜찮다. 걱정하지 마라. 건강하다." 하신다. 건강하신 것은 인정하는데 무엇인가 점점 흐려지시는 기분은 왜일까? 자식이 아무리 잘한다 해도 홀로 늙어 가시는 아버지를 보면서 그 옛날 어른들의 말이 생각난다. 열 효자보다 하나의 악처가 더 낫다는 그 속담이 오늘따라 내 마음에 와닿는다. 사람의 운명을 마음대로 할 수는 없겠지만 가능하다면 남성보다 여성이 더 오래 생존해야 좋을 것 같다. 벌써 어머니가 돌아가신 지도 십여 년이 지난 것 같다. 참 세월이 너무 빠르다. 돌아오는 길에 아버지의 모습이 자꾸 머릿속에 그려진다.

2000년 새해가 되었다. 새로운 천 년이 시작되었단다. 아무것도 변하지 않는 오늘과 내일이지만 온 지구촌이 새 천 년을 맞이하였다고 요란스럽다. 세상을 바라볼 때 새롭게 생각하고 새롭게 시작하면 그렇게 생각이 들 뿐인데도 무엇인가 변화를 바라는 것이 인간의 본능인가 보다. 올해는 막내 아이 대학 입시가 있다. 지난해 수능 시험을 치르고 그 점수대에 따라서 대학별로 선별하는 제도이다. 해마다 대학 입시 계절이 오면, 고 3 아이를 둔 가정에서는 한바탕 난리를 친다. 아무리 좋은 제도로 선별을 한다 해도 될 놈은 될 것이고, 안 될 놈은 안 될 것이다. 그렇게 온 나라의 국력을 소모하면서까지 홍역을 치르는 것이 나로선 이해가 안 될 때가 있다. 물론 교육이 백년지대계라 하여 훌륭한 젊은 인재를 만드는 것이 나쁘다는 것은 아니다. 애초에 흥미가 없는 녀석들을 강제로 끌고 다니면서 밤낮으로 생난리를 치는 극성 학부모들을 보노라면 참 한심스럽기까지 하다.

변변찮은 여건 속에서도 서울 고○대학교에 입학이 결정되어서 너무 고맙고 기쁘다. 마치 내가 입학하는 것처럼 가슴이 벅차다. 특별히 사교육을 시킨 것도 없는데 이만큼 한 것이 너무 대견스럽다. 자, 이제부터는 졸업 때까지 무난하게 학자금을 대 주는 것은 오롯이 나의 몫이다. 어떻게 해서라도, 빚을 얻어서라도 가르칠 것이다. 다행히도 회사에서 학자금은 나온다지만 과외로 들어갈 것이 더욱 부담스럽다. 우선 큰 녀석과 함께 생활할 공간이 필요하다. 방 한 칸이 왜 그리도 비싼지 모르겠다. 청주와 비교하면 상상을 초월한다. 비싸도 너무 비싸 당황스럽다. 단칸짜리는 그런대로 가능하지만, 다 큰 남매가 생활하려면 방 두 개는 되어야 한다. 그러자니 이건 천정부지다. 그 전 셋값이면 청주의 집값과 맞먹는다. 그래도 어쩌랴. 회사의 사내 복지기금을 이용하고 모아 놓은 것들을 총동원하여 비교적 저렴하다는 동네(면○동)에 전세방을 구하였다. 작은 서민 아파트를 겨우 얻었다. 그러나 방만 있으면 되는 것이 아니다. 이것저것 살림살이 그리고 생활용품, 인간이 살아가는 데 이리도 여러 가지가 필요한가 싶다. 이럴 줄 알았으면 그 언제인가 우리가 청주에 자리를 잡을 때 차라리 서울에 자리를 잡을 걸 그랬나 보다. 면○동 산 위쪽이니 교통이 불편하고 한참을 걸어 내려와야 대중교통이 연결된다. 그렇게 우리 가족은 이리저리 흩어져서 청주와 서울 그리고 평택에 살게 되었다. 그나저나 이 아이들이 대학을 마칠 때까지 생활비는 온전히 내 몫이다. 나도 모르게 두 어깨가 무거워진다.

천안 북부 지역부터 안성 동부 그리고 송탄, 오산 지역까지 골목골목 안 가 본 곳이 없다. 동사무소, 면사무소, 심지어는 큰 마을 이장들까지 내 수첩에 기록되어 있다. 마을 안길 포장 그리고 축사 돈사 등 도시 변두리엔 어디를 가나 가축을 많이 기른다. 크기도 상당하다. 특히나 수도권 지역이다 보니 큰 곳은 작은 기업을 능가한다. 오늘은 대형 양계장 신축 공사 현장에서 물량을 확보하였다. 요즘은 양계장도 첨단 시설들로 관리한다. 그렇게 마을 길을 돌아치면서 서평택, 안중 그리고 화성 향남면까지 하루해가 빠듯하다. 서해안을 줄지어 수원, 화성, 오산, 송탄, 평택, 성환까지 미군 부대와 비행장이 벨트처럼 이어진다. 나라를 지키기 위함이지만 아까운 벌판들을 많이도 차지하고 있다. 매일같이 오늘은 동쪽, 내일은 서쪽으로 돌아친다. 가축 사육용 건물에 투입되는 물량도 상당하다. 올해는 가축 농가를 대상으로 발품을 팔아서 계획 물량을 확보할 계획이다.

6월 13일 김○○ 대통령이 평양을 방문한다고 TV 뉴스마다 요란하다. 소위 햇볕 정책이라 하여 은둔의 땅을 햇볕으로 녹여 보겠단다. 가능할까? 글쎄다. 이번 정부의 야심 찬 계획인가 보다. 서로 잡아먹을 기세로 대결만 하다 보면 언제 평화 통일이 오겠는가. 서로가 싸우든지 언쟁을 하든지 어찌 되었건 만나야 한다는 것은 맞는 것 같다. 대한민국 대통령이 평양 비행장에 내리는 모습이 온 세상을 떠들썩하게 하였다. 6월 13일~15일까지 방문 결과는 6.15 공동 성명이라 하여 그럴듯한 성명서를 발표하였다. 향후 우리나라가 평화 통일로 가는 이정표로 삼아 상호 존중하면서 잘 지켜지길 우리 국민 모두는 조용히 지켜볼 것이다. 공동 성명 문구를 아무리 잘 만들었다 해도, 문제는 서로가 얼마나 충실하게 지켜 내느냐에 달려 있다. 우리와 그들은 체제가 다르고 생각하는 것 또한 다를 것이다. 상호 간에 지키려고 노력이야 하겠지만 그들은 한 사람이 몇십 년 그 자리를 지키고, 우리는 여당이고 야당이고 서로가 조금만 빈틈이 보이면, 그냥 나라가 어찌 되든지 후벼 파고 헐뜯어서 정권을 자기들 세력 안에 잡아 두려고 안간힘을 쓴다. 이번 회담만 하여도 글자 하나, 획 하나라도 조금 이상하면 그저 나라라도 팔아먹은 양 확대하여 헐뜯는다. 수억 달러를 가져다줬다는 등 참으로 어려운 것이 정치인가 보다. 그러니 북쪽에서는 저들대로 쌍심지를 켠다. 무엇이 옳고 그름인지 잘 모른다. 하지만 우리가 지금 당장 통일을 한다고 하면 누가 적극적으로 환영할 것인가? 소련? 중국? 일본? 미국? 어느 누가 우리의 통일을 적극적으로 도와줄 것인가? 아마도 없을 것이다. 이것은 전적으로 나의 소견이다. 아무도 환영하지 않고 도와주지도 않을 것 같은 것은 왜일까?

분명하게 알 수 있는 나라는 일본이다. 일본이야 지은 죄가 너무 크고 우리 국민들의 가슴에 크게 사무쳐 있다 보니 저들은 극구 반대할 것이다. 지금은 두 동강이가 되어 있으니 겁나는 것도 없겠지만, 통일이 된다면 그 죄질을 뼛속까지 기억하는 우리 국민들의 역사의식에 오금이 저릴 것이 분명하다. 그 외의 나라들은? 글쎄다. 인류 역사에는 분명 국가 간에는 영원한 동지도 없고 적도 없다는 명언이 잘 말해 준다. 결국 언제든지 우리의 문제는 우리가 해결해야 한다. 어떠한 동맹국이라 하여도 그들에게 이익이 없는 행동은 결코 하지 않을 것이다. 우리의 문제를 그 어느 나라가 해결해 줄 것이란 생각은 정말 어리석은 망상일 것이다. 부디 현명하신 지도자들이 서로를 감싸 안아 서로가 조금씩 손해를 보더라도, 우리 스스로 해결하여야 한다는 것을 명심해야 할 것이다. 소위 지도자라 자처하는 다수의

무리는 현재의 권력 기반을 내려놓지 않으려고, 현재 가지고 있는 기득권 그대로의 현상 유지를 바라고 있을 것이다. 삼팔선을 베게 삼아 나의 모든 것을 내려놓고, 자기 자신의 기득권 일체를 포기하면서 통일의 밑거름이 되겠다는 각오로 담담하게 임할 수 있는 훌륭한 지도자들이 구름같이 몰려들기를 기원해 본다. 남쪽이나 북쪽이나 그러한 애국자들이 대다수를 차지하는 날이 온다면 통일은 그때 비로소 찾아올 것이다.

새로운 천 년이 시작된 지 열 달이 지나 벌써 가을로 접어든다. 아이들은 서울 생활에 잘 적응하고 있다. 그러나 나와 집사람은 온통 정신이 없다. 하나부터 열까지 살림살이를 돌봐 주어야 한다. 집사람 성격상 일주일이 멀다 하고 각종 반찬이며 가재도구들을 신경 쓰다 보니 한 번씩 서울에 다녀오는 날은 몸살이 날 지경이란다. 며칠 만에 올라가 보면 집안은 온통 빨래며 집기들이 널려 있고, 각종 가공식품과 라면 봉지들만 나뒹군단다. 나는 집사람에게 하나부터 열까지 스스로 할 수 있게 당신 행동으로 하지 말고, 애들에게 지시하고 스스로 하도록 교육하는 것이 더 중요하다고 누차 이야기하지만 이루어지지 않는다. 결국 갈 때마다 해결하고 내려오니 몸살이 나는 것은 당연한 것이다. 아무리 생각해 봐도 뾰족한 해결책이 없다. 얼른 졸업하고 결혼이라도 해야만 자연스레 해결될 거 같다. 작은 것부터 하나하나 모든 경비가 장난이 아니다. 두 아이를 서울에 유학 보내는 것은 그야말로 허리가 휠 지경이다. 봉급은 한정되어 있고 두 달에 한 번 나오는 보너스가 그렇게 기다려진다. 정말 빠듯한 생활이다. 한편

으로 생각하면 너무나 팍팍한 생활비를 가까스로 유지해 가는 집사
람이 대견스럽기도 하다.

2000년 11월 10일에 우리 회사가 심혈을 기울여 시공한 서해 대
교가 드디어 개통하였다. 서울에서 서해안 고속도로를 따라 서해 대
교를 건너 당진까지 개통된 것이다. 도로 공사 계획으로는 홍성, 대
천, 서천, 군산을 거쳐 무안, 목포까지 순차적으로 완공할 계획이란
다. 당진, 서산, 태안 지역 주민들에게는 정말 획기적인 변화가 아닐
수 없다. 지금 당장이야 피부로 느낄 수 없겠지만 수년 내 많은 변화
가 올 것은 당연하다. 그 지역 주민들은 평소에는 홍성, 예산을 거쳐
온양, 천안으로 올라가는 것이 서울로 가는 길이었다. 그렇지만 지금
은 바로 서해 대교로 서평택, 화성을 거쳐 서울 서부권으로 진입하
니 상당한 시간 절약과 함께 물류 운송 시간이 단축되는 것이 확실하
다. 그에 따른 보이지 않는 많은 이익은 온전히 그 지역 주민들의 것
이다. 시대가 변하고 나라가 발전하면서 힘들고 아픈 경험도 많았다.
그동안 우리 국민 개개인은 많은 시련을 겪어야 했다. 매스컴에서는
올해 들어 국민 소득이 1만 달러를 넘어섰다고 한다. 정부의 계획대
로라면 내년도 말이면 공식적으로 세계은행에서 빌려 온 자금을 완
전 변제할 것이란다. 온 나라가 된서리를 맞은 이 기간 동안 모든 기
업은 국제 표준 회계 관리에 심혈을 기울이고, 또한 계열사들을 흡
수, 통합하고 구조 개선도 하며 향후 경영 전략을 재정립하는 계기가
되었다.

우리 대○산업도 예외 없이 건설 기계 사업소를 최소한으로 축소하고 일부는 폐업한다는 소식이다. 노동조합에서는 바로 긴급회의를 소집하고 단체 행동에 들어가는 수순을 밟는단다. 현재 건설 기계 사업소의 총인원은 650여 명으로 축소되었다. 그동안 신규 인력 충원을 하지 않은 이유도 있지만, 이제 건설 기계 직종은 젊은이들에게 기피 직종이란다. 따라서 젊은이들의 충원도 쉽지 않다. 요즘 말로 3D 업종이란다. 우리나라가 이만큼 발전하도록 최일선에서 죽어라 밤새워 일해 온 이 직업이 3D 업종이라니, 참 어처구니가 없다. 이젠 춥고 배고픈 시절은 끝났으니 젊은이들은 그런 일을 안 하겠단 것이다.

회사의 향후 50년 발전 계획이 발표되었다. 그중 각종 건설 기계 장비와 인력은 회사 직원이 아닌 협력 업체 또는 외부 업체로 하는 것이 선진국형 경영 전략이란다. 한마디로 개발도상국 시절에나 장비와 인력이 필요한 것이란다. 우리 건설 기계 사업소 직원들은 당장 파업을 하자느니 본사 빌딩(서울 수송동)을 점거하자느니 아우성이다. 긴급히 노사 양측의 원로 또는 핵심 간부들이 한자리에 모여 문제를 논의해 보기로 하였다. 영업 활동에 바쁜 나 역시 왕년의 노조 사무장이란 이름으로 함께 앉았다. 노사는 하루에 몇 시간씩 토의를 거듭하였다. 만약에 여기서 우리가 사측 제의를 수용할 수 없다면, 결국 파업과 동시에 본사를 점거하기로 천명하고, 회사와의 토의는 계속되었다. 회사에서 내놓은 최대한의 보완책을 가지고 일주일에 두세 차례 3개월에 거처 토의를 거듭하였다. 회사는 당장의 폐업은 철회하기로 하였다. 현재 평균 근속 년수 12년, 평균 연령이 52세, 우리 회사의 정년이 56세임을 감안하면 해마다 정년으로 자연 감소되는 숫자만 해도 약 30~40여 명이다. 한마디로 5~6년 후에는 자연 감소 인원만으로도 절반 이상 축소되는 현상이 발생한다. 회사도 우리의 입장을 어느 정도 수용하여, 향후 2~3년 동안 세 가지 방안으로 인원 축소 또는 구조조정을 하기로 합의하였다. 첫 번째는, 희망퇴직으로 현재의 퇴직금에서 5개월 치 평균 임금을 추가로 지급하는 방안과 두 번째는, 본인이 희망하는 장비를 감가상각 후 최저가로 불하하여 함께 퇴사하는 형식이다. 그리고 세 번째, 잔류 인원은 신규로 중소기업 사업 면허를 취득하여 독립 회사를 만들어 전 직원이 주주가 되어 중소기업 임직원으로 남는 방안이다, 이렇게 본인들의 희망에 따라 2~3년 동안 자연스럽게 정리한다는 것이다. 다만 모든 협의는 노동조합 전체 의견을 듣고 합의 후 결정한다는 것으로 노사 원로 회의를 잠정 중단하였다.

전체 조합원의 의견을 종합한 결과 대다수가 찬성하는 놀라운 결과로 나타났다. 우리 조합원들도 각종 장비 오퍼레이터를 하면서 수많은 현장 생활을 하였기에 나날이 변화하는 사회 분위기를 모를 리가 없다. 시중에 건설 장비 몇 대씩 장비 주인들이 협력하여 만든 회사들이 주를 이룬다고 한다. 그러므로 적당한 금액으로 우리 장비를 불하하여 개인 사업자가 되겠다는 동료들이 상당수이며 그 숫자가 예상 밖으로 많다. 헐, 한마디로 장비의 주인이 되겠다는 것이다. 나는 지난 70년대 말 나의 모습이 떠올랐다. 시절이 좋을 때는 괜찮은 것이 장비 사업이지만 주기적으로 몰려오는 유류 파동 또는 IMF 같은 고비를 겪어야 한다면 그리 권장하고 싶지 않다. 전 직원의 의사를 확인한 결과 대다수 조합원의 찬성으로 세 가지 조건에 따라 구조 조정을 하기로 결론지었다. 이제 언젠가는 우리 대○산업 건설 기계 사업소는 그 간판을 내리게 될 것이다.

나는 현재 위치에서 그대로 근무하기로 하였다. 아직 아이들이 한창 학업 중이며, 생활환경에 갑작스러운 변화를 줄 자신이 없다. 하지만 왠지 마음 한편이 텅 비는 이 느낌은 어떻게 설명하여야 할까. 참 너무 허무하다는 생각이 든다. 왠지 슬프다는 표현이 더 정확한 거 같다. 나와 고락을 함께한 수많은 동료가 서서히 그들의 본가로 또는 개인 사업자로 돌아가 얼굴을 보기 어려워진다는 것이 내 마음을 자꾸 서글프게 한다.

2001년 해마다 새해가 되면 신년 시무식 겸 새해 사업 계획을 공표한다. 우리 공장 소장님도 건설 기계 사업소가 처한 오늘의 현실을 매우 마음 아프게 생각하신다. 소장님 본인도 올해로 정년퇴임이다. 새해 시무식이 끝나고 내게 차 한잔을 하자고 하신다. 내가 와서 해마다 많은 매출로 걱정 없이 성장해 왔는데 본인이 정년으로 임기를 마치기 전에 내게 한 가지 제의를 하신단다. 우리 평택 사업소 역시 사업 축소를 목표로 하고 있으며 머지않아 평택시 도시 계획 사업에 우리 공장이 편입되어 택지로 개발될 예정이란다. 언제가 될지는 몰라도 우리 공장 역시 축소가 불가피하니 가까운 사업소로 자리를 옮기는 것이 어떠냐는 것이다. 나는 솔직하게 말씀드렸다. 아직 아이들이 학업 중이니 당분간은 회사에 남아 현 상태를 유지해야 할 것 같다고. 소장님은 나의 의견을 진지하게 들으시며 충분히 이해한다면서 몇 군데 사업소를 알아보고, 청주 본가에서 가까운 근무처가 있다면 추천해 줄 테니, 다른 뜻이 있으면 알려 달라는 것이다. 평소에도 크고 작은 집안일까지 챙겨 주시는 분이었지만, 훗날을 걱정해 주시는 김○○ 소장님이 오늘따라 너무 고맙고, 감사함이 가슴으로 전해져 온다. 그 뒤로 한 달쯤 지났을까? 평택 시청에서 공고문이 나붙었다. 우리 공장이 도시 계획 구역에 선정되었다는 내용이다. 몇 년 전부터 말은 들어 왔지만 막상 직접 공문을 받고 보니 모든 직원은 올 것이 왔다는 표정이다. 참 세상은 너무나 빠르게 변화하는데, 우리가 미리미리 대비하지 않으면 언제든지 도태된다는 옛 현인들의 말이 절실하게 와닿는다. 이처럼 요즈음 우리나라 기업인들과 근로자들은 하루가 다르게 변화하는 사회 현상에 어지러울 정도이다.

**84** 2001년 3월 1일. 서산 사업소 총괄 영업부장 발령. 충남 서산군 운산면 수평리 산○번지 대○산업 서산 사업소. 사전에 예고된 발령이라서 크게 새삼스럽진 않았다. 평택 사업소에서 기존 거래처의 상세한 거래 내역 또한 한눈에 이해할 수 있도록 잘 정리하여 인수인계를 마치고 이곳으로 내려왔다. 결국 청주 우리 본가에서 가장 가까운 사업장이 서산 사업소였다. 나는 사무장 시절에 몇 차례 방문한 기억이 있다. 그리고 이곳에서 근무 중인 동료들도 건기 사업소에 근무하던 동료들이니 낯선 기분은 전혀 느낄 수 없다. 매주 월요일 청주 집에서 출근하기엔 상당한 거리이다. 거리상으로는 그리 멀지 않으나, 우리나라 도로 구조상 동서를 이어 주는 교통이 불편한 관계로

상당한 시간이 소요된다. 그래도 같은 충청도이니 이곳 풍습도 청주나 괴산 지역과 비슷하리라 생각되었다. 서산 사업소에서 직함은 부장(영업팀장)이다. 기존의 담당자는 정○○ 선배님으로 올해 정년을 맞아 3월 말에 퇴임하신다. 사업소는 장비 오퍼레이터를 포함해도 소장님 이하 전 직원이 7~8명뿐이다. 우리가 보유한 종합 장비 외에 임시로 사용하는 장비는 모두 개인 장비이다. 인원이 단출하고 사업 규모 역시 평택 사업소에 비하면 절반도 안 된다. 하○○ 소장님은 나를 기다린 듯 항상 외부 업무를 담당하면서 내부 총괄 업무를 걱정했는데 많이 도와 달라는 부탁이시다. 아울러 몇 안 되는 직원이 가족적인 분위기에서 잘 운영되고 있었다. 종합 장비 역시 평택 사업소에 비하면 규모가 적다. 처음에는 석산을 개발하여 인근 서해안 지역 건설 현장에 자재 납품을 주로 하였으나, 요즘에는 아스콘 플랜트를 설치하여 크락샤와 함께 운영 중이다. 아스콘은 레미콘에 비하면 대중적이고 일반화되어 있지 않은 품목이므로, 작은 업자들과는 거래할 일이 거의 없다. 주로 대형 공사 현장에 납품하는 도로 포장용 자재이므로 거래 횟수나 규모에서 차이가 난다. 주로 도로 공사나 대형 공장 부지의 포장 등 영업 담당으로서는 훨씬 단조롭지만 거래 단가는 레미콘보다 더 높다. 현재 서해안 고속도로가 당진까지만 개통되고, 그 아래 지역으로는 한참 건설 중이다. 주변 지역은 완전한 시골 마을이며 사람들은 정말 순박하고 느긋한 여느 시골 풍경 그대로이다. 얼마 전에 서해 대교가 개통되어서인지 읍내 주변 길을 다니노라면 서울 또는 경기 번호판을 단 자동차가 자주 눈에 들어온다. 서해안 시대가 열린다 하여 대기업 또는 중소기업들이 대거 충남 서부 지역으로 몰려오고 국가 차원에서 각종 인프라(사회 기반 시설 연결망) 구축을 수립하려고 이 지역에 도로, 항만 등 모든 사회 간접 자본을 집중투자하고 있다. 회사는 그것을 예측하고 10여 년 전부터 장기 계획으로 개발한 서산 사업소다.

생산되는 제품의 납품 가능 거리는 서쪽으로는 태안반도에서 서산 석유 화학 단지, 그리고 동쪽으로는 38번 국도를 따라 당진, 삽교천, 평택 남서부 지역까지며 남쪽으로는 예산, 홍성까지로 비교적 폭넓은 지역을 아우르고 있다. 나는 전반적인 과거의 영업 활동 내역과 몇 개의 악성 부도 처리된 거래처를 인수받았다. 요즘에는 태안 읍내에서 서산까지 도로 공사 현장의 혼합 골재와 아스콘 납품이 주 영업 범위이다. 현재 한창 공사 중인 32번 국도를 중심으로 태안 만리포에서 시작되어, 서산, 당진을 거쳐 예산, 공주, 대전으로 이어진다. 그리고 서북쪽 대산 석유 화학 단지에서 발원하여, 현○제철(한○철강), 삽교천을 건너 평택, 안성, 북충주를 지나 제천, 태백, 동해로 연결되는 38국도 역시 한창 구간별로 공사 준비 단계이다. 또 당진에서 출발하여 천안, 진천, 괴산, 문경, 안동을 거쳐 영덕으로 이어지는 34번 국도 역시 우리 사업소에서 납품 가능 범위 내에 있다.

간단한 우리나라 국도 상식을 남기고 싶다. 우선 남과 북으로 이어지는 국도는 홀수이다. 그리고 동과 서 또는 서해에서 동해로 이어지는 도로는 짝수로 표기한다. 물론 서로 겹치거나 접속되어 병행하며 진행되는 구간도 가끔 볼 수 있으며, 정확하게 동서로 일직선이 아닌 이상 약간씩 굽어지는 것을 감안하면서 바라보면, 우리나라 국도 구조를 쉽게 이해할 수 있다. 요즈음 점점 늘어나는 자동차 전용 도로는 더욱 신속하게 전국을 연결해 준다.

사업소의 생성 과정과 장기 계획을 내가 바라보는 관점에서 기록해 둔다. 우선 대기업들은 유행처럼 번지던 사업 영역 확장의 일환으로 전국 각지의 주요 지점에 토지를 보유했다. 적어도 30~50년 후를 바라보며 발전 가능 지역을 선점하여, 그 주변에 근거지를 사전 확보하는 것이 우선이었다. 향후 여러 가지 개발 이익과 더불어 회사의 장기 발전 계획으로 토지를 구입하게 된다. 그 토지를 유휴 토지로 방치하면, 국가 차원에서 토지 투기 억제책으로 강력한 규제를 받는다. 그러므로 여러 가지 토지 특성과 타당성을 구매 전부터 검토하여, 비교적 저렴한 황무지나 돌산을 구입하였다. 이곳 서산 사업소 역시 야산이면서 돌산이다. 우리 기술진을 투입하여 석산을 개발하고 가공하여 생산되는 골재를 이용해서 레미콘, 아스콘 등을 생산, 판매할 목적으로 사업소를 설치하였던 것이다. 주변의 토목 공사 현장에 필요한 자재를 공급하는 사업이다. 이곳은 80년대 말 서해안 고속도로 및 서해안 개발 시대가 도래할 것을 예측하여, 당진, 서산 지역으로 고속도로 또는 개발 가능성이 있음을 면밀히 사전 검토한 후 구입한 것으로 알고 있다. 그 예측이 조금 빗나간 것은 고속도로 서산 인터체인지가 우리 공장에서 약 3km이며 당진~대전 고속도로 면천 IC 또한 약 4km이다. 약간은 개발 예상 지역을 벗어났지만, 한마디로 신의 한 수인 것은 분명하다. 향후 고속도로가 모두 개통되고 서해안 개발이 본격화된다면 그야말로 황금알이 될 것이다. 더군다나 험하던 돌산은 평지가 되어 공장 부지가 될 것이다. 지금 현재만 해도 고속도로가 한창 공사 중이니 주변 지가는 들썩이고 있다.

언젠가 기록하였듯이 우리 회사의 국내 현장은 매월 250~300여 개의 전국에 흩어져 있으며, 수시로 준공과 착공을 반복한다. 전국 현장 책임자의 주 업무 중에는, 현장의 원활한 시공은 물론 그 주변의 향후 개발 예상 지역을 파악하고, 각종 건설 정보와 더불어 발전 계획을 수립 또는 기획하는 자치 단체와 건설 관련 학회 등 그들과의 인적 네트워크를 형성하는 것 또한 포함된다. 그렇게 지속적인 교류 및 유대 관계를 유지하는 업무는 업무 능력 평가에 반드시 수반된다. 작은 발전 계획에서부터 먼 미래의 큰 그림까지, 전국 현장에서 수집, 검토하면서 10년, 30년 또는 50년, 100년 후까지, 우리나라 전 국토의 미래를 설계할 수도 있고 예측할 수도 있다. 그런 업무 계획을 매년 분기별, 반기별로 반복, 수집하다 보면 어렵지 않게 우리 국토 전체의 미래가 그려질 것이다. 나아가 그런 것들이 좀 더 발전되면, 민간 업체가 주도하여 개발하는 지역 개발 계획도 있을 것이고, 각종 토목 공사의 일괄 설계 시공 운영까지 할 수 있는 소위 턴키 베이스 공사도 생겨날 것이다. 그것이 향후 우리나라의 건설을 책임질 1군 건설 업체로서의 미래를 위한 준비 중 하나인 것이다. 그렇게 훗날을 예측, 선점한 것 중 하나가 현재 각 지방에 설치, 운영되고 있는 사업소이기도 하다.

사업소의 업무 파악을 하고 영업 가능 구간을 순회하면서 주변을 익혔다. 주요 공단 그리고 마을 길까지 직접 다니면서 거의 모든 구간을 순회하였다. 현재 가장 큰 거래처는 서해안 고속도로 당진~서산 구간을 건설하는 주식회사 대○건설 현장이다. 금년 9월 개통 예정으로 밤샘 작업이 한창이다. 도로 공사의 필수 자재인 혼합 골재를 납품 중이다. 대○그룹은 분식 회계 및 탈세 혐의로 그룹 전체가 혼란스럽지만, 그래도 몇 군데 대형 공사를 시공 중이다. 가끔 현장 사무실에 들러 납품 검수도 하고 차도 한잔씩 마시곤 한다. 자재 담당 차장이란 친구는 늘 어깨가 축 처진 느낌이다. 대부분의 대○그룹 회사가 매각되기도 하고 통폐합되기도 한다. 그러니 직원들의 얼굴에서도 불안정한 표정이 역력하다. 그들도 중부 고속 그리고 울산 석유 화학 단지 등 우리나라 건설 현장에 큰 몫을 차지했던 대형 건설사인데 왜 무엇 때문에 그런 어려움을 당해야 하는 것인지 하소연을 할 때도 있다. 비교적 안정된 우리 회사를 부러워하는 모습이 은연중에 나타난다. 나는 건설인의 한 사람으로서 그 심정을 누구보다 더 진하게 느낄 수 있다. 그렇게 우리는 서해안 고속도로 대○ 구간에 산처럼 생산하여 쌓아 둔 혼합 골재를 모두 공급하였다.

2001년 8월 23일, 드디어 우리나라가 세계은행에서 차입한 대금을 완납하였단다. 그러니까 IMF를 공식 졸업한 것이다. 수많은 기업이 쓰러지고 헤아릴 수 없는 근로자가 길거리로 내몰린, 아픈 역사로 오랫동안 기억될 것이다. 아마도 우리나라 모든 기업에 뼈아픈 홍역이었을 것이며, 한층 더 성숙하고 한층 더 강력한 회계 기준을 배우고 익히면서, 모든 회사는 자산 관리를 내실 있고 완벽하게 보강하는 아픈 교훈이 됐을 것이 확실하다. 부디 앞날에는 두 번 다시 그런 시련이 없기를 간절하게 기원해 본다. 그동안 흘린 젊은 근로자들의 피

눈물은 영원히 기록될 것이다. 또한 온 국민의 금 모으기 운동은 지구촌을 놀라게 하고 우리의 단결력을 보여 주기도 하였다.

벌써 9월 말이다. 엊그제 당진에서 서천까지의 서해안 고속도로가 개통되었다. 나는 고속도로를 이용하여 서해 대교를 건너 서평택 IC를 경유하여 다시 삽교천을 건너서 우리 사업소로 돌아와 보았다. 참 빠르고 웅장하고 언제 보아도 대단하다. 아니 위대하다고 말하고 싶다. 지난날 서해 대교 건설 당시 동절기 휴무 기간 중 레미콘 플랜트에서 평택 가스탱크 현장에 납품하던 생각이 바로 엊그제처럼 스쳐 지나간다. 세상이 빠르게 변하는 것은, 그 뒤편에서 엄청난 노력과 희생이 숨어 있다는 것을, 그것을 이용하는 대다수의 사람은 모를 것이다. 나 혼자만이라도 그들의 노고에 머리 숙여 감사드리고 싶다. 서산, 태안, 당진 사람들은 불과 20~30분 안에 서해 대교를 건너 바로 서평택으로 갈 수 있다. 이것이야말로 천지개벽이라고 해야 맞을 것이다.

어느 지역이든 그 사업장이 속해 있는 지방의 도청 소재지를 중심으로 관공서가 몰려 있고, 조달청을 비롯하여 각종 관급 자재의 수급과 분배, 그리고 납품 후 최종 결제까지 거의 모든 것이, 도청 소재지를 기준으로 이루어진다. 평택에서는 경기 도청이 수원이니 가까워서 별문제 없었지만, 이곳 서산, 태안, 당진, 홍성 지역은 충남 도청을 이용하려면 여간 불편한 것이 아니다. 대개는 그 지역의 중심부에 위치하여 관공서 일을 보기가 쉬운 것이 보통이다. 하지만 여기는 정말 난감할 때가 자주 있다. 거리 자체가 너무 멀고 불편하며 다녀오려면 승용차로 꼬박 하루 종일 달려야 한다. 쉬지 않고 달려도 편도 3시간이 빠듯하다. 오래전부터 홍성, 예산 지역으로 도청 소재지를 옮긴다고 계획만 있을 뿐 감감무소식이다. 차라리 서해 대교를 이용하여 서울을 다녀오는 시간이 훨씬 빠르다. 이 지역 주민이라면 누구나 혀를 내두를 지경이다. 일단 당진에서 이어지는 32번 국도를 따라 예산을 거쳐 유구를 지나야 한다. 그다음이 공주 그리고 계룡산을 돌아 유성, 갑천을 건너야 비로소 대전이다. 다녀오는 날은 그대로 하루를 소비하고 만다.

어디서 무엇을 하여도 지역 주민들과의 유대 관계가 중요하다. 그리고 가장 빨리 터득하여야 할 것이 그 지역의 오랜 관습과 고유의 풍습이다. 나는 내 고향도 같은 충청도이니 이곳과 충북 중북부 지역과는 엇비슷하리라 생각하였다. 그러나 상당한 차이점이 있다. 그리고 지역의 소규모 건설업자들과 덤프트럭 등 소형 장비를 운영하는 장비 업체들도, 매년 협력 업체로 등록하여 수시로 우리 공장에서 이용하는 것이 전래되어 왔다. 특별하게 이해관계가 형성되는 것은 아니지만 자연스레 그들과도 접촉하여야 한다. 그러자니 좀 더 자세한 경영 상태와 기업의 건전성을 사전 체크하지 않을 수가 없다. 지역 중소기업들 간의 상호관계는 흔히 옛날 시골 선후배 그리고 친인척 관계로 이어져 있는 것이 마치 60~70년대의 산골 마을을 연상케 한다. 돌아서면 삼촌, 사촌, 선배, 후배로 이어져 있다.

충청도 사람들의 특징은 말이 좀 느리면서도 속마음을 바로 내비치지 않는다는 것이다. 순박하면서도 마음 한편이 감추어져 있다는 것을 차츰 느낄 수 있다. 며칠 전에는 서산 장날이라 시장을 한 바퀴 돌아보면서 싱싱한 해산물 가격을 알아보았다. 나는 "이건 얼마인가요? 이거는요?" 하면서 중년 상인과 물건 가격을 알아보았다. 그러다가 나는 "이것 ○○○원에 주시면 안 되나요?" 했다. 그러니까 상인이 "됐씨유." 하면서 일어선다. 나는 "아, 그래요. 그럼 주세요." 하면서 지갑을 찾는데, 다시 한번 "됐씨유." 하면서 저쪽으로 가 버린다. 헐! 이게 웬일인가? 분명 됐다고 했는데? 됐씨유? 나는 혼자서 뻘쭘하게 서 있었다. 혹시 내가 뭘 잘못했나? 나는 그날 사무실에 들어와 그 지역에서 나고 자란 미스에게 시장 이야기를 했더니 배를 잡고 깔깔거린다. 아니 분명 됐씨유인데? 그건 안 된다는 것이란다. 헐, 그 말은 다른 데 가서 알아보란 말이란다. 에구머니나!! 내가 그분에게 큰 실수를 한 것 같다. 나는 그날 저녁 하루 일을 정리하면서 '아~ 참 좁은 우리나라 땅인데 지역 간 풍습과 언어 습관이 이리도 다를까?' 하고 생각했다. 시장의 그 상인에게 죄송하고 부끄러운 마음에 얼굴이 붉어진다.

벌써 연말이 다가온다. 해마다 연말이 가까워지면 금년의 매출 목표 달성을 점검하고 또한 내년도 예상 목표를 계획, 수립하여 월별 판매 목표 그리고 납품 예상 업체까지 가능하면 섬세(디테일)하게 문서화하여 사전 준비는 물론 판매 대상 업체의 모든 구매 정보까지 습득하여 내년도 사업 목표를 확정하여야 한다. 언뜻 듣기엔 뜬구름 잡는 것처럼 보이지만, 어떠한 사업이라도 건설 공사라 하면 분명 몇 년 전부터 사전 실시 설계와 면밀한 검토가 반드시 필요하므로, 적어도 1년 전부터 영업 담당자는 주변 지역의 각종 건설 계획 또는 공사 발주 계획을 사전 확보하여야 한다.

대산 석유 화학 단지 내 공사가 내년 봄부터 본격 시작될 예정이다. 그곳에는 기존 현○석유화학 그리고 삼○석유화학 플랜트를 대거 증설한단다. 석유 화학 단지는 여천 석유 화학 단지 근무 경험으로 나름대로 공사 규모나 시공 형태를 너무나 잘 알고 있다. 우리 사업소에서 다소 먼 거리이다(약 28km). 그곳 시공사들은 대형 건설 업체들이며, 물량 또한 대량인 점과 그들이 요구하는 까다로운 제품의 스펙을 우리 사업소 기술진이라면 충분히 만족시킬 수 있다. 현장 부근의 중소기업들보다는 충분한 경쟁력이 있기 때문에 나는 그쪽으로 적극 영업 활동을 하였다. 우선 현○건설과 삼○물산 사무실에 몇 번 들러 자재 구매 담당자들을 면담하였다. 역시 대기업의 특성이 나타난다. 상당히 까다롭고 냉정하며 납품 가능 제품의 생산 조건 역시 완벽한 FM을 요구한다. 나는 당연함을 설명하고 여수 호남 석유 화학 단지의 경험과 시공에 참여한 이야기 등 현재 우리 사업소의 확실한 기술진을 설명하였다. 처음에는 인정하려 하지 않았지만 점차 인근의 중소기업과 다른 점을 감지한 느낌이다. 그곳에 납품하는 주요 제품은 대형 석유 화학 제품 저장 탱크 기초 바닥에 투입되는 매트용 오일 샌드이다. 한마디로 AP 기름을 모래와 혼합 가열한 제품이다. 그 제품의 특성은 철저한 방습 그리고 철판의 부식을 방지하는 역할을 한다. 대형 탱크는 몇 년 전 내가 평택 공장 근무 당시 작업한 한○건설의 가스탱크 설치 공사 대형 매트와 흡사하다. 그런 대형 탱크의 밑바닥을 오일 샌드라는 제품으로 포설한 후 그 위에 설치하는 것이다. 까다로운 제품의 생산 특성상 단가 역시 타제품에 비하여 상당히 높다. 결국 몇 개월 공들인 끝에 삼○물산 건설 부문과 납품 계약을 성사시켰다. 다가오는 2002년 3~4월경 납품 예정이다.

올해는 2002 월드컵 경기가 우리나라에서 열린다. 유치 경쟁이 너무 치열하고 비등해서 결국에는 끝까지 경쟁하던 한국과 일본에서 함께 나누어 유치하기로 하였단다. 이름하여 2002 한일 월드컵이란다. 손꼽히는 국제 경기로는 올림픽이 있으나 그 경기는 어디까지나 프로가 아닌 순수 아마추어 선수들만 참여할 수 있다. 그러나 월드컵 축구는 단일 경기로는 세계 최대 규모로, 최고의 프로 선수들이 자기 나라의 명예를 걸고 모두 참여할 수 있으므로, 지구촌 6개 대륙에서 32개국이 한 달 동안 그야말로 축구 최고를 가리는 경기이다. 4년에 한 번씩 열리는 경기로 아시아 대륙에서는 처음이란다. 10여 년 전 88 올림픽으로 우리나라를 세계에 알렸으니 이번에는 또 다른 모습으로 당당한 대한민국의 참모습을 보여 주었으면 한다.

우리 집은 여전히 아이들과의 이중 살림살이가 끝이 보이지 않는다. 지난해 큰 녀석은 학교를 졸업하였지만, 쟁쟁한 실력자들이 넘쳐나고 이렇다 할 후견인 하나 없는 현실에서 순전히 저 혼자의 힘으로 취업 전선에 뛰어들면서 과연 엄혹한 현실을 잘 헤쳐 나갈지 걱정되는 마음으로 바라볼 뿐이다. 제 딴에는 보고 듣고 현실을 직시하는 감각을 대학 공부를 하면서 나름대로 익히고 배웠을 것이다. 부디 밝고 현명한 눈과 귀를 가졌으면 한다. 그 길을 찾는 것부터는 온전히 너의 힘으로 헤쳐 나가야 한다. 나는 조심스럽게 뒤에서 지켜볼 것이다. 결국 모든 부모가 자식을 키워 세상에 내보내면서, '여기까지면 되겠지. 여기까지만 하면 충분하겠지.' 하면서 한세상을 살아간다. 나와 연배가 비슷한 동료들이 하나같이 말하는 것이 거기까지면 내가 할 일은 다 한 것인 줄 알았는데, 그것이 끝이 아니고 점점 더 크고 더 많이 투입되어야 한다는 사실을 해를 거듭할수록 절감하게 된다고 한다. 나 역시도 그렇게 서울과 청주를 몇 년째 오르내리는 집사람을 보면서 현재 우리 가정의 삶이 무엇인가 좀 미흡한 것이 있는 것만 같다. 아이들이 결혼하여 살림을 할 때까지 그렇게 두 도시를 오르내리면서 뒷바라지한다는 것이 무엇인가 불합리하다는 생각이 든다. 처음 유학 생활을 할 때만 해도 몇 년만 고생하면 해결되겠지 싶은 마음이었다. 그러나 이건 어느 세월에 끝날지 감이 안 온다. 또한 요즘 젊은이들은 결혼을 늦게 하는 것이 마치 무슨 유행처럼 번지고 벼슬처럼 생각하는 것 같다. 그러니 마냥 하세월이다. 30세에 결혼하는 것은 아예 꿈도 안 꾸는 아이들이 대다수란다.

우리 시절에는 되도록 빨리 하나의 가정을 이루어 부모님의 힘을 덜어 드리고 하루빨리 하나의 세대주가 되어 뿌리내리는 것이 가족을 위해서나 사회를 위해서나 그 시대의 현명한 젊은이들의 상식이었건만 요즘 젊은이들은, 어떻게 하면 더 늦게, 더 오랫동안 싱글로 남아 있을 것인가를 생각하는 것 같다. 나는 몇 년째 우리 가정의 현실을 곰곰이 생각하기 시작했다. 아무래도 전체를 서울로 옮기는 것이 어떨지 검토하고 또 생각해 보았다. 그러나 만에 하나 착오가 생길 경우 되돌리려면 막대한 손실이 날 것만 같다. 우선 청주 아파트를 전세로 돌리고, 서울에 전세를 얻어 아이들과 합쳐서 생활하면서 보다 면밀히 검토하기로 하였다. 계획을 하면서도 '과연 내가 지금 잘하는 것일까? 남들은 오십 대엔 고향으로 귀향을 생각한다는데, 이제야 거꾸로 올라간다는 것이 현명한 것인가?' 하고 생각했다. 아무리 생각해도 답이 없다. 정답은 먼 훗날 자연스레 나타날 것이다. 그때 가서 후회하는 일이 없기를 바라면서 전셋집을 구하기 시작했다.

2002년 봄, 서울 강동구 성○동에 전셋집을 마련하여 올라왔다. 과연 잘한 일인지 모르겠다. 무엇보다도 전셋값이 장난이 아니다. 차라리 구매하는 것이 나을 거 같다. 하지만 보다 세심한 검토가 필요하다. 언제라도 뒤돌아갈 수 있는 길을 열어 놓아야 한다. 1년 정도 살아 보면서 생각하기로 하였다. 서울에서 서산 사업소까지의 거리나 청주에서의 거리나 거의 같다. 그래도 교통망은 서울을 중심으로 이루어졌으므로 훨씬 빠르고 길도 좋다. 아직 외곽 순환 고속도로가 완전히 개통된 것이 아니고 구간 구간 공사 중이다. 차량도 구간마다 유료화가 되어서인지 별로 많지 않다. 교통망 역시 아무래도 강북보다는 한강 남쪽이 편리하다. 나는 그렇게 서울 생활을 시작했다.

2002년 3월, 언젠가는 닥쳐올 일들이 현실로 다가왔다. 평택 대○ 산업 건기 사업소가 3월 말로 폐쇄한다는 소식이다. 시대의 흐름에 따라, 그리고 구조조정이란 이름으로 어쩔 수 없는 경영권자의 장기 계획에 의한 결정이라지만, 그 자리에서 수십 년 아니 평생을 몸담아 온 우리 중기 사업소(건기 사업소) 직원들은 가슴이 무너지는 아픔을 느낄 수밖에 없다. 1960년대 초 노량진 중기 사업소를 시작으로 우리 대○산업의 최일선에서 이 나라 건설인으로 밤낮을 가리지 않고 앞장서 온 40여 년의 세월이다. 물론 모체인 대○산업은 오늘날 대그룹으로 완벽하게 우뚝 서 있다지만, 시대에 따른 경영 기법의 변화 그리고 IMF라는 커다란 산을 넘으면서 날로 변화하는 선진 경영에 따라 어쩔 수 없이 겪어 내야 하는 아픈 결단이었을 것이다. 최대한 직원들의 생계를 보장하기 위하여 원하는 직원들의 의사에 따라 일부는 장비를 불하받고 일부는 희망퇴직금을 수령하고 일부 비교적 젊은 직원들은 '건기 ○○ 주식회사'라는 법인체를 공동 출자 형식으로 만들어 신생 회사의 지분 참여와 함께 사업을 영위하기로 하였다. 이 회사는 대○산업과는 완전히 별개이며 앞으로는 시중의 수많은 중소기업과 동등한 입장으로 수주 경쟁에서 살아남아야 한다.

나는 가까운 동료들과 평택 사업소에서 송별 인사 겸 함께한 시간들을 이야기하면서, 가슴속 깊은 곳에서 표현할 수 없는 아쉬운 작별 인사를 나누었다. 참 슬프고 아픈 역사를 우리가 현역인 지금 이 시대에 경험하여야 한다는 것이 믿기지 않았다. 결국은 사업이란 경영자가 하는 것이지만 너무나 안타깝고 아쉬움이 남는다. 아무리 시대가 변하여 시중에 개인 장비가 넘쳐 나고 중소 전문 장비 대여 업체가 성행하고, 그들에게 경쟁력이 떨어져도 그 속에 몸담고 살아온 우리에게는 삶의 터전이었다. 아무리 그 나름의 보상과 배상을 한다 해도, 허전함과 아쉬움이 남는 것은 당연하다. 우리도 최고 경영자의 마음을 모르는 것은 아니다. 대그룹으로 변신한 대○산업이 중소기업들이 넘쳐 나는 사업을 언제까지 함께할 수 없다는 것은 익히 알고 있다. 오늘의 이 기록은 내 삶에서 가장 남기고 싶지 않은 통렬한 아픔으로 기억될 것이다.

대산 석유 화학 단지 삼○물산 물량을 정상적으로 납품하였다. 아스콘 물량도 별로 없는 이 시기에 정말 다행스럽다. 올 상반기 매출 계획도 차질 없이 이행되고 있다. 영업을 하다 보면 어느 거래처든 몇 번만 방문하면 대략 그 회사의 장래가 어렴풋이 그려진다. 중소기업이건 대기업이건 핵심 간부들의 업무 행태를 몇 번 접촉해 보면 바로 느낄 수 있다. 결국 모든 회사는 사람이 운영하는 것이며 사람이 발전시킨다는 것이 확실하기 때문이다. 중소기업 역시 규모는 작아도 아주 단단하고 발전 가능성이 보이는 회사가 있는가 하면, 과연 얼마나 지탱할지 걱정되는 회사도 있다. 나는 7~8년 영업 담당을 하면서 쌓아 온 경험으로 볼 때 의심스럽다고 생각되는 회사는 분명 1년 또는 2년까지도 못 견디고 부도가 나고 파산에 이른다는 것을 그동안의 경험으로 분명하게 알 수 있다. 어느 기업, 어느 업무라도 결국 사람이다. 제대로 된 인재를 등용하는 것이 기업의 성패를 좌우한다는 것을 확실하게 알 수 있다.

2002년도 5월 고대하던 한일 월드컵이 한창이다. 이제 우리나라도 극한 배고픔은 어느 정도 해소되어서일까? 젊은이들이 함께 응원하는 모습이 정말 대단하다. 특히 자발적으로 이렇게 하나로 뭉칠 수 있다는 것에 나는 깜짝 놀랐다. 우리나라 축구팀 경기가 있는 날이면, 마치 구름처럼 뭉쳐서 폭풍우처럼 응원하는 모습은 일찍이 보지 못한 것 같다. 오죽하면 아예 광화문 큰 거리를 응원하는 시민들에게 내주고, 안전을 위하여 수많은 경찰까지 동원되는 현상이다. 이것은 우리나라 공권력이 권력에 항의하는 데모대나 시위대를 제압하거나 해산하기 위함이 아니라, 즐겁게 응원하는 많은 시민의 안전을 위해서 경찰로서 사회 질서를 위한 진정한 본연의 임무를 수행하고 있는 것이다. 많은 외신 기자도 세계 어디서도 보지 못한 우리의 응원 문화를 접하면서 신기한 듯 충격과 놀라움을 금치 못하는 모습이다. 이런 장면들이 지구촌 모든 나라의 매스컴을 통하여 연일 생중계되고 있다. 작고 힘없고 전쟁으로 폐허가 되고 두 동강이 난 이 나라 국민들의 한결같은 엄청난 응원 열기에 온 지구촌이 술렁이고 있다.

역시 88년 올림픽이 가상(픽션)이 아니었으며, 한강의 기적이 이처럼 하나로 뭉치는 엄청난 힘에 의해서 일어난 우연이 아닌 필연으로, 반드시 이루어 낼 수밖에 없는 강력한 저력이 있는 나라라는 것을 온 세상에 각인시키는 역할을 톡톡히 하고 있다. 그 응원의 물결은 누가 시킨 것도 아니며 작은 동아리들이 서로서로 연결되어 자발적으로 구호도 만들고, 붉은 악마라는 셔츠도 만들어 그야말로 순수한 우리 젊은이 한 사람 한 사람이 모여 거대한 물결을 만들어 낸 뜨거운 젊음의 열기이다. 이것은 분명히 이 나라의 희망이며 지구촌 어디에 내놓아도 자신 있게 앞날을 이끌어 갈 엄청난 미래의 젊은 에너지임이 확실하다.

뜨거운 응원 열기 덕분에 우리 축구팀은 역사에 길이 남을 월드컵 4강이라는 놀라운 기록을 남기게 되었다. 먼 훗날 오늘에 경기 모습을 다시 본다 해도 정말 대단한 장면들이 마치 드라마처럼 연속되었다. 여기서 또 한 가지 기록에 남기고 싶은 사람은 우리 축구팀 감독 거스 히딩크 감독이다. 히딩크 감독을 갑자기 온 국민의 영웅으로 추대한다고 난리다. 일개 운동 경기 책임자인 축구 감독이 영웅이라? 그 정도로 온 나라가 흥분했던 것은 분명하다. 물론 우리나라 위상을 세계만방에 드높인 것은 인정하지 않을 수 없다. 현재까지 우리는 각종 체육계, 또는 경제계, 산업계, 하물며 정치계까지 순수한 개인의 실력만으로 성장한다기보다 혈연, 지연, 학연 등 끈질기게 이어져 온 인연이란 연결 고리가 우선시되어 왔다. 그러나 인연이란 단어조차 모르던 외국인 감독은 자연스럽게 오로지 실력만 바라보고 선수를 선발하였단다. 그야말로 개개인의 실력 하나밖에 모르는 네덜란드 출신인 히딩크 감독이다. 그 누구의 눈치나 압력, 또는 요구 조건도 통할 수 없는, 순수한 재능만 보고 대표 선수를 선발한 결과, 오늘날 월드컵이란 세계적인 경기에서 엄청난 성과를 만들어 낸 것이다. 여기서 우리는 버려야 할 것과 배워야 할 것이 극명하게 나타나는 것이다.

영업과 매출을 총괄하는 내 어깨에 우리 사업소 식구들의 생존이 걸려 있다고 해도 과언이 아니다. 물론 본사에서 이미 연간 예산을 배정받아 운영한다지만, 혹여 적자라도 발생하는 해에는 그 사업소를 책임지고 있는 소장을 비롯하여 영업 담당은 가시방석이 되는 것은 당연하다. 과거의 역대 매출 기록을 보면, 가끔 적자가 발생한 해도 눈에 띈다. 나는 아무리 어려운 사정이 발생한다 해도 거기까지 내몰리지 않으려고 금년에도 최선을 다했다. 연말이 다가오면 적어도 매년 금리 인상과 더불어 급여 인상분을 감안하여 내년도 매출 계획을 잡는다. 그러다 보니 해마다 매출 신장은 필수이다. 다행히 올해는 34번 국도 삽교천 건너 인주 사거리 부근, 공세리부터 평택 안정리 미군 부대 방면 43번 국도 교차 지점까지 우리 본사에서 올봄부터 시공 중이다. 총연장 약 10km이며 나는 착공 전부터 서산 사업소를 알리고 납품 가능 품목을 인근 업체들의 단가와 최대한 맞추어 납품해 드릴 것을 현장 담당자와 협의했었다. 기존 도로 옆으로 거의 모든 구간이 신설 구간이다. 토목 공정을 너무나 잘 알고 있는 나는 실무를 담당하는 동료들의 애로 사항을 돕기 위해서 최대한 협조하였다. 사업소에서 28~38km 지점까지 거리는 좀 멀지만 당진에서 삽교천을 건너는 34번 국도를 이용하면 4차선 신설 도로이므로 충분히 납품이 가능하다.

현장을 순회하던 중 한여름의 뜨거운 태양 아래 힘겨워하는 갓 입사한 친구를 만났다. 입사한 지는 불과 몇 달 안 된 느낌이다. 앳되고 조그마한 친구라서 이야기를 나누다 보니 그 친구 부친이 내가 알 만한 우리 회사 선배님이다. 오늘도 그늘에 앉아서 땀도 식힐 겸 한참 이야기를 나누었다. 한○대 토목공학과 출신으로 상당한 재원이다. 그 친구는 풀이 죽어 말한다. "저 선배님, 넘 힘들고 또 실망스럽습니다." 나는 "어, 좀 힘들지. 입사한 지 얼마 안 되니 당연하지." 하면서 무엇인가 불만이 가득한 표정을 바라보면서 말했다. "그래, 힘들고 짜증 날 때도 많을 거야. 그 힘든 이야기 내가 좀 들어 볼 수 없을까? 나는 80년도부터 한 20여 년 근무했는데 내 경험으로 자네에게 참고가 될 만한 이야기도 있을 거야. 가장 힘든 것 몇 가지만 내게 이야기해 주면 안 될까?"

한참을 계면쩍게 망설이던 이 친구가 말한다. "저기요, 선배님. 그래도 저는 대학 시절엔 나름 전문적인 지식을 쌓았다고 자부하였었는데…." "응, 그런데?" "이건 허구한 날 측량 뽈대나 잡고 논밭이나 헤매고 그저 단순 노무자들이 하는 일만 시키는 것 같아요. 정말 이러려고 입사한 건 아닌데…." 하면서 한숨 섞인 푸념을 한다. 나는 잠시 머뭇거리다가 "저기 내가 한두 가지 꼭 이야기해 주고 싶은 것이 있는데, 길게 말하지 않을게. S 대를 나오든 K 대를 나오든 적어도 1년 아니 3년 정도는 가장 기초적인, 아까 이야기한 측량 뽈대나 들고 길도 없는 산길을 헤매고 터널 속 바닷속까지 헤매야 한다네. 왠지 아나?" 하고 말했다. 그 친구 갑자기 눈에 생기가 돌면서 귀를 기울인다. "아무리 스카이 대학 최고 학부를 나왔다 해도 건설인이라면 최하 말단에서 하는 일들을 짧은 기간일지라도 반드시 직접 경험해야 하지. 그것은 그 사람을 최고의 재목으로 키우기 위한 최소한의 기초라고 생각하면 틀리지 않을 거야. 당장 현실을 보면 화이트칼라로 멋진 유니폼만 입고 흰 셔츠에 타이 매고 시원한 사무실에서 자재 담당이나 재정 담당이나 뭐 그런 파트 친구들이 부러운가? 적어도 건설 회사는 어느 회사건 그런 화이트칼라 친구들이 최고 경영자가 되는 일은 없다네. 그들은 잘해야 부장이나 어쩌다 자금 총책으로 이사 자리에 오른다 해도 절대로 건설 회사를 짊어지고 갈 대표이사나 최고 책임자가 될 수 없네. 현재 실제로 바로 자네 앞에 있는 현실을 보면 알 수 있지 않나? 우리 회사 대표이사나 과거 사장님들의 경력을 보면 바로 알 수 있지. 다시 한번 이야기하네. 회사에서 최고의 인재들을 채용해 놓고 왜 그런 막노동자들이 하는 일을 시키겠나? 내가 장담하네. 그냥 이를 악물고 1년? 넉넉히 잡고 2년만 버텨 보게. 그러면 자네 앞에 무엇인가 보일 것일세. 그땐 분명히 내 말이 기억날 거야." 그 친구는 쑥스러운 얼굴로 "선배님, 좋은 말씀 감사합니다."라고 하며 그렇게 우리는 책과 현실이 다르다는 이야기를 나누며 헤어졌다.

내 짐작으론 훗날 그 친구 분명히 우리 회사의 좋은 기둥이 될 것만 같았다. 그는 어느 정도 참아 내는 인내심도 있고, 더불어 불만을 바로 표출하고 행동으로 옮기기 전에, 어려운 이야기지만 선배나 동료들에게 한 번쯤 확인하고 두드려 보는 용기와 노력이 보이는 친구이다. 그렇다. 사람들은 당장 내 앞에 무엇인가 나타나야 만족을 한다. 사전에 꾸준한 노력과 때를 기다리는 끈기가 반드시 있어야만 빛을 볼 수 있다. 아마도 그동안에 필수적으로 쌓아야 할 것은 신용이란 것을 첨가하면 더 좋을 것 같다. 실력과 경험과 신용이 쌓이면 좀 늦더라도 분명히 이 세상 어디에서도 그를 알아볼 것이며 반드시 크게 활용하는 것이 세상의 이치이다.

20여 년을 한 직업에 종사하다 보면 자연스럽게 선후배가 생기고, 팀워크를 이루기 위해서는 조심스럽지만 지시를 내릴 때도 있다. 나보다 혹여 스펙이 화려하다 해도, 업무에서는 아래일 수밖에 없다. 나는 가끔 옛 성현들의 말들이 어쩌면 그리도 정확하고 현명한지 놀랄 때가 종종 있다. 그 말 중에는, 어떠한 단체나 조직에서 천재는 여러 명이 필요치 않다는 말과 팀을 이루는 단체에서는 천재보다 둔재가 더 많이 필요하다는 말, 그리고 더욱 마음에 드는 말은, 꿩 잡는 것은 작고 볼품없는 매이며, 호랑이 사냥은 잘 훈련된 사냥개보다는, 주인의 말이라면 맹목적으로 몸을 던지는 똥개만이 할 수 있다는 말이 가장 공감이 간다. 결국 모든 일을 한두 사람의 천재가 결정하면 일사불란하게 정상에 올라 최종 태극기를 꽂는 것은 민초들이다. 물론 천재도 둔재도 모두가 막중한 책임이 있다. 어느 한쪽이라도 소홀해선 안 될 것이다. 요즈음 기업체들이 오직 유명 대학, 유명 스펙만 요구하는 것이 매스컴을 통하여 비칠 때, 참으로 안타깝다는 생각이 든다.

2002년 11월 어느새 16대 대통령 선거철이다. 평소 정치나 어느 정당, 정책에 별로 관심이 없다. 특히나 우리나라 정당들은 국민을 위한다는 명목으로, 사리사욕과 소속된 정당의 이익만을 위하는 모습을 오래전부터 보아 와서 이젠 지겹다 못해 혐오스럽기까지 하다. 거기에 대대로 정치판을 마치 가문의 족보처럼, 이어져 내려오는 모습들은 참으로 한심하단 생각이 든다. 물론 그런 사람을 선출하는 우리 국민 개개인의 책임이 막중하지만, 우선 참신하고 젊고 훌륭한 일꾼이라 해도, 최종 후보의 자리에 오르기도 전에 그 정치꾼들에게 농락을 당하는 일들이 비일비재하다. 그러니 아예 피어 보지도 못하고 고배를 마시고 사라져 버리는 일이 다반사다. 우리나라 국회나 기타 정치인은 대대로 따 놓은 당상처럼 정치판을 몰고 다니는 무리가 상당수라는 생각이 든다. 그러니 순수한 마음으로 오로지 이 나라 국익과 국민만을 바라보고, 국가를 위하겠다는 마음으로 뛰어든 젊은 위인들이 성공하기란 하늘의 별 따기보다 더 어려울 것이다.

대대로 수십 년을 이어 온 정치 가문은 그 후보의 자질보다는 인정에 이끌리는 우리 국민들의 마음을 너무나 잘 이용한다. 물은 흐르지 않으면 반드시 썩는다. 우리나라 정치인들은 정년도 없다. 어떤 사람은 몇십 년을 하기도 한다. 그분들이 훌륭하다기보다는 정말 어지간히 인재도 없나 보다. 이런 정치판에서 이번에 대통령 후보로 최종 선출된 후보 중에 오랜만에 좀처럼 보지 못했던 한 분이 눈에 들어온다. 바로 노○현 후보이다. 최종 학력은 고졸이며 가난한 농촌 가정에서 독학으로 사법고시를 패스한 변호사 출신이다. 인권변호사이자 인권운동가로 1988년부터 정치에 입문한 지 13~14년 차란다. 기성 정치계의 수많은 계파나 정치 몰이꾼들의 유혹도 모두 거절하고 오로지 약자인 국민들 편에 서서 의정 활동을 하였단다. 국회 의정 활동 시절 몇 가지 이력과 몇 번의 연설로 그분의 모든 면모를 파악할 수는 없다. 그러나 적어도 대를 이은 정치꾼은 아니며 정당인이긴 하지만 그 흔한 계파도 연줄도 학연, 지연도 아무것도 없는 그야말로 순수한 열정이 그 모습에서 충분히 읽힌다. 가끔 볼 수 있는 후보 연설이나 기자 회견 등을 보아도 국가와 국민만을 위할 수 있는 솔직함과 진실이 느껴진다. 과연 저 화려하고 찬란한 정치꾼들 속에서 대통령에 당선될 수 있을까? 조금은 불안하기도 하다.

올해도 매출은 계획 물량을 무난하게 달성할 것 같다. 우리 사업소 전체 직원이 하나같이 열심히 움직인 덕분이다. 정신없이 목표만 바라보고 뛰다 보면 나도 모르게 계절이 변하는 것도 인지하지 못할 때가 있다. 어느 선배님의 말씀이 생각난다. 정신없이 맡은 일만 열심히 하다가 정년퇴임을 하고 나니, 일반인들이 살아가는 현실에서 아무것도 모르는 어린애로 변했단다. 하다못해 버스도, 지하철도, 이용하지 못하는 마치 달나라에서 온 사람처럼 멍청이가 되어 버렸단다. 나 역시 남의 일 같지 않다. 이제라도 내 주변의 현실을 하나하나 확인하고 싶다. 흔히 사람들은 자기 업무 외의 일상들은 아예 잊어버리고 살아간다. 본인은 엄청나게 큰일만 하는 사람처럼, 자기 스스로 어린아이가 되고 고립되어 가고 있다는 것을 모르고 말이다. 우리 몸의 어떠한 작은 근육이라도 자주 사용하지 않으면 무디어지고 결국에는 굳어져서 사용이 불가한 상황으로 변하는 것처럼, 그런 바보짓을 나도 하고 있지는 않은지 다시 한번 확인하고 점검하고 싶다.

2002년 12월 18일, 우리나라 제16대 대통령 선거일이다. 온 나라가 요란스러운 선거운동 기간이 지나고 무사히 개표가 마무리되었다. 결과는 노○현 대통령 당선이란다. 참 세상은 이렇게도 변하는구나. 그 어떤 대통령 선거 때보다도 진정 내 마음속에서 당선되기를 기원하던 후보가 대통령이 되었다. 이거야말로 오롯이 국민들의 힘인 것이다. 기라성 같은 기성 정치인들도 대대로 이어 온 정치 귀족들도 이제는 알아야 한다. 우리 국민들은 이제 정확하게 판단할 줄 안다. 때 묻지 않고 사심 없고 충직한 젊은 정치인을 이 나라 대통령으로 만든 것이다. 부디 우리나라가 제대로 된 선진국으로 온전하게 자리 잡을 수 있도록 혼신의 노력을 다해 주기를 기원하고 싶다.

2003년 새해 새로운 회계 연도가 시작된다. 하지만 지난해부터 이어지는 사업들이 그대로 이월되기도 한다. 다만 인건비의 상승과 장비 사용료, 또는 한 해 동안 인상된 물가 상승 등을 감안하여 새로운 예산을 잡아야 한다. 그러자니 연말부터 새해 벽두까지는 바쁜 나날을 보낸다. 아울러 판매 계획 또한 지난해 대비 약 10% 더 올려 잡았다. 주변 환경에 의해서 매출 실적이 직접적인 영향을 받을 수밖에 없는 형편이지만 아무리 어렵더라도 지난해보다는 상회하고 싶다.

구정 연휴다. 서울로 이사를 온 후로 아버지를 자주 찾아뵙지 못하여 너무 죄송하다. 많이 수척하신 모습이지만 그래도 크게 불편한 곳은 없으시다니 다행이다. 형제들도 이젠 모두 안정된 생활을 하고 형님은 벌써 환갑이시다. 이렇게 우리 집안 형제들이 화목하고 자녀들도 건강한 모습은 보기만 해도 흐뭇하다. 우리는 덕담을 나누면서 온 집안이 구정 연휴를 즐겁게 보냈다. 그동안 소원했던 청주 친구들도 만나고 어느 해보다 즐겁고 풍성한 명절이었다.

# V. 정년

　2003년 2월, 금년 구정 연휴는 어느 해보다 즐겁고 풍성하다. 토요일이 설날인 관계로 유난히 짧은 연휴를 마치고 정상 근무가 시작되었다. 한겨울이지만 서산, 당진, 태안 날씨는 다른 지방과 조금 다르다. 경기 서부 평택항을 기점으로 반도처럼 툭 튀어나와 당진 석문 방조제를 거쳐, 대호 방조제 그리고 대산 석유 화학 단지까지 쭈욱 서쪽으로 뻗어 남으로 태안반도를 따라 보령 앞바다까지 뻗어 있다. 상당히 온화한 날씨로 서해에서 만들어진 해양성 기류가 육지를 만나면서 서산, 태안 동쪽의 크고 높은 가야산 줄기가 당진 남쪽부터 서산, 예산, 홍성으로 늘어져 있어서인지 겨울에는 눈이 많이 오고 여름에는 비가 많이 내리고, 겨울 한파도 타 지역에 비하면 심하지 않으며 풍부한 강수량은 농업인들에겐 상당히 좋은 기후 조건이다. 한 가지 아쉬움이 있다면 큰 냇물이나 강이 없다는 것이 몹시 아쉽다.

이른 봄부터 34번 국도 확장·포장 공사 현장에 집중하였다. 올해 가을이 준공 예정이므로 자주 방문하게 된다. 특히나 올해엔 25톤 대형 덤프트럭을 여러 대 보유한 이 지역 중견 업체를 협력 업체로 등록해 두었다. 바로 34번 국도를 겨냥해서다. 지금은 골재 운반이 한창이지만 가을부턴 아스콘 포장이 가장 피크에 다다를 것이기 때문이다. 아스콘이야말로 어떠한 제품보다도 정확한 품질 관리와 온도 유지, 그리고 배차 간격이 중요하기 때문이다. 뒤이어서 눈여겨볼 대형 프로젝트는 38번 국도이다. 삽교천부터 현○제철 앞을 지나 석문 방조제, 대호 방조제 그리고 대산항까지 금년 내로 본격 착공될 것이다. 특히나 이 지역은 서해 대교가 개통되면서 해변을 따라 크고 작은 간척지 주변에 얼마든지 개발이 가능한 유휴 토지가 널려 있는 곳이다. 분명 머지않아 많은 공단이나 공장이 들어설 것이 예상된다. 아마도 이 지역에 공장들이 들어서게 되면 토목 공사에 필요한 자재 생산 업체들이 성수기를 맞을 것이 분명하다. 2월 25일 오늘은 우리나라 제16대 대통령이 취임하는 날이다. 모처럼 마음먹고 투표한 후보가 당선되어 그 어느 대통령 취임식보다 더 축하를 드리고 싶다. 나 같은 근로자들이야 누가 대통령이 되든 큰 변화가 있을 리 없겠지만, 그래도 역대 어느 대통령보다 믿음직스럽다. 부디 훗날 성공한 대통령이 되기를 기원해 본다.

우리나라 정당들의 정치 행태나 역사를 보면 어느 세력이 집권을 하든 야당이 되면 어떠한 정책이든 무조건 반론을 펴는 것이 그들의 존재 이유인 것 같다. 그 정책이 좋든 싫든 내 눈에는 적어도 70% 이상은 무조건 반대하는 것 같다. 거기에는 어떠한 대안도 없고 그저 반대를 위한 반대인 것이다. 역대 어느 정당에서 집권하여도 비슷한 것을 보면, 우리 정치인들의 수준이 많이 변해야 할 것 같다. 정당들의 인물 하나하나를 살펴보면 아직도 빨리 교체되어야 하는 인물들이 산적해 있다. 나 같은 말단 근로자의 눈에도 그렇게 보일진대 우리 사회의 지식인이나 현명한 인사들의 심정은 어떠할까? 부디 우리 국민 모두가 빨리 변화하여 세상을 보는 안목을 키워야 할 것 같다. 16대 대통령의 취임 시작부터 금강산 육로 관광이 열린다고 한다. 또한 수시로 남북 대화도 하고, 6월에는 개성에 남북이 합작으로 공업 단지를 만들 계획이란다. 무엇인가 획기적인 발전이 있을 것만 같다. 모처럼 반갑기도 하면서 한편으로는 조심스럽기도 하다. 서로가 다른 체제 속에서 이루어지는 사업인 만큼 국제 규율에 따라 잘 성사되어 먼 훗날 우리나라 통일의 밑거름이 되기를 간절하게 빌고 싶다.

6월 30일 드디어 개성 공단 1단계 공사를 착공하였단다. 남북 상호 간에 보다 세밀하고 철저한 약속을 하고 각종 국제기구와 기타 완벽한 상호 신뢰를 바탕으로 향후에 발생하는 제반 문제를 보다 쉽게 해결할 수 있는 기반을 만들었는지 궁금하기도 하다. 그리하여 어떠한 문제가 발생하여도 쉽사리 깨지지 않게 만들어 놓아야 세월이 지나도 오랫동안 유지, 발전할 수 있을 것이다. 무엇보다 체제 자체가 다른 입장에서 공동 사업을 한다는 것은 철저한 상호 약속과 신뢰가 담보되어 있어야만 가능할 것이다. 부디 우리 민족 최대 과제인 평화 통일의 밑거름이 되기를 소망해 본다.

2003년 상반기 매출이 예년에 비해 상당한 초과 달성을 이루었다. 역시 34번 국도가 큰 효자 노릇을 하였다. 하반기로 접어들면서 아스콘 포장이 본격 시작된다. 나는 현장과 긴밀하게 소통하면서 순조롭게 아스콘 납품을 진행하고 있다. 벌써 도로 공사 공정이 약 80% 이상 진척되어 간다. 이대로라면 한두 달 조기 준공될 것 같다. 어느 날 현장에서 "선배님, 저 다른 현장으로 전출 갑니다." 하면서 저만큼에서 한 친구가 뛰어오며 내게 인사를 한다. "아, 그래?" 나는 반갑게 이야기를 나누었다. 언젠가 고민스러운 얼굴을 하고 힘들어하던 그 친구다. 벌써 인원 축소가 시작되었구나. "하기야 공정이 80%면 서서히 빠질 때도 되었지." 하면서 나는 "어때? 이제 좀 견딜 만해?" 하면서 웃어 보였더니 그 친구 "아 예, 이제 좀 알 것 같아요." 한다. 나는 "그래, 나는 지금까지 약 70~80여 개 이상의 현장을 다녔는데 가장 기억에 남는 현장이 어디인지 알려 줄까?" 하니까 그 친구 "어떤 현장인가요?" 하면서 가까이 다가온다. "다른 사람들은 어떤지 몰라도 나는 말이야 가장 고생스럽던 현장이 가장 기억에 남고 그리고 그만큼 보람도 더 느끼는 것 같거든. 아마도 평화의 댐? 그리고 임하 댐? 결국에 그런 현장이 엄청난 철야 작업 현장이지. 요즘에 그렇게 일하라고 하면 바로 이마에 빨간 띠 두르고 난리가 날 거야." 우리는 함께 웃었다. "선배님 말씀처럼 화이트칼라보다는 골드칼라가 되겠습니다. 그리고 잊지 않겠습니다." "허허, 내가 뭘 했다고. 암튼 고마워. 어디를 가나 건강하게 근무 잘해." 우리는 서로 손을 꽉 잡으면서 작별 악수를 나누었다. 그 후로 그 친구의 소식은 듣지 못했지만 분명 훌륭한 건설인이 되어 있을 것이다.

지난 시절, 불과 십여 년 전, 그렇게 힘들게 일했던 고속도로, 댐 그리고 각종 공업단지 등 우리가 기를 쓰고 밤새우지 않았더라면, 지금까지도 우리나라는 인프라 후진국 대열을 벗어나지 못하고 헤매고 있을 것이다. 그 당시 왜 우리가 그렇게 남들보다 열 배 백 배 더 빠르게 설쳐 댔었는지 이제는 조금 알 것 같다. 그것은 바로 시간이 돈이라는 것을 점점 피부로 분명하게 느낄 수 있기 때문이다. 사회가 발전하기 위해서 가장 우선시되어야 하는 것이 산업 기반 시설(인프라) 이다. 그것을 빠르고 완벽하게 갖추어 줘야만 그 발판 위에 또 다른 사회 발전을 이루어 낼 수 있는 것이다. 그 기초적인 산업 기반 시설을 시작하는 시기에 우리는 밤을 낮 삼아 일했던 것이다. 아마도 지금에 와서 그런 기반 시설을 갖추려면 그때보다 수십 배 더 많은 자본과 시간이 필요할 것이 분명하다. 무슨 일이 되었든 세상에서 한발 앞서 간다는 것은 그만큼 선진 대열에 다가서는 것이고 더 나아가 지구촌 선두 그룹에 우뚝 설 수 있는 것이다.

당진, 서산, 태안, 홍성, 예산 5개 군에 속해 있는 아스콘 공장 13개 업체가 우리 지역 협의회다. 우리 사업소를 제외하면 모두 중소기업이다. 중소기업이 생산할 수 있는 제품이긴 하지만 아스콘이나 레미콘 제품은 완제품이 아니라 반제품이다. 반제품은 생산하여 현장 도착까지만, 우리가 담당한다. 도착 후 포설과 다짐, 기타 완제품이 되기까지는 적어도 24시간 이상(아스콘의 경우) 소요된다. 그러므로 제품 완성 시까지의, 완벽한 관리 조건이 필요한 것이다. 그런 관계로 더욱 제품 관리에 최선을 다해야 한다.

2003년 9월 6일부터 일주일 동안 우리나라에 불어 닥친 태풍 매미로 인하여, 온 나라가 정신이 없다. 특히나 남동부 지역이 엄청난 피해를 보았다. 400~500mm 이상의 폭우와 바람을 동반한 태풍 매미는 부산 컨테이너 항구의 대형 겐추리 크레인을 모조리 쓰러뜨리는, 상상 이상의 위력으로 휩쓸고 지나갔다. 그로 인한 피해액이 수조 원이 넘는 천문학적인 액수란다. 인간의 힘으로는 어쩔 수 없다지만 참 하늘이 원망스럽다. 이제 겨우 개발도상국을 벗어나려 안간힘을 쓰는 중인데, 이렇게 된서리를 맞게 되다니 참으로 안타깝다. 그나마 다행인 것은 서해안 쪽으로는 커다란 피해가 없는 것 같다. 남해부터 북동쪽으로 부산을 지나 동해안으로 올라갔기 때문이다. 가을이 깊어 갈수록 나는 올해의 매출 신장에 모든 노력을 다하고 있다. 대형 차량으로 매일같이 수백 대 이상 아스콘 또는 골재 판매가 이루어지는 날엔 작업이 종료되고 저녁 늦게 사업소 입구 계근대(대형 계량기) 앞길을 바라보면서 한참을 생각에 잠긴다. '아침부터 온종일 저 길을 드나드는 엄청난 대형 덤프들이 마치 길바닥에 불이라도 낼 것처럼 요란스레 지나다녀도 저 길은 아무런 말도 없이 그대로구나.' 하면서 한참을 내려다본다. 혹시나 길바닥이 견디기 어려워 조금 내려앉은 것은 아니겠지? 불과 몇 시간 전까지도 지축을 흔드는 엄청난 장비들의 소음이 진동했는데 이젠 모깃소리 하나 없이 고요하고 적막하다.

크고 작은 업자들 그리고 기업체 자재부, 또는 지방 공공기관 등 오늘 하루도 나의 업무 일지 기록장이 몇 페이지가 넘는다. 어떤 날은 약속이 번복되기도 하고 겹치기도 하면서, 점심을 두 번 하는 날도 빈번하다. 갑자기 약속 시간이 변경되거나 인사차 "점심이라도 함께하실까요?"라고 했을 때 "그러실까요?"라고 하면 당황스럽지만 응하지 않을 수가 없다. 저녁 시간은 가능하면 운동(수영) 시간을 맞추려 노력하지만, 고객과의 약속이 우선이다. 그러면서 고객과 함께하는 시간이면, 아무리 좋은 음식과 술을 마셔도 그 맛을 제대로 음미하기보다는 고객의 만족이 최우선이란 생각을 먼저 하게 된다. 취하고 싶어도 취할 수 없고, 즐거워하고 싶어도 즐거운 척만 하는 것이 접대란 것이다. 나는 그것이 나쁘고 좋음을 논하기 전에, 여러 부류의 사람과 짧은 시간 안에 서로의 의사와 의견을 공유하면서 더 많이, 더 오랫동안 거래를 유지해야 한다는 것이 정말 어렵고 힘들다는 것을 다시 한번 절감한다. 내가 영업 업무에 종사한 지도 벌써 7~8년이 되어 간다. 해가 거듭될수록 내게 철칙이 몇 개 생겼다. 상대를 능가하려면 어떠한 경우라도 그보다 더 깊이 머리를 숙여라. 그리고 상대를 설득하려면 내 것의 장점만큼 미비한 점도 반드시 알려라. 그것이 고객의 마음에 신뢰를 주는 것이다. 그리고 또 하나 경쟁 업체가 있으면 그들의 약점을 파헤치지 말고 소문내지 마라. 그 업체의 취약점을 아주 조금만 스치듯 말하는 것으로 멈추어라. 그것이 경쟁 업체에 대한 반격을 피하면서 우군으로 만들 수 있는 길이다.

업무를 진행하면서 주변 중소기업 또는 대기업들이 힘없이 넘어지고 파산되는 현실을 바로 옆에서 수도 없이 목격하였다. 실무자들은 그 회사를 위한 마음은 누구나 가지고 있을 것이다. 그보다 더욱 절실한 것은, 기본적으로 오너의 생각과 정신(마인드)이 최우선이란 것을 알 수 있다. 더불어 그 오너가 회사를 위한 마음이 아무리 뛰어나고 훌륭하다 하여도, 모든 임직원에게 얼마나 정확하고 올바르게 그 뜻이 전달되어 모든 직원이 업무 중에 자연스럽게, 행동으로 나타나는가에 따라서 기업의 흥망성쇠가 달려 있다는 것이 내 눈에 비친 우리나라 기업의 현실이다.

업무 수행 중 간혹 그 자리에서 즉시 결정을 내려야 할 때가 종종 있다. 그럴 때마다 내 머릿속에 자리 잡고 있는 단 한 가지 판단의 기준이 있다. 그것은 '내가 오너라면', 내가 우리 공장의 최고 책임자라면, 단순한 대표이사가 아닌 최고 오너라면 어떻게 해야 할까, 바로 여기에서 나의 판단이 용기를 얻는다. 결정이란 시간을 두고 생각할수록 현명하지만 부득이 결단이 필요하다면, 아무리 짧은 시간이라도 '내가 오너라면?' 두세 번 생각한 후에 바로 결정한다. 그다음은 윗분들에게 질책을 받아도, 거절을 당하여도, 나는 그 길로 가야 한다고 설득하면서, 몇 번이고 나의 결심을 번복하지 않는다. 결국 오랜 기간 나의 경험을 미루어 볼 때 후회는 없었으며, 결국엔 이익으로 귀결되었고 그 업무는 추진되었다. 따라서 영업이란 움직이는 생물처럼 멈춰 있지 말아야 한다. 물론 손해를 보면 안 되겠지만, 최소한 현상 유지를 하더라도 멈추는 것보다는 움직이는 것이 난관을 헤쳐 나가는 데 훨씬 유리하다는 것이 나의 최종 판단이다. 그것이 바로 "행하는 자에게 길이 있다."라는 옛 성현들의 지혜라고 생각한다. 또한 "부지런한 농부는 가랑비가 내리는 날이 일하기 좋은 날이고 게으른 농부는 가랑비가 내리면 낮잠 자기 좋은 날이다."라는 속담처럼 하늘은 스스로 돕는 자를 도울 수밖에 없다.

2003년도 매출이 우리 서산 사업소가 출범한 이래 최고의 매출이다. 12월 중순 현재 모든 매출 집계를 정리하며 확인한 결과다. 보통 연평균 매출은 70~80억을 오르내렸다. 그러나 올해는 110억 이상이다. 우리 회사가 시공하는 34번 국도가 매출 증대에 많은 영향을 주었다지만, 아무튼 최고의 매출임은 틀림없다. 여기서 나를 며칠 동안 망설이게 한 것은 내년도 매출 계획을 어찌 잡느냐 하는 것이다. 누가 들으면 행복한 고민이라 하겠지만, 총괄 책임자로서 해마다 전년 대비 매출 계획을 하향 조정한 해가 없었기 때문이다. 결국 소장님과 몇 차례 심도 있는 토의 끝에, 가능하면 아직 정식으로 청구서를 발행하기 전인 물량을 내년으로 이월이 가능한지, 몇몇 거래처와의 긴급 협조 가능 여부를 확인한 후, 다수의 물량을 내년 1월로 이월하여 청구하기로 결정하였다. 참 별스러운 일로 며칠을 숙고하여 내린 결론이다. 결국 초과 달성이란 호황에도 내년도 매출이 절벽이 될 수 있음에 대비해야 하는 것이 금년에 겪어 본 웃지 못할 좋은 경험이었다.

　건설 경기는 4~5년 주기로 1~2년 동안 불경기가 주기적으로 찾아온다는 것을 알 수 있다. 특히나 지방의 경우 3~4년 반짝하면 1~2년 동안의 주변 경기는 마치 폭풍이 지나간 듯 조용하다. 바로 이럴 때 영세업자들이 줄줄이 도산하는 현상이 일어난다. 어느 정도 규모가 있는 건설 업체들은, 전국을 무대로 수주 활동을 할 수 있지만 중소기업은 타 지역에서의 활동이 자금난과 인력난에서 상당한 어려움이 있게 마련이다. 건설 경기의 주기적인 불황과 지역적인 편차는, 국가 차원에서의 지방 평준화 발전 계획과도 무관하지 않다. 어느 한 지역에만 많은 예산을 쏟아부을 수 없기 때문이다. 이렇듯 어떠한 사업이라도 그 나름대로 장단점이 있고 불황에 대한 대비책이 반드시 필요하다.

충남 지역 아스콘 협회에서 2~3년에 한 번씩 해외 연수라 하여 여행을 다녀온다. 금년엔 미주 지역으로 잡혔다. 통상 각 공장의 대표 또는 오너들이 다녀온다. 우리 공장에서는 금년엔 내가 다녀오기로 하였다. 모처럼 해외 출국이다. 미국 서부 지역을 약 12일 동안 다녀오는 일정이다. 로스앤젤레스, 그랜드 캐니언 그리고 요세미티 국립공원, 라스베이거스, 샌프란시스코 등 참 넓고 황량한 사막과 풍요로운 대자연이 함께 어우러진 아메리칸 대륙이다. 끝도 없이 펼쳐진 평야 지대는 기계가 아니면 도저히 농사를 지을 수 없을 정도로 넓고 크다. 경비행기로 농토를 관리한다. 가는 곳마다 여기저기 석유 시추공이 설치되어 있지만 가동은 하지 않는다. 이유는 먼 훗날 중동 지역의 석유가 고갈될 때쯤 시추할 예정이란다. 상상할 수 없을 정도로 드넓은 대륙에는 미개척 지대도 있다. 산악 지대의 계곡은 기후 조건이 너무 좋아 마치 밀림 속에 들어온 느낌이다. 요세미티 국립공원이다. 맑은 강물과 생긴 지 수백 년이 넘는 듯한 원시림, 하늘 높이 치솟은 기암괴석 등 수천 년 전 대자연이 그대로 살아 숨 쉬는 박물관 같다. 또한 인간의 힘으로는 도저히 이해할 수 없는 그랜드 캐니언의 엄청난 계곡은, 역시 비행기로 감상해야 할 정도로 그 웅장함은 말로 다 표현할 수가 없다. 참으로 축복받은 거대한 대륙이다. 어느 곳은 끝도 없이 넓은 사막으로 온통 검은색이다. 그것은 노천 석탄이란다. 그곳 역시 개발조차 안 하고 방치되어 있다. 지구상의 여러 나라를 다녀 보진 못했지만, 한마디로 풍요가 넘쳐 나는 나라임이 틀림없다. 아마도 그들의 풍요는 수백 년이 지나도 지속될 것이다. 나는 이번 여행을 다녀오면서 왠지 마음이 즐겁지만은 않다. 무엇인가 조급함과 답답함이 엄습해 오는 것 같다. 우리는 아직도 까마득하다는 생각과 그렇게 풍요로운 대륙에서 재채기만 한다 해도 우리는 맥없이 날아갈 것만 같다. 분명 우리나라 최고의 우방국임엔 틀림없으나 우러러만 보고 있을 여유가 없다. 어서 빨리 안정된 국력과 경제력을 확보해야 한다. 옛말에 물이 들어올 때 배를 띄운다고 했다. 기회는 올 때 잡아야 한다. 그들과 상호 협력이 최고조일 때 밤을 새워서 배우고 익혀야 한다. 그들보다 앞서지는 못해도 어깨를 나란히 해야 한다는 생각에 왠지 한가로이 쉴 수만은 없다는 생각이 가슴으로 느껴지는 것은 나만의 생각인지 모르겠다.

이번 여행은 아스콘 협회에서 전액 부담으로 다녀왔지만 먼 훗날 아이들이 다 자란 뒤 온 가족이 함께 다시 가보고 싶다. 아마 그때는 지금보다 더 놀라울 정도로 우리를 앞서가고 있을 것이다. 우리는 이제 겨우 중공업을 육성하여 조선소도 건설하고 중장비도 만들기 시작했다. 대○, 현○, 두○중공업 등 이제 걸음마이다. 여기저기 가끔씩 현○중장비 두○지게차, 밥켓 등 하나둘 눈에 보인다. 어느 세월에나 지구촌 어디를 가도 자동차, 중장비, 가전제품들이 메이드 인 코리아라는 이름으로 흔하게 볼 수 있을지, 아득하고 꿈같은 바람은 아닌지 간절히 기원하면서 여행 기록을 정리해 본다.

2004년 서울로 이사 온 후 세 번째 맞이하는 새해다. 가족들과 청주 형님 댁에 계시는 아버지를 찾아뵈었다. 많이 늙으신 모습이다. 정상적인 대화도 가능하고 건강도 좋으신 것 같지만 외부 활동이 많지 않으시다. 하루에 한 번씩은 반드시 동네 한 바퀴라도 돌아보시라고 당부를 하였으나. 별로 흥미 없으신 눈치다. 대화 역시 아버지 본인의 관심 밖의 이야기는 대화가 흐려진다. 점점 쇠약해지고 있다는 느낌이 든다. 부디 가까운 거리라도 움직이셔야 한다고 몇 번이고 당부를 드렸다. 고향에 다녀온 후론 아버지의 초췌한 모습이 마음에 걸린다. 세상 모든 사람이 늙으면 누구나 쇠약해지고 자리에 눕게 된다지만 그래도 무엇인가 부족한 것만 같고, 우리 7남매를 낳아 이렇게 건강하게 키워 주신 우리 부모님인데, 그저 아무런 대책도 없이 늙어 가는 모습만 안타까운 마음으로 바라만 보고 있는 나 자신이 자꾸 원망스럽고 죄송스러워진다.

요즘 우리나라는 대통령이 선거 운동을 하여 선거법 위반으로 처벌해야 한다고 난리다. 법을 만드는 입법 기관인 국회에서 시끄럽다. 그렇다면 누구보다 법을 잘 알고 있을 노○현 대통령이 그저 잘못되었다고 사과라도 하면 될 것을 대쪽 같은 성격상 그러지 못하는 것 같다. 온 나라가 특히나 야당에서 대통령 탄핵을 하자고 난리이다. 이게 무슨? 그것이 그렇게 온 나라의 에너지를 쏟아부어야 할 일인가? 나는 잘 모르겠다. 소위 입법 기관인 국회에서, 법을 위반하였다고 물고 늘어지는 우리나라 야당의 변할 수 없는 습성이, 이 나라를 또 한 번 혼란 속으로 몰아가고 있는 것 같다. 결국에는 일부 여당 의원도 법은 누구든 지켜야 한다는 영웅심으로 찬성하는 가운데 건국 이래 최초로 현행 대통령을 탄핵 소추하기로 국회에서 결정이 났단다. 그야말로 역사에 길이 남을 일이다. 2004년 3월 12일 대통령 탄핵 소추 결정이 통과되었다. 나는 전문 지식을 갖지는 못했지만 꽤 많은 역사적인 기록을 읽어 보았다. 적어도 이조 오백 년 동안 이 나라가 끝없이 외부 열강들에게 시달린, 그 근본 원인은 결국 나라 전체를 위한 정치를 한다기보다 각종 파벌 싸움과 세력 다툼으로, 자기가 속한 집단의 이익만을 위하여, 노론이니 소론이니 동이니 서이니 하면서 당파 싸움만 하다가 외세에 짓밟히는 일들이 반복되어 왔다는 것이 참으로 비통한 사실로 기록되어 있다. 오늘 우리가 바라보는 현실 역시 그때와 무엇이 다른 것인가? 과연 이런 시국에 외세라도 침입한다면 어떻게 될까? 나는 국민의 한 사람으로서 너무나 한심스럽다는 생각을 지울 수가 없다. 물론 법을 어겼다면 정당한 처벌이 당연하다. 하지만 이 정도로 국론이 분열되고 혼란스럽게 만들어 손실되는 이 나라의 국익은 누가 보상할 것인가? 내가 만약 근거리에 있는 국가의 원수라면, 바로 이때가 이 나라를 집어삼킬 절호의 기회라 생각하고도 남을 것이다. 내가 아는 한 역사는 통렬한 반성과 성찰이 없으면 반드시 반복된다. 반복, 반복, 몇 번을 되뇌어 보고 싶다. 여당도 야당이 될 수 있고, 야당도 여당이 될 수 있다. 그것은 순전히 국민들의 힘으로 언제든지 뒤바뀔 수 있다. 나는 평소에 항상 조심스레 기억하는 글귀가 있다. 인과응보란 사자성어이다. 그리고 역지사지란 말이다. 어쩌면 저렇게도 국가와 국민들의 안위와 국익보다 최고 권력을 끌어내리고 보자는 마음이 앞서는 것일까? 사태는 되돌릴 수 없이 헌법재판소라는 최고 재판관들의 판결로 대통령의 탄핵이냐 아니냐가 결정된단다.

금년에는 예상했던 대로 이 지역 건설 경기가 불황이 확실하다. 나는 최대한 기존 거래처 유지 관리에 최선을 다하고 있다. 주변의 중소기업들도 하나둘 오너가 바뀌고, 매각되는 사태가 발생한다. 사실 중소기업은 항시 많은 문제를 안고 있는 업체가 상당수다. 제대로 된 뼈대를 갖추고, 적어도 ISO 2004 등 소위 표준 인증 기업 구조를 갖춘 업체는 별로 없는 것도 사실이다. ISO란 간단히 말하자면 국제적으로 인증된 기업 체계의 기준 매뉴얼을 말한다. 더 간추리자면 자유민주주의 세계에서 표준으로 삼는 기업체의 경영 체계 목록이라 해야 맞을 듯싶다. 그러한 경영 매뉴얼대로 운영하는 중소기업이 흔치 않은 것이다. 결국엔 경영이 위태로워지더라도 무엇이 어떻게 잘못되었는지 조기에 손쓸 수 없는 상황이 되는 것이다. 아마도 중소기업 특성상 여러 가지 경영 원칙을 지키면서 운영하기란 쉽지 않을 것이다. 최근 들어 정부 차원에서 중소기업 육성 정책을 펴기 시작했다. 아무튼 서로 먹고 먹히는 냉정한 기업 문화 속에서 버티면서 성장, 발전한다는 것이 몹시 어렵고 힘겨운 실정일 것이다.

5월 14일 드디어 헌법재판소에서 대통령 탄핵 사건 판결이 있는 날이다. 온 나라는 물론 지구촌 각국에서도 주시하고 있다. 결국 판결은 '기각'이란다. 복잡한 판결문은 잘 모르겠다. 암튼 그동안은 대통령 권한 대행인 국무총리가 그 자리를 대신 하였단다. 약 3개월 동안 대통령이 없는 나라였다. 우리 역사에 전무후무할 희대의 사건이다. 보이지 않게 손실된 천금 같은 시간은 누가 어떻게 되돌려 놓을 것인가. 다음번 그리고 그다음 대통령들도 허구한 날 탄핵이니 불신임이니 하면서 국론이 분열되고 혼란스러워지지는 않을까 심히 걱정스럽다. 부디 이 나라 정치인들이 누구를 위하여, 이 귀한 시간과 국력을 사용하여야 하는 것인지 가슴 깊이 되새겼으면 한다. 바라건대 당론이니 계파니 여당이니 야당이니 하는 그 언어조차도 없어졌으면 하는 바람이다. 아울러 어떠한 소송에서 패소하였다면 그 사건으로 인하여 우리 국민과 국가의 막대한 손실이 발생한 것을 패자에게 변상 조치하여야 마땅하다고 외치고 싶다. 더 안타까운 것은 그렇게 무섭게 요동치던 각종 매스컴 특히 기자님들은 어디로 사라졌는지 이 나라의 국익을 보상하라는 단 한 줄의 논평도 없이 너무나 고요하고 아무런 말들이 없다는 것이다.

건설 경기의 부진으로 조그마한 공사 현장만 발견되어도 건자재 공급 업체들이 몰려들고 있다. 요즘에는 대산항 증축 공사와 함께 신항만 부지 옆에 K○○라는 대형 건축 자재 신축 현장이 착공되었다. 신항만 공사와 함께 이루어지는 대사업이다. 시공사가 현○건설이다. 우리 사업소에서 거리상으로 좀 멀다고 느끼지만, 올해처럼 불황일 때는 손익을 논하기보다는 현상 유지가 우선이니, 반드시 잡아야 한다. 대산 석유 화학 단지에서 한참을 더 들어가야 신항만 현장이다. 그리고 K○○란 회사는 현○ 가의 여러 형제 중 한 사람이 오너이다. 몇 차례 방문하면서 납품 승인을 요청하였다. 몇 년 전에 평택 사업소에서 서해안 고속도로 현○건설 현장에 납품한 경력이 현○ 본사 자재 승인 업체 목록에 기록되어 있을 것이라 생각하였다. 결국 수차례 방문 후 납품 승인을 받았다. 아스콘은 그나마 괜찮은 단가로 납품하여도 충분하지만, 혼합 골재의 경우 운반 비용이 더 먹히는 현상이 발생한다. 그러나 마이너스만 아니라면 일이 없이 놀고 있는 것보다는 나을 것이라 판단하였다.

수영 실력도 이젠 많이 좋아졌다. 가장 힘들다는 접영도 자신 있게 소화할 수 있다. 내게 제일 쉬운 것은 배영인 거 같다. 뒤로 누워 천천히 움직이면 너무 쉽다. 물결만 심하지 않으면 잠이 올 것 같다. 반면에 가장 체력 소모가 심하고 힘든 것이 접영이다. 접영은 몸 전체를 마치 젊은이들이 온몸을 휘감아 웨이브를 하듯이 상·하체가 크게 움직여야만 나아갈 수 있다. 그와 동시에 두 팔로 물을 힘껏 끌어당기면서 몸 전체를 앞으로 전진시켜야 한다. 같은 수영이라지만 엄청난 체력이 소모된다. 나는 매일 한 시간 이상 수영장에서 흘린 땀이 온전히 체력 증진으로 이어짐을 느낄 수 있다. 따라서 건강에 자신이 생기며 생활의 활력소가 되는 것 같다. 오늘도 소장님과 저녁 운동을 다녀오면서 많은 이야기를 나누었다.

본사 경영전략실 계획으론 전국의 사업소들을 다수 축소 또는 폐지할 예정이란다. 한마디로 앞날의 효용 가치와 함께 이미 상당한 이익이 확보된 곳은 바로 정리하겠다는 것이다. 당장은 아니지만 경영 계획에서 발표한 내용이면 우리 서산 업소의 현실을 볼 때, 석산으로서 최초 구매 당시 허가 구간과 토지 내부의 채석 예정 구간이 얼추 완료되어 가는 실정이다. 결국엔 임야에서 공장 부지로 변경도 가능하게 되었다. 불과 몇천 원 하던 돌산이 공장 부지가 되어 금싸라기가 된 것이다. 본사에서는 이곳에 훗날 인기 사업을 예상하여 노인 복지 시설이나 요양 시설 등 사회 복지 사업도 구상 중이란다. 아직 피부에 와닿는 사업은 아니지만 우리나라 국민의 평균 수명이 해마다 높아지니 향후 10~20년 후 사업 구상에 충분히 고려되는 업종임은 분명하다. 나는 왠지 마음 한편이 허전해지면서 무엇인가 외로움이 밀려오는 느낌이다. 나 역시 우리 건기 사업소 폐지와 함께 항상 덤으로 하는 회사 생활이란 느낌을 지울 수 없었다. 그리고 나의 정년도 코앞으로 다가왔으니 지금 그만두어도 후회는 없다. 내가 머무는 날까지 한 점 부끄럼 없이 최선을 다하자고 허전한 마음을 다잡아 본다.

몇 안 되는 직원이지만 언제가 될지도 그리고 어떻게 변할지도 모르는 일을 사전에 누설하여 동료들의 사기가 저하되는 것을 방지하기 위해서라도 소장님과 나는 우선 대외비로 하기로 하였다. 해마다 연초에는 임원 인사 발령이 시행된다. 본사의 경영전략실에는 여러 명의 수제가 몰려 있다. 그리고 수시로 경영 전반에 걸쳐 경영 평가도 하고 또한 최고의 학자, 교수님들의 경영 전략 연구 용역도 시행한다. 그렇게 많은 연구와 검토를 거쳐 얻어진 결론을 가지고 최종적으로 오너의 결심으로 결정되는 것이 회사의 경영 전략이다. 나는 본사에서 이루어지는 일에 너무 신경 쓰지 않기로 하고 여느 때와 변함없이 영업과 매출 신장에 매진할 것이다. 그리고 소장님께는 더 자주 본사도 방문하시고, 여러 가지 정보와 향후 진로를 위해 노력하시라고 권했다. 그럴 때마다 항상 도와주고 힘이 되어 주어서 고맙다면서 자기는 지 팀장님을 위해 별다른 도움이 못 되어 너무 미안하다고 하신다. 나는 전혀 개의치 않으셔도 된다는 말과 함께 서로를 위로하였다.
어느 날 소장님은 내게 괜찮은 중소기업 임원 자리를 권유하였다.

나는 감사하지만 우리 사업소가 존재할 때까지는 다른 생각이 없으며, 훗날 사업소가 완전히 종결된 후라면 그때 생각하겠다며 고마운 마음만 받겠다며 사양하였다. 그 뒤로는 몇 명 안 되는 동료들과 함께 주변의 맛집을 찾아다니면서, 회식도 자주 하며 언제나 한 가족 같은 단체 의식과 애사심을 심어 주기로 하였다. 평소에도 자주 하는 회식이었지만 요즘에는 더욱 직원들의 표정에 에너지가 충만함을 느낀다. 나는 주변의 중소기업체 대표들이나 기타 이해관계가 있는 거래처는 더욱 조심스럽게 응대하였다. 특히나 크고 작은 거래 대금이 악성으로 발전되지 않도록 대비하는 데 최선을 다했다. 혹시라도 사업소의 최종 마무리 단계를 역이용하여 계획적으로 덤벼드는 악덕 거래처가 있을 수 있기 때문이다.

올해는 2004년 하계 올림픽이 그리스 아테네에서 개최되는 해이다. 지난 88 올림픽이 생각난다. 그동안 세월이 많이도 흘렀다. 벌써 16년 전이다. 우리도 이젠 어엿한 중진국 대열에서도 상위 그룹에 우뚝 서 있다. 8월 24일 탁구 남자 단식 결승전에서 탁구의 종주국이며 세계 최고를 자랑하는 중국을 꺾고 유승민 선수가 우승을 차지했다. 핑퐁이라고 하는 작은 탁구공이 눈에 안 보일 정도로 빠른 스매싱을 하는 모습은 보는 이들을 경기 속으로 빠져들게 한다. 탁구 경기가 언젠가부터 대중들에게 인기가 급상승하였다. 거슬러 올라가면 88 올림픽 때부터인가? 국가 대표 선수끼리 만나서 결혼까지 하게 된 유명한 사건, 아니 대단한 화제가 된 뉴스였다. 안○○ 자오○○ 커플이라 하여 당시 양국의 모든 국민이 다 알 수 있었던 빅 뉴스였다. 그 뒤로 탁구가 더욱 인기 종목이 되었고, 지금도 두 부부가 행복한 가정을 이루고 있다면서 가끔 TV 화면을 통하여 소개되기도 한다. 88년 당시에는 중국이 미수교 공산 국가라서 여행도 자유롭지 않고, 한마디로 적대국이었으니 더욱 화제였다. 그 후 한중 간 수교를 맺고 자유 왕래가 가능해졌다. 당시 두 사람의 교제에 관한 자세한 내용은 잘 모르지만 적대국 간의 결혼이 그리 쉽지는 않았을 것이다. 오늘 유승민 선수의 손에 땀을 쥐게 하는 탁구 결승전을 지켜보면서 탁구에 얽힌 지난 이야기들을 회상해 본다.

청주~서울이 두 시간이면 넉넉했는데 명절만 되면 그렇게 넓은 고속도로가 대형 주차장처럼 변한다. 평소보다 한 시간 이상 느긋하게 마음먹고 운전해야 한다. 올 추석 역시 차례를 마치고 괴산 어머니 산소에 다녀오기로 하였다. 이제는 형제들도 모두 차를 가지고 있으니 서로 앞다투어 출발한다. 나는 아버지를 모시고 천천히 점심때가 다 되어서 출발하였다. 아버지는 "느끼리 다녀오너라." 하신다. 하지만 혼자 앉아 계시면서 다른 날보다도 더 적적하실 것이 뻔하다. 나는 극구 싫다고 하시는 아버지를 모시고 길을 나섰다. 차창으로 스치는 가을 풍경이 싱그럽다. 막상 출발하니 너무 좋아하신다. 내가 가까이에 살고 있다면 몇 번이고 다녀왔을 길이다. 슬며시 언제 형님이나 동생들과 다녀오셨냐고 여쭈어보니 창밖 들녘만 바라보시면서 "그냥 올 일이 없었다." 하시고 만다. 아버지 당신과 평생을 함께한 아내가 당신이 농사짓던 그 밭둑 언덕에 잠들어 있는데 어찌 오고 싶지 않았겠는가. 내가 너무 바보 같은 질문을 한 것만 같다. 그리고 무엇인가 죄송스러워진다. 괴산 우리 밭 부근에 차를 세웠다. 산소까지는 약 100여 m 정도 거리이다. 아버지는 그렇게 짧은 거리를 두 번씩이나 쉬면서 오신다. 조금만 움직이면 숨이 차신단다. 그 옛날 이 넓은 밭을 혼자서 소 몰아 갈고 씨 뿌리던 모습은 어디로 가고 하얀 얼굴의 연약한 노인이 되어 그냥 맨몸도 저렇게 힘들어하시는 현실이 쉽게 받아들여지지 않는다. 우리 아버지는 분명 그런 분이 아니었다. 차례로 윗대 산소부터 함께 성묘하였다. 한참씩 당신 손으로 산소 봉분을 만지시며 작은 잡초 하나라도 뽑아 주면서 이리저리 살피신다. 평소에도 그러시지만 아무런 말이 없으시다. 우리는 산소 주변을 천천히 둘러보면서 앞서 다녀간 사람들이 버리고 간 비닐이며 술병들을 한곳에 모아 정리하였다. 오늘따라 저 멀리 내려다보이는 고향 마을 들녘이 그림처럼 평화로워 보인다.

소문만 무성하던 당진~대전 간 고속도로가 곧 착공될 예정이다. 너무 늦은 감이 있다. 언젠가 말했듯이 충남의 행정 관청이 몰려 있는 대전에 가려면 서북부 지역 민원인들의 불편이 이만저만이 아니다. 분명 이 지역 주민들의 숙원 사업이다. 당진에서 예산, 공주를 지나 행정 복합 도시라 하는 세종시와 대전을 이어 주는 새로운 고속도로다. 공사 시점이 우리 사업소에서 불과 3~4km 정도 된다. 서해안 고속도로 당진 IC를 조금 지나 대전선이 연결되는 것이다. 면천면과 고덕면을 지나 예산군을 통과한다. 올 하반기 석제품 판매 여건에 좋은 기회다. 이 지역은 야산과 마사토로 이루어져 토목 공사 시공 여건이 양호할 것이다. 우리 회사는 이번 고속도로 공사에 세종을 거쳐 청주와 상주를 잇는 청주~상주 구간을 수주하였다고 한다. 이 근처에 수주하였으면 더 좋았을 것을 좀 아쉽다.

내가 이곳에 2001년도 3월에 왔으니 만 4년이 다 되어 간다. 이 지역(서산, 당진, 태안, 홍성, 예산) 마을 길, 들길 골목길마다 손바닥처럼 훤하다. 해가 갈수록 마을 길도 넓혀지고 농로도 포장되어 간다. 이 마을, 저 마을을 지나다 잘 정리된 마을회관 앞 널찍한 평상에 앉아 한참씩 쉬어 간다. 깔끔하게 잘 정돈된 농로를 바라보면 마음마저 푸근해진다. 우리나라도 선진국의 농촌 마을같이 바둑판처럼 정리되어 작은 농로까지도 모두가 포장되고 모든 농사일은 기계화되어 살기 좋은 농촌이 될 날이 그리 멀지 않았음을 느낄 수 있다. 옛날 지게 지고 낫으로 벼 베고 도리깨로 가을걷이를 할 때를 생각하면, 지금도 엄청나게 변화한 것이지만 인간의 욕구는 끝도 없는 것이다. 나는 건설인의 한 사람으로서 최근 몇 년을 제외하면 거의 1년이면 서너 군데 이상 전국 현장을 누비고 다녔었다. 얼른 생각해 보아도 70~80여 개 현장은 될 것이다. 며칠 또는 하루 이틀 머물던 곳을 다 포함한다면 아마도 100여 개 현장이 훌쩍 넘을 것이다. 참 많이도 다니고 많이도 만들고 수없이 많은 밤도 새워 가며 일했다. 요즘에 착공하는 당진~대전 간 고속도로는 당진에서 대전을 거쳐 울진까지 소위 말하는 동서 고속도로다. 이제부터 하나둘 착공되고 있다. 우리 시대에는 남북을 이어 왔다면, 우리 후배님들은 동과 서를 잇는 도로를 최소한 열 개 이상 만들어 놓아야 비로소 전 국토가 일일생활권이 될 것이다. 서울에서 부산은 불과 3~4시간이면 주파하지만, 서해에서 동해는 기존 영동 고속도로를 제외하고는 편도 7~8시간 이상 소요되고 있다. 당장이라도 시공 능력은 충분하지만 문제는 경제성이다. 그 문제만 잘 해결할 수 있다면, 우리나라 기술진의 능력은 충분히 하고도 남을 것이다. 지금 이 순간에도 전국 어느 현장에서 열심히 일하고 있을 건설인들의 피와 땀을 진심으로 응원하고 싶다.

이제 정년이란 글자가 내 코앞에 다가오고 있다 아무런 후회도 아쉬움도 없다. 지금 현재도 내 손으로 직간접적으로 참여하고 있는 우리나라 건설 현장은 앞으로 십 년, 이십 년, 몇백 년 후에도 그 모습으로 남아 있을 것이다. 정년이 다가오는 지금의 나를 바라볼 때 그어떤 일을 한다 해도 젊은이들에게 조금도 뒤지지 않을 자신이 있지만, 세상은 아무런 말이 없고 정해진 정년이란 규정대로 물러나야 하는 시간이 다가오고 있는 것이다. 지금 내 주변에서 나를 바라보는 시선은 어떠할까? 그저 오십 대 중반의 정년퇴임이 가까운 고참 건설인? 그 수식어 외에는 아무것도 없다. 누구인들 세상의 흐름을 거스를 수는 없을 것이다. 다만 나의 발자취가 남아 있는 수많은 저수지, 댐, 고속도로 그리고 각종 플랜트, 저 멀리 사우디아라비아의 제다, 얀부까지…. 아마도 그 발자취는 오랜 세월이 흐른 뒤에도 변함없이 남아 있을 것이다.

2005년 새해가 밝았다. 신년 초부터 서울 본사에서 손님이 자주 온다. 무슨 실사팀 무슨 감정 평가팀 등 우리 사업소 전체적인 상황과 현상태를 파악하기 위함이란다. 본사에서 내려온 친구는 옛 건설 기계 사업소 시절부터 잘 아는 동료 직원이다. 우리 사업소를 장기 경영 계획에서 보유하느냐, 매각하느냐, 신사업을 구상하느냐 결정하는 중이라며 어떤 결정이 나도 즉시 시행할 수 있도록 대비한단다. 우리 사업소 동료들은 서로 말은 하지 않아도 모두가 당황스러운 표정들이다.

아버지께서 노환으로 며칠 입원하시어 수액을 맞으시고 회복되었다는 소식이다. 결국 식사를 못 드시고 기력이 없으셨던 것이다. 우리 형제들은 새해 명절임에도 아버지 걱정으로 수심이 가득한 얼굴들이다. 나는 조용한 시간에 천천히 아버지와 이야기를 나누어 보았다. 그냥 모든 음식이 맛이 없으시단다. 그래도 드셔야 한다고 꼭 드시라고 수도 없이 마치 아이들을 타이르듯이 번복하고 있었다. 아버지는 빙긋이 웃으시면서 맛이 없는 걸 어떻게 먹느냐고 하신다. 나는 그 말 끝에도 "그래도 드세유."라는 말밖에 생각나는 말이 없다. 아버지 곁에는 여기저기 영양제다 건강식품이다 하는 것들이 널려 있다. 어떻게 해야 아버지의 식성을 되찾아 드릴 수 있을까? 약도 병원도 뾰족한 방법이 없다. 의사 선생님은 그저 편안하게 맛있는 것 많이 드시게 하란다. 참, 그 의사가 원망스럽다. 그런 말은 누구나 할 수 있다. 젊은 시절에는 흔한 감기 한 번 앓으시는 것을 보지 못했다. 그러니 병원도 약도 가까이해 본 적이 없던 우리 아버지다. 형제들이 모여 앉아 머리를 맞대고 이야기해 보아도, 별다른 해결책이 나오지 않는다. 무엇을 해야 하는 것인지, 누구에게 이야기해 보아도 시원한 답을 들을 수 없다. 그저 편안하게 모시자는 말뿐이다. 참 답답하다. 그리고 무엇인가 죄송스럽다. 아~ 과연 효도란 무엇인가. 옛날에 읽었던 『명심보감』이란 책 속에 "욕보심은 호천망극"이란 구절이 생각난다. "깊은 은혜를 갚고자 하니 높고 넓은 하늘 같아 다 갚을 수가 없다."라고 해석되는 구절이다. 세상에서 가장 좋은 금은보화를 모두 드린다 해도 무슨 소용이 있겠는가. 이제는 우리 형제들도 안정된 가정을 이루었으니, 아버지를 편히 모실 수 있을 것만 같은데 아버지는 우리와 점점 멀어지는 이 느낌을 어떻게 대처해야 하는가. 나는 이번 구정 연휴 내내 아버지 생각으로 쉬이 잠들지 못했다.

엊그제부터 타 법인체에 사업소 부지 전체를 매각하는 협상을 진행 중이란 이야기가 들린다. 우리는 조용하게 함께 근무하는 그날까지 악성 거래처 발생을 최대한 억제하고 기존 거래처 또한 신용 관리에 만전을 기하기로 하였다. 아무리 건설 경기가 어려워도 기존의 거래처와 주변의 인지도는 확실한 명맥을 유지하고 있다. 며칠 전 서해안 고속도로에 이어서 당진~대전 간 고속도로 시점 부근 시공사와 거래 계약이 성사되어 골재 납품이 시작되었다. 무엇보다 당진~대전 간 고속도로에도 간접적으로 내가 참여한다는 생각에 뿌듯함을 느낀다. 당진군 면천면 인터체인지 부근이 주 납품 장소이다. 그 지역은 야산과 더불어 나지막한 구릉지로 다소 습한 토질이지만 마사토로 이루어졌다. 비라도 한번 내리면 토질의 건조 시간이 상당하여, 시공사에서 다소 애를 먹는다. 면천면 일대가 야트막한 야산과 들녘이 어우러진 참 아늑하고 온화한 지역이다. 욕심 같으면 주변에 강이나 커다란 시냇물이라도 있었더라면 더없이 좋을 것 같다.

올해도 계획된 매출 목표는 무난하다. 내년 역시 38번 국도의 시공으로 판매 목표는 그리 어렵지 않을 전망이다. 우리 사업소의 현 상황은 점점 아득한 안개 속이다. 특히나 우리나라 모든 대기업군이 부동산을 과다 보유하고 있다는 뉴스가 연일 터져 나온다. 전국 요소요소의 토지 투기 현상이 대기업군들의 투기 목적이라는 등, 유휴 토지에는 특별 과세를 한다고 시끄럽다. 물론 우리 사업소는 건설 자재 생산 공장이니 별문제가 없다고는 하지만, 특히 기업체의 오너들은 매스컴에 오르내리는 것을 지난 IMF를 겪으면서 극도로 경계한다. 거기에다가 우리 사업소의 석산 채석 허가 기간이 올해로 만료되어 간다. 연말이 되면 복구공사에 돌입해야 하는 실정이다. 현재의 상황은 복구 역시 상당 기간 소요될 전망이다. 이러한 실정이니 본사에서는 수시로 측량팀 또는 법무팀 등이 내려와 실측도 하고 분주하다.

2005년 12월 본사 총무팀과 어느 중소기업 간에 매각 협상이 급진전되었단다. 본사와 구매 회사의 팀이 함께 우리 사업소를 방문하였다. 사전에 간단한 미팅이 있었다. 우선 소문대로 매각 결정이 되었다는 이야기와 기존 임직원들의 인사 발령 내용과 잔여 인원들은 매입 회사에서 정년까지 현재의 임금과 근로 조건을 보장한다는 조항이 매각 조건에 포함되었다는 것과 매입 회사는 인천에 있는 중소기업으로 석산 채석 경험이 전무하고 아스콘 플랜트 역시 운영 경험이 없으므로, 우리 임직원들이 남아 줄 것을 요청한단다. 현재의 연봉을 다소 상향 조정하여 지급하겠다는 조항 역시 매각 특별 조항으로 명시하였다는 내용이다. 결국 2005년 12월 말로 매각이 체결되었다. 기존 장비 오퍼레이터들도 나처럼 1~2년 내로 정년이 가까운 사람들이다. 모두가 나름대로 마음의 준비를 하고 있었을 것이다.

매입 회사 오너의 인사와 함께 간단한 설명이 있었다. 인천 지역에서 소형 레미콘 플랜트로 고강도 전봇대, 흉관 등 콘크리트 제품을 제조, 납품하는 중소기업이란다. 조금씩 사세가 확장되면서 시내에서는 물건을 야적할 만한 공간이 부족하던 차에 오너의 고향인 이곳 서산 지역에 대○ 서산 사업소를 매입하게 되었다는 내용과 구매 후 여러분들의 고용 승계를 확실하게 이행할 것이며 특히나 아스콘 플랜트 같은 경우엔 매우 생소한 제품이므로 반드시 여러분들의 협조가 필요하다는 말씀이다. 나는 그날 저녁 많은 생각으로 쉽게 잠들지 못했다. 십 대 시절 토지○○조합이란 국영 기업에 막 익숙해지려 할 때 농업○○공사로 변경되던 생각, 그리고 토련의 많은 장비가 불하 또는 매각되어 개인 사업자로 변화하던 생각, 그리고 유류 파동이란 어려움을 견디지 못하고 대○산업이란 기업에 입사하던 생각 등 그 시절이 엊그제 같은데 벌써 정년이 가까운 나이가 되어 내가 몸담고 있던 사업소의 매각으로 또 한 번 제복을 갈아입는 내 모습이 한 편의 영화처럼 스쳐 지나간다.

대○산업 서산 사업소는 2005년 12월 30일부로 매각 수순을 밟았다. 함께 근무하던 동료 직원들은 각각 전국 현장으로 전출을 갔다. 소장님은 부산 배후 도시인 양○ 택지 개발 지역 현장소장으로 자리를 옮겼다. 앞으로 어디에서 무슨 일을 하든 대○인으로서의 자부심과 긍지를 잃지 말고 맡은 업무에 최선을 다하자고 하면서 헤어졌다, 나는 소장님과 본사 동료들과 많은 이야기를 나누었다. 나는 이제 정년이 가까우니 어차피 머물던 이곳에서 마무리할 것이라고 나의 뜻을 분명하게 전달했다. 그들 역시 매우 아쉬워하며 혹시라도 어려운 일이 발생하면 꼭 연락을 주고받으며 협조하자는 말을 재차 강조하였다. 동료 중 오퍼레이터 몇 분이 함께 남게 되어 다행스럽다. 혹여 주변에서 우리 대○에 대한 예기치 않은 악성 루머나 사실과 전혀 다른 입소문이라도 발생한다면, 반드시 연락하여 회사 이미지에 손상이 가는 일이 없도록 협조해 달라는 본사 동료의 부탁과 함께 우리는 작별 인사를 나누었다.

**85** 2006년 1월. 주식회사 K○산업 석산 및 아스콘 공장 총괄이사가 나의 명함이다. 근무지는 변함없지만 새로운 회사와 제복으로 갈아입게 되었다. 하는 일은 변함없지만 마음은 다소 혼란스럽고 불안정한 시간들이다. 이제 아이들도 대학을 마친 상태이며, 특별히 매월 생활비 걱정도 이제 큰 부담이 없다. 어느 휴일, 나는 아이들이 모두 모인 자리에서 나의 직장 생활에 대하여 간단하게 이야기하였다. "28년 동안 근무한 회사를 떠나 이제부터는 중소기업에 근무하게 되었다. 그 중소기업 역시 머지않아 퇴사하여야 하는 상황이 올 수도 있으니 이제 너희의 앞가림은 스스로 하여야 한다. 더 적극적으로 취업도 하고 부모의 품에서 벗어나 자립하여야 한다. 내가 근무 중인 회사는 언제 갑자기 퇴사하게 될지도 모르는 작은 중소기업이다. 혹여 내가 몇 개월 후에 현역에서 은퇴하더라도 조금도 놀라거나 이상하게 생각하지 말아라. 어차피 모든 직장인은 50대 중반이면 퇴임하는 것이 당연한 것이 요즘의 현실이란다." 나는 담담하게 그리고 조용하게 아이들에게 이야기했다.

최근 들어 아이들이 제법 괜찮은 직장에 취업하게 될 것이 예상된
다. 너무 고맙고 마음 한편이 든든해진다. 나는 대화가 가능할 때마
다 직장 생활은 무엇보다 신뢰가 제일이란 것과 화합 그리고 지구력
같은 끈기가 있어야 한다고 수시로 이야기했다. "너무 튀려고 하지 말
고, 인기를 쫓는 기회주의자가 되지 말고, 또한 언제 어디서 무슨 일
을 하여도 네가 하는 업무 또는 주변 사람들이 100% 만족스럽지 않
을 것이며, 어떤 일이든 100% 흡족하고 만족할 것이라고는 생각하지
말아라. 어차피 세상일이란 만족이 없는 것이다. 혹여 불만족스러운
사람이 네 주변에 있더라도 그들을 미워하거나 적개심을 두지 말아
야 한다. 내가 몇십 년 직장 생활을 하면서 몸으로 겪은 삶의 지혜이
니, 꼭 기억하기 바란다."

가끔 매스컴에서 직장 생활을 하면서 노후 준비를 철저히 하여야 한
다고 이야기한다. 참, 헛기침이 난다. 맨주먹으로 먹고살기도 정신없던
그 시절, 아이들 양육하고 학비, 생활비 그리고 내 집 마련, 이 모든 것
이 발가벗은 상태에서 시작하는 마당에 무슨 노후 대비? 한마디로 택
도 없는 이야기다. 물론 고위 공무원이나 대기업 중역으로 오랜 기간
근무한 사람들에게 해당되는 이야기인진 모르겠다. 우리 같은 샐러리
맨에겐 당치 않은 이야기다. 아니 생각할 수도 없는 이야기이다. 아무
리 생각해 봐도 말단근로자들이 아이들 둘, 셋 키워서 대학 졸업을 시
키고, 작으나마 내 집 마련까지 했다면 내가 볼 땐, 그 이상은 한마디로
도○○을 하지 않으면 불가능하다고 생각한다. 표현이 좀 과한지는 모
르겠지만, 적어도 내 생각엔 거기까지라도 정말 착실하고 무탈하게, 30
여 년 성실하게 살아야만 가까스로 이룰 수 있다. 그 험난한 삶 속에서

노후 대비, 재테크란 말은 마치 남의 나라 이야기 같다. 나는 지난날들에 대한 보상이 좀 부족하고 불만족스러워도, 이 나라 구석구석 찾아다니며 이루어 놓은 지난 시절이 조금도 후회스럽지 않다.

　명함은 이사라지만 커다란 대기업의 등기이사가 아니다. 중소기업에서도 법인 등기부에 등재된 이사가 진정한 이사이다. 흔히 볼 수 있는 중소기업의 등기이사는 형제, 자녀 등 친족 특수 관계인이며 또한 등기부 이사란 함께 투자하여 일정 부분 이상의 지분을 가진 사람들이다. 나는 아무런 지분도 없고 특수 관계인도 아닌 이사 직함뿐이다. 그 직함으로 인한 아무런 불만도 없다. 대기업이든 중소기업이든 일꾼으로서의 업무 능력과 회사 발전에 꼭 필요한 사람이면, 그것이 내가 나아갈 길이다. 양○○ 회장님(오너)은 인천에서 수시로 내려오신다. 연초이다 보니 해마다 하던 것처럼 금년도 매출 계획과 기존 거래처의 거래 관계 유지를 위한 영업 계획서를 상세하게 작성하여 제출하였다. 새로운 회사의 사규 또는 사업 계획 등을 심도 있게 알고 싶었으나, 생각처럼 그렇게 잘 정리 정돈이 되어 있지 않아서 좀 당황스러웠다. 나름대로 인천에서 꽤 오랜 기간 중소기업의 기틀을 닦은 회사임에도 각종 관리 체계가 완벽하지 않았다. 아니 완벽하지만 내가 알 수 없는 것일 수도 있다. 나는 밖으로는 영업 활동을 하고 안으로는 회사 내부 사정을 습득하기에 바쁜 나날을 보내면서, 좀 힘겹고 걱정스러울 때는 저절로 되새긴다. 나는 할 수 있다. 그리고 나의 주변 모두는 나를 도와줄 것이다. 그 옛날 안동역 앞 작은 포장마차에 적어 놓은 「믿음」이란 글이 생각난다.

삽교천 상류에 선우 대교 현장이 신설되었다. 다행스러운 것은 대○산업이 시공사이다. 과거 우리 회사였지만 중소기업 영업 담당 직원으로서, 정중하고 조심스럽게 현장 사무실을 방문하였다. 자재 담당 과장을 만나 서산 사업소란 것을 자세하게 설명하고 몇 달 전엔 같은 유니폼을 입고 있었다고, 인사를 나누었다. 담당 과장은 너무 반갑게 맞아 주며 선배님이란 존칭으로 대해 주니 너무 감사하다. 그리고 함께 근무하던 동료들이 타 현장에 전출된 내용 등 그 친구도 사업소 상황을 상세하게 알고 있었다. 우리는 반가움과 함께 우리 사업소의 매각을 아쉬워하면서 현장 소장님과 함께 관급 자재는 물론, 각종 다른 자재도 납품해 줄 것을 요청받았다. 너무나 친절하고 옛 동료로서 따뜻한 환대에 가슴이 뭉클함을 느꼈다. 솔직히 방문 전에는 '혹시나 중소기업 영업 사원 대하듯 하면 어쩌지? 혹시 존심이라도 상하면 어쩌지?' 하면서 내심 냉정함을 잃지 않으려 긴장했는데, 이렇게 반갑게 그리고 상세하게 소통하면서 격려해 줄 줄은 정말 몰랐다. 그날 밤 내가 평생을 근무한 회사가 진정 좋은 회사란 것과 모든 회사는 결국 그 구성원들이 만들어 간다는 것을, 가슴으로 느낄 수 있었다. 다시 한번 아산시 지방도 70번 선우 대교 건설 현장 관계 자분들에게 감사하다는 기록을 남기고 싶다.

중소기업과 대기업의 서로 다른 점을 잠시 기록할까 한다. 대기업은 잘 짜이고 기획되고 준비된 틀 안에서 마음껏 실무자의 실력과 능력을 발휘할 수 있다고 한다면, 중소기업은 준비는 잘하고 있다지만, 열악한 주변 환경과 부족한 재정 형편으로 수시로 계획의 변경과 수정이 있고 결정 과정이 변할 수 있다. 문제는 그 변화와 결정 과정에 핵심 직원 모두가 직접 함께 참여한다면 더 빠르고 쉽게 수긍하겠지만, 그게 아닌 오너 주변 또는 특수 관계인만의 결정으로 이루어진다는 것이다. 물론 정보 노출이 조심스럽고 탄탄한 중견 기업으로 발전하는 변화 과정이라고 넘겨 버리고 싶지만, 처음 접하는 당혹감은 참으로 받아들이기 어려울 때가 있다. 나는 모든 것을 감내하고, 연봉만 받으면서 일하면 그만이라 생각하면 편하겠지만, 무엇인가 소외되는 느낌은 못내 아쉬움으로 남는다.

벌써 가을로 접어든다. 지난 시절 대○에서부터 탄탄하게 다져 놓은 기존 거래처 덕분에 올해도 무난하게 매출 목표를 달성할 것 같다. 오랜 기간 서로 믿고 이어져 오는 크고 작은 지역 거래처가 있으니, 나는 그들에게 조금이라도 보답하는 마음으로 열심히 최선을 다하고 있다. 요즘에는 젊은이들이 취업이 잘 안된다고 아우성이다. 내가 생각할 땐 취업이 안 되는 것이 아니라 좋은 일자리만 찾아 헤매다 보니 취업이 안 된다고 하소연만 하는 것 같다. 좋은 일자리? 물론 좋고 나쁜 일자리가 분명 나누어질 수는 있다지만, 내 생각엔 그 좋은 일자리를 편하고 깔끔하고 한가한 그런 일자리라 생각한다면 정말 많이 잘못된 생각이다. 힘들고 어렵고 불편하고 좀 지저분하여도, 이 세상에 아주 중요하고 많은 사람을 위하여 꼭 필요한 일자리가 가장 좋은 일자리란 것을 왜 모르는 것일까? 내가 보는 관점은 인간은 성장해 가는 과정과 그 환경 속에서 젊은이들이 생각하는 좋은 일자리를 바라보는 기준이 변질되는 것 같다. 화려한 조명 아래 멋진 의상, 겉보기에 휘황찬란하고 아름다운 것만 좇는다면, 모두가 네온 불빛 아래 화려한 연예인이나 인기 스타를 생각할 것이고, 돈 하나만을 바라보고 좇아가다 보면, 벼락부자를 꿈꾸는 사기꾼이 되기 십상일 것이다. 춥고 배고프고 어려움을 견디어 가면서, 힘든 가정 형편의 여러 형제 속에서 성장하였다면 일자리가 힘들고 불편해도, 함께 배부르고 편안할 수 있다면, 그것만으로도 괜찮은 일자리라 생각할 것이다. 시련과 아픔을 감내하는 과정도 없이 그대로 뛰어넘어 그렇게 쉽고 편하게 세상을 바라보고 생각하는 것 같아 못내 쓸쓸하기만 하다.

다행스럽게 우리 아이들은 선택한 직장에서 잘 견디어 내고 있어 한편으론 고맙고 대견스럽다. 지난봄, 큰 녀석이 대학 시절 중문학 전공을 한 것을 발판 삼아 국내 기업 북경 회사에 근무하게 되었다. 중국은 아직도 사회주의 공산 국가이므로 기업 관리 체계가 우리와는 많이 다를 것이다. 더불어 자유민주주의 국가의 직장 생활과도 분명한 차이가 있을 것이다. 외국 생활이 다소 걱정되기도 하지만 젊은 시절 좋은 경험이 되리라 믿고 싶다. 기회가 있을 때마다 내가 겪어 온 상식과 오랜 삶의 경험을 이야기해 주지만, 잘 알아듣는 것인지 그저 듣는 둥 마는 둥 흘려듣는 것인지 모르겠다. 아무튼 일확천금이나 벼락출세를 바라는 허황된 꿈은 잊어버리고, 차근차근 한 계단씩 밟아 올라가기를 바랄 뿐이다. 해외 유학까지는 못 보내 줬지만, 배울 만큼은 배웠으니 적어도 그릇된 판단은 하지 않으리라 믿고 싶다.

큰아이가 국내 본사에 들르는 날, 여자 친구와 함께 왔다. 나는 평소에도 30세를 넘으면 가능하면 빨리 결혼도 하고 가정을 이루는 것이 모든 사회생활에 안정된 기틀을 마련하는 가장 빠르고 좋은 결정이라고 늘 말해 왔었다. 그리고 중요한 것은 두 사람이 젊은 혈기에 죽도록 좋아한다 해서 쉽게 결정하지 말고 서로가 장단점을 철저하게 확인하고 검토해서 두 사람이 확실하게 결정한다면 나는 반대하지 않을 것이라고 말했다. 굳이 부모로서 한 가지 더 덧붙인다면 너의 처가가 될 집안의 부모님이 살아오신 길과 그 집안의 내력을 좀 더 자세히 알 수만 있다면 알아보고, 그 가정에 커다란 흠이 없다면 더 이상 바랄 것도 검토할 것도 없을 것이라고 큰 녀석에게 일러 주었다. 내가 하는 말을 귀담아들었는지 모르겠다. 자녀들의 결혼 문제에 있어 이 세상 부모들의 마음은 누구나 같을 것이다. 혹시나 잘못된 길로 접어들어, 평생을 힘겹고 마음 아프게 살아가지 않을까 작은 일이라도 다시 한번 확인하고, 조심스러운 것은 어느 부모인들 다를 리 없다. 부디 아이들 스스로 잘 판단하고 결정하기를 바랄 뿐이다. 옛 어른들이 결혼이란 인륜지대사라 했다. 아이들이 성장할수록 지당하고 현명한 말씀이라는 생각이 든다. 너무 고리타분하고 구시대적 이야기라고, 폄하할 수도 있다. 하지만 수많은 사람 속에는 몹쓸 유전자도, 나쁜 과거사도, 슬프고 아픈 부모의 삶도 있을 수 있다. 이 모든 것이 싫든 좋든 부모로부터 물려받는 것이 인간 본연의 현실이기 때문이다. 아무튼 현명한 판단과 안목으로 훌륭한 배필을 만나기를 신에게 간절하게 빌고 싶다. 머~언 훗날 그 삶은 오롯이 본인들이 짊어지고 갈 몫이기 때문이다.

지방도 70번 선우 대교 현장에 막바지 아스콘 포장이 한창이다. 선우 대교란 이름은 아산군 선장면의 '선' 자와 당진군 우강면의 '우' 자를 이어 선우 대교라고 명명하였단다. 그러니까 선장면과 우강면을 잇는 다리란 것이다. 지금까지는 당진에서 도고 온천을 가려면, 삽교천 제방으로 건너서 현○차 아산 공장을 지나 한참을 남쪽으로 내려가야만 했다. 이쪽 아산 선장면에서도 당진 우강면을 가려면 매한가지다. 예산 쪽 남쪽으로 우회하든지, 삽교천 북쪽으로 가든지 지척인 거리임에도 멀리 돌아다녀야만 했었다. 빤히 건너다보이는 이웃인데, 그렇게도 멀리 돌아가야 했을 이 지역 주민들에겐 정말 환호할 만한 교량이다. 당진 우강면 쪽에는 삽교천을 막으면서 생성된 드넓은 들판이 아마도 수백만 평은 족히 될 것이다. 그 황금 들녘을 가로질러 70번 지방도 선우 대교가 주민들의 생활에 큰 이익을 안겨 줄 것이 분명하다. 나는 우리 대○산업 후배님들이 시공하는 현장에 수시로 들러 여러 가지 자재 납품과 관급 자재인 아스콘 납품을 잘 마무리하였다. 우리 대○이란 회사의 기업 정신이 '인화단결'이었던 것과 28년 이상 아무 생각 없이 보아 왔던, '인간 존중', '인간 중심'이란 글귀가 마음속에 되새겨진다. 곰곰이 생각해 보아도 내가 평생을 일해 온 회사의 그 마크가 그렇게 멋지고 훌륭하게 뇌리에 남을 줄은 그 공동체 속에 있을 때는 몰랐다. 문득 지난날의 동료들이 생각난다. 부산, 대전 또 누구는 한탄강 댐 현장에 흩어져 있지만, 나 역시 좀 더 젊었더라면, 지금도 어디에선가 작은 역사를 창조하고 있을 것이다. 오늘 밤엔 서산 운산면 수평리 밤하늘에 삼태성 별빛이 유난히 반짝인다.

지난봄 큰아이의 교제를 허락한 후로 몇 차례 들른 두 아이를 보고 너희가 선택하고 결정하였다면 결혼을 허락한다고 했다. 예비 며느리는 서울 북서쪽 연신내 주변이 고향이란다. 언제인가 옛날 토련 시절 고양군 미군 부대 내 현장이 생각난다. 사돈이 될 분들은 여러 형제 속에서 자라고 우리와 비슷한 연배이면서 생활 환경도 비슷한 것 같다. 아무쪼록 두 사람이 새롭게 하나의 가정을 이루어 훌륭한 일가를 만들어 가기를 간절하게 빌고 싶다. 올 12월 9일 우리 집 부근인 서울 강동구 성내동 ○○웨딩홀이란 곳을 예약해 놓았다. 청첩장을 만들고 예식 날을 잡아 놓으니 혹시나 무슨 실수라도 하면 어쩌나 하는 걱정이 앞선다. 그리고 내가 현역 시절, 경조 기금을 총괄하면서 공휴일이면 하루도 쉬지 않고 전국에 흩어져 있는 애경사 현장을 찾아다니던 생각이 떠오른다. 혹시라도 가깝게 지내던 동료들에게 소식이 누락되어 훗날 원망스러운 인사를 받지나 않을까? 여기저기 대○ 시절부터 이어져 오는 모임이며 단체에 협조를 얻어 가능하면 모두에게 알려 주는 것이 나의 도리인 것 같다. 비록 몸은 회사를 떠났지만 이번 기회에 여러 동료의 모습을 다시 볼 수 있기를 기대하며 청첩장을 발송하였다.

　큰아이 결혼식을 치르면서 상상 이상으로 많은 동료의 축하 인사를 받았다. 내 작은 마음으로는 너무 크고 많은 성원과 감사를 어떻게 표현할지 적절한 문장이 떠오르지 않는다. 정말 눈물이 날 정도로 감사하다. 크고 작은 모임 단체에서 보내 준 화환은 꽤 넓고 긴 예식장 복도에 몇 줄로 중첩되어 놓였다. 현재 근무 중인 K○ 산업은 물론 옛 대○ 동료들까지 수많은 축하 인파가 몰려왔다. 장가를 가는 큰 녀석보다 더 벅찬 감동을 받은 것 같다. 내가 퇴직한 지 벌써 몇 해가 지났으니 가까이 지내 온 동료들 그리고 수도권 인근에 살고 있는 동료들만 찾아올 줄 알았다. 그러나 대전, 대구, 부산, 광주, 여수, 등등 이렇게나 많은 사람에게 기억되고 좋은 인연으로 남아 있었구나 싶어 정말 말로는 표현할 수 없는 감사와 감동의 물결이 온종일 이어진 하루였다. 큰 녀석 결혼식이 끝나고도 약 일주일 동안 계속해서 우체국을 통하여 보내오는 축전이 끊이질 않는다. 하나하나 꼼꼼하게 기록에 남겨 잘 보관할 것이다. 정신없는 하루가 지나니 혹여 찾아 주신 손님들에게 소홀함은 없었는지 미비하거나 접대에 누락된 점은 없었는지 조심스럽고 걱정스러운 마음이 앞선다.

연말은 내년(2007년) 사업 계획으로 분주한 기간이기도 하다. 대○ 시절엔 연말이면 여기저기에서 무슨 불우 이웃 돕기라 하여 각종 단체, 공공 협회란 이름으로 수시로 찾아오더니 중소기업으로 변경된 후로는, 단 한 곳에서도 찾아오지 않는 것이 참으로 신기하기도 하고 놀랍기도 하다. 그때는 연말이면 가까운 마을 회관을 직접 찾아가 이장님 또는 마을 노인정에 작은 선물과 함께 인사를 드렸었다. 그리고 지역의 원로 모임이라 하여 매년 연말에는 ○○소장님, ○장님, ○○ 선생님, 조○장님 우○국장 등 우리 관할 지역의 기관장님들이 한자리에 모여 화합의 장을 마련하기도 하였다. 그러나 막상 사업소가 매각된 후로는 전혀 상호 연락이 없다. 나는 몇 차례 미팅 자리에서 과거 주민들과의 관계와 공공기관과의 관계들을 상세하게 설명해 드렸다.

금년 한 해도 계획된 매출은 무난하다. 내년 계획 역시 월별 또는 분기별로 상세하게 잡아 보았다. 해마다 계획을 세우면서 항상 2~3년 앞을 바라보며 움직여야 한다. 그러자면 지금은 전혀 보이지 않는 미래 건설 현장의 물량을 예상하여 추적해 가야 한다.

2007년 새해가 밝았다 그동안 내게 붙어 다니던 부장이란 호칭이 이사로 바뀐 뒤로는 나는 아무런 의미나 변함이 없는데 호칭을 부르는 사람들은 다른 눈빛으로 대하는 것 같다. 왜 그럴까? 우리 사회 전반에서 사장님, 회장님, 박사님, 교수님 등 호칭의 변화에 따라 무엇이 변하게 되는가? 내 생각엔 호칭이 다르면, 본인이 바라보는 세상이 다른 것이 아니라 본인의 마음이 세상을 더 높이 더 멀리 내다봐야 한다고 생각한다. 최고 오너인 회장은, 그룹 전체의 먼 장래를 보아야 할 것이고, 사장은 적어도 30~50년 이상의 장래와 시대의 흐름을 보아야 할 것이다. 그리고 적어도 임원이라면 5~10년 앞의 우리가 추구해야 할 이익과 회사의 전망, 그리고 시대의 흐름을 읽을 줄 알아야 할 것이다. 어느 회사든 여러 임원과 이사가 포진해 있다. 적어도 그들 나름대로 그들이 받는 보수의 수십, 수백 배 이상 수익 창출을 해야만 그 기업이 지탱해 갈 수 있을 것이다.

연초임에도 날씨가 포근하다. 아무래도 구정쯤 되어야 강추위가 오려나 보다. 1월 27일 토요일이다. 평소처럼 업무 중에 형님에게 전화가 왔다. 항시 연로하신 아버지 걱정으로 형님의 전화가 오면 걱정이 앞선다. 오늘 아버지께서 노환으로 입원하셨단다. 퇴근 후 서둘러 청주병원으로 달려갔다. 겨우 나를 알아보신다. 옆에 앉아 손을 잡아 드렸다. 이런저런 이야기를 들으시면서 나의 손을 꼬옥 잡으시며 가 늘게 힘을 주신다. 그리고 작게 흔드시는 느낌이다. 마치 나에게 오래 전에 하셨던 "너만 믿는다."라는 말씀을 다시 하시는 느낌이다. 나는 아버지 손을 꼬옥 쥐면서, 조금 큰 소리로 또렷하게 "아버지 걱정 마 세요. 아무 걱정 마세요." 하면서 뜨거워지는 눈물을 억지로 참았다. "마음을 편안하게 가지세요."라는 말 외에는 어떤 말을 해야 하는 것 인지 떠오르지 않는다. 오후 늦은 시간 겨우 물 한 모금 정도 드시며 눈을 마주칠 정도이다. 여러 형제가 서로 밤새 간호하겠단다. 나는 동 생들에게 조금이라도 위독하시면 즉시 연락하라는 당부와 함께 서 울로 올라왔다. 휴일을 보내고 월요일 아침 첫차로 집사람을 청주병 원으로 내려보내고 나는 서산 공장으로 출근하였다. 정상적으로 6시 30분에 도착하여 평소처럼 정상 근무 준비를 하는 도중 동생에게서 급한 전화를 받았다. 나는 곧바로 모두가 출근 전인 텅 빈 사무실에 간단한 메모를 남기고 청주병원으로 달려갔다. 9시쯤 되었을 때 의 사 선생님은 진찰을 마치고 조용하고 차분한 말로 가족분들은 준비 하시란다. 오전 11시가 조금 지나서 갑자기 호흡이 거칠어지신다. 우 리는 손과 발을 주무르면서 아버지를 불러 보았지만 차츰 호흡이 늦 어지시더니 천천히 멈추신다. 우리가 큰 소리로 아버지를 부르고 흔 들어 보아도 반응이 없으시다. 달려온 의사 선생님 말씀이 운명하셨 단다. 쏟아지는 눈물을 주체할 수 없다. 아무것도 할 수 없다. 아~ 이 것이 우리 아버지와의 마지막이란 말인가? 세상에 아무것도 보이지 않았다. 무엇을 어떻게 해야 하는 것인가? 그냥 눈물만 흐르고 아무것도 할 수도 없고 아무것도 생각나지 않는다. 간호사들만 분주하게 처치를 하고는 옆 건물 장례식장으로 모신다고 한다(1920년 12월 12일~ 음력 2007년 12월 10일 池仁○). 내 나이 55세에 우리 아버지는 그렇게 우리 곁에서 떠나가셨다.

　신축된 장례식장이라 홀이 상당히 넓고 쾌적하다. 우리는 형제가 7남매이니 초저녁부터 지인들이 몰려오기 시작한다. 밤이 되면서 조문객은 끝도 없이 오고 또 온다. 늦은 저녁 시간에도 이웃에 사는 주민들, 직장이 청주 근교인 우리 형제들의 지인, 그리고 조카들의 지인들이 끊이질 않고 잠시도 한숨 돌릴 틈조차 없다. 그렇게 많은 손님을 맞이하고 인사를 하면서, 옛날 어른들이 말씀하신 부모를 여읜 죄인이란 말이 새삼 떠오른다. 부모를 잃은 상주들이 갖추어야 하는 두 건이 그렇게 크고 무겁게 느껴진다는 것을 나는 다시 한번 절감했다. 자정을 지나 새벽 2시를 넘어서야 겨우 한숨 돌릴 수 있었다. 이튿날도 아침 일찍부터 멀리서 인척들이 찾아 주신다. 우리 형제들이 이렇게 폭넓고 많은 인연으로 연결되어 있다는 것에 새삼 놀라지 않을 수가 없다. 조문객을 기록하고 접수하는 책자가 몇 권째 채워진다. 아~ 그러고 보면 새삼스럽게 한민족 한 핏줄이란 말이 실감 나기도 한다. 강원도 최북단에서부터 제주도에 이르기까지 아버지로 인하여 끝도 없이 이어지는 인연은 정말 상상 이상으로 곳곳마다 연결되어 있었다. 상주와 조문객의 짧은 인사말 중에는 우리 형제 중 누구의 인척이며 어떤 관계라는 것 정도만 말한다. 그러나 그 수많은 사람과 정말 다양하게 이어져 있다는 것이 믿어지지 않는다. 또한 부득이하게 인편으로 슬픈 마음만을 전달하는 조문객은 또 얼마나 될 것인가. 우리 아버지, 당신으로 하여금 이렇게도 많은 세상 사람이 아버지의 명복을 빌어 주신답니다. 아버지 보고 계시나요? 나는 영정 사진의 미소 띤 아버지의 모습을 다시 한번 바라본다. 아버지가 이 세상에서 만들어 주신 소중한 인연 한 분, 한 분에게 정성을 다하여 큰절로 감사의 인사를 드립니다. 아버지께서 이 세상에 남기고 가신 소중하고 감사한 이 연분을 가슴으로 새기며 살아가렵니다.

그 이튿날 새벽에 잠시 눈을 감았다가 뜬 것 같은데 운구 차량은 괴산 우리 밭둑 어머니 산소에 가까워지고 있다. 두 분을 합장으로 모실 예정이다. 다행히도 동생 친구 몇 명이 고향에 거주하는 덕분에, 산소 관련 일들을 도맡아 수고해 준다니 너무 고맙고 감사하다. 그렇게 2007년 1월 31일(음력 12월 13일) 오후 1시 반, 어머니 곁에 합장으로 아버지를 모시게 되었다. 시골 마을엔 30여 가구 종씨가 거주하신다, 마을 사람 모두 오셔서 함께 아버지의 명복을 빌어 주셨다. 다시 한번 괴산군 소수면 아성리 마을 주민분들에게 머리 숙여 감사드리고 싶다. 우리는 오후 늦게까지 부모님 묘역을 정리하고 청주 형님네로 돌아왔다. 늦은 시간까지 이런저런 정리를 하는 중에, 오늘이 우리 아버지의 생신이란다. 아~! 아버지! 생신날 흙으로 돌아가셨다는 생각에 다시 한번 목이 멘다. 그 옛날 어머니는 아버지 생일잔치를 할 때면 해마다 그리도 매섭게 춥다고 혼잣말처럼 "섣달 열사흘이다."라는 말씀을 하셨는데 지금 내 귓전에 들리는 듯하다. 이제 두 분께서 편안하게 근심, 걱정 없는 천국에서 영면하소서. 나는 또다시 두 눈이 붉어져 온다.

출근 후 며칠 동안 주변 모든 분에게 깊은 감사 인사를 전해 드렸다. 평소엔 그저 가볍게 눈인사 정도만 하던 사람들에게도 저절로 머리와 허리가 숙어진다. 그동안 나 자신에게 상당히 많은 변화가 있음을 느낄 수 있다. 우선 나의 주변은 물론 온 세상 보이지 않는 곳에서까지도 더 겸손해야 한다는 것과 전혀 모르는 어느 누구라도 나와의 인연이 연결되어 있다는 것을 알 것 같다. 이 세상 작은 미물들, 나무 한 그루, 풀 한 포기까지도 음으로 양으로 이어져 있다는 생각에 다시 한번 매사 머리를 조아리게 한다. 내 나이 오십 대 중반으로 접어든다. 새삼 인간은 아무리 크고 잘나고 훌륭하다 해도, 조상 대대로 쌓여 가는 삶의 연륜과 무게는 인연으로 풀뿌리처럼 이어져 있다는 것을 이제야 조금씩 깨달아 간다.

　사회 전반에 걸쳐 인권을 우선으로 하는, 작은 약자들의 목소리도 절대로 무시하지 않고 함께 경청한다는, 인권변호인 출신 노○현 대통령의 철학이 하나둘씩 반영되는 것 같다. 여기저기 작은 목소리가 다양하게 표출되다 보니 어떤 때는 너무 혼란스럽기까지 하다. 우리 사회의 안정을 위해서 어느 정도의 규제와 공권이 필요하단 생각이 들 때도 있다. 어느덧 노○현 대통령의 임기도 올해로 마무리되어 간다. 여러 대통령 선거를 치를 때마다 순수하게 마음에서 우러나 진정으로 내가 선택하고 싶었던 대통령은 노○현 대통령이 유일하다. 그렇다고 다른 분들이 훌륭하지 않다는 것은 아니다. 그동안 내가 선출한 대통령들은 자의 반 타의 반으로, 마음에 흡족하지 않아도 기권보다는 참여하자는 마음으로 선택했을 뿐이었다. 굳이 그분들에게 점수를 준다면 거의 50점, 60점으로 저평가하고 싶다. 그분들은 적어도 자라난 환경부터 선택을 받은 가문이었다. 그리고 부모로부터 기본으로 물려받은 혜택으로 힘겹고 어려운 시절에도 남부럽지 않은 환경에서 좋은 학교와 좋은 여건 속에서 성장해 온 사람들이었다. 그러나 노○현 대통령은 가난과 배고픔이 무엇인지 몸소 겪으면서 자라났고, 이 나라 기득권자들이 수백 년 동안 누리고 살아온 권력과 부가 어떻게 이어져 온 것인지 변호사 출신답게 속사포 같은 달변으로 듣는 이들의 가슴을 두드렸다. 수많은 기득권자의 간담이 서늘할 명연설들을 선거 유세 과정에서, 또는 국회 청문회 과정에서, 적나라하게 드러낸 유일한 인물이다. 말없이 그저 낮은 곳에 머무는 대다수의 서민은 진정 약자를 위하고 강자들을 참교육할 사람이라고 판단하였으리라. 그렇다고 하루 아침에 엄청난 변화를 바라지도 않는다. 다만 그런 대통령이야말로 작은 제도 하나라도 서민을 위한 완벽한 기틀을 잡아 놓을 수 있을 것이다.

2007년 10월 초 온통 매스컴이 시끄럽다. 우리나라가 분단된 지 60여 년 만에 처음으로 육로를 이용하여 우리 대통령이 평양을 방문한단다. 10월 2일부터 4일까지 2박 3일 예정이다. 38선을 걸어서 넘어 차량을 이용하여 올라간다. 참 너무나 당연한 것을, 그렇게 오랜 세월 하지 못했다는 것이, 다른 나라 국민들이 볼 때, 누굴 탓하고 원망하기 이전에 '어지간한 사람들이구나.' 하고 한숨을 쉴 것만 같다. 아무튼 이제라도 상호 협조하여 수많은 이산가족 만남과 민족의 염원을 차근차근 준비하였으면 좋을 것 같다. 이번 방문으로 10.4 공동 성명이라 하여 남북 정상들이 발표한 내용들이 잘 준수되어 통일의 밑거름이 되기를 기원한다. 그러나 한편에선 벌써부터 무엇이 잘못되었네. 퍼 주기네, 무엇을 구걸했네 하며 참 한심스러운 사람들이 많기도 하다. 하기야 그러니 여태껏 이 모양이 아닌가. 남과 북이 긴긴 세월 체제가 다르게 살아왔으니 당연히 한두 번으로 무엇이 결정되는 것은 아닐 것이다. 그리고 무엇이 좀 잘못되었다면 서로 수정하고 개선하면 될 일 아닌가? 우리는 신이 아닌 인간이다. 금세 우리 땅을 다 내준 것처럼 난리를 치는 위인들에게 "당신이라면 어떻게 할 것입니까?" 하고 묻고 싶다. 참 어렵고 말도 많은 세상이다. 막상 깊이 있게 따져 보면 결국에는 민주주의 세상에서 내 마음을 표현도 하지 못하게 한다고 무슨 표현의 자유이니 하면서 하고 싶은 말을 하였을 뿐이란다. 참 쉽다. 우리나라 지식인들은 정말 많이 더 연구하고 더 개선되어야 할 것 같다. 그리고 이 나라의 장래를 위하여 작은 밀알이라도 되어 줄 생각은 안 하고, 내 앞의 이익, 내 무리의 이익만 바라보고, 나라야 어찌 되건 흔들어 대는 모습은 참으로 한심스럽다. 오죽하였으면 혼란스러운 정치 세력들 속에 휩쓸리는 아들을 바라보며 "까마귀 싸우는 골에 백로야 가지 마라." 하시면서 한사코 말리시던 고려 충신 정몽주 모친의 걱정스러운 말씀이 전설처럼 내려오겠는가. 멀리 볼 것도 없이 불과 백 년만 뒤돌아보아도 얼마나 부끄러운 역사인가? 얼마나 한 치 앞도 못 내다보는 한심한 정치 세력이었는지 바로 알 수 있다. 모처럼 남북 정상 회담을 바라보면서 평소 느꼈던 생각을 내 기준으로 기록하였다.

금년도 서서히 저물어 간다. 해마다 연말이 다가오면 버릇처럼 크고 작은 일들을 정리한다. 올해는 유난히 많은 일이 겹쳤던 해이다. 1968년 4월부터 그러니까 몇 년인가? 39년? 내년이면 만 40년이 된다. 그렇게 긴긴 세월을 아무리 기억을 되살려 보아도, 편안하고 여유롭게 휴식을 취한 날짜는 한 달? 보름? 아무리 일기장을 뒤적여 보아도 한두 달 푹 쉬어 본 기억이나 기록이 없는 것 같다. 요즘 들어서 가장 염두에 두는 것은 평소 근무 중에 크고 작은 업무에 임할 때마다 작은 아쉬움도 남기지 않으려고 한 번 더 생각하고 숙고한 뒤에 처리하게 된다. 계획한 매출 목표도 무난하다. 아무리 건설 경기가 어렵다 해도 매년 조금씩 매출 계획을 상향하면서 조금은 걱정스럽기도 하였지만 그럴 때마다 신기루처럼 어디선가 충족시켜 주는 것을 보면서 나 스스로 최선을 다하는 것도 있다지만 보이지 않는 커다란 힘에 의하여 도움을 받는 것은 아닌지 누군가에게 감사를 드리고 싶을 때가 있다. 나는 종교를 갖고 있지 않다. 그러므로 감사함을 느낄 때마다 마음속 깊은 곳 내 조상님들에게 감사함을 전하며 혼잣말로 중얼거린다. 우선 나의 가족과 주변을 건강하고 순탄하게 도와주시는 감사함, 그 어려운 환경 속에서도 그저 부지런하고 진실하게 살아야 한다는 부모님의 말씀이 늘 마음속 깊은 밑바닥에 자리하고 있기 때문이다. 언제든 시간이 날 때마다 부모님 산소에 다녀온다. 그 큰 은혜 앞에 엎드려 인사를 드릴 때마다 막상 부모님이 누워 계신 산소는 너무 작고 초라하다.

연말이 되면 1년 동안 사용한 종합 장비들을 동절기(비수기) 기간 동안 예방 정비를 한다. 올해도 크고 작은 부품과 장시간 정비를 요하는 계획서를 올렸다. 물론 그 장비의 오퍼레이터가 정밀 분석하여 올리면, 내가 최종 점검하여 보고하는 형식이다. 해마다 보류해 왔던 대형 소모품을 2008년도에는 수명이 다 되어 불가피하게 교체해야 한다는 내용과 함께 결재를 올렸다. 며칠 검토 후에 알려 주겠단다. 소모품의 특징은 적어도 2~3년 동안은 사용이 가능하나 3년이 지나면 사용하기 어렵다. 부득이 사용하게 되면 분진 배출 허용 범위를 넘어서므로, 환경 당국에 적발되어 많은 벌금을 물어야 하는 처지에 놓이게 된다. 윗분도 모를 리가 없다. 며칠이 지나서 내려온 결과는 그냥 보류하란다. 참 난처하다. 두어 달 지나면 바로 아스콘 출하가 시작될 것이다. 불안하기도 하고 경영 계획에 어떤 변화라도 있는 것인지 답답하다. 2008년도 사업 계획과 골재 판매 계획을 분기별로 잡아서 잘 정리하였다. 새해부터는 모든 거래처 및 관공서와 지방 조달청 관급 배정 등 전체적인 업무 처리 부분을 회장님 조카와 동행하면서 집행할 계획이다. 주로 한가한 연말 또는 연초에 인사 겸 다닐 계획이다. 지금까지는 그 친구가 주로 총무 겸 자금 관리 업무를 맡았었다. 나는 이런 여러 가지 계획을 사전 미팅 겸 티타임 시간을 이용하여 보고드렸다.

2008년 새해가 밝았다. 오퍼레이터는 나에게 예방 정비가 미비함을 하소연한다. 중소기업의 특성상 구체적인 경영 원칙과 사업 계획을 대기업처럼 체계적으로 연구, 검토하거나 수시로 결과에 대한 토의나 논의는 하지 않는 것으로 안다. 주변의 중소기업 그리고 내가 알고 있는 회사들을 볼 때, 대기업과 커다란 차이점이 바로 그런 경영 원칙과 관리 문제라는 것을 알 수 있다. 아무튼 나는 새해부터 계획한 대로 양 부장(회장님 조카)과 주 업무 및 거래처를 동행하면서, 우리와의 관계 그리고 거래처별 특징과 향후 대비해야 할 조건들을 하나하나 일러 주었다. 특히 이 지역(5개 군) 동종 업체들의 관급 배정 관련 협의회 모임은 매주 1회씩 참여한다. 그 미팅에 참여한 동종 업종의 대표 또는 총괄 책임자들을 만나고 난 뒤 양 부장은 나에게 심정을 토로한다. "이사님, 이 미팅은 이사님이 계속 참여하셔야 할 거 같아요." "왜? 무슨 문제라도 있나?" "아니요, 기존 회원들의 연배가 평균 50~60대이신데 난 너무 세대 차가 나서 많이 불편하고 또 직급상 맞지 않는 것 같아요" "허허, 좀 그럴 거야. 하지만 가끔은 참석해서 얼굴이라도 알고 지내야지. 혹시 내가 참여할 수 없을 때는 양 부장이 커버해야 하지 않겠나?" 하면서 나는 웃었다. 그리고 대전의 아스콘 ○○회, 충남 지방 ○○청 관계자들과의 미팅에도 동행했다. 업무 자체가 상당히 광범위하고, 복합적인 것을 보고 양 부장은 적지 않게 놀라는 모습이다. 나는 웃으면서 하루 평균 300km 이상 운행하는 날이 허다하단 이야기와 그 외의 잡다한 많은 이야기를 나누었다. 양 부장은 나의 업무를 직접 느껴 보면서 내게 "이사님, 정말 힘드시겠어요." 하면서 웃는다. "계속하다 보면 익숙해진다네. 특히나 조심할 것은, 운전하면서 안전을 지켜야 하네. 장거리 운전을 하다 보면 위험할 때가 종종 있으니 정말 조심해야지." 오늘은 불과 몇 군데 안 되는 주요 업무 지역만 들렀다고 하니 양 부장은 다소 놀라는 표정이다. 나는 웃으면서, "아, 이제 양 부장이 가끔 장거리 업무는 나누어서 해 주게나." 했더니, "아뇨, 그냥 위치 정도와 담당자만 알고 있을게요." 하면서 웃는다. 사람들은 누구나 자기가 하는 일이 제일 힘들고 어려운 줄 안다. 남이 하는 일은 그저 거저먹기인 양 별일 아닌 것으로 치부한다.

　내가 내미는 명함이 회사이고 그 명함은 ○○주식회사를 대표한다는 것을 잊어서는 안 된다. 어느 곳에서 누구와 어떤 계약을 체결하고 어떠한 대화를 한다 해도, 상대는 나 개인과 이야기하는 것이 아니고 ○○주식회사와 이야기한다는 것을 명심하여야 한다. 분명 그들은 ○○주식회사를 상대로 하는 것이다. 물론 그 회사의 부장 또는 이사와 하는 대화이지만, 결국 모든 거래는 ○○회사 이름으로 이루어지기 때문이다. 아무리 작은 업무를 처리한다 해도, 그 회사의 얼굴이자 그 회사의 이미지가 항상 함께한다는 것을 잠시라도 잊어서는 안 되는 것이다. 불과 며칠 사이에 양 부장은 많은 것을 느꼈을 것이다. 그리고 윗분들에게 전달되었을 것이다. 그저 간단한 회계 처리나 각종 결재, 금액을 정리, 처리하는 것과는 많이 다르고 생소하였을 것이다. 영업 담당이란, 실례를 들자면 서울 ○○회사 방문 상담, 대전 ○○회사 방문 등 최대한 압축하여 기록, 보고한다지만 총괄 영업 담당을 하면서 움직이다 보면, 서울에 다녀오다가 수원 또는 인천을 들를 때가 있고 어느 곳을 겹쳐서 방문하는 일이 수시로 발생한다. 업무 일지에 상세하게 기록한다지만 회사의 이익을 위하는 마음까지 기록할 수는 없는 것이다.

　이른 봄 대○ 직원으로부터 연락을 받았다. 해미 공군 비행장 내 건축 공사 현장이란다. 이제 막 현장에 투입된 임직원이 인근에 옛 대○ 서산 사업소가 있다는 것을 알고 물어물어 연결하였단다. 나는 반가움에 바로 달려갔다. 우선 현장 규모와 필요한 자재 등 몇 가지 필요 견적을 만들어야 한다. 평소에도 가끔 해미 비행장 내 체력단련장(골프장)을 이용한다. 인근 중소기업 대표들이 참여하는 회원에 함께 등록되어 있기도 하고 영업상 가끔씩 이용하여 잘 알고 있는 비행장이다. 모처럼 과거 동료를 만나서 한참을 이야기했다. 기존 장교 숙소가 비좁고 낡아서 새롭게 2~3개 동의 건축물을 신축하고, 진입 도로를 함께 신설한단다. 규모가 작은 현장이라서 직원들도 몇 명 안 되었다. 우리 공장에서 불과 15km 남짓한 거리다. 너무 가깝고 평소 대○ 서산 사업소 시절에 인근 군부대 또는 국가 시설의 우선 지원 공장으로 지정되어 있어 해마다 한 번씩 서류상 지원 사업소란 별도의 협조 요청서가 우리 석산에 접수되었었다. 어느 해인가 여름철 태풍으로 유실된 도로와 활주로 주변의 복구를 위하여 장비와 자재가 긴급 투입된 기억이 있다. 따라서 자재 납품 승인은 별문제가 없을 것으로 판단된다. 군부대 역시 일종의 관급 자재다. 필요한 서류 일체를 준비하여 그 현장에 투입될 각종 자재 납품 승인을 받았다. 몇 번 만나면서 현재 대○의 내부 소식을 들을 수 있었다. 현재는 인원 충원을 해마다 축소하면서 기존 직원의 정년 또는 희망퇴직을 유도하고 정직원을 최소화하며, 대형 공사 수주와 동시에 프로젝트 직원이라 하여 그 현장이 완공될 때까지만 과거 정년퇴임 또는 희망퇴직자를 우선 선발하여, 임시직으로 채용한단다. 과거 건기 사업소 폐업 방식을 가미한 새로운 경영 방식이다. 물론 모든 복지나 대우는 직급에 맞게, 정직원과 동일하게 대우한단다. 허허, 한마디로 기술 인력을 마치 장비 부품처럼, 필요시에 사용하고 끝나면 자동 퇴출하는 그런 조건이란다. 비교적 강경 노선이었던 본사 노동조합에서도 경영 기법의 일환에는 어찌할 수가 없나 보다. 참으로 날이 갈수록 선진 기법이라고 배워 온다는 것이 한심스럽기 그지없다. 비범한 두뇌 집단을 채용하여 연구한다는 것이 그런 경영 방법으로, 기업의 이윤을 극대화한다는 것이 참으로 씁쓸하다. 물론 세월이 변하면 경영 기법도 변화하고 더 높은 1군 대기업으로 끝없이 노력하는 것은 좋은 일이지만, 나 역시 근로자의 한 사람으로서 과거를 뒤돌아보며 우리가 어떻게 일구어 온 그룹인데, 인력 감축과 채용 방법을 이용하여 점점 찬밥 신세가 되어 가는 후배님들이 안타까울 뿐이다. 우리는 가까이 있는 동안이라도 상호 협조하기로 하였다. 그렇게 나는 또 한 번 내가 평생 일해 온, 대○ 덕분에 이른 봄부터 상당량의 석제품을 순조롭게 납품하였다.

2008년 봄, 우리나라는 새로운 이○○ 대통령의 이취임식을 마치고 본격적으로 국가 정책을 펼치기 시작한다. 기업인답게 우리나라를 한 차원 더 선진국 대열에 올려놓겠다고 포부가 상당하다. 현재 GDP는 2만 달러를 훌쩍 넘었단다. 조금만 더 허리띠를 졸라매고 다시 한번 수출 드라이브 정책으로 재도약하자는 취지는 좋은 것 같으나, 기업 활동과 국가 경영은 아무래도 많이 다르지 않을까 조심스럽다. 그런 반면 한편에선 전직 대통령의 무슨 비리를 캐야 한다는 둥 말들이 많은 것 같다. 한 나라의 대통령을 하고서도 수시로 구설수에 오르고 검찰 조사를 해야 한다는 둥, 모든 것이 알 권리가 우선이란다. 세월이 흐르면 저절로 밝혀질 일들도 들쑤시고 의심스러움을 증폭시켜서 과연 누구를 위하는 것인지 이해가 안 될 때가 종종 있다. 이 나라 국민들이 믿고 살아가는 공명정대한 법조인들도 일부는 매스컴과 함께 알 권리를 우선시하는 느낌이 든다. 부디 자중, 자숙하며 조용한 가운데 국가의 이익과 장래를 위하여 잘 해결될 수 있기를 간절하게 부탁드리고 싶다.

이제 금년도 절반을 지나 하반기로 가고 있다. 나는 다시 한번 금년 계획을 재검토하고 거래처 주변을 점검하는 시간을 가졌다. 수시로 양 부장과 함께 대형 거래처를 방문하기도 한다. 우선 모든 건설 현장의 흐름을 잘 읽을 줄 알아야 대화가 통할 수 있다는 점과 그 현장의 장단점을 미리 예측하고 담당자와 상호 소통하여야 쉽게 다가갈 수 있다는 점 등 특별한 이벤트가 없더라도 지나는 길에 정보 수집을 위해서 가끔씩 들러야 한다는 것을 일러 주었다. 우리 공장 주변 대형 프로젝트들이 생성될 것으로 예측하는 곳은 대산 석유 화학 단지, 그리고 38번 국도를 따라 현○제철(한○철강) 부근이며 사전에 인지하고 발빠르게 대처하여야 한다는 것을 알려 주었다. 또 하나 커다란 이벤트로는 충남 도청 이전 예정지로 덕산~홍성 사이에 내포 신도시 예정지이다. 이 모든 건설 프로젝트는 연차적으로 진행되지만, 항상 직접 발로 뛰는 것이 제일 확실하다는 것을 강조하였다. 기껏해야 하루 2~3군데, 많아야 3~4군데인데도 한 번씩 다녀오면 양 부장은 혀를 내두른다. 물론 처음 움직이는 사람들은 좀 피곤하겠지만, 매일 반복하는 사람에게는 그저 하루 일과일 뿐이다. 심각한 표정의 양 부장을 보며 나는 껄껄 웃으면서 말을 이어 갔다. "여보게나, 방문으로 끝이 아니라

네. 보통 거래처가 확보되면 적어도 한두 번 이상 무엇이 있겠나?" 그 친구는 바로 알아듣는다. "허구한 날 저녁이면 대리운전으로 숙소에 오는 날이 다반사지. 자네도 봤을 거야. 그것 말일세. 참 어렵다네. 왠지 아나? 어느 정도 얼큰해지면 사람들은 말이 많아지면서 자기가 제일이라고 안하무인이 되지. ㅋㅋ 거기까지 가면 성공한 것이지만 나 자신은 아예 쓸개까지 빼놓아야 한다는 것이라네. 그것이 정말 쉽지 않지. 내 경험으론 아마도 몇 년은 마음의 갈등이 이었던 거 같아. 그 시간이 지나니까 그것 자체가 업무 중 하나라고 생각되고 내 몸에 익숙해지지." 양 부장은 나를 바라보면서 말한다. "저 이사님, 저는 술을 전혀 못하는데요?" "허허, 저번 회식 때 좀 하지 않았나?" "아 한 잔 정도밖에는…. ㅎㅎ" "전혀 못한다면 영업 담당으로선 심각한 문제지. 그러나 한두 잔 하다 보면 금세 말술이 된다네. 내 말이 맞으니 함 겪어보게." 나는 점심이나 저녁을 두 번씩 하는 날도 허다하다는 이야기와 영업 담당으로서 겪는 크고 작은 문제들을 알려 주었다. 그 친구는 내 이야기를 들으면서 기~인 한숨을 내쉰다.

　인근의 크고 작은 요릿집에서 저녁을 먹고 2~3차까지 보내는 일을 일반인들이 들을 때는 무슨 큰 호강에 겨운 것처럼 들릴지 모르겠지만, 그 일을 직접 챙기고 추진하는 입장이 되어 보면 참 힘들고 어렵고 못 할 짓 중 하나란 걸 바로 느낄 수 있다. 어제 A 프로젝트를 위한 회식으로 밤을 새웠다고 오늘 B 프로젝트를 위한 저녁 시간을 물리칠 수 없다는 것이, 얼마나 어렵고 힘들다는 것인지 겪어 보지 않고는 쉽게 이해할 수 없다. 그럴 때마다 이렇게 건강하게 낳아 주신 부모님께 감사한 마음을 더 절실하게 느끼기도 한다. 한편으론

'이러다가 건강을 해치진 않을까?' 하는 걱정이 앞설 때도 있다.

그 외에도 고객들과 상호 인사를 한다거나 교류를 할 때, 항상 상대보다 1cm 더 숙이고 상대보다 0.5초 더 늦게 일어나는 것이 상대를 내 사람으로 만들 수 있으며 나아가 상대보다 우위에 설 수 있다. 한마디로 말하면 낮은 자세는 영업인의 기본 중 기본이며, 그것이 내가 원하는 것을 얻을 수 있다는 것이다. 나는 양 부장에게 더 늦기 전에 골프를 배우라고 권하였다. 조금이라도 젊은 나이에 배워야 몸이 부드럽고 스윙이 잘되니, 가능하면 빨리 인근 대학에서 골프 레슨을 받든지 옛날에 경험이 좀 있었다면 연습장에 자주 들러 몸에 익혀 놓으면 유용할 때가 있다고 일러 주었다.

2008년 벌써 가을바람이 스친다. 우리 공장은 현재까지의 실적을 볼 때 무난하게, 매출 계획을 달성할 수 있을 것 같다. 회사는 그동안 각종 콘크리트 관련 시설들이 몇 가지 신설되고 고강도 제품 생산 라인도 갖추었다. 아마도 상당한 투자가 이루어진 것 같다. 이젠 24시간 항시 날씨와 관계없이 생산이 가능한 시설도 갖추었다. 그런 투자 여건 속에서도 아스콘 플랜트 관련 투자는 거의 전무하다. 아마도 기존 인천에서 구상한 생산 라인 투자 외엔 다른 계획이 없는 것으로 느껴진다. 하지만 종합 장비와 관련한 시설 투자는 제때 하지 않으면 더 큰 손실이 올 수 있다는 것을 충분히 아실 텐데 좀 안타까운 생각이 든다. 벌써 나의 정년이 코앞으로 다가왔다. 금년 봄부터 거취에 대하여 심도 있게 생각하면서 물러날 시기를 생각하고 있었다.

금년도 두 달 남짓 남은 어느 날, 일주일에 두세 번 내려오시는 회장님께 정중하게 면담 요청을 드렸다. "미리 말씀드리는 것이 도리일 것 같아서, 한두 달 시차를 두고 미리 말씀드립니다." 금년 연말까지만 근무하겠다는 내용을 진지하게 말씀드렸다. 그리고 가능하시다면 대○에서 함께 온 기술진들은 본인들이 원한다면 더 근무할 수 있게 배려해 주시기 바란다는 말씀을 드렸다. 담담하게 한참을 듣고 계시던 회장님은 본인의 심정을 솔직하게 말씀하신다. "내가 이곳으로 내려오면서 인천 공장은 큰아이에게 맡기고 둘째에게 이 공장을 맡기려 하였으나 아직 어리기도 하지만 지 이사님이 아시다시피 그 녀석은 전혀 이 계통에 관심이 없고 그 문제는 참 나도 답답하다네. 그래서 부랴부랴 대기업에서 잘 근무하던 조카 녀석을 데려왔지. 잘한 일인지 모르겠네. 내 생각엔 지 이사님이 2~3년 더 근무해 주셨으면 해요." 양 부장이 좀 능숙하게 영업 관련 업무를 익힌 뒤에 퇴사하면 좋을 것 같다는 말씀이시다. 그리고 "대○ 기술진들은 그분들이 더 근무하시기를 원하신다면 당연히 그리 해 드려야죠." 하신다. "네, 회장님 감사합니다. 그러나 저는 금년 연말로 마음을 정하였으니 허락해 주시기 바랍니다. 그리고 제 생각으론 양 부장이 대기업에 근무한 경험도 있고, 저와 요 몇 달 동안 크고 작은 주 거래처를 다니면서 많은 이야기를 나누었습니다. 앞으로 한두 달 더 함께 다니면서 자연스럽게 인계하면 충분히 잘할 수 있다고 생각됩니다. 사실 저는 대○을 떠나면서 1~2년만 더 근무하려 했었습니다. 그러나 회장님 이하 모든 분이 따뜻하게 이끌어 주셔서 벌써 3년이 다 되었습니다. 그동안 정말 감사했습니다." 하면서 머리 숙여 인사를 드렸다. 회장님은 "허허 참,

자네 마음이 정 그렇다면 알았네. 그러나 많이 아쉽네." 하신다. "부족한 점이 많았습니다. 그동안 베풀어 주신 은혜 정말 잊지 않겠습니다. 그리고 회장님과 제가 지금 나눈 이 말씀은 당분간 아무도 모르게 해 주십시오. 금년 말경에 제가 먼저 직원들에게 자연스럽게 이야기하겠습니다." 회장님은 "편하게 하세요. 그리고 혹시라도 마음이 변하면 언제라도 바로 말해 주세요." 하신다. 나는 다시 한번 감사하다는 인사와 함께 미팅을 마치고 나왔다.

지난가을부터 거래처와의 미수금을 최소화하려고 노력해 왔었다. 물론 항시 거래가 이루어지는 곳은 언제나 약간의 미수금이 존재할 수 있지만, 그 외에는 언제 누가 보아도 깔끔하게 정리, 기록하여 놓았다. 또한 수시로 양 부장에게 미수금 현황을 이야기하고, 기업체의 특성과 악성화되는 것을 미연에 방지할 수 있는 여러 가지 노하우를 일러 주었다. 양 부장은 가끔씩 영업 업무를 하면서 애로점과 문제점을 이야기한다. 나는 양 부장 스스로 익히고 개선할 수 있기를 바라면서, 장점과 단점들을 일러 주었다. 영업에 대하여 하나둘 알면 알수록 생각 외의 스트레스가 많을 것 같다고 내게 하소연하기도 한다. 벌써 12월도 보름 남짓 남은 어느 날, 장비 운영팀들만 참여하는 회식 자리에 참석하였다. 얼추 자리가 마무리되어 갈 즈음 대○에서 나와 함께 온 기술진들만 남은 자리에서 나는 조용하게 이야기를 시작했다. "오랫동안 나와 함께하여 주셔서 너무 감사합니다. 금년 연말부로 나는 현직에서 물러나려 합니다. 여러분들과 그동안 함께한 세월이 너무 아쉬워서 이렇게나마 사전에 말씀드리는 것이 도리일 것 같아 미리 말씀드립니다. 이달 말에 퇴사할 것임을 회장님께는 미리 말씀드렸으니 그렇게 알고 계시기 바랍니다. 그리고 회장님과의 대화 중 여러분들은 당연히 계속 근무하실 수 있다는 점과 혹여 정년이 도래하시는 분들도 본인이 원하신다면 더 근무하실 수 있도록 구두로 약속하여 주셨습니다." 갑자기 분위기가 숙연해지면서 동료들은 아무런 말들이 없다. 나는 다시 한번 "대○에서부터 함께해 주신 여러분, 그동안 정말 고맙고 감사하다는 인사를 드립니다. 언제 어디서라도 항상 건강하시기 바랍니다." 하고 감사 인사를 전했다. 동료들은 한참을 조용하더니 "그럼 이사님은 다른 회사로 가시나요?!!" 하면서 나를 바라본다. "아, 나는 이제 좀 쉬고 싶습니다. 현재 내 마음은 다른 회사로 가거나 회사 생활을 할 계획은 전혀 없고 지금 생각엔 그냥 푸욱 쉬고 싶을 뿐입니다. 자, 다 함께 남은 술잔이나 비우면서 헤어집시다." 우리는 술잔을 부딪치며 "건강하세요~!"라고 외치는 소리가 허공에 흩어진다.

송년회 겸 퇴임 인사를 마치고 숙소에 들어와 잠자리에 들 생각도 없이 상념에 잠겨 있다. 착잡하고 복잡하고 답답하여 머리도 식힐 겸 그대로 고요한 우리 사업소 석산 광장으로 발걸음을 옮겼다. 어두운 밤이지만 잘 정리된 광장은 축구장 서너 개 정도는 될 법하다. 드넓은 광장은 쥐 죽은 듯 고요하고 오늘따라 부엉이도 일찍 잠든 날인가 보다. 천천히 넓은 광장을 서성인다. 회식으로 얼큰한 술기운이 가슴을 따뜻하게 하면서, 12월 늦은 밤공기가 싸아~ 하게 볼을 스친다. 춥지도 않고 적당히 시원하다. 머리를 들어 저 멀리 하늘에서 반짝이는 별을 바라본다. 한겨울 밤하늘의 별빛은 유난히 더 반짝인다. 특히나 이 시기엔 세 개가 나란히 빛나는 삼태성이란 별이 유별나게 빛난다. 마치 나의 기분을 헤아려 주는 것만 같다. 유난히 반짝이는 그 삼태성은 나를 내려다보면서 천천히 이야기해 주는 것 같다. "이 세상 어느 누가 무어라 해도, 당신이 살아온 지난날들은 너무나 어려웠고 험난했으며, 그동안 참 수고 많이 하셨습니다." 하면서 지친 나의 어깨를 토닥여 주는 느낌이다. 눈물인지 콧물인지 뜨거운 그 무엇이, 하늘을 보고 있는 내 목젖을 타고 한 모금씩 넘어간다. 한참을 그렇게 무엇인가를 삼키면서 저 하늘의 수많은 별만 바라본다. 그 별들은 내게 세상이 당신을 몰라보아도 하늘의 많은 별과 당신 스스로는 잘 알고 있지 않느냐고 내게 되묻는 것만 같다. 사십여 년 세월 동안 수없이 많은 밤을 함께 지새우지 않았느냐고, 하늘에서 내려다본 우리가 인정하면 그것으로 충분하지 않느냐고 나의 볼을 스치며 지나가는 바람결에 그렇게 이야기해 주는 것만 같다.

한밤 산속 넓은 광장은 너무 고요하다 못해 평화롭다. 나는 정년퇴임이란 단어가 이렇게도 내 마음을 복잡하고 혼란스럽고, 마치 쫓겨나기라도 하는 것 같은 오묘한 기분이 들게 할 줄은 몰랐다. 그래 받아들이자. 받아들여야만 한다. 그저 아무 일도 없는 것처럼 무심하고 평온한 마음으로 정년이란 단어를 가슴으로 안아야 한다. 그래야 한다, 저 하늘의 삼태성도 헤아릴 수 없이 많은 별과 함께 해마다 이맘때면 변함없이 그 자리에서 나를 비추어 줄 것이다. 그리고 나를 인정할 것이다. 한참 동안을 그렇게 서성이며 거닐었다. 반짝이는 삼태성이 저만큼 서쪽 하늘로 기울어질 때까지….

한겨울 특히 12~2월 저녁 10시~12시경에 남쪽 하늘을 올려다보면, 12시 방향이나 1~2시 방향에 유난히 반짝이는 별이 보인다. 나란히 있는 세 개의 별이 마치 네모난 이정표의 한쪽 모서리처럼 사선으로 반짝인다. 어찌 보면 다이아몬드 형태의 모서리 같기도 하다. 시간이 지날수록 서쪽으로 기울어져 새벽에는 저 멀리 3~4시 방향까지 기울어 있다. 한겨울 늦은 시간 어김없이 그 자리에서 빛나고 있는 삼태성을 전국 어느 지방에서도 볼 수 있었다. 그 별은 언제 보아도 참 정겹고 가깝게 보인다. 특히나 저수지 또는 댐 현장은 산속에 위치하므로 어디를 가도 쉽게 바라볼 수 있어서 언제부터인가 오랜 연인처럼 올려다보는 내 마음의 친구가 되었다. 2008년 12월 30일. 나는 그렇게 정년과 함께 일선에서 물러났다.

**86** 2009년 3월. 지인들을 통하여 함께하던 기술진 여러 명도 내 뒤를 이어 바로 퇴사하였다는 이야기를 전해 들었다. 정년이란 이름으로 현장 생활을 끝마칠 때까지 40여 년 동안 대략 백여 개가 넘는 크고 작은 현장을 돌아다닌 것 같다. 요즘도 가끔씩 서산 사업소 숙소에서 잠을 깨기도 하고, 어느 날은 선릉 정릉 앞 텐트 안에서 웅크리고 피곤한 몸을 추스르면서 꿈속을 헤매기도 한다. 그런가 하면 여의도 어느 언덕 위에서 지독한 독감과 싸우며 바라보던 당인리 발전소 불빛을 바라보다 촉촉한 눈으로 잠을 설치기도 한다. 어느 날은 저 안동 임하 댐 또는 평화의 댐 골짜기 맑고 깨끗한 계곡 물가에 앉아 있는 모습으로 잠을 깰 때도 있다. 어쩌면 그리도 꿈속의 모습들

이 바로 어제처럼 선명하고 생생한지, 새벽잠에서 깨어 한참을 앉아 있기도 한다. 그때 그 시절 잊혀 가는 기억들을 당시 감정 그대로 진솔하게 표현하려고 최선을 다해 옮겨 보지만, 왠지 온전하게 전달하기엔 많이 부족하고 미비한 것 같아 몇 번이고 망설여진다. 옛날 60년대 낡은 나의 일기장을 들춰 보면 너무 낡아서 누렇게 변색되어 이젠 흐물흐물하다. 옛날을 돌이켜 보면 정말 어렵고 힘겹고 긴긴 시간들이었는데, 지금에 와서 뒤돌아보니 너무 빠르다 못해 마치 내 몸을 스쳐 지나가는 바람 같기도 하다. 현장에 머물던 그 시절엔 가을로 접어드는 계절이 오면 저녁 무렵 스산한 바람결이 선뜻선뜻 내 몸을 스쳐 지나갈 때, 서쪽 하늘에 걸쳐 있는 늦은 햇살과 함께 아련하게 느껴지던 스산한 외로움은 어느 지방, 어느 현장에서도 내 마음을 허전하고 서글프게 했었다.

퇴임 후에 평소 알고 지내던 중소기업 한두 곳에서 함께 일하며 도와주실 것을 요청하기도 하였으나, 그럴 때마다 감사하단 말과 함께 고마운 마음만 받겠다고 정중하게 사양했다. 솔직히 몸과 마음이 너무 지치고 피로가 쌓여, 그냥 아무런 생각 없이 휴식만 취하고 싶은 마음이다. 가끔 한 번씩 가까운 친구들을 만나는 것 외엔 별다르게 하는 일 없이 그렇게 몇 년이 흘러갔다. 옛 친구들이 퇴직 후에 노동부에서 실업 급여를 받을 수 있으니 직접 찾아가 보라고 수차례 알려주었으나 차일피일 미루다 2013년 가을 어느 날, 고용노동부 실업 급여 담당 창구에 들렀다가 나는 깜짝 놀랐다. 실업 급여 또는 취업 알선 등으로 북새통을 이루고 있었다. 노동부 산하에 이런 업무를 관장하는 곳이 있다는 것을 미처 몰랐었다. 구직 또는 구인을 원하는 사람들이 한자리에서 보다 쉽고 자유롭게 선택할 수 있는 체계적인 통합 지원 제도이다. 나는 그곳에서 권하는 교육도 받아 보고, 구직 활동도 하시라는 설명도 들으면서, 그렇게 상당한 기간 동안 실업 급여도 받았다. 용돈으로는 꽤 많은 금액을 매월 받으면서 왠지 마음이 편하지 않았다. 우리 시대엔 상상할 수도 없던 제도들이다. 물론 우리가 현직에 있을 때 급여에서 일정 부분을 수년 동안 예치하였다고는 하지만 상당 부분은 국민들의 세금도 들어 있을 것이라 생각된다. 기왕 시행하는 취업 지원 제도라면 지금 이 순간에도 어떤 연유로 어려운 환경 속에서, 너무나 힘겹고 절실한 삶을 살아가는 사람들에게 보다 많은 도움이 될 수 있는 좋은 제도로 발전하기를 소망해 본다.

40여 년을 걸어온 나의 발자취를 뒤돌아보며, 어렵고 힘들고 외로웠던 당시 심정을 문학 전문가도 아닌 미진한 문체로 도저히 세세하고 온전하게 전할 수가 없다. 실제 상황의 절반도 표현하지 못한 것 같아 몹시 아쉽지만 이것으로 나의 자서전을 마칠까 한다. 끝으로 지금 이 순간에도 우리나라는 물론 지구촌 구석구석 건설 현장 일선에서 불철주야 애쓰시는 근로자들에게 뜨거운 격려를 보내며 건강과 행운이 함께하기를 간절히 염원한다. 아울러 한 권의 책으로 출간하기 위해 많은 협조와 조언을 주신 관계자분들에게 감사드린다.

# 이야기를 마치며

인간은 누구나 최고의 자리에서 가장 큰일을 하고 싶어 한다. 그러나 모든 세상이 건강하고 원활하게 돌아가려면, 크고 작은 일들이 하나같이 함께 움직여야만, 건실하게 발전할 수 있듯이, 결코 모든 일의 크고 작음을 논할 수 없을 것이다. 일의 소중함을 크다, 작다, 좋다, 나쁘다고 규정짓는 순간부터 스스로 그 틀 안에 갇혀 버리며, 평생을 목마른 갈증 속에 살아갈 수밖에 없다. 우리가 생각하는 호불호(好不好)는 무엇인가? 당신의 고귀한 삶을 당신의 일로 인해서 고통 속에 헤매게 하는 어리석음은 없어야 한다. 어떤 일을 하든 희로애락은 있는 것이며 상승과 하락 곡선은 반복된다. 마치 초승달과 보름달이 변하듯이 모든 삶은 고저(高低)를 오르내리지 않을 수가 없다.

저자 **지호식**